母语叙事
纸上展厅

U0331180

STORIES
BY OVERSEAS
CHINESE WRITERS

海 外
华语小说
年 展

2019

华东师范大学出版社

策展人 夏商

母语叙事
纸上展厅

策展人语

华语文学有时也被称之为华文文学,乃至于省略掉海外这个前缀,同样能明了所指是异国他乡的创作。道理很简单,中国大陆就是华语区,用华语或华文来冠名本土文学,纯属画蛇添足。我们夸一个姑娘颜值,说她是美女即可,没必要说她是漂亮美女。

华语文学是文学评论的专业用语,所谓专业,就是圈内,就是环闭,对普通读者来说,剔除前缀,会产生歧义,或觉语焉不详。所以,无论是批评家发表论文,还是文学刊物发表作品小辑,多数时候"海外"并没被剔除,包括这一次。

关注起海外华语文学,源自去年早春,哈佛燕京图书馆的一次讲座上,一位赴美访学的北京学者讲移民文学,题目叫"离散文学中的家国想象",彼时,我正实施移居美国,离散这个词令我触动,在接续的发言中,我顺着这位比较文学教授的话题往下讲——

移民作家会遇到写作身份认同的问题、为谁写作的问题,这些问题庞大而具体,每个移民作家的情况不尽相同,但会遇到一个共同的困扰,即用母语还是用所在国语言写作。到我这个年纪,又不是学外语出身,非母语写小说已不可能,毕竟,学会一些日常交流和写作完全不是一个概念。好在语言只是工具,作家因为出生地,写作语言是与生俱来的,作品的深度和广度却可以突破语种局限。当下西方文化强势,英语、法语、西班牙语的话语权大一些,可相比越南语、朝鲜语,中文是货真价实的大语种,所以用中文写作,没什么值得抱怨的,作家不是语言学家,思想才是最重要的,不必过于纠缠于语种。

虽然移民作家如拉什迪、纳博科夫、索尔仁尼琴对我的创作产生过启迪和影响,但那些是西方作家,而对华语(华裔)文学,除了於梨华、汤亭亭、董鼎山、哈金、任璧莲等有限几位,我了解得并不多。由于忽略和不关注,甚至和绝大多数大陆同行一样,傲慢地认为华语文学只是遗留在海外的一段盲肠。

这种解读,既来自长久以来的隔膜,也来自一部分客观现实,海外华语创作人口基数庞大,几乎每个华人社群中都有文学爱好者,由此也诞生了各种名号的华语作家协会。在欧美澳加,理论上,每个文学爱好者都可以注册一个作协,招募一些同人,自封主席或会长,可能和中国传统的仕途文化有关,华人尤其热衷这件事,喜欢当官,当不成就自封一个过瘾。只不过,政府不会拨款,办个小活动只能按 AA 制,运气好会得到公益基金会的少量赞助,总之,是一个不用纳税人养活的松散型文学沙龙。

移民文学是全球飘散的蒲公英文学,某种意义上,母语也是祖国,是随身携带的精神层面的祖国。对远离故土的海外华人来说,写作未必是一种生存需要,而是情感需要,从颠沛和艰辛中逐渐安顿下来,选择用母语抒写乡愁简直是本能,散文和短诗是海外华语写作的基本文体,隔洋对着故土怀旧则是写作的底色。很多文学爱好者,发表了几篇这样的豆腐干千字文之后,被冠以海外华语作家。其实,文学是有门槛的,其专业性一点不逊色于高等数学或地球物理,所以海外华语文学被边缘化不能排除这个客观现实。

当然,大批的爱好者滋养了文学,没有这些拥趸,文学就失去了广袤的土壤,真正的作家也难以在过于贫瘠的土地上抽穗而出。

等到我有意识关注海外华语文学,即便剔除已去世或因年事已高而封笔者,移居世界各地仍笔耕不辍的作家有:白先勇、哈金、高行健、李劼、马建、黎紫书、万之、卢新华、严歌苓、陈河、虹影、薛忆沩、张翎、黄惟群、陈永和、陈谦、黄锦树、范迁、宋明炜、袁劲梅、李凤群、柳营、施玮、张惠雯、倪湛舸、山飒、王芫、二湘、凌岚、李一楠……需要说明的是,每位作家都是唯一的,每位作家的成就和荣耀只归属于自己,俗套的报菜名方式绝非为了一锅烩,仅仅是为了证明一个事实,海外华语文学既非盲肠,也非鸡肋,而是满汉全席之盛宴。

这份名单有名宿,有中坚,有新锐,共同点是,拥有完备的技术训练,高度自觉的文体意识,更重要的是,拥有世界眼光和国际视野,拥有更立体的史观和价值观,在我看来,这些海外孤星恰是中文写作真正的希望之所在。

大约二十年前,出现了文学年选这个图书品类,起初是编选当年的短篇小说和中篇小说,分别成册,因开风气之先,一时洛阳纸贵,召来多家出版社山寨这个创意,品种也越来越多:短篇小说年选、中篇小说年选、散文年选、随笔年选、诗歌年选、杂文年选……到后来,小小说有了年选,科幻小说有了年选,武侠小说有了年选,连校园小说也有了年选,唯独没有海外华语小说年选——市场上有零星华语小说选集,却非年选——为什么会出现这个空白,不免令人纳闷,要说连小小说和校园小说都想到了,没理由遗漏海外华语小说。

所以,我要来捡漏了。

于是着手联系海外同行,归纳入选篇目并获得小说家们的授权。

即便物理形态上所有的纸书都是一样的,我依然不愿编一本跟其他年选看上去没有区别的年选。如何呈现海外华语小说家的缤纷和独特,搞点新意思不仅是必要的,而且是必须的。

首先是拟定书名,不叫年选,而叫年展,"选"是内部收缩的状态,"展"是向外开放的状态,一字之易,气质迥然。有了"海外华语小说年展"这样一个标题,就可以扔掉烂大街的主编称谓,使用更具现代性的策展人这个头衔。立意有了,装帧方案便水到渠成:封面是延伸的展厅,参展小说家的辑封,采用宛如展品的悬式头像。翻阅的过程,大致是移步纸上展厅的过程。

在设定年份这个环节,反复了几次,用《海外华语小说年展(2018)》的理由看似充分,入选篇目确实以 2018 年发表的为主,以当年限定,是年选类图书普遍的做法,优点是注重了时效,缺点是为赶在元旦前出版,一般在第三季度截稿,第四季度若有佳作就赶不及纳入了。

为什么要赶在元旦前出版,缘于出版业一个不成文的行规,版权页标注 2018 年出版,2019 年元旦一过,就算上一年的旧书了,书评类媒体侧重于新书推介，书店也喜欢把新书放在显赫位置，一旦成为上年度的"旧书"，对宣传和上架来说，比较吃亏。

权衡下来，决定用《海外华语小说年展（2019）》，这样截稿期可放在 2018 年岁末，遴选范围可涵盖整个年度。另外，年展与年选涵义不同，前者模拟的是美术馆理念，美术馆的年展或双年展，展品并不苛求是当年新作。

当然，纸上展厅只是噱头，无非是为了把书做得有趣一些。除此之外，有两处似可划一下重点：一个是，小说年选一般由批评家担纲主持，《海外华语小说年展》打破了这个惯例，是以小说家的眼光来扫描同行；再一个是，现代小说来源于西方，一般只分短篇小说（故事）和长篇小说，比如前几年得诺贝尔文学奖的加拿大短篇小说家艾丽丝·门罗，不少作品按中文的算法，都是所谓中篇小说的体量，《海外华语小说年展》不标注短篇小说和中篇小说，以模糊其界限。

由于立项匆促，组稿匆促，今年还是有一些"违规"的地方，按原来构思，只收上一年度首发的小说，等拿到授权，发现有三篇与时限不符。幸好，作品均质地不俗，尤其是白先勇老师，多年不见其小说，在朋友圈看到文友晒他去浙江领一个文学奖，以为获奖作品是当年新作，就转托邀约，后方知首发于 2016 年，可谓歪打正着的收获。

另一个因匆促导致的"瑕疵"是，篇目之间的块头过于悬殊，有些庞大如牛，有些瘦小若兔，使得整体不太协调。好在，小说本身就是遗憾的艺术，何况一本小说合集，留待以后更好的统筹吧。

最后介绍一下合作方，我的老东家华东师范大学出版社，社长王焰女士毕业于华东师大中文系，是我认识的为数不多的对小说有真知灼见的出版人之一，一枚如假包换的资深"文青"。正因如此，作为一家以出版教材教辅为主的高校出版社,近年推出了许多文学及社科类图书,等于母社又孕育了一家小而美的文艺出版社。合作多年,两年前我将截至目前的重要小说都签给了该社,刊行了九卷本"夏商小说系列",也因为这套文集,与责编朱妙津老师建立了信任和友谊,在两位老师的支持下,《海外华语小说年展》选题很快得以通过,仍由朱妙津担纲责编,在此对两位老师的支持表示感谢,也一并对加盟此次年展的海外小说家们的支持表示感谢。

2019 年 2 月 4 日除夕夜于上海河滨花园寓中

展位	参展小说家	参展小说
001	白先勇	Silent Night
021	陈 河	碉堡
089	陈 谦	落虹
115	陈永和	寻找裘方圆
167	二 湘	罂粟，或者加州罂粟
207	黄锦树	论写作
227	范 迁	寂寞沙洲冷
239	李凤群	耐月
273	凌 岚	离岸流
301	柳 营	红绸缎
313	李一楠	蓝绣球
331	黎紫书	海
345	王 芫	为了维克托
421	夏 商	雪
445	张惠雯	沉默的母亲
469	张 翎	胭脂

参展小说家按姓氏拼音首字母排序

白先勇 生于桂林。当代著名作家。著有长篇小说《孽子》，小说集《台北人》《寂寞的十七岁》《纽约客》及舞台剧本《游园惊梦》。现任香港中文大学博文讲座教授及"昆曲研究推广计划"荣誉主任。

———

参展小说
Silent Night

Silent Night 首发于《上海文学》2016年第1期

Silent Night

对面床上那个病人恐怕撑不了多久了。他露在白床单外面那双手枯瘦得像一对乌黑的鸟爪，手指蜷曲成一团，不停地在颤抖。病人的神智似乎一直是清醒的，隔不了一会儿，他便沉重地呻吟几声，大概吗啡的药力逐渐消退，疼痛难以忍受，于是紧守在床边的那个大男人便倏地从椅子上跳起来，伏下身去，握住病人那双鸟爪似的瘦手，低声喃喃叫道：

"宝贝，我在这里呢——"

那个巨灵般的中年大男人，总有六呎二三，虎背熊腰，庞然的身躯，两只巨掌又肥又厚，手背黑毛茸茸，倒真像一对熊掌。他那颗大头颅，剃得青光发亮，凑到病人耳边，唧唧哝哝吐出一连串安慰病人的温柔话语来。病人那张脸早已脱了形，剩下皮包骨，像骷髅，眼睛坑下去只见两个黑洞，可是偶然从黑洞里，却突然冒出两行眼泪来。于是大男人便赶紧从绷得紧紧的牛仔裤口袋里掏出一块红花布大手帕来，将病人的眼泪轻轻拭掉。

"哦，宝贝——"大男人充满了怜爱地叫道。

大男人叫乔舅 Geogio，年轻病人叫阿猛 Ah Mong。乔舅是 Little

Italy 一家披萨店的大厨师，阿猛是中国城"金麒麟"的跑堂，他是从越南逃难出来的"船民"，父母是广西过去的侨民。乔舅比阿猛要大二十岁，可是两人在一起也有七八年了。这些，都是前天下午乔舅在休息室里断断续续告诉余凡的。其实在三〇三病房里，头两天余凡根本没有正式跟乔舅打过招呼，有一两次，他们两人进出病房，擦肩而过，余凡感觉到那个大男人似乎嘴皮颤动要开口跟他说话了，余凡赶忙胡乱点个头便匆匆闪掉。余凡不想跟乔舅有任何接触，其实除了医生护士，余凡在医院里尽量避免跟其他人打交道。他恨不得自己变成隐形人，进出医院，没有人看得见，因为他得小心，处处留神，不让任何人注意到他和保罗神父之间的特殊关系。他必须保护保罗神父，不让人知道他真正的身份。他送保罗神父住院时，替保罗神父填表，职业那一栏，他填下"保险业：大都会人寿保险"。那是余凡自己上班的公司，地址也写下自己在东格林威治村第十街的住所。保罗神父一发病，余凡便连夜把他从第八大道那间宿舍公寓悄悄运到曼哈顿南端的圣汶生医院来。在这里大概不会有人认出他们来。医院三楼是传染病房，西侧住的全是艾滋病患，闲人不会随便闯进来。

保罗神父一送进医院便开始进入昏迷状态，这倒省了余凡许多周章。每天余凡到医院来，只要坐在保罗神父的床边，静静地陪着他就行了。保罗神父胖大的身躯仰卧在床上，睡得很安详。余凡替他戴上一顶红色的绒线帽保暖，衬得他那张圆圆的脸更加慈眉善目了，像个圣诞老公公。今年东岸的寒流来得早，十二月初就开始下雪了。医院里暖气开得低，坐久了，余凡自己也感到背脊上凉飕飕的。幸亏保罗神父失去了知觉，脸上没有疼痛的扭曲，反而有时候保罗神父太安静了，余凡倒有点不安起来，他放下手上的报纸，站起身去，贴耳听听保罗神父的呼吸，听到他从嘴里发出来轻微的吐气声，他才放心坐下，继续阅报。翻完厚厚一叠 Village Voice，一个早晨大概也就过去了。除了值班的护士来查视，两张病床中间那道帘幕很少拉开。一帘相隔，把三〇三房中两个病人的世界，分成两半。

直到前天下午，余凡感到特别疲倦，坐在椅子上，一直想打盹。他离开病房，走到三楼休息室去，那儿供应免费咖啡，余凡想喝杯咖啡提提神。休息室里余凡瞥见乔舅独自一个人坐在那儿，双手抱着头，手肘撑在桌面上，似乎在沉思。余凡本想绕过乔舅身后，倒杯咖啡，便悄悄离开，不去打扰他。可是当余凡走近乔舅背后时，发觉原来那个巨灵男人竟在低声啜泣，他那庞大的身躯高耸的双肩正在上下微微地抽搐着，大概他在极力压制自己，呜呜的哽咽声卡在喉里，发不出来。余凡站在那个大男人的身后，忍不住伸出手去，轻轻按在他的肩上。大男人抬起头来，他那满腮胡渣宽阔的脸上，泪水纵横，双眼已经哭红了。

"医生说，就是这一两天的事了，要我开始准备——"那个大男人抽泣地说道。

接着那个大男人便把余凡拉到身边的椅子上，开始几乎语无伦次地向余凡诉说起他跟他的"宝贝"阿猛的故事来。他的英语有着浓重的意大利口音，余凡只能听懂七八分。

阿猛全家人从越南搭船逃出来，半途遇到菲律宾海盗船，爸爸妈妈两个哥哥全部杀光，只剩下阿猛一个人身上挨了十几刀，居然没死，存活下来。乔舅第一次见到阿猛，阿猛十七岁，瘦得像只饿瘪肚皮的癞毛狗，眨巴着两只大眼睛，好像随时会掉下泪水来似的。阿猛在中国城街头替人擦皮鞋，是乔舅，是他把阿猛带回家的。天天晚上他偷偷带一盒他亲手做的披萨回去给阿猛吃，腊肠、肉丸、火腿，都是双倍加料的呢，热乎乎的披萨吃得阿猛满嘴的油，就这样，他的"宝贝"才被他喂得长满了一身的肉。

"阿猛是个好孩子，他是我的宝贝，我的命根子——"那个大男人深情地叫道，"阿猛可怜呵，那个孩子经常做噩梦，半夜里吓得尖叫，他总梦到那些海盗在追杀他。我想他是因害怕才去打毒的，他跟那些'越青帮'混在一起，他是害怕，在逃避呢！"

大男人乔舅一边说一边用他毛茸茸的手背抹去淌下来的鼻涕，余凡赶快起身去把咖啡壶旁边的一叠卫生纸拿过来递给乔舅。

"啊，谢谢。"

大男人乔舅感激地说道，拿起纸巾狠狠地擤了一把鼻涕。他还要继续讲他跟他的"宝贝"阿猛的故事，却进来两个护士，把他的话打断了。

阿猛到底未能撑过夜，第二天早晨，余凡回到医院，走进三〇三，看见阿猛那铺床已经空掉，连床单也换了新的。那个大男人乔舅没有再回来过。没多久，三〇三又住进了一个新病人，是个面上长满了毒瘤的拉丁裔，一张脸好像一球紫色的椰菜花。

保罗神父在医院里昏迷中拖过了十二天，本来医生判断最多只有一个星期，因此余凡有相当充裕的时间替保罗神父准备后事。他在离医院不远的第十八街上找到一家叫"洛克之家"的殡仪馆，并且还替保罗神父挑好骨灰匣，是古铜打制成的一册厚书形状的匣子。余凡告诉殡仪馆的主事，火葬前不举行告别式，只有他一人在殡仪馆小教堂里守灵片刻。

火葬那天，余凡在"洛克之家"的小教堂里伴着保罗神父的遗体守了一个下午。他跪在保罗神父的棺椁前，默默诵经，他手上握着一串念珠，念诵一遍便数一粒，一串一百六十五粒念珠数完，冬日的太阳已经偏斜了，从小教堂的天窗冉冉透射进来。那串长长的念珠，是保罗神父的遗物，年代久了，琥珀色的珠子磨出温润的光泽来。保罗神父那晚发病，余凡匆匆把他运送到医院，别的都没来得及拿，却把这串念珠给带了出来。余凡诵完经，把那串念珠仍旧挂到保罗神父的胸前。保罗神父躺在棺椁里，化妆过了，头上几绺银丝也梳得妥妥帖帖，闭着眼睛，好像在沉沉酣睡似的。

盖棺前，余凡把自己脖子上戴着的那条十字项链卸了下来，擎着那枚赤铜十字贴到保罗神父唇上亲了一下，才把棺椁盖上。那条十字项链是保罗神父送给他的。他戴了十年，一天也没离开过，那条十字项链已经变成了余凡的护身符，戴上那条十字项链，余凡才感到安全，好像真的有神灵在佑护着他似的。

十年前，余凡才十六岁，在曼哈顿的街头已经流浪一年多了，什么事都经历过：偷窃、贩毒、卖淫，他常常饿着肚皮去捡垃圾箱的残食来裹腹。一个风雪交加的夜里，正是个圣诞节的前夕，余凡终于支撑不住，他发了四十度的高烧，晕倒在中央公园外边近六十六街的雪地上。是保罗神父把他救走的，将他安置在"圣方济收容院"里。这所收容院是保罗神父创办的，在四十二街邻近第八大道，时报广场红灯区的边缘，专门收容离家出走的青少年，所以又叫"四十二街收容院"。那本是一座废仓库改建的，就在圣方济教堂旁边。

据说也是在一个大风雪的圣诞夜里，保罗神父主持完午夜弥撒，正要关上教堂门时，他突然发现教堂一角还有一群孩子躲在那里，没有离去。那群孩子一共四个，都是十五六岁的男孩，身上穿着破烂的单衣，一个个冻得面色发青，直打哆嗦。两个白孩子，一个黑孩子，一个拉丁裔，全都是逃离家庭的小流浪汉，在那个天寒地冻的圣诞夜，无处可去，溜进教堂来取暖。保罗神父把他们留了下来，他认为那是上帝把这群孩子，在那大风雪的夜里，送来交到他手上，要他照顾的。从那次起，保罗神父便发下愿创办这所"四十二街收容院"了。这些年来，收容院接纳了一批又一批从各处流浪过来，身体心灵都印着累累伤痕的青少年男孩。尤其每年到了圣诞夜，午夜弥撒过后，保罗神父便领着一两位教会志工助手，开了一辆旅行车，在曼哈顿的街头巷尾巡逻一遍。每次总会遇见几个深夜里走投无路的青少年，在绝境中等待保罗神父伸出他援助的手。那晚余凡如果没有遇见保罗神父，他一定会僵毙在大雪夜里，是保罗神父救了他一命。

余凡昏睡了足足两个昼夜才醒过来，他看见保罗神父坐在床沿上，满脸笑容温煦，注视着他。保罗神父穿了一袭黑袍子，白领圈浆得笔挺，他胸前悬着一挂琥珀色的念珠，颈上戴着那串赤铜十字项链。他的身型胖胖的，皮肤红润光滑，花白的头发一大片覆过他的额头，使他看起来有一份老年的稚气。他有着一副慈祥的面容，一双极温柔的大眼睛，余凡觉得保罗神父周身都在透着幽幽的一股暖意。

"你的烧退了。"保罗神父说道，他伸手去试了试余凡的额头，他的手掌又厚又软，"你睡了这么久，一定饿坏了。"保罗神父把余凡扶着坐起来，递给他一只保暖杯，里面盛着热牛奶。保罗神父看见余凡一口气差不多把一杯牛奶咕嘟咕嘟喝尽，笑着抚摸了一下他的头说道："慢慢喝。"说着他转身出去提了一桶温水，挟着一只药箱回来，肩上搭了一条毛巾。

"你的脚肿得不像话，再不擦药，要烂掉了！"

保罗神父教余凡把双足泡到温水里，余凡两只脚长满了冻疮，肿得红通通的，有一两处已经出现裂口了。余凡泡了一会脚，保罗神父又蹲下身去，用毛巾替余凡把双足揩干，从药箱里掏出一管消炎膏把药膏挤到余凡红得发紫的脚背上，用一只棉花棒慢慢涂匀，然后才用纱布包扎起来。"我当过看护的呢！"保罗神父仰头朝余凡笑道，他那一双胖手十分灵巧，两下便包扎妥当了。

"好了，小伙子，你可以下床走路了。"保罗神父胖大的身子努力地撑了起来，喘了一口气，拍拍余凡的肩膀笑道。

"Father——"

余凡嗳嗳叫道，他想对保罗神父说声谢谢，可是却哽住了，说不出来，他仰望着保罗神父，嘴唇一直在发抖。保罗神父默默地凝视着他，半晌，他突然从自己颈上卸下那束赤铜十字项链，戴到余凡的脖子上。

"上帝保佑你，"保罗神父低声说道，"教堂那边，孩子们还在等着我呢，我要过去给他们望弥撒了。"

保罗神父离开那间仓库宿舍时，回头向余凡招了招手笑道：

"Merry Christmas!"

余凡活了十六岁，从来没有人这样温柔地对待过他。余凡是个私生子，跟着母亲在曼哈顿中国城长大。他母亲是香港人，偷渡入境美国的，躲在中国城的餐馆里，打了一辈子的工。余凡从母姓，他从不知道自己的父亲是什么人，问起他母亲的时候，他母亲就会白他一眼，恨恨地说道："死了！早就死了！"他母亲跟过一连串的男人：跑堂的、送货的、打杂的。有时男人养她，有时她养男人。她还跟过一个白人警察，每个男人在余凡身上都留下过一道伤痕。他头顶有一道缝过十几针的疤，是那个壮汉警察喝醉酒一根警棍把余凡的头打开了花，而且还把他奸掉，那年余凡十三岁。后来他母亲总算嫁了一个"顺利园"的大厨，香港来的大师傅手艺高，但也是一个火爆脾气的凶神恶煞，一个潮州佬。余凡跟着母亲蹲在厨房剥虾壳，大师傅使唤，余凡应声慢一点，一个巴掌便掀过来了。有时打急了余凡还手，大师傅便会举起一把明晃晃的菜刀将余凡从厨房后面追杀到大街上去。余凡十五岁，母亲病亡，他便乘机逃离那个恶煞厨师，开始到街上流浪。

余凡从小就对 Father 这个词特别敏感，平常无论在什么地方，看到或者听到这个字，他都感到特别刺心。先前他脱口叫了保罗神父一声：Father——自己也吃了一惊，这是他生平第一次大声念出这个词来。自从那一刻起，他对保罗神父便产生了一种莫名的依恋。他在"四十二街收容院"里待了两个多月，在那段日子里，每天进进出出他都紧跟着保罗神父，一步都不愿意离开。收容院里同时收容了二十个青少年，那间仓库房子勉强容得下十张上下铺的铁床。保罗神父领着几个志工从早到晚都在忙照顾那一群离家的小流浪汉，替他们解决问题，安排出路。余凡跟着保罗神父，替他打杂，保罗神父支使他做这样做那样，余凡满心喜欢，做得起劲，他愿意替保罗神父卖命，做他的小跟班。晚上保罗神父带领他们在隔壁教堂里做晚课，大家跟着保罗神父诵经，保罗神父念一句，余凡也跟着他念一句。余凡不信教，也没有进过教堂。中国城浸信会的牧师星期天来拉他母亲上教堂，他第一个借故开溜。是保罗神父那温柔吟唱般的诵经声音，感动了他的心灵，让他有一种皈依的冲动。对余凡来说，四十二街那间简陋的仓库收容院，是他第一个真正的家，是他精神依托的所在。后来保罗神父把余凡送到了圣何塞书院去念书，而且还替他申请了三年的奖学金。可是每逢星期天余凡一大早就会老远从布鲁克林坐一个钟头地铁回到曼哈顿"四十二街收容院"来，赶上保罗神父周日八点钟的弥撒，然后领圣体，向保罗神父告解。回到那间仓库收容院，余凡才有回家的感觉。

余凡毕业后出来做事，在大都会保险公司找到一份助理工作，他便正式加入了保罗神父手下的志工团。团里有八十高龄的家庭医生、老太太心理咨询师、一对退休的男护士，还有煮大锅饭的大厨师，形形色色的人物都有，也有像余凡这样受过收容院栽培又回来当志工的——都是受了保罗神父的感召，来收容院帮忙照顾那些进进出出的年轻流浪汉。那一批又一批十几岁逃离家庭的少男，有的沦落为妓，在时报广场边缘第八大道的红灯区徘徊彷徨，直到他们被皮条客殴打成伤，性命受到威胁，才逃到收容院来。有的吸毒，被警察抓走，出狱后无处可去，转送到收容院，投靠保罗神父。"四十二街收容院"变成红灯区的庇护所。那群漂鸟般的青少年，来来去去，有的出去了又转回头，因为毒瘾又发了，有的回到时报红灯区，继续卖他们的肉身，直到染上了艾滋病，跟跟跄跄回来，向保罗神父求救。看护这批患了艾滋的孩子，保罗神父费了最大的力量和心血，有几个他照顾他们，抱上抱下，直到最后，替他们送终安葬。

年复一年，"四十二街收容院"渐渐出了名，Village Voice 注销保罗神父跟他那一群小流浪汉的照片，称他为"红灯区的救世主"。来投靠"四十二街收容院"的青少年愈来愈多，保罗神父肩上的担子愈来愈重，往往他写信要写到天亮，写给那些捐款人，告诉他们每一个无家可归小流浪汉的故事，保罗神父那些信感动了所有的捐款人，许多都成为了长期的赞助者，有两个连身后的遗产都捐给了"四十二街收容院"。可是余凡看着保罗神父逐年衰老下去，他那胖胖的身躯，行走起来，脚步愈来愈沉重。直到他发病的前两个星期，一个初冬的黄昏，天气已经萧瑟，有了寒意，余凡到"四十二街收容院"去，在教堂里，寻到保罗神父，他看见保罗神父一个人，跪在圣坛前面，在默默祈祷。余凡坐在最后一排椅子上，悄悄等候着。焦黄的夕阳从左边的玻璃窗斜射进来，有一束晕淡的阳光落在保罗神父的黑袍上，好像蒙了一层尘埃似的，使他那匍伏的身影显得分外孤独。余凡等候保罗神父祈祷完毕，才迎上前去，拥抱了他一下。

"Father——"

余凡轻轻叫了一声，保罗神父看到他依然展开他那惯有的温煦笑容，可是不知怎的，他从保罗神父那双温柔的大眼睛中感到一股深沉而巨大的哀伤，那是他这么些年来，从来未有触及到的。保罗神父一脸倦容，神情憔悴，好像一下子苍老了许多。他引着余凡蹒跚地往外走去，走到一半，他突然回过头来对余凡说：

"阿凡，我们坐下来，我想跟你谈谈。"

保罗神父打量了余凡一下，轻轻拍拍他的手背。

"我很为你高兴，阿凡，你走到今天很不容易，"保罗神父望着余凡点头说道，接着他长叹了一口气，"我希望我那些孩子个个都像你这样就好了，可是他们好些又跑回到街上去了，我想到那些孩子们一个个在寒夜里抖瑟瑟地立在街头，我就难过，好像是我把他们遗弃掉了似的——"保罗神父自责道。

余凡赶忙安慰他：

"可是你也救回不少孩子啊！"

保罗神父摇摇头说道：

"那是靠上帝的力量。"

"我想那是上帝要你这样做的。"余凡坚持道。

"可是我没有做好——"保罗神父沉痛地说道，"我辜负他所托了！"余凡看到保罗神父的眼眶竟溢出泪水来了。

"Father——"余凡喃喃叫道。

"我常常祷告，求主引导我，让我不要迷途，可是有时候，我竟找不着方向，好像沉埋在深深的黑夜里，完全迷失掉了——"

保罗神父吁了一口气，沉默片刻，然后几乎自言自语地颤声说道：

"也许我太爱他们了，我那些孩子们。"

余凡办理完保罗神父的后事，他把那座古铜骨灰匣捧回他第十街地下室公寓去，搁在壁炉上端的架子上。他吞了两粒镇静剂，蒙头大睡了一天一夜，第二天一早便赶回去大都会消假上班。他的顶头上司涂玛丽是从香港来的一位胖太太，因为余凡也会说广东话，平常涂玛丽很照顾他，但这天一看见他进办公室便把一大叠文件摔在他桌上，指着他警告道：

"你今天再不来，我就要炒你的鱿鱼了！今天最后一天，明天就放圣诞假啦！"

余凡请了一个星期的病假，又延了五天，圣诞节到了，累积了一大堆申请表格，等着余凡去处理。这家大都会在百老汇大道上，离中国城不远，顾客有不少亚洲人，香港、台湾、中国大陆来的移民，越南、柬埔寨的难民，所以公司也聘用了大批亚裔职员。坐在余凡左右手桌子的，是两个从新加坡、马来西亚来的女职员 Vicky 和 Kitty，三十多岁的单身女，都比余凡大，因为见他害羞，喜欢捉弄他。余凡一坐下来，两人便左右开弓审问起他来：这几天失踪躲到哪里去了？干了什么勾当？余凡左闪右闪，支吾以对。Vicky 和 Kitty 追问了一阵，不得要领，有点不耐烦起来。

"阿凡一定跟人私奔去了！" Vicky 嘿嘿笑道。

"我晓得了！" Kitty 应声叫道，"阿凡跟 Amanda 幽会偷情去了！"

说完 Kitty 和 Vicky 同时笑得前俯后仰。Amanda 是个从巴西来的大肉弹，她自称只要她手指勾一下，公司里的男职员都会向她飞扑过去。她看见余凡就要搂住他亲嘴，只有余凡会躲她，她发誓总有一天她要把余凡弄到床上去。那个星期恰巧 Amanda 也休假，Kitty 故意把她和余凡扯在一起。余凡涨红了脸，不理会两个女同事的促狭，埋着头在处理堆满了一桌子的文件。办公室里酝酿着一股放假前的焦躁，同事们纷纷提前下班。Vicky 和 Kitty 同时急急忙忙穿上大衣，一齐尖叫着"Merry Christmas"呼啸离去。胖太太涂玛丽守到五点才走，她看见余凡还在埋头苦干，便走过来拍拍他的肩笑道：

"赶不完，算了。阿凡，回家过圣诞吧。"

"不要紧，"余凡微笑应道，"我弄完这一叠再走。"

余凡一直工作到九点多，办公室只剩下他一个人了。他穿上那件带着兜帽的海军蓝粗呢大楼，围上了一条绛红的围巾。外面一阵阵又在飘雪了，百老汇大道上的商店饭馆都已经打烊，橱窗的圣诞灯饰还在亮着，在雪花飘摇中恍惚闪烁。迎面一阵寒风吹来，像刀劈一般，余凡赶忙兜上帽子，双手插进口袋，匆匆往 Little Italy 走去，他一整天没吃东西，饿得头有点发晕。Little Italy 有几家披萨店还开着，余凡买了两块什锦披萨，站在店门口便狼吞虎咽起来。吃完披萨，余凡看看表，十点钟。他望着满街的风雪，一时茫茫然，不知何去何从。往年圣诞夜，余凡一定会回到"四十二街收容院"，跟院里的青少年一同参加保罗神父主持的午夜弥撒。有几次，望完午夜弥撒，保罗神父带着他开了教堂那部旧旅行车，在曼哈顿的大街小巷巡逻一番，带回几个在寒夜里彷徨街头的流浪孩子，在平安夜里，给他们一所暂栖的归宿，就如同余凡自己在那个风雪夜里，被保罗神父救回来一般。保罗神父走了，余凡无法再回"四十二街收容院"。在这个圣诞夜里，余凡突然觉得无家可归起来。

街上已经没有什么行人了，只有格林威治村那一带的酒吧间，还有一些钻进钻出的人影。余凡走到第八街，进到 Rendezvous 里，这是一家多种族的欢乐吧，亚裔的欢乐族占了不少成分。这家欢乐吧离余凡上班的地方并不远，下了班，余凡一个人偶然会逛到这里来买醉。平时周末，这家酒吧挤得人贴人。但圣诞夜，人们多半回家过节或去参加派对了，酒吧空荡荡的，只有吧台上坐了一排客人，有几个年轻的，像是东南亚人，大概是从越南泰国来的，中间坐了一个五十多岁的胖大白人，头上罩着一个金光闪闪的高纸帽，正在跟那几个亚裔年轻男人打情骂俏。余凡走到吧台边，向调酒师点了一杯双料马丁尼，便蹭到酒吧一角去，那里烧着一盆熊熊的大火炉。在风雪中彳亍了几条街，一身都冻僵了。余凡坐在火炉边，啜着马丁尼，一边取暖，酒吧的音乐箱一直在重复播放平·克罗斯贝的《银色圣诞》。一个面上贴着几颗金星的拉丁族小跑堂跑过来向余凡献殷勤，余凡又点了一杯双料马丁尼，而且还重重赏了拾元小费，小跑堂乐得露出了一口白牙来，说道：

"你真甜，先生，上帝保佑你！"

两杯双料马丁尼下肚，酒精开始在余凡体内慢慢散开，炉内的火焰飙起两三尺高，余凡的额头有点沁汗了，他把粗呢大围巾都卸掉，对着跳跃的炉火出起神来。余凡感到身后突然有一只大手掌压在他的肩上。

"乔舅！"余凡抬头惊叫道。

那个巨灵般的大男人矗立在余凡身后，满脸微笑望着余凡，他一身裹着厚重的衣服，头上却戴了一顶圣诞老人的红帽子，帽子尖顶一团绒球甩来甩去。余凡拉着乔舅坐下来，然后招呼那个小跑堂的过来，他问乔舅道：

"你要喝什么？我请你，我在喝马丁尼。"

"那我也要杯马丁尼吧。"乔舅有点受宠若惊。

余凡向小跑堂的点了两杯马丁尼。

"用双料的。"他又加了一句。

小跑堂的端了两杯马丁尼来，余凡又加给他拾块钱小费，那个拉丁小伙子乐得咧开嘴连声道谢。

"Merry Christmas！"余凡举杯敬乔舅。

"Merry Christmas!"乔舅举杯应道。

"真没想到今天晚上能在这里遇到你！"余凡兴奋地说道。

"其实我们常到这里来的，"乔舅说道，"我是说从前我和阿猛两个人。"乔舅那张宽阔的脸上露出了一抹哀戚。

"乔舅，在这个圣诞夜，我又遇到你，我相信一定是上帝的安排。"

余凡认真地说，他见到这个巨灵般的大男人，顿时好像遇到亲人一般。虽然他和乔舅在医院里只相处过几天，可是他们在三〇三病房的生死场里共同经过一场浩劫，一齐共过患难，有一种特殊的关连。余凡害羞，沉默寡言，小时候他母亲那些男人对他粗暴，他便把嘴紧闭起来，一声也不吭，沉默对抗。一直到他遇到保罗神父，他才找到一个可以吐露心事的人，他常常去找保罗神父告解，把他从小到大的委曲隐痛都向保罗神父倾诉。保罗神父走了，余凡感到好像一下子喉咙瘖哑掉了，发不出声，许多话埋在心里，胸口上好像压了一块铁板一般沉重。他看到乔舅，突然间他有一种向这个大男人"告解"的冲动，把隐藏在心里的话都抖出来。乔舅是唯一一个看到他和保罗神父最后在一起的人。

酒过三巡，双料马丁尼开始发威了，余凡的口齿都有些不清起来，他把他和保罗神父的故事原原本本告诉乔舅听，从十年前那个下着大雪的圣诞夜讲起。

"乔舅——"讲到激动处余凡伸出手去紧执住乔舅的巨掌，"那晚我去找保罗神父，第二天我就要离开收容院，到布鲁克林圣何塞书院去念书去了。我走到他公寓的房间，要去跟他道别，感谢他救我一命。我见到他时，只叫出一声'Father——'便扑倒在地上抱住他的双腿嚎啕痛哭起来。你相信吗？乔舅，那是我十六岁第一次哭出声音哭出眼泪来。我母亲那个警察男人把我的头打开了花，我也没有掉过一滴泪水。保罗神父把我抱起来，我拼命往他怀里钻，我蜷卧在他胸怀里，躺了一夜，我感觉到他身体的温暖——那是人间的温暖。那是我一生中感到最幸福的一刻，我真的觉得好像得到了上帝的福佑——"

余凡把手中剩下的半杯马丁尼一饮而尽，深深地吁了一口气。乔舅又叫了一轮酒，两人举杯饮了一大口。

"乔舅，"余凡醉眼惺忪，向乔舅压低声音说道，"我得保护保罗神父，对吗，乔舅？我不能让他受到伤害，我在布鲁克林很远很远的地方找了一个黑人区的天主教墓园，我打算将保罗神父的骨灰护送到那里下葬，他在那里安息会很安全。"

"乔舅，"余凡有点哽住了，"他把他的生命都给了他那些孩子——他太爱他的孩子们了。可是教堂里那些人不会懂他的，我得保护他，对吗？我每天晚上在替保罗神父祈祷，我想上帝会原谅他的——"

余凡说着身子倾斜过来，头跌靠在乔舅宽厚的肩膀上。

"上帝会原谅他的，对吗？"余凡醉语喃喃地说道，跳跃的炉火映得他一脸鲜红，额上冒出汗珠来。

乔舅似懂非懂地点着头，他搂住余凡的肩，在他耳边温柔地说道："我们回家去吧，酒吧要关门了。"

那个拉丁裔的小跑堂刚刚宣布最后一轮，酒吧里只剩下余凡和乔舅两个人。乔舅一把将余凡举立起来，替他穿上大衣，围好围巾，把他一只手臂环绕在自己脖子上，趔趔趄趄，两人互相扶持着走出了 Rendezvous。外面落雪暂停了下来，格林威治村的街道上都铺满了一层两三吋厚的白雪。乔舅搀扶着余凡，在松松的雪地上，一步一脚印地蹭蹬往前。他那辆破旧的雪弗兰小货车停在第八街和第五大道的转角处，当他们走近停车处时，从华盛顿广场那边迎来一队报佳音的少年唱诗班，有十几位少男，各种族裔都有，戴着红的、白的、绿的绒线帽，罩着白袍子，由一位教士领队，在那一片洁白的广场上，一齐反复在诵唱着 Silent Night：

Silent Night，Holy Night，
All is calm，All is bright——

孩子们天使般纯真的声音，在那冷冽的夜空里，像一阵雪花，飘洒在格林威治村的大街小巷上。乔舅扶着余凡在车边伫立了片刻，等那队唱诗班的孩子走远了，才打开车门将余凡扶上车，替他系好安全带，自己上车发动引擎。

乔舅住在 Little Italy 附近一间四层楼的旧公寓里，公寓没有电梯。余凡早已醉得昏睡不醒，他把余凡背到背上，从一楼一级一级爬到四楼。进去公寓后，乔舅把余凡卧放在一张长沙发上，拿了一只坐垫搁在余凡头下。乔舅这间简陋的旧公寓是用水汀取暖的，大雪夜屋内还是寒气逼人。乔舅走到厨房里捧出一捆木柴，一叠旧纸，到客厅壁炉，将木柴架好，点燃报纸，将炉火升起。正当乔舅蹲着他那硕大的身子在忙着扇火的时候，他突然听见哇的一声，余凡大吐起来。乔舅赶过去，他看见余凡吐得一身，沙发上、地毯上也溅满了酒吐。余凡不停地作呕，好像肝肠都要吐出来了似的，酒吐的

恶臭熏满一屋子。乔舅也不避脏，他把余凡抱到浴室内，将他的脏衣服卸掉，用一块湿毛巾把余凡脸上颈上的酒污都揩拭干净。然后那个巨灵般的大男人，一双巨掌捧着余凡瘦弱的身体，小心翼翼地抱进卧房里去。他从柜子里拿出一件阿猛从前常穿的睡袍来，帮余凡穿上，然后把他安放到床上，替他盖好被窝。余凡醉得厉害，神智一直在昏迷中，一上床便睡了过去。

乔舅踅返客厅，壁炉的柴火冒起来了，屋子里开始暖意融融起来。他去打了一桶水，找了抹布和清洁剂把沙发和地毯上的秽物着力清洗干净。然后自己也换上睡衣，盥洗了一番，把半夜冒出来的胡须渣也剃刮干净，才回房间去。他在余凡身边躺了下来，按熄了灯。在黑暗中，他听得到余凡酒后浓重的呼吸声，他也感觉到余凡在被窝里睡暖了的身体。这些日子，阿猛走了以后，每天晚上，上床一刻，是乔舅最难过的时候。这张特大号的古旧木床，是乔舅和阿猛在 Soho 一家卖旧家具店里看中买回来的。阿猛不在了，乔舅一个人睡在这张空空的大床上，总觉得太过孤单，有几夜翻来覆去都难以成眠。没想到，在这个平安夜里，竟有一个年轻男人，躺在他身边，伴着他。乔舅心里渐渐安静下来。蒙眬间，他习惯地伸出手臂，轻轻搂住了余凡的身子。

定稿于 2015 年 12 月 4 日

陈 河 生于温州，著有长篇小说《红白黑》《沙捞越战事》《布偶》《米罗山营地》《在暗夜中欢笑》《甲骨时光》《外苏河之战》及小说集《女孩和三文鱼》《义乌之囚》。现居加拿大多伦多。

参展小说
碉堡

碉堡 首发于《十月》2018年第6期

碉 堡

一

那时候，地拉那的动乱过去有好多年了，夜里已经听不到零星的枪声。

在这条巷子深处的四德家里，一道生锈的铁皮大门虚掩着。门没上锁，如果有车子过来，敲敲门，里面会有人打开。一进门，院子显得比较逼仄。四德那辆二手的奔驰车占了一大块地方，空余的地方最多只能再停两辆车。之前他住的地方大，前面有个宽敞的院子，后面还有个大果园，可现在生意难做，房子只得搬小一点了。房子虽不如以前宽敞，但一到下午来的人还是不少。在这的温州人大都是单身，这混乱的地方不宜带家眷，只有四德、秀莲两夫妻带着八岁的女儿在这里住过。后来动乱时女儿送回了温州，可家庭格局还在那里。两口子好客爱热闹，这里成了一个小小的社交中心。最近几天，四德家还住了一男一女两个上海客人，他们是从越南转过来的，要和四德合作在这里搞传呼机的生意。

这一天，有一麻将牌局。打麻将的有四德、南昌公司的小李、上海人任总和阿春。阿春手上缠着白纱布，摸牌比较慢。牌桌边坐着几个女眷在嗑瓜子，秀莲和黎培，还有和任总一起来的上海女子张雅萍。张雅萍脸上敷着白色面膜，磕了一阵瓜子后，起身去几米开外的浴室洗澡。打麻将的四德倾听浴室里面的喷水声，声音在他意识里还原出水喷在张雅萍裸体上的画面。下一把牌四德手气很好，一立起来就有好几个搭子。上海女从浴室出来，身上弥漫着香肥皂和女人天生的体香气味。她站在四德的后面，看他的牌。他们打的是江西麻将，江西人管那几张百搭牌叫金子。上海女在后面问四德："你有没有金子？"

"他有很多精子，我卵子都没有。"阿春咕哝着，边上人听了都偷偷笑。张雅萍说"金子"被阿春谐音成"精子"，所以他说自己没有"卵子"。张雅萍没有笑，装着没听懂阿春的话，一脸正经看着四德的牌。

"阿春，你能不能牌子出快点？"下家的南昌人小李不耐烦。阿春缠纱布的手略微发抖，出不了牌。因为这里的局输赢很大，阿春很想赢点钱，输不起，特别紧张，但表面还装得不在乎。

"你这手怎么回事？"小李问阿春。

"让狗咬的。"阿春说。说话间扫了一眼老婆黎培那边，好在老婆没有听见他的话。

此时黎培正在和秀莲说昨晚的事情。黎培不怕把家丑抖出来，可她不是个撒泼的女人。她童年就到了意大利，在那里长大，相貌体型都漂亮，才二十五岁。她接下来所述的行为和她的美丽很不相称。她说阿春用她母亲房子抵押的钱进货，可是钱都亏了进去，母亲的房子眼看着就要被银行扣留。她着急，责骂阿春的无能。阿春说下一个货柜到了就可以把钱卖出来，可是昨天半夜阿春回来，说货柜又被海关扣留了。

"他进门时，我还睡在床上。听他说货柜被扣了，我就拿起床边的玻璃水杯朝他砸去。他用手一挡，杯子碎了，玻璃在他手掌上划了一道口子，血喷了出来。我起先有点害怕，怕他会死掉。但我没理他，看他自己用纱布缠了伤口。我一直在骂他，骂他这回又进错货，进了高关税的电池又想逃税，不被查到才怪，人家进的货都好好的。我一边骂，一边看到他坐在我脚边用缠着纱布的手整理店里收入的零钱，一张才十个列克，不到人民币一块钱，他一张张数着，叠成一叠叠，没出息的男人才去数这些零钱，数一辈子也值不了几个钱。我气得用脚踢他缠着纱布的手，抢过他叠好的列克往上呸呸吐痰，把它们全扔到地板上。我都气疯了，可我真佩服这个没用的人，居然又坐到地板上，把我吐过痰扔乱的钱一张张又整理起来。"黎培说得很大声，一点不怕别人笑话，她气还没消，继续说：

"我嫁给这个没出息的男人真是倒了八辈子的霉！"

"那你嫁给八十岁有钱佬吧。他们裤裆里的玩意像蒸过的茄子软绵绵。"阿春不紧不慢回答她。

"就你厉害？你每次也就三分钟。"黎培不依不饶地损他。

黎培说话时，秀莲起身做饭菜。她出手很快，一会儿就有饭菜香气冒出来。但令人不舒服的是院子里隐隐有一股狗的臭气，那是四德从北方带回来的那条大狗身上溃烂处发出的。除了这条大狗，院子里还有一条狼犬是刘甘肃的。他出逃前的一天，把狗带过来给秀莲，说自己明天家里修房子，重建狗舍，想把狗寄放一两天。没想到这个家伙出逃一年多了一点消息都没有，这狗秀莲只好一直给他养着。现在院子小，有人来打麻将时，两条狗都关进了砖头砌的狗窝里。四德嫌狗的味道重，用一条毛毯蒙住了狗窝。阿春小时候养过狗的，知道狗这样闷在里面有多难受。

就这时，家里的座机电话铃响了。这电话还是原来房东留下的，六十年代苏联制造，铃声如战斗警报一样刺耳，让人心惊胆战。

"哈罗。"秀莲接了电话。

"我是阿礼啊！你是秀莲吗？"电话里的声音很急迫与慌乱。

"什么？你是谁？你是阿礼？你没有死掉吗？"秀莲大吃一惊。

"没有啊，我回来了，我被关在飞机场了。"电话里的声音大得打麻将的人都能听到。

"你等等，我叫四德和你说话。"秀莲觉得这是大事，应该让四德和他说话，赶紧把听筒递给四德。

"阿礼，你现在什么地方？"四德把听筒夹在头颈之间，嘴角叼着烟，眼睛看着牌，伸手补进一张牌。

"我现在是在雷纳斯机场。机场海关不让我入关，说我感染萨斯已经去世，还说报纸都登过我病死的消息。"

"这倒是真的，我们都看过这份报纸。说你得萨斯死了。我们都以为是真的。报纸上登过你老婆把你用过的东西在街上烧掉的照片。"

"完全是造谣，我根本没有死，也没有得病。我在国内压根就没有染上萨斯。"

"那你告诉海关你没有死，让他们放你进来就是。"

"他们说就算我没死，也不能放我进来，说我身上有萨斯的病毒，会带来灾难。他们马上把我塞进原来的航班要送回中国去。我拼了命闹，飞机上人害怕了，我才留了下来。但明天一早他们还会强制把我送上飞机的。"

"那你老婆和她家里人没有来接你吗？她不会去作证吗？"

"哪里啊，我刚才给她打过电话，她一听我声音就开始骂我是鬼，把电话挂掉了。我知道说我病死了就是她一家造的谣。"

"那你现在要我怎么做？"四德说。

"我被关在一个屋子里。刚才我给了看守的警察一百美金，他才让我打两个电话。我给大使馆打过电话，张领事对我很同情，说会帮助我，明天一早会发外交照会到阿尔巴尼亚外交部去，要求他们放我入关。可是警察说过，明天一早就把我强制送回中国。我现在没有办法，只有求求你们帮助了，你们可以来机场保我一下吗？"阿礼的声音听起来挺可怜的。

"阿礼啊，这个我们就没办法了。大使馆做不到的事情我们怎么能做到呢？你还是自己想想办法吧。"四德说，一边打出了一张麻将牌。

"四德，求求你帮忙，我真的走投无路了。"阿礼说着，电话突然就断了。

"也许可以试试。去机场给警察送点钱，他们会放阿礼进来的。"秀莲说，去年四德从国内带了几个人过来被机场扣住，也要送回去，四德给机场的熟人送了钱之后就放人了。

"妇道之见，要有点政治头脑好不好？"四德斥责秀莲，"这回阿礼是因为萨斯的原因，萨斯是个政治问题，外国人都想用这个理由把我们中国人赶走呢。我们自身难保，还要去机场引火烧身？"

　　四德这话说得众人都觉得有道理。的确，阿礼身上要真的有萨斯，谁也不敢去接触他，多一事不如少一事，于是大家就继续打麻将。不久，秀莲的饭菜做好了，大家开始吃饭。一边吃饭，一边就自然谈起了阿礼的事情。因为任总和张雅萍对阿礼的来历和遭遇一点都不知道。

　　事情的源头在刘甘肃身上。当初在地拉那做生意的一群中国人中间，刘甘肃做的生意是最大的，不是比其他人大一点儿，而是大很多。他有个两百多工人的缝衣厂、两个零售商店，还有大型的批发仓库，办公室里的阿尔巴尼亚雇员都有七八个。刘甘肃来地拉那比较早，他出国前是个外科医生，读过医药大学，脑子好使。他老婆起初跟他一起在地拉那，还带着一个六岁的女儿。挣到足够多的钱后，刘甘肃开始考虑安排将来。他出国最初去的是苏黎世，在一个餐馆里当切菜手。他到阿尔巴尼亚后还一直给原来的那个切菜手工作缴纳税款，这样就保住了瑞士的居留身份。而到了这一年，他终于获得了带家属定居的身份，所以他和老婆商量，让她带着女儿住到瑞士去。他自己一个人在地拉那顶着，每月去苏黎世团聚一次。

　　四德刚到地拉那时开了一个小铺子，刘甘肃的大超市就在他的对面。准确地说，是四德在刘甘肃的大超市对面开了个小铺子。他第一次去见刘甘肃，还是经国内的人介绍，要不刘甘肃还不见他。刘甘肃住在地拉那市中心的一条巷子里，高围墙，院墙上面有铁丝网。他在一个光线暗淡的屋子里见了四德，好像一个名人接待来访者一样矜持，带着防备意识。后来不知怎么的他们到了院子里，一棵树下拴着一条灰白色的狼犬。刘甘肃说这只狗极其凶狠，邻居家的猫要是从树上爬下来，它都会生吞活剥地吃了它们。这狗前些日子生了一窝小狗，可几天后不见了踪影。他怀疑是这狗自己吃了小狗。刘甘肃这么仔细地说着这狗让四德觉得话外有音，暗示别碰他的生意地盘，要不这狗就对你不客气。

后来不知什么时候开始，大家开始熟了。刘甘肃不那么牛了，有时也会到四德家里吃饭。但他比别人都忙，经常人家都吃好了，他才匆匆赶来，肚子饿得不行，狼吞虎咽吃些残羹剩饭。后来的日子秀莲就悄悄给他留了些饭菜，不至于老是让他吃剩的。四德虽然心里一直视他为对手，但觉得刘甘肃这样的人都来这里蹭饭，自己脸上也有光。

这样的生活持续了一段时间，刘甘肃明显消瘦了下来。有太多的事情要干，现在少了妻子帮助，还得每个月飞一次苏黎世，他忙不过来了。虽然他有好些阿尔巴尼亚员工做管理工作，但他对他们总是不放心。在本地找华人当帮手肯定不行，他们进来之后，会把公司的客户和商品信息摸走，然后自己跳出来单干。刘甘肃脑子总是超前的，觉得一个有力又忠诚的帮手，只有在中国大陆才能找到。

六月，刘甘肃回了一趟中国，通常他来回就一个礼拜，但这回迟迟没回来。其他人倒是没什么，只有秀莲开始念叨，说有点奇怪，他怎么这么久没回来？四德插话说，他不是说过这回要找个帮手回来吗？帮手哪有那么容易能找到。

三个礼拜后，刘甘肃回到地拉那，果真带了一个帮手回来。回来的第二天，刘甘肃就带着新来的帮手阿礼前往四德家里亮相。虽然刘甘肃只是带回了个男帮手，可给人的感觉好像他是带来了个新媳妇一样。秀莲对阿礼格外客气，连忙让他入座吃饭，其热情程度好比那些把煮熟的鸡蛋塞到客人兜里的农村大娘似的。这个叫阿礼的帮手三十岁出头，中等身材，发际线已开始上升，脸比较大，人看起来比较老实，总是微笑着。那天秀莲烧了很多菜，阿礼显得很拘谨，叫他吃的时候才动动筷子。他也不主动说话，有人问他才回答。他大部分时间说普通话，但有时也说几句温州话，口音明显是泰顺山区一带的。

刘甘肃这回是在《温州日报》上登广告公开招聘。听说报名者很多，是百里挑一选到阿礼的。后来的几天大家轮流请客吃饭，为阿礼接风，几顿饭下来，对阿礼的来历大致了解了。他本来是温州冶金厂的工程师，毕业于华南理工大学，老家在泰顺。他在报纸上看到招聘广告，和刘甘肃仔细交谈之后，决定放弃国内的铁饭碗，到欧洲的社会主义明灯国家阿尔巴尼亚来闯荡一番。

就这样，阿礼成了刘甘肃的帮手，整天跟着他，为他经营着公司的业务。刘甘肃本人可以自由来往苏黎世，休假时带妻儿周游世界。当四德他们还在为生意发愁的时候，刘甘肃已过上了靠手下人经营的资本家生活。大家都羡慕得要死。

但是三十年河东，三十年河西，如今刘甘肃不光彩地跑了，留下阿礼吃尽苦头。萨斯之后大家以为他死了，可现在死人复活，又回到了地拉那。

二

从罗马转机起飞，不到两个小时，就到达了地拉那的上空。机场周围环绕着山岗，飞机得盘旋几圈降低高度，之后对准跑道，开始着地。阿礼看着机窗外的地拉那城，内心阵阵激动。他回国看望病重的父亲，在国内待了一个月，每天都想念着地拉那的妻儿。他最近打电话回家妻子都不接，这让他忐忑不安。在他的行李箱里，装着好几样给儿子的电动车玩具。他给老婆玛尤拉买了几件衣服，给老婆的父母也买了礼物。虽然老婆一家最近对他很不好，但他总想改善关系。

八年前阿礼第一次抵达时，地拉那的机场像个乡村的汽车站。现在略有改观，但从停机坪到海关出口还得自己走着过去。阿礼对机场情况很熟悉，除了自己坐飞机回国，还经常为提取公司空运货物到机场来，时不时还送老板刘甘肃去中国或瑞士。这里的警察他多半都熟悉了，一路总会碰上几个面熟的。这天他排着队，慢慢走近海关盖印的地方。他第一次入境时，警察说他签证有问题，敲诈了他一百美金。如今他已经熟练地说阿尔巴尼亚语，护照上盖满了海关的大印，居留签证有效期还有半年多，因此他一点儿也不紧张，还准备和警察打打招呼。

他走到了警察工作亭前，看到是一个脸熟的警察。这个警察抬头看看他，拿起护照左看右看，知道他是居留在这里的人，不是敲竹杠的对象，正没好气地准备在护照上敲下图章。突然他的手停了下来，慢慢抬起头，像看一个怪物一样看着阿礼。阿礼觉得特别不舒服，没好气地问他：

"你看我干什么？"

只见这警察让阿礼站到边上，自己跑到里面办公室去。几分钟后有个领导模样的老警察走出来。这家伙大肚子，黑脸膛，阿礼认得他，在地拉那的中国人几乎都知道他的名字：法特米尔，雷纳斯机场的警察队长，一个很难对付的人。胖警察让阿礼走进一个房间，把门严严实实关好。整整过了半个小时，胖警察带了几个人进来，都戴着口罩，开始问阿礼。

"你叫什么名字？"

"潘崇礼。"阿礼说。

"出生年月"

"1966 年 5 月 8 日。"

"我知道你，你是菲尔玛长江的人。"胖警察说。阿尔巴尼亚语"菲尔玛长江"的意思是长江公司，刘甘肃的长江公司一度在地拉那知名度很高。

"是的，我过去是的，现在已经不是了。"阿礼说。

"你不是已经死掉了吗？怎么又回来了？"胖警察法特米尔隔着口罩说。

"请你不要乱说。"阿礼回答，他心里在骂：你才死掉呢！但他不敢得罪胖警察。

"你看，这上面说你死掉了。"警察把一张报纸摊开在阿礼面前。是地拉那的《每日邮报》。阿礼虽然能说阿尔巴尼亚语，但看不懂。报纸上面有一张他的照片，后面一大段文章，还看到有一张照片是他老婆玛尤拉在路上烧什么东西。

"上面说了些什么？"他问道。

"上面说你回到中国老家，得了萨斯病，死了。真的是你回来了吗？你会不会是鬼魂呢？"警察说，眼角在偷偷地笑。阿礼气得额头爆出青筋。

"报纸造谣，他们凭什么说我死掉了？"阿礼说。

"是你老婆玛尤拉对记者说的，他们家人也这么说。报纸上这么写着呢。你看，他们还怕你留下的病毒会传染，把你睡过的床和衣服，用过的东西在马路上用火烧掉了。这样，邻居和亲戚才不会把他们一家当成瘟疫家庭。看到没有，这报纸上往火堆里丢衣服的是你老婆吗？"

阿礼仔细盯着老婆的照片，刚才他看到报纸照片里玛尤拉在烧东西，还以为她是像中国人一样给他烧纸钱，现在才知是烧他用过的物品和衣物，送瘟神一样。他气得脸色发青。他对警察吼了起来，失去控制：

"你们放我走，我一回到家里，妻子看到我回来，就会告诉记者真实情况。我的家乡在中国南方山区，根本没有发生过萨斯。我连感冒咳嗽都没得过呢。"

"不不，这个不可以的，菲尔玛长江。"法特米尔开始用菲尔玛长江来替代阿礼的名字，因为中国人名字发音实在拗口，倒是菲尔玛长江朗朗上口容易记。他接着说："现在全世界都怕萨斯，我们海关和防疫站都在严格检查，不让有萨斯嫌疑的患者入境。你是个报纸里说已死于萨斯的人，怎么可以入境呢。"

"我没有死，不是死人，没有得过萨斯病，你看我好好的。"阿礼说。

"不行，上头的命令，你得坐原班飞机回去。"警察队长说。

"你说什么？开什么玩笑。我有签证和居留，我有房子和孩子和妻子在这里，你们怎么可以把我原机返回？"阿礼简直暴跳如雷。但是，在身材壮实的阿尔巴尼亚警察面前，他像个猴子一样瘦小。

"没办法，你得走，因为你是萨斯病人。"警察队长说。

接着，马上来了两个身材特别高大的警察，架起了阿礼，像老鹰拖小鸡一样把阿礼从房间里拖出来，前往停机坪。阿礼根本没有反抗的能力，被拖上机舱。飞机上已经坐满了旅客，引擎已经发动，就等着最后一个客人登机。

这个时候阿礼很冷静，他知道飞机一旦飞上天，他就毫无办法，只能乖乖被遣返。过去曾经有过很多次中国人入境被原机遣返的先例，他现在得自救。眼看着警察一走，机舱门就要关闭。阿礼平常是那么怕羞，本性像兔子，这下可狮子一样大声喊叫起来："放我下去！要不我要把机舱窗户玻璃敲碎。"他脱下皮鞋用鞋底猛烈敲打着窗户，发出的声音把机上的旅客吓坏了。阿礼还大声用英语和阿语叫着："我是萨斯病人，会把疾病传给所有人，快让我下去！"他用完全疯狂的声音叫喊着，口里吐着白沫，飞机机组人员都吓坏了。意大利机长马上过来安抚，说不会让他飞走，不会关闭舱门。机长向机场抗议，不放下这个发狂的旅客就不起飞。这样，又来了几个警察，带阿礼下了飞机。几分钟后，阿礼看到飞机冲向了天空，他才长长松了一口气，总算度过了第一劫。

警察队长看到他回来，说：

"菲尔玛长江，你不好，我不喜欢你。明天一早你还得走。"

阿礼这下可不管胖警察的评价，他总算暂时留住了。在接下来的时间里，他用一百美金买通看守他的警察，打了几个电话。他接通老婆的电话后，只听对方惊叫一声，说他是鬼，立即把电话关掉，再也无法打通。给使馆的电话很容易接通了，张领事对他很关心和同情，说明天会发外交照会给阿尔巴尼亚外交部，要求他们妥善解决。阿礼知道这远水解不了近渴，又给四德家打了电话，可得不到任何救助。阿礼开始发愁，他得自救，得想办法。在这之前，他得稍微休息一下。危险还没过去，法特米尔说明天一早他还得走，警察明天会强制遣返他，给他戴上手铐脚镣，到时他可动弹不了了。今天所有离开地拉那的航班都已经飞走，他在明天上午之前暂时不会有被遣返的危险。他觉得累极了，想休息一下，坐在椅子上就睡着了。

他梦见了儿子东东，东东是小名。儿子的阿尔巴尼亚名字是斯堪德培，和他们的民族英雄一样。中文名字是潘安东，一个响亮的名字。阿礼在儿子名字里加了个"安"字，是为了中和妻子玛尤拉吉普赛血统里到处流浪的天性，盼望儿子以后会有个好的命运和前途。儿子已经三岁了，模样不像他，基本是个外国人，亚麻色头发，淡蓝色的眼睛，但阿礼能确信儿子的基因是自己的，因为他的左脚小脚趾有点分叉，产生出一个很小的第六趾，这一个特征传递到了儿子身上。儿子和他亲密无间，会说些普通话和几句泰顺土话。此时阿礼深陷险境，在疲惫之极的睡梦中看见儿子在一个树林里奔跑，身后有一个陌生的大胡子男人在追着打他，儿子在哭喊。阿礼惊醒过来，心里刀绞一样难受。

屋子里很静，因为最后的航班都飞走了，机场大部分人员都已下班。阿礼觉得警察所里很安静，只有个把人员在值班。他拉了拉门，发现是紧锁的，铁门很结实。休息后阿礼的脑子特别清醒，危险没过去，他必须付诸行动。他得逃离这里，在天亮之前。

屋顶很高，有两扇窗，都有铁栅栏加固，无法掰断。天花板上有日光灯座，四条灯管的。阿礼是工程师，懂得电工，知道灯池可以松动。在半夜一点的时候，他确信值班警察已经睡着了，就把两张凳子叠在一起，爬了上去，灯池的有机玻璃发光板一推就推开了。

他没有把灯关掉，连着灯座往上推，居然推动了。这个灯座安装的时候工人偷工减料，没有固定住，所以阿礼很容易把灯座移到了一边，上面露出的洞口足够一个人钻出来。他从灯座口爬了出来，在天花板上走了几步就看到有个通风口通到屋背上。他从通风口钻出，看到机场外边的停车场。他悄悄爬下了屋顶，沿着屋子的阴影向着树林溜过去，很快就消失在树林里。

天气微凉，月光如水，空气带着泥土和树木的清香。阿礼失去自由又逃离出来后，内心一阵喜悦。有一下子，他觉得自己似乎已经渡过了难关，因而心情放松，开始知道自己很久没有吃东西了。此时他很奇怪地想吃一样东西：柿子。在雷纳斯机场附近有许多片柿子林，出产很好吃的柿子。去年阿礼曾经把这里的柿子烘干成柿饼，味道和老家泰顺的一样甜。他意识里出现一片柿子林，而且知道它就在田野上沿小河去的方向。谁能想得到，他往想象中的地方走了一段路，果然真有一片柿子林。在月光下，很容易就能看到一个个硕大的柿子。他摘了一个吃，居然是成熟透的，很甜，一点都不涩口。他连吃了几个，吃得肚子发痛，就蹲在地上痛痛快快拉了一大泡屎。然后起身，只觉得精神饱满，大地给了他无穷的力量。

现在他开始沿着公路往地拉那方向走。他不走公路，也不准备在路上拦车进城。他怕警察发现他跑了之后，会在路上拦截他，所以决定从田野上走回地拉那。机场离地拉那只有二十来公里，对他这样一个山区里长大的人来说，这点路程不算困难。

越过沟垄，跨过小桥，穿过树林，迎着月光迎着风，他大步向地拉那走去。有一种特别亲切的感觉浮上心来，所有的路是那么熟悉，好像走在故乡泰顺山岭里。他很多年没走那些路了，但故乡山里每一条小径都那么清晰地记在他脑际。从读小学开始，他一直在山间的小路行走，翻山越岭，最险的是要过一道悬崖，每一次他都怕自己会掉下深渊。他读中学时村里通了电灯，母亲告诉他，在她小时候这里不但没有电，连煤油灯蜡烛都没有，因为太穷，买不起。她家里和村里大部分人家用的是"火篾"。这是一种竹篾，点上后吹掉火焰，让竹篾慢慢地燃着，像点香一样，微弱的火光帮人们度过黑夜。阿礼就是在这样的条件下读完了初中，成绩在全县前列。高中的时候，他每个夜里读书到深夜，夏天蚊子多，他把膝盖以下的脚泡在水桶里，蚊子咬不到，还清凉提神。冬天大雪封山，雪窝里他继续读书，看到雪线慢慢上升，把窗户都埋住了。终于，高考时他的成绩出色，进入有名的华南理工大学。在他所在的山区宗族里，他是第一个大学生，是地方的荣耀，是家族的荣耀。但是谁能想得到，此刻他在距离家乡千万里的阿尔巴尼亚这样狼狈地在野地里潜行。阿礼心里涌上一阵委屈，泪水漫出眼睛。

大学毕业后，阿礼分配到了温州冶金厂，当时是温州唯一的部属企业，专业和阿礼对口。阿礼很快当上了技术骨干，一切看起来都那么美好。但不久，国有企业改革开始，冶金厂要卖给私人，大部分职工要下岗。那段时间，工厂里人心惶惶，有门路的人都赶紧调走了。阿礼除了业务上有点长处，其他的门路全不懂，他就像一个看着洪水漫过来而不会游泳的人一样绝望。就在这个时候，他在报纸上看到了刘甘肃登的招聘广告。

他还很清楚记得第一次见刘甘肃时的情景，那是在华侨饭店的一个房间里。

"我邀请你出国，并不是让你去为我打工，而是邀请你共同创业。"刘甘肃看着阿礼的眼睛，真诚地说。正是共同创业这句话让阿礼最后做了去阿尔巴尼亚的决定。

"长江公司在阿尔巴尼亚发展得很好，为军队做被服装备，为全民做衬衫和牛仔裤。我们下一步要在那里扩大工厂，已经得到当地政府的支持和优惠，我们计划三年之后成为上市的公司，经营的网络会覆盖巴尔干半岛。目前你到了那里马上会有房有车，每年有探亲有休假。你会爱上阿尔巴尼亚。这是一个美丽的国家，有漫长的海岸线，古老的石头山城，美丽的橄榄树林，特别是那里的姑娘，说不出地漂亮。"

阿礼想着当年刘甘肃说的话，他所描绘的公司前景已全部烟消云散。但是他说的阿尔巴尼亚是美丽的国家这句话一点都没错。尽管阿礼身陷险境，心里还是深深爱着阿尔巴尼亚的土地，这里已经是他第二故乡，他不愿意离开它。阿礼这样讲感情真是要命，如果没有爱上这一块土地，他的痛苦就能减轻好多。

走了五个小时，经过了那个以前的皇宫别墅小山，还有那密密的葡萄园和无花果园，慢慢接近了地拉那城边缘。过了海关停车场之后，就是地拉那市区了。清晨的雾气和光线遮挡了地拉那城的破败和肮脏，城市在晨光中显得那么安静美丽。阿礼走在新西比利亚大街上，迎着街心的斯堪德培骑马扬刀的塑像。

穿过了议会广场，再向前走半条街，他抄了一段近路，从地拉那邮电局左方的一条小弄堂里穿进去，经过几座公寓楼，拐角处有一段古老的围墙，里面露出带尖顶的楼阁，那是一个古代的土耳其帕夏房子。之后，往前直走十几分钟路，就看到了一片农田，种着一人高的向日葵。这里是城市东部边缘，农田正慢慢变成住房，阿礼的房子就在这里。

　　阿礼现在已经接近了自己的家，站在一棵大树边看着自家的房子。还是清晨，房子看起来有点模糊。这是一座小小的三层楼，外墙和当地其他的房子一样，裸露着红砖。阿礼想着去年建这个房子的艰辛，手续是那么麻烦，卖地给他的地主是那么贪婪，妻子一家的要求又是那么多，什么都要最好的，要挤干他的血汗来建造这座房子。他脑子里出现房子内部的种种细节：在三楼的东边，是他和妻子的卧室，妻子一家执意要他买了一套意大利家具，特别大的席梦思床，够五六个人睡。后面的房间是给儿子的，儿子还那么小，妻子家已经给他准备了结婚新房。二楼是书房，阿礼计划给自己用，但是房子建好之后，玛尤拉的父母就搬过来住了进去。一层是厨房餐厅，里面冰箱微波炉等设备齐全。阿礼这下子长时间没进食，肚子饿，身上臭，真想马上进屋子洗澡吃饭休息。但是，事情复杂啊，从已经发生的情况看，阿礼知道这个房子里的人已经不欢迎他的到来，甚至已经把他当成死人。他迟疑不决，想最好等屋里的人睡醒之后再去敲门。

　　阿礼等了一个小时，现在屋里的人应该醒来了，平时玛尤拉都这个时候起床。他屏住呼吸，心跳不已，放轻脚步接近房门。他准备按门铃，门铃是去年他亲手装的。他按了一下就停了，不想按太久让屋里人不高兴。他很快发现门上的猫眼里面有光线闪动，说明屋内有人向外面观察，他转过脸对着门镜，让屋内的人看到是他，而不是什么危险的陌生人。门镜的光变了一下，说明屋内观察的人离开了，但是一点开门的动静都没有。阿礼低下了头，内心的挫折感升起，同时有一股怒气也在上升。他又按了一下门铃，还是没反应。焦躁占了上风，他失控了，按住门铃不放。就这时，门突然打开了，门开之后门框里同时出现了三个人头，妻子、丈母娘和丈人，都是怒气冲天的样子。妻子手里拿着一把扫把，她父母手里也各操着家伙，只是阿礼一下子没看清。妻子首先冲他喊：

"你怎么回来了？你不是已经死掉了吗？你是鬼魂吗？你这个魔鬼，快走开！"玛尤拉眼睛里喷出了怒火，阿礼不明白她竟然会这样充满仇恨。紧接着，玛尤拉父母也冲了出来，这下阿礼看清了玛尤拉父亲手里拿的是那一杆破猎枪，母亲拿的是擀面杖。

她母亲在大声喊："你快走开，你这肮脏的瘟疫病人。再不走，我们就用古老的方法，把你放在火堆上烧死。"玛尤拉在母亲说话之际，从她后面冲出来，拿起扫把就往阿礼头上打，阿礼拿手臂遮挡，节节后退。

"你们搞错了，我根本没有萨斯病，你看我不是好好的吗？"阿礼争辩着，头上又挨了两扫把。

"你是魔鬼，你快走开。"她们喊着，继续打他。这个时候阿礼看到邻居都出来了。这些邻居和玛尤拉一家都有亲戚关系，很粗野。他知道再闹下去一定吃亏，根本不可能进这个屋。就在这个时候，他看到了儿子出现在门口。一瞬间他和儿子有了目光接触，他能看出儿子在看到他时眼睛里充满了高兴。儿子是爱他的，这是他的血脉，他的DNA。他不顾扫把雨点般打下，对着儿子做了一个表示胜利的V手势，他看到儿子的脸上出现一点笑容。在这一刹那，他想起意大利电影《美丽人生》，那个在集中营里的父亲事先知道自己将被德国纳粹处决，告诉儿子这是一个游戏，儿子信以为真。阿礼希望儿子此时看到母亲打父亲也会以为只是个游戏。他对儿子大声说：

"东东，爸爸爱你，爸爸会回来的！"儿子对他点了点头，不敢说话。

阿礼知道好汉不吃眼前亏，再闹下去邻居越来越多，万一警察来了更麻烦。他也不想在儿子面前继续被人痛打。他开始后退，退到了树下，掉头就走。他没有觉得很失败，他毕竟见到了儿子，而且已经从雷纳斯机场逃了出来。

三

秀莲在阿礼打电话过来的第二天早早就醒来。事实上夜里她没怎么睡着，迷迷糊糊一直惦记着阿礼的事情。四德也起得早，他要开车带任总和张雅萍到斯库台见一个合作方要人。

上海来的客人在她家里已经住了好几天。她一直搞不明白任总和张雅萍的关系，他们不是夫妻，好像也不是情人关系。这个姓任的号称老总，但秀莲总觉得他没什么文化，是个油滑好色的人，一有机会就对四德或者其他男人眉飞色舞谈越南西贡小姐如何如何。而这个张雅萍，看起来话不多，像任总的助手。秀莲注意到四德色眯眯盯着她的目光，她也已经对他暗送秋波。秀莲猜想这一次他们去斯库台，四德和她一定会有一腿。而那个任总，大概是有意用张雅萍来打通路子的。

但这只是一种猜想。她无法因此不让四德和他们合作。目前的进口生意一天不如一天，早晚都会做不下去。四德要找一条新的挣钱路子也没错。秀莲本来想和他说说阿礼的事怎么办，可她知道四德这人疑心重，她要是多说几句他就会以为她和阿礼有什么关系，所以就一声不响看着四德和上海人开车出门。

车子开出去后，她把关在狗窝里的两条狗放了出来。狗的身上发出强烈臭味。秀莲把昨天的剩饭剩菜煮过了，放在大盆里让狗吃。自家生烂疮的狗吃得很快，刘甘肃的大狼狗吃了几口就不吃了。

早知道会养成这样，秀莲根本不会让四德养这条狼狗。前年四德牵来这条狼狗时，家里住的房子宽敞，白天狗可放在后面的果园，夜里，狗在前院守夜。那时生意好，四德进了很多布料，还有冰箱稳压器、家用水泵，销量都挺好，家里放的货和钱都比现在多得多，所以家里有一条狼狗看门也需要。但后来生意不好了，搬到了这个房子，没有了后院，狗白天只能关在笼子里。本来这种大狼狗每天要带出来遛，可四德是个懒人，只知道喝酒，根本不带狗出去走走，狗整天在笼子里，不生病才怪呢。而刘甘肃把狼犬送过来则是她没有想到的，要是别人，她一定会拒绝。可是她对刘甘肃却另眼相待，要是说起其中的原因，大概就是因为刘甘肃是大学生吧。秀莲对于读书人特别尊敬，觉得读书人才了不起。四德初中没毕业，她自己也差不多。事情也明摆着，大学生刘甘肃做的生意就是不一样，有规划，有组织能力。按现在流行的话来说，秀莲还真有点暗恋着刘甘肃呢。

她吃了点泡饭，总觉得今天会发生些什么事情。阿礼现在还在机场吗？她得找人去打听一下。她离开了家，往自己的店铺走，一路上都在想着阿礼当初的事情。

看得出来，阿礼到来之后对刘甘肃的生意帮助是非常大的。阿礼很快就对公司业务开始了电脑管理，刘甘肃经常会在秀莲面前称赞他几句。

不知是什么时候起，开始说起阿礼的婚事。刘甘肃向秀莲透露阿礼有点为个人问题不安心，他已经三十二岁了，在国内一直没谈成过对象。刘甘肃表示，只要阿礼愿意长期留在阿尔巴尼亚为他工作，他会为他买好住房和汽车，他的家属可以到这里工作。秀莲说这事不难办，让他到国内找一个就是。一般来说，在国外做事就是华侨了，温州这个地方是有不少人愿意嫁给华侨的。

秀莲通过国内的亲友很快就给阿礼物色到一个，是在医院工作的护士。他们先是通过邮件交往了一阵子，后来女方有意向见一见本人，刘甘肃就买机票让阿礼回去了一趟。阿礼在国内呆了半个月回来。起先秀莲听说这事进展还可以，但后来就没了下文。以前只要是外国来的，就是个瘪三也有人感兴趣，现在的人长见识了，会查来查去挑来挑去。女方知道阿尔巴尼亚是个落后的国家。再说阿礼长相太老成，家在农村，条件很一般，事情就黄了。后来又说了好几个，都没成。

阿礼的婚事那段时间一直是秀莲家社交圈的话题，大家除了关心，也多少有点取乐的成分。新华社的老王都出面在巴尔干地区的华人中物色过。阿礼的头发开始稀落，发际线上升。他一听人家说他找对象的事，就傻傻地笑，眼睛色眯眯的，有点花痴的样子。刘甘肃在阿礼不在的时候和大家说这事得赶快解决，阿礼已经无心工作，茶饭不思。他担心阿礼会提出辞职回国。

后来的事情有点出乎秀莲的意料，阿礼找到了一个阿尔巴尼亚姑娘。秀莲起先还为他高兴，可很快觉得有点不对劲。这个女孩不是地拉那长大的，是乡下来的吉普赛，才十八岁。秀莲觉得阿礼是个大学生，这样一个吉普赛女孩配不上他。她不久后看到了这个女孩，觉得她和那些受过高等教育的阿尔巴尼亚姑娘完全不同。但阿礼那个时候像是春风沐浴，乐不可支，一脸幸福的样子。后来就结婚了，阿礼带着妻子回了一次中国老家泰顺探亲，在村里摆了一个礼拜的酒席。听说县长都来参加了，阿礼讨了一个外国女人回家成了地方很风光的事情。秀莲参加过地拉那阿礼的婚礼仪式，长条桌子摆着酒肉食物，吉普赛人爱跳舞，整个婚礼一直在跳舞。亲朋好友给新人送上祝福的方式是在一张比较大额的钞票上吐一口浓痰，然后贴到新娘新郎的脸上。秀莲怎么也吐不出那么黏的一口痰，只好把两张一百美金的钞票塞到了阿礼的口袋里。她真心希望阿礼能幸福，希望这对新人能白头偕老。谁能知道，阿礼的苦难生活从此开始。眼下，阿礼正遇到大麻烦呢。

秀莲一边想，一边在店里面收拾着。到了八点半，店里的阿尔巴尼亚雇员伊利尔过来上班，一进门就大声对秀莲说：

"马达木*，马达木，你的那个朋友今天回来了。他没有死，也许死了又活了，今天一早回家敲门了。"伊利尔是个话特别多的话痨，上回秀莲就是听他说阿礼的老婆把他的东西拿到街上烧掉了。他家和阿礼住的地方很近。

"啊，他回家了？"秀莲惊呼一声，大大松了一口气，因为她怕他已经被机场遣送回去了，"家里人看到他没死回来一定很高兴吧？"

"哪里呢，她老婆玛尤拉用扫把打他，把他赶走了，说他是鬼，是传染病妖怪。我看到玛尤拉爸爸克利茨大叔手里都拿着猎枪呢。"

"那可怎么是好？他后来呢，去哪里了？"秀莲问。

"我在自家楼上被吵醒，在窗口看到他被玛尤拉一家人打得节节

---

* 阿尔巴尼亚人尊称成年妇女为马达木。

后退，后来就掉头走了。我只听到他对儿子大声说：我爱你，儿子。然后就不知他去哪里了。"

"玛尤拉为什么要说他死掉了？"秀莲问。

"听说是为了房子的事。玛尤拉一家想把房子的所有权写给玛尤拉的兄弟，律师说，只要声明阿礼死掉了，房契上的名字就可以写给玛尤拉兄弟了。"伊利尔说。

"原来是这样。"秀莲觉得玛尤拉一家也太狠了。她知道阿礼已经在地拉那，有可能很快会见到他，也许他会需要帮助。秀莲把包里的钱整理了一下，用橡皮筋捆好。

上午十点左右，伊利尔走到她跟前在她耳边低语：

"马达木，马达木，你的朋友来了，就在对面的街上。"

"在哪里？"秀莲一惊，抬起头问。

"在马路对面的树下，看到没有？"伊利尔说。秀莲看到了，阿礼就站在对面的马路上，眼望着这边。很明显，他是来找秀莲的，只是不敢主动找上门，等着被秀莲发现。在他看到秀莲发现他后，他举起手里一张纸，上面写着：**我没有萨斯病，需要你的帮助。**

秀莲赶紧走出去，她相信阿礼没有病，因为温州老家根本没有疫情。她走到了马路对面，看到阿礼一脸茫然，嘴巴蠕动，说不出话来。秀莲便主动说：

"我都知道了，你回不了家了。现在你准备怎么样，要不先住几天旅馆吧？"

"恐怕不行，因为住旅馆要护照，我的身份警察会通报，说我是萨斯病人。再说我已经没有钱了。"

"那你找找熟人或者朋友先住一下？本来你可以住我们这边。可是四德听说过你有萨斯的嫌疑，我就不能留你了。你能找找其他人吗？"

"不能了。人家一听说萨斯，不会有人留我的。我去找过大使馆，他们也说没有办法帮我，说我家庭的事情他们不好插手，也不能给我提供暂时的住处。显然张领事也怕我带萨斯病毒，没让我进使馆，只隔着铁门和我说了几句话。"阿礼说。

"阿礼，别难过，你已经到了地拉那，没有被赶回去，总有办法的。你是大学生，这个时候你不能再'水泥蛇'一样了，要拿出男人的气魄来。我会帮助你的，这里是两万列克，你先拿着，我再帮你想想办法。"秀莲鼓励他，也指出了他的问题。温州话"水泥蛇"意思是蔫蔫嗒嗒打不起精神的样子。

阿礼拿了钱，低着头赶紧走了。他知道再不走，自己会哭起来。

四

阿礼见过秀莲，拿到她给的钱之后，想到要把自己隐蔽起来。他想起来地拉那大学后面的那座小山，上面有人工湖和公园，有大片的树林，有长椅子可以躺下来睡觉，不妨先躲到那里去。

他不走大路，从小巷子里穿过去。这里的街道他都很熟悉，途中他花了一点钱买了面包和水，要了一个塑料袋装进去。一大早被玛尤拉劈头打了十几下扫把，当时他只是生气，没有什么特别难受。人遇到重大的打击时，痛苦总是延缓一阵子后才会发作。而现在，他胸口开始作痛，透不过气来，难受极了。他难以想象，玛尤拉这样的女人，和他做爱，生孩子，一起生活了四年，居然会这么冷酷和绝情。

他得想一想，自己为什么会这样每况愈下，走到今天这个地步的。

找到玛尤拉，是在他到地拉那之后的第三年。那个时候，他已经两次回国找对象，但是没有人愿意跟他。国内的人对外面已有了解，知道阿尔巴尼亚是个落后的地方。他回国时间又短，根本找不到合适的人。他的心情特别不好，彻夜难眠，头发大把脱落，头顶出现地中海。他的内心有一种强烈的冲动，要找一个老婆，必须要找到一个老婆！这是他首要的任务。他的老家有修族谱，他注定会记载在上面，他得让族谱里他那一支有后裔延续下去。这是一件天经地义的事情，是他父母亲的愿望，更是发自他内心深处一种原始的呼喊。就像动物到了交配发情期一样，他身体内的荷尔蒙上升，脸上老是带着一种奇怪的笑容，看到女性眼睛发直。他甚至在别人介绍他去见潜在对象时，脸上也带着这种微笑，把她们吓跑了。

那些时候他经常在这一带独自徜徉。傍晚时分地拉那人都会上街走路，人们在街上展现自己，也去观赏别人。阿礼喜欢走在地拉那大学背后那条街上，街边是一个个幽暗的酒吧，成群走过的年轻人里会多一些大学生，和自己的阶层比较近。姑娘们披着金色或灰色黑色的长发，穿着薄若蝉翼的裙装，走过时会在空气中留下一阵气味的颤动。阿礼此时对气味的嗅觉能力变得敏锐无比，就像大森林里那些发情的公鹿，隔着树林也能闻到空气中雌性的到来。阿礼夜色里和姑娘们擦肩而过时，能闻到她们腋下分泌出来的汗腺味，她们的乳房的香气，还有她们双腿之间的气味。他会奇想，这条街上有数不清的女性，她们每天都需要做爱，可是为什么没有一个会找他呢？有一个晚上，他在花园后街的一段矮墙上坐了下来，看着街上的人流走入了这个连接口到另一个街区，夜色里他盯着人家看不至于会被发现。突然他听到边上有姑娘吃吃的笑声，他转过头，确信无疑边上的两个女孩在看着他笑。女孩看他转过脸，并没有害羞，和他搭话，问他是中国人吗？阿礼回答说是的。她们又吃吃地笑着。她们又说了一句什么话，阿礼听不清楚，但又不好意思问她们。结果她们对着他又吃吃笑了几下。暗淡的灯光下她们看起来漂亮极了，就像是仙女天使一样美好。但是很快她们就站起来走了。这个晚上阿礼回家后心里说不出的惆怅，人生多么残酷，一个美好形象看一眼就永远就消失了。他再也不可能看到她们，也不知道她们是谁。他很后悔自己当时没有主动和她们说话，她们是很愿意跟他交谈的。她们后来说的那一句话他没听懂，也许是对他表示了好感，可是他错过了，他一直想念了她们好几个月。

有那么一次，阿礼花几百列克在那个"拉斯维加斯"咖啡店坐了下来。他不是为了喝咖啡，眼睛在飘来飘去，因为他听说这个咖啡店有花钱可以买到的姑娘。他跟着刘甘肃去四德家时，如果秀莲不在，四德会说起拉斯维加斯咖啡店里姑娘的事。阿礼听他说这些事情的时候，老是觉得紧张，喉咙不停地吞咽。他记住四德经常说到一个黑头发胖胖的姑娘，还有一个金发的也不错。多少次，他在这个咖啡店门口走来走去，往里面打量，不敢进去。一个月的犹豫不决之后，阿礼这天终于走到了进去。他在靠门边的一张桌子上坐下来，咖啡店里人不少，有很多女孩子一桌桌坐着。他点了一杯便宜的咖啡，眼睛不敢到处看，生怕有那种女孩向他打招呼。这里有天堂的快乐，但他怕是一个地狱之门。他只是想来看看，妓女是什么样子的。

这个时候，有一个男子走了过来，坐到他对面，低声对他说："要姑娘吗？"阿礼脸一下就红了，心狂跳。那男的继续说，里面有好几个，她们可以过来和你见见。你请她们喝一杯，看上了哪一个，我可以让她跟你走，只需要一百美金。阿礼窘迫得口干舌燥。姑娘就在跟前，但他实在不敢来真的，何况一百美金也贵得惊人。他回绝了，落荒而逃。

但从这天之后，他的态度有了改观，开始考虑在阿尔巴尼亚人里找配偶的可能。在这之前，刘甘肃向他建议过找本地的姑娘，他坚决拒绝了。他觉得她们是老外，以后他迟早要回国，带着外国老婆回去和老父母都说不通话。经受过多次挫折之后，他知道在中国人中找到对象可能性极小，决定采取务实的态度。

"问题就出在这里。"阿礼对自己说。这个时候他在街头走着，回想着当时是怎么犯下错误的，眼下他可正饱尝找错对象的苦果呢。

刘甘肃一开始在公司内部管理层为他物色，刘甘肃自己是大学生，所以招雇员也都注重教育背景，有不少大学毕业的。然而大学毕业的女生比较有眼光，会挑选，知道阿礼不是老板，是和她们差不多的雇员。她们还偷笑阿礼那种猥琐男的样子。这样刘甘肃只得将选秀的范围扩大到了工厂的员工，百来号员工中有好些未婚的姑娘。很快就有几个人表示愿意和阿礼来往，其中一个是比阿礼大几岁的米莫莎。她不是毛遂自荐，是来推荐自己女儿玛尤拉的。她玩了一个花招，说自己女儿还在北部的山区里面，说阿礼要是愿意，玛尤拉会从山里到地拉那来。因山高路远，至少要等三天才可以到达。米莫莎这一番话，别说是阿礼，任何一个男人都会激起想象，深山的幽兰碧玉啊！阿礼听了之后满心喜欢，恨不能马上骑白马到深山接玛尤拉出山。到后来他才知道，米莫莎说的全是假话，玛尤拉当时就在家里面，被她妈关到阁楼里几天不出门。米莫莎一家本是流浪的吉普赛，前几年政府让他们在城市的边缘定居下来，住进了联合国援建的公寓楼。被定居的吉普赛不少家庭还养着牛羊，会赶着奶牛和山羊上九层高的楼房。

几天的等待终于过去。阿礼给了米莫莎一万列克的见面礼，在刘甘肃的办公室见到了玛尤拉。玛尤拉才十八岁，浑身透着青春野性气息，没有把婚姻当成很严肃的事，只管吃刘甘肃从中国带来的巧克力糖果。阿礼第一眼就喜欢上玛尤拉丰满的乳房，像他这样没有性经验的男人，总是喜欢大乳房，就像困难时期乡下人到饭铺吃饭总是要分量足的饭菜，不会去挑瘦肉青菜之类，只有那些有很多性经验的男人才会喜欢小乳房或者平胸的女人。这一次见面谈成了婚事，阿礼恨不能马上和玛尤拉自由见面，去体验她的丰满身体。但米莫莎故伎重施，又让玛尤拉回到深山里（这回没锁在阁楼，就在家里房间待着），要了阿礼很多彩礼。精于算计的米莫莎其实没搞明白，阿礼只是刘甘肃的一个员工，不是合伙人。要是真的说起来，应该是刘甘肃故意没对她说明白，这就在婚姻里埋下了危机。结婚之后，阿礼的日子明显滋润了，性生活的满足使他的气色红润。一年之后，他有了个胖胖的儿子。只是在刘甘肃突然逃跑之后，他的幸福生活才轰然倒塌。

想这些事情的时候，阿礼已经在地拉那大学后面的山上了。他在能看到人工湖的北坡树林里躲着。太阳快要下山，附近有几个年轻人在练习东方格斗术。阿礼的心情渐渐平静下来，他从小就经历过太多的挫折，遇到生活中好的事情他总怀疑不是真的，而对于困难和不幸才觉得是他命运里真实的东西。"既然麻烦已经来了，我得从容接受，得开始行动，慢慢改变局面。"他这样想着时，心里觉得宽松些。天黑了之后，开始刮风，冷得让人受不了。阿礼决定借着夜色，从正面的公园石级下到地拉那广场。他很快下到了地面，街上行走的人都兴高采烈，他的行动像一只鼹鼠的影子一样，不能让人看到。他肚子饿极了，低着头走进一个光线暗淡的店里吃肉丸子。今晚你得住在哪里？他明白今夜得露宿街头，得找个地方躲避风雨。

在一个商店门口，有个大屏幕电视机。阿礼看到了在播新闻，在说他的事情。画面上是那个机场胖警察队长法特米尔，对着镜头说他从机场逃跑，警察在寻找他，因为他带着萨斯传染病毒。画面上出现了他的照片。阿礼发着愣，看到边上有人在看他，又对着电视屏幕比较，惊讶地张着嘴。阿礼觉得不对劲，赶紧转头就走。他一头扎进黑暗的小巷子里，不敢在大路上出现。这时候他脑子里好像有个电脑程序一样的东西自动打开了，这是他为自己早就准备好的应急办法：他要去黛替山上那个废弃的军事碉堡。于是他调转方向，坚定地在黑暗中朝黛替山上方向走去。

五

刘甘肃在逃离地拉那六个月之前，就预感自己公司的衰败之势不可挽回。由于政权更替，他的军队服装订单大部分流失，欠银行的贷款根本无法偿还，还有新政府给他加了一笔很重的定额税款，每个月都在增加。他思量再三，唯一可以走的路就是先转移资产，之后逃跑。

做出决定之后，他立即开始行动。这件事必须严格保密，起初的几个月他连妻子都没告诉。他最担心的是身边的阿礼会识破他的计划。同时，阿礼在他逃跑之后的去路问题也让他有道德良心方面的压力。当初为了阿礼安心在地拉那工作，刘甘肃让他和玛尤拉结婚，现在看来完全是一种不负责任的安排。刘甘肃自己可以拍拍屁股跑掉，阿礼可是有家庭在这里，无处可去。但刘甘肃很快就为自己找到理由，商海充满风险，谁能料到事情会变成这样？在某个早晨，他准备好了一切，偷偷离开了地拉那。

那一天早上阿礼开车到了公司，发现办公室里一片混乱，所有的人站在那里大声议论，当阿礼走进去，他们都安静了下来，眼睛都齐刷刷地瞪着他。阿礼问这是怎么回事，他们说刘甘肃跑了。阿礼说你们怎么知道他跑了，说不定只是急事出差，短暂离开一下。会计伊利亚斯把一张纸递给了阿礼，说你自己看看，他说了什么！阿礼一看，是刘甘肃留在办公室里的一封信，说因为阿尔巴尼亚的不公平税务，让他破产了，他将永久离开阿尔巴尼亚。他感谢员工，抱歉没有付清工资。他说让员工把办公设备和库存的货物拿去分一下，当作他们的工资。

阿礼现在想起来，内心都觉得堵得慌。之前虽然知道公司越来越难，但觉得刘甘肃在这里，就有主心骨，就有办法渡过难关。他怎么也想不到刘甘肃会独自跑路，完全没有顾及他的死活。阿礼想起了那一天，自己好像是被遗弃在月球上。过不了多久，公司里一片狼藉，哭号，怒骂，大家开始抢夺办公设备，仓库被打开，库存很快被哄抢一空。之后，阿礼被责问、追打，因为公司的员工都认为阿礼是知情的。很快政府开始了对长江公司的清算，冻结了所有资产。阿礼住的房子和开的车都是长江公司名下的，都被没收，他只得搬到玛尤拉家的阁楼住。玛尤拉一家之前以为他是长江公司的股东老板，所以会热心地把玛尤拉嫁给他，现在才知他是个打工的，什么都没有，从此开始骂他是骗子。好在阿礼早有狡兔三窟的危机意识，偷偷藏了一笔钱。这个时候把钱拿了一部分出来，盖了房子。另外一部分钱用作本钱，在露天市场里摆了个摊子，从中国人那里拿货物来做点零售和小批发生意。本来，阿礼做生意是可以维持得下去的，今后有可能慢慢做大一点。但玛尤拉一家自阿礼拿出一笔盖房子的大钱出来后，一直觉得他还藏有很多钱，每天都要搜刮他，把他卖货得来的钱悉数拿走。这样，阿礼的生意就只能勉强维持，而他存下的私钱也几乎花光了。

黛替山上的碉堡他是在刘甘肃逃走之前发现的。那一次，刘甘肃和一群朋友在黛替山顶上野餐。他们一早就去了，阿礼因为公司里有事情，晚了一些时候才带着大狼狗上山。车子开到半山腰的时候，大狼狗出现了呕吐症状。阿礼知道这狗有晕车的毛病，得停车让它到地面活动一下，不然真会吐出来。他在路边停了车，打开车门让大狼狗下来。这狗跳下了车，喘了几口气，突然耳朵竖了起来，一副紧张的神情。之后，便离开了公路，独自跑进路边一条长满草的小路。阿礼拉着狗的绳子，让它回来。但它的劲很大，拉不住，只得跟着它往前走。走了不到一百米，他就看见了隐藏在树林里的碉堡洞口了。狗钻了进去，阿礼也跟了进去。

一到里面，阿礼才发现这个碉堡是建在悬崖之上。从碉堡的几个枪眼望出去，正好是面对着上山的公路，而在远处，则是整个地拉那城市。阿尔巴尼亚六七十年代一直处于战备之中，到处修碉堡防空洞。阿礼看到地拉那城里有数量众多的碉堡，全部废弃了，很多碉堡里面污浊，无法入内。但这个碉堡很干净，不潮湿，大小有二十来个平方米，角落处还有些床位一样的平台，是用来给军人休息的。大狼狗走到了这里之后就平静了，眼睛看着阿礼。阿礼不明白这狗为什么会知道这个地方，为什么要带他到这里。不过从那天开始，他就记住了这个碉堡，经常会想起它。今天，当他在地拉那橱窗里看到自己成了被追捕的对象时，脑子里一下子就浮现出碉堡，他得去那里躲避。他还想着那天大狼狗为什么会带他神奇地进入碉堡，莫非大狼狗预知到他会有今天这样的困境吗？

这下子，阿礼在夜色里穿过小巷，朝东边的黛替山转移。这一边的街巷行人稀少，他可以放开脚步往前走。他心里想着大狼狗，知道刘甘肃走了之后大狼狗就寄养在秀莲家里，而秀莲是地拉那唯一还乐意帮助他的人，这样想想他的心里还是暖洋洋的。很快就进入了电影厂所在的那条大街。这里曾经是让阿礼觉得愉快的地方，因为有个漂亮的电影厂大门，能看见里面园林化的建筑。但阿礼到来时这里已经不拍电影，铁门紧闭生锈，大院内杂草丛生。电影厂的对门就是车辆管理所，阿礼每年要到这里换驾驶证。再向前走一阵子，就到了黛替山脚下。以前都是开车经过，只看到山下那些房屋带着大院子，种植着果树和花木，宽敞漂亮。阿礼看见有个屋子开着一个小窗，里面有灯光，是个小卖部。他敲敲窗，窗内出现了一张老年妇女的脸，但愿她老眼昏花看不出他是中国人，或者她没看过电视上的通缉令。阿礼赶紧买了一些面包、水，一个打火机，一把小刀。最后他看到货架上居然还有一辆小汽车玩具，也买了下来。老太太眯着眼睛一直看着他，大概看不清他的面容，总想看清楚些。阿礼拿到东西之后，赶紧离开。

从这里开始，路上没有路灯了。阿礼凭着感觉往黛替山方向前行，山里传来的树林和泉水气息能指引他。地形开始上升，公路上偶尔有汽车通过，阿礼在汽车灯光照来时就会躲到路肩下面。他不走盘山的公路，抄就近的小路往山上走。浓重的山林气息让他脑子非常清醒，他家乡山里也有这样的气息，也有这样的星光。之后他跨过了那座连接两座山体的桥，听到了底下山涧溪水奔流的声音。过了这里之后，就接近那座碉堡了。阿礼找到了那小路，进入了碉堡里面。在打火机的照亮下，碉堡内部还是那样干净又干燥，没有人或动物来过的痕迹。阿礼在角落处平台上侧卧下来，到地拉那一天多了，他时刻像被追踪的野兽，只有这一刻，他觉得自己有了庇护之所，一倒下来就进入到深度睡眠。

睡了约两小时，他被冻醒了。他是蓦然醒来，还不明白是在什么地方，以为是在老家泰顺山区屋子里，老母亲就在身边。当他真正清醒了过来，老母亲的幻像碎片化粉末一样消失，他明白了自己所处的地方和境况，内心又是一阵刀割似的难受。他坐了起来，从碉堡的枪眼看见天空上挂着一颗冰冷钻石一样的启明星，而其他的星光已经消退，黎明即将到来。他开始考虑下一步的行动。毫无疑问，他必须在地拉那待下去，不能被遣送回去。他若被遣送回去，或许和儿子就再也见不着了。他村里有个老婆婆，老公解放前随国民党败军去了台湾，她因为迟了一步没赶上船，结果一直到死都没见到老公。"那么我能够在山上一直待下去吗？"阿礼问自己。他想着如果一直在野外生活，是不是头发会变成白色，像白毛女。白毛女是怎么活下去的？好像她除了自己打些小野兽，还到一个庙里偷菩萨像前的供品吃。可我到哪里找吃的呢？这里可没有土地庙。唯一他能想起来的是，在黛替山的顶上有一块平地，上面有一大群羊放牧在那里。也许可以去偷一只羊过来，或者跑到羊群里找母羊吸奶喝。可是他马上想起那群戴着铃铛的羊是由一条凶猛的牧羊犬看守的，他可是无法下手的。阿礼就这么胡思乱想着，心情又渐渐平缓下来。他觉得自己现在是蒙受冤屈，大使馆张领事已经答应发外交照会给当地政府，也许追捕令很快会取消，他可以自由回家了。这样想着他又睡了过去，睡得很香。

等他再次醒来时，碉堡内一片亮堂堂，天已大亮。他从枪眼里看到了整个地拉那城都在他的眼下，在晨光中闪闪发光。他搜寻着自己家的房子，在城市东部边缘和田野结合的部位，有一大片低矮的房子，他很快就找到自己家所在的位置，由于距离很远，阿礼看不清楚自己房子的样子，但他能确定就在那一个地方。他家周边一带，围绕着一丛丛树木，紧接着便是田野里一大片的向日葵，一直延伸到了黛替山的方向。一上午他就呆呆地看着自己家的方向，寻思着什么主意。

傍晚的时候，他决定下山。他朝自己家的方向前进，下到山麓要穿过一个村庄，借着庄稼地的掩护他没有遇见任何人。之后，他便在一人高的向日葵地里行走了。他的方向感很好，当他走到向日葵地的尽头，伸出头来看，这里离自己家大概还有五百米距离，已经能听到人的说话声和狗的叫声。阿礼回到向日葵地里，向自己的房子接近。很快，他就从向日葵的叶丛间看见了自己家的一个屋角，有一座房子挡住了视线。这一回，阿礼不想从地面上去接近自己的家，因为他一出现，玛尤拉一家很可能又会和昨天一样拿扫把打他，更严重的是他们知道他被警察追捕，说不定会和邻里（他们都是玛尤拉的亲戚）联手把他抓住交给警察。还在山上碉堡里时，阿礼就想好了，这一回他要爬到树上，因为他房子周围的无花果树和橄榄树都特别高大，连成一片，他可以从树上去接近自己的屋子，然后在屋子的窗口可以看到儿子。说不定运气好，玛尤拉变得讲理了，还可以和她说说事情，告诉她自己还有能力做生意，将来会挣到很多钱。

阿礼爬上庄稼地边的一棵巨大的橄榄树上，山里人从小练就的爬树功夫依然还没荒废，很快就爬到顶上。从这里，他顺着树枝交叉的地方移动，有时是无花果树，有时是桑树，还有刺李子树，交叉在一起都无法辨认，因而手上给树刺扎得流了不少血。最后，他接近了自己家房子的一个窗口。这里是睡觉的房间，他和玛尤拉和儿子都睡在这里。这会儿窗户开着，没有亮灯，也不见有人。他坐在一根树枝上，安静得像一只猫头鹰一样看着房间里面。

这个时候有一件事引起了他的注意，那就是屋顶瓦背上有两块瓦片裂开来，露出一条缝。阿礼睁大眼睛仔细看，觉得是被石头砸破的。这附近的孩子特别皮，经常会扔石头打树上的鸟，或者野猫，或者相互扔石头打仗，石头扔到屋顶是经常的事。可是屋顶这样破裂了，下雨的时候就会漏水，应该马上修起来才对。阿礼寻思着。

突然，他看见窗户里的灯亮了。玛尤拉把儿子带上了楼，让他睡在床上，盖上了毯子。之后，她关了灯，下楼了。

阿礼心里咚咚跳着，看到了儿子让他兴奋不已。但是儿子现在就要睡觉了，他多么想和儿子见一见。下山时，他把从老太婆小卖部买来的小汽车装在口袋里，想送给儿子。他尽力爬到接近儿子窗口的树枝上，距离窗口只有六七米远。他看着窗户里面，几乎能闻到儿子身上的气味，听到他呼吸的声音了。他幸福得几乎流下了眼泪，但是儿子马上要睡着了，他得让儿子知道爸爸就在离他几米远的地方。他决定做点什么，顺手摘了一个无花果的小青果子扔进了窗，当他扔第二个时，他看到屋里有了反应，儿子还没睡着，被惊醒了。他又扔了一个，看到儿子把灯开了，站到了窗边向外张望。他摘下一根树枝向他摇晃，低声喊着：

"东东，东东，爸爸在这里！"

小孩子听到了声音，但还不知道声音是从哪里发出的，脸上有惊恐的神色。不过，儿子的瞳孔很快适应了黑暗，看到了树枝中间像一只鸟的父亲。他说：

"爸爸，他们都说你死掉了，你现在是不是一个鬼魂啊？"

"爸爸没有死掉，还活着呢。"阿礼说。

"那你干吗不进屋子里面？为什么躲在树上。只有鬼魂才躲到树上，人不会这样。"

"爸爸现在给你一个电动汽车，会开动的，那你会相信爸爸还活着吗？"

"是的，爸爸，鬼魂是不会给我真的电动汽车的。"

"你等着。"阿礼拿出了小汽车，但是怎么送到儿子手里呢？这事难不倒他，他用小刀削了一个长长的树枝条，用树皮将汽车绑在树枝上，像钓鱼竿一样伸到窗口，递给了儿子。他能感到儿子的手拿到了汽车。他听到儿子用普通话说："爸爸，我爱你。"这一刻他心里充满了欢欣。

但就在这个时候，窗口出现了玛尤拉的身体。她望着屋外黑蒙蒙的树，知道阿礼在上面。她开始叫喊：

"阿礼，你这个死掉的魔鬼撒旦，为什么又来这里？你还不快滚蛋！"玛尤拉一边喊着，一边又拿出扫把。这回阿礼可不怕了，因为扫把根本够不到他。

"我根本没有死掉，是你在撒谎造谣。我是你的丈夫，是孩子的父亲，是这座屋子的主人，我有权利回到这里。"

"你是个骗子，说自己是有钱的老板，其实就是个工人，是个穷光蛋！"玛尤拉喊着。

阿礼想争辩些什么，可也找不出话来，玛尤拉说得的确没错，这件事他是骗了她。他突然看见二楼的窗打开了，玛尤拉父亲端着那杆猎枪出现了。阿礼知道那杆破猎枪是没子弹的，但毕竟是枪，万一真有了子弹可不是好玩的。于是他赶紧往后退到另一根树枝上，让树叶挡住了自己。他转移到了一个树叶茂密的地方，像只豹子一样俯卧在树枝上。这个时候他已经接受了自己的困境，没有什么好害怕的。他在争取自己的权利，他必须要回到这个房子里。他不是罪犯，也没有犯什么过错。他一直相信大使馆的外交照会很快会发生作用，然后他就可以光明正大回到家里。是啊，大使馆一定会出手帮助他的。他想起八年前阿尔巴尼亚动乱时，大使馆让中国政府调来希腊的军舰，把所有的地拉那侨民撤走。那样大的事情大使馆都能做，那么他的问题大使馆一定也会关心的。再坚持一天两天，他就可以回家了。

"要是我回到家，第一件事情是要把屋顶的破瓦修起来。"阿礼对自己说。

六

四德和上海人去了北方斯库台几天了，到现在还没回来，秀莲一想起四德色眯眯盯着张雅萍看的模样，心里就来气。

这时候是早上八点多钟，秀莲还没去开店，在家里打扫院子。院子本来就不大，两条狗夜间在院子排泄了粪便，得用水冲洗掉。秀莲看到自己家那条狗瘦得已经只有骨架，后股上的烂疮鲜红，有巴掌那么大，散发着恶臭。她觉得这狗撑不了几天就要死了。刘甘肃的狼狗看起来还正常，一脸正经的样子，吃得很少，像一个沦落天涯的上等人，忧愁但保持着平静。

秀莲听到外面有警察汽车的声音。这有点奇怪，这小弄堂里平时很少有警车声音的。秀莲以为警车只是经过这里，没想到，警车停了，外面有人敲门。秀莲并没什么好怕的，就把门打开了，看到了外面有两辆警车，一条警犬和一群警察。领头的警察看起来很面熟，秀莲想起他是经常在雷纳斯机场见到的胖警察队长，他爱找麻烦，而且花钱也搞不定，中国人都怕他。

"马达木，有个中国人从机场跑了。他就是报纸上说得萨斯病死去的人，很危险。我们得找到他。你有没有看见过他？他是菲尔玛长江的。"警察队长站在门口说。

"没有呢，谢弗，我可没有听说他回来呢。"秀莲叫他谢弗，意思是长官，这里人都这么叫警察。胖警察来找阿礼，她暗中帮着阿礼，这让她联想起样板戏《沙家浜》里的阿庆嫂，想不到今天遇上真实的剧情了。她可得好好演戏，不要演砸了。

“我们得进去看看，例行公事。”警察队长说着就进了院子。后面的警察带了警犬进来。可是警犬看到院子里两条发着恶臭的狼犬，吓得趴着耳朵夹着尾巴不敢动。

“长官，你们坐，我来给你们煮杯咖啡。”秀莲想起阿庆嫂这个时候好像是要上茶，她觉得在外国上咖啡比较符合剧情。

“不要了。”警察队长在院子里转了一圈，狗的臭味让他受不了。赶紧要走开。他说：

“你肯定会见到菲尔玛长江的。告诉他，这回他是跑不了的，欧盟卫生组织地拉那办事处都知道这件事，一定要找到他。你们要报告他的去向，否则我们会给你们很多麻烦。”

“当然当然，我们会报告的。不过，你说他死了，怎么还会到这里呢？还会从机场逃走呢？说不定他根本没有得萨斯吧，你们会不会搞错了？”秀莲说。

“他的确不像个死人，像一只兔子从机场逃了出来。我们已经找到他家里，他妻子说他回来过，被赶走。但他不会走远，就躲在家的附近。他妻子说都能闻到他的气味。我们得找到他，上头的命令。你有消息要马上报告。”警察队长说着，然后带着人走了。

警察走了之后，秀莲看看时间不早了，就准备出门去开店上班。她把煮过的一大盆狗食和一大盆水拿出来放在地上。地拉那大部分的狗还吃不上专门的狗粮，只能吃些剩饭菜和食物下脚料。自家的烂疮狗很快就挣扎着过来开始吃，刘甘肃的狼犬慢慢走过来，闻了闻，又走开了。

到了店里，远远见几个员工站在店门口和隔壁店里的人聊天，看她到来都回到自己的位置。伊利尔走到她边上低声说，事情搞大了，昨晚电视和报纸都在说染上萨斯的中国病人从机场跑掉的消息，说现在警察在缉拿他。卫生部发了警告，要求所有看见他的人要马上报告。

秀莲明白，伊利尔一定已经把阿礼到过店里和她见过面的事情说出来了。警察大概知道了这件事才找到她家里。这也怨不得他，他是一个一点小秘密都不能忍过夜的人。让他保守秘密比登天还难，因为他会连要他保守秘密的事也一块说出去。

中午的时候开始下雨。她看着雨丝，想着这会儿阿礼是在干什么，他是不是已经让警察抓住了呢？这个时候有电话打来，是这边的华商会打来的。秀莲对这个组织没什么兴趣，只知道之前为了选会长，吵成一团糟。他们说下午要开个紧急的会，关于阿礼的事情，地点就在附近的一个咖啡店。

下午秀莲店里来了个批发客人，忙了一阵子，之后她去了那个咖啡店，晚了二十来分钟。平时这个时间咖啡店没什么人，今天可坐满了，都是中国人。看到秀莲进来，大家眼睛都看着她，好像在她到来之前他们已经议论过她什么事情。她坐定之后，会继续开下去。正发言的人说阿礼的逃脱给这里的中国人带来严重后果。电视和报纸上大量报道阿礼是萨斯患者，当地人觉得中国商品都有萨斯病毒，生意都大幅度下降。有内部消息说海关接下来会对中国进口的货柜采取检疫，要收一大笔钱，货柜还得在检疫站放一个礼拜。还有人说以后机场会更加严格，对于持中国护照第一次入关的人员发现疑点可随时遣送回去。秀莲听得出来，发言的人责怪阿礼的逃脱行为。阿礼为了在地拉那的中国人的集体利益，应该出来向警察自首。

但接下来一个人的发言完全持不同意见。他主张全体中国人要走上街头抗议机场警察对阿礼的遣送，应该声援阿礼。他并没有死掉，是他阿尔巴尼亚的老婆在造谣，中国男人不能受这样的欺负。发言的是做餐馆生意的许文勇，有一些人支持他。反对他的人不服，上去和他争夺麦克风。在咖啡店里开会有一个特殊情况，坐在这里的人可以买酒喝。这些人都已经喝得半醉了，所以一吵起来就失去控制，大打出手，啤酒瓶凳子拿起来就砸。上一次选举会长的时候，也曾经这样打过一次。

混乱中，有人问秀莲：

"听说阿礼从机场逃出的第二天早上到店里找过你？"

"是的，有这么回事。"秀莲说。

"那他现在躲在哪里？你知道吗？"

"我怎么知道？你问我，我问谁去？"秀莲没好气地说。她觉得他们这些人都不靠谱，不想和他们多说，之后她就起身一走了之。

中午的雨势开始变大，持续下到傍晚。秀莲在回家的路上，街上已经漫起了大水。马路上车子半个轮子陷入水中，行驶起来溅起一人高的水花。有一段路水比较深，好些车子发动机进水熄火无法启动。客观而言，雨并不算太大，只是地拉那的排水系统太老旧了，大半堵塞在那里没人管，一下雨街上就严重积水。

秀莲踩着齐膝的积水一步步走回家。家里一片黑暗，四德还没回来。秀莲把铁门打开，院里都是水，没有听到狗叫。她觉得不大正常，把院子里的灯打开，看到刘甘肃的狗死了。它没死在水里，是在狗窝附近一块水漫不到的地方，睁着眼睛露着牙齿，非常狰狞。它活着的时候样子忍耐平静，死了之后，所有的恶气和愤怒都释放了出来，显得特别凶恶可怕。秀莲以为快要死去的烂疮狗倒是活过来了，眼睛发亮，显然已经有了元气，重新获得狗的灵魂，仿佛是它把刘甘肃的狗谋杀了，把对方能量都转移到自己身上了。死去的狗虽然不是她从小养大的，可寄养在这里也有一段时间了，秀莲觉得很难过，这狗在这里没过上好日子，她心里过意不去。而现在，更主要的是她感到害怕，夜里独自一人在院里面对一条样子凶恶的死狗，还有一条带着妖气的还魂病狗，她可受不了。得赶紧把这条死狗弄走！她想着，开始给四德打电话，电话通了，没人接。打了四次四德都没接。凭秀莲的女人直觉，四德这时候一定和上海女人张雅萍在一起，他一定是和张雅萍在床上！

秀莲气疯了，可又没办法，转而想着找谁可以得到帮助。这样一个发大水的夜里，想找个人来处理死狗还真不容易。她打了几个熟人的电话，都说只能明天早上过来。就这时，她听到有人轻轻敲着铁门，声音很轻，小心翼翼的。会是谁呢？她心里有点预感是阿礼。秀莲悄悄走到了铁门边，手里拿着一段铁管子防身。她问："是谁？"果然听到了阿礼的声音："是我，阿礼。"

秀莲把门打开，看见阿礼全身湿透，脸色发青，像个鬼魂一样。起初时她有点犹豫，是不是可以让被警察追捕的阿礼进入屋里，但她还是放他进来了，让他坐在厨房，拿毛巾给他擦干头发。电饭锅里有热饭，秀莲开起炉子热了几样菜，看阿礼狼吞虎咽吃下去。

"警察到处找你，报纸电视都在说你的事情。你这两天在哪里过的？"秀莲问他。

"我躲到黛替山了，那里很大，可以藏身。我在一个军事碉堡里面，好几年前我发现了那个地方。前天晚上我在街上看到电视新闻在播警察寻找我，我就上到黛替山了。那地方安全，警察找不到我。"

"你这样躲藏有什么用呢？早晚还得出来。"

"我只好先躲起来，要是被他们抓住了，一定会马上遣送我回去，那样再也见不到儿子了。我知道大使馆已经照会阿国外交部，等那个照会起作用了，我就可以出来。我今天来找你，主要是想问你是不是大使馆的外交照会有结果了？"

"好像还没有，今天中国商会在开会讨论你的事情。他们和使馆有联系。如果外交照会已经有结果他们应该会说到。目前警察还在找你，今天一早机场的胖警察来过这里打听你的下落。"

"他叫法特米尔，正是他扣留了我的。"

"阿礼，你来得正好，先帮我办件事，你看，刘甘肃留下的狗今天死了。你能帮我把死狗扔到什么地方去吗？"

"怎么会这样？"阿礼一惊，只觉浑身起鸡皮疙瘩。昨天还想到这狗，正是它带着他找到那个碉堡的。在他躲进碉堡后，这狗就死了，真是太离奇了。他想起刘甘肃发达的时候，这条狗吃最好的牛肉，神气活现，他的一个任务是经常带着狗去溜达。现在狗死了，接下来会不会轮到他死？在地拉那的报纸上，他都死过一次了。

"这么大的狗扔哪里呢？总不能扔到路边上的垃圾堆吧？"阿礼说。

"是啊，要扔远一点地方。让这个苦命的狗能够安息。狗也是有灵魂的，它安静不下来，我们也不会踏实。"秀莲说。

"我有个主意，把它送到黛替山吧。我知道这狗最喜欢黛替山，以前我带它上过几次黛替山，它在山顶的草场上跑得可兴奋。我觉得把它送到黛替山是最好的。"

"那好的。你可以开车走，我家里还有辆运货的旧车，你就把狗送到黛替山上，找个清净的沟壑。还有，你不是住在黛替山上的碉堡里吗？我这里多给你些吃的，再带些生活用品和换洗衣服上去。有车子你可以多带些东西。"

阿礼不怕死狗，农村里的人不会怕死的动物。他拿了一条麻袋把死狗装了进去，放到后备厢里。秀莲给他一些面包香肠榨菜、一打矿泉水、几件四德的旧衣服，还有牙膏牙刷肥皂毛巾之类（阿礼说碉堡边上有个泉水潭，可以洗刷），一条被子，整整一大纸箱子。本来秀莲是想让阿礼自己开车上山，之后再开车回来。她看天上还下着雨，阿礼上山再回来，又冒雨回黛替山，得折腾到天亮。再说让受警察追捕的阿礼独自开车行动，她也放心不下。所以她改了主意，对阿礼说自己和他一起去，送他到碉堡然后她开车回来。秀莲是会开车的，只是平时不喜欢开。

铁门打开，车子开出院子，在大雨中上了大街。这时街上的积水稍退，车子不会有进水熄火的危险。阿礼熟悉路况，挑人迹稀少的路线往黛替山开去，很快就进入了电影厂大路，到达了黛替山脚下。

车子在盘山道缓行时，雨暂时停了。秀莲把车窗放了下来，清新的山林空气扑面而来，远方的天空还有闪电划破黑暗，看起来美丽极了。

阿礼把车停在一个转弯处，说这里有一个很深的沟壑，把狗扔在这里比较好。于是他们下来，从这里看得见山脚下灯火阑珊的城市，还有闪着微暗亮光的远方平原。秀莲觉得从风水的角度来看这里真是个好地方，死去的狗在这里安顿下来应该还不错。秀莲说就这里吧。她看到阿礼打开后备厢，拎出麻袋，一甩手，麻袋掉到了沟底，发出沉闷的声音。秀莲在幻觉中好像隐约听到狗叫了一下。

之后，车子继续上升。到了一条布满青草的岔道处，车子拐进来之后就看不见主路了。小路上方被树木盖住，车停下来时，秀莲闻到有花的香气，借着星光，看到头顶上是一棵石榴树，上面还开着很多花，要是白天的话，一定很好看。接下来的路不能开车，要步行。阿礼在前面走，一开始还看得见路的影子，后来就看不见了。秀莲拉着阿礼的手往里面走，走了一段路，就看到了碉堡混凝土圆顶在夜空衬托下显现出来，有点像童话里的古堡。弓下身低着头走进了碉堡，秀莲拿出备好的一包蜡烛，阿礼点燃了一根。秀莲在烛光中打量着碉堡内部，看到这个水泥建筑里没有一点枯枝败叶，一切都是干干净净。她看到角落里有一把树枝做成的扫把，阿礼自己做的，把临时庇护所搞得挺整洁。"大学生就是不一样。"秀莲想。她已经送阿礼回来，本来要马上回去，但她看到了碉堡枪眼所对的方向灯火闪亮的地拉那城，被吸引住了。

"地拉那白天看起来很破烂，夜景倒是很漂亮呢！"秀莲站在枪眼前说。

"是啊，这个地方是看地拉那夜景最佳的位置。"阿礼站在她的身边说。

"你是不是很后悔当初跟着刘甘肃到阿尔巴尼亚来？"秀莲说。

"怎么说呢？有时候会这样想。但有时候又会觉得一切都是命里注定吧。就像是坐一次轮船，船要是沉了谁也没有办法，像泰坦尼克号。我只是目前运气差一点吧。"阿礼说。

"你这样想很对，困难总会过去的，不要灰心。"秀莲说。这时她感觉到阿礼的身体靠近了，能感觉到他的手臂挨着了自己的皮肤，有一种痒痒的感觉。

"谢谢你对我这么好，以后我要是渡过难关，会报答你的。"阿礼说。这话让秀莲心里暖暖的，而同时，她觉得阿礼的手开始移动，悄悄地覆盖在她的后腰上部，动作像一张树叶那样轻。秀莲心里一惊，闪出一句话：老实人，满肚籽！这句是温州谚语，形容看起来老实的人肚子里面全是主意。秀莲没想到阿礼也会对她来这一手，之前她根本没有想过和他有性关系的可能，只是觉得他是一个需要照顾值得怜悯的人。如果这个时候秀莲稍稍有一点反对的意思，阿礼一定会马上收敛。但是，从秀莲的内心升起了一种念头，任由阿礼的手继续下去。

"斯堪德培广场灯火真好看！"秀莲说着，感觉到阿礼搭在她后腰的手有了力度，开始慢慢顺着腰肢往上爬。她的心怦怦跳着，血液奔涌着，她感觉到阿礼的手已经摸到了自己的乳房。

"阿礼，你要干什么？"秀莲转过身对着他。

阿礼没回答，把头埋在她的脸侧，抱住她不放。

这个时候秀莲已经无法把握住自己，从内心的深处有一种烈酒一样的东西涌出来，把她迷醉了。她在心里这样告诉自己，四德一直在斯库台和张雅萍在一起，我也要报复他。说起来，秀莲一生除了四德没有和别的男人有过性接触，而四德近些年来对她很冷淡。此时，她可把握不住自己了。她任由阿礼把自己的衣服一件件脱下来。她没想到老实人阿礼会有那么多的花样。阿礼把刚带上来的被子铺在水泥台子上，让秀莲躺下来，然后吻她的嘴巴吻她的耳根吻她的乳头，之后还用舌头舔她的私处。他带着秀莲变换着不同的姿势，这些姿势秀莲以前只是在黄片屏幕上看过，现在都一一体验了。

秀莲一边欢快地呻吟一边想：老实人，满肚籽！

七

警察队长法特米尔已大腹便便，走路重心得往后一点，所以不爱走路。他在街上已经第四天了，带着三个警察，大部分时间都坐在市内的咖啡店里喝咖啡，当然，有时也会喝点酒。他眯着眼睛，看着来往的人流，心想着这个"菲尔玛长江"究竟藏到哪里去了。上头一直在催他，可上头那些命令也不会吓到他。什么事情总有它的道理，到能找到中国人的时候自然就会找到的。

"我，法特米尔，可是个见过世面的老警察呢！"警察队长吞下一小杯葡萄做的"阿拉给"白酒，摸了一下唇须，这样想着。他在雷纳斯机场干了二十多年的活了。当初中国人来到地拉那的时候，都会受到英雄般的欢迎。那时阿尔巴尼亚年轻人最大的梦想是到中国去留学，法特米尔当年看到那些漂亮的姑娘提着皮箱走上飞机飞往中国时，心里羡慕得不得了。他还记得最厉害的一次是中国周总理来访问，那个盛大欢迎场面可不得了。机场处于最严的戒备状态，他三天三夜没有回家一步。世上的事情总是有起有落，后来一段时间中国人不来了，中阿两国不再是好朋友。过了几年，中国人又一批一批来了，这回来的可不一样，除了少数做生意的，大部分都是经过这里偷渡到意大利。这些人有钱，吓唬一下，就能拿到一两百元美金。法特米尔可不做这种事。他常把那些有问题的中国人塞回飞机让他再飞回。当然，他也和中国人交朋友，比如菲尔玛长江的老板刘甘肃，觉得他是个人物。可谁知道他欠了一屁股债逃跑了，真的是没种。眼下，这个在菲尔玛长江干过活的人可给他惹了大麻烦，四天四夜了，还没能找到他。

但他肯定这人还在什么地方藏着。问题是地拉那有一大帮中国人，他们要是藏了他，可不容易找。法特米尔怕他的传染病，不过中国人之间大概是不怕的。他又无法逐户搜查，要是什么谋杀的大案他倒是可以让警察局长下令大搜查，目前只是个不大不小的问题，让他伤透脑筋。

喝过咖啡，他带着手下又去了玛尤拉的家里。玛尤拉说：

"昨晚他又来了，先是在屋后那一片向日葵地里，后来又爬到了树上。"玛尤拉说。

"他爬到树上干什么呢？"法特米尔摇着头问。

"他待在上面，想靠近这个房子。我昨天夜里被惊醒，发现窗外有响动，打开窗，发现他爬到了窗外的树枝上，向屋里张望呢。他发现了我，不慌不忙地躲开了。他在树上就像松鼠一样灵活。"

"他真能干！"法特米尔和手下的警察对视一眼，说。

"我现在害怕了，他到底是不是鬼魂回来了？"玛尤拉说。

"他要是鬼魂的话，就不要爬树，直接爬到你床上了。"法特米尔说。

法特米尔想，要是埋伏在这里，兴许能抓到菲尔玛长江。但这个活儿太辛苦，谁知他什么时候过来呢？就算来了，在树上也没办法抓到他，我法特米尔可不会爬树呢！再说，又不能对他开枪。

第二天早上，法特米尔又在那个爱尔巴桑咖啡店里坐着，懒洋洋地喝了一杯酒。他在想着一个主意，在他的老家山区，每年有大量的候鸟飞过，山里人用一种树胶粘在树上，或者在地上布下丝网，总会捕捉到很多的鸟。他记得小时候看着那些中招的鸟有的已经死了，有的还活着，活着的比死的可怜。法特米尔琢磨着去找一个捕鸟人来，在玛尤拉窗口的树上布下丝网或者刷上树胶，也许就能抓住菲尔玛长江了。这个主意真不错，他想着菲尔玛长江被树胶粘住后像鸟儿扑腾的样子，高兴得嘴角挂着微笑，心情好了起来，现在，一天要正式开始了。

　　法特米尔看到有个中国人进来了，高高的，黑瘦，好像经常在雷纳斯机场出入。法特米尔看着他径直走了过来。

　　"早上好，谢弗。"法特米尔听到中国人用阿尔巴尼亚话招呼，眼下地拉那的中国人都会说阿国话了。这个人是四德。

　　"你好，中国人。坐下聊聊天，看你的样子有什么事情要说吧。"法特米尔说。

　　"我认识你，你是机场的警察队长。"四德盯着他说。他记得法特米尔是因为有一回在机场戒严时期，门口放着坦克，不许入内接人。他要进去，和警察争执，对着警察做了一个手枪的手势，结果被警察扣留了一天。

　　"对，我是机场的警长法特米尔。你知道我为什么一大早坐在这里吗？"法特米尔说。

　　"知道啊，你在找一个中国人。"

　　"对，找菲尔玛长江。你能告诉我他在哪里吗？"

　　"我知道，不知道不会来找你。"四德说。

　　"那你说吧。有什么条件一起说。"法特米尔来了精神。

"没什么条件，唯一条件，你不要把我说出去。"四德说。

"好吧，这个没问题。"法特米尔说。

"他在黛替山上的碉堡里。"四德说。

四德是昨天夜里发现这个秘密的。

他前天回到了家里。他已经给上海来的人租了一个房子，先把任总和张雅萍送到那里，然后回到家里。到家后，他总觉得有什么异样。刘甘肃的狗没了，自己的那条狗却还魂一般精神起来。但还不只是这些，还有些别的。他发现家里那台旧车移动过，和之前差了一个轮子的位置。他问秀莲谁动过车，她支支吾吾地说没人动过。接着他又发现自己的衣服少了一件上衣和一条裤子，仔细一点还少了几件内衣裤。这四德是个疑心很重的人，对于家里的事情变化有特别高的敏感。他发现秀莲有什么事情瞒着他，她显得慌乱而故作镇静。夜里，她睡在床上背对着他，平时几天没有搞她，她就会转过身来要。四德其实这几天掏得很空，为了测试，他去碰碰老婆的肩膀，却发现她像刺猬一样蜷缩着，不让他触摸。四德第二天到了店里，伊利尔就悄悄告诉他菲尔玛长江的那个人来店里找过马达木。四德心里有点数了，他没有打草惊蛇。他回家再次查看了那辆车子，平时座椅上都是灰尘，现在前面座位灰尘没有了，玻璃也刷过。

四德这天下午使了个计策，说要去都拉斯和客人谈业务。平时秀莲都会追根问底，今天可一句没问，感觉她心里有意外狂喜。四德开着奔驰车出去，转了一圈，就回到自家巷子对面街上的一个酒吧。他坐的地方可以看见自家巷子的巷口，这是一条死胡同，车子必须从这里出来的。他叫了威士忌。在地拉那，酒后开车只要不撞人家或者自己不被撞死是没人管你的。他喝了一杯又一杯，酒劲上来，眼睛都发酸了，没有发现情况。到半夜一点时，他看到自己家的那辆车出来了，是秀莲自己开车。之前他没想到秀莲会开车出去（她已经很久没开过车了），以为是别的人过来开车，这一情况他可没想到。他赶紧把钱扔给酒吧老板，跑了出来，发动汽车尾随着。

说起来，跟踪这活四德是熟门熟道的。最早是十六七岁时在街头跟踪搭讪女孩子，到地拉那后，他也跟踪过刘甘肃，调查他的业务客户渠道。所以他跟着秀莲的车子一点不难。他奇怪秀莲的车子究竟要开到哪里？要开很远的地方吗？他直觉不会太远。当他看到车子离开了地拉那中轴大道，转入东边电影厂路时，他确信秀莲的车子是开往黛替山。

"好啊，真有两下子！"四德想，给自己点上了一根烟。他看着前面车的尾灯在夜路里闪亮。四德的车里有一把五四手枪，动乱时买的，一直藏在车里没有用过，这个时候为了壮胆，他把枪挂到了腰头。

一会儿车子就上山了。上山只有一条路，丢不了目标。但转过了一个大弯，突然看不见车了。好在四德眼快，发现车子钻进了一条小岔路。四德把车灯熄了，慢慢开着车，在后面跟踪。他看到秀莲的车子停了，他也赶紧停下，相距约七八十米。这个时候月亮照了过来，没有树挡住的地方很明亮，夜空的背景下突出了一个碉堡的轮廓。他看到秀莲从车里走出来，从碉堡里也出来一个鬼魂一样的影子，毫无疑问，这是阿礼。他们两个人走到了一起，从车里拿出了一包包东西后，传来关车门的声音，之后，两个人消失在碉堡下面那一片浓重的黑暗里。

上面说到四德本性就是个秘密跟踪偷窥者，此时他的这个本能得到了最好的施展。四德下了车，学电影里的样子手按在腰头的手枪上，慢慢地走了过去。脚下的杂草被多次踏过，已经像一条路。他看清了碉堡的入口，很小的长方形，里面有微弱的光线发出来。他在光线的阴影下接近了入口，探着头往里看，但不能直接看到里面，有一堵墙挡着。于是他就轻轻地潜入了进来，发现亮光是从比他低的位置发出的。他所处位置是阴暗处，有枪眼，下面的人不能看到他，但他从一个枪眼能看到下面人的行动和碉堡内部的情况。

里面点着一支蜡烛，肯定是他从义乌进的货，假冒的"光明牌"矿烛。这个冒牌的蜡烛光也足以照亮圆形的空间。假冒的烛光照耀着两个虚幻的人影，秀莲把两个袋子的东西放在地上，四德看见这里居然还有铺着被子的床。这被子可是他从温州带来的。秀莲一边整理东西，一边在说话。

"四德回来了。我不容易走开了，我给你带了够吃一个星期的东西。"

"使馆有没有消息，外交照会起作用了吗？"

"还没听说呢。"

阿礼之前站在烛光的阴影处，这会儿转过来，对着蜡烛，四德看到了阿礼穿的衣服都是自己的。阿礼从后面抱着秀莲，把她衣服一件件脱掉，连内裤都脱掉。在一闪一闪的烛光中，她的身体全裸着，白得刺眼，像是一种海鱼，一动不动任他摆布。然后，她转过身，用嘴巴来吹阿礼的生殖器。四德好生奇怪秀莲怎么会这一手，他可从来没和她这样玩过呢。她是怎么学会的呢？四德偷看过很多次人家做爱，小时候就偷看过邻居的，但是没有想到会偷看到自己老婆和别人偷欢。他的怒火在煎熬着他，他有手枪，完全可以马上杀了性器插在秀莲身体内的阿礼。

但四德是一个极其会算计的人，即使在醉了酒或者怒火中烧时都会算计到利益，最大程度利用机会。如果现在就闹起来，他会身败名裂。地拉那的华人要是知道了秀莲和阿礼通奸，他的名声就完了。还不止这些，四德之前在法国打工，挣的钱喝酒都不够。到了地拉那折腾了好多年，还是挣不到大钱。他现在做生意的资金全是秀莲家族提供的，一旦这个资金链断了，他就死定了。因此他不敢对秀莲太狠。他得从这件事情里得到最大的好处，用这件事来压住秀莲呢。至于怎么惩罚她他自有处理方法，慢慢报复她吧。但现在还不能让秀莲知道他发现了碉堡，要不然阿礼会跑掉。

因此，四德从黑暗中退出了碉堡，开车回到地拉那城里。他到旅馆找了房间，叫了个小姐用嘴巴吹他性器。然后喝酒到天亮。

第二天一早，他就去见了警察队长法特米尔。

八

那个夜里秀莲走了之后，阿礼开始心绪不定。之前他刚到碉堡时那种自信的心情荡然无存了。他靠在那个角落里，让心情平静下来，迷迷糊糊睡了过去。他做了一个梦，梦见跟着一个狗头人身的使者往前走，像是在古埃及的神庙里，越往前走越恐怖。后来就醒来，再也睡不着。

和秀莲发生关系之后，阿礼的精神状态陷入巨大恐慌，他觉得自己正在向深渊坠落。他不知道这一切是怎么发生的。他没有蓄谋已久，事先根本就没想到会发生这样的事，他一直感激秀莲善待自己，是个好心人，但他可从来没喜欢过她，从没有从性方面对她有过想法。一切都是突然发生的。当时他无法控制自己的手，而她居然顺从接受了。阿礼一根火柴点起了火，一旦火着了，他就控制不了火势，秀莲燃烧得很猛烈，让他心里发慌。他一面害怕，一面还继续了下去。第一次之后，秀莲在第二天第三天都到了山上碉堡里找他，她已经处于一种性迷狂状态。今夜在得知四德回到地拉那的消息之后，阿礼心里有大大的恐怖。他知道四德这个人，阴险毒辣多疑，什么事情都做得出。要是被他知道自己和他老婆发生关系，那他可死定了。

一切都得立刻结束。你已经死到临头，还在做着荒唐的事！阿礼责怪着自己，猛地揪着自己已经不多的头发。他想着要离开这个碉堡，转移到别的地方去。事实上，他已经想到几个方案，如果不下雨的话，他其实可以在向日葵地里待着。就在离向日葵地一公里地之外，他发现那里有一大片玻璃暖棚，是以前中国政府无偿援助地拉那人民种植蔬菜和花卉的，现在已经荒废在那里，里面还有大量的生锈的机械和农具，下雨时他可以躲在那里去。另外，他对自己家屋子周围的树木也越来越有心得，可以在上面待上很久，从各种角度去观看自己家人的生活，主要是儿子，当然有时不可避免要看到玛尤拉等别的成员。

阿礼这天心烦，黎明之前就背上一个自己改装的双肩包，里面放着秀莲送来的吃的东西，还有一盘自己用被单做成的绳索，就出发下山去。他决定从今天起就不回到碉堡来了。

今天他下山那么早还有一个原因，因为他想动手修理自己房子屋顶那两块破碎的瓦片。他家屋顶那种瓦片是罗马式的，红色的陶土，一片有十来公斤重，通常的人家都舍不得用这样好的瓦片。阿礼盖房子的时候，玛尤拉家人什么东西都要最好的，他没办法才用了这样的瓦片。从发现屋顶瓦片破碎那天起，阿礼心里一直在琢磨着怎么修理的问题。他不指望玛尤拉一家会把屋顶修好。如果屋顶漏水了，她大概会拿一个脸盆把水接住。脸盆里的水满了，她最多把水倒掉再去接，甚至干脆就不接。虽然他不在屋里面住，但是屋子漏水让他浑身不自在，一心想把它修理好。前几天他在山下活动时，到处留神去找和家里同样的瓦片。他看到有些人家屋背的瓦片和他家一样，但是他不会去揭人家屋背的瓦给自己用。后来他发现了一处在翻盖的房子，和他家一样的瓦片已经拆下堆在地上，准备重新铺上去。阿礼偷偷拿了两片，夜里头也没人看到。他把瓦片藏到了向日葵地里，做了记号。

阿礼借着启明星的星光下了山，在地里找到了那两块藏好的瓦片。瓦片面积大，又很重，他得走好几公里路呢。他早有准备，用了布绳子（绳子是用被单撕成条子做的）把两块瓦片一前一后捆在身上，像是笨重的防弹背心一样，更像是古代的铠甲。他这样做的一个目的是他要爬到树上，瓦片要是拿在手里可无法行动呢。

果然，背着两块瓦片之后，阿礼的行动就显得不便了。到了家的附近，他开始上树，现在他几乎闭着眼睛都能在树上攀援着到达自己家附近。这个时候天还没亮，正是黎明前黑暗的那个时辰，阿礼可无法到屋顶上去换瓦片，他得等到朝霞出现。他靠在一根大树枝上，坐得很稳，即使打了瞌睡也掉不下来。事实上他真的有点睡着了。他觉得自己已经回到了家里面，正稳稳睡在床上。玛尤拉睡在他身边，不知怎么的，他一直对玛尤拉恨不起来，总觉得是自己的错，没有挣到钱让她过上好日子。他挣扎着让自己清醒，想着这个时候要是在屋子里面该有多幸福？他可以坐在抽水马桶上痛痛快快拉一泡屎，然后去洗手，用毛巾把手擦干净。然后他去刷牙，用高露洁牙膏。他已经有很久没有刷过牙了。他很想喝杯咖啡，土耳其式的，咖啡磨成粉直接煮，带着渣子的。然后他就去煎两片咸肉，一个鸡蛋，倒一杯牛奶，把儿子东东叫起来吃早餐。阿礼打着盹，知道自己在做梦，好像是卖火柴的女孩一样。他揉揉眼睛，发现东方已经发白，很快霞光会出现了。

他现在可以看见树上情况，决定开始行动。他得攀援树枝绕一圈，到另一侧的那棵老橡树上，那树有一根树枝伸到他家屋顶上面。由于他身上两片瓦片的重量，加上早晨树上都是露水，带着苔藓的树枝会很滑，阿礼得格外小心。现在他所到的橡树顶枝高度比三层楼屋顶还高很多米。阿礼早准备好了绳索，秀莲给的被单编织过后很结实，足够承受他的体重。他把绳索挂到了高处的顶枝上，然后两手攀着绳索使劲一荡，如秋千一样荡到了自己家的屋顶上，站稳了。朝霞正好出来，他能清楚看见屋顶破碎瓦片的地方，他把捆在身上的两片瓦片取下来。就这个时候，有一台摄像机的长焦镜头把他在橡树顶上空中一跃的镜头拍了下来。地拉那电视台一个摄影记者听说阿礼经常在自己屋子附近的树上出没，就守候在地面附近一个院子里，等着阿礼出现。这天阿礼在树上的活动被他观察到，赶紧调好了焦距，偷偷对着阿礼拍摄。只是因为早上光线还很弱，拍得不是很清楚。阿礼在老橡树上借助绳索荡到屋顶的情景，后来在电视上播出来时看起来和一头婆罗洲的红毛猩猩没什么区别。

　　阿礼把两片瓦片铺好，后退一步，左右打量着两边的位置是否对齐了。之后，他把那些破碎的瓦片捆到身上，他可不想让垃圾留在屋顶。做完这些，他轻轻一踮，又荡回到了橡树上面。天已经开始亮了。现在他在树上的位置不会离屋子太近，他不想惊动玛尤拉被她驱赶辱骂，尤其是当着儿子面。所以他就远远地看着儿子的窗口，感觉到和儿子是有心灵感应的，儿子应该知道他来了。是的，他看到了儿子，儿子的脸出现在窗口，神色迷茫向他这边的茂密树丛张望。儿子发现了他，脸上出现了微笑，还用小手对他做了一个心的手势。这是阿礼到树上之后和儿子最清楚的一次交流。阿礼也做了一个心的手势。玛尤拉出现在儿子后面，把他抱走了。

　　这一天，阿礼的心情又开始好起来。他在向日葵和玉米地里度过了一天，晚上准备就宿在玻璃暖房里。到了夜里十一点钟左右，阿礼突然有点不安，总觉得秀莲会到碉堡看他。他之前可是下了决心不再回到山上去的。但是他睡不着，心乱如麻，总觉得秀莲已经往山上走，冒着危险去看他，而他却躲避了。是啊，我这样多不好，我总得和她说一下，说不再躲在碉堡里。阿礼决定再回到碉堡去。一旦他决定了这样，对秀莲的性渴望就从心底升起，他急忙想赶回到黛替山去。

　　一个多小时后，他走近了碉堡。突然之间周围亮如白昼。他还没来得及反应，一群守候在这里多时的警察把他围住制服了。他看到了胖警察法特米尔。法特米尔说：

　　"菲尔玛长江，游戏结束了。你能在外面游荡好几天，已经很有本事了。现在可不要再跑了。"

　　守候在这里的除了警车还有防疫站的医用救护车。几个穿白大褂蒙着面罩的防疫人员，给阿礼喷了药水，带上隔离头罩，放在救护车里拉到了地拉那郊外的肺病医院隔离了起来。

地拉那中国使馆得到了通知阿礼已经被找到，行使领事权去探望阿礼，并和地拉那当局磋商，建议检查一下阿礼到底有没有感染萨斯病毒，没有的话应该让他留下来。当局说阿尔巴尼亚没有检测萨斯病毒的能力和设备，只能让阿礼回中国去，以免引起全民惊慌。使馆相信阿方的说法是有道理和说服力的。领事探望了阿礼，对他进行安慰。同时劝他不要再逃跑，先回国去待一段时间，等萨斯过了之后再做计议。

阿礼已经安静下来，对使馆的关心表示了感谢。

秀莲是在电视上播出阿礼的消息之后才知道阿礼被抓住隔离在肺病医院的。她心急如焚，想见见阿礼。她和四德商量，但四德说话阴阳怪气，暗示自己知道很多事情。秀莲胆战心惊，明白了四德已知道几分隐情，就不敢多说什么了。

当天晚上的电视新闻播出阿礼上了飞机被送回中国的新闻。秀莲难过地在心里落泪。觉得阿礼这个老实人这下可完蛋了。

九

时间过得真快，萨斯转眼过了十年，现在是二〇一三年。

秀莲总共在阿尔巴尼亚待了十年。后来几年生意一直不好，四德拈花惹草让她心烦。在阿礼被遣送回国之后的第二年，她觉得一直头昏，起先以为是甲状腺复发，回国检查之后，发现乳腺有局部肿块。她家族有乳腺癌病史，母亲死于这个病，大姐姐三年前也因乳腺癌而死。她到上海做了手术，肿块经生物活检显示不是恶性肿瘤，但说不准以后是否会癌变。所以从这开始，她想得开了，知道多活一天就是赚一天，而去赚钱无非是给四德多留点钱喝酒找女人。她回到了老家，让四德在黑山和塞尔维亚一带独自去混，听说他生了一个私生子。秀莲在温州严格饮食，喝中药调理，去公园跳广场舞，做气功。好多年过去了，乳腺始终没有发现癌变。她虽然有点消瘦，但精神还不错。

在温州，她还能知道地拉那的一些消息。那里生意越来越难做，温州人差不多都走了，青田人适应力强，留了下来。青田人当年在上海、北京等地买了很多房子，现在房价涨了十几倍，都变得很富有。而各奔东西的温州人则在世界各地找到新的生存空间，想来活得也还不错。秀莲前几年得知刘甘肃的下落，他在萨拉热窝开日用品连锁店，生意做得很大，常来温州和义乌，但都没有来联系她，让她略有怨恨。没有想到上个月，刘甘肃来到了温州，给她打了电话，约好了去一个地方见面。她有点激动，对着镜子化了妆。唇膏涂得太红，她觉得自己像吃过人的妖怪。

见到了刘甘肃，这家伙没有老，还是原来的样子。他说自己经常要飞义乌进货，独自在萨拉热窝生活，每个月底飞一趟苏黎世和家人团聚，钱都扔路上了。秀莲说你都快六十了，还独自在异乡奔波，真是奇怪的状态。刘甘肃说这大概就是命吧！我挣过很多钱，也糟蹋过很多钱，现在还是这样循环往复，我就这个奔波的命。说了一阵话之后，话题转到了阿礼身上。秀莲做好了听到阿礼回国后一蹶不振的心理准备。但是刘甘肃给她一个消息，说阿礼现在义乌，生意做得挺好的。他在义乌开了个货运代理生意，给外国客人采购和运输货物，从中拿一定比例的佣金，已经在阿尔巴尼亚人中有了名声，马其顿、科索沃的阿尔巴尼亚人也开始找他，生意规模已经不小。秀莲听了表面若无其事，内心却激流涌动。

现在我们来说说阿礼吧。

那天他被送上飞机，飞到了罗马，在警察的监督下被送上了飞往上海的航班。到达浦东机场前，他在飞机上一直想着接下来去哪里的问题。回老家这条路根本不行，那可丢人丢大了，老父母在乡亲面前太没面子了。那么先回温州去？他有些工友同事在温州都找到了新的工作，但他现在对温州这个地方已经没有好感，虽然地拉那是个小城市，但毕竟是个国际城市，是个首都，他见过了世面，温州已经不放在眼里。想来想去他想到的还是义乌。之前他跟着刘甘肃去过两次义乌，知道这个地方的厉害，商品物流大得惊人，全世界的商家都往这里跑。在他手里还有一个 UPS 插件，里面有刘甘肃在义乌所有联系人的信息，他偷偷拷贝下来的。他做了决定，到浦东机场后，当晚坐火车到了义乌。

第二天，他到了福田二区张国珍商铺。阿礼之前和她见过一次，通过电话。刘甘肃一直在她那里进货，数量不大，但是一直在走。这店里都是山货，有大量的毛竹制品、竹编的各种规格形状的篮子和桌垫子、背后抓痒的竹扒、木制拐杖、擀面杖切菜板。他在店外面转了一圈，不好意思进来。后来张国珍看见了他，向他打招呼："老板，好久不见你了，今天什么风把你吹来了？"

"一言难尽。"阿礼说。张国珍这天刚开店门，还没客人来，所以有空和阿礼坐下来，听阿礼一五一十把自己的遭遇道来。阿礼说到伤心处，竟然忍不住稀里哗啦哭了起来。张国珍陪他抹了几把眼泪，然后开导他，说义乌这个地方机会很多，像她这样乡下出来的农民都能做生意，你这样走南闯北有文化的人还能饿死？

正说着话，外面有客人过来。是两个黑人，脸黑得像锅底的灰一样，一进门就冲着张国珍喊："最低最低！"黑人喊着。他们来自津巴布韦的部落。在义乌的非洲人把最低最低这个发音告诉他们，说一进店门这样喊就可以得到最低的价格。

"嚷什么呀！你想买什么？"张国珍迎接着，回头对阿礼说，来这边的老外大部分只会说"最低最低"这句话，说别的就傻眼了，通常就是用计算器按着数字，用手和身体比划着，经常是鸡同鸭讲，做不成生意。

"你们想买什么？"阿礼用英语问。黑人愣了一下，没想到店里会有人说英文。黑人英文会说一点，知道这回可以交流了，高兴得手舞足蹈。有了阿礼的翻译，黑人买了很多东西，张国珍做成了一笔不错的生意。张国珍说，按照这里的规矩，翻译的中间人可以拿到百分之二的利市费。张国珍说，要不你就先开始做做翻译的事情吧，来这里的阿拉伯人非洲黑人大部分是小生意，请不起翻译。如果你免费给他们做翻译，从店家那里拿利市钱，应该会有很多人找你的。你就在我店里挂个翻译服务的牌子，我去仓库时你偶尔帮我照看一下店，我不会收你钱的。

从这天开始，阿礼在张国珍的店铺里挂起了一个英文牌子：ZUIDI ZUIDI Free Translation Service（最低最低免费翻译服务），开始了义乌的创业生涯。最初一年挣到的钱除了付房租和生活费，他都寄到了阿尔巴尼亚玛尤拉那里，作为儿子和家庭的赡养费。从翻译开始，他慢慢了解到义乌的物流程序和运作，开始给客人组货发货。这个业务用不到很多资金，厂家会垫付，关键是他得有熟悉的客人和良好的信用。他慢慢在来义乌的第三世界小生意商人中有了名声，尤其是巴尔干半岛的阿尔巴尼亚人特别愿意找他做代理采购、报关、运输一条龙服务。义乌市场有巨大无比的气场，连接到地球上许多国家的村寨角落，每天有成千上万货柜从这里出发到世界各地。阿礼回想起地拉那的市场，那简直小得像一粒尘埃。

秀莲自从见到刘甘肃，从他那里拿到阿礼的一张名片之后，连续几天都睡不着觉。她之前常常想起阿礼，想到的都是阿礼在艰难度日郁郁寡欢，就是想不到阿礼有生意成功意气奋发的结局。她真的为他高兴，可是潜意识里却又一阵阵难受。如果听到阿礼在哪里当保安的消息的话，秀莲心里可能不会这么难受呢！这可真是一种矛盾。她想来想去，决定到义乌去见一下阿礼。她的内心有一个结要打开，因为阿礼在黛替山被捕，那个地方只有她知道，她觉得阿礼一定会认为是她把他出卖了。为此她内心不安。她得去见阿礼，向他说明不是她告诉警察的。"是的，我必须去，我乳房可是存在癌变危险，没准哪天真会发病，趁我现在还能见人，赶紧去见他一次吧。"

秀莲那天坐火车到了义乌，按照名片上的地址找到阿礼的公司。她事先没有打电话，觉得电话里很难说话，还是直接去看他比较好一些。她进了阿礼的公司，是在一个办公楼里，一个大房间隔成了许多卡座，和电影里的写字间一样。她问了外面接待的秘书，说找阿礼。然后听到她用电话通知潘总，说有客人来见。一会儿，秀莲就看到阿礼了。他的头发和先前差不多，地中海面积还不大，也没发福。阿礼很热情地迎接了秀莲，但并没有秀莲预想中那样激动的场面。阿礼带她参观了公司，有二十来个员工坐在电脑前干活。阿礼显得很忙，刚和秀莲说几句话，就有电话来了，还不时有人送来文件要他签字。

晚上吃饭也是那么忙。阿礼在春江路口温州菜馆专门为秀莲定了桌，但是阿礼有好几个外国客户刚到来，就一起来吃饭了。有阿尔巴尼亚的，迪拜的，几内亚的，埃及的。阿尔巴尼亚话秀莲还能说几句，英语她一点不懂。虽然是温州菜，她吃得没有一点胃口。义乌的温州菜不正宗，主要还是她觉得有点受冷落。

一直到吃好了晚饭，客人都散了。外面开始下雨，阿礼让秀莲坐上自己的车，秀莲觉得现在才是和他在一起，她以为阿礼是送她回宾馆去。

"秀莲，我带你去看一个地方。"阿礼说。

"什么地方？"秀莲问。

"去了你就会知道。"阿礼说着，开着车沿着江边路直驰而去。

秀莲就不响了，看着车子两边的道路飞闪而过。渐渐地觉得已经离开了义乌城市，向郊外开去。"他想带我去哪里啊？"她心里犯着嘀咕，心底有愉快荡漾开来。

车子冒雨沿着巧溪河向东开去，然后越过了一座桥，往乡村方向开去。公路已经没有路灯，地势在升高。秀莲看见前面是一座山，车子开始开进山地，沿着盘山公路上升了。这时开始下雷阵雨，闪电像一道鞭子抽过夜空，随后传来炸裂的雷声。那是一种多么熟悉的场景，好像是梦里出现过的，秀莲想着。

车子又开了一段山路，地势已经很高了，雨后空气新鲜极了。这时阿礼放慢车速，拐进了一条小路。开了一点路之后，他把车停下，打开车门，让秀莲下来，说接下来要走几步路。

秀莲下了车，只觉得头顶上都是树木，看不见星光，也看不见路。阿礼向她伸过手，牵着她往前走。前面有模模糊糊的光线。秀莲内心升起了一种强烈的熟悉感，她想起了第一次跟着阿礼走进黛替山军事碉堡时的情景就是这样的。接下来她所看见的场景差点让她吓坏了，她看到了前方夜空背景上出现了一个圆顶的建筑轮廓，和黛替山的碉堡是一模一样的。她停住脚步，死死抓住阿礼的手，问：

"阿礼，这是怎么回事？莫非我出现幻觉了？"

"没有，都是真的。我按照黛替山碉堡原样和周围环境复制了一个。"阿礼说。

"天哪，怎么那么像！"秀莲说。

"我们进来吧，到里面再说话。"阿礼说。

秀莲于是向前走去。那个低矮的洞口和黛替山碉堡一样尺寸。不同的是那洞口是开着的，这一个却有一扇不锈钢门，阿礼按了一下控制器，钢门无声平稳地打开来。他们弯下腰进去了。

秀莲看到了洞内的一切也和黛替山的一样。在那个水泥的铺位上，放着一床棉被，仿佛就是那次她送阿礼的那一床。阿礼在洞内点亮了几根蜡烛，也是用义乌那种假冒的光明牌白色矿烛。那闪动的烛光让秀莲很想哭。

"三年前，我向这座山的村委会买了这一块山地。我根据回忆画了设计图纸，交给上海一个英国别墅公司建筑了这一个碉堡。他们有瑞士的技术，专门建造高级别墅，造得非常好。你知道，在黛替山上碉堡的几天是我人生中最重要的时刻，在那里我想通了生活是怎么回事。现在我在义乌生存了下去，人家都说我成功了，可是我一直还会做噩梦，梦到现在的一切又会重新失去。对我来说，生活中好的事情我总怀疑不是真的，灾难和挫折才是我命运里真实的东西。我建造了这个碉堡后，没有让别人知道，只有自己会秘密到这里待上一阵子，让自己的心平静下来，让自己成为碉堡，不再做噩梦。"

"阿礼，你地拉那的家怎么样？儿子现在长大了，都还好吗？"

"我已经没有家了。"阿礼说。"我到义乌之后的第三年，我得到消息说玛尤拉跟了一个吉普赛男人，是个酋长，开始流浪了。听说是沿着亚得里亚海往北边走，那是一条吉普赛传统的迁徙线路。她把儿子带上了，这真是让我心碎的消息。从那之后，我一直想着去找他们母子俩。从阿尔巴尼亚过来的客人偶尔会带来一点消息，说他们在北欧什么什么地方，但地点一直会变化的。三年前，我去找过他们，在瑞典的一个小镇上找到他们。我看到了吉普赛人的歌舞表演、塔罗牌算命等把戏。我看到了我儿子，长大了很多。他看着我的时候目光显得很陌生呆滞。我和玛尤拉说过话，她让我快点离去，她身边的男人带着武器，会攻击人的，我只好离开了。我现在不知道他们在哪里，之前还有一点消息，现在完全没有了他们的消息。我每天想念儿子，为他准备了读上海外国人子弟中学的钱，还有去美国读书的钱，但是他一直在流浪着。"

"还有希望让他回来吗？"秀莲问。

"不知道啊。这么多年来，我内心一直受煎熬。我已经想好了，等过了春节，我就把这边的事情交给别人管理，我要再次去找他们。这一次也许要花很长的时间，也许几个月，也许半年，也许得几年。

我相信是能找到他们的。问题是我儿子是否愿意跟我走？他已到青少年时期，再不回到正常社会，恐怕就无法读书了。我已经做好了准备，如果我儿子不跟我回来，那我就跟着他们流浪吧，这样我多少可以给他一些教育。再等几年，我儿子会有能力选择自己的未来，如果他决定继续做吉普赛人流浪，那我就死心了。我无法阻挡，因为那是他自己的决定，也许那样的生活更符合他的天性。只要他生活得快乐，那我就没什么值得担忧了。"

秀莲真没想到，阿礼这个老实人会有这么丰富的内心世界。她站到了碉堡的枪眼前，看着义乌城的灯火，幻觉眼前是地拉那。这个时候，她很多年前看过的一部吉普赛电影场面出现在脑子里。在尘土遍布的荒原道路上，一辆大篷车在烈日下慢慢地前行着。马蹄踢踏踢踏，赶马的人已经不是那个吉普赛老人，而是戴着一顶草帽的阿礼。

2018 - 08 - 01 初稿
2018 - 09 - 01 改定

陈　谦　出生于于广西南
宁。著有长篇小说《无穷镜》
《爱在无爱的硅谷》，中短
篇小说《繁枝》《莲露》《特
蕾莎的流氓犯》《我是欧文
太太》《虎妹孟加拉》。现
居美国旧金山。

参展小说

落虹

落虹 首发于《香港文学》2018年第10期

落 虹

这么多年来，当必须与人提起自己跟嘉田的姻缘时，木棉总是轻描淡写地用上"偶然重逢"四个字。她的陈述始于此，也终于此。包括对葵娘，也是没有例外的。

木棉看着总是通体的沉郁，跟身边的人好像从来都不大贴得上的。小时候上学下学，跟在小伙伴的身边，看上去便是游离的。木棉如今回想，其实她是很在乎讨老师和大人们喜欢、跟同学们亲密无间的，她哪里愿意游离，可那却并不由她。一路长大，她几乎永远都落在局外。虽说在她这辈人，红小兵、红卫兵都不是它们原始的意义了，但它们到底是个标志，将孩子们的三六九等划出来。木棉每天到学校再早，给班里的水瓶打来再多的热水，教室抢着扫得再勤，黑板擦得再卖力，那好学生的标志由红方形变成了红三角，后来又变回了红领巾，她还是等到最后才被吸收进去。

很小的时候，她就知道那是因为葵娘的历史。她不怨葵娘，葵娘是她在这个世上唯一的亲人，她内心最深的恐惧就是失去这个亲人。她只能跟那个向她施加出走压力的外部世界拉开距离。

木棉从小跟葵娘住在南星药厂家属区一栋破败的楼里。那楼外的水泥批灰掉了多少年也没有人给补上，一块块的红砖露了出来，那些砖跟砖之间的水泥填逢呲裂着，糙得让人看着眼睛都会有一种给割伤的痛。阳沟里永远淌着浓黑的水，陶制的水管道走在明处，咕咕的流水声，像个粗鄙的人在放肆地打着无尽的饱嗝。走过那儿，果真能闻到那一串串饱嗝散出的酸腐恶臭。每一层楼有一个卫生间，一个公用厕所，一个大厨间。走廊是开放的，却堆满了杂物。很多人家，还在走廊上安着鸡笼、鸭笼，家禽拉下的粪便，就掉到笼地铺着的煤灰上，几天才扫一次。南方夏天的湿热和冬天的湿冷，将那些恶臭围堵在各家的门前，他们竟也能无动于衷。走廊栏杆的上方，是一层层铁丝、竹杆搭出的晾衣架。这些却都没有让儿时的木棉烦心过，她最安心的就是穿过那走廊，回到自己和葵娘的那间小屋子里去，将屋外似乎是无休无止的鸡鸣人叫，全部忘掉。

她们的房间很小，一张大床就占了大半的空间。木棉直长到十二岁，都是跟葵娘同睡一床的。在那张床上，她听着葵娘的故事、葵娘对她的安慰、对她的将来的期盼，内心不停地被葵娘的爱填充着，一天天长大。

葵娘是那么爱干净的一个人，每一天起床，都要将蚊帐卷起，推到靠墙处，再用那块深蓝花的厚塑料布盖上。房间的另一面是两个矮柜一字排开，柜面就也当桌子，水瓶杂物等搁着，总是一尘不染。窗下有一台很老旧的缝纫机，木棉就在那盖板面上读书写字。靠门的一面有一张圆饭桌，墙边堆着几只大樟木箱。葵娘的家当，就全在那些箱里了。

下了学，木棉有时也会到葵娘的车间里去。药厂是女人家的天下，虽然葵娘因为身份的敏感，跟大家都不太多话，女人们见了木棉青青黄黄的面孔，瘦瘦小小的身架子，再联想到她的身世，都会弯下腰来跟她搭话的，心里都有着怜恤。木棉是不愿意搭话的，她的声音总是那么小。蚊子似的，她们笑说。如果有哪个女人家忍不住去摸摸她的头，或拍拍她肩，她就赶紧缩了脖子，瘦削的肩膀耸起来，细细的长臂交叉到胸前，让人不知道该拿她怎么办。

人们总说这孩子怎么这么孤高，想想又觉得不对。一个被过去的资本家姨太太、后来的药厂制丸女工接养的弃婴，哪里撑得起那孤高？那很可能是自卑呢。这样一想，反倒又感觉自己高出了许多，反过来更同情木棉了，有了同情，自然便能原谅她。

后来木棉年纪轻轻莫名其妙地守了寡，人们就都想到，这女人命苦，竟真连个翻本的机会都没有，对她就更不苛求了。这样一来，当木棉愿意满足大家的好奇心，以"偶然重逢"来回答大家的探问时，大家听了虽然很不过瘾，但也知趣地闭了嘴，知道从木棉的嘴里怕是再也撬不出更多的名堂了。

可那真相，在木棉心里却明明白白的：她跟嘉田的重逢不可能是"偶然"。

嘉田的户口一直跟着爷爷，他高中毕业后，就被照顾留城，到"文革"后恢复高考的时候，嘉田已在家等待分配工作一年多了。他平时跟爷爷到育种室打下手，别的时候就在自修高等数学——数学一直是他最大的兴趣，同时跟爷爷系统地强化英文。待恢复高考的时候，在爷爷的建议下，嘉田以同等学历直接考上了中科院数学研究所研究生，这使得嘉田一时成了他们这座南疆省会城市妇孺皆知的人物。木棉在报纸上看到过嘉田戴着红花跟市委书记的合影。木棉能辨认出他脸上的笑容仍带着她暗地里喜欢的那分羞涩。照片的分辨度很低，木棉觉得她仍能认出嘉田穿的是一件熨得非常平整的细条格短袖衬衫，这使得木棉痛恨起他胸前那朵纸红花的粗陋。木棉的学校还去请过作为校友的嘉田回来作报告，可嘉田早早就悄然北上了。木棉感伤地想，这个孙嘉田不知会有多么远大的前程呢，她再也看不到那个在夏日午后，走在芒果树下的清朗少年了。

嘉田当年在小菜场里跟木棉"重逢"的时候，已是世界知名学府伯克莱加大的数学博士。他的回乡，被视作"荣归"，他和新一代市委书记、市长的合影，出现在晚报的头版上。日程那么紧、那么忙，如果不是出于"特意"，他怎么会出现在新阳路那个肮脏破败、臭气熏天的小菜场里呢？就算是要买菜，他也肯定会去他爷爷家所在的省农科院门口新建成的超市。

只有一种解释，嘉田是去等她的。木棉明白，跟嘉田的姻缘，并不能完全归结于所谓的命运。命运是人力所不能操纵的。可是，她跟嘉田的婚姻却是嘉田选择的结果；而因为嘉田的选择，她得到了一次改变命运的机会。

隔着岁月的风尘，木棉仍能看见自己那天穿着一件藏青暗花面料的厚棉袄，脖子缩在立领里，头发草草地扎在脑后。就在那天早晨，她发现头上冒出了几根白头发。她游魂似的在菜场里转来转去。一只藤制的大菜篮在臂弯里，木棉甚至还记得，篮里面伸出的只有几条芹菜青绿的长杆枝叶。偶有南星药厂的熟人，停下来拉她的手，安慰她，她的眼睛都不能聚焦，看到他们身后的很远处，不懂得自己的嘴都说了什么。

天是铅灰色的，阴冷的毛毛雨，已经连续下了一个多月了。满世界都是湿漉漉的冰寒，直浸泅到木棉的骨子里去，跟她骨髓里的痛交合共振，再一起去攻击她那已四碎的心瓣。她一直打着哆嗦，嘴唇是绀紫的，胃里是一阵阵地痛。

晓旭已经在前一日变成了灰烬。木棉想起来这一事实，膝盖就发软。她不能接受这个现实，绝对不能。可是她没人可以说一句。葵娘怕她想不开，已经几天几夜没敢合眼了；她还有两岁的安安，睁着那对圆圆的小眼，惊恐地看家里人来人往；从哈尔滨奔来的婆婆、大姑、小姑、晓旭的堂兄嫂一行，挤在她家里。婆婆已经哭得昏过去两次，需要厂里医务所的人随叫随到。木棉只有将自己关到卫生间里时，用毛巾堵了嘴，为晓旭的死，安安的可怜，自己命运的悲惨，压抑地哭上几声。

木棉在十七岁那年参加高考，按葵娘的意思，她应该去学制药。葵娘说，她的命运本来就是这样的：如果考不上大学，就到南星药厂去做工。这个观念在木棉的脑子里植得很深。在她很小的时候，葵娘就总是告诉她，虽然她们在这个世界上无权无势无财，但也并不用太担心，她们到底还是能靠着南星的。尽管四九年后经历了这么多改变，它总不至于包容不下她们母女。就像它一直也包容着巫家的一大家子人那样——南星早年是巫家的家业。一次次运动下来，巫家的人被送去坐过牢、被监改、被开除，但最终还是又被消化回来。只要放得下身段，乖顺，一口饭总还是有得吃的。

当年桂林城里小康人家出身的葵娘，高中肄业后在亲戚家开的药材铺里帮忙管点账目，遇到了在桂南城里开南星药厂的巫家大少爷祖康。巫大少遇到葵娘的时候，是三十五六岁的光景，已经有了正、二两房的妻小，可是他还是请来了大媒，他说他要迎娶比她小十八岁的葵荀，然后要将她带到更南的那个巫家家业的大本营去。

他喜欢她一脸洁净、安顺的聪明相——葵娘是嫁入巫家后的新称呼，那个"娘"，是发平声的。

葵娘跟木棉说过，她嫁给巫祖康，真不是为了钱。木棉小时总是半信半疑。她看过厂子大字报栏里很多的漫画和大字报，那上面的葵娘留给木棉的印象，是一个爱慕虚荣、贪恋财富的女子。那漫画上的葵娘，烫着卷发，穿着旗袍、高跟鞋，手里提着小坤包，还叼着香烟，跟电影里见到过的女特务一个模样。虽然木棉怎么也不能将那形象跟每日为她洗衣做饭、布衣粗食的葵娘联系起来。但她又会想起，学校里一直告诉她们的：阶级敌人的额头上，绝对不会刻着"坏人"两个字的，内心更有一分不安全感。

没人的时候，葵娘有时会自叹着说，巫大爷那时好气派的一个人，站出来，唉。葵娘一般不会将话说完，只没头没脑地叹一句，便停住了，再去洗碗、擦台，很久都不再说话。木棉能够想象得出的，她见过巫老大一次。巫家几乎全家十几口如今都在南星厂里做事，大多是当基层的工人。巫大少因为是当时政权移异时的业主，三反五反时，给判了十年刑。坐牢时得了眼疾，两眼全瞎了。他们在城里江边有一栋楼，三层的，他跟一大群子女住在那儿。木棉见他"文革"平反后来过厂里，有他同辈人少有的高个子，挂一根拐杖，戴着墨镜，穿一套笔挺的藏青色毛料中山装。头发稀了，腰却是挺着的，就这么老了，看着还是非常气派。

葵娘早就跟巫家不来往了。她当年嫁给巫大爷，因为年轻，知书识礼，长得又标致，成了巫大爷的最爱，到哪儿都带着她。几年下来，葵娘却没有生下一儿半女。巫大爷不缺儿女，自然是不介意的，只一味地宠爱着她。可葵娘总觉得在其他两房面前是矮一截，关系就很敏感。因没有生养，闲来葵娘也跟在厂里做些事，帮着管进出货的账目，很得巫大爷的赞许。

四九年的时候，新政策一刀切，巫大爷只能选一房共同生活。葵娘一心觉得巫大爷会选自己的，老式的女人，世事变迁时，哪里有什么深远的谋略？她只懂得要守着自己的男人，而且还有点暗喜，以为从此终于可以完全拥有自己的男人了。可巫大爷经过了几个昼夜的思考，却选了子女最多的二房。葵娘的心是伤着了，她觉得这是辜负。巫大爷后来给判下狱去，被送到在遥远的大石山的监狱里去了，葵娘去看过他一次。巫大爷跟她说，她还年轻，前面有很长的路，不要再记挂他。他有自己的家人了。葵娘跟木棉说，她对巫大爷非常失望，不管是以什么理由，他都是抛弃了她。是辜负，葵娘说。但你如果要活下去，就只能看透它了，葵娘又加一句。

葵娘搬离出来。她没有给巫家生养过，简直是有点一了百了的样子，提着两个箱子，就成了新女性了——葵娘从此成了南星药厂丸剂车间的女工，一做就是几十年。

木棉是葵娘在一九六三年春天回桂林省亲时，在老家祖屋后的竹林边捡到的弃婴。那时的葵娘已年过四十。你的脸只有巴掌那么小，葵娘说。葵娘是不愿意透露木棉的身份的，直到木棉七岁那年，已经听得懂周围人们的议论，巴巴地含了泪来问葵娘，葵娘知道再也藏不住了，才告诉了她。

木棉跟晓旭去过那个漓江边的小镇。葵娘外婆家的屋子已经很残旧了，原来住在那儿的葵娘表哥一家，已搬到建在镇中心的新宅子去了。那个被木棉叫作表舅的老头，耳朵有些背了，拿了钥匙开屋子的大门，将木棉和晓旭径直就带进葵娘听到木棉哭声的那个小房间去。推开木窗时，灰尘飘起来，灌进鼻子里，木棉和晓旭都打了一声响亮的喷嚏。

木棉从带着木条杆的小窗看出去，见到有一条青砖小道直通江边的船坞，两边是茂密的修竹，满地的野花和杂草，在白热的阳光下茂盛地生长着。木棉听葵娘说，她的哭声是在月夜里传来的，很细很细，猫叫一样，很容易让人忽略的。葵娘那时是睡下了，想想那似乎不像是猫声，才又下了床，出去到竹林里找，果真是一个婴儿。

葵娘祖家有个热闹的墟镇，每月初一和十五，四里八乡的人来人往，走水路的人，都是从她祖家屋后的船坞出入的。到底是什么际遇的人家将孩子扔下的，无从查起。何况那是闹大饥荒的三年，乡下很多地方整村整村的人全饿死了，乡间弃婴很多。葵娘一直收着那条当年包裹木棉的薄棉被，大红的底色上，是勾黑的大红花，一团团的，还有些明黄的花蕊，非常乡土的喜气。每到换季的时候，木棉都有机会看到它。木棉每将它拿在手中，总忍不住要嗅嗅，她跟她的生身父母就是这么一点的联系了。可是除了樟木的香气，她就再闻不出什么别的气味了。

木棉自幼就是很听葵娘话的，她同意选学制药。但她心里还有更深的愿望，她希望走得很远很远，到一个没人知道她的身世，不知道葵娘身世的地方去，也许能有什么新的机缘呢。

木棉将从学校里拿回来的高校招生目录铺开，勾出全国各地有制药专业的学校，目光最后落到了哈尔滨商学院。木棉从来没有见过雪，她跟葵娘说，她要到那儿去，从中国最南的省会到最北的省会去——这是她能走得最远的地方了。葵娘听到木棉的话，眼睛就红了。木棉低声央求起来，说，我只想出去见见世面，我将来一定回来的。葵娘苦笑着揉她的手，然后摸摸她的脸，说，生死由不得人，缘份也由不得人，强求不得的，你大了，到底是要走的。最要紧的，是你活得安全，又能开心。你一直都不大开心的，这是最让我担心的事情。

哈尔滨的四年大学生活，是木棉最快乐的时光。连天寒地冻的冬天，她的心都是暖的。同学中，没有人是跟她来自同一个省份的，她成了一张白纸，没有熟人，也没有历史了似的。她的笑声无间地融合在女同学的笑声中，在短暂的夏天里，她穿上了花哨的衣裙。最重要的是，她找到了晓旭。

晓旭是班里的学习委员，个子细高，架一副眼镜，常穿着工装，脸上是淡淡的笑。他跟木棉说话，总是直视她的眼睛，带着让她心动的诚恳。木棉总觉得晓旭的眼神里有一种对她隐隐的悲悯。木棉每次迎上他的目光，内心里就有很强烈的冲动，想要谈谈她的身世。这样的机会终于在大学三年级的那个冬天来到了。他们到药厂实习时，分到了一个组里。

哈尔滨的冬天很冷，排到夜班的时候，他们总喜欢躲到制剂车间的烘焙室边上聊天。在一个夜班上，组里别的同学都去糖浆车间的蒸馏罐间取暖了，留下木棉跟晓旭看烘房。木棉的眼皮越来越重的时候，忽然就向晓旭说到了自己的身世。她心里是不愿意的，可是晓旭的眼神，让她管不住自己的嘴。当她说到那条包裹她的红棉被时，她再也忍不住，哭了起来。她自己也没有想到，这么多年来，她有着葵娘那么多的爱，心里却仍然有这么大的洞。她为自己的失态羞愧着，便将头伏在了长椅上，可越想忍，却越发忍不住，竟抽泣起来。这时，她感到晓旭的长臂，圈住了她。他伏下身来，给她擦泪。然后他修长的手指，伸进了她的长发里，轻轻地揉着。晓旭说，我这儿，一切都好了。

木棉在毕业前去了晓旭的家。他的父母都是哈尔滨锅炉厂的工程师，早年从浙江大学毕业后，来到北疆的。看不出他们对木棉有特别的喜爱，也没有特别的不喜爱，只是客气。晓旭是他们的独子，大概只要晓旭喜欢，他们就接受。可木棉是喜欢晓旭的家庭的，屋外天寒地冻，屋里一家人团团地坐着，吃着火锅，哈哈地说笑。在腾腾的热气中，木棉噙着泪水，手伸到桌面下，跟晓旭的手紧紧地握起来。

可是木棉是不能留在哈尔滨的，葵娘已经表示了，她不来的。葵娘说，她老了，不能走那么远，何况是去那么寒冷的地方。葵娘又说，你是可以也应该留在那儿的，因为对女人来说，最要紧的是找到一个好的归宿，我真的很为你高兴。不要挂念我，只要你生活得好，我就很安心，我有南星呢。

木棉拿着葵娘的信，就想到了"辜负"这两个字。世界上的人，她谁都能辜负，就是不能辜负葵娘。这个想法，在她小时候发哮喘，由葵娘背着四处求医，在葵娘的肩背上就萌生出来，植到了她的心底的。晓旭没有二话，跟她说，我跟你到南方去吧。这却让晓旭的父母觉到了伤心。晓旭跟他们说，我到那儿去，安顿下来，你们退休了就过来，到底是南方，你们会更适应的。那父母也是背井离乡的人，听了晓旭的话，只有黯然。

晓旭跟木棉回到南方，果真就如愿到了南星药厂安下家业。那时候，巫家的旧事，也没人再提了。巫大爷被错判入狱的事，也平反了，还补发了工资，追认工龄，竟还能领退休金。所以葵娘的历史，再不是人们的话柄，而且她也到了快退休的年龄，大家对她友好起来。又看到木棉出省念了大学，回来还带了个这么体面的夫婿，全厂的人都很羡慕她，觉得这母女转运了。

南星还特别照顾他们，特地分了一套两室一厅的新房给他们一家。晓旭很快成了南星药厂科研室的骨干，木棉在糖浆车间当助工。到了九十年代初，晓旭研发、报批了近十个新中成药，被提拔为科研室总工。唯一不顺的是，木棉竟落下了习惯性流产的毛病，多次怀孕都没有成功，直到结婚七年后，好不容易才生下了女儿安安。

就在安安出生不久，跟晓旭有忘年之谊的原南星药厂总工胡总，找到了晓旭。胡总退休后，在远郊的园艺场里帮一家港商投资的小型药厂做顾问，晓旭在他的多次寻访下，答应前去给予技术支持。从此在周末和节假日，奔波于南星和远郊的药厂间，同时得到了相当丰厚的酬金。

流言不久就传来了，说胡总他们在为港商生产摇头丸。后来又传说，问题比摇头丸更严重，可能是在研制冰毒。木棉还未及向晓旭求证，警方在一个周末封查了胡总的小药厂。一时谣言甚嚣尘上，所有的人都给隔离了。可晓旭却失踪了，木棉和葵娘抱着安安，赶长途汽车到了那个园艺场。两个不眠之夜后，她们听到了最坏的消息：在江边荔园守园人的瞭望岗架下，发现了晓旭的尸体。

木棉由人搀着，去看现场。葵娘看守安安，没有跟去。下着早春的绵绵阴雨，小沟渠里竟积出哗哗的流水声。因是冬天，那岗架是空着的，并无人居住。四周的茅草儿可过人，因为事发后人来人往，有一片茅草侧倒了下来，木棉一脚深一脚浅地跨过小沟，仿佛满鼻都是血浆的腥味。晓旭装着几件换洗衣裳的背包，据说是在岗架上住人的小间里发现的。警方说，从现场看来，晓旭很可能是从上面下来时，脚手架的毛竹杆太滑，不小心摔下，后脑磕到地上的石头上死的。同去的人猜测，晓旭也许是听到了警方封园的消息后躲到那儿的。

因为警方拉了警戒线，木棉无法接近那块磕上了晓旭后脑勺的石块。她便抱着因为潮湿而长了霉的湿湿的毛竹架子，压抑着哭起来。引得四周一片唏嘘。

眼下案子还未结，听说牵涉的层面很广。可晓旭因为死了，倒是一了百了，警方同意让家属给晓旭办理后事。一转眼的工夫，那么一个活生生的人，就没了。

木棉在晓旭火化后的第二天，提着菜篮在菜场里转着，转着，心里一直想，这样留下来，活下去，有什么意思！可她一想到安安，想到葵娘，就犹豫起来，便又开始打转。

菜场里乌烟瘴气，地上横流的污水，把她的鞋子弄得又湿又脏，她也没有在意。她转到卖小吃的摊位边上，在一口烧高汤的大锅前，就挪不开脚了。眼里都是白雾，让她想起哈尔滨冬天的早晨，那冰天雪地的寒气。她伸出手去撩那白雾，眼睛有点花起来，忽然又想起昨天送走晓旭的时刻，她被厂里工会的两位大姐搀扶着，身后是婆母和大姑小姑、晓旭堂兄嫂呼天喊地的哭声。大冬天里，木棉的背湿了一大片。她没有将晓旭送到火化炉前，她没有那样的勇气。她看到晓旭的最后一眼，是他那双新布鞋雪白的鞋底。他躺在一台冰冷的铁板推车上，被人慢慢地推远。她后来上车了，回眼再看，隔着朱槿常青的枝叶，她望到了远处方形烟囱上有白烟袅袅升起，跟眼前的烟雾一模一样。

木棉的手伸进了高汤上方的烟气中，想要轻捏一把。忽然就有人在后面拍她，很轻的一声：你是木棉吧？像极了晓旭的声音，她惊骇地回首，白雾涌过来，她半眯上眼，就看到了嘉田那张她曾经不时遥望过的脸。

木棉已经不记得，当年跟嘉田在那个乌烟瘴气、嘈杂昏暗的新阳路小菜场里相遇后，自己是怎样道别、怎样离开的。她甚至怀疑，在恍惚间，自己不辞而别。她只记得自己深一脚浅一脚地走出菜场，雨伞提在手中，也没想起撑开。满耳都是淅沥的雨声，那雨声越来越大，滴滴答答的，让她头皮发麻。她突然焦躁起来，小腹竟有些痉挛。木棉的视线是模糊的，她努力去辨识周围的景物，却只能感觉很多的人影忽远忽近地在晃，他们的雨衣、雨伞化出赤橙黄绿青蓝紫的光斑，让她的脑袋发晕。

市建工程那永远挖不完的泥土窄了路面，大小车辆在马路中间塞成了长龙，又互不相让，互不耐烦，频频对揿着喇叭，好不容易开动起来，便溅起污浊的泥水。人行道旁的树下停着无数的自行车，路面的方砖塌陷了很多，到处一小汪一小汪的黑水，使人能够通行的路面显得非常窄，来往的行人便理所当然地互相碰撞，鲁莽不堪。这一带本来就是城里的平民区，两边的小店门面都很低矮破败，雨天里，看上去都是黑黑乎乎的店堂，里面有些昏暗的灯影，鬼火一般。雨季太长了，空气里是一股浓重的酸腐、糜烂的气息，让人想吐。木棉站下来，心下一阵凄惶，忽然想，如此活着，怕是比地狱再要低了个三层啊。木棉这个想法使她一惊，她便微微闭了一下眼睛，扶着路边的芒果树杆站定，想让自己镇定下来，可是越是想镇定，却越是心慌，便将那树杆捏得更紧，直感到粗糙的树皮划痛了手心，神志才有点恢复过来，便想起转头看向身后菜场的方向。

木棉只能看到菜场那些浑黄的遮阳板，一些黑色的铁支架，还有黑乎乎出出入入的人影。刚才遇到过嘉田了吗？她握了一把菜篮口，自问道。是幻觉吧？在这样的境遇下，在如此的时光里，她竟然遇见了那个早已退到了记忆深处的芒果树下的少年?！木棉这时觉到头发湿了，才想起打开伞。

木棉抹了抹额前的雨水，又去弹棉袄上的水珠，有些伤感地想，自己竟已将那个少年忘掉了这么多年了啊。所以那不可能是白日梦，也不可能是幻觉，木棉想。那是孙嘉田，他自己报了姓名的，他的脸在白色的烟雾里浮出来，他仍是那么素净、淡定、温和，只是有了点年纪，还带上了一股若有若无的忧伤气质。木棉的心尖锐地痛起来。她想起来了，嘉田刚才还套了近乎，他说他们是一样的，都是跟祖辈一起长大的孩子。可他们怎么可能是一样的？那么多年过去了，他们第一次说话的时候，嘉田是站在云端里的，他万水千山走过之后，学业有成，前途无量。而木棉自己，却陷在她心里那比地狱还要低三层的境地里。木棉想咬住嘴唇，使自己镇静一点，没想到却咬到了舌头，尖锐的疼痛散到了她的脊椎上去，让她微弯了弯腰。木棉在对这疼痛的挣扎中，忽然意识到，其实她的痛里，除了对自己的自怜外，还有着对嘉田所拥有的那份顺利而体面的人生的嫉妒，因为在这样的时刻，它让木棉再一次想到了命运对她如此不公。这个发现让木棉觉得非常不安。

嘉田向她提到，他从他们同一个中学的同学那儿听到了关于她的消息。木棉的嘴角歪了歪，没有接他的话。嘉田没有提他都听说了什么，但是他眼神里的不安和忧虑，却明明白白。如今在这个城市里，胡总和港商的那个小药厂涉嫌大批量制毒的传闻，是街谈巷议的话题，据说省市公安局已申请国际刑警组织的合作。加上晓旭那不明不白的死，使事件本身更显得扑朔迷离，给市井坊间的流言，添了多少臆想的空间。在当事人所居住的这一带，嘉田只要跟人接触，就不会错过这个话题。药厂里的人虽然都可怜她们祖孙三个女人眼下的境遇，木棉却能感觉得到沉重的疑虑和不信任，让她不敢去想，她要怎样走下去。有时木棉会想，晓旭这样一死百了，对他倒也不全是坏的。不公平的是，他留下的她们，却是要将他应承担的负荷，一直扛下去，比死更难。

木棉嘘一口气，低下头来，转身往家里慢慢走去。她的视力清晰起来，人行道上地砖浅纹里积的黑水都辨认了出来。她的橡胶套鞋上溅满了泥点，看上去有点风尘仆仆的。木棉的目光停在自己的脚尖上，微蹙了眉，想：她前面还不知有多少困境，而那些困境，没有一样是跟孙嘉田有关系的。所以遇没遇到过他，毫不重要。木棉甚至觉得，这样对嘉田，对她也是一种残忍。

嘉田没有像木棉以为的那样，只是偶然地出现，然后消失。在小菜场相遇一周多之后，他出现在木棉的家门口。

那时，晓旭的母亲一行，带着晓旭的骨灰回哈尔滨去了。晓旭的父亲因为前段刚犯过轻度中风，这回没有跟来，他强烈的愿望是要将晓旭"带回来"。那个父亲从来没有到过那么远的南疆，在他的想象里，那里的人说他们听不懂的话，过着与他们完全不一样的生活，有截然不同的气候，守不同的风俗，跟异国差不多，他一直对晓旭是不放心的。如今晓旭连命都搭上了，他懂得不能怪木棉，但他要要回他的"儿子"。这话是他在电话里呜咽着亲口跟木棉提出来的。晓旭的父亲口齿还不是特别清楚,"呜噜呜噜"的,木棉却将那意思听得明明白白。木棉没有争,她不敢再去刺激老人。

木棉眼巴巴地看着晓旭母亲他们围成一圈,将骨灰盒小心翼翼地放进一个特制的布兜里,停了好一阵,才响起一片压抑的哭声。大家都知道隔壁睡着个那么小的孩子,便克制着,怕吓着她。木棉的身子在晃,葵娘在她身后扶了一把,然后轻轻拍了两下,木棉的泪水才涌上来。

当晓旭的母亲将那个布兜的拉链拉上,木棉开始压抑着抽泣起来,一声高一声低的,让众人又陪着落泪。我们走吧。那个头发花白,但容貌仍然相当年轻的母亲说。事情发生后,晓旭的家人没有怨木棉一句,这让木棉更感到内疚。她将这位母亲的儿子从那么远带过来,却是这样的下场。木棉另有一层是惧怕。晓旭的母亲已经跟她提出来,他们希望木棉将安安给他们带回哈尔滨去。这是晓旭的骨肉,能常常看到她,对我和晓旭的父亲都是很大的安慰,那母亲前一夜说。见木棉的脸色一下白了,晓旭的母亲伸过手来,拍拍她的肩膀,说,最重要的,是安安能够在一个没有人知道她背景的地方成长。他们已经决定退休后回江南去,晓旭的姐姐一家也会跟过去,安安就算作是姐姐的孩子,在没有人知道他们底细的地方,让安安快乐地长大。如果让安安在这里生活下去,家里三代孤儿寡母的,晓旭还是这么个不明不白的情况,你想想,对安安会是怎样?

木棉抱紧了安安,没有应声。晓旭母亲的话刺到了木棉心里最深的痛。她去看葵娘。葵娘手扶着门框,没有表情。木棉发觉,她从来没见葵娘的脸色这么青白过。

　　晓旭的母亲将话放下，说让木棉和葵娘好好想想，想通了他们就过来接安安。她反复强调，这是为了孩子的将来着想。可是那母亲离去前，并没有再去隔壁的房间里看看安安。

　　晓旭家里的人一走，木棉就躺下了。一躺就躺了几天，也没有请假，就在家待着。心里没个计划。南星厂里工会、木棉所在车间里都有人来看望过，他们看不出木棉有什么明显的大悲伤，只是懒得说话，歪歪地靠着床头，大家都不知道该拿她怎么办。安慰的话来来去去就那么几句，说多了，大家也烦了。葵娘也很少话，跟往日一样，操持着这个家。她说，其实人是有个命的，你要活下去，就不要跟它拧着，这你得自己去琢磨。有一天，当木棉情绪好了一点，葵娘还跟她提起，她想了好久，开始觉得，晓旭母亲要带走安安的建议，也不是那么无法接受的了。木棉立刻就哭了起来。葵娘说，那现在还不是谈这事的时候，你慢慢会懂的。

　　可是，木棉觉得她并不想懂。她甚至对葵娘那些关于"命"的说法，有了很深的怀疑。葵娘的意思，不过是要认命。葵娘的一生过到今天，算是认命认得很好的了，可是人要去忍那么多，就只是为了活着吗？晓旭死得那么容易，活着本身，看在木棉的眼里，就有点轻了。有几次葵娘出门去了，她走到厨房里，看着菜刀，拿起来忍不住比划，想，就这样割下去，死了又怎样呢？像晓旭那样，什么也不知道了，反倒好了。木棉知道，牵住她的，其实不是"活着"的愿望，而是"活着"的责任，对安安、对葵娘的责任。可是如果想透了，也就是那么一回事了，不是吗？安安是很可怜，如果成了没爹没娘的孩子，像葵娘说的，那是她的命。安安有爷爷、奶奶，有葵娘，已经比自己要好得太多了。而对葵娘，说到底，再怎样做，都是无以回报的。她吞着的苦，葵娘了解的，她到底是可以原谅的。她也知道，如果心狠一点，葵娘也顶得过去的。

木棉这样反复想着，又有一次，突然推开窗子，从她们住的六层高楼上望出去。远处是灰蒙蒙、低矮错乱的民居，更远处，是一口污浊的池塘，让人看不到一点的生趣。木棉就想，就从这儿跳下去，就这样跳下去，其实也挺好的。有了这样的思路以后，木棉对自己境遇的悲情，有些淡了起来，在内心深处，对那种寻死的设想，竟给她带来了心灵上的安慰，她似乎突然醒悟了，原来她并不是没有一点出路的。

嘉田寻上门来，是在雨季里一个偶尔放晴的午后。外面风很大，呼呼呼地掀打着门窗。葵娘出门到厂里报销医药费、领退休金去了。安安也睡过去了。木棉喝下葵娘出门前为她熬好的、说是安神的中药，和衣倒在床上，望着窗外灰白的天空发呆。

木棉的卧室其实不小，只是同时兼作了书房，跟晓旭结婚时打下的一套组合家具，便将房间挤得满满当当的，书架甚至是垒在了书桌的上方。安安出生后，又在通往阳台的门边加了一张婴儿床，就更是逼仄了。如今失去了晓旭，木棉躲在这狭小的空间，却觉出了很大的安全感。木棉刚转过身来，想眯上眼睛，就听到了门铃声。

木棉皱了眉，心想大概又是厂里的那些人，就不打算应门。可那铃声却不停，一下，两下，三下，一声接一声的。木棉焦躁地翻了个身，踢了一脚被子，面对墙，闭上了眼睛。正在这时，她听到了一个男声，慢慢却是挺响的，跟什么人在说，那就算了，谢谢你了！

木棉他们住的是那种用预制板块建成、俗称"大板房"的楼房，隔音效果不好，屋外的响动总能听得很清楚。那似乎是嘉田的声音，带着嗡嗡的回音传来，让木棉一下反应过来了。是孙嘉田！这个想法让木棉的心跳快了起来，一下就坐起来了。她很快下得床来，蹬上一双棉拖鞋，赶紧要奔去开门。可刚一撩起卧室的门帘，又退了回来，急步走到小梳妆台前，拿起梳子梳了梳头，再仔细一看自己的脸，不仅苍白，而且还有些浮肿，赶紧就将目光移开了。

木棉开得门来，看到嘉田和住在二层的原是跟葵娘同一车间的退休女工李家伯母，已经往下走到了楼梯的转脚处。大概是听到了动静，两人就站住了，齐刷刷地往上看来。

嘉田看到木棉的时候，脸上看不出有什么表情，两只大眼巴巴地瞪着。他穿着一件深豆色的短风衣，看上去质地精良，脖子上搭着一条深咖啡色的开司米长围巾，手里提了一把皮把的灰伞，从上到下，都是一种极度的内敛，让人能明显觉得他跟这周遭的环境格格不入。

噢，原来你在的！李家伯母的大嗓门响起来，一边就用肘子碰了碰嘉田，示意他表示点什么，然后退到嘉田身后，向木棉作了奇怪的表情。木棉向嘉田点了点头，没有说话。她不愿意这楼梯间里的各家，都觉到动静。

嘉田再一次谢了李家伯母，回身上到木棉的门口，很轻地说，今天走过你们厂，想到不知你怎样了，还是决定来看看。冒昧得很，冒昧得很的，说着，用伞尖在地上轻轻点了点，身子还往前微倾了一下。让木棉都有点怀疑，眼前的嘉田，是不是一个留学归来的人了。

木棉很轻地答说，难为你有心了。有点不太情愿地将嘉田引进了客厅。

客厅很小，靠窗的一面，有一条藤制的长沙发，一张圆饭桌，两把有扶手的藤椅，一个矮小的餐柜。地板刷成了深绿色，跟两间卧室门前挂着的门帘上的清雅的竹叶色调，配得非常协调。木棉心里还在惊惶中，便手脚有些忙乱地给嘉田让座、倒茶。最后坐下来时，两人面对着，竟一时无话。

木棉家楼下，就是新阳路主干道。因为屋里的静，楼下市井的噪音，合着风声，听起来就特别刺耳。木棉紧了紧身上那件深紫色的厚毛衣外套，苦笑了一下，还是想不到该说什么，就干脆不说了，拿起茶壶，给自己斟了一杯茶。拿起来正要喝，嘉田就开口了，那天从菜场回去，就老想到你们，心里很不安。今天走过，决定还是来看看你。到了你厂里，说你没有上班，想来想去，还是觉得要见一下你的好。非常冒昧的，请原谅。

木棉拿着茶杯的手，停了一下，鼻子竟有些酸，怕嘉田注意到，便低了眉，喝了一口茶，然后很轻地说，谢了。想笑一下，却没有笑出来，又加一句：你真是有心。

嘉田摆摆手，说，哪里。没等木棉开口，嘉田又说，听他们说，你的情绪一直很不稳定，我就想，有些话，怕还是真该来跟你说说的好。

木棉屏住了气，惊异地看着嘉田。她后来听说，嘉田那天到厂里找他的时候，被厂里的人认了出来。这一段时间，他们这一带除了胡总和晓旭他们的事情，在晚报上露脸让他们看到的，就是孙嘉田这个学成归来的博士。人们听说他是来找木棉的，就表情复杂地将他围住了，他们告诉他，从原则上讲，木棉已经开始旷工了，他们并不知道，她能不能顶得住。

嘉田从厂里出来后，就找上门来了。木棉心里想，他们其实是陌生的，他哪里有责任这样来对她呢？她放下茶杯，坐直了身子，想听嘉田说下去。

嘉田将脖子上的围巾解下来，拿在手中，好一会儿，才说，我想要跟你说的是，我真心地希望你坚强起来，活下去。

木棉的眼睛一下就黯淡了下来，这样的话，这些日子里，每一个试图安慰她的人都在说，她已经听烦了，它解决不了她的根本问题。她动了动身子，看上去有点不太耐烦。嘉田很淡地一笑，迎上她的目光，说，你活下去，不是为了任何他人，甚至不是为了你的孩子，是为了你自己。木棉的眉毛抬了抬，苦笑了一下。

嘉田也不管她，又说，我们每一个人来到这个世界上，都是担当着各自的使命的。生命最根本的乐趣，就是去了解你那份目的，承担起你的使命。其他都不是重要的。所以我说，你要为你自己的生命而活着，不要辜负了它的目的，不要放弃发现自己使命的乐趣。我很喜欢美国人说的一句话：上帝从来不会让你经历你承受不起的考验的。你肯定是一个资质特别的人，因为你能够承受这么多。我很佩服你，也知道，你是一定能够坚持下去的。

木棉惊异地张开了口。这是她第一次，听到人这么来谈她的人生境遇。

天光竟有些亮起来。木棉低了头，搓起手来，还在想嘉田的话，心里有温暖的感觉。她抬眼看嘉田，嘉田的目光却有些离散，好像是陷在自己的思绪里。谢谢你跟我说这些话，木棉小声地说。嘉田回过神来，很轻地一笑，说，算是分享吧，这是我常常跟自己说的话。

木棉心下一惊，想，嘉田会有什么样的难处，会要常给自己这样的鼓励呢。一时就不知说什么好。

这时里屋的安安醒了，大概是张眼一下不见人，就大声哭了起来。木棉赶忙起身撩了门帘进到里屋，将睡得懵懵懂懂的安安抱起来拍。安安的小脑袋一贴到她的胸口，就安然地又睡过去了，木棉将头偏开来，心里痛了一下，将安安就搂得更紧了。这时嘉田的声音从厅里传了过来，很轻，带着点犹豫：我能不能看看孩子呢？

木棉没有立刻回应，她将安安放回她的小床，轻手轻脚地给安安盖上被子，直起腰来，转过头去看她那拥挤的卧室，眼光落到了床头柜上的那张她跟晓旭在松花江畔的合影。她走过去，拿起那张照片看。在照片里，晓旭的手搭在她的肩上，她的头靠在晓旭的胸前，两人相拥着，斜靠在江边的铁索吊上，晓旭的另一只手，搭到了铁索上，两个人都是侧脸的，望向镜头，笑得含蓄、内敛，木棉穿一条式样很简单的泡泡沙质地的连衣裙。木棉忽然觉得，似乎是有了嘉田刚才的那番话，她现在再看这张照片，情绪竟安静了下来。

木棉很快地放下照片，走到了门帘边上，撩起门帘，声音轻得几乎只能她自己才听得到似的：嘉田，你请吧，只是她又睡过去了。嘉田起身，很认真地拉了拉风衣的下摆，表情凝重起来，像是面临着什么重要的时刻，跟在木棉的身后，走进了里屋。

安安侧卧在厚实的粉橘色被褥中，只露出一张小小的脸蛋，手伸出来，身上是一件粉红的厚棉毛婴儿衫。她的睫毛像晓旭的，很长，闭上眼睛的时候，仔细看竟在下眼睑上打出淡淡的阴影。嘉田凑近来，俯了身，很仔细地去端详安安。木棉站在他的身边，他的专注让她觉到了惊讶。嘉田看安安看了很长一会儿，他抬起头的时候，木棉和他的目光迎上了，木棉看到嘉田的眼睛红了。他的手伸过来，握了一下她的手臂，很快就又放开了。木棉心下一惊，鼻子一酸，转过身去拿纸巾。再转过身来时，嘉田直起了腰，情绪平静了下来，说，真是个非常可爱的孩子，你一定要好好将她带大。木棉的眼泪忍不住下来了。

　　两人不再说话，出到厅里，葵娘正好回来了。见到嘉田，葵娘的脸上竟没有一点惊讶的神情。木棉就想，大概是厂里的人或楼下的李伯母，将嘉田来找的事都说了。木棉便说，这是葵娘。嘉田便倾了倾身子，说，伯母你好！以前只要一下大雨，就见你往学校里给木棉送伞去，我们那时可真特别羡慕木棉啊，整个学校，不会超出三两个人能够有这样的待遇的。

　　葵娘很开心地笑了笑，点点头。木棉意识到，葵娘已经很久没有过这样由衷的笑容了。

　　嘉田离开的时候，木棉将他送到了楼下，两人在街市边分手。木棉注意到，楼区来往的熟人，都在探头探脑地看着她。木棉回到家中，倒头就睡下了。一睡，就睡到了傍晚，才被葵娘的叫声吵醒。

　　那时天已完全黑了下来。葵娘将安安的小澡盆放到厅里，添好了热水，然后进来抱安安去擦澡。当葵娘将被子掀起来的时候，看下面有一个牛皮的信封，急了声去叫木棉。木棉从睡梦中醒来，恍恍惚惚地下了床，接过葵娘递过来的信封，心狂跳起来。她转过身去，拧亮了床前的台灯，将信封打开，一下看到里面有十张百元面值的美元，绿晃晃的，让她的眼睛痛起来。

陈永和 生于福州，著有长篇小说《光禄坊三号》《一九七三年纪事》。现两栖于福州与北海道阿寒湖小镇。

———————————

参展小说
寻找裘方圆

寻找裘方圆

1

那一阵，我待在新宿家里写小说。说实话，我很颓废。写小说的人不可能不颓废。这是哪个外国伟大作家说的。我想这个外国伟大作家也是待在家里写小说才变得既颓废又伟大的。家，对男人就是这么一种东西。

那天傍晚，我正待在家里的地下车库里苦思冥想，刘升兴冲冲地跑来了，一进门就说算了算了，你不用再待在家里写书了。《红楼梦》已经有人写出来了。

我一愣。我没跟刘升说过我正在写《红楼梦》呀，他这是中了什么邪？

刘升又说，想不到贾政那么了不得，林黛玉薛宝钗凤姐全跟上他。你猜大观园园长是谁？

大观园园长？这是什么勾当？我问。

是焦大，想不到吧？焦大嘴上挂着一只猪，天天骂人，独占花魁。美吧？嗯……

那宝玉呢？我问。

宝玉不行了，一辈子打光棍，连老婆也混不上，最后只得出家当和尚。

这算什么红楼梦？宝玉不当家，这《红楼梦》还算《红楼梦》？这几百年前都定了论的。我说。

你说算不算又算什么？人家白纸黑字，明明就印着《红楼梦》。在池袋最大的书店里摆着，你能说它不算吗？

白纸黑字就算？我在你背上写上你是王八你就是王八了？

你这不是胡搅蛮缠吗？我是说《红楼梦》，扯上什么王八。

刘升跟我差点要翻脸。

你过去没看过《红楼梦》吧？我突然问。我想起刘升祖父是个农民。

过去？过去有《红楼梦》吗？刘升脸上一副茫然模样。

这就对了。告诉你，这《红楼梦》几百年前就有了。作者叫曹雪芹，是个破落户。林黛玉薛宝钗跟的全是宝玉。那个贾政，不算东西，焦大只不过是个看门的罢了。

你这叫作颠倒黑白。

好好，不跟你说，信不信由你。

人家可是白纸黑字。

又是你的白纸黑字。

我可是跟你说了，不要再写《红楼梦》，人家已经有了。以后不要怪我没有告诉你过。

我们两人一直争到吃饭还没个完，可一上饭桌刘升这家伙就把

《红楼梦》的事给忘了，只一个劲往嘴里塞肉。我老婆烧的红烧肉他喜欢。我看他吃一次体重至少增加一公斤，本来就能撑船的肚子就更大一圈。

你们刚才争什么？老婆问。

我把《红楼梦》的事说了一遍。

你看了吗？作者是什么人？老婆问刘升。

哎呀，我的妈，我怎么没想到要看作者名呢？刘升的嘴里塞满了肉，鼓得大大的，吐字不清地说。

我看这也是个话。本来嘛，我就不喜欢宝玉，小白脸一个。黛玉宝钗全跟上贾政？有意思。老婆说。

还有意思呢？这是哪门子《红楼梦》？我说。

现代版的《红楼梦》呗。老婆说，这时代变了，我要是写红楼梦呀，就让那些男人全戴上绿帽子。全是泥巴，没一个好东西。

嫂子你可不能骂人，没有我们男人行吗？我妈老说自己是半边天，半边天半边天，至少还有半边是我们男人的嘛。刘升鸣起不平。

我知道她在骂我。我们分开睡已经两个月，她在想让我戴绿帽子呢。但我不理，目不斜视，只管往嘴里扒饭。

2

刘升走后，老婆把锅碗瓢盆敲得咣当响，一口一个宝玉说声不绝。我一声不吭，忍着。我已经发现了一个真理，老婆是我之大敌。老婆者，既老又婆也。婆者，上波下女。波者，泼也。老泼女。上溅下泻的一盆浊水。惨呐！我本来也不喜欢宝玉，觉得他太没出息，整天围着女人的围兜转，但那是我们男人的事，她说就不行，而且借《红楼梦》说我，嫌我在家里啥事不干光写小说，吃，在东京能吃多少钱。我早已挣够了。我搬到地下车库睡两个月了。老婆三天不说话活不下去，她一说我就把被窝搬到地下车库不跟她睡。你不是说男人不行吗？好咧，看你女人没男人行不行。我一睡车库就是十天半月，让她干熬吧。

不是我自吹，别看整部《红楼梦》写的都是女人，但依我看，说到底曹雪芹的潜台词就一句话，男人没女人行，女人没男人不行。宝玉没黛玉宝钗行，黛玉宝钗没宝玉就不行。

当夜无法入眠，在因特网上查了许久，但都没有找到刘升说的《红楼梦》。我开始怀疑刘升是否在跟我开玩笑。刘升这家伙有时喜欢跟人开恶意玩笑，比如把青虫放进女人脖子里等等。

可他怎么知道我在写红楼梦？这个想法我跟谁都没有说过，连老婆都不知道。

我还是不放心，第二天早晨一到十点就赶到池袋百货八层的大书店。架子上真的摆着《红楼梦》，五颜六色的封面，底色乳白色，印着巨大的一男一女侧影，面对面。细细看去，又发现人身上的所有线条，包括头发衣裙等大色块图案，都是由细细密密的人头构成的。男的身上是细细密密的女人头，女的身上是细细密密的男人头。红楼梦三个大字，竖排，夹在男人头与女人头中间。作者裘方圆三个小字，横排，接在书名下面。

裘方圆？这是个什么人？

我拿起书。封底有作者介绍，中国福建省福州市出生，现为日本城北大学教授，著有《中国古典二十讲》《中国诗词二讲》。

不对呀，我急忙打开书。《红楼梦》我太熟悉，不敢说倒背如流，但至少也算滚瓜烂熟。书开篇跟曹雪芹的一样。书结尾跟曹雪芹的也一样。随便抽出几页翻了一翻，果然如刘升所说，宝玉黛玉宝钗妙玉焦大贾政应有尽有，人名地名也一样，但其他就全不一样了，人物翻了个身，头朝地脚朝天，不知道走到哪里去了。

弥天大罪，弥天大罪呀，这个裘方圆。我神圣的《红楼梦》在东京居然变成个乌龟王八。我怎么能让这裘方圆横行下去？镇定了神经以后，我当即决定不放过裘方圆。我拿了一本书装进书包。这书我绝对不能买，要买还对得起曹雪芹与列祖列宗吗！

我该采取一些行动来维护我们祖宗，不管怎么说，得做出一点事。少卖出一本书，就少一个日本人中毒，《红楼梦》就少受一分玷污。我叫住一个店员，说我要找书店负责人。她问我什么事。我举起赃物说，这书有问题。

这本书你们不能卖。我一见到店长就单刀直入说。

店长是个五十来岁的男人，很吃惊地问为什么。

《红楼梦》是我们中国一本伟大的著作……我开始讲大道理。我知道要叫书店老板不卖书不是一件容易的事。

好呀好呀，伟大伟大，原来是中国名著呀。店长说。

书是名著，可作者是曹雪芹……

店长瞥了书一眼，喔，你是说作者名字印错了，作者应该是曹雪芹而不是裘方圆？

我不是这个意思。曹雪芹已经去世几百年了……

如果不是作者印错，那您的意思是什么？许多书作者是去世了的呀，但这并不妨碍我们卖他的书。

我的意思是《红楼梦》作者是曹雪芹，而不是裘方圆……

您刚才不是说作者没有印错吗？店长做出一付不解的样子，那您的意思还是说作者印错了，《红楼梦》作者应该是曹雪芹，曹雪芹不是裘方圆。对吗？

对，哎呀，不对。我根本就不是这个意思。

那您是什么意思呢？

我急了，这个店长怎么这么笨呀，总之这本书你们不能卖。

为什么？这本书卖得不错呀。你们中国人难道不希望把你们的名著更多地介绍给日本人吗？店长不解地问。

当然希望，所以就更不能卖。

那我就不懂了，既然希望，那不是要多卖书吗？

我一急，就说作者是假的，书也是假的。

假的？店长接过我手中的书看了看，这书印得好好的，不是假的呀，作者是日本城西的大学教授。这个大学很出名呀，我们日本大学的教授怎么会是假的？店长的脸色开始不好看了。

他显然以为我在无理取闹，跟这笨店长没法说，看来我得去找出版社解决问题。

3

思草出版社在神田二丁目，从池袋坐山手线电车到神田大约需要二三十分钟。出了车站，往左沿大路约走三百米，有一栋十几层的旧楼，思草出版社在八层。

井上编辑看上去三十岁不到，戴眼镜，细细的眼睛像老眯着。

听我说完来意后，他努力睁大眼睛，诧异地说，您的意思是说我们出这本书犯法吗？

犯法！？我愣了一下。见鬼，它违反了什么法？版权法？该死，《红楼梦》最早是哪个出版社出的？去控诉思草出版社，这不有病吗？曹雪芹死了多少年？这几百年来，续书都有几十种吧。

据说一百年以上的著作就算人类共同财富，可以共同占有了。吃《红楼梦》饭的人多了，大家都在分羹。吃祖宗的饭照理说也应当，祖宗嘛，也心甘情愿让子孙吃。这全世界都一样。我在英国看到英国子孙在吃勃朗特姐妹的饭。整村人吃，天天吃月月吃年年吃。但看了谁都心平气和。吃法好嘛。怎么能照裘方圆这种吃法。人家会把我们看成什么？贾政后代，好色之徒，纨绔子弟，无赖流氓。更糟的是那些不明真相之子孙，还当祖宗就是这等模样，也就一脉相承理所当然地当个流氓了。虽然宝玉实在说不上人才精英，要在日本混，也混不出什么名堂，定被妈妈桑剥掉几层皮。但祖宗既然认定他为人精，就一定有祖宗的道理，我们这些做后代的也只能顺着了。

这井上不定就是这么想我的，看他眼神里的那一丝高人一等的自傲我就生气，但无奈，忍着，谁叫有人出卖《红楼梦》呢。

喔，我差点忘了，还有商标法。书当然算商品，可《红楼梦》呢？要把《红楼梦》和麦当劳摆在一起，那就绝了。还有那些方便食品，方便面方便咖啡，方便把贵族都方便成平民了。这书干脆叫方便红楼算了……

这裘方圆到底犯了什么法？用法绳索得了裘方圆？可法是什么？在日本国法就是日本法，国人就是日本人，所以裘方圆敢肆无忌惮公开盗用《红楼梦》，好骗嘛。四周都是一群猪。

井上编辑见我不说话，就说：既然不违法，我就不懂您的意思了。您为什么认为我们不能卖这本书呢？

他冠冕堂皇，我低人一等。呸！法算什么！这些精英当然不会犯法，他们擅长在法间走跷跷板。

我急了，从包里拿出中华书局出版的《红楼梦》说：您看看，这是真正的《红楼梦》，多厚重。几百多年前我们祖宗留下的遗产。您把两本书放在一起比，一个像爷，一个像孙。现在这孙子想篡权，您觉得这样做合适吗？

听了我的比喻，井上两只眼睛眯成月牙。这小子多少有点幽默感，不是化石。他拿过书翻了一下。

您看，书开头结尾完全一样。不怪您出版社，你们不了解情况。我们想把最好的东西介绍给你们，就像千年以前的汉字，传到你们这里不是很派上用场了吗？我想跟书作者对话，我想他一定会理解我的意思。

你等等。井上说着拿起书走到屏风后面去了。

后面靠窗的桌旁坐着个五十多岁领导模样的男人。井上跟他说了什么。男人朝我看了一眼，镜片后的目光冷峻严厉。

我知道事情糟了。果然，一会儿井上出来道歉，说为了维护人权，他们连作者的汉名也无可奉告，只是如果有信，他可以帮我转交。

给作者写信？难道除了诉诸作者良知之外真的没有办法阻止这书流毒于世吗？可敢盗用《红楼梦》往自己脸上贴金的作者，能指望他有良知？看来我得到裴方圆任教的城北大学走一趟了。

4

城北大学在小田急线上，从新宿过去坐车要三十分钟。我摸了摸手袋，最后只剩下五块硬币，根本不够往返车费。说起钱我就对老婆上火，我要奉劝天下有志之男士，在抓住女人之前你们要抓住钱袋，别像我，挣完钱全上交，现在可好，这钱袋忠实卫兵，三天就给我一包烟的零花钱。有本事你就写，钱说话人不说呢。

我想了想，就拐到黎明在新宿南口开的中华物产店。反正东京文化人圈就那么大，没准黎明这个地保就知道裘方圆是谁。

老乡黎明，五十五岁，原国内某局干部，出来混得一笔钱，堕落成商贩，拥有几家中华物产店，爱穿西装打领带，每天衣冠楚楚。他的店都不大，里面堆满了饺子榨菜冰冻鸡脚等食品，还出租各种武侠琼瑶小说和录像带。廉价中华文化琳琅满目。我开玩笑叫他赞助我出版。他说，凭什么叫我赞助，出书？哈哈。作家？哈哈。寄生虫！我宁愿赞助你玩鸡也不赞助你出版。有本事你就一辈子寄生在你老婆身上。

我说他没文化，有说寄生在老婆身上的吗？领了结婚证书就是合二为一，不分彼此，就是进了围城。你懂寄生吗你，你寄生在你妈肚子里时才叫寄生。我说。

这句话不知怎么传到他老婆耳里。他老婆大发雷霆说，好黎明呀你，原来你把我当寄生虫。我在家里辛辛苦苦替你带两个孩子，你在外面花天酒地，还讨这样的便宜话说。谁是寄生虫呀你说。

黎明只好乖乖说自己是寄生虫，向老婆陪了好多不是，就差点没跪门板了。

认识写这书的裴方圆吗？见到黎明，我把《红楼梦》往桌上一扔问。

黎明拿起书看了看说：《梦楼红》，这是什么书？有意思，不刚好和《红楼梦》倒过来吗？

你说什么？《梦楼红》？我傻了。

怎么，不对吗？

你看清楚了。这是《红楼梦》。哪是什么《梦楼红》。

什么《红楼梦》。你才搞错。黎明手指封面，从右往左念：梦——楼——红。

我说你是眼睛有问题还是头脑有问题，我用手指着字，从左往右念：红——楼——梦。

照你说这作者名字该怎么念？黎明说。

这不印着裴方圆吗？我说。

哼哼。不对，是圆方裴。

黎明，好个黎明，原来这十几年你就是这样倒着看日文的。难怪你会说日本人都是傻瓜，好骗，敢把过期饺子拿来卖。我服了你了。

话别扯远，我们在说《梦楼红》。

好，就说《红楼梦》，照你这么说，林黛玉也不能叫林黛玉，要叫玉黛林，贾宝玉要叫玉宝贾——

黎明翻开书看了看，很得意地说，你看，就是这么回事，这不写着，玉黛林，玉宝贾——

我真傻了，书上明明写的是林黛玉贾宝玉。

这这是怎么回事？这个人怎么连祖宗都不认得了？这不脑袋有病吗？我想起黎明日常的一些怪论。比如进漳州盆栽榕树时，他专挑肚子大大水肿似的。我说这品种太丑，在中国市场上连见都没见过。他却说你懂什么，日本人眼睛两边小中间大，他们看这种榕树漂亮，结果好，试进的五十棵榕树总共只卖掉三棵，剩下的到现在还摆在黎明家的阳台上，送我都不要。再比如那时我还在念硕士，准备把老婆办来日本，黎明三番五次劝我放弃，说日本的水不吉利，要想保住老婆就不能办来日本，否则老婆就会变坏，成为人家的老婆，等等。

他的话你无法反驳，牛头马嘴，根本就没理可论。

看来他的脑瓜不是今天变成这样，而是历来如此。同样看一个东西，他和我倒着。我打了个寒碜，不会他连女人也倒着看吧？那他晚上怎么睡觉？

好好，我不跟你争。我举手投降。

那怎么行？这家伙赌瘾上来了，什么东西都得有种说法。我们赌吧，怎么样？要是我输了，我请你吃一顿鸡，要是你输了，你就当众给我嗑一个响头。黎明笑嘻嘻地说。

赌祖宗，不干！我说。

那赌什么你说。黎明兴奋地搓手。

我不吭气。

要不也别说赌，我们请人来裁断一下真理在谁手里。

请谁？我问。

邱桑（桑不是人名，在日本是尊称）。她是东京红学会会长，全日本红学家她都认识。

我鼻子哼了一声。日本还有红学家？

反正不管怎么说，东京搞《红楼梦》的人她没有不熟的。你不是想找这本书的作者吗？她一定知道。怎么样？我就给她打电话。黎明真的拿起手机拨了个电话。没问题。她叫我们今晚到她店，她会尽早来。

她开店吗？

酒吧。很多人都知道，叫大观园，就在新宿。黎明说。

新宿大观园？我听说过。高级俱乐部。每个客人消费都在 3 万日元以上。我过去的公司也常常在那里招待从中国来的客人。据说小姐好，清一色唐服，个个天生丽质，不仅中日语都棒，许多还讲一口流利的英语。

5

我和黎明到大观园时还很早，没什么客人，门一开，十几个小姐一起涌了上来。店很大，金碧辉煌。邱桑不在。黎明要了一瓶白兰地，把围坐在我们身边的小姐一个个介绍过去。

我听得直想笑，长得漂亮的按顺序叫黛玉宝钗妙玉，次之凤姐探春晴雯，再次之香菱袭人鸳鸯。有意思的是细细端详过去，倒也真从这些脸上看出几分名副其实来。

这种感觉特别奇怪，明知此地非大观园，这些人非黛玉宝钗妙玉，但几口酒下去，一口一个黛玉宝钗妙玉地叫，头脑渐渐模糊起来，不知身处何处了。

黎明一兴奋，也不看地方，就把书拿出来问小姐，你们看这书叫什么名字？

红楼梦。袭人说。

我看看我看看。晴雯把书抢过来，不是，是梦楼红。

有人说红楼梦，有人说梦楼红，小姐们叽叽喳喳，争个不停。

都搞不清了。来来来，认为是梦楼红的人坐到我这一边，认为是红楼梦的人坐到曹桑那边。最后黎明说。

小姐们真的掉了座位，结果认为梦楼红的人比认为红楼梦的人还多了一个。黎明得意了。

这是怎么回事？难道这么多人都瞎眼了吗？我想。

正在这时门铃响了，门口出现了一男一女。

我一看男人就呆住了，这不是我下午在思草出版社见到的那个貌似领导的男人吗？

邱桑。黎明跟我说。

邱桑长的跟我想象的不一样，其实我也没有想象过，但一见她我就觉得红学会长兼大观园女主人不该是这种形象。她看上去三十五岁左右，穿着绣花黑色金丝绒旗袍，高雅得体，眉清目秀，一看就是个聪明人。可这些年我对聪明女人特别有心里障碍，见到就想躲。我想这是拥有聪明老婆男人的通病。我现在理解有的领袖上了年纪后为什么光找文盲女性。烦嘛，自以为聪明的女性最叫人烦。

这个男的是谁？我问黎明。

好像是哪个出版社的社长。黎明说。

邱桑把男人安顿在靠里边的座位，叫了晴雯黛玉几个小姐过去陪他，自己就在我们旁边坐了下来。

曹桑。红狂。黎明介绍我说。

什么红狂！这小子用抬高我来引起邱桑注意。

邱桑看着我，我觉得她的眼神很奇怪。

你们过去认识？黎明问。

邱桑不置可否，笑着把目光转开去了。

我努力在脑海里搜寻。我的记忆力很好，见过一面的人绝对忘不了。不，我以前没见过这个女人。

话题转到《红楼梦》书上。邱桑把书拿起来翻了翻说，其实你说《红楼梦》他说《梦楼红》不都挺好嘛，就照你们各自认的看书好了，也不碍着谁。

可我们在打赌呢。黎明说。

是吗？邱桑笑了，来个不置可否，扭头跟旁边小姐低声说了什么，忽然转过身，递给我一张名片说，十月十五日红学会有个小小的发表会，能请你光临吗？

我略微一愣，接过名片，含含糊糊应了一声。

黎明在我耳边悄悄说，老板娘好像很赏识你嘛。看来你小子要走桃花运了。

我没理会他，但心里也在犯嘀咕，怎么着也轮不上我呀。我算什么东西，一没钱二没势。这有着大把大把男人的邱桑看上我什么啦？难道是我有什么可以被她利用的吗？说实话，我不想跟她这样的女人打交道。太亮，咱惹不起。

我躲开黎明，跟坐在我旁边的小姐说起话来。她看上去二十一二岁，长得挺可爱，但一副村姑模样，扎着红头绳，长辫子盘在头两边，土里土气，在气质上跟其他小姐有天壤之别，像癞蛤蟆混在天鹅群里，只是一双眼睛又亮又纯，在东京难得见到的清爽。

你叫什么名字？我问。

傻大姐，她们都叫我傻。她抬头看我。

原来如此，《红楼梦》里的末等丫头，难怪刚才小姐们坐下自我介绍时，只有她一个人忙来忙去，端酒杯拿冰块倒酒。看来这个大观园也跟《红楼梦》里的大观园一样，凤姐黛玉宝钗使唤袭人晴雯紫鹃，袭人晴雯紫鹃使唤傻大姐。

她们？她们是谁呢？我问。

凤姐姐姐黛玉姐姐宝钗姐姐们。

她们叫你做这做那不烦吗？

烦？不烦。我会做事。姐姐们都很有学问，只有我笨，连日语也说不好。

你知道傻大姐是哪一本书里的人物吗？

知道。妈妈桑说过。

我笑了。你们妈妈桑偷了一本书的名字。

傻大姐瞪大眼睛看着我。偷来的吗？我一直以为是妈妈桑起的，难怪这么可怕。

可怕吗？我问。

可怕。我家乡有座大观山，就在河对岸，满山都是坟墓。

大观园不是大观山，是书。我跟傻大姐说话时，不时感觉到邱桑的目光朝这边看。

是的。可是我一看到门口店牌就想起山上那些坟墓。

我想起竖在门口那个彩色玻璃招牌上墨色大观园三个大字。

你见过《红楼梦》书吗？我问。

没见过。但书上一定写着许多傻大姐，不是吗？

你想知道傻大姐的事吗？

她不会比我傻。没有比我更傻的人了。

你怎么傻法？我随便问。

我不说。她蓦地脸红了，两只润润肥肥的手在膝上扭在一起。这种店的小姐居然会脸红！这姑娘傻得可爱。

我盯着她不安的手，对自己说，这手挺性感的。她的胸部很大，很挺。

有秘密吗？我开始心不在焉，把目光从她胸部挪开，不行，又盯了上去。我知道自己已经不对，两杯白兰地起作用了。我站了起来。

怎么要走吗？黎明走过来问：要不要带傻姐出场。我赞助你。以前黎明带我去这种店，我也挑过一个小姐，但出门后感觉不对，给一点钱就打发她走了。我正打算拒绝，看见邱桑朝我们走来，我明白了，这小子在妒忌。他显然希望给邱桑留个我喜欢傻姐的印象。好，我带傻姐出场。我突然说，倒不是为黎明，而是为给邱桑一个碍眼，别让这种女人以为天底下男人都是围着她转的。

6

大观园面对马路，两边的高楼里全是酒吧，五颜六色的霓虹灯从高到低一闪一闪的。在黑暗中傻姐的年龄看起来更显得小。

找个地方坐坐吧。我说。冷风一吹，头脑清醒了。这么个傻大姐可不是我的口味。我不可能跟她上旅馆。虽然这种傻让人安心放松。

前面拐弯口有个旅馆。傻姐说。

我嘴里嗯着，走了几步，从口袋里摸出两万块钱（来店前我向黎明借的），塞到傻姐手里。这够吗？我问。我们找个咖啡馆吧，或者你回去，总之你想走随时可以走。

这怎么可以。我们去旅馆。傻姐说着，拉起我的手。

她的手很小很软，一股暖暖的东西流了过来。我想松开，但她连身体也靠了过来。我往边靠了靠。这时，突然路边小巷晃荡出一个人来。

男人，看上去五六十岁，腮胡，乱发，醉醺醺的，站不稳，嘴里阿真阿真地叫。

你父亲？我问。

阿真点点头。

我停住脚步。

我们走。阿真小声说。

阿真，你好狠心，怎么丢下我不管。男人口齿不清地叨着。

别管他，我们走。阿真小声说，拉着我的手在轻微发抖。我们往前走，把男人甩在后面。

阿真，你别走。男人叫道。后面走不稳的脚步声，噗通——什么东西重重摔在地上。

阿真一愣，猛地松开我的手，转身跑到男人面前，蹲下扶起他。男人抓住阿真的手。阿真掏出一张纸币塞到男人手里。男人努力了几下，想站起来，但身体撑不住，晃荡着。

他住哪里？我问。

　　王子。阿真说。

　　我送他回去，顺路。你回店去吧。我说，很高兴有个机会能摆脱阿真。

　　她犹豫着。

　　没事。你放心。他不过喝多了。我说。

　　大哥。那这你拿着。阿真把刚才那钱塞还给我。这是我的名片，等会儿你给我打电话，我会在店里等你。你一定来呀。

　　我接过名片，没有接受她手里的钱。

　　阿真走后，男人从口袋里拿出个小酒瓶，咕嘟咕嘟就往死里喝。

　　别喝了，再喝你就回不了家了。我冷冷地说。

　　你想喝酒。来来，给你。男人把酒瓶往我手里塞。我接过酒瓶。你喝呀喝呀。酒是好东西，不骗你。

　　我扶起他，晃荡晃荡往车站走去。

　　我郑大康怎么落到今天这步田地。早知道不该回日本。你去牡丹江市问问，谁不知道我郑大康。连警察也得让我三分。现在好，自由了，自由好呀，就是没人管。我今天去扒金宫了。我每天都去扒金宫。回家干什么，一个人没有。电视上有人影，晃来晃去，我不看，说的话听不懂。阿真傻，没其他本事，只会跟男人睡觉。我打她都不走。你跟她睡过啦？她香吧？男人都抢她呀。我剩下酒。酒亲。你想把我酒抢去。你是个坏人，坏人——

　　男人家离王子车站十分钟路，两层旧式木楼，他住一层。六帖房间和一间小小的厨房。门一开里面冲出一股酒味，房间里没有家具，二十时旧电视，脏兮兮的床垫，榻榻米上到处都是空酒瓶和衣服。

我把男人放在床垫上，他一下就睡过去了。

回到街上，我打了个电话给阿真。你来呀，一定来。我等你。阿真在电话那头说。白拿钱良心不安。哼，大观园里的傻大姐。我什么也没回答就把电话掐断了。

7

回到家，老婆还没睡，眼睛红红的，一个人在喝酒，一瓶日本酒剩下半瓶，看到我，眼睛湿湿的，说：我还以为你不回来了。

老婆的眼泪让我成了豆腐心。我就势抱住她。唉，其实我还是挺爱老婆的，看来我们只能和解了。

完事后洗了澡，我拿出书，跟老婆说了有关《红楼梦》的事。老婆智力过人，这一点只要她不骂人我就认。

老婆开头也说是《红楼梦》，但听完我的话犹豫了，说黎明说得也有道理。你就说中国菜吧，老婆说，那些日本市民就是把炒饭煎饺青椒肉丝当作中国菜。你跟他们说鲍鱼燕窝能通吗？所以《红楼梦》到日本变成《梦楼红》也不见得就一定荒唐。

被老婆这么一说，我心里也嘀咕了。中国菜问题我深有体会。我试图纠正过许多日本人，煎饺炒饭青椒肉丝并不代表中国菜，但事实证明无效，他们根本听不进，一讲中国菜还是煎饺炒饭青椒肉丝，一进中华料理照样点煎饺炒饭青椒肉丝。名满世界的中国菜在日本就成了这几样俗而又俗的东西。

这么说你认为那个写《梦楼红》的裘方圆跟青椒肉丝是一回事？

也是，在中文里我们说我是人，在日语里就变成我人是了。没准《红楼梦》在这里真要说成《梦楼红》。

我的天。我是人和我人是从嘴里说出来时这两个人头脑想的是一回事？《梦楼红》和《红楼梦》是一个东西？

如果《梦楼红》和《红楼梦》是一个东西，那贾宝玉和贾政就是一个东西了？不是说现代白毛女都抢着要当黄世仁二奶了，那现代林黛玉薛宝钗妙玉不是要抢着跟贾政吗？

一切随时间地点变化。人不能走进同一条河。

第二天中午，我被一阵手机声叫醒。一接，是个陌生女人的声音，大哥是你吗？

阿真！她怎么知道我电话号码？黎明这小子，脑袋又倒转了，以为把我出卖给阿真就能讨邱桑欢心。就凭他，有戏？

阿真说今天一定要请我吃饭。我说没空。要是因为那钞票心不安就大可不必，我想要女人时会来讨还本的。我故意把话说得很难听。我不想扮演个伪善者。

接完电话，我跳起来，在冰箱里乱翻，找钱。今天要没钱连电车都坐不起了。

该死的老婆把钱包藏到哪里去了？老婆用两个钱包，一个专门买菜，有时会忘记连菜一起放进冰箱，可翻箱倒柜只找到三千块，也好，车钱有了。

8

我决定去找佐藤。

佐藤是日本有名的古文字专家。有一次我偶然在郭沫若展览馆里认识的。

当时我对郭的日本老婆比对郭有兴趣，觉得这个女人了不得，世界上能干净彻底把大老婆的位置让给小老婆，并坚守忠贞的女人凤毛麟角，她就是一个。

展览馆图书室堆满书，有个老头坐在里面，我以为他是管理员，就向他请教如何检索安娜资料。

到现在我都不懂他当时是听错还是突发奇想，反正他不回答我的话，却跟我说有郭沫若手迹，把我带到展室，指着一个旧玻璃柜，里面铺着一张发黄写满毛笔字的纸说，这就是。

草书看不懂，但我会胡诌。我说我曾祖跟郭老是同学，祖传家宝就是郭老手迹。老头一听乐了，相恨见晚模样，把我引到他藏书室，端出他的宝贝给我看——一堆精装印刷精致带彩色照片的大书，里面全是天书样的文字，有古埃及的象形文字、美索不达米亚的楔形文字、中国的甲骨文，把我看得一愣一愣的。

老头给了我一张名片，我回家后在电脑上一查，才发现他原来是东亚有名的古文字专家，著作等身。

《红楼梦》《梦楼红》说到底跟文字有关，我倒要看看他会怎么说。

好久不见，他比过去更瘦了，西装像吊在衣架上。

他死了有多久？他问。

谁死了多久？我没弄懂他的意思。

还有谁，书作者呀。

二百多年吧。

呃。他马上摇摇头说，太短太短。我的领域是死了三千年以上的……

不过您是专家，拔一根毫毛也比我们这些小鬼的大腿粗……我拍他的马屁。

呃，依我看——他把书倒过来倒过去看了半天才说，这书名得这么念……木木夕丝工木米女。

木木夕丝工木米女？不会吧，我眼珠快掉出来了。

不懂吧？这个梦字应解为木，我们可以对照甲骨文……他站起来，从书堆中找出一本厚厚的大书，翻了半天，找到一页，那些像花一样的字散发出坟墓的气味。

这字在甲骨文上是这么写，到秦小篆就变了。他在白纸上一笔一画认真画起来。

可是我一直叫它《红楼梦》，另一个朋友叫它《梦楼红》……

不对都不对。他用手把架在鼻梁上的眼镜往上推了推说，你们这样念就没有学问，就是大白话了。

那曹雪芹呢？我问。

哪几个字？他问。

我用笔在纸片上写下曹雪芹三字。

他摘下眼镜说了一句，这个眼镜，看近不行，看远不行，只能看中。你看，我不戴眼镜，看你的脸就成了冬瓜。

我又是一惊，我的脸居然可以被看成冬瓜。

他眼睛凑近纸片，看了一下。这不是曹雪芹吗？他的书我读过——

您知道曹雪芹？

叫什么红来着？说的是公鸡和母鸡的故事。我记得，有一只公鸡叫什么玉？还有几头驴——

不是不是。我急了。老头糊涂了。不是公鸡跟母鸡的故事，也没有驴。说的是——我的天，该怎样给老头解释《红楼梦》？说的是一块石头和草变成男女投胎人间——

石头和草变成男女投胎人间？我明白了，古印度有一种咒术，试图把植物练成人——

跟古印度没关系。我说。

那就跟古埃及有关系。古书记载古埃及有一种巫术，可以把大象变成蜘蛛。

跟古印度古埃及都没关系。他的书就跟这本书名字一样。我又一次把书推到老头面前。

怎么？也叫木木夕丝工木米女吗？

不，叫《红楼梦》。

那就跟这本书不一样了。我说过这本书叫木木夕丝工木米女。

谈话无法继续下去了。

……

你有你的真理

我有我的真理

我们两个撞在一起

炸死你的小命，炸死我的小命

剩下一缕青烟往上冒

……

我想起一首歌的歌词。

9

离开佐藤后，我既意志消沉又兴奋无比。不管怎么说，今天算大开眼界，我已经明白，这红楼梦可以念成梦楼红，也可以念成木木夕丝工木米女，以后就是有人念成 MENGHONGLOU，我也会见怪不怪的。

那现在该怎么办？我该怎样维护祖宗《红楼梦》的尊严？连书名都弄不清楚，还谈得上尊严吗？比如你叫自己阿三，可人家叫你三阿或阿猫阿狗，那你认吗？认，你就是三阿阿猫阿狗或兼三有之；不认，你也回不到原来的阿三，你已经不是原来的你了。你一片混乱，四面楚歌，到处碰壁——

曹雪芹呀曹雪芹，你算倒霉了，搞不定哪天出个把人，把你当作乌龟给你戴上绿帽。

裘方圆。都是裘方圆惹的祸。

可弄不好我不仅无法指责，还要封他为英雄。因为他有发展创造，把红楼梦发展到日本，变成梦楼红木木夕丝工木米女。就像火药，我们古人拿来做焰火观赏，到洋人就变成炸药杀人。焰火和炸药是一个东西又不是一个东西。

裘方圆发展弘扬了中华文化？

放屁！

我无论如何要找到裘方圆。这个小人坏水，我坚信他是为了个人蝇头小利去挖《红楼梦》墙角，而不是为了弘扬中华文化。

回到王子，我下了电车，顺着大路往家方向走，经过赌博机店时，突然被一个人拽住了。

你就是昨晚的先生吧？

我一看，是阿真父亲。

走走走，今天我请你喝酒。我有钱。我赢了五个指。他伸出一个巴掌。

他跟昨晚变了个人，说话声音又粗又大。

我有事。我推托想走。

哪有走的事。你要看得起我郑大康，今天我们就喝个痛快。他扯住我衣袖。要硬走，这小子准会拉扯个没完，我只好将就他，进了附近的一家居酒屋。他要了两大杯生啤和几个菜，一口气干完一杯，然后大口大口拼命吃菜。

中午没吃饭？我问。那些赌鬼经常上午 10 点前就在门口排队，等店开门了一哄进去抢座位，然后靠一两罐咖啡或什么撑到输光赢足或关店才出来。

哪有功夫吃。今天手气好，开了三个，昨天的本全讨回来了……我要回国去。几杯酒下肚他换了个话题，你记住，牡丹江市市长老婆是我表舅老婆的表妹。我要去找她。她会给我面子。我去包一个工地。过去我包过。我郑大康发过财，请市长吃过饭。到时你也来。你够意思。我们在一起发个大财。

他喋喋不休说自己过去如何如何本事，认识什么样的大官，将来会怎样怎样发财。我一声不吭，心想上天怎么会这样安排。让阿真摊上这样一个父亲，真惨！羊掉在狼嘴里，她最终会被他咬死的。

还早，居酒屋空荡荡的。阿真父亲说话声音很大，两个店员站在柜台那边直往我们这边瞧。

没打工吗？我听烦了，打断他的话问。

什么？打工？他愣了一下说，打过。不干了。那些小日本把你当孙子。我郑大康受不了那种气。

那现在就靠阿真养吗？我不客气地问。

她活该养我。他理直气壮地说，是我把她办到日本来的，要不是我，她早跟了哪个乡巴佬，能享受东京这种文明！

享受?! 你放屁！我火了，跳了起来，你还算人吗你！靠她陪男人睡觉的钱来养你这个混蛋！

你吃醋了？想独占她？他口齿不清嬉皮笑脸地说。她喜欢跟男人睡觉。

这些日子窝在家里所有的气结成团冒了上来。

你这恶棍！我一拳搡了过去，拳头还没到他脸上，他身体一歪，突然往边上倒下去。我以为他装死，想走，却见他嘴唇歪在一边，眼睛发直。

两个店员看不对，跑过来帮忙把他放到榻榻米上，我打电话叫急救车。不到十五分钟急救车就来了，把郑大康载到附近的王子医院。

一个戴眼镜三十来岁小个子医生一看就说是中风，即刻送急救室。

我给阿真挂了个电话，不通，看了看手表，8 点 15 分，阿真应该在上班，就给她发了个短信。

10

阿真到医院时已经半夜 12 点，我刚刚走出医院大门。她穿着上班时鲜红带花边艳丽的连衣裙，一看就是个坐台小姐。

他现在呢？她胆怯地问，脸色疲惫，神情焦虑。

没事。你放心。他不会死的。我冷冷地说。

他会死。他有病，肝硬化，不能喝酒，医生早让他戒，但他不听，天天往死里喝。

依我看，像他这种父亲，死就死，有不如无。我说。

她不说话了，好一阵才小心说，其实他不是坏人，是我们不该来日本。本来想指望亲戚，也难怪，几十年没联系，突然穷亲戚来了，谁不怕，又不会日语，也说不上话。

怎么，你们是日本残留孤儿吗？我问。

呃。她点点头。

郑大康昏迷不醒，满是腮胡的脸映在白色的床单上显得苍老憔悴，阿真站在床边，呆呆看着他，眼泪一滴一滴往下掉。

突然，郑大康抽搐起来。

不好，他不好了。赶快叫医生，医生。阿真慌张地叫起来。

我按了一下床头的铃。

护士来了，又叫来医生，忙乎了一阵。

你父亲情况很危险——医生对我说。

阿真一直愣愣站着，这时突然跪下去对医生磕起头来，先生，求你救救他，救救他。

医生不知所措，像看怪物似的看着阿真，中年护士见状，弯下腰对阿真说，没关系，打一针就好了。

阿真没听懂似的看着护士。

另一个小护士很快推来一辆小车。

你们想干什么？我问。

不要紧的，只是微量镇静剂。你妻子只是一时激动，没关系，我们见过昏倒的家属，打完针就好了。护士很亲切地说。我想阻止都来不及了，护士以迅雷不及掩耳的速度抓住阿真的手臂，一针扎了下去。

这些驴！他们以为她神经失常了。

打完针后，阿真变得呆头呆脑，我把她带出医院，到门口，刚好看到邱桑在停车。看到我她吓了一跳，问怎么你在这里？

我朝她点点头，没回答她的话，伸了个懒腰说，你们慢慢谈吧，我先走。

电车早没了，我送你们回去。邱桑说。

路上，我一声不吭，听着邱桑和阿真你一句我一句说个没完。

细想这两个人的关系挺怪的，是什么东西把她们黏在一起？一个贾母一个傻大姐，距离太大了。

送完阿真，邱桑把车门关上问，怎么样，去喝一杯？住友高楼50层有个酒吧，环境很好。

好呀。我说。说真的，折腾了这半天，累了，再说，我怕什么怕，这女人又不是老虎，能把我吃了。

阿真命也真不好，摊上这样一个老公。邱桑边开车边说。

什么？老公？我一愣，像吃了恶心的东西想反胃。

是呀。阿真父亲跟郑大康是赌友，输了钱，就把女儿当赌债抵给郑大康了。邱桑完全没发现我脸色变化，继续往下讲，都说女人似水，但水有冷热，有温有凉。阿真这种水呀，跟你体温一样，你怎么搅腾她自己都没有感觉。所以郑大康根本没有罪恶感。我劝阿真多少次，叫她别理他，她也点头，可见了郑大康就变卦。

原来这样。难怪郑大康会说阿真喜欢男人的话。

明知道这是个娼妇，却像个傻瓜似的维护她的贞洁。

我头脑里浮出脱光了的郑大康和脱光了的阿真抱在一起的画面，一阵热火涌了上来。

她骗了我。我被她耍了！看上去那么干净的一双眼睛，可居然也是假的。

不说她了。我突然打断邱桑的话，还是回家吧。

开车过去很快的，作家不都是夜猫子吗？邱桑半开玩笑地说。

我说不去就不去。我莫名地火了。这火不是冲邱桑，而是冲自己发的。

那我送你。你住哪里？邱桑停下车，转脸微笑地看着我，一点不在乎我生气的样子。

她微张着两片鲜红的嘴唇，脸上有一种猫发情的娇滴。我突然拉过她的身子，吻起她来。她轻微挣扎了两下，很快迎了上来，没有一句话。旁边有一个旅馆，她就把车开了进去。一进房间，我们就迫不及待抱在一起。我知道自己这种疯狂是因受骗而来的。我要报复！现在我找到这具肉体，我要咬它，拧它，压挤它，让它嚎叫，让它痛哭！

邱桑的肉体在迎合我，在我身体的压迫下激烈地扭动。我不知道它为什么也这样疯狂？奇怪，在冷静以后，我越想越奇怪，邱桑怎么会跟我搞在一起？莫非她也在复仇！

有一刻我看着邱桑，但她眼里除了欲望什么也没有。

海外华语
小说年展 | 2019

11

第二天早晨 8 点多手机响，我迷迷糊糊睁开眼睛，看是阿真打来的，听也没听就掐断了，连响了三次，连掐了三次，然后连着五天谁的电话也没有。第六天又有个阿真的，我还是没接。我每天坐在车库里对着《红楼梦》发呆，一个字也写不出来。老婆以为我变乖了，整天老老实实待在家里。

第八天黎明打了个电话来，一张口就骂开了，你这家伙也太没情没义了。咦，我问你，怎么把阿真弄成这样，你自己跟她说去。

呜……呜……电话里传来一阵抽泣声，大哥大哥，你怎么不理我啦，一定是我把你得罪了。你来，再给我一个机会好不好……

你再不来我就带她上你家去了。黎明又把电话拿了过去，她在我店里整整两天了，缠着我非要找你，说不等到你决不走，当牛做马也要报你的恩。咦，你这小子居然还会做好事。不过我要受不了了……

你也跟着犯傻？她等关我屁事！虽然我根本不信黎明的话，但心里气却消了一半。

没想到一见面阿真就跪在我面前磕了三个响头，大哥大哥，是你救了大康，要不然他会死在半路，当鬼以后找不到家门的。

郑大康怎么啦？我问。

他走了。

死了？什么时候？我吃了一惊。

五天了。要不是恩人你，七天祭时他回家会找不着路的。

见鬼？我被当成救命恩人。这不是天大的笑话！我不仅没有一丝半点救郑大康的意，事实上也没救他。正相反，我可能还害了他。我要是没有挥拳，他或许不会死的。没有什么事比这更让我狼狈了。我把阿真拉起来，跟她解释，说我没救他，就没有我，也会有人把他送进急救医院，所以她用不着谢我。

可阿真根本说不通，我火了骂了一句，她才不敢说下去了。

可两天后，她打来电话，又叫恩人。我今天做了一些饺子，想给你拿过去。她甜甜地说。

第一，以后不要叫我恩人。跟你说过，我不是什么恩人。

那你让我怎么叫呢？叫大恩师吗？

大恩师也不准叫。真是个乡巴佬，蠢到极点！

第二，饺子我不吃，你不用拿过来。

黎桑说你很爱吃饺子。我做的饺子很好吃，不骗你。

那我也不要吃。你要送过来，我就把它扔到窗外去。

她不作声，我把电话掐断了。

我以为事情完了，可傍晚接到黎明电话，一副幸灾乐祸腔调，阿真给你拿饺子来，刚好碰到你老婆来买鸡脚，我就叫她带回去了。

我把牙齿咬得咯咯响，黎明这浑小子，怎么把我老婆和阿真扯在一起，想看戏呀。

回到家，果然看到饭桌上有一大盘堆得跟山一样的饺子。

你知道我今天在黎明店里认识谁了？老婆兴高采烈地说：阿真，她说你救了她老公，是她恩人呢。你到底做了什么？

她兴奋些什么？老公被人家当作恩人耍，就这么值得高兴？

我能做什么？跟她老公一起喝酒，我想打他，刚举起拳头，他就躺下去了。

真的只有这些吗？老婆将信将疑地看着我。呃，你不说就算了，反正救人总是一件好事。她一口一声叫我恩嫂呢。我听黎明说了，怪可怜的一个女孩子。我邀请她下星期天来家玩了。

老婆好像挺想当这个恩嫂的。

完，这祸闯大了。

12

阿真逢人就说我是她恩人，很快我就发觉朋友们当我双重笑料：一有见义勇为嫌疑，二有老牛吃嫩草嫌疑。最糟的是阿真又漂亮又傻。所以谁都相信她。无论我怎样解释本人既不贪阿真色也绝无一见义勇为之举动，但谁都不信。加上黎明旁证我带阿真出场，更是跳进黄河也洗不清了。

别人说就说，我躲着。可有一个人我躲不过——老婆。她现在每天回来就故意反着问，你恩人又给你打电话了？我照例说没有。真没有？老婆不信。

阿真是打了电话，可我从来不接。我一看到她的电话就掐断。谁受得了当这种恩人。

可证明不了。老婆看我手机，有阿真打来的信号，可我掐断信号却没有记录。

当然老婆还算聪明，不认为我会看上阿真，她只说我说谎，说我从一开头就没说真话，难道就因我送郑大康上急救车阿真就会把我当大恩人吗？

不可能！她说，这违反常识。

你看阿真像个会说谎的人吗？我耐着性子反问。

不像。她不会说谎，可你会教她说。这就更让我怀疑，你不会还有另一个女人吧？

女人？有你我还敢红杏出墙呀。

哼！老婆哼了一声，别捡好听的说。

阿真真的来了。星期天早晨我还没起床她就来了，大包小包提了一大堆东西。

老婆以为我还没醒，压低声音在厅里和阿真说话。这个傻妹把我出卖了，出卖得有声有色。她的嘴没设防，你连套都不用套，她啪啦啪啦全给说出来，不分场合不分人。我算长了见识，原来完全的真话跟完全的假话一样可怕。这样的人简直是定时炸弹。我算倒了八辈子霉，碰上这样一个傻蛋。

阿新（我小名）怎么认识你老公的？我老婆问。她有刨根问底的习惯，特别事关老公隐私。

阿真没直接回答，而是从我到大观园说起，到叫她出场，到郑大康出现。

她们的对话是这样的：

恩人到我们店了。阿真说。

你们店？什么店？老婆问。

就是那种酒吧。

有小姐出场的那种吗？

呃。好多小姐……

那阿新要了小姐吗？

恩人要了我。刚走出店碰到大康来要钱⋯⋯

⋯⋯

我越听越不对劲，要命的是老婆会认定阿真讲的全是真话。没错，所有的细节都忠于事实。可除细节事实之外的大事实呢？话后之话呢？说话人说不全，听话人也听不全的大事实。比如上述对话：

老婆问什么店，阿真回答那种酒吧。这时阿真和老婆说的是一种酒吧吗？然后老婆确认，有无小姐出场，阿真回答好多小姐。

虽然老婆很有见识，但她长期在校园里混，对酒吧的知识实在不敢恭维。她认定酒吧低级下流，其中有小姐出场的就更是下流之下流了。

她不知道，小姐出场也有千种讲究，就是酒吧也有天堂与地狱之区别。

她只会想：我到那种下流酒吧去。为什么去？当然为叫小姐出场。她不会想到我到大观园只是为了核对《红楼梦》，叫阿真出场也只是为了给邱桑一个碍眼。所有这些背景都隐藏在话后，她都不知道，只知道我去了酒吧叫了小姐出场。

而这些，我知道，这一切，用言语是无法解释的，越解释越会引起混乱。

果然，阿真走后老婆理也不理我。我试图解释，哄了她几次，她才冷着脸轰出一句，不要说了，今天我才算知道你了，原来也不过个俗物！

听听！这是什么话！我们从认识到结婚已经十四年，就凭阿真这几句话，她就不仅把我，把她自己也否定了。有这种认识世界的方式吗？

见鬼!

接下来几天老婆都不跟我说话,我又搬到车库睡。这次老婆硬挺挺的,认定我做了亏心事。我也自觉理亏,倒不是阿真,而是为了邱桑,也就硬不起来,连吃饭都懒得碰老婆的面。

13

听说阿真到你家去了?邱桑问。

这天我们两个在上野东方红店吃中华料理。

呃。我不置可否。

这傻妹准是一五一十把我家的事向邱桑汇报了。我真不知道要怎样对待阿真。她全讲真话,一门心事对你赤胆忠心,可全在坏你的事。

我倒想问你,怎么会想用阿真这个傻大姐的?你不觉得她碍手碍脚吗?

邱桑笑了。你觉得她碍手碍脚了吗?

哼!

我需要她。邱桑说。

需要?我突然明白了。邱桑在利用阿真作探子。难怪她会用这样一个完全不合大观园气氛的人。只要有阿真,她不在的时候,无论店里发生了什么事,谁谁谁说了什么,她都会知道。所以她说需要。

我打了个寒碜,阿真可怕,这个女人比阿真还可怕。

但我陷进去了。在我们第五次上旅馆时,我知道自己完完全全陷进去了。她的肉体越来越经常出现在电脑，在书的字里行间，然后下面就硬了。虽然我还能强忍着不给她打电话，但我知道快撑不下去了。我恨不得天天和她混在床上。

我直感这可怕的女人一旦知道我离不开她，就会把我甩掉的。

不想告诉我你的名字吗？一次我问邱桑。

邱桑笑笑反问说，你真想知道？

我一愣，没吭气。是呀，她是谁？我真想知道吗？

她知道我名字吗？应该知道。不过她没问过。

有时想想很荒唐，这两具躺在一起的肉体互相不知道肉体以外的东西，而且也不想知道。

所以除了《红楼梦》我们没有多少话题。

我讨厌林黛玉。我随口说。这是真话，那疑神疑鬼小心眼的聪明女人很让人烦。

那你喜欢谁呢？

曹雪芹。我说。

那不大男人吗？她笑了，那么多女人就没有一个喜欢吗？

凤姐太诈，晴雯太刁，宝钗太滑，鸳鸯太实，袭人太死，妙玉太玄，迎春太笨，探春太厉——

不喜欢女人的人怎么会喜欢《红楼梦》？

另一次我半开玩笑问她是怎么当上红学会会长。我倒要听听你对《红楼梦》的高见。我说。

邱桑笑着回答：我说你怎么跟阿真一样傻。当红学会会长就一定要有什么高见吗？

我一愣，那你凭什么？

我有什么就凭什么。

我看你有容貌和金钱。

这还不够吗？

14

很快到十月十五日，日本红学会集会的日子。我事先没跟邱桑打招呼就去了。

会址在京王线上，我按邱桑给我的名片，问了两个学生，找到某学院中文研究室所在的旧教学大楼五层。

会议室不大，由几张办公桌拼成的大桌旁边围坐着十来个人，思草社领导也在。邱桑看到我毫不吃惊，只示意我坐下，递给我一张纸——今天的会议提纲。

发言人叫中村，题目是焦大嘴里的马粪。

我一看题目就乐了。居然有人研究焦大嘴里的马粪。现在全世界粮食价格上涨，看来连肥料马粪也将身价百倍。

一瞥，身边的人个个正襟危坐，脸色严肃。最正经的当然要数发言者中村了。他戴深度眼镜，十根瘦骨嶙峋的手指抓住稿纸两角，嘴里一连喷出几十个马粪来。

他先叙述了马粪的结构，马粪的历史沿革及曹雪芹时候马粪的特点，接着论证为什么把马粪而不是牛粪猪粪塞进焦大嘴里。

一路论证下来足足用了近二十分钟。我快听瞌睡了，可坐在周围的几张面孔个个表情不变，有人还在做笔记。

然后开始自由讨论。二三分钟沉默后，我对面一个四十来岁的女性发言了，中村老师的发言真精彩。《红楼梦》虽然被研究了上百年，可这个题目还从来没有被人注意过……

这不废话！看《红楼梦》谁看马粪！

我有个问题，曹雪芹年代马粪是什么颜色？不知道中村先生留意过没有？一个满头白发老学者模样的人问。

很遗憾，有关这个问题，我查过许多材料，均不见答案。中村回答。

这塞进嘴里的马粪是热的还是凉的？一个较为年轻脸色略微苍白的学者问。

……

我越听越乐。有意思，怎么这些人都这么正儿八经的，好像美英日法德大国首脑在讨论世界经济走向似的。

曹雪芹有关焦大总共就写了四段997个字，直接提到马粪就一次，在《红楼梦》洋洋字数中占不占万分之一都不知道。

众小厮见他（焦大）太撒野了，只得上来几个，掀翻捆倒，拖往马圈里去。焦大越发连贾珍都说出来，乱嚷乱叫说："我要往祠堂里哭太爷去。那里承望到如今生下这些畜生来！每日家偷狗戏鸡，爬灰的爬灰，养小叔子的养小叔子，我什么不知道？咱们'胳膊拆了往袖子里藏'！"众小厮听他说出这些没天日的话来，唬的魂飞魄散，也不顾别的了，便把他捆起来，用土和马粪满满的填了他一嘴。

就凭这点字能论出山水来。

我服了。你不能不服，有这么多人能靠讨论马粪挣钱过日子，还是些老精英。想到他们带的小精英，我真怀疑，一个满肚肠马粪的人能带出什么？不会是一些牛粪猪粪狗粪猫粪吧？

裘方圆在这些人里面吗？我悄声问邱桑。

邱桑点点头。

呃——真的?! 我开始兴奋，打量起在坐的每个人来。首先从判断谁是中国人起。这我一贯有自信。我能从电车里几十张面孔中一眼断定里面有没有中国人。判定标准很简单，鬼头鬼脑的就是中国人，呆头呆脑的就是日本人。左边第一张脸跟第五张脸一看就属中，第二四六七九十张脸一看就属日，其余三张中日不定。

介绍一下。我逼邱桑。

邱桑摇摇头，在纸上写了几个字推到我面前。本人希望保密。

好汉做事好汉当。我在字下面添上一笔。

在日本没有好汉。邱桑把纸又推过来。

我笑了，也不知道自己笑什么却笑了。

请问这本书作者裘方圆是哪位？我突然站起来，手举书问。

没有人回答。

我有几个问题想请教他。

还是没有人回答。

说一个有关马粪的笑话。我突然说。孙悟空当上弼马温以后，有一天，他去马圈视察，发现有臭味，就问随从，这是什么味。随从回答说马粪味。孙悟空就说那就叫这些马不要拉屎吧。随从说那怎么行？马不拉屎就不是马了。孙悟空说那你看我的。他就拔下一根毫毛，朝马吹了一口气，说变。因为孙悟空是石头变的，不拉屎，他想既然味从嘴发，那屎一定藏在马嘴里。结果这一变把屁股变成嘴，嘴变成屁股。所以那一段时间，天上天天掉下马粪蛋来，说不定曹雪芹就捡到一个。既然诸位对马粪如此有研究，我以为不能忽视这个笑话，曹雪芹忘了把它写进《红楼梦》里了。

没有一个人笑，大家固执地沉默着。

哈哈哈！我狂笑三声。这群粪巴！我心里说，很有礼貌地鞠了一个躬，对不起，打搅诸位了。说完一甩手就走出了会议室。

痛快！好久没有这样痛快了。让他们把我当疯子吧。我非常兴奋，后来想起来，这突然的爆发也许像公孔雀开屏，是为了引起母孔雀的注意。

出来后头脑一转，突然觉得不对。那么多深沉的脸不会在开玩笑吧？难道马粪也跟《红楼梦》与《梦楼红》，我是人与我人是一样，是文化异化？要不这么多大学者什么不好研究去研究马粪？搞不定马粪在日本就是林黛玉薛宝钗，焦大就是贾宝玉王熙凤。

我弄不懂了。

裘方圆说不定就是异文化。

回到家，在网上查了一下日本红学会，没找着，打进裘方圆，跳出来的第一条是：东区粉圆。到台湾吃吧。美味台湾……

到底裘方圆的中国名字叫什么？

就算我到城北大学，能找到他吗？但无奈，最后一条线索就是裘方圆任教的地方了。

15

城北大学是一所新建校，在千叶乡下，我花了一千五百多块日币，坐了一个多小时的电车才到。校舍崭新，几棵枝叶茂盛的大树环绕着一群像教堂似的尖顶钢筋水泥高楼，四周都是农田。

办公室在地下一层。看到我，一个年轻的女职员朝柜台走来。

我想找一个叫裴方圆的教师。我问。

チューファンユエン（裴方圆的日文发音）？你说的是日文吗？

日文？不是。我掏出笔，在纸上写下"裴方圆"三个字。

裴方圆不是日文，但说成チューファンユエン就变成日文了。我刚来日本时中国作者就用汉字本名，比如陈忠实就叫陈忠实，只有欧美人才用片假名。后来有一段时间变了，中国作者也不用汉字了，变的跟西方人一样，全用片假名，诸如裴方圆变成チューファンユエン。这样有一个好处，大千世界人人平等，种族国籍性别通通没有。但有一点小小的遗憾，就是看不懂。中国人看不懂，日本人看不懂，欧美人更看不懂。作者自己懂不懂我都怀疑，在大街上叫チューファンユエン，他会回头吗？过几年到现在又变了，汉字名边上注有片假名，名字占两排。这就意味着让日本读者能读出不三不四的中国作者名字。

他是哪个学院的？女职员问。

我回答不出。

女职员帮我到电脑上查了一下，没有结果，说没有姓裴的教授。

那有没有叫方圆名字的教授呢？

女职员很有耐心，又帮我查了一下。

还是没有。要不您去中文组问问看？最后她提议说。

大学下面有学院，学院下面有系，系下面有教研组。在这个庞大的蜘蛛网中，裴方圆到底挂在哪一条线上呢？

中文组在另一栋楼。穿过操场，看见许多大学生，有男有女，三三两两，在阳光下在说说笑笑，其中有一二个女的穿着迷你裙，长得很漂亮。

裘方圆日子过得挺水嘛。嘿！不懂他凭什么混进来的？除了《红楼梦》，他还写了两本混饭书，一看题目就大而空，骗鬼子的。什么《中国古典二十讲》《中国诗词二十讲》。听说私立大学教授一个月工资上百万，有身份有地位，身边还围绕着这么多年轻女子。这他妈的不是个小杨振宁吗！

我认识几个学贯东西，真正肚里有货的正经学人，到日本二三十年了还在大学混个非常勤，每天东奔西颠七八个小时上课，一个月下来只能混个三四十万。

不服呀不服！这世界到哪里都没有公平两字可讲。

中文组相当国内大学公共外语系里的中文教研室。负责人是个五十多岁的女人，戴眼镜，脸上没肉，两颧骨高突，听说我要找裘方圆，就一直皱眉头，两只眼珠往鼻梁一对一对的，好像我在通缉她老公。

你找他有什么事吗？

这老女人跟我们过去大学里的办公室主任一样，说话拿腔拿调。

找他攀讲。我故意用了个地方土语。

攀讲？

果然她听不懂，脸更拉长了。

他获了个《红楼梦》金鸡奖，我是来通知他的。那天我穿着笔挺的西装，一副正经人样。

奖吗？原来是这样。她口气缓和了。裘方圆，裘方圆，裘方圆，她念叨着，他是男的还是女的？

男的。我脱口而出。哎呀，说真的，我从没想过这个问题，从一开头就好像认定裴方圆是男的。没问题，曹雪芹是女的吗？女的谁写《红楼梦》，不是个同性恋吗？

戴不戴眼镜？

戴，呃，不戴。这裴方圆戴不戴眼镜可是个难题。照理说，写书能写到《红楼梦》，少说近视也得七百度。不过，弄不好裴方圆为了漂亮，戴个隐形的也难说。

没容我深思，女人又接着往下问。

是不是有尾巴？

尾巴？没有。我摇摇头。裴方圆怎么也不会是狐狸精吧，怎么弄出个尾巴来。

呵呵。她笑了，我是说结巴。有那么一点结巴。

没有。刘姥姥都不结巴，裴方圆怎么会是结巴。

男的，戴眼镜，无结巴。这样的人我们这里没有。她神秘地笑了。

查了半天户口原来是耍我呀。我知道再跟她纠缠下去也是白费时间，只好走出大楼。城北大学有好几个学院，文学院法学院商学院都有可能有裴方圆。我上楼下楼，下楼又上楼，可结果依旧。谁都不知道裴方圆是谁。

不可能。这裴方圆难道登天了。

会不会是裴方圆躲着我，刚才那个老女人神秘的笑就有问题。没准上次那个讨论会上裴方圆闻出姓曹的要找他算账，所以事先交代她不要泄露机密。

一定是这样。

我气愤愤地回到家，和老婆述说这一天的遭遇。

老婆问，你能确定裘方圆在城北大学吗？

肯定。白纸黑字，《红楼梦》书上印着的。日本出版社不会骗人。

那不简单吗？写封信寄到大学不就得了。你不急，送信的人比你还急呢。

对对。我怎么没想到？用明信片写公开信。彻底揭露裘方圆这个恶棍形象。不管怎么说，他不出来见我就是恶棍。

干脆写大字报算了。半夜睁开眼睛，我突然灵机一动。

说干就干。我马上起来一口气拟了一张声讨裘方圆之檄文。第二天上街买来纸墨水毛笔，正在挥毫，黎明登门来访，见状，兴趣大发，说过瘾过瘾，要帮我上城北大学贴大字报去。

大字报满满写了五张，开篇唰的一行大字——骗子裘方圆何去何从。

清晨六点半，我们俩提箱开车冲到城北大学，乘门卫不注意时翻墙而入。一路上我们已经商量好要把大字报贴在人最集中的食堂门口，给它个轰动全校。

整个大学像坟墓似静悄悄的。来东京十几年，我从来没这样兴奋过，好像自己在干什么惊天动地的事情一样。

16

八点多陆陆续续来了一些学生，有两个女生停下，对着大字报指指点点的，我站在离她们不远的树下，想听她们在说什么。

噎——你看那个字是什么？一个披长发的问。

大字报标题骗子二字，我故意放大写得歪歪的。

哪个字哪个字？另一个短发的问，就是最上面一行……

丑死丑死了！不知道是哪个不要脸的，敢把这种字贴出来让大家看。

没准就是你。哈哈哈……

你，是你。哈哈哈……

她们笑闹着走开了。

糟糕，她们怎么不看内容？挑字毛病。这些低智商的。

又过来了几个男生。

你们看，这是什么？

他们停了下来，有一两个还认真地看，七嘴八舌议论开了。

谁是红楼梦？

我知道我知道。前几天上中文课时老师才跟我们说过，红楼梦就是古代中国皇帝的绰号。

你看，上面说他是骗子。

皇帝怎么会是骗子？

我知道了，写这文章的人是疯子。

骗子疯子。全了！好好好！

几个人边说边走开了。

我气得头昏。这个大学的学生怎么一个比一个蠢！我就不相信会没人看出这大字报的分量。等吃饭时间吧，人来多时就好了。

没想到更多的人是目不斜视地匆匆走过。正在我失望之际，突然背后响起了一阵嚎叫。

谁呀？谁把这脏兮兮的东西贴在墙上？一个干瘦干瘦的老男人

对着大字报大叫大嚷。

不能动不能动。旁边一个年轻的胖子挡住他，撕墙上的纸要有办公室主任的签字才行。

那你赶快去叫他过来看一看。这墙都成什么样了？现在的年轻人就是不学好，在墙上七涂八抹的……

年轻人飞快地跑去了。一会儿带着两三个人转回来。

不行不行。办公室主任不在，出去开会了，下午才会回来。

那怎么办？我可管不了那么多了。干瘦干瘦男人说着要冲上去撕大字报。

不行不行。胖子一把抓住瘦子手臂，办公室副主任说了，先把它栏起来，等下午主任回来了再处理。

很快来了几个人，搬来了活动阑干，把大字报圈了起来，让大家不要靠近。

这引起了小小骚动，一些学生停了下来。

发生了什么事？

这不影响吃饭情绪吗？

不懂是谁搞恶作剧妨碍大家吃饭。

有的人在笑，有的人在骂，大家议论纷纷，但就是没有一个人认真去看看大字报上写的是什么。

这个结果是我怎么也料想不到的，搞了半天，原来是对牛弹琴。

我绕着教堂似的校舍疾走，压不住心头的愤愤。不对，这个学校不对，这个世界不对。不是他们是疯子就是我是疯子。他们怎么可以这样无视大字报的内容而对另一些鸡毛蒜皮小事吹毛求疵？这个大学有个大骗子大野心家，这些学生正是受害者。但没有一个人关心这件事。我的天！搞不好那个裘方圆刚才就站在人群中看我的笑话。

是可忍孰不可忍！

我绝望地往校门口走去。

有个巨大告示栏，里面贴着三排教授照片，我停下来，就是这些有眼无珠的教授，这个大学的精英里面混着个混蛋骗子！我无意识地一张一张地往下看，突然，发现一张我熟悉的面孔，不对，越看越不对，这不就是邱桑吗？就打电话给黎明问他邱桑在不在大学教书。

邱桑？不知道。没听说呀。

照片下面写着三个大字：邱芳媛。

长得像的人太多了，也可能不是她！

你知道邱桑的名字吗？

不知道。黎明说。

不对不对，我突然觉得什么地方不对，邱、裘在日文里是一个发音——邱芳媛跟裘方圆，在日文里差不多就是一个东西。

邱桑是哪里人？我问。

福州人。黎明说。

这么说裘方圆很有可能就是邱芳媛？

她跟思草社社长很熟，是红学会会长。

我马上给邱桑挂了一个电话。

传出来的是一个录音声音：此号码已经停止使用。

发生了什么事？我马上又打电话给阿真，问妈妈桑到哪里去了。

到澳大利亚去，不回来了。阿真说。

澳大利亚？什么时候？

两天前。

那大观园呢？

交给凤姐管。

我呆住了，一种要疯狂的感觉。

她怎么能就这样走了？那她，到底是不是城北大学那个照片上的人了？

17

一个月以后，我接到一封从澳大利亚寄来的信。信里只有一张旧照片，照片上有两个人，一个男一个女，两个都很年轻，都在笑，女的头亲热地靠在男的肩上。

老婆在旁边说，这个男的是谁呀？怎么长得这么像你。

像我？

我细细看，真的，是像我。

不是你吧？

怎么可能？

照片后面有一行小小的手写字：一段美好的回忆。

谁给你寄的这张照片？老婆问。

不知道。我说。

这是真话。照片上的人是谁？会是邱桑吗？为什么把照片寄给我呢？

生活继续进行着。被我骂了几次，阿真不再叫我恩人，也不敢给我打电话，但她会往家里打。老婆和她更亲近了。两个人一谈就很久。老婆本来就是个爱管闲事的人，一会说要帮阿真介绍工作，一会说要介绍老公。

我整整两个月无精打采，没有心情写，也没有心情再去想裴方圆，也许是她也许不是她，随她去吧。红楼梦或者梦楼红或者木木夕木米女丝工，随它去吧。曹雪芹，随它去吧。

我的爱国心掉在西伯利亚了

……

不管你是谁，

你心里都有一份爱，

献给你，献给我。

……

像歌里唱的，看来，我只有永久性地把爱情献给老婆了。

秋天很快过去，到了元旦，几个朋友约在新宿清香楼聚会。油光发亮的北京烤鸭朝天伸着两只半截的腿，弓着身子的大虾排队躺在盘里，猪头肉猪肚猪肠一大冷盘。红的像血的汤在火锅里冒热气——我盯着这些好菜，仿佛看另一个世界，没有一点胃口。

好久没见到刘升，看到我，他大老远就叫过来，你这小子，出了书怎么也不跟兄弟说一声。

什么书？我没出书呀。

我都听说了。你还装什么蒜？

真没有。骗你我是猪头。

不是《梦楼红》吗？都传遍了。

《梦楼红》? 我写了《梦楼红》?《红楼梦》是我写的?

不是你是谁? 我差点被你骗惨了。黎明笑嘻嘻地插进话来，要不你那么死找作者干啥?

我要是裴方圆我会死找她吗?

怎么不会? 自我宣传嘛。

书不是摆在书店卖，用得着我去宣传吗?

怎么不用! 中国人圈子就不知道。要不是你，我们谁知道东京也有个《梦楼红》。

那也用不着到大学贴大字报呀，那不日本人的圈子吗?

就这事出了破绽。除了裴方圆没有人会想出这个点子。太毒了。经过"文革"的人都知道，大字报批谁谁就出名。这叫此地无银三百两。

你干啥要不承认? 能想到把《红楼梦》变成《梦楼红》，能一举成名，不给我们中国人扬眉吐气吗? 阿桂说。

吐气不吐气且不说，可作者不是我呀。

你不是早说要写《红楼梦》了吗? 刘升说。

你们没看过书吧? 去看看，那书像我写的吗?

像像——

犯罪动机，人证物证全有了。哈哈哈哈——他们都笑了。

我是裴方圆。我是《梦楼红》作者。《红楼梦》是我写的。

哈哈哈哈。

天! 这个世界疯了!

二湘　出生于湖南邵阳。著有长篇小说《狂流》。小说集《重返 2046》。现居美国洛杉矶。

———————

参展小说

罂粟，或者加州罂粟

罂粟，或者加州罂粟 首发于《江南》2018年第5期

罂粟，或者加州罂粟

1

那个早春的夜晚似乎比平日的夜都要浓稠，空气里回旋着一种罂粟般的令人眩晕的气息。鬼使神差，我打开了领英邮箱——我极少看那个邮箱。我看到了很久以前的一个同事雅各布的来信。我们在领英里连着，但是之前从未联系过。雅各布的信和工作无关，而是有关大卫。

"大卫?!"我吃惊极了。我的眼前似乎出现了一大片一大片的罂粟田野。粉红色的一片片云蒸霞蔚地开在田野里，一直延展到阳光斑驳的山坡上。

我第一次看到罂粟田是在喀布尔。两年前，作为联合国人口基金组织的雇员，我曾在喀布尔工作过一年。在那之前的 2008 年，我在硅谷创业。2008，那是个令人唏嘘的年头，不管是我个人，还是整个世界的金融和经济都似乎遭受了一场劫难。我准备换个环境，几经周折，去了喀布尔。我清晰地记得第一次进入喀布尔的联合国大院，警卫森严，一共需要过四道岗哨。我注视着眼前这个四四方方的大院。它如一座小小的城池，静默地横亘在我的眼前。我满心惶恐，不知道在这个陌生的国度会度过怎样的一年，不知道命运在此布下了怎样的迷局。

我到达喀布尔没多久就碰上了阿富汗第二次选举。大选之前的气氛紧张至极。我住处的保安增加了好几位，我上班的时候看到大街上也增加了很多持枪的士兵和岗哨。这是阿富汗第二次总统大选，五年前2004年的大选算是成功，卡尔扎伊获得55％的选票，当选阿富汗第一届民主政府的总统，这对塔利班无疑是一个不小的打击。这一次选举，塔利班放出话来，凡是与大选有关的人，不管是哪个国家的人，格杀勿论。

就在大选的一个星期前，我的住处遭到恐怖分子袭击。我的一个美国同事非常不幸在那场袭击中牺牲。

然而大选终于还是如期举行了，喀布尔的情势还是紧张。我每天坐加了防弹外壳的路巡"沙漠王子"出入，安检查得更严了，出入联合国大院除了四道岗哨，还加了警犬。选举完的第二天，我突然接到我的上司的一个电话，说是临时要找一个人押送巴米扬的选票到喀布尔，问我能不能去。我早听说巴米扬被炸掉的大佛，心想也许有机会去看看，就答应了。

一辆全副武装的军用卡车一个小时后到达联合国大院。我带好了证件，就跟着几个美国士兵上了车。扛枪的美国士兵查看了我的证件，把我带到附近的一个空军基地。这个空军基地附近有一大片的罂粟田。喀布尔的绿色植被很少，很多地方是裸露的黄土，那田野上却长了大片大片的罂粟。粉红色的单瓣花朵，细细的长长的花茎，像是美人长长的脖颈，不胜娇弱地支撑着那张美丽的脸。而一朵朵罂粟凑在一起就成了一片片粉色的云烟，迷离氤氲。

我上了运输飞机，飞机不大，是 C17 型号，前面是飞行员、副飞行员的座位，中间是放货物的地方，后面是两排相对靠窗的座位，大概能坐十来个人。我坐下没多久，就上来了两个荷枪实弹的士兵，其中一张亚裔面孔，一张熟悉的面孔，我的心猛地一跳。我朝那个亚裔士兵拘谨地一笑。士兵很严肃，只是朝我点了一下头，算是打了招呼。

飞机的螺旋桨转动的声音很大，在轰隆隆的一片声响中，飞机升到了空中，向着巴米扬的方向飞去。远处高高的群山手挽着手，连成海，近处是灰黑，远处是深黑，层层叠叠。在高山的脚下，是一群少年，一排排站在那，向着大山的方向。他们看到了飞机，开始跳跃，像是和飞机上的我们招手，像是想要逾越到那高山之巅。飞机越飞越高，少年们渐渐成了一个个黑点，那高山也渐渐变得低矮，成了灰色的一片波涛。

我回过头看到对面那个亚裔士兵挺直的鼻梁，忍不住开口说，你是从加州来的？士兵警觉地看着我，略略点头。

"北加州？"我又问了一句。

他摇头，不再说话。

我觉得他实在太像我以前的一个同事雅各布了。我离开那家公司五年了，如果真的是雅各布，不至于这么快就把我给忘了吧。又一想，雅各布一个做高科技的，怎么可能突然就来当兵了呢。我把脸转向飞机的窗户，不再看那个士兵。飞机下面变成了苍茫的小土丘，偶尔还有一两条小溪和绿色的村落。马上就要到巴米扬了，远远地我看到了山，土褐色的山，而山上密匝匝地像是陕北的窑洞一般开了好些洞。这就是著名的巴米扬的佛洞了，可叹塔利班在几年前把洞里的佛像都炸掉了，千年的古丝绸之路传承的文化历史也在现代战争中辗转成尘，再无踪迹可寻，也再无悲伤欢喜可言。

飞机到了巴米扬，已经有一些荷枪实弹的士兵守卫在几个小型集装箱一样的箱子旁边。我们把装满了选票的箱子放进飞机里，装好后，飞机就往喀布尔飞，到了喀布尔空军基地，又马上装到由军警护卫的卡车上，一路护送到阿富汗选举委员会办公室。

来来回回飞了两趟了，还有最后一趟就要收工了。我觉得疲惫不堪，坐在飞机上都要睡着了。第三趟终于飞完了。所有的选票送到了，我也要回去了，就往空军基地门口那辆军用卡车走去。不远处的罂粟在风中细微地颤动，颤成了一个模糊不清带着晕影的背景。我看见那粉白的背景里走来了一个穿着蓝色波卡的女人，安静又诡异地朝我走来。女人全身被蓝色波卡包裹着，连眼睛都藏在网状波卡之后，看不真切，只看到一团幽黑，散发出一股令人悚然的寒意和戾气。那是一双来自地狱的眼睛，我感到了一阵从未有过的恐惧。

"小心！"我还没有来得及消化内心的恐惧，就听到了一声叫喊，接着，我被扑倒在地，我的身后一阵巨响，伴随着乌黑的浓烟。我顿觉额头上一阵热流泪泪而下。我下意识地摸了一把，黏糊糊的，我的手掌成了鲜红一片，我心底的恐惧几乎要把我击倒，我昏了过去。

我醒来时，发现自己脑袋上缠着一圈白纱布，躺在了一个陌生的病床上，周围都是白的，梨花一般的白。我旁边躺着那个亚裔士兵。这里是美军空军医院，就在空军基地里面，距离我被炸的地方很近。

那双恶毒的眼睛来自一个自杀袭击者，她身上带着炸药，她在靠近我的时候引爆了身上的炸弹。是那个亚裔士兵把我推开，救了我。而那个亚裔士兵现在就躺在我的近旁。他还在睡着，他的胸部被炸弹的碎片击中，好在不是要害部位。

我躺在那，手触碰到头上的纱布，觉到了一阵阵恐惧，这恐惧冷如黑冰，让我全身发凉。这是我没有想到的。那时候，我听说这个到阿富汗工作的机会，几乎是毫不犹豫地报了名。我觉得无论如何，总比我那时的情境好。我那时痛不欲生，生不如死。阿富汗，那个遥远的国度似乎成了一个可以逃逸的地方。如果注定会死在那，那就死在那吧。但是，真正面临着生和死的时候，我却是畏惧的。我发现自己是留恋着生的，我为自己的懦弱感到一丝羞耻。死其实是需要勇气的，我以为我有向死而生的勇气，但是临到死的悬崖，我才发现我没有，我有决心靠近死，却并没有跳进死亡之谷的勇气。

旁边的那位亚裔士兵终于醒过来了。他脸色有些白，气色倒还好。

"谢谢你！"我诚恳地说。

"不必了。我也是条件反射似的冲上去。"他脸上并没有多少表情，"还好没有把自己的命搭上。"

护士进来给那个亚裔士兵换生理盐水。

"出生日期？姓名？"她按常规问他。

"1972 年 10 月 4 日，大卫·阮（David Nguyen）。"他机械地回答。这个问题是在医院被问得最多的问题。

"大卫·阮？"我重复着这句话，"你是说你姓阮？你是越南人？"

“是啊。”

“那你认识雅各布·阮（Jacob Nguyen）吗？”我忍不住问，他和雅各布实在太像了。

“雅各布·阮？我哥哥倒是叫这个名字，但是阮是个很普通的越南姓。”

“雅各布·阮，他在硅谷的平米科公司做过工程师。”

“对，那是他！他比我早半个小时出生。”

我笑了，怪不得那么像，原来是孪生兄弟。

“雅各布是我以前的同事，他那时曾说起他和父亲在马来西亚的难民营待了一年，我想当然地以为他没有兄弟姐妹。”我那时还是个工程师，公司里的亚裔员工中午常聚在一起吃饭。

“我们并没有同时在那个难民营里。”大卫眯起了眼。

“噢？”我心里好奇起来，“为什么没有同时在？”

大卫沉吟了良久，开了口，他的陈述缓慢，稍带着点滞涩。

大卫其实是第二代越南华裔，他有一个中文名字叫阮华勇，哥哥雅各布叫阮华良。

2

上个世纪七十年代末的越南西贡，空气里弥漫着亚热带特有的潮湿和粘腻，湄公河两岸是大片齐整整的水椰林，阳光被水椰树的羽状叶子切割成碎金，斑驳地洒在幽绿的水面上。河岸狭窄的马路旁是尖而瘦的房子，不时能见到亚热带常见的根系盘错的大榕树，绿色的叶子连成一片，如巨大的华盖，被湿热的雾气浸润得青翠万千。而在那层层积翠之间点染着团团簇簇火红的凤凰花。

少年华勇在街头刚打了一架，他听到那群孩子叫他华人猪，就忍不住动了拳头。他的父亲阮凯明曾经是南越政府间谍机关的一个职员。南越兵败以后很多政府人员移民去了美国。阮凯明没有。

阮凯明的哥哥，也就是华勇的伯父是一个飞行员，美军撤退的时候从西贡坐直升飞机到附近的美军军用机场，再从那飞去了美国，他全家都去了，连他们七十多岁的老母亲也跟着去了。阮凯明没有去，他恋家，以为自己那些隐秘的间谍工作无人知晓，即便北越政府接手，他应该还能过下去。他很快意识到自己错了。他的身份不知什么时候泄漏了。邻居开始慢慢地疏远他们一家，并变得很不友好。他供职的地方的老板也对他非常不客气，总是为难他。

不仅是他，两个双胞胎儿子在学校也总是受欺负。老大弱，不敢还手，总是被同学拎出来捉弄。老二脾气拧，经常和欺负哥哥的人干起来，回来总是这里破了皮，那里多了一条血印子。有一次，他家的大门被人涂黑，上面画了一个骷髅头。他们一家人成了一叶孤舟。他开始恐惧，现在不仅仅是不被善待，安全也成了问题。到了1979年，南越的经济已经越来越糟糕，很多人失业。1979年中越战争爆发后，大规模的排华行动开始了，很多华裔被没收了财产。与此同时，原先南越政府的很多职员处境越来越糟，很多被送进了改造营。阮凯明即是华裔又是南越间谍的身份让他们一家举步维艰。

他们开始策划偷渡移民的方案，决定父子三个先偷渡到马来西亚，然后从那里申请战争难民签证去美国。之所以不能一家四口都去是因为偷渡风险太大，只要一被发现遣送回来就会关进监狱，必须要有一个人在监狱外面接应，拿钱去打点那些监狱里的狱卒，不然有可能一直被关在监狱里。

他们策划了很多次偷渡都失败了。一开始总是上当受骗，给了蛇头高额定金，到了集合的地方才发现没一个人。后来慢慢总算找着了一些靠谱的蛇头，但是偷渡并不顺利。有一次是天气太恶劣，遇到暴风雨，他们的船只走了一半，迷失方向，绕来绕去，又回到了西贡。幸而这次他们上岸的时候岸上没有巡逻队。还有一次是船只中途被发现，他们被押送回到越南，进了监狱。好在他母亲在外面，拿钱去打点。父子三个四个月后从监狱里被放了出来。

"我刚从监狱出来那阵头发是被剃光的，青脑壳一个，那帮人一看就知道我是从监狱里出来的，骂我犯罪分子。我一生气又和他们大干了一架。"阮华勇说到这笑了，脸色还是那么苍白。

"你行吗？"我问，我担心他身体吃不消。

"还行。"他喝了口水，"一下子想起好多事情了。"他放下水杯继续说："相信吗？我们一共试了二十次。我的父亲是个极有韧劲的人。他决定要做到的事，最后一定要做到。"

偷渡的蛇头每一个偷渡客要收十两黄金。尝试了很多次偷渡之后，他们已经是一贫如洗。那一次，家里勉强凑出的金条只够一个人走。他的父亲看着他和哥哥华良："你们两个可以走一个。谁走？"两个人都互相注视着，注视着和自己如此相似的一张脸，什么都没说，似乎这个抉择如此重大，重大到他们从此会走上两条完全不同的道路，重大到他们不敢做出选择。最后，他的父亲指着华勇："你吧，你皮实些。"华勇默默点头。偷渡的船只严重超载，他的父母亲硬是把只有十二岁的他推到了船上，要他到了马来西亚的难民营再申请去美国。"你先去，我们随后来。"他的父亲说，他的母亲眼里都是泪，什么都没有说。"她一直在哭，哥哥也在哭。"他说。

"他们怎么放得下心？"我问，眼睛有些湿。

"没有办法的办法，能出去一个是一个。要是待在越南就一点希望都没有了。"他说，眼神有些空洞，陷入了对往事的回忆。

船是夜半从西贡远郊一个偏僻的渔村启程的，是那种能坐一百多号人的机动船。船没开出多久就被南越政府边防军发现了。他们的快艇在后面追。偷渡的船只为了加快速度，把很多东西扔到了海里，食品、饮用水还有汽油。

偷渡的船终于逃离了快艇，开出了越南内海。船开到马六甲海峡的时候，船上的水手开始不安，这一带，因为处在马来西亚、印尼和新加坡三国的水域交界处，国际安全合作差，又有很多暗礁无人岛屿给海盗栖身，所以常有海盗出没。快到黄昏的时候，太阳即将落入海平面了。华勇站在甲板上眺望着红得如樱桃一般的落日，远处的海水是蓝绿色的，热带海洋的蓝绿色，水波不兴的蓝绿色，而近处，落日照耀着的水面，像是在翡翠绿上镀了一层薄金，美得诡异又惊心。

"赶紧进到船舱里去！"一个水手对他吼着，"海盗来了！"

阮华勇看到船尾五百米的地方一个快艇正全速追赶着他们。他赶紧往船舱里跑，他看到旁边一个四十多岁的母亲带着一个十多岁的女儿赶紧用煤灰往脸上擦。然后换上男人们穿的衬衣。华勇身子一阵阵发抖，坐在母女俩旁边一动不敢动。

他们的船只马上加速，可是他们的汽油不足，怎么也开不快。不到半个小时，就被海盗们追了上来。海盗们训练有素地架上软梯，上了他们的船，一伙人都蒙着黑头罩，只露出一双眼睛。他们好几个人手里拿着半自动冲锋枪。他们先是冲到驾驶室，把罗盘砸烂，然后冲到船舱里，用英语和越南语各说了一遍："所有人，老老实实，把钱和值钱的东西交出来。不然就把命交出来！"

海盗们两人一组，一个持枪，一个拿着个粗布麻袋，挨个要船上的人把钱和珠宝首饰拿出来，扔到麻袋里。

"快，动作快！"他们一边端着枪，一边叫嚷着。

两个海盗走到华勇身边。

"钱，快点！"他们拿枪指着华勇。华勇忙从衣服口袋里拿出一些钱扔到麻袋里。

"就这么点？"高一点的海盗说。他个子单瘦，像跟竹竿。他旁边那个矮胖，倒像根竹笋。

"我一个人，真的就这么多。"华勇刚说完，头上被竹笋的枪托重重地砸了一下。他头上一阵发麻，好在还没有出血。

"你？"竹竿指着他旁边的小姑娘。小姑娘什么也不敢说，只是看着她旁边的女人。女人赶紧从兜里掏出一叠钱，扔进去。

"女的吧。"竹竿一咧嘴，露出一口烂牙，手就朝女人的胸脯摸了过去。

"妈妈！"旁边的小姑娘叫了起来。

"这也是个女的。"竹竿笑得更响了，一把拉起小姑娘就要往外走。

"留下她。"女人冲了过来，"她还是个孩子！"竹竿还在拉扯着那个女孩。

"留下她，我给你摸！你摸，你摸！"女人不管不顾地冲了上去，抓起竹竿的手就往自己胸口摸。

整个船舱一下子就安静了下来。每个人都看着他们，一言不发地看着他们，眼睛里却喷出了怒火，那一束束愤怒在空气里拧成了一股气流，朝这边涌过来，竹竿有些怕了。女人一下子跪在竹竿面前，用越南话不停地哀求："留下她，留下她。"她的头重重地磕在地上，额头上磕出了血，一股股往下流。

一个婴儿的声音突然响了起来，声音并不大，却让情势更加令人不安，船舱里被一触即发的张力满满地填充着。

"算了，算了。"竹笋拉了一下竹竿。竹竿重重地把女孩摔出去。女人衣衫不整地朝女孩爬了过去，她抱着惊恐万分的女孩哭了起来，女孩也在哭。旁边一个五十多岁的男人提醒她们不要哭了。两个人忙停止哭泣，只是抱在那抽泣。

阮华勇说到这，眼眶发红。我一定也是。

"真主安拉是我唯一的主。"没有由头的，我用普什图语说了一句，这句话是我的一个阿富汗同事教的，说是碰到恐怖分子说这句话能管点用。

海盗把整个船只洗劫一空后，上了快艇，很快就没了踪迹，只剩下一船人如遇了霜的白菜，全是蔫蔫的。

罗盘被砸烂了，船不能定位，船长只能凭经验往大马的方向开，可是大海苍茫，天和海一样黑，如何能找到方向？第二天天亮的时候，船长发现船只彻底迷失了方向，很快，汽油用尽了，船根本开不动了，只能在大海上飘零，像是被遗弃在时间之外的一叶孤舟。

然而，更残酷的还在后面。几天前因为逃遁越南政府边防，扔掉了许多食物和水。再加上这几天在海上漂荡，食物和水已经严重不足，只能限食限水。

一天三次供水，每次只给每个人一个矿泉水瓶盖那么多水。华勇觉得嘴唇刚刚给润湿，水就没了。嗓子眼发干发涩，像是一直在冒烟。

情况越来越糟，有人开始喝自己的尿。海盗抢劫后的第五个黑夜，华勇被一阵凄厉的哭声吵醒。

"我的孩子，我的孩子!"是一个母亲的声音，她的十个月的婴儿断气了。她的哭声如此凄厉，船舱里每一个人都给吵醒了。有人小声地安慰着这个可怜的母亲，但是她根本什么都听不进去，一直在哭，直到她嗓子哭哑，瘫软在地上，昏昏然躺在地上再也哭不动了。天亮的时候，华勇再一次听到这个母亲的哭声，不，不能叫哭，而是低沉的嚎叫，那不像是从人的嗓子里发出的声音，更像是从某种动物嘴里发出的低嚎——这个可怜的婴儿的尸体不见了，有人趁母亲昏迷的时候把那个婴儿偷走了。

"为什么?"我眼眶噙满了泪，听到这里还是不解。

华勇凄然一笑："你没有听说过吸血鬼吗? 血里有水，水就是命。"我全身一凉，愣在了那里。八十年代初，我还是个小学生，在北方一个靠着海的城市住着，我并不快乐，但是我全然无法想到同一个时间，在地球的另一个海域，会有这样惨绝人寰的事情发生。

"不断地有人饿死，他们的尸体很快就不见了。"华勇眼睛是木的，他机械地说着这些。

"不要再说了!"我叫了起来。我的胃一阵阵发酸，几乎就要吐了出来。我原以为自己是世界上最不幸的一个人，经历了世界上最残忍的事情。我把手撑在额头上，像是突然感觉到额头上的伤痛了。

华勇不再说话，两个人又一次陷入了沉默，像海底的暗涌一样的沉默。

在四处苍茫的海上，时间似乎成了圆环，每日在海面上盘旋。到了第十天，海面上出现了一个黑点。人们麻木地注视着那个黑点，会是另一艘海盗船吗？这只船已经只有原来一半的人了，这些人早已被掳夺得一无所有。

是艘渔船。老天一定是再也不忍心看下去了。

船上的渔民们告诉他们其实离马来西亚也不远了。他们提供了食物、饮用水和汽油，还带着难民船走了一段路。

"天使，他们是天使。"华勇说起来嗓音有些颤，这么多年过去了，他依然难以掩饰自己的激动，他反复地说着同一句话："他们是上帝派来的天使。"

船终于在两天后抵达马来西亚的比东岛。比东岛是一个方圆不过一平方公里的小岛，岛上荒无人烟，距离马来半岛 198 公里。马来西亚政府就把这里开辟为一个难民营，并把它列为保安区，严禁外人踏足，难民们在此等待第三国家的收容。几乎每天都有难民抵达这个小岛。华勇成了这群后来被称作"越南船民"（Vietnamese boat people）的一员。

难民营周围砌着高墙，像联合国大院那样的高墙，只不过没有铁丝滚网。那时候，东盟五国对越战难民都实行了禁闭营政策，难民被禁闭在营内不能自由行动，更不准外出工作。他们能自由走动的就是那个小小的难民营大院。好在后来旁边又添加了一座简陋不堪的寺庙和教堂。

"多糟糕，没有自由。"我同情地说。

　　"能让我们上岸就算好的。"华勇眉头紧皱。就在他们的船只抵达前三个月，马来西亚政府向靠岸的一条难民船扫射，阻止难民上岸。死了很多人，海水都染红了，海面上漂满了尸体。许多年后在这里立了一些纪念碑，纪念那些遇难的难民。最显眼的雕像是一个父亲正努力拉住在海水里挣扎的女儿。自 1975 年到 1995 年，大约有两百万难民逃离越南，投奔怒海，寻找光明，寻找一块可以栖足之地。他们中很多被海盗、饥饿、疾病，或是海上的狂风巨浪阻截，永远地葬身于南海深处。大约有 25 万难民陆续抵达比东难民营，并在此居住过。

　　"你知道为什么南海的海鲜那么美味吗？"华勇嘴角露出一些悲谑的笑："因为那里有一百多万越南难民的尸骨喂养了它们。"

　　我张大了嘴。

　　"比起来，我们算是幸运的。"华勇神情很快就严肃起来。

　　难民们住的是一间间的平房。每一个平房里睡通铺睡着二十来号人。什么都要抢，吃饭尤其如此，稍微慢一点就没有吃的。夏天热得要死，蚊子特别毒，房子也没有空调，一屋子的潮热和臭气。这都还罢了，最难以忍受的是总是被人欺负，被人打骂，谁让他是孤身一人呢。别的孩子指使他干这个干那个。他那时刚到，只能忍着。很多个黑夜，他在潮湿的房间里听着海潮一波又一波冲击海岸的声音，无法入眠，他不知道这样的黑夜还要继续多久，但是他知道这里是抵达梦想的必经之路。

　　有一天中午，他太困了，就躺在床上打盹，突然被脚上传来的剧痛惊醒。他痛楚地尖叫着，再看脚趾头都发红了。不知道是哪位在他的脚趾头之间夹了一个棉花条，并且点燃了棉花条。

"谁干的？"他终于爆发了，声音里有一种暴风雨来临之前的冷静和威慑。

"我？怎么着?！"其中一个带头的眼睛有些鼓的男孩斜乜着眼。话没说完，右脸颊已经挨了一拳。

"谁也不准帮忙！"华勇大吼着："谁帮忙我和谁拼命！"他一边喊着，一边和鼓眼睛扭成了一团。那次打架的结果是他的一个眼圈青了，鼓眼睛却掉了一颗门牙。他的青眼圈在一个月后好了，鼓眼睛的门牙却再也找不回来了。同时找不回来的是他的领头地位。阮华勇替代了他。他打架是不要命地打。不怕打死人，也不怕自己被打死。这样的人谁打得过？他胆子越来越大，经常偷偷地从墙上爬出去跑到难民营外头，从外面摘了橘子、椰子，又拿回难民营卖给别人。他混成了头，一样欺负新来的人。

"你们难民营出来的孩子都是这样吗？"我想起了他哥哥华良，有些执拗，会在电话上和产品经理争得面红耳赤，一点也不退让。

"嗯，肯定都有一些，我们这样的孩子从小就得学会狠。尤其我是孤身一人。不然早就死在难民营了。"华勇眼睛眯了起来，有一种暗色的物质从他眼里闪过，"我对谁都狠，除了玉燕。"

玉燕是个孤儿，她坐的船遇到了热带风暴，那船本来就破旧，又严重超员，在暴风雨中不堪风浪，终于是翻了，她的父母和妹妹都葬身大海，她被过路的一个油轮救起，油轮的人又把她扔在了另一艘难民船上。那条船上也是满员，看她孤身一人实在可怜，就收留了她。然而这条船后来也遇到了海盗，好在几经周折终于到了比东岛。

"她比我还可怜。"华勇说，"刚刚丧失了父母和妹妹，自己又……"他停住了嘴。

　　我没有追问玉燕的事情，我心里发酸发麻。这世上的苦难啊，竟如世上的盐一般多，一般咸。

　　两个孤苦的孩子走在了一起，他处处护着玉燕，不让她受欺负。他摘了新鲜果子给她，把好吃的菜留给她，把她的活派给别的人干。这一下她就招人嫉恨了，他也不管。

　　八个月后，他拿到了战争难民签证，他终于可以去美国了，他在美国的伯父是担保人。

　　离开比东的那天天气格外晴朗，层层鳞片状的浮云一直铺向天边。玉燕和一些难民被允许到码头给他们送行。玉燕一直在哭，他强忍着泪和她说了再见："我们到美国见啊。"他最后一次回望岛上高高的椰树林，回望破旧的难民营房，回望那座他曾跪拜过的寺庙，然后登上了离去的轮船。他看到玉燕跑到了一块岩石的顶上，向他挥手。轮船终于慢慢地离开了比东岛，他依稀还能听到难民营的喇叭在放着一首老歌"Remembering the sea"。是的，记住彼时的大海。海的颜色是变幻不定的，时而淡蓝，时而浅绿，是那种热带海洋特有的浅绿色，那个小小的热带海岛便在蓝绿变幻的光影中飘摇，如一颗绿宝石在水影中荡漾。船渐行渐远，过了许久许久，他依然能看见穿着白衣裳的玉燕站在高高的岩石上，不停不断地向着船只的方向挥手。

　　我的眼泪终于忍不住掉了下来："那么，后来，你在美国又见到她了吗？"

　　"见到了。"然而他眉头紧皱，他的脸部突然抽搐起来，他闭上了眼睛。我于是没敢问他们后来的故事。

　　再后来他的父母亲和哥哥几经周折也终于到了美国。

"我中学的时候写了一篇文章《通往奶奶家的路》（The road to Grandma's house）。里面写了我那些年的经历，偷渡的船只上的故事，还有我在难民营的故事。老师很喜欢，让我站在全班同学面前念。我现在还记得最后一句："我站在奶奶家的门前，我那多年前已经抵达美国的奶奶家的门前，我没有哭，我一点也哭不出来。我也没有笑，我居然也笑不出来。我站在奶奶的面前，像一棵刚从湄公河里长出来的水椰，大口大口地呼吸着自由的空气。"

阮华勇说到这，终于笑了一下，自顾自地笑，似乎还是那个站在讲台前面向大家分享自己文章的少年。我看到了他脸上一丝难得的纯真。

我住了两天院就出院了。我在两天后回到医院，想看望一下阮华勇。那张床上却躺着另外一个头上都是绷带的人。病房里还是嘈杂拥挤，我站在那，那天和华勇的对话似乎还在房间里回响，还有那不时降临的沉默，海一样的沉默，我似乎看到了一条船，一条在汪洋中飘零的船，天地混沌，风雨飘摇，那船在不停地向前，不停地摇晃，不停地挣扎。

我那以后在喀布尔再也没有碰到阮华勇。有一次，我看到几个穿蓝色波卡的女人如风一般在山坡上疾走，我想起了华勇，那个看起来神情严峻的越南华裔，他曾经救过我的命。若不是他……我没有想下去，我不太敢假设自己的命运。命运，又岂是可以假设的呢？

3

现在，这个叫阮大卫，也叫阮华勇的人又一次出现在我的生活的轨迹上，我颇有些恍惚。华良在信里说华勇是去年从阿富汗退役回来的。这一年华勇的状态不太好。他没有工作，临时在华良家住过一段，晚上总是会做噩梦，经常在半夜里叫喊。他经常提起喀布尔，有时候又说起比东岛，华勇还说在喀布尔碰到过华良的同事，名字叫亨利的——亨利是我的英文名字。华良才知道我去阿富汗待了一年，他觉得我兴许能和华勇聊聊，或许能排解一下他的焦虑。

我说好，我也是该见见他。我把自己那次护送选票出的状况简单和华良说了一下。

华良说："他那次受到表彰了。他的墙上挂了好几个勋章呢。"

我和华勇再一次相见已是二月。我们约在我公司附近的一家咖啡店见面。阳光很好，浅白的玉兰花已经开了，大朵大朵的，像一只只袖珍的鸽子，洁白灵动，在春风中轻摇，似乎顷刻就会飞离枝头。团团繁花之下，我看到一个有些佝偻的背影安静地坐在那。我朝那个背影走去，似乎我的到来通过某种导体先行到达了他的大脑，就在我走近他的那一刻，那个人在一片纯白的背景里转过身，稀疏的头发，高高的发际，正是华勇。

"大卫！"我高声说。

那个人看着我，迟疑了一阵，展开了一个加州阳光一样灿烂的笑容："亨利！"

我们像多年不见的战友一样拥抱了对方。我们说起来才发现原来都住在硅谷，华勇住在圣何塞州立大学附近，离我上班的地方只有几个街区。

"这么近，我们居然没有碰上，我去年从我哥哥家搬出来一直住在这附近。"华勇说。

华勇回来后一直没有找到工作，现在他在圣何塞州立大学选了两门课。一门是计算机编程，一门是音乐。

"噢，你还选音乐课？"我颇有些意外。

"我喜欢音乐，反正退役军人的学费是可以报销的。"

"那多好。"我说，"你看起来好像气色不错。"

"今天还好。就是一阵一阵的，突然就难过得受不了。觉得一切都没意思透顶。"他说，"我总是做噩梦，梦里回到喀布尔，到处是罂粟地。有时候，又是一片汪洋。不断地迷失，又不断地寻找，却永远也找不到路。"他的眉头皱了起来："我觉得自己是 PTSD（创伤后遗症）。"

"你或许该去看看医生。"我有些同情他。

"我看过，那些好的心理医生都不收新病人。而且看这些医生保险公司不付钱，自己付又太贵了。那些保险公司付钱的医生都不太合适。"他皱了眉头，目光越过我，看着我的背后。我转过身，后面什么也没有。

我只得找了些别的话题，我说南湾有一家阿富汗餐馆，做的馕很正宗。他点点头。我们又聊了些别的就说了再见，然后我说有什么事情再联系吧。

三月的一个中午，我在公司附近的那家咖啡店又见到了他。他看起来脸色差极了。我走了过去。

他看到了我，眼神有些呆滞。

"你怎么在这？"我问他。

"我昨天晚上又梦到玉燕。"他没有回答我的问题，"今天是她的忌日。"

"玉燕？是那个你在马来西亚难民营碰到的玉燕吗？"我的心一紧。

"是的，就是她。几年前，我在南加州的一家顺发越南超市碰到她。她成了一个单亲母亲，带着一个三岁的女孩，住在小西贡附近。我去当兵之前我们好过一段。可是她后来自杀了。"

"自杀？为什么？"我的心陡然一冷。

"收留她的那只船遇到了海盗。她被……几个海盗……"华勇不太说得下去，"她那时还很小，对她来说是个跨不过的坎。她看了很多心理医生，没有用的。"华勇捂着头。

"她开车从一号公路的悬崖上冲下去的。当时，孩子就在后座的儿童座椅里。"

他的头深深地埋在膝盖里，周围的白玉兰像是感受到了他的痛楚，都停止了摆动，空气里流动着刀刃的颤动和寒光。我全身通了电一般发麻，接着是整个地发冷，像是掉进了冰洞里。我曾多次独自开车行驶在一号公路上，那条风光绝美的公路旁边就是深深的太平洋。

"那车里还有个孩子，那么小的孩子……"我有些艰于呼吸。

"她过得太苦了。孩子的爸爸不要她了，他们又没有结婚，一点抚养费也拿不到。她又找不到工作，靠着一些政府的福利过日子。"华勇的眼神还是空洞。

"可怜的孩子……"我心里隐隐发疼，一张孩子天使般的脸在我眼前浮现，我的眼泪几乎就要夺眶而出，我扬起头，竭力忍住。

"你怎么了？"他注意到我的表情怪异。

我什么也没说，我什么也说不出来，我知道我一开口就会嚎啕大哭。

我们又陷入了一种长久的沉默。我们坐在那，默默地喝着咖啡，各想着自己的心事。周围有几株天堂鸟，花茎如一只就要飞起来的鸟。它是要飞到真正的天堂里去吗？天堂是什么样子？

一个星期后，我在脸书里问他："下个月我准备去优胜美地野营。你要去吗？"

"我想想吧。"华勇不置可否地回了一句。

到了野营的前一天，我给华勇打了个电话，"想好去野营吗？出去散散心也好。"我知道华勇肯定早就忘了这事，但是我很希望他同去。我并不是一个喜欢热闹的人，我只是觉得出去走走也许会帮助华勇。我也搞不懂为什么想要帮他，因为他曾经救过我？或者，因为我们都曾经在同一片异域上生活过？那个被战火浸泡过的国家给我们建立了某一种不可分割的纽带吗？又或者，因为我和他一样，都有着内心的隐痛？那些暗物质白天蛰伏在心底，却在世上的每一个夜晚浮出水面，让我们不得安生。

"有人和你同去野营吗？"华勇问。

"没有。我习惯一个人。"我说。

"那我和你去吧。下周是春假，我好多年没有去优胜美地了。"华勇说。

4

我们是周五下午两点多从硅谷出发，趁着路上还没有大堵。三个小时的车程，我们终于远离了城市的喧嚣和项目截止日的灼烧。

站在草长莺飞的四月天里，我的手似乎可以触碰到天上的流云，可以握住窃窃私语的微风。这是优胜美地附近不远处一个颇有名气的看野花的景点，名叫梅彩德山谷（Merced Valley）。

我第一眼看到这漫山遍野灿然怒放的加州罂粟的时候，耳边萦绕的是重归苏莲托的曲调，当然，我重归的不是那不勒斯海湾的小镇苏莲托，而是有着黑峻雄伟绵延的高山的喀布尔。

"好像又回到了喀布尔。"我旁边的华勇说。我点头。

我也是到了喀布尔才知阿富汗已然是全世界海洛因输出之首。阿富汗天气适合罂粟生长，产量高，而老百姓因为贫穷，因为罂粟价格高，都纷纷改成种植罂粟。在塔利班控制的地方罂粟种植更是普遍，喀布尔少了许多，但依然能见到大片的罂粟地。喀布尔的罂粟田多是粉红色，没有这般热烈，但是也是这般烂漫地一大片一直铺到天边。

我初到加州，听说加州的州花是加州罂粟，吓了一跳，罂粟不是生产海洛因的原料，是不折不扣的恶之花吗？后来我终于搞清楚原来加州罂粟和罂粟，或者说鸦片罂粟其实是两种花，都属罂粟科，但是不同类，有些孪生姐妹的意味。加州罂粟的叶子有羽状细裂，花瓣是三角状扇形，多为黄橙两色。而罂粟的叶片是波缘状锯齿，花瓣是圆形或椭圆形，颜色各异。最重要的，罂粟的果实大，可以提炼海洛因。比起来，加州罂粟温和多了，虽然也可入药，有镇静、抗焦虑的作用，却是不会让人上瘾的。

我们打点好野营的包裹和背包，一起走进了这一片片金黄和橙红交错的加州罂粟田。

野旷天低树，我们走了很久都没有看到一个人，我们如影子一般行走在天地之间，转过了好几道山坳，终于有些累了。两个人就坐在了大丛的加州罂粟田里。乱花在我们周围摇曳，入眼之处都是或黄或橙的加州罂粟，两个人像是和外面的世界隔了山岳，隔了时空。

"你这一辈子做过令你后悔的事吗？"华勇开口道。

"当然……"我低下了头。

"噢，你说说看。"华勇急切地看着我。

我看了他一眼，没有作声，我一直在为那桩事情悔恨不已，我甚至是因为这个当年才去了阿富汗。但是，我极少和人提及，除了上次在阿富汗和一个叫圆圆的女子说起，而且，是知道我们从此会各奔天涯，或许永不再相见。我怎么可以和一个我并不那么熟悉的人说起自己心中的隐痛呢？

华勇还是看着我，眼睛里有一种渴求："我只是……想知道，是不是人人都会犯这种错……"

"后悔又有何益？"我叹了口气，远山影影绰绰，在黄的、红的、橙的背景色里忽远忽近，若即若离。我觉得自己像是隐身于这个大自然、大世界之后，我突然就有了诉说的勇气。我开了口，仿佛只有眼前的这一片片加州罂粟才是我的听众，而它们会把我的悔，我的痛一一收藏，悉心保管。

"还记得上次你说到玉燕和孩子一起投海自杀吗？我听了难过极了。我和玉燕一样，亲手害死了自己的女儿……她只有两岁……"我终于开了口。

"天哪！"华勇同情地看着我。

我没有看他，继续我的回忆，嗓子有些涩："那天早上我急急忙忙去做一个天使投资的路演，又在路上接到一个电话，居然就忘了把她送到幼儿园，她一直在车上……一整天，那么热的天气……"

"老天啊……"华勇再一次看向了我，像是不敢相信这么残酷的事实发生在身边这么个活生生的人身上。

我低下了头，沉入往事的浸渍。那时候我多希望这只是一个梦，很快就会有人把我从梦里推醒。但是那不是梦，一连四天四夜，我根本就合不了眼，我根本就没有入睡，连梦的影子都没有。后来，我勉强能睡了，却总是被各种噩梦惊醒。疼痛在我每一个细胞里膨胀，我整个人被这疼浸泡着，无法呼吸，无法思考。

"还有比这更残忍的事情吗？"我的脸是麻木的。我很久没有提到月月了，现在说起心里又开始一阵阵揪着疼，是一种生理上的疼。她出生的那天晚上是有月亮的，一弯新月镶嵌在黝黑的夜空，月亮显得格外清亮如水。那晚的月光浸涸着人间，照在她的脸上，她那小小的面孔上便有了一种朦胧的光芒。我于是给孩子起名月月。想到她名字的来历，我的记忆深处痛苦地抽搐了一下。

"战争，战争比这要残忍一百倍。"华勇神情木然。我心里一抖，但是我什么也没说，我是个最好的听众，就像我那时候在喀布尔的医院里一样。

华勇艰难地开了口："他们四个人……在罂粟地里……那个阿富汗女孩子……还只有十四五岁……"

我很不愿意去想象那残忍的一幕。但是不知为何，我的眼前又出现了空军基地附近那一大片粉红色的罂粟田。我像是看到了那个可怜的女孩子被按在了罂粟田里，她身后的罂粟花被压断了，花茎被拦腰折断，被那几个美国士兵踩成了烂泥。她在那罂粟花上挣扎，但是她如何能逃得过这个劫难？她的身体在流血，就像她的内心在流血，她的身体被强行闯入，连带着那一幕丧失人性的记忆，强行印刻在她的脑海里再也无法除去。她是被蒙着眼睛的，她看不到那几个罪人丑恶的嘴脸，这对她未尝不是一丝幸庆。至少，她不会记住那几张丑恶的嘴脸。

"不过，我没有干！我真的没有！那女孩让我想起玉燕。"华勇声音大了起来。

"上帝啊。"华勇抬起了头，"饶恕我们这些罪人吧！"

"可怜的孩子。"我的心在绞痛。

"他们是为了报复……到阿富汗没多久，一个战友就被塔利班的人绑架走了……折磨致死……"

"他的手筋脚筋都被挑断了。死后还被肢解……最后都没能找全他的尸骨……"

更大的恐惧抓住了我，我的身体在抖，一报还一报，一种恶又牵引出更多的恶，各种各样的恶重叠着，交错着，已然分不清因和果。

"我真后悔当初报名参加空军去了阿富汗。我很小的时候就想做一个飞行员，就像我伯父一样，我甚至天真地以为能自己开飞机从越南开到美国。可是，去了空军，我没能做成飞行员，只是一个地勤人员。我也坐过两次战斗机，但是，你知道吗，那个飞行员居然把炸弹往平民住宅扔！"

"后来事情闹大了，他就说是当时天气不好，没有看清楚。我当时在副驾的位置，能见度很好。那个飞行员是故意的。"华勇声音有些颤，"后来上面调查起来，问我当时情形，我什么都不敢说。"

"为什么?"我吃惊地问。

"那个飞行员会把我搞死的,你信不信,我不能,但是我的良心不安极了。我他妈的良心怎么没被狗吃掉呢?"华勇声音大了起来,他用的英文是"Fucking heart"。

我明白了他的窘境。他的本性不容许他和他的几个战友一样残暴恶毒,然而,为了顾全自己的性命,他又不能说出真相。我同情地拍了拍华勇的肩膀。

两个人都无声地看着这一片加州罂粟,看着这世界。眼前的世界美好得宛如天堂。这是二十一世纪的世界,已然是所谓的文明社会了,但是人性的狠毒和凶残却是丝毫不差地流传下来,人性本恶吗?还是战争把人性最丑陋最黑暗的因子带了出来,又不断地发酵,膨胀,长成一个巨大的脓包,只需一点点冲突就会戳破,然后那毒性和恶臭就会不断地向周围扩散,传染给在场的每一个人?

"这不能怪你。"良久,我开了口,"你有自己的难处,换了我,大概也是一样的选择。"

华勇没有看我,也没有说话,眼睛直视着前面,四月的人间是如此绚丽,有谁会知道也许转眼天空就会飘起雨飘起雪,把同一块土地变得肮脏泥泞呢?

"也许,我们能做的就是学会和自己和解,和过去和解。"我试着安慰他。

"和解?有那么容易吗?这个世界值得和解吗?"华勇嘴角一撇,"玉燕死了之后,我觉得真是了无生趣。这个世界让我流连的东西本也不多,现在是越发少了。"

我想起了我和前妻,我们在女儿去世一年后离的婚,我们根本没有办法在和女儿共同生活过两年的房子里待下去。不是每一道伤疤都能慢慢愈合，"和自己和解"，这样的话听起来那么伟正，那么确凿，放到那些真正经历过大悲大恸的人身上，甚至连一点涟漪都不会有。现实远没有剧本里写的那么美好，不是每一个人都会那么干脆淋漓地把昨日的阴霾甩在身后。很多时候能做的只是等待，等待仁慈的时光慢慢地治愈，在你还没有绝望之前。

我长叹了一口气。过了良久，我试探地说："或许，你再试试别的医生？"虽然我自己一直讳疾忌医，除了月月刚去世那一阵去看过心理医生，后来一直没去过。

"我现在在联系一个鲍威尔老兵之家，听说那里样样好，天天能看到葡萄园的美景，有一个帮助老兵恢复健康的项目。"华勇眼睛里有了些微的亮光。

"那就好。"我点头，我想华勇这样的 PTSD 恐怕还是要专业心理医生才能帮到他。

"再试一次吧，也许是最后一次。"他的嘴紧闭，眼睛习惯性地眯了起来。

夕阳薄淡地斜倚在青山之巅。我们站起身，一前一后地行走在加州罂粟田里，像两团墨渍在色泽炫丽的印象派油画上蠕动。

5

那次回来没多久，我在脸书上碰到华勇，两个人都在线上，华勇说他终于申请了去鲍威尔老兵之家，可是排队的人太多了，他恐怕要到年底才能进去。

"要这么久？"我有些吃惊。

"这个中心什么老兵都收，从二战，到韩战、越战，到伊拉克战争、阿富汗战争，可不是积攒了一大票有 PTSD 的人？"

我敲了行字："可惜我不能申请。"

"你需要？你看起来很正常。"华勇反问。

"谁看起来不正常啊？都是这些看着正常的人才需要去。那些看着不正常的已经没法挽救了。"我说，"从我女儿去世，我就老做噩梦。我害怕回想那些场景。"我去了一趟阿富汗，从某种意义上心理负担减轻了。我看到太多死亡，都有些麻木了。生和死，就像一个转盘上的不同停靠点，肩靠着肩，隔得这么近，转盘会停在哪一格也全然不是自己能掌控的。可是，另一方面，我的状况却是更糟糕了，那些死亡的场景就像刻在了脑袋里，怎么也擦不掉。我想起在一个中餐馆的一夜，一个歹徒的枪都指到我脑门了，却像是突然改了主意，没有要我的命。我心里打了个冷战。

"是的，害怕，可是越害怕，它越会跑到你的脑子里。真是出了鬼了。"华勇说。

我那一阵公司事多，回到家还要赶着出活，有时候在网上看看脸书上那些朋友们放的照片，每一张都那么鲜活、生动，似乎每个人都过得不错。硅谷的冬天冷淡而低沉。没有漫天的大雪，没有雪山皑皑。不似喀布尔那样四季分明。圣诞节那天，我看到华勇脸书上的状态有更新，他放了一张新相片，他和一群人站在一幢红房子前面，那群人看起来是非常迥异的一群人，有黑人小伙，有坐在轮椅上的白人老人，有年轻的白人女子，相同的是他们都在微笑，向着相片之外不可触摸的镜头微笑。华勇也在笑，他站在最边上，手插在裤兜里，脸上的笑容灿烂，如加州罂粟一般。他们身后有一块暗红色的木牌，木牌上用白字写着"Powell Home"（鲍威尔老兵之家）。

转眼又是三月天。硅谷的春天却是怒放而绚烂的。我上班的路上两旁是一排排的白玉兰树。一树连着一树的白莹莹的玉兰花簇拥在枝头，香雪海一般地徜徉着。我不由想起我在喀布尔住过的那个小院，后院的斜坡上是一树树的梨花，到了春天，也是这般满树缤纷洁白的花海。只是那个院子后来被塔利班袭击，几个联合国雇员都死于那次交火。那晚凑巧我在阿富汗认识的一个女人那过夜，侥幸逃过。然而那之后也只得搬离那个院子。造化弄人，美好和残酷总是那么迅速地切换，迅速得你还没来得及回味前一刻的甘甜。

三月中的一天，我接到华勇的一个邮件。他说很不开心最近被鲍威尔老兵之家给开除了。我回了信问他为什么呢。他却没有回信了。

我也没有再问。这个世界，每个人都忙碌着，似乎没有一丝闲工夫可以匀给别人，何况，并不是那么熟悉的一个朋友。虽然华勇曾经救过我的性命，虽然我们多了一层特别的和阿富汗有关的联系。我没有意识到命运的手又伸了过来，开始转动了那个无形的转盘。

四月一日。

我早上去公司上班的路上接到一个电话，电话显示是一个我不熟悉的电话，我在开车，很快就要到公司了，想想就没接。到了下一个红灯的时候，电话又响了，我接住了。

"我们是圣何塞市警察局，你认识阮大卫吗？"是个男人的声音，没有一点感情色彩。

"是，我认识大卫。"我好不诧异。

"他现在劫持了三名人质，我们需要找几位他的朋友和他对话，劝劝他赶紧停止。"

"什么……？劫持……？"我反问了一句，我在开车，电话听得不是特别真切，而且，我实在无法相信自己的耳朵。

"是的，他劫持了鲍威尔老兵之家的三位员工，你能马上赶过来吗？"还是那个没有一点感情色彩的声音。

我已经把车停在了路边，"请给我一个地址。"

路上很堵，硅谷这个地方就没有哪个点是不堵的，公司附近的那条路两旁满树的白玉兰白得刺眼。一路纯白，满目素缟，我想起了喀布尔的那个有着满园梨树的小院和那个小院的血色拂晓。

我到达鲍威尔老兵之家已经是一个半小时后的事了。我首先看到的是房子四周围有好多辆警车、救护车和消防车，还用黄色警示带阻止无关人员和车辆进入。一圈的警察，每一个警察都荷枪实弹进入备战状态。有一刻，我觉得自己回到了喀布尔，然后我看到了那个红房子前面暗红色的木牌子，上面写着"Powell Home"（鲍威尔老兵之家），像是从华勇的那张相片上走下来似的。我看到了华良，他看到我的时候，紧紧地抓住了我的手。

一个矮胖的有些像土豆的白人警察走了过来："我们是从大卫的紧急联系人员名单中找到你的电话的。他现在躲在一个屋子里，屋子里有三位老兵之家的员工。现在你跟我们去监控室，那里有一个摄像镜头，能看到那个房子的情况。"

我茫然地跟着那个警察走进一个小房子，好几个屏幕，其中一个能看到华勇。镜头里的他穿着防弹背心，手里拿着一把半自动冲锋枪，对着地面上三个白人女子。她们脸上的恐惧在摄像镜头里更让人悚然。有一个女人在哭，华勇对着她吼了一句："不要哭！"她怔在了那里，再无半点声息。

"刚刚职业协商人员以及雅各布都和他通过话了，一点用也没有，你试试吧。"他把一个大喇叭递给我，"华勇能听到大喇叭的声音。"

"我？"我恍惚地接过大喇叭，我不知道华勇为什么会把我列入紧急联系人的名单，或许因为我们都去过阿富汗，或许，他知道我们两个心底都有创伤。我们都有令我们泪流满面的理由，都有对外人无以言说的苦痛。然而，我站在那，根本不知道从何说起。

"大卫？"我开了口。我第一次听到自己的声音放大了几百倍从空中传回来，有些陌生，有些诡异。我看到镜头里的华勇猛地抬起头，他那稀疏的头发的几绺搭在额头，眼睛警觉地四处看了一下。他一定是认出了我的声音。

"大卫……放下你的武器，走出来。走出来就没事了。我是亨利，你在阿富汗救过的那个亨利……"我的脑袋一片空白，无意识地说着这些话。像是伸出一只手去抓那些很快就要破碎的肥皂泡。显示屏里的华勇没有一丝反应，他一句话都没有说。

"你跟他说一些能唤起他温情的话。"土豆在旁边小声地提醒。

我茫然地看了他一眼，点点头，又举起了大喇叭："大卫，你还记得你跟我说过你在海上的时候吗，你们差点就饿死了，后来，幸亏遇到了一个渔民。你说，他是上帝派来的天使。"

华勇的眉头皱了一下。他根本没有办法看到我，他朝天花板看了一下，像是我躲在那里。

"接着说。"土豆说，"这些人神经都非常脆弱，不知道哪个词就能触动他们，让他们放下枪。"

我叹了口气，摇了摇头。

"大卫！"华良抢过了我的大喇叭，"你那一次在威斯康星的寄宿学校生了病，爸爸其实是想去看你的。可是……他那时就想省一点钱，刚到美国的人都是这样……"

华勇的神色依然严峻，但是他的眼睛依然警觉地时而看看三个人质，时而看看周围的情形，他在阿富汗是受过这样的训练的。

监控室里进来一个警察，他很轻声地和土豆交谈着。但是我还是听到了一个词，SWAT。

"SWAT？特别行动小组？他们要做什么？"我突然有些心慌，华良疲惫地坐在一旁。我拿起桌子上的大喇叭，大声地说："大卫，想想我的女儿，那是我这辈子最后悔的事，你说去阿富汗是你最后悔的事，你放下枪，不然这会成为你最后悔的事！"

华勇的眼神垂了下来，他的枪口奔拉了下来，就在那一瞬间，他惨叫了一声，跪在了地上，血从他的腹部流了下来！有人对他开了枪！是那个 SWAT team 开始行动了吗？我惊恐地捂住了嘴，看着摄像镜头里的华勇。华勇跪在地上，对着三个人质就是一顿扫射，同时，他的身上像是绽开了一朵朵血红的罂粟花，他倒在了血泊里，倒在了三个人质的旁边。

太快了！这一切都太快了。我看着显示屏，一句话都没能说出来，只有无比的惊恐一阵一阵袭来。

"大卫！"我看到旁边的华良已经冲到了显示屏前，一拳打在显示屏上。马上旁边的两个警察已经把他捉住，紧紧地按在凳子上。

......

我不知道自己是怎么离开那个监控室的。也不知道是如何被人带到附近的一家咖啡厅，警察说我这样不适合开车，要休息一阵。我不知道在那坐了多久，大概到天黑我才勉强鼓起勇气将车往圣何塞开。我一路在发抖，不得不好几次停在路边，等平静了一点才上路。

我在车里的收音机里听到这个新闻的报道。华勇和三个人质都确认死亡。华勇是早上从圣何塞赶过来的，坐了一辆出租车。他带着一个包，包里有一把半自动冲锋枪。他俨然知道今天有一个欢送聚会，又有一批老兵从这个老兵之家的治愈项目毕业了——华勇没有参加这样的欢送聚会，他是被老兵之家开除的。华勇到达开欢送聚会的房间，要别的人出去，单挑了那三个老兵之家的工作人员，其中一个是老兵之家负责人，一个是专门负责他的项目的人员，还有一个也是以前和他有过接触的人员。看起来他是认识她们的，看起来他是有选择性的劫持。——美国人报道新闻非常谨慎，看起来，看起来，他们用的英文是"seems"，而不是更确定的"is"。我听了几句，就把收音机关了。车子里安静得像一个孤独的星球，四周沉寂，我听不见高速公路上车流如水。

我回到圣何塞已近十点。我倒在床上，眼睛看着灰白的天花板，恐惧和哀凉交替袭来。我想起那时候在喀布尔我被人肉炸弹袭击，内心对于死亡强烈的恐惧。该有多么绝望多么悲凉才让他不惧于死？生和死之间，是一条模糊的细线还是一条巨大的鸿沟？四月一日，我突然意识到今天是四月一日，多么诡异的一个日子，我被黑暗里扑面而来的宿命和荒谬震了一下。我后来很多次回想这件事，还是无法释怀，是华勇故意挑了这样一个日子吗？仿佛事情之所以会发展成这样都是因为这个日子所裹挟的某种隐秘的关联，仿佛这个世界本来就是愚人们互相毁灭的游戏。

我没有去参加华勇的葬礼。我觉得如果不是自己对华勇喊话，SWAT team 不会在华勇低头的瞬间发起进攻。我心中有愧。现在，我手上又多了一条人命。内心深处，我知道自己其实并没有勇气再一次走进殡仪馆。终年不散的幽郁沉淀在殡仪馆的每一个角落，那样的氛围令人压抑难过。我选择了逃避。

6

春去，秋来，冬又至。那个冬天发生了很多的事情。2013 年的最后一天，我接受了国内一家公司的聘请准备春天海归回国。

春天的硅谷又是花海徜徉。我又一次驶过开满白玉兰的道路，两旁是满树莹白，如雪如素，四下哀凉漫漫。我心里的沉郁再次浮出水面，华勇在天堂的日子可好？他会和玉燕在一起吗？我在回国前夕联系了华良："我们见个面吧。"我总觉得这件事没有彻底了结，我需要亲自面对华勇的亲人，把自己的忏悔说出来。

我们依然约在我公司附近的那家咖啡店。咖啡店周围到处开满了天堂鸟，人们闲坐着，安静地喝着咖啡，仿佛置身天堂。天堂里会不会也有罂粟，或者是加州罂粟呢？我远远地看着华良走过来，心里有一丝恐惧。他们两个实在太像了，仿佛华勇又活了过来，他那双手，在这个时候正紧紧攥住路旁的天堂鸟，毫不放松，慢慢站立，然后直起满是血污和弹痕的身子，往这边走来找我。

华良在我对面坐了下来："好久不见。"

"是的，好久不见……"我终于缓过神来，"对不起……"我说。

"和你没有关系的。"华良倒还平静，一年了，地球已经自转了365圈，时间是最强大的，多少恨，多少痛，都被时间一刀刀刮去，只剩下一道道面目全非的疤痕。他看起来没有那日在鲍威尔老兵之家那样痛苦不堪。

"我也是后来知道的。华勇这种挟持一个或几个人质的情况是所有人质绑架中最危险的。而且这几个人质他都认识，这样的人一般都是怀着必死的决心。那天你没到之前协商员和他说了好久，保证他投降不会治他的罪。那些协商员都是训练有素的心理学家，知道怎样打动人，怎么处理这种紧急情况。但是最后华勇把手机都扔了。警察只好用大喇叭。后来实在等得太久，SWAT team 才动手的。"

"这样啊……"我心里的担子却并没有减轻多少，我在想如果当初他给我来信说他被老兵之家开除，我多劝他几句，他也许不至如此。他一定是对这个世界彻底绝望才会走上这一步。然而，我并没有把这些说与华良。我并没有勇气做真正的忏悔，我为自己灵魂深处的怯懦感到惭愧。

"他为什么要这样……"我说，与其说是对华良发问，不如说是自说自话。

"他对老兵之家期望很大，那是他最后的希望了。他本来想待半年，但是老兵之家觉得他的情形比较严重，不适合长期在这里，只批准了一个月。他很不高兴，和项目负责人吵了起来，还口头威胁要动枪。主管项目的人马上向老兵之家负责人汇报，她们对枪支是零忍受的政策，觉得华勇太危险，立刻就把他开除了。"

"噢……"我皱起眉头点点头，这可真是适得其反。我想象他被老兵之家开除后，在硅谷拥堵的某一天，突然心境就跌入了谷底，他拿了枪，叫了出租车。车子向着老兵之家疾驰，向着生和死的边缘奔去。但是，他是挑了他们开欢送会的那天去的，那么，大概并不只是一时意气用事，而是深思熟虑，策划了很久。到底是哪种情形呢？可是我们已经无从知道，那答案已经跟着他长眠在地下了。

"我弟弟，他从小脾气就比较暴躁，后来又走上了邪道。"华良又说，"他到美国时，我和我爸爸妈妈还在越南。他寄住在我的伯父家。他不好好学习，和学校的黑帮混在一起。我伯父为了把他和黑帮的人分开，把他送到遥远的威斯康星寄宿学校去了。"

"他在难民营受了太多欺负，他必须这样野蛮生长才能活下去。"我说，"难民营那段经历俨然在他身体里种下了暴力的种子。"说这话的时候，我想到了玉燕，也想到了自己，每一个人过往的岁月都如一场风暴，毫不留情地锤炼出我们日后生活的骨架。

"噢？"华良看着我，"他都没怎么和我说起他在难民营的事。"

"等我和我爸爸到了美国，他一直在威斯康星，不愿意回来和我们住。他说那样更自在。我的父亲很严格，还会打人的。"

"他从威斯康星毕业后上了几年社区大学，打了很多年的零工，在南加州开过一个小店子，后来倒闭了，没什么好出路，就去当兵了。"华良说，"有时候，我很惭愧，我一直跟父亲母亲在一起，有他们保护，没受什么苦，顺顺当当上学，念了大学，出来就找了电脑行业的工作。"

我的脑袋里突然涌出许多无解的疑问和揣测，华勇和华良，多像罂粟和加州罂粟，同一科，却是一个有毒，一个没有。加州罂粟若是到了阿富汗，也会变成有毒的罂粟吗？而有毒的罂粟，或许到了加州，就会修炼成无毒无害的加州罂粟？所谓橘，长江以南为橘，以北就成了枳？人生最黑暗最残酷的记忆会给一个人带来多大的影响呢？是会像海底的暗涌在重重岁月里堆积沉淀，愈积愈厚，然后在惊涛骇浪降临的那一刻风起云涌，以致分崩离析，全盘崩溃吗？如果华勇没有那些战争和苦难的记忆，心灵没有饱受残虐，他，还有那老兵之家的三个员工，是不是就不会遭此劫难呢？当初，如果，他父亲挑了华良上了那艘难民船，那么他们的人生会对换吗？也许吧，人生充满了太多随机，就像一个转盘。而命运的转盘停在哪一格又岂是每一个人自己可以掌控的呢？

我决定回国之前去华勇的墓前看看他。我听说西方的习俗是用殷红的罂粟花纪念阵亡的将士。我觉得华勇也算是阵亡，从某种意义来说。不是吗，如果不是他在阿富汗战场目睹的那些令人窒息的战争惨剧，如果不是因为越战，他也不会一直生活在马六甲海峡上被海盗、被饥饿，在难民营里被暴力蹂躏的恐惧中。如果不是这些，他不会住进鲍威尔老兵之家，也就不会这么早就结束了自己的生命。

我不知道从哪里寻找罂粟花，我于是开了很远的路，重返优胜美地的梅彩德山谷。又是人间四月天，依然是漫山遍野的加州罂粟，依然灿然绚丽。一大片一大片的加州罂粟在山谷的清风和树影里摇曳着，轻轻地低吟着。我站在那，找不到风的方向。我采了一大束加州罂粟，在优胜美地东门外的一个小旅馆住了一宿，第二天下午回到硅谷，没有回家，直接去了华勇的墓地。

墓园里正是春天，灰白色的石碑在苍青的草坪上一个个排开，齐整静穆，安静得连时间都没有了。我一路走过，走过一个个沉默的墓碑，走过一个个沉睡的亡灵。我走到了华勇的墓前，华勇的墓碑很简单，十字架下用黑字写着"Private David Nguyen，4th，Oct，1972，Age 40"（列兵阮大卫，生于1972年10月4日，年龄40）。我低下身，把那束加州罂粟放在他的墓前。我在那站了良久。天空渐渐转灰，风从不知名的地方吹来，芦荻荒野，便有了几分苍凉和寒意。

墓园是每一个人时间的最高殿堂，在这里，时间终于停止了流逝，一切的悲喜潜入了地底，一切的开始成了结束，一切的告别从这里启程。

是回去的时候了，我向着墓碑鞠了一躬，转身而去。天色昏沉，暮云凛凛，我走出没几步，突然听到一声鸟叫。我猛一回头，后面却是空空如也，没有，什么也没有，恍惚间，墓碑前的加州罂粟，似乎都没了踪迹。

黄锦树　生于马来西亚。
著有短篇小说集《梦与猪
与黎明》《乌暗暝》《由岛
至岛》《土与火》《南洋人
民共和国备忘录》《刻背》
《犹见扶余》《鱼》《雨》。

参展小说
论写作

论写作 首发于《联合报》副刊2018年5月8-10日

论写作

> 我一直觉得真正的文学是不可能的，
> 不管再怎么努力，
> 都是在表面触来触去而已，达不到的。
>
> ——郭松棻

白桦树在车窗外哗哗掠过。夏天的白桦树林很不怎样，几乎和热带雨林一样杂乱，树身之间无序的长着灌木杂草。原来图像或电影里常见的冬日诗意的桦树林，是因为雪的缘故；极寒摧枯拉朽的抹平了碍眼的事物，只剩下桦树单纯而美丽的枝干。或许松树林的变化小些，即便是夏日也整齐可亲，厚实的松针赤脚踩起来还蛮舒服的。

但这是我们平生所到过的最北之地了。那地表下深处，应就是蚯蚓也会僵毙而无法生存的冻土吧。

游览车跳动得厉害，车速快，路不平，多坑洞；时而整个人被高高地抛起，然后屁股重重地摔在椅垫上。几个回合之后，难免头晕反胃，既没法看书，更不可能睡觉，只默默盼望别翻车就好。

胡乱凑成的"作家采风团"，某书店老板慷慨赞助所有的开支。因缘际会，我们几个原就并不是那么熟悉——只知道彼此的名字——的写小说的人相遇于旅途。百无聊赖，就交换文坛学界的道听途说，不会形诸文字纪录的小道消息。比我们都年轻的 M，卷发深目，皮肤黝黑，笑时一口闪亮的白牙，身体很结实。刚出了第一本讲述雨林故事的小说，颇受注目。我和 N 君均分别为不同的报刊写过带鼓励意味的书评，也许因此，话其实不多的 M 君会愿意和我们亲近吧。

他偶然聊起那位也是来自婆罗洲的留台先辈、多年前自杀身亡的小说家 Y 君，想起他的多部小说早已绝版，即便在二手书肆也难以觅得，深以为憾。我因为经常在小说班授课，也颇困扰，即搭腔道，上课或演讲要用到，都只好用影印的，学生即便真有兴趣，也不易取得实体书，体验那种老派的阅读经验——以手指抚摸书页，一种读者与书之间的肌肤之亲。

曾经在出版社任职的 N 君，突然略带神秘地放低声量，悄声说了个只有圈内人才知道的消息：之所以如此，都是因为 Y 君有个难搞的遗孀。在 Y 过世后不久，不知何故伊坚决把 Y 分散在不同出版社的书著作版权收回（众所周知，每本书的版权一般只有五年，之后可续，或中止），过程中还和某些原本和 Y 君私交甚笃的出版社社长、总编辑之类的高层撕破脸。原以为伊是要为亡夫编辑出版全集，或至少是集中于单一出版社、同一装帧，包含他主要作品和部分遗稿、书信甚至日记的大型文集。然而许多年过去了，遗孀毫无动作。不止如此，伊甚至强势阻止 Y 君的作品被收入各种选集，不论那选集的编纂是出于文学史的目的，还是纯粹教学的目的（如《小说教室》《台湾小说选》《婆罗洲华文小说选》），好像存心要让 Y 君被世人遗忘。他们都一致担心，长此下去，Y 君的名字很可能会被从文学史上抹去，被从集体的文学记忆里剔除。"以后，他家乡的年轻人，知道他的名字的只怕会很少了。"

M君聊起来，竟有几分忧心忡忡。

"那就太可惜了，"N 响亮地说，"一个异乡人，能在这艘搁浅的慢船上给自己找到位子，也是很不容易的事。"

旅程无聊，我们以开玩笑的心情交换着解决这事的方案。基本的共识是，必须从 Y 君的遗著里去找线索。那位著名的遗孀一向不爱曝光，Y 君生前的任何公开活动，她都不参与，因此也几乎没留下任何照片，只有几个朦胧的疑似侧影。从有限的资料来看，他们很年轻就在一起了，或许竟是初恋。如果是真爱，伊的形象会反复变奏出现在 Y 君的小说里吧。根据我们阅读的印象，那是毫无疑问的，他小说里的女人形象并不是单一的，幅度的摆动非常大，从美、丑到邪恶，可见 Y 君之善用材料，榨尽它的意义。那就不好说了。

我们假设的终极目标是让 Y 君的作品得以重新出版——出版在技术上是没问题的，N 说，他认识的几个出版社友人就常提起，希望能重出 Y 君的著作。即便不会赚，也不会赔本。学院会有一定的需求。Y 君的小说深刻地刻画了婆罗洲百多年来的变迁，英殖民者之君临、白人拉惹、原始雨林的破坏、原住民的流离失所、物种灭绝、华人开拓者之横征暴敛，对原民女性之性掠夺等等。Y 君文体之富丽多变，体裁之多变，更是独步华文文坛。N 说，他在读高中时，《大河》强大的表现力就深深吸引了他，启发了他对文学的爱好。他可以说是跟着前辈的脚步而来到台湾这壁虎的尾巴的。

　　我们彼此都在写小说，却分属不同世代。我们两位且领着官方的补助写着长篇，赖以为生，依官方规定的尺幅。近年政府积极地想把台湾文学推向世界，花了不少钱鼓励长篇小说写作，设了各种奖项鼓励，花更多钱找译手译成欧洲大国及美日语，以期得到国际承认。M君硕士班刚修完学分，这趟旅程结束后，正预备动手写他的硕论，"存款不多，必须速战速决，接下来要去打工赚生活费。"

　　M君依然有几分忧心忡忡，但很快就开朗地笑了，那完全是年轻人的笑，热带而阳光。甩掉忧愁，就像扯掉发际偶然沾上的一片枯叶。

　　因此，N说，真正的问题在遗孀，只要搞定她，一切就都解决了。

　　于是我们各自编着"搞定遗孀"的故事、想象的计划，一路走，一路编，纯粹为了打发时间。小说中喜欢动辄来个黄色段子的N君，不偏不倚地编了个"台湾水电工"的故事，故事的情节模式是"造访——色诱"，水电工后来换成邮差、警察、骑着单车的摩门教传教士、工读生、宅配员，结局都是把遗孀搞得欲仙欲死，乖乖献出亡夫的著作版权。

　　我则改编着一个又一个的童话故事，姜饼屋，穿靴猫，白雪公主，大野狼，小红帽，性爱魔法师小矮人……故事原始语境里的巫婆或大野狼被置换成遗孀，所有的童话故事的末端，巫婆都必须向主人公释出善意，返还所夺，不论那是宝物、生命、美貌，还是青春。那既是由说故事人（的善良意志）决定的，也是由听故事人决定的。究竟，我们早已不是处于以故事惊吓孩子，好让他们提早在故事里经历血淋淋教训的年代。但礼物和暴力，仍是不可或缺的要素。

M君诉说的是，一个年轻人向出版社辗转查到遗孀的住址，接着就到她家斜对面的楼上租了个房间，房间的窗子或阳台朝向遗孀家。入住之后，他就经常从那里用赏鸟的望远镜，或长镜头，从高处俯看，记录她的作息；几点开灯、几点关灯，几点出门、几点返家；哪些人经常来拜访、多少天丢一次垃圾、多少天上一趟超市……他的故事有好莱坞电影的意味，惊悚剧常用的梗，但感觉更具可行性，可见他比我们更认真地思考。不像我们，纯粹说着玩。

其间，车行向南，经过光秃秃的阴山，连绵的油菜花田，牧草卷成一捆捆米勒《拾穗》似的农家，低矮黑褐色的避风雪的小屋，草原，牛羊，白云苍狗，天苍苍野茫茫，风萧萧，雨纷纷。

M君的故事还断断续续地继续着，他叙述的神情，不像在说一件未发生的事，好像是在陈述一件已经发生过的事。

……独居寂寞，她养了只米格鲁。每天黄昏，她带狗散步时，他换了运动服，沿着相似的路线慢跑，来回之间，至少有两次以上擦身而过的机会；他们有时会在垃圾车前、水果摊旁相遇。慢慢地，他会试着和她聊上几句，会试着让她知道，他也是婆罗洲来的人，也有着作家的梦——

这时M突然停下，问我们："这样会不会惊动到她，怀疑我是别有目的而企图接近她。还是刚好相反，会让她想起和Y的过去，他们之间年轻时的美好时光？"

"两种可能都有，"N说，"有的事，没试就永远不会知道。"

我们也都说，如果他付诸行动，如果有什么需要我们帮忙的，虽然我们都不认识Y君，但为同业前辈做一点事，也是义不容辞的。

其时，车子抵达一座因过度建设而被称为鬼城的著名内地城市，据说面积有台湾岛七倍大，地表下埋着俗称黑金的煤矿。

除 M 君外，即便是在旅行中，我们也都各自有稿债，专栏，书市观察，或书评，稿费对生活不无小补。因此晚餐后一回到旅社，就得各自闭门埋头苦干，以便在截稿前夕把稿子以电子邮件送出，就没多理会 M 君。一直到旅程结束，我们都没再继续那个话题。

可能因为 Y 毕竟是个异乡人，在那些强调历史记忆的研究者看来，少了他的作品，我们的文学系统好像也没有少掉什么。它像是附加的，和我们的历史记忆关联不大。那里，那生长于比我们的南方更南方的南方人，受那更为蛮荒的一方风土的浸染，笔下的世界每每更为华丽也更为忧郁、晦涩，有时也更为绝望。因此，即便对它有美学上的兴趣，也不会觉得亲切。我们也不可能理解来自同一方水土的 M 对 Y 的作品的具体感受。

旅程结束后，我们各自回到原来的生活空间里，各忙各的，既少有机会见面，也少联系。就那样大半年过去了。那期间，我也不知道热心的 N 还真的帮 M 查到 Y 君遗孀的名字，她和 Y 当年留给出版社的地址，似乎是她位于中部的老家。N 打听到说，Y 因为工作需要大量应酬的关系，曾经在淡水堕落街那里买了个小公寓，平时就在那里接待朋友、写作，太太在新庄还是哪里的某中学教书，在那里租了间公寓。彼此都忙，避免互相打扰。Y 的好几宗绯闻也是从淡水那里传出（男人嘛，好像都难免，女读者太热情了），后来也是在那里仰药，变成了凶宅。过了几年，没人记得了，粉刷一番后，还不是一样卖掉。

有一天，N 突然联系我，问可有 M 的消息，随即传来一个部落

格的位址，"风下·风土"，署名犀鸟，已经有三十多篇文章，每篇约
1 000—2 000字不等。N说，他上网用关键词"婆罗洲"闲逛时，偶
然看到的，嘱我有空不妨一阅。文章的主题混杂，似乎是那小子写
的，有的细节在他数年前发表的小说里曾出现过。

第一篇文章就是《桦树林》，写的赫然是我们的蒙古之旅，一样
拿赤道雨林比拟桦树林，只是更细致更多细节，还略微比较了两种
不同纬度下的蘑菇、鸟类、熊和鱼。第二篇《一个任务》讲的是三
个朋友关于一个被封禁的宝物的谈话。我们的那次闲谈，被以更为
正经、严肃但也更为隐讳的方式重述过，倒更像是个童话了。那故
事里头没有巫婆，只有一位悲伤的老妇人。接下来有多篇短文（自
传式的）叙述一个热带孩子的成长，一个被收养的孩子，一望而知
是混血儿，浓眉大眼褐肤；离开娘胎不久即被遗弃在一家方言会馆
门口，偶然经过的老祖母在他被野狗叼走、被蚂蚁严重咬伤之前抱
起他，找了村子里一位孩子还未满周岁的年轻母亲帮忙喂哺。那样
的孩子，母亲多半还未成年，父亲可能是镇上任何一个走动时摇晃
着"大哈卵"的成年唐人（《孩子》《蚂蚁》《母亲》）。写童年、写
成长，学校教育，对田园生活的爱，尤其是故乡的野生木耳，黑木
耳白木耳金色木耳，"因为喜欢木耳，那些年，我也喜欢顾城的诗。"
（《木耳》）。初中时，一位华文老师偶然提起在异乡颇受肯定的已故
的Y君，介绍了他的几部代表作。叙事者说他很幸运地在图书馆找
到一本皮都快掉了的，因反复被翻阅以致污渍处处，几处纸页被撕
破，缺了角，掉了几个字，夹着干掉的死蚊子，黑掉的某读者的血
迹（《大河》）。接下来有多篇文字，逐一评述Y君的八部代表作
（《七州洋》《风下》《世间之路》《航向中国的慢船》《门》《中国来的

人》《家土》），文章虽然不长，却不乏自己的见解，可见他下了相当的功夫。

再下来的几篇，写他的台湾经验。《松树林》写他对台湾松树林的印象，特别谈到"与五叶松共生的牛肝菌很容易找到，它们往往整齐地绕松树一圈，据说多数可食，但也要有胆才敢尝试。蕈类中毒很伤肝肾的"。《居留》《博士班》写他硕士毕业后，为了完成某个使命而设法继续留下，不料那竟是件意想不到的困难的事。依此间政府的规定，如受聘，月薪至少得四万八（那样的工作并不多，至少得是大学讲师，一位难求，即便有博士学位），雇主的资本额得超过两千万；或者，超过五百万的置产、投资，或者，娶个台湾老婆，要不，当和尚、尼姑或神父，反而是比较容易留下来的。文章最后写道，他唯一的选择是考个博士班，还好在这时代，那一点也不困难，学校正缺学生。于是，他草拟了个以 Y 君的全部作品为主题的研究计划。

读到《博士班》，我和 N 都恍然大悟，M 君可能找到更好的行动剧本了（当然，我们是事后交换意见时确认的）。这篇文章之后，接下来的篇章（一组信件）的语调有一番微妙的转换，我们写小说的人对这些"风吹草动"非常敏感，就像好的猎人可以感受到灌木林里野兽的气息。虽然，并不是很确定那是散文还是小说，是陈述已发生的事、是为行动预写的剧本，还是纯粹的"如果"，虚构叙事。中文表述在这些方面相当含混。

《信1～20》长短不一，没有受信人、寄信人的名字，也不署日期。信里的"我"诚恳地陈述一个少年，因为读了 Y 君关于故乡历史的小说，而从异乡到 Y 君认同的台湾求学，也想像他一样写下伟大的小说，进入历史未曾被理解的暗处。那些信最令人惊艳的是，对熟读 Y 君小说的我们而言，那语调像是来自 Y 君小说深处的隐藏作者，几乎可说是已逝的 Y 君犹活在作品深处的自我，在向那未亡人娓娓倾诉，有几分悄悄话的意味。那收信人"您"，一看就知是那遗孀。那个"我"，或竟像是他们的孩子，详详细细、语调轻柔地诉说他的成长，他们有着一样的故乡，一座以猫命名（古晋，马来语 kucing）的城市；因居住地相距没几条街，能经常遇到他故乡的家人，在大街上，在巴刹，在杂货店、诊所、电影院或任何可能的生活空间。幼年时，甚至可能在大街上与偶而携妻返乡的 Y 君擦身而过，在同一家牛肉面店用餐。

在另一封信中，M 引述故乡长辈的话，盛赞 Y 君是乡梓之光。他在"鲲京"取得的荣誉，照亮了家乡的华文中学，和枯寂衰疲的华文文坛。因此，M 选择和 Y 君念同样的华文中学，即便那学费，对祖母而言是极沉重的负担——会馆的助学金帮了大忙，中学毕业后在面店"大碗公"打工两年，勉强存了一笔旅费才能成行的。其后四年，课余工读也从没停过，寒暑假更常出现在这异乡城市里各处工地。这样的经历，也与 Y 君相似，他也是穷苦出身，靠着政府给予的微薄补助，一步一步爬到文学的峰头上。M 说，他曾经自不量力地想要继承 Y 君不凡的抱负，然而似乎相当困难。即便已然全力以赴，成败还有赖于机缘。

有一封信，M 介绍了自己已然出版的那本小说《脸》，以自我批判的方式细述哪里没写好，哪里又根本是写坏了，哪里又是模仿了 Y 君哪部小说的哪个细节……

我们决定不惊动他，而是默默地追踪观察。说真的，身为局外人的我们也帮不上什么忙。

那年冬天以后，他每周，至迟半个月，就增加一篇。

有一封信简介他未来的博士论文计划，包含了采访 Y 的遗孀。

有一封信，询问 Y 君小说《老家》中的一个细节。

有一封信，聊的是他在工地打工的经验，巨细靡遗地写模板工的生活。

又一封信，写他在工地不小心踩到铁钉，因为怕多花钱，用前辈传授的"古法"治疗（用木棍不断敲打伤口，一直到铁锈和瘀血都流出来，再用双氧水消毒、敷消炎药），休息了一个礼拜。

N 和我喝咖啡聊起时，笑说，这小子采取的是老派的作风，那老女人如果还有恻隐之心，很可能会上钩。

最后一封是短笺，感谢"您"默默忍受"我"的唠叨，没有让邮局在信封盖上"查无此人"，原封退还。这信让我们闻到终点，或路的岔口的气味。

也许，那之前都是单向的投递（如果那些真的是信而不是小说的话），之后就收到遗孀的回信，而遗孀的第一封覆信就是个指令，要求他不得公开接下来的信。也可能包含一个邀请。因为那之后，是一篇短文《树上的棉羊》（没想到那竟是最后一篇）值得全录（因为它随即被撤除，整个部落格的所有文章也随即被删除，代之以一行红字十六号细明体警告：本部落格文字已全部删除，请勿转贴、引用，违者本人将采取法律行动。我和 N 手脚快，看到《树上的棉羊》这草丛中的沙沙声时即随手复制、另存新档了）：

　　严重锈损的铁门没上锁，轻轻一推就开了，只是发出很难听的声音，承轴太久没上润滑油了。墙角有一株高如槟榔的蒲葵，没仔细看就会误认，它像瞭望台那样专注地守望。及胫的杂草间有一条弯曲得没什么道理的小路，枯萎的南瓜藤挂着几颗没采收的金瓜，瓜很沉，瓜藤看来快吃不消了，熟瓜即将摔落草丛。走不到十步就看到三棵腰身粗大无人敢抱的木棉树，树上悬吊着密密麻麻的白色小棉羊，少说也有数百朵，看来够做好几床棉被了。仔细看，树梢间，有的果仍是炮弹似的黑色果荚，有的果荚迸裂了，尾端的棉花飞散风中，地上着了层薄薄的蛛网似的棉絮。木棉树大于二抱的腰身密布锥状尖刺，像巨大的刑具。靠近时，可以感受到树头地面上凹凸不平，凸起的，是树肿大的根。后来发现，那树根，甚至把房子的水泥地板也撑得迸裂了。树的后方就是房子，日式的平房，三棵树枝桠交错，差不多就占了整座庭院。灰瓦上也是一层羽绒状的棉絮。

两边靠墙处各有一座整齐的柴堆，看得出那也是耗费了不少心力完成的。

屋檐下挂着多盆兰花和猪笼草，看来照顾得很好，叶面明亮，兰花抽着白色的苞，猪笼草垂下小而巧的绿杯。

风铃轻响，一个上了年纪的女人给我开了门。黑衣、黑裙，披着黑白交杂的长发，脸上不少皱纹，可是看起来很自然，板画里的脸，没有多余的刻画。她双目明亮，看来很有精神，也很沉静，亲切地招呼我进去喝茶。

一进门，就发现这房子怪怪的，走没两步，身体自然地往一边倾斜。没错，它是斜的，左边高、右边低。她说，地震后就变成这样了，断层刚好经过，树没事，只是歪了；房子没倒，只是扭曲变形了，稍微修一修，补强一下，继续住，反正，她就自己一个人，和一只老猫。那只老黑猫趴在柜子上，身体拉得长长的，伸着懒腰。

因为地板倾斜，她把桌、椅，甚至床的脚的其中一边锯短，那样茶杯、书本之类的东西才不会滑走，只是要平稳地坐在榻榻米上还是很不容易。墙上装了钢钩，有麻绳和安全带可以固定腰身。

高处横向的挂着一片片大块的薄布，小黄蝶的黄、纺织娘的绿、晴天的蓝、椪柑的橘……"我自己染的。"她说。

空气中还有股药草味，墙上挂了一丛丛干草，我只认得薄荷，她说薄荷有很多种。墙上挂着好多手工布包。"都是我自己做的。"她平淡地陈述，没有炫耀的意味。

房子最里头有一个长方形的书房，平时门关着。那里头，靠墙的书架塞满书，墙角处一口黑色的坛子，眼镜蛇的大眼骨碌碌瞅着你。因为倾斜，一进门，我就好似被一股强大的吸力吸往那坛子，Y君盛年时的小照，名字，生卒年。一旁有个简单的单人床，牢房和精神病院常用的那种，铺着绿色的床单，竟然也备了安全带。床底下，几口木箱里收藏着她亡夫的遗作和手稿。

"以后你就暂时住这里，厕所在外头大树下。要吃什么自己煮，自己烧柴。我用自然农法在草丛里种了些东西，你要有能力把它们找出来。"她讲话慢条斯理的，一个字一个字咬出来。

那是个没有窗户的房间。

床上放了大叠蒲葵叶加工制成的扇子，蓝染花布的镶边。

没有电视。有一台旧笔电。

我们聊着，她说得少，听得多。其间，她的手没停过。时而纺纱，时而刺绣，时而用干草编着篮子。喝茶时，她牵动枯淡的嘴角，微笑说："年老色衰，有一门手艺好养活自己。"

大概两年后，有一天我和 N 君都收到一箱沉甸甸的宅配，原来是 Y 的十五卷本文集，封面设计简朴，白底黑字。但印刷得异常雅致，硬壳精装，可以看到出版社的诚意。

我们都惊呼，M 真的完成任务了。翻开看时，任何地方都找不到他的名字。各卷的解说也没有署名，只注明"编者"，好像"编者"这两个字是某个人的名字似的。那些解说都写得很专业，一看就知道出自受过严格学术训练的行家之手。遗孀的名字只出现一次，那是她授权书的照相制版，字迹工整、意志坚定：

"兹授权□□出版社永远全权出版先夫□□□的全部著作，包含中长篇小说十种、短篇小说一册、杂文两种、书信一种、日记一册，包含精装、平装、数位各种版本。版税全数捐予婆罗洲××客家会馆，奖助华裔清寒子弟升学，奖励青少年阅读与写作。

授权人　□□□遗作版权所有人颜如玉，×年×月×日

我们也受邀参加新书发表会，也受邀作了公谊性质的简短报告。事前，犀牛出版社社长特别叮嘱，就书本身发言就好，千万不要提

到 M 和遗孀。她说，那是授权给她出版的附带条件，不得透露任何她们的隐私，得来不易啊。关于遗孀，她只说退休后就搬回乡下隐居去了，电话地址均无可奉告。因此当我们问及 M 时，她的回答也是"无可奉告"，或"应该是回婆罗洲去了"。

那新书发表会也怪异得不得了，作者已死不能出场也就算了，编者缺席，家属也缺席。Y 生前的友人虽也来了几个，但讲话都很节制小心，看来真怕惹毛遗孀把版权收回，好像不在场的她全程在场监控。

我们也不知道 M 的部落格撤文后，到书出版间，发生了什么事。欲知后事如何，也只有等待，总有一天 M 会忍不住把它写进小说里。只要他还写小说，总会等到那一天的。这种千载难逢的机遇，没有一个说故事的人忍得住的。即便它经过复杂的转化，就好比木头烧成了灰，以我们训练有素的鼻子，用闻都可以把它找出来，到底是哪一撮灰；再用逆推法，把它还原回去。

在我们的故事里从头到尾都不出场的遗孀，最后到哪儿去了呢？坦白讲，没人知。伊原就低调，此后当然会更低调。也许伊最终决定随 M 君回还 Y 君的故乡，在 Y 君成长的多猫的小镇，度过伊平静的余生。

那之后，休学返乡的 M 君和我们再也没联络，写信给他也不回。几年后，他似乎真的把那个计划写成论文且成功取得博士学位。好事的 N 君去图书馆翻查过，说那是篇异常平庸的论文，几乎就是把 Y 小说里的故事重新讲一遍，文集里的新材料也不见引用，好像那些都是伪造的似的。如果不是智能低下，就是心里有鬼。以 M 的情况来说，那一定是后者。

在那平庸至极的私立三流大学，当然不难找个平庸至极的指导教授，他（或她）当然不难找几个平庸至极的教授帮忙口试、背书，这在学界，那并不是什么大不了的事。而且，此后多年再也不见 M 君发表小说，他竟然放弃了自己的抱负？

他好像失踪了。究竟是为什么呢？

在几年后的另一趟采风之旅（湘西巫蛊体验），我恰巧又与 N 君同行，旅程无聊，他提出另一个关于遗孀的终极暗黑版本——那老女人，一定是被那小子做掉了。模仿 Y 君少时的形象、笔迹、语调、抱负的 M 君，终于打动了那孤寂老女人的心。年轻男人的身体像火，老女人一捆干柴，马上就哔哔啵啵烧成了一摊灰。在她化成灰前，M 即把所有 Y 君的遗著授权书和一干保密协定签了出来，已成书的原样重印，未完稿，仅开了个头、或写下许多版本尚未整理定稿的那些故事，M 就老实不客气地越俎代庖了。就好比他之让遗孀枯木逢春（虽然长出的也许不是新芽，而是木耳——N 坏心眼地奸笑说，有的枯木浇水真的会长木耳哦）；身为一个无比娴熟的读者，他几乎可以像死去的 Y 君一样思考〔人类学入门：像土著（被研究对象）一样思考〕，像那个作者那样写作。于是，他认为该删的就删、该修的就修、该接着写的就接着写，甚至为 Y 君给遗孀补写了一卷热烈的情书。自己写的他哪里好意思引用？不幸的是，在那过程中，他也耗尽自己的创意——精尽人亡了——N 援用了个黄色小说常用的比喻。像聊斋里的故事，精血被吸干，返乡的他已接近槁木。

因丈夫不断背叛而伤透了心的遗孀（她甚至怀疑那些男女编辑都和她先生有不三不四的肉体关系，从 Y 的小说的情节来看），虽然知道这主动来接触她的年轻人说不定有诈，还是很开心的。她最怀念的，是 Y 成名前，一个满怀文学抱负的穷学生，三餐都吃不饱的异乡人，只得全心全意地抓着她、向她取暖（《流动的宴飨》）。成名后，她就再也抓不住他，也读不懂那些越写越复杂的小说，不喜欢他那些讲话高深莫测的酒友，于是渐渐退了出去，退回自己的房间。Y 故后，她退休后，更是搬回乡下老家，安安静静地养老。

M 的出现，就像是赎回的时光，像是青年 Y 的重返。黑而浓的卷发，真实的、发自温暖的唇的声音，发烫坚实的肉身，甚至气味也是年轻的。那几个月，在她家的客厅的榻榻米，她给他沏上一壶酽酽的茶，看他在灯下专注地整理 Y 的遗稿。那是她此生最后的快乐时光了。最难得的是，颇以自己的尺寸自豪的他并没有拒绝她悲伤的求欢（干涩问题可以用技术解决，N 狞笑，××软膏颇受好评），那是多大的善良意志啊。事后，她哀求他用他炽热且强有力的手掐死她，她知道他要离开了，她不要那么悲伤地活着，宁可真的化成尘土。大概真的是 Y 降灵附体，或者，他真的爱上她了，就真的如所请，很认真地把她掐得嘴张大双眼激凸死在榻榻米上。其时，她体内的他的精液还是热的，精虫还是活的，在罗布泊般干皱的老子宫里绝望的蠕动抽搐，挣扎求生。

事后，他颇费一番精力在三棵木棉树间挖了个坑，连同 Y 的骨灰埋了，还搬了数十颗园里的大石头叠成墓垒。

Y 的遗著、手稿等等都装箱宅配寄给出版社（附言：原稿请转赠文学馆）。N 说，他此番叙事的主要证据是，有一天黑猫宅配竟然给他宅配来一只黑猫（"猫也能宅配？"我问。"不黑的可能就不行。"N 笑答），那位送货员 N 很熟，他收到的宅配多是他送达的，是个爱猫人；原来他也认识 M，因此他离境前就托他把它宅配给他。N 一看就知道，它不就是《树上的绵羊》文中提到的，陪伴遗孀孤寂余生的那只温驯老黑猫吗？

遗孀大概没想到，她给年轻人如此沉重的礼物，一个罪。那也许会让他来日的写作异常深刻，但也可能提早压垮了他。

随着黑猫来的，是个很小的包裹，里头只有一张手工卡片，看来是用某种草叶和枯枝胡乱编成的，上头贴了张小纸片，N 从皮夹钞票间小心翼翼的抽出给我看。只见纸上写着："惜别。我回婆罗洲去了。还抽烟吗？看完请用烟头余火点着它，烧掉它。问候 L 君。"（L 君即是我啦。）

N 说，小纸片他舍不得丢掉，就剥下来留作纪念。剩下的部分，真的用烟头把它点着了。嗞嗞地烧起来后，有一股令人难以抗拒的醉人香味。闻了之后一整天昏昏沉沉的，不知今夕何夕，一直陷入"万花筒写轮眼"似的迷离的梦。醒来时，老黑猫在舔他脸颊，地上四处散落了一百多只吃饱的死蚊子。后来他把烬余的部分送去给朋友鉴定，竟然是纯正的婆罗洲原生特有的大麻。N 说，如果用放大镜看那些死蚊子的表情，一定是脸露微笑的。

2016－02－27 初稿
2018－02－27 修订
（本篇略有删节）

范 迁　上海人，著有长篇小说《锦瑟》《错敲天堂门》《古玩街》《桃子》《丁托雷托庄园》《风吹草动》《失眠者俱乐部》及短篇小说集《旧金山之吻》《见鬼》。现居美国旧金山。

参展小说

寂寞沙洲冷

寂寞沙洲冷 首发于《世界日报》小说版2017年11月13日

寂寞沙洲冷

　　从书房的窗口极目远眺，可以看到一片海湾，天水一线。夜晚，有轮船的汽笛声潜入他半睡半醒的梦中。

　　这片海湾景色随着天气而变化，时而浅蓝，时而深灰，于落日之际，云层叠彩，光影无限。凭窗凝望半晌，他突然就有了归隐的想法。人生急转弯，在两个月后真的辞了职，从硅谷搬来库斯湾这个人口不足一万六千的奥勒冈海滨小城。生活在湾区二十年，天天是早九晚五，痛苦不堪地陷在高速公路的车阵里。一个礼拜总有三四天要加班，然后随便叫个外卖来打发辘辘肠胃。还有无穷无尽的会议，出差。年近五十，这种日子也该过到头了，手里的股票足以维持他下半辈子的开销，人生不过百，何不早点放飞自己？

　　库斯湾是个衰落已久的港口城市，自从奥勒冈的伐木业走下坡路之后，库斯湾人口逐年继持减少，此地房子价格只有硅谷的六分之一。好处是城市保持着原生态，空旷安静，放眼望去到处是郁郁葱葱的森林。进入雨季，细雨蒙蒙，飘零终日。库斯湾更是显得与世隔绝，从起居室的大窗中望出去，路上行人杳迹，天空黯哑，浅灰色的时间慢慢地移动。傍晚推开通往后院的门扉，透口气，极目所处，暗红哑绿。疏神之间，低首一瞥，石砌的台阶上已是青苔一片。

在晴朗的日子他会早起，走过三个街口来到海边，朝阳斜照过来，水波轻拍，饱含盐味的海洋气息清新甜美。他在码头的木椅上坐上半个小时，一无所思。然后在街角的咖啡店买杯卡布奇诺，走回家来。

房子是一九一八年造的，同一年间发生了俄国革命，世界由此动荡。而他的双亲当年都还没出生，这幢房子就建造起来了，安稳地耸立了近百年。结实的红松木料，巨大的石砌壁炉，维多利亚风格的穿廊和客厅，生有绿锈的铸铜灯架，酒柜和料理台都是精心打磨的手工活计。再加上宽敞的居住面积，绿荫摇曳的后院，以一个在硅谷居住过的人看来，是不可抗拒的诱惑。

宽敞，是的，太宽敞了一点。

三个月之后，寂寞开始渗透进来，无声无息地填满诺大的空间。他平时的日常活动，只限于睡房、厨房和书房，那儿摆着他的三台电脑。收拾房间的墨西哥女人每两个礼拜来一次，拿块抹布东抹一下西抹一下，磨够了时间拿钱走路。邻居相隔很远，淡于交往，小城市的人有自己的拘谨和矜持，他也懒得去刻意交结。

在陶渊明的意境中，寂寞是个必要因素，外面的青山绿水，烟雨霞光，如果没有内心的空山幽谷来盛放，那种意境就会渐渐褪色。好在现代人更多地依赖社交媒体来抵御空虚，手指一动，无数个虚拟的世界呈现在你面前。

他们是大学前后校友，但不同系。在脸书的校友会上开始交往，渐渐谈得热络，随后又互加了微信，一对一的聊天方便多了。也许两人都来自同一个城市，异国闻乡音，使人倍感亲切和熟稔。在周末晚上，聊天从九点开始，直到午夜才结束。两个从未见过面的人竟会天南地北，无话不谈。随着交往深入，一种奇怪的情愫在两人之间暗中滋长。但她对自己的隐私保护得很好，相册里有花花草草，各地旅游的风光，但从来不放自己的照片，对家庭和婚姻也从不提及。他在线时聊得投入，下线时就觉得恍然，像是跟一个影子在交流。

当她说起要去奥勒冈出差，暇余之际想来库斯湾拜访。他一时手足无措，第一个念头是想拒绝。踌躇之余，再看一遍微信，她写道，你把库斯湾描绘得那么富有诗情画意，想不到在纷杂喧嚣的世界上竟然还有这么一块清净之地。看来诗意的栖居还是有的，我早有身临其境之想。如果能趁此次机会和学长一聚，也是一大快事。公司会帮我报销旅馆费的，你不必感觉不便。

当日大雨，他穿了件阿曼尼运动西装，忐忑不安地等在候机大厅里。从波特兰来的航班晚点一个小时二十分钟，整架飞机上就她一个东方人。四目相对之际，女人眼中有一丝迟疑，但随即绽出舒缓的微笑，并主动给了他一个礼节性的拥抱。她随身只有一个挎包，一小件手提行李，说是常常出差，养成轻装简从的习惯了。停车的地方离候机室有点距离，两个陌生男女在雨中一起并肩奔跑，竟似一幅风雨同归的画面。

她个子很高，总有一米七上下，刚才下机时他就感觉到了。她比想象中要苍老，原想低他七届的女生，看起来却跟他差不多年纪。他开车时从侧面一瞥，发觉她眼角已有鱼尾纹。人倒很安静温和，笑起来表情很孩子气，谈吐也非常得体。反倒是他，紧张的情绪一直没有消退，从机场到旅馆的途中，他口干舌燥，总共说了不到十句话。

晚餐他在两天前就订好，在库斯湾最好的意大利餐馆，这儿的海鲜烹饪小有名气。他叫了一瓶纳帕白酒，配海鲜冷盘。隔桌对坐，酒酣耳热，人也渐渐地放松下来，谈话也开始融洽。雨夜，在灯光幽暗的餐厅，自有一种时光停驻之感，低旋沉郁的蓝调音乐，使气氛更是迷离恍惚。

她多少透露了些个人情况：于五年前离婚，由于她工作需要经常出差，一个十一岁的女儿由前夫抚养。至此便不肯再多说了，微笑道：我的生活非常单调，出差、工作、随随便便地喂饱自己，偶尔在周末睡个懒觉，就算是慰劳自己了。还是说说你吧。他不禁赧然，半百人生至此，日子如水流淌，却都消逝在人生的荒漠之上。过了天命之年，竟说不出一桩半点得意之事来。她又微笑：人不都是这样的？种种人生，都是忙忙碌碌，转眼即经年。他争辩道：作为一个男人，总是希望活得更丰富饱满一些，以自己的经历，寻觅出一些生命的意义来。

此时，他们点的西班牙海鲜烩饭送上来了。两人都不作声，等侍者离开后，她用勺子搅拌着烩饭，缓缓地说：对我们普通人来说，生命的意义确实难以深究，但生活的意义却是可见并可触摸的，比如说面前这盘色香味俱全的海鲜烩饭。来，干杯！

他开车把她送到旅馆，说好明早一起去看海。两人又一次地轻拥告别，喝了酒的女人脸色红泛，发梢不经意地拂过他面颊。他回家后，心潮难平，又酌了一小杯白兰地，坐在书房的窗前一无所思，海湾上空划过闪电，明日看来还是要下雨。

第二天却是阴天，她穿了厚呢裙子，裹了围巾，兴致很好地在旅馆大厅等他。他把车停在码头上，两人沿着防波堤一路走去。在海边的长椅上坐下，咫尺之外的海水是灰绿色的，泛着泡沫，海浪轻拍堤岸。风从海面上吹来，冷冽并带着强烈的海藻气味。两人都不说话，沉默地遥望着天边云层翻卷，偶尔云隙间透出晴色，不久即被乌云遮蔽。海边潮湿又萧瑟，女人坐了一阵就喊吃不消，这海风实在太冷了，吹得人受不了。于是两人起身，走去咖啡馆，他为她叫了热可可和煎蛋卷。她显然还没暖过来，蜷了身子缩着肩膀，两只手捂在咖啡杯上，微微地发抖，像安徒生童话中卖火柴的小女孩。餐毕走去停车处时，一个白发打渔汉子拦住他们：要买鱼吗？早上刚钓上来的。他俩随汉子走到码头的角落里，有一张不锈钢料理台，上面有杀鱼的血迹。汉子从平台下拖出一个冷冻箱，里面有两整条三文鱼。他要了一条小一些的，也有十来磅。付了钱，汉子在平台上把鱼肉片下来，鱼骨鱼尾和鱼头扔进垃圾桶。她可惜道：这么新鲜的鱼头，做个鱼头粉皮砂锅多好。他笑道：此地是买不到粉皮的。不过新鲜的三文鱼味道绝佳，与超市买来的绝不能相比的。那么，说好了，今晚在我家吃饭。

送她回旅馆休息后，他顺道去库斯湾最好的酒庄，挑了一瓶零六年的大卫·蒙达维白葡萄酒，买了些橄榄、乳酪和新鲜面包。回到家，他先把屋子收拾一下，搬来库斯湾半年多了，今天是第一次有客来家拜访。

他开车去旅馆接她，她化了妆，淡淡的眼影和桃色的口红使她看起来年轻活跃许多。他扬起眉毛，露出赞赏的神色。她则有点掩饰地说：这几天东奔西跑，一直没睡好，刚才补睡了个午觉，感觉好多了。

他们顺道弯了一下当地的农夫市场，买了些蔬菜水果。车子沿着山路往上驶去，右手边是一片静穆的海湾，灰色天空之下，有一艘轮船在无声地滑行。她看着窗外，轻轻说了一声：真安静。他说是的，世界上再也找不到比库斯湾更安宁的地方。她问你是为了安宁才搬来库斯湾吗？他想了一下，说：是的，在硅谷住了几十年，平静和安宁对我说来是个重要的因素。

在停好车进屋子之前，有一颗硕大的雨点落在他额头上。

她站在起居室里四下打量，惊叹道：好大的房子。你一个人住，真的好奢侈。他说的确太大了一点。他带着她参观房子，打开一扇又一扇门，有些房间长久不开，有股微微的霉味。来到厨房，料理台上堆放着刚买来的蔬菜水果，她问道：有什么我可以帮忙的吗？他说：没事，烤三文鱼很简单，不费事。她问道：天天吃西餐，如果你想吃中国饭怎么办？他说东区有一家陈记中餐，味道像猪食。但有时忍不住，还会上门去当一次猪。两人都笑，说生就的中国胃改也改不了。他说我们早点吃晚餐，饭后还可以散散步。

的确，新鲜的三文鱼加点盐，用黄油煎一下，味道就非常好。饭后她帮着洗了餐具，但散步没能散成，最后一个盘子抹干之际，倾盆大雨下来了。

在他的记忆中，从没见过这么大的雨。好像整个海湾的水都聚集到天上然后再倾泻下来。豆大的雨点猛烈地敲打着玻璃窗，落水管来不及排水，形成一道水帘挂下来。屋里瞬间变得黑暗，像是风雨中的一艘船，飘摇不已。望出去天地混沌，几步外就什么也看不见。他说：可惜天公不作美，我们去书房坐坐吧，等雨小些我送你回去。

书房是整幢房子最考究的一间，镶了淡棕色的护墙板，铺着厚厚的波斯地毯，嵌入墙体的书架与酒橱，一座花岗石壁炉。而且，可以望见西面一片宽阔的海景，此时，库斯湾风雨大作，但在海天交接之处却有一条很耀眼的夕光，橘黄色的，嵌在灰色的云层中显得格外瑰丽。

他把壁炉生上火，回头看到女人抱着肩膀站在窗前，还是怕冷的样子。于是提议喝点酒，女人说：啊，晚餐时已经喝过了，你等下还要开车送我。他看了看窗外，这雨一下子停不了，也没太在意。转身在酒橱里取出一瓶酒来，送到女人面前。

圆锥形的白兰地酒瓶在壁炉的火光下呈现出琥珀的色泽，更为奇特的是，酒瓶中竟有一个硕大的梨子。女人捧着酒瓶惊讶不已：咦，奇怪，这梨子怎么长进去的？他解释果农在梨子刚结实时就把酒瓶套上去，梨子就在酒瓶中一点点长大，然后再泡酒，封瓶，储存。做这样一瓶酒大概要五六年才能完成。

女人睁大了眼睛：真的？听起来不可思议。

他微笑：这，也许可称为"酒里乾坤大，瓶中日月长"吧。

女人摇头：好可怜的梨子，被关在瓶子里。

他把酒倒进杯中：让我们来尝尝是什么味道吧。

酒很甜，也很醇，有一股水果的清香，盛在小小的花盅形酒杯中，谈天说地之余，两人都不知不觉地喝了好几杯。但毕竟是四十度左右的白兰地，两人站起身来之际，都感到有些头重脚轻。他走到窗前看了看，雨还是很大，倾盆而下。正在犹豫，女人在背后说：

你能行吗？他没作声，女人又说：算了，这么大的雨，你又喝了酒。我可不想出车祸，那就不值得了。他转头询问地望着女人。女人有点踌躇地说：要么，我在这儿沙发上对付一晚？

下雨天，留客天。也只能这样了。他拿出干净的被褥枕套在沙发上铺好，告诉她过道和盥洗间的灯在哪儿，说：我的房间是楼下左面那一间，你如有需要尽管叫我。晚安。

他漱洗之后睡下，喝了酒，倒反而没了睡意。躺在床上听着雨敲窗棂，淅沥不绝。屋子里的氛围有些异样，自从他到库斯湾来就一直是独居，倒也散漫自在。今天突然有个女人跟他住在同一个屋顶下。当然他们之间什么事也没有，不是夫妻不是男女朋友也没有任何暧昧，他们甚至并不熟悉，见面至今不超过三十六个小时。但是不管怎样，男女同处一屋，空气中的化学成分就是不一样。

他听见头顶有细碎的脚步声，从书房这头到那头，来回不已。这么晚了她还没入睡？有的人换了地方会睡不着，但是她常常出差，应该不会有这个问题。就在他将要朦胧入睡之际，却听到脚步声下楼来了，很踌躇，走走停停。最后停留在他房门口。他完全清醒过来，披上睡袍开门出来。在客厅幽暗的壁灯下，看见女人坐在楼梯的台阶上。他打开落地灯，问道：睡不着？女人抬头一笑，说：有点冷，想喝杯热水，又不知道厨房的灯在哪里？他闻言走到厨房，打开灯，开始烧水。女人跟了进来，双手抱了肩站在他身后。他不经意地后退，轻轻地撞在女人身上，女人身子发软，一个趔趄，他一把挽住。女人顺势靠在他身上，他僵直地站着，不知如何应对。虽然他们也有过礼节性的拥抱，但此时的身体接触暗含着另外的意味；

深夜、醉酒、封闭和孤寂，寻找、试探，以及遗忘已久的性，恍惚间，进一步亲密的门扉悄悄地打开一条缝，一切的可能在一瞬间涌现。

他只要伸手接住那个迎面飞来的球，一切都可能改观。

但是他太过于惶惑了，酒精、疲劳，以及对事情的不确定性，使他没有进一步的行动。

只是一刹那，女人随即站直了身子，莞尔一笑，说：你看我，真是喝多了。

他把烧开的水倒进茶杯，递给女人，然后说：我再给你去拿条毯子吧。

一夜无事。

第二天下午，他开车送她去机场。两人告别之际，还是礼节性地拥抱了一下。他说：希望你有机会再来库斯湾做客。女人未置可否，过了一会，好像在无意间说：这地方实在太冷了一点。

他在回程路上，瞥了一眼仪表板上的温度计——华氏六十七度，这气温是可以穿衬衫的。可是不知怎么的，他也觉得确有一丝寒意。

隔了一个礼拜，他拜访了库斯湾的动物收养中心，领回了一条很难看的杂种狗，这条杂种狗的名字叫"寂寞"（JIMO）。

李凤群　1973 年生，安徽
无为人。小说作品有《大
江边》《大风》《大野》《颤抖》
《良霞》。现居美国波士顿。

————————————

参展小说
耐月

耐月 首发于《雨花文艺》2018年第1期

耐　月

一

有那么一些人，放在本来的位置，让人惋惜，可若再往上抬高半寸，又让人觉得高攀。

许耐月刚到县政府做服务员那会儿，许多同事说她抹桌子拖地板委屈了。有一天，上头来人视察工作，负责接待的人手不够，耐月被喊到贵宾室倒茶递水，她穿了旗袍，身体僵直，像捆在衣服里的木偶，显得拘谨、难堪，给领导倒水的时候，茶杯盖在她手里颤颤悠悠。

耐月是江心洲人，脸上隐约可见江风吹过的痕迹，红里泛着黑，她容貌平常，身材也适中，走在大街上不惹眼，服务员里头，却算出众。服务员必须每天穿制服，这一点很让人恼火。制服样式其实也不丑，妃色，立领，收腰。可是，整个大楼里只有服务员才穿这样的衣服。

耐月年前新婚，丈夫的包工队在芜湖县接了工程，便把她带到城里，她在出租屋里干守了个把月，嫌闷，丈夫便托了熟人，在县政府大楼里帮她谋了临时工作。

那天，她值晚班。八点多，她换下制服，穿上早上出门穿的裙子，准备下楼，在楼梯口，见管文教卫的副县长张文浩蹒跚着从楼梯往上爬。

许耐月，他一抬头，含糊不清地喊了一声，然后，踉跄着开了办公室的门进去。

听到自己的名字，耐月一惊。培训的领导教过：服务员做得最合格的就是不让人意识到你的存在。

办公室传来一阵剧烈的呕吐声，耐月进去，副县长正趴在茶几上朝着纸篓子猛吐。她端来热水，拿来毛巾，等他吐完了，替他仔细清理了，然后泡了一杯茶放到他跟前。

耐月，他头垂着，摆了下手，丢人现眼了我。

此前她没机会如此近地看他，帮他理桌子倒纸篓子擦擦书柜，都是趁他不在时，偶然碰到，她学着其他清洁工的样，侧身垂目，让他过去。如今，她与他的脸贴近相对，她头一回有机会看他的手，修长、洁净，听说他会拉二胡，会吹笛子，还会写诗，因为有才华，才调到县里来管文教卫方面的工作。

耐月眼下亲见的却是这般萎靡。他眼袋虚肿，面色发白，脖子无力松弛。眉心纠结在一处，形成面疙瘩似的，好半天，才松开。

胃疼么？耐月问。

今天晚上这酒度数太高，我午饭又没来得及吃。

没有哪顿能推得掉。他的口气，毫无怨怼，边说边像个孩子一般，双腿往里缩，手按住胃部，一米八几的男人，窝在沙发上，竟这般小。

他渐渐往沙发深处滑去。整张脸埋进沙发里，过了半天，怕是呼吸不过来了，才把半张脸挤出来。挤出来的一只眼，迷离而浑浊。

耐月站直身子，向前或是后退都似乎不妥。

他的眼睛渐渐闭上，鼻息轻微，似要睡着，三月的春夜还凉，耐月想找条毯子替他搭上，才走了一步，他发觉了，眼睛没睁，说：

不要走。

他的声音，这般温和、近乎乞求。这个形象陌生又新鲜，耐月觉得大祸临头，却又涌动出期待。

他又做出要吐的样子，头伸到纸篓子前，嘴巴张开，却只是干呕了几声。耐月赶紧上前，递他水，他不接，却把额头贴到耐月胸口，先只是轻触，再把整颗头的重量全压过来，耐月小心地把杯子放到茶几上，茶杯刚一放下，他整个肩膀都倾斜过来了，脸庞已全部沦陷在耐月胸上，嘴里也说着稀里糊涂的话，听不清。

啊？她问。双手向上举着。

真暖和。

这回听清了，她的身体往后抗拒地躲了一下，然而他的手臂从后腰暗地里使了劲，她脱不开身，他的头垂下来，后颈脖子露出来，白衬衫的领子磨得有点破，还有点黄。靠领子边上有一颗褐色的痣。

她来三个多月，看到过他许多张合影，他坐在正县长右侧的位置，个头高，身姿正，面目也清爽，办公室墙上挂着许多与省里大干部的合影里，他最夺人眼球。雪白的衬衫领子和西装，没有一丝皱褶。然而，他醉了后，却把这最隐秘的部位摊开给她瞧。她生出一丝怜悯。

他说：

真舒服。

怕她逃似的，双臂又箍紧了些。真要逃，是逃得脱的，他毕竟喝了酒，又胃痛。后来，耐月经常想到这个节骨眼上，知道是在这里错了。不过，她不后悔自己忍住没动，也不后悔把手放到他的头上。他到底是讲究人，头发细软，她轻轻地拂过去，又拂过来。仿佛如此这般，他的胃痛会好一些，又仿佛如此这般，能够替代千百句恭维和关心。

他抬了一下半睁的眼，他的眉心锁在一起，面目有点扭曲。

还疼吗？

嗯。他说，像个孩子似的撇了下嘴，然后又把头埋在她胸口。他久久不起身，她感觉到越来越重，忍不住压低声音问他：

你要怎么样么？

她给了他。在黑色的皮沙发上。

二

在县政府做服务员比宾馆酒店和一般单位更讲究。主要办公室的钥匙在后勤部。每天早上领导上班之前，后勤部派人逐一把办公室打开，让楼层服务员以最快的速度，开水灌好、桌子擦好、玻璃抹得锃亮。耐月算是新人，负责五楼会议室和资料室等不重要的办公区域的卫生清扫、盆花养护。

四楼有个开水间，有只炉子整天嘟嘟冒热气，开水间里头还有个小隔间，里间放些横幅、招牌之类的杂物。放着四五只塑料小板凳，没事的时候，姑娘们围坐在一起，打毛线玩手机说说闲话。

晚上六点县政府大楼里正式工全部下班后，她们放开声响干活，椅子归位、窗户关闭、残茶倒掉，也可以边唱歌边冲刷厕所。七点钟，姑娘们全部下班，留下一个值班的，要待到九点。

接下来三天，她都没见着他。四楼不是她负责的区域。她只好去找人。有次去找杨梅问她头上的发夹在哪里买的，还有一次去告诉后勤科的领导，楼上会议室有一盆花好像不行了。

他的门关得很严实，里面没有声响。

晚上回去，她在网上查到了醒酒和养胃的方子。她把方子揣在口袋里，天天检查一遍还在不在，没两天就摸旧了，她又重新抄了一遍。

仍然没有遇到他。

一个星期后，一个同事说，东边的楼里建了个健身房，要从她们中间抽一个人去管理器械。

她的心一阵乱跳。他竟想着我！她一阵激动，可是我要是去了那边，不是更没机会见着他了么？

我不去。她脱口而出。

呵，同事白了她一眼，哪轮到你？肯定是吴燕。

她后来知道，吴燕是财务处长的外甥女，做服务员是过渡的。

半个月后，人手不够，后勤部赵科长把服务员召集起来重新排班，耐月举手：我老公每晚到半夜才回来，家里我也是一个人，不如晚些回去。

你值下午班还不行。赵科长说，会议室经常上午九点就要用。

没关系，我早点来也不碍事。

有雷锋的精神了。她的脸在一片善意的哄笑中红得发烧。

晚上下了班，她在开水间，开水间离他的办公室只有三十米。每天晚上她换了衣裳后听着风吹着走廊上的窗户发出孤单的响声静静地等，等楼梯口有重重的蹒跚的脚步响起，她会上前，扶住他。然而，一直没有。

中间，她两次看到他的背影，一次是他进办公室，她只看到他半个身子，没等她反应过来，门"砰"的一声关严。还有一次，她从窗口看到他坐进车里，到外头参加什么文艺汇演。他的后背挺直，双腿修长，神情优雅，带着点懒散的样子；他的表情，漫不经心却又若有所思，看不出什么颓丧，更不存在什么落魄。边弯腰进车里边跟站在台阶上送他的人说了句什么，车门关上的一瞬间，她看到他嘴角隐隐的笑意。她的心突然抽了一下。

二十天后，她到底正面遇着了他。她从三层往四层上，他从四层往三层下。他手里拿着文件，本来急匆匆的，一见着她，突然吓了一跳似的顿住了脚，她也一慌，眼神一闪，就那么一瞬，他侧身从她跟前过去，一阵风扑到脸上，瞬间没了。

她眼前的楼梯突然变得又窄又陡，腿上一点力气都没有：

原来在躲着我。

又到下班时间了，开水间的灯坏了，月亮又照不到开水间，仅靠走廊上的节能灯挤进来一星明亮，她换了衣裳，坐在炉子边的塑料凳子上发呆。就是那样措手不及的，原本重要的事现在不重要了，原本明白的日子却糊涂了。

她的心情越发惨淡，手里拿着递不到他手上的方子，瞧不清楚，觉得一点用处都没有，她从中间开始撕开，撕成条状，再折过来重新撕。直到片片撕成指甲大小时，却又悔了似的铺到地上，把它们拢到一起，想拼凑起来。

门口暗了一下，她一抬头，竟然是他捧着茶杯进来。她一下子慌了，手一划，拼成一小半的方子顿时又成了碎片。

他一愣。半天才讪讪地说：

我赶个材料，还没吃晚饭……马上要走。

他先是到炉子上接了点水，朝开水间里面放拖把、消毒剂等杂物的屋子瞧了一瞧。

没有人。她喃喃地说了一句。

他走到门口，半个身子在门外，半个在门里，朝走廊里瞧了一瞧，才转过头，盯住她：耐月！他的声音低沉、压抑。就这一声，她一下子听出来，他还在那天，还是那个萎靡的、胃痛的男人，没那么陌生，没那么冷漠。她一阵战栗。不敢抬头。

我最近忙得很，而且这种地方人多眼杂……

那种无奈的、弱不禁风的气息一下子弥漫出来。这句话，算是解释，也算是叮嘱，是开始，也是结束。前后不过一分钟，他匆匆而去，没有说再见。

等到楼下汽车发动声一响，她才悄然站起来，把碎纸屑扫干净，走出大楼。不晓得什么时候，街面上竟然堆满了落叶，折断的树枝湿漉漉地横陈在斑马线上，凹进去的地面上积蓄着污水，有路灯的地方则亮晶晶的，显然刚刚下过一场暴风雨。这样的雨里，一个男人不知从什么地方冒出来，对她说了几句话，然后又不知道奔向了哪里，她被一种深深的爱怜和感激所笼罩。如果刚才的情景再重来一次，他再度站到她跟前，她会毫不犹豫地扑上去，紧紧地抱住他。

如果这可以使他的胆怯和忧伤不那么深重的话。

后来，她一再想到他要她的那晚，他找不到她裙子的拉链，她慌不迭地主动拉开，酒醒后，却一言不发地穿衣走掉。没人的时候，她捏紧裙子的拉链，轻轻地拉开，再合上，每次拉开，她都能找回些许那个晚上的记忆。她反复重温。

三

超过三个女人的地方就是家小报社，何况五个。每天单位和外边的新闻都从这个开水间滴出来。某某司机是某某局长的外甥，某某女文员是某某处长的女儿，这些都能让人心平气和地接受，但是某某秘书被发现其实是某某的情人，这一点，女人们就会义愤填膺了：

切，靠着跟人家睡，才做个小秘书。划算么？

事实肯定被扭曲了：应该是先做秘书，才会认识这些人的吧？

耐月的话立刻被打断：你等着瞧，过段时间就会升的。

也是这个开水间，她被告之大楼里每一个体面女人的来历：夫人，情人，外甥女，侄女，干女儿，诸如此类，错综复杂，一个都得罪不得。

这些整天不戴塑料手套便去搅消毒液、拎拖把的女人们，承认自己低人一等，并且在低人一等的处境下用她们业已坚固的低人一等的气势，制造壁垒，击打那些面对面时需侧身让道的人。

耐月清晰地记得那个小秘书。小姑娘的脸上并没有开水间形容的那般骄傲、以此为荣的模样，耐月跟她有过近距离的接触。她回想对方的表情，那拘谨的、略带倦容的眼神。闪电击中似的，耐月突然看到了"爱情"这个东西。她的脑子里清晰地浮现出副县长的影子。他的衣服上散发出某种气息，这气息带着夜晚特有的倦意在召唤她的怀抱，却又遥不可及，她的喉咙发紧。

后来她们再说得起劲，耐月不再接话，她在心里一字一句地重复：

我跟她们不一样，我什么也不图。

增加底气似的，她拼命干活。该她干的，没轮到她的，她都热情上前，她的眉目清澈而灵动起来，她的头发，整日里，一丝不乱地披在肩上，她挂在开水间的毛巾，比谁的都用得勤。她的神情，也朝着开里奔了，似乎自信了，带着老员工才有的满不在乎的神情，见到领导们，也只是微微颔首，过于不卑不亢，有点骄傲的意思了。

只是在丈夫身下竟然不能如同往日了。

丈夫叫小马。他不姓马，属马。认识他的人全这么喊他。他们断断续续恋爱了十年。小马的老家离江心洲不远。他俩是高中同学。一开始，他们偷偷摸摸的没有公开，因为年龄还小，再后来是因为小马去当兵。她是说了要等他，可他的心思不在她这里，一心想转成志愿兵，几年没有回来探过亲。有半年他的信来得勤了些，她估计他转不成了，重新燃起些希望，要是连着三个月收不到信，她估计他可能要转成了，把酸楚压回喉咙，重新物色跟她相配的。人人都想着心爱的人平步青云，可是耐月不得不诅咒他不能如愿。志愿兵没当成，小马开始热衷练武，想被招去当特种兵，吃了许多苦，绕了许多弯子。她呢，在城里打了几年工，又相了几次亲，都没合适的，如此一耽搁，两人都不小了。小马退伍回来时，两家父母都主动积极起来。

小马的干练保持住了。在床上也舍得给老婆许多承诺。他说：我争取三年内在市里面买一套房子给你。

他还说过：等你有了孩子，不要出去上班，我帮你开个服装店什么的。他想给她别的女人都想要的，他想给她人人都认为是最好的。她懂。

发力的时候，小马胳膊上全是硬邦邦的肌肉，有时贴着他睡，感到靠在一根粗壮的木头上。

这天晚上，他仍然是积极昂扬的，可是她一点声响没有，一直到结束，他翻身躺下了才气喘吁吁地问了她一句：

哼都不哼一声，今天不爽么？

就是这么直接、这么露骨。她的心突然抽了一下，耳边响起副县长轻轻的呢喃：

没想到你这么好！

现在她才晓得，自己心里是喜欢这样的：年龄长她一些，动作舒缓一些的，温柔的手拂过她的皮肤，在极度的愉悦面前，稍微停一停，说一句猜不到的话，甚至，她喜欢自己的怀里，有个大男人，依靠着她，汲取她的热量，任她抚摸着睡去。

梳妆台上的镜子里，映出欢爱后的她那恍惚而失魂的脸。

她一阵空虚，觉得身体和脑子里都空空荡荡的，这感觉如此突兀。房子还在，小马还在，身下的床、床头那只放了些许积蓄的柜子还在，可是，都像电影里的布景，看得见摸不着似的。

她一动不敢动，嘴巴抿得紧紧的，生怕泄露天机。

四

　　哪有女人愿意被男人白睡呢？经历再多失败的女人都会找到睡她的男人的好，这样心里才会稍稍平衡，或者是他曾经带她吃过一回馄饨，或者在她耳边夸她是世上最美的女人。数年之后，她们一定只愿意记住能抚慰自己的细节，而本质的东西倒会被撇开。

　　这是耐月在开水间得出的经验。这些多少都经历过一些事的女人但凡有机会聚到一起，便回忆过往，她们尽量不提负心人的背影。比如陈洁，说到自己的初恋男友，陪她手术的时候，那个不到二十岁的男孩子因为紧张，又没吃早饭，又急又饿又担心，扑通晕倒在走廊上，她勾着腰出来时，四处找不到人，护士告诉她：

　　在急诊室抢救呢。

　　当时那个难堪仇恨啊，觉得他真没出息，真靠不住，现在想起来多么温馨啊。

　　可是耐月想，为什么要分开呢？你都刮坏子宫，不能生了，三十好几还没嫁掉，他又在哪里呢？

　　那些被省略和过滤掉的都是女人的痛和苦，能不说就不说，尽找些芝麻蚕豆大的小事，把被摧毁的岁月里的好提炼出来反复回味。

　　耐月也经历过几个男人。最早碰过她身体的是江心洲的邮递员。那时小马刚刚当兵，耐月高中毕业后回到江心洲，最热衷的事就是写信和等信。一来二去，和邮递员就熟了。有一天，邮递员的自行车停在她门口，她好心递给他一碗凉开水，结果他猛扑上来，说了句：

相见恨晚。

知道她有男朋友，才那样悲壮地喊了一声，双臂箍住她，紧紧地。没等耐月反应过来，他松开她跨上自行车头也不回疾驰而去。还有一个男孩子出现在小马之后，感觉小马能转成志愿兵时，她觉得没希望了，就处了对象。这个男孩子，为什么没修成正果呢，原因就是他在床上那嬉皮笑脸的样子让她想发疯。小马在床上，是勇猛的、奉献的、好话儿不断的，可是这个男人从开始到结束，一直都似笑非笑，冷不丁还会说出句调皮话，他自认幽默，耐月有被猥亵的感觉。他送给她一块手表，一根金项链，江心洲式的求婚。耐月没有应允婚事，也没有还掉礼物。她倒不是真的稀罕这些，她是一想到跟他睡过那么多次，这些东西会令她舒缓一些。

现在，她觉得，她就喜欢这样的，轻轻柔柔的，不猛烈也不轻狂，就是那么一下一下，那么恰到好处，那么贴心贴肺，那么回味无穷。

那天上午就有个会在五楼开。她就在这里端茶递水来着。会议桌边围坐了三十多个干部，他坐在斜左边背对着窗户的位置，明显地生僻、孤立，不怎么说上话，有点受冷落，不过，他仍是沉着的、淡然的，与世无争的样子，那么沉静，那么脱俗。她听着听着就明白过来：

话说得漂亮的人，往往是权力最大的。

不过，这次，情况略有不同。会开到一半的时候，坐在正中的一把手突然朝着发呆的副县长发出了诘问：

你的汇报演出方案我看了一下，还是有点问题啊！

他闻听此言，立刻想张口，可是一把手抬了抬下巴，示意另一位干部发言，话题扯到了一边。

她眼睁睁地看着他把话憋回去，喉咙猛烈地动了几下，脸色渐渐发白，那支做会议记录的笔抖来抖去。如果能够由着性子，她多么想上去，把他搂在怀里，告诉他，那些人其实多么不重要，你才是最好的。

十一点钟时，所有的人都散了。她过来打扫，他的位置，他坐过的椅子，她一看再看，不舍得挪动。

后来她惊讶地想起来，这个在皮沙发上要过她的男人竟然没有亲过她。从头到尾，他的嘴唇没有在她的唇上触碰过。这些没有过的情节，闭上眼睛，耐月在想象里替他完成。她想象他亲吻她的情景，她把他搂在怀里，一米八几的大个儿，竟然温顺地伏在她怀里，撅着嘴，对于自己的疲劳和困顿长吁短叹。她在心里轻声细语地安抚着他。等她清醒过来的时候，一种罪恶的快感从脚后跟慢慢升上来，她在被窝里打了一个寒战。她隐隐明白了自己：

她爱着这个男人的软弱。她钟情于忧伤的男人。她身上有无穷的爱能量。她想要照拂跟她的经验完全不一样的世界。她想缓解他心里的压力，温暖他的心。她要散发她的光。

有一次，她正在家里腌咸菜。小马回来了，直奔厨房。小马做工程应酬很多，经常深更半夜才回，可是每次都会在厨房里找夜宵。他的癖好很怪，半碗饭，夹两筷子耐月腌制的咸菜，囫囵吞枣地吃下，然后往床上一躺。

这个人健壮、随意，是个确定无疑的靠山，可此刻，他显得遥远而生硬。某种联结着他们的如棉絮般的东西不见了。她打量他的目光理智而清晰，像看待一个陌生人。

她悄悄地解下围裙，小心地靠到沙发上。她的眼睛看着酣睡的房子，手脚老老实实地放在那里，心里却不停歇地念念叨叨。她想象那高个子男人坐在她对面。她看着他的眼睛，一个劲地说话：她上小学时的趣闻，她第一次被人欺负时的样子，她想谈谈对江心洲的怀念，她想告诉他她对他这日日夜夜的怀念。

五

他再次要她已经是两个月之后的事了。

一个周五下午，外面下着雨，她坐在空荡荡的会议室里。身后有微微的响动。她立刻明白，他到底来了。

起身的时候，腿被椅子背绊着了，她想推，使的劲过大，椅子被哗啦一下拨倒在地，他笑了一笑，过来扶住了。她碰到了他的眼神。他的眼神，那前几日还沉静着的面目一下子离去了，相反，显得很紧张，像在想一件重大的事情，又像是背上压着点什么，就是那样。就是那样。陌生感顿时消失无踪，她在心里喃喃地告诉自己：

就是他，就是他。

他坐到她旁边的椅子上，手里拿着一个黑色的文件夹。

他只是来看看她，问她工作好不好，最近好不好？

那天晚上，她敲了他办公室的门。还在那张黑皮沙发上，他静静地要了她。过程仍旧很快，来不及有更多的表现。可是她喜欢。她光是看着他的脸，就被巨大的快感淹没了。她在他身下颤抖。

半年时间，他前前后后一共找过她五次。或者在开水间，或者在五楼。有多少次她等得心都焦了，他不来，可却总在她以为不可能的时刻，会出现。他说：

今晚你来么？

这怎么可能是询问？她当然会来。她会悄悄地在开水间等着，确保所有的动静消失，所有的门紧闭，所有的灯熄灭。

他至今没有留给她手机号码。她想问来着。她想问他究竟四十几，四十三还是四十四？她想知道他的老家是哪里。她想说电视剧里的废话，她想听电视剧里的废话。那些废话一句都不是废话。

有一次，他仍然停了下来。她静静地看着他，料到他有话说。他把头凑进她耳边，她个头矮，他的上身弓成虾一样的。他说：

你多么安静呵。

本来有许多话想说的，他这么一说，她立刻明白，她最好少说话。倒是他自己，断断续续地说过一些闲话，说他看不惯咋咋呼呼的女人，不喜欢一点城府也没有的女人，不喜欢太艳俗的女人……

有些女人只贪图男人的钱……

他说话的时候，声调很低，每说一句嘴角都会习惯性地一撇，露出那沉郁的、无奈的表情。他一定会在这样的女人跟前束手无策，他一定受过这种女人的委屈。她情不自禁地抱紧他，摩挲他的头发，什么也不说。

他的臀部有一块拇指大的疤瘌。这种东西，她再熟悉不过了，乡下放养的孩子都会有的，他的腿上还有条二寸长的刀口，缝了针的痕迹，还有他的两鬓丝丝缕缕的白发，凑近了就能看得出，不仅胃，可能肝也不是很好，否则，怎么会这么瘦。不过，他的手指倒是修长、干净。不像她，拿拖把久了，手心里有茧。有次他拉她的手，她躲掉了，觉得自己的手不怎么配得上他的。

还有一次，他起身穿衣的时候，她大胆地从后头抱住他，亲了他臀部的疤瘌。一个人，经历了多少事才能走到今天，而且恰巧与她相遇？她紧紧地抱住他，恨不得抱进骨头里去。女人跟男人多么不同啊，男人只爱漂亮和正当时候的女人，爱女人光鲜亮丽的一面，而女人，她能够爱着男人的落魄和软弱，爱着他的伤痕、痛苦，过去以及未来。无论多少负重，或是两手空空。

片刻之后，他让开了。

最后一次时，他倒是说了换届进常委的事。他说：

没什么把握。

她顿了一下，才小心翼翼地追问了一句：

为什么？

他没有回答，她再不敢多问。除第一次外，后来他也没有在她的怀里睡着过，他事后说不到几句话就会理好衣裳站起身。她不得不紧随其后，整理自己，站起来。一站起来这个地方就威仪起来，特别让她不自然了，走到门口，听一听外头的动静，拉门的时候，他会说：

路上小心。

声音轻轻地、柔柔地，那恍惚的不快会被驱散，她喜欢这轻轻柔柔的声音。

但是她会哭。有一天夜里，她哭着醒来，小马侧起身来问她：

怎么啦，谁欺负你了？我替你做主！

就是这么一针见血！她不敢看小马的眼睛，双眼紧闭，妄图从这个出租屋里飘出去。她慢慢明白过来。那个男人是吃定了她。他知道只要他一招手，她不会不来。他知道她忍得住事，他还知道她嘴巴严实，他都四十多岁了，他什么看不明白？

她不是没想过跟他一刀两断。万一被人知道了，会连累他的前程，她想象他失魂落魄地上前问她，她哽咽地告诉他：

你傻呀你，没有不透风的墙……

心里生出一股酸楚。牺牲的机会并没有。她从来没有给过对方失魂落魄的机会，他像一根随随便便、松松散散的绳子，随意垂在她眼前，随风摇摆，而她抓不住这根绳子，所以没有机会甩开这根绳子。那刚刚生出的酸楚里平添了一层苦涩。酸楚会涌到喉咙口。怜悯变成了悲伤。那条裙子，她再也不愿意看一眼，她把它塞进一只旧包里，再把那只旧包塞进门后的一个死角，可是，她还是经常想起那个凉凉的拉链头以及拉链拉开时发出的"嗞啦"的声音。

有一阵子，天一直下雨，下过雨后又天天刮风。整个城市的树枝日夜拼命舞动，发出长短不一的呜咽，尘粒弥漫整幢大楼，处处显得颓废和肮脏，人手不够，她被允许在各个楼层任意办公室整日擦拭：门框、玻璃窗、书柜和地板。她很乐意不停地寻找灰尘。每一个经过她身边的人都被她铆劲的样子逗乐了。她找来一个高脚板凳，专门擦拭门上那两块玻璃。

擦拭到他办公室的时候，她能看到他门里的日光灯是亮着的。她站在高脚板凳上，佯装要擦洗门上方的玻璃，理直气壮地从玻璃外看进去。

那个男人。

坐在办公桌前的副县长，正在训斥陈科长，耐月听不清他说话的内容，但是能听得见他的声音，他落音很重，吐字很快，脸红脖子粗，说了几句之后，他一拍桌子，桌子上的茶杯盖弹了一下。被骂的陈科长有五十多了，个头本来就小，头垂得厉害，根本看不到脸。骂人的时候，他比留在她记忆里的更年轻、更精神。他的头发，曾被她摩挲过的头发一丝不乱，还有他的白色衬衫，领子雪白、袖口整洁，更重要的是他的表情，恼怒、凶狠。他不再是那个腼腆、羞怯，对她的怀抱怀着依赖的男人。他是个副县长！骂累了，他端起茶杯猛喝了一大口，然后出了一口粗气，整个身子往椅子上一靠！

这是她第一次见着他发火的样子，是那样地陌生和遥远。这个形象竟把她吓着了。她的腿在高脚凳子上瑟瑟发抖。

她突然明白，她并不了解他，她只是断断续续听人议论过他。他指望下半年换届时进入常委班子，他担心下面人工作出岔子，他希望文化节上能有些出彩的节目以获得认同。

他的愿望不是秘密。是大家都知道的事实。

与她毫无关系。

那只皮沙发。那只牢牢贴过她皮肉的沙发，冰冷得发亮，黑沉沉地靠在墙边，跟他，毫无瓜葛似的。

她失魂落魄地从高脚凳上下来，抓着抹布快速逃离了走廊。

剩下的时间，她坐在开水间里，一动也不动。像是被一场雨淋透了似的，她从来没有像现在这样感到毫无希望。老实讲，她倒是真的没有想过什么希望，但是眼下，却分明被一种绝望击倒了。

晚饭的时候，她一口都吃不下，闻到鱼的味道都想吐，第二天，她仍然动不动就想吐。到了第三天，同事让她到医院瞧一瞧。

你有了吧？

下了班，她就去了医院。医生恭喜她的时候，她迫不及待地问：

多少天了？

医生掐了一下：四十天不到。

那怎么会吐？

这个很复杂，但日子不会错。

她高兴不起来。来的路上她就算过了，他最后一次要她快五十天了，而且，紧接着来过一次例假。她曾经生过这个大胆的念头：生个他妈的孩子！这个想法使她的内心一阵涌动，二十八年了，她没偷过人家一针一线，没冒犯过任何人，她交往过的人都能拿得上桌面的……现在，她心里有着邪恶的念头，生一个像副县长一样的孩子。她想象小婴儿被搂在怀里，合情合理地让人观摩她的疼爱，就算被唾弃，就算声名狼藉，永远回不到江心洲，可是有一个他的孩子，她才真的接近他，骨肉相连！有次算准了排卵期，她进过一次他的办公室，想问他晚上会不会留下来赶文件，结果电话响了，他赶紧接电话，没有来得及回她。

眼下，这个梦破灭了。怀着小马的孩子，她不愿意承认这个事实，甚至都不愿意往下走，走到那两居室的出租屋里。在那幢出租屋里，最要紧的是那盘咸菜，小马说了，什么都能没有，不能没有老婆腌的咸菜，从江心洲带出来的手艺。

遇到玻璃门的时候，她看到自己的面孔很僵，不像一个快做母亲的，倒像一个被检查出绝症来的。

她木木地往医院四周看：一个卖气球的老人正应付着挑三拣四的小姑娘；一个报刊亭子，风把最上面的一张报纸吹得哗啦啦地响，一个小男孩对着草丛撒尿……她觉得自己脱离了生活。没有什么力气了。

回到大楼的时候，四五个同事坐在开水间里吃苹果：

有没有问题？

没有，没有。她做了一个扬眉毛的动作，表示什么事也没有。

哪里来的苹果？她随口一问。

是张副县长的，单位发的，忘记带回家。都要坏了，喊我们处理掉，我们把里头几个好的挑了出来。

她推开同事削好的半个苹果，慢慢地走到杂物间。她装着想找到一件什么东西，背对着开水间里的那些眼睛，可是她的胃不听使唤，几乎有着倾巢出动的意愿，把她的整个心肝肺都要倒出来似的，拼命往上涌……

六

过了半个月，她便不再吐了。她一天假都没有请过，谁也没有告诉。她知道小马一定会令她辞了工作，安心养胎，还会把她的母亲调来。她惧怕那热闹，像判她的刑一样。

她瘦了些，脸色苍白。她吃得少，像是下了决心，一定要在某个时刻之前什么马脚也不露出来。有时她拖地，劲使得格外大。像什么眼睛在看她，又像是自虐似的。她感到脆弱，孤苦伶仃，同时，更清醒了、有主意了、心思缜密了。

天气渐渐凉了。街上的翠绿开始往深里去，开水间女人的议论也渐渐放缓了声，有了慵懒和倦怠的气息，甚至会出现长时间沉默的气氛。到了下班时间，一个个都争先恐后地往外溜。只有她，每回还是头一个来，最后一个走。

那天上午，她被喊到四楼。原来张副县长老家来了客人，五六个乡镇干部模样的人，挤占着皮沙发。那些人你一言我一语地回忆他们在一起的童年。他们早料到他会有今天。他们的声音里满是崇敬。办公室里全是烟味，每个人的手里都夹着一支。她看到他也大口吐着烟，对于恭维和客套，他打着哈哈，全盘笑纳。

来，抽我的，抽点好烟，不要客气，你们随意！

他完全不同往日，西装脱了，白衬衫的袖子撸到了大臂上，领带干脆没有。他递烟的样子特别慷慨大方。藏匿起来的乡音全部坦露在外，打手势的动作幅度也很大，看上去兴致很高。她给他们的杯子里续满水，出门的时候，他朝她的后背喊了句：谢谢啊！

这是头一回对她说客套话。她听到他对后勤人员说过这句话，她也听到他对司机说过这句话。她僵了一下，没回头。

中午她又过去了一趟，破天荒头一次，他人不在，门却是敞开的，可能是陪老家人吃饭，也可能送他们到车站。她细细地擦着茶几，她数了茶几上烟灰缸里的烟蒂，十九个。他桌上那只烟灰缸里也有六个烟蒂。

真来了兴致，他跟其他男人也是一样的。

她从来没有像今天这样精心地打扫他的房间。沙发她来来回回擦了四遍，像是擦洗她自己的心爱物件，又像是表白什么。所有的茶杯洗了，消了毒，放到门边的柜子里。她不是在工作。她在跟他谈心。她在抚摸他的气息。她在陪伴他……

他的西装搭在椅子背上，这件藏青色带暗纹的西装，质地精良，款式也好，真是衬他的，可眼下一股浓烈的烟味。这不是他一贯的味道，也不是她闻得惯的味道。她抬头看了看窗外的晴天，然后把西装送到了五楼的平台上。

平台上三四个民工在修补防水设施。其中有个男人，那双不老实的眼睛朝她瞟过来，嘴里吹起了轻佻的口哨。她白了他们一眼，那人的头发乱蓬蓬的，宽大的裤腿皱巴巴的，脸上有着一种四十岁男人才有的放肆轻狂的神情。她有点恶毒地想，他不知道穿成这样，挂着这样的表情出门多么遭人讨厌。他身边的几位也好不到哪里去，工服脏兮兮，身上永远有股汗臭味。不止如此，还有一种四十岁以上的男人她也很是反感：肚子腆出去许多，下巴直接按在锁骨上，即使位高权重，摆出一副凛然不可冒犯的样子，她也能看到他们内心的猥琐。这之前，她从来没有留意过四十岁以上的男人。这些隔了代的人，不在她的关注和理解范围内，一经出现就会被一笔带过。

她想起他，正襟危坐，双手搭在双膝上，不旁顾，但谁也不能说他是闭目塞听的傻瓜。走路的时候，他腰背也挺得直，目不斜视，脸上有一种淡定雅致的神情。

谁也不能与他相提并论。然而，多么遥远……

平台上系的两根绳子，平常用来晾晒抹布毛巾什么的。她先用干净毛巾把西装上上下下掸了一遍，然后将它挂在晾衣绳上，小心地理平整。她想等到一点多钟的时候再收回来，就一点味也没有了。

她再次走到五楼平台的时候，工人们已经不见了。一眼就看到西装被动过了。不祥的预感向她袭来。她几乎是扑到绳子边上，西装的领子边上赫然一个大拇指盖大的洞，她的心像被刀剜了一下。

她使劲睁着眼睛，既想知道是个梦，又想看得更清楚一些。她差不多站不稳了。

负责四楼卫生的陈洁看到耐月在平台上打转转，纳闷地走上来。一看到西装，就惊叫起来：

哦，天哪，你闯祸了！

一听这话，耐月反倒平静了，她看着陈洁，凌厉地逼问：

谁，谁干的？

可能就是刚才那几个民工。

可是，说什么都于事无补了：我赔。你不许吱声。

她的严肃劲把陈洁震住了：

我不说我不说，可是，他就要回来了呀！

领口上几个英文字母清晰可见。这是个大品牌。县里最大的百货大楼一定有这衣裳卖，一定的。

她有了主意，到开水间里拿了包就冲下了楼，招出租车的时候，有两辆空车都不停，她才想起自己穿的服务员的工作服。她赶紧脱了它，胡乱朝包里一塞。

来不及了，她开始奔跑，不过四五里路，不要多少时间。风很猛，行人太多，她差点撞上一辆迎面而来的三轮车，耳边呼呼的，她的眼里只有路，红灯算得了什么？喘不上气算得了什么？头发散了算得了什么，摔了一跤手心蹭破了块皮算得了什么……

百货大楼一共四层。二楼卖男装。她几乎是扑上自动扶梯的，她等不及自动扶梯那慢吞吞的样子，三步两步往前赶，撞了一个又一个人。她到底找到了那个牌子。

她不走运。

　　这种款式没有了。她贴着门口一个塑料男模就要倒。营业员心肠好：

　　我们县还有一家专卖店，那里可能有这个款。

　　一阵风。她觉得冷。阳光稀薄，有点透不过气来。专卖店不远，横穿一条马路，穿过三个小巷，再有一个红绿灯就到了。她在心里默念营业员的交代。横穿马路不怎么容易，街口一个辅警，戒备地看着耐月，只等她往前迈一步，便一声断喝。他们的眼光毒得很，有些人好言相劝，有些人喝斥。耐月心里急，越发对这些人有了怒意。她心里想：

　　狗眼看人，狗眼看人。

　　然后趁他转头，她一个箭步向前奔去，在那身后，是汽车急刹的刺耳声。

　　怎么样？我赢了！

　　怀着隐隐的恶意，疲倦不那么重了。再往前，是一条老弄堂，青砖，白灰拉的缝，斑驳陆离的，有一种年月久长的意味。她的心不那么躁了。

　　然而，走几步，便是新的街道，两旁都闪着霓虹。幻觉消失了。她得赶紧。

　　算她走运。这个牌子的衣裳店里有，这个尺码只有一件。四千八。

　　她没那么多现金。留下一百块做押金，她交代卖衣裳的小姑娘：

　　任何人也不准买，这件是我的。

　　她一出门，就有点转向。现在，我要去哪里呢？但是她的脚步看上去一点也不茫然，反倒显得笃定和沉稳。县城到底不大，她跑得又快，半个钟头便拐回了出租房，拿出柜子里的四千元现金，加上她包里的九百，还多出一百块。

西装被检查了两遍后放进袋子里。现在，一切都挽回了。她感到如释重负。数钱的时候，她手抖动得厉害。她看到营业员狐疑的手伸过来想接又缩回去。她想表现得自然一些，咽了一口唾沫才说：

我跑急了。

她说话的时候，嘴唇也哆嗦得不自然，她懊恼自己出洋相，她们一眼就看出她是闯了祸的。她们还一定以为自己买不起。自然是买得起的，小马也有一件一千多的西装，他也经常跟有头有脸的打交道，每回要见客的时候，她都会提前替他熨熨平。

营业员并不急着把钱放进抽屉，反而停下来告诉她：

其实你手上那件可以补好的，华联商厦门口有许多纺织厂下岗工人，她们补的衣裳跟原来的一模一样，你甚至都不用买。

怎么能?! 她说。

往门外走的时候，身体很重，其实她心里很轻松，一件难题解决了。一到阳光底下，她的心情平复了许多。事情已经办妥，仿佛要归于平静。街上的人流也比刚才多了起来。人就像是从地底下冒出来似的，一个一个急匆匆的样子。反倒是她，经历了刚才的骚动，感到从没有过的轻松和虚脱。

陈洁的电话打来了：

买到没有？县长回来啦! 声音压得低低的，耐月隔着街道和楼都能看到她一副担当不起的表情。

我知道了。她说。

然而她走不动了。

华联商厦到底出现在十米外的地方。她挣扎着站起来，果然，在门左侧台阶上，坐着位皮肤黝黑的老妇正在补衣裳。她把西装递过去。

一百块。

能补到看不出跟原来一样么？

一个钟头就行。老妇人的声音生硬干脆。每个字吐出来有力、急促，寡淡无味。像是有把剪刀，在她的话从喉咙里出来之前，把杂音和水分都剪掉了似的。

补不补？

她摩挲着他的西装。这跟他朝夕相处过的衣裳，随着他来来去去的衣裳。她不忍心看这个洞破坏它。

补。

老妇人不再说话，接过西装，习惯性地掏了掏口袋，从其中一只口袋里摸出了一张纸递给她：

就这张纸，别的一样都没有啊！

这阴冷的声音使她很难受，这位老妇人像一根绷紧的钢丝绳一样将她跟周围的人和物都清楚地分开着。

她想：今天的事小马能料到么？这么多钱怎么跟他交待呢？还有母亲料到她怀了么？她们简直急得挂不住相了。还有开水间的同事，每回她们说别人的丑闻，都是义愤填膺，或是幸灾乐祸，这小小的芝麻大的消遣，她们哪里想到她的心里也藏着奸情呢？

我是多么表里不一的人啊！这个念头往日会使她生出羞愧，可是现在，生出的却是些许骄傲。她被这骄傲鼓励了：

我是真的什么也不图，我赔了。

前头有一个小小的公园。公园里有几张木头椅子。她挺了挺腰杆，咬着牙关往前走，几十步路，她差不多走了一刻钟，几乎是摔到了公园的椅子上。

现在，她不仅觉得冷，而且觉得累，她看到自己的鞋尖，跟制服统一配发的布面塑料底的鞋子，鞋跟略有点高。她看到鞋尖上沾上了一些泥，她看到脚踩的青草地里开着一些白色的碎花。她还看到自己的双腿肿胀得像馒头似的，丝袜深深地嵌进了肉里。

又一阵疼痛向她袭来。

疼痛减轻之后，她慢慢展开他西装里的那张纸。原来是一张上岛咖啡厅的发票。一百五十九元。

上岛咖啡就在公园西侧。她从来没有进去坐过。她再笨，也明白，不是钱够不够的问题。

她站起身来，慢慢地走向上岛咖啡。足有四米高的落地玻璃门里放着一排排宽大的沙发。靠她最近的窗户边面对面坐着一对男女，那位长发飘飘的小姑娘，不知被什么话逗的，正乐得身体上上下下地颤动。

多么亲昵的关系，才能让人如此开心又松弛啊！她怔怔地看着那幸福的小女人可爱活泼的脸。

他一定也是和某位漂亮的小姐这样面对面坐着，一定也会以如此宠爱的目光欣赏着对面的女子吧？他会不会握住对方的手，向她表白他是多么爱她？

然而这都是臆测，她并不了解他。不是睡了就有权利了解，了解和睡其实是两码事。他的梦想，他的前途，他的信仰……伤口是深藏的，黑暗也是深藏的。他的愿望达不到的地方，捅不破的迷雾……全部跟她无关，就算踮起脚尖，也够不到他的灵魂……她再特别，也不过是个特别的服务员。

她转过身子，慢慢走回公园。

疼痛再次袭来。硕大的疼痛从她的腹部往外蔓延，渐渐向着她的胳膊、大腿、心脏和脑门……她记得自己捏住拉链头，她一发力，拉链"嗞啦"一声。

广场上的大钟悠长而清脆地响了起来。五点整。天色黯淡了许多，好像有层纱布从上面往下一罩。她站起身来，走向华联商场门口。西装上使她胆战心惊的小洞魔术般地不见了。她递过去那张仅有的百元票子，摩挲着那件似乎恢复如故的衣裳，心里充满了温暖。反倒那件新买的，捏在另一只手里，她从头到尾都不曾摸过。

手机又在包里呼喊起来。她装着没有听见。现在，路更不如刚才平坦了。

她上了一辆公共汽车。拉着吊环，身体仍旧不稳，她摇摇晃晃，她的眼睛直逼几位坐在那里的男人，谁都看得出她浑身哆嗦，身体有恙，可没有人给她让座。

她紧盯着靠她最近的一位年轻男人的侧脸。她盯住他轮廓分明的脸，那张脸意识到她的目光，不自然扭动了一下，然后把脸向窗外侧了侧，她不依不饶地跟着他的脸移动自己的目光。她感到温热的东西充溢在双腿之间。她感到有东西撞到她的腹部。这摇晃的、空气浑浊的车厢令她感到窒息。她吞了一口唾沫，艰难地盯住眼前的这张脸，仿佛这可以缓解疼痛似的。

车子开了两分钟，她突然拍起了门，下车，下车！

哆哆嗦嗦，带着歇斯底里的哭音把她自己吓了一跳，被她的声音吓着的还有整个车厢的人。他们看向她。仿佛她是个怪物，又或者是个刚刚作案的贼，怀里揣着赃物。好在，车门打开了。她跌跌撞撞冲下去，跌坐在街边。

眼前是座架了脚手架的高楼。到处都在建设之中，到处都是废墟。

手机再度响起。一种恶意的念头生出来，她很想对着手机说：

你知不知道，我跟他睡过？

这个念头使她的疼痛感一瞬间减缓了……这颗炸弹一扔出去，立刻能看到火光万丈，直冲云霄……她被这虚幻的场景振奋了。

然而，从此之后我就是开水间代代相传的笑话了。

黑夜降临了。绿叶红花全部隐没在暧昧的泛黄的路灯之下，天地楼房都灰蒙蒙的，嘈杂，带着暖暖的凉意。

一辆肮脏的渣土车驶了过来。地面的震荡，使她的疼痛成倍加剧……并不像有什么东西在撞击她的腹部，倒像有只手伸了进去，正在里面摸索什么……

她有点不相信似的用手抵住了自己的腹部。身子尽量佝到一起，剧烈的疼痛过后升腾起奇妙的无力感，汗水浸染了她的额头，模糊了她的眼睛，她并不觉得难受，相反，她觉得往日那平平静静的身体显得过于平淡和含糊了，这一刻，像汹涌的波涛，又像是身在风驰电掣的火车上……

她想起第一个跟她睡过的男人，他给她送过鱼，表达过对她从上到下的需要和负责。她想起小马，给过她体面的婚礼。可是这个人呢，这个她心心念念朝思暮想的男人，他甚至都没有带她去过旅馆。开水间的女人议论那些不合法的事情时，不是说，睡觉、上床，就是说，开房。她也很想在那白色的席梦思床上有那么一次。她也很想听他在耳边轻轻地说句我爱你。这样，她就有勇气对他说：

我爱你呵我爱你呵。

她多么想自豪地说这个字，如同是她的发明。然而，他没给她这个权利。他是高她一等的。他是一直向前走的人，经过她的时候也没有停下脚步，而她，在经历他的那一刻便留在了昨天。她隐隐约约而又真真切切地看到了这个男人，看到了他亲自展示给她的片刻，也看到了其余的时光。

身子底下越来越热乎，像贴着刀片一样热乎乎的感觉……

一个骑自行车的人缓慢地经过她，又频频地回头瞧……

不要看我的脸，她在心里乞求，不要看我的脸……

她倚靠在树干上，像一个无所事事的乞讨者，又像苦苦思考着的哲学家，身体不再有什么感觉，灯火在闪烁，一切都很平静。

困倦袭来。痛楚奇迹般地消失了。

……她不恨他。她看着拉开自己拉链的那只手，想到当初，她是那样地毫无招架之力，说到底，不是他强迫她，是她自己，看到了虚幻的光亮……她想起他那愁容满面的脸，想起他那压低的声音：这里不是说话的地方……他原来如此不堪，他比她认识的所有人加起来都不堪！

她的眼前一片透亮。

　　去单位已经太迟，什么也无法弥补了，可是带着两件如此昂贵的西装回家，则意味着要编排更多的谎言。何况她失去了所有的力气，一步也走不动了。

　　现在，她的命运一目了然。

凌 岚 1969 生于南京。小说作品有《离岸流》《冰》《枪与玫瑰》《老郳》《桥水》《必经之路》《无尽里》。现居美国康涅狄格州。

———————

参展小说
离岸流

离岸流 首发于《青年文学》2018年第2期

离岸流

一

那是二十多年前的事了。上世纪九十年代初，我混在中国内陆省份走出国门的大学生中，来到美国，首站是洛杉矶。之前，我这个四川达县人既没有坐过飞机，也没见过大海，到过离家最远的城市是北京，那时我是县里唯一一个考进北京念大学的。

美国到底是怎么个样子，我们谁都说不上来，坚信它是"一个金砖铺地的花花世界"，这是我们出国时的共识，但这句话到底是许诺，还是激励，或者仅仅是一个在老华侨和偷渡蛇头中流传的谣言，我无从判断。国航飞机抵达洛杉矶降落时，下面一半是太平洋，一半是沙漠，在红色的云蒸霞蔚中（后来知道那是工业污染和汽车尾气造成的雾霾），一个城市的平面缓缓露出，看到它时我想起的第一个念头，竟然是我必须学会游泳，仿佛洛杉矶是一个海洋。

关于离岸流的知识，缘起于我老婆红雨学开车。那时我已经在洛杉矶住了四年，与红雨结婚不到两年。红雨怀孕至六个月的时候，决定学开车。理由很充分，之前她学过开车，已经通过笔试，只等路考通过就可以拿驾照了。我也愿意教她。但是我知道她心里害怕开车。

红雨害怕洛杉矶的高速公路，这是她过去几年放弃开车坐公交上下班的原因。按理说我们住在洛杉矶的西湖区，出门没几步就可以上高速，她来美国也四年了，并不是没见识过。但是，红雨对高速公路有恐惧心理。她个子本来就瘦小，坐在我们那辆本田车的方向盘后面，双手死死抓住黑色方向盘，那表情就像溺水的小兽。她一紧张，车速掉到六十英里以下，旁边的车一辆接一辆从左右两侧车道呼啸而过，这样一来她就更紧张，屏住呼吸，脸憋得通红。我怕她这样屏住呼吸时间长了，会当场在驾驶座上背过气去，那样我们恐怕会车毁人亡。

怀了孕，红雨说无论如何她得拿到合法驾驶的驾照，家里有什么急事，她可以开车出门，以后不走高速、多绕点路也行。"不走高速"是她自我镇定的救命稻草。她的心思我明白，无非是在我们当地的小街小巷里把车技练熟了，到时再上高速就不会怕成那样了。

这样，我们平时出门就开始绕小路。

去老费家做客后回来的路，也是这样绕行的。老费新购买的康斗（Condo）大屋坐落在洛杉矶的"上只角"，我们去给新屋"暖房"，结束时我喝醉了。当我一手推着从老费家取来的婴儿车座，一手拖着一个二手学步器，手臂上还挽着一大包老费的儿子费大卫用过的婴儿童装和没有用完的纸尿片时，红雨盯着我看了一会儿，然后果断决定："我来开车。"她从我的裤子口袋里掏出车钥匙时，手指隔着口袋布碰到我的腿，我有点浮想联翩。她最近不喜欢我碰她。

坐进副驾驶座，我把车窗打开，让夜里的凉爽空气吹进来，帮我醒醒酒。夏天的晚上风是温的，但是很干燥，吹在皮肤上很快把汗吸干了，很舒服。红雨端坐在方向盘前，手臂呈水平状各执方向盘的两侧。她突然举起手臂紧了紧衣服，勾勒出胸和腰的曲线，再次让我浮想联翩。

车开过圣塔莫妮卡的时尚区时，我们都同时被街上的漂亮房子吸引了，忍不住回头看。红雨看一眼，就克制住，专心看路开车，我则可以随心地看：白色的泥灰涂面的西班牙式房子，红瓦铺顶；日式庭院，门前挂纸灯笼；墨西哥式带屋顶的宽走廊，深棕色的方木柱子，红方砖铺地，爬满墙的红影树；还有房前的沃尔沃车，宝马，奔驰敞篷车，雪佛兰科尔维特复古式跑车。然后我们都说住在这里离城多远啊，哪里有我们西湖区方便！但是我知道我们是住不起这些房子的。我毕业后找到这个程序师的工作才两年，第一年的薪水一半用来还读硕士时问亲戚借的学费了，余下的钱我攒着准备买一辆小跑车，那种叫银子弹的道奇跑车。红雨一直在餐馆打工、包外卖。她的钱除了寄回湖北的老家，其余的都存着，她想交学费读一个图书馆的学位。图书馆职员薪水不高，但是工作清闲，也没有那么多人来竞争。

车开进好莱坞大道的时候，风景大变，变得热闹了。这时已经晚上十一点了，下城的夜生活正式开始，沿路一溜儿站满流浪汉和娼妓，也有去夜店的华丽族——明星、富翁，奇装异服，鹤立鸡群。我把车窗摇上去，红雨一声不响地紧握方向盘，目不斜视。路灯和酒吧的彩灯跳动着，映在红雨的脸上，跟她苗族人特有的高颧骨和无辜的眼神很搭。曾经不止一次，有洋人问过红雨是不是波利尼西亚人。

车窗外的人行道越来越挤，挤满各种肤色的大胸、胖瘦不一的腿、空洞发呆的眼睛。这景象让我想起红雨打工的餐馆在唐人街，经常有这些做皮相生意的人来买外卖，看到她这个孕妇，小费还会给得很多，还有人要求摸一下她的肚子，求好运气。

"你真给他们摸过肚子?!"我很奇怪，她居然不害怕。

"没有啦! 但是他们见到我还是很高兴，这些老外多奇怪啊! 见到孕妇又有什么可高兴的! 我妈说的，见到孕妇和怀崽的母猪都得往地上吐唾沫，消灾……"红雨没有觉得她话里有对自己的不尊重。她的老家在湖北的恩施，来美国之前她是中央民族学院苗文专业的留校青年教师，通过商务签证来到美国。

我第一次见到红雨的时候，是在老费那个旧家的派对上。一群人中间，一个小姑娘眉清目秀的，漆黑的长发梳成马尾巴，穿着国内裁缝做的改良式旗袍，正斩钉截铁地说着："打光火药，但这家伙没死透，倒在地上抽搐，我就毫不犹豫地给了一枪托，砸得脑浆子都出来了。脑浆子你们见过吗? ……"这个彪悍女就是红雨。

"谁的脑子?"座中有人问了我想问的。

红雨说："野猪的脑子，比人脑子大……"

那时正好是一九九二年洛杉矶黑人暴乱后，好多韩国人买枪保卫自己的店，怕被再次抢劫，洛杉矶的华人社区也怕抢，见面都在商量购买武器的事。大家都没有摸过枪，不知道底细。唯一用过武器的人是红雨，她不厌其烦地解释在恩施用猎枪打野猪的事。

你打野猪都不怕，怎么还怕高速公路上开车? 这是我不止一次问红雨的话。她总是回答，湖北没有那么宽的路，一上高速看到六排车道头就晕。

穿过灯红酒绿的花花世界，我们的车从好莱坞转向佛芒特大街，我也松了一口气，这条大路一直开下去，没多远就能拐进西湖区了。酒精的后劲开始上头。我昏昏然觉得很放松，把车座放倒，想小睡一会儿……

一声巨响，车狠狠地往前踉跄一下，几乎要飞起来，然后又重重地摔回地上。我的身体像坐过山车，被惯性猛地抛到前车窗上，旋即又被身上捆的安全带拉扯回来。我彻底醒了，扭头看红雨，她的头撞到方向盘，右脸被狠磕了一下，已经红肿起来。她双目圆睁，脸色煞白，伸手拉我，说："小刚你没事吧？没事吧？我还好，就是脸上磕疼了……"

我摸摸脑门，把车座放回直立状态，说："我没事的，车子撞哪儿了？红雨你还好吧，除了脸别的地方疼吗？下车走几步看看……"

我们各自打开车门，起身出来，红雨除了脸上挂花，其他看着都还好，她一边走一边整理自己的连衣裙，脚步平稳，我松了一口气。我们转到车的后部查看，发现整个保险杠掉在地上，后备厢已经被撞得缩进车体里。我倒没有多么心疼这辆小本田，反正这车也老得不行了，应该换新的了。

在我们低头查看损坏的车尾时，并没有注意那辆撞我们的白色中型货车。只听见身后那辆货车引擎熄火，车前灯随之暗了，车门推开，几个人跳了出来。我和红雨光顾着察看彼此的伤，一抬头，我们周围已经围了几个人。其中一个高个儿穿着连帽运动衣，因为背着光，他的大半张脸都缩在连衣帽的阴影里，看不清他的脸。他转身吼："别熄火啊！你他妈的蠢啊！"随即货车的大灯随着引擎启动的轰鸣声又亮了起来。

他的骂声在夜里显得粗重刺耳，大灯照得人像在接受审讯。另外两个围上来的黑人好像很紧张，低头看着我们的脚底下。接着另一个人从车里钻出来，嘴里不干不净地骂着"shit"。等他来到我们面前，我见他一头金发，穿着无袖的篮球背心，阔短裤，上身和腿上露出的部分布满刺青，包括他拿枪的手。枪对着我们。他看到红雨隆起的肚子，有点吃惊，把手里的枪本能地朝我这边晃晃。在货车灯光的照耀下，黑洞洞的枪口好像电影特写镜头。

红雨尖叫起来："别开枪，求求你们别开枪！求求你们！把车拿走！"她说着湖北口音的英语，声音又高又尖，像是锉刀划在玻璃上，听得我一瞬间觉得五脏六腑都在战栗。

"把车钥匙给我们！你他妈的快点拿出车钥匙！"高个子呵斥着。

红雨弯下腰，把车钥匙往前抛在高个子脚前的地上，车灯光打在她赤裸的手臂上，特别白，地上几块碎玻璃闪着寒光。她颤抖着说："车钥匙给你，拿去吧，我们没有钱。"

"我来我来。"我听见自己说，说着往后裤兜里掏钱包，一切都如慢镜头里的动作一般，我有种缺氧的感觉。我平静地掏出钱包，把里面的钞票掏出来伸直手臂递过去。高个子一把抓过我手里的票子，转身就往货车奔，其他两个跟在后面。我松了一口气。这时我注意到那黑洞洞的枪口还在对着我们，没有挪开的意思。金发小个子的眼睛里闪着疯狂的光。车灯下，我注意到他头上的金发是一个假发套，鬓角上有黑色的发茬从假发下支棱出来，使得他脸上的疯狂表情看起来更加恐怖。

这时我突然清醒了，路上所有的嘈杂声重新蜂拥进我的耳膜；

我听见高个子和金发仔的叫骂声，以及子弹在空气中擦肩而过的啸叫，货车上的人拼命踩油门，引擎挣扎几下复又启动的声音。在这一片嘈杂中，我听到红雨在一旁啜泣，我用手臂罩住她的肩膀，往路边的草丛中退过去，蹲下，努力在乱晃的车灯中把身体缩小。金发仔坐进我们的车里，一只手还拿着枪，另一手捏着车钥匙，他离我们这么近，脸上的粉刺被汗水打湿，清清楚楚。

随后，汽车排气管里冲出热浪，热浪中满是废气的味道。在汽车启动的同时，我拉着红雨转身撒腿狂奔，马路隔离带的刺划破我的脚，我们拼命跑着，跑进一条更黑的小巷，跑过已经打烊的小店，直到我发现牵着红雨的手空了，才意识到把她弄丢了，复又跑回去找。她倒在不远的路边，在一辆路边停着的车旁，赤裸的双腿上血迹斑斑，连衣裙的下摆已经撕破，高跟凉鞋只剩下一只。我以为红雨被枪击中，等我抱起她察看，才发现血是从她两腿之间流下来的。她还有气，活着。

我叫来救护车，把红雨送到医院的时候，医生说已经听不到胎音了。医生给了红雨引产的药，我坐在走廊里的椅子上等。医生跟我说，为防止子宫大出血，要尽快引产——红雨没有被枪击中，但胎盘出了问题。引产前，妇产医生听我结结巴巴地说了车被撞，然后被抢劫的事。他叹了一口气，问这是不是红雨第一次怀孕。

医生安静地听我讲完，然后说："第一次怀孕可能会出现各种复杂情况，包括流产。车祸和惊吓是一个因素，但不一定是流产的决定因素。"说完他拍拍我的肩膀，安慰我，"你们还年轻，以后还会有很多次机会。"

我唯一的念头是红雨活下来，别出事。

引产很顺利，医生问我要不要见一见胎儿。我迟疑了一下，医生见我害怕，解释说胎儿很完整，就是很小，做父母的最后见一次是一个了结。我于是同意了。我被带进一间单人房间，类似于会客室，有沙发，有咖啡桌，沿墙的柜子上放了咖啡机，和一排整齐的茶叶盒子，但不知道为什么给我一种是布景的感觉，一切都是临时布置的似的。

我在房间中站了一会儿，前面有一个落地窗，里面透出光亮。我走过去拉开窗帘，才发现窗帘后面只有一张一米半见方的大照片，不是窗户，这个房间根本没有窗户。大照片后有灯光设置，外面装了落地窗帘。窗帘拉上以后隐隐透出来的光线像天光一样，其实是大照片背后的打光。我在那张大照片前看了一会儿，那是从洛杉矶天文馆方向拍的城市鸟瞰，那处风景我非常熟悉，是我跟红雨约会时喜欢去的地方，没想到在这里看到。这时听到轻轻的敲门声，护士长推着小推车进来，她从小车上抱起平绒毛巾包的胎儿，递给我，告诉我不需要着急，想待多久待多久，没有人会打搅。

我从她手里接过小白布包，胎儿只有儿童足球那么大，皮肤呈蓝紫色，很光洁，皮肤还有弹性，不像皱巴巴的新生婴儿的脸，双目微合，表情很安详。他靠近眉心处的眼槽微微凹下去，像红雨，苗族人的长相，一眼就能认出。然后我就不害怕了。我慢慢打开绒布包，看到他的全身，是一个男孩儿。

二

当红雨被送进急救室以后，我跟驻院的警察报了案。医院里的警察真多。除了做笔录和让我在记录本上签字，其他的警察都爱莫能助。在我身后排着长队的人，有来报案的，有犯了事遭到逮捕因为反抗受伤，戴着手铐被送来就医的。我从来没有想到离家这么近的医院里晚上会这么热闹。我每天晚上回到家，吃了饭洗了碗，除了看电视就是坐在床上发呆，没有想到整个洛杉矶的犯罪分子在夜中"狂欢"，这是我的小日子以外的平行宇宙。

我们的车上有车辆登记的文件，上面有我和红雨的地址。我问警察怎么办，流氓会不会找上门来？警察说不会，洛杉矶路上持枪抢劫的少年团伙，基本都是吸毒狂，没钱买毒品了就出来抢劫，拿到钱就走，几乎没有发生过跟踪上门的案例。我问从来没有吗？并且说"Never ever"？警察看了我一眼，迟疑一下，点点头。他肯定想，这英文磕磕绊绊的中国人怎么突然蹦出"Never ever"两个词了。

红雨一天后就出院了。公司给我放了两天假，还邮购了一瓶插花送上门表示慰问。红雨呆呆地看着花束里蓝色的绣球花，像自言自语又像在问我："那孩子，到底是男孩儿还是女孩儿？"我不敢跟她说实话。我想，几年后再跟她提在小会议室跟"小蓝孩儿"告别的事吧。公司秘书邮购花的时候，电话咨询了我一下，问我要蓝色还是粉色的花？蓝色代表男孩儿，粉色代表女孩儿，这是美国习俗中生男生女的花语，我当时并不知道，我选蓝色是因为这是红雨喜欢的颜色。

红雨出院后的第三天，没想到奶水来了，汁水饱满，乳房涨得滚烫，像小母牛。可惜全无用处。出院前医生已经给她开了镇静剂和止疼片，并警告我们流产后产妇情绪会大起大伏。我下班进门，屋子里黑着灯，唯一灯光来自浴室。红雨光着上身站在浴室的镜子前，看着镜子中的自己。她的一对乳房庞大了好几倍，乳房皮肤下的青筋纵横交错，像放大镜下的叶脉。她用指尖轻轻挤一下乳头，就有奶黄色的汁水滴出来，红雨用指尖接住，放到嘴里尝尝，又接了一滴，给我尝尝，有股淡淡的甜味。浴室的空气都是热的，红雨的身体在全力开工，像一个努力产奶的机器。

之后护士上门家访，教她把两袋冰冻豌豆放在胸口，想把这奶涨冰镇回去。就这样她半躺在沙发上，穿着碎花的睡衣，敞着的胸口上堆着两包冻豌豆，眼睛睁得大大的，盯着天花板，一声不吭。过一会儿等豌豆焐热了，她自己起身去冰箱里再换两包。疼吗？我问红雨。她摇摇头，说已经不疼了。我不知道是药物的作用，还是她真的很坚强，从一周前怀孕的少妇，变成了老气横秋、不修边幅的妇人，随时可以脱掉上衣察看自己胸口的情况。因为奶水时不时会漏出，所以她老穿那几件邋遢的旧睡衣，头发蓬乱，加上她木然的眼神，让我心疼，也让我难为情。

我下班，带来老费家做的饭菜，煲的鸡汤。没过两天，红雨就下地自己做饭了。但她还是不怎么说话，我担心她是不是吓出毛病来了，劝她给湖北的父母打电话，写信也行。她回头冲我笑笑，说这么衰的事有什么可说的，平白叫家里人担心。过了一会儿，她叹口气说，想不明白，那些坏人怎么挑中我们这辆破车的，没有一点迹象表明我们有钱啊。说着说着，她又问，为什么偏偏是我们这么倒霉？他们为什么没对我们开枪杀了我们？

我没心没肺地全盘转述警察的话，这些少年团伙就是吸毒成瘾，抢钱抢车买毒品，不是想杀人，他们不会找上门来的，说到这里我停住了。从红雨的表情，我知道最后那句把她吓到了。红雨是聪明人，她开始反反复复地想那天出事的每一个细节，最早在哪条街看到那辆白色货车的，跟了我们多久……很快她就想起车里放的车辆登记卡、保险卡，这些文件上清清楚楚写了我们的姓名地址、社会安全号码。

"警察怎么能知道这些流氓不会上门来找我们？不会再抢我们？"她反复问我。"那我们也买枪自卫。"红雨认真地说，"到哪里去买枪？我可以打猎枪的，手枪没有打过，应该差不多……"过了一会儿，她又绕回到那个"为什么挑上我们"的老问题。"我其实注意到后面跟的车一直是那辆，离得那么近，我一点都没怀疑……"红雨的口气像祥林嫂。

"不要再想了，红雨，已经发生了，洛杉矶那么高的犯罪率，我们摊上一次也不是没有可能。"

"离得那么近，怎么可能不想呢？"她伸出手，摆出一个拿手枪的姿势，指着我的胸口。

红雨的话于我心有戚戚，我从来没有想过周围那么多人拥有枪支。我开车在路上，前后左右并行的车，它们的仪表盘上的小柜里极有可能藏着一把手枪；去超市，有多少顾客身上是带枪的？公司同事呢……枪都快变成一个身份了。但是我的当务之急是买一辆新车，本田车的下落没有任何音讯，保险公司已经报失，赔偿很快就会寄来。

这时，我们两人同时听到墙壁里传来窸窸窣窣的声音。红雨打住话头，指指墙，侧耳听，然后压低声音说："又来了！"

三

第二天晚上，当我进门时发现床垫被拖进储藏间了，一个双人床垫，把储藏间的地板塞得满满的。储藏间两侧，一侧挂红雨的衣服，主要是连衣裙、丝绒套装、毛料西裤等等值得挂起来的精致衣服；另一侧挂了我的西装、衬衫和各种各样的领带。我们装在从宜家买来的活动衣柜里的内衣、T恤，被挪了出去。

红雨带我走进储藏间，顺手关了门。储藏间里没有开灯，仅有的亮光从门下那道窄缝照进来，我看到红雨穿了绣花拖鞋的脚，还有朦胧中她的身形。

"怎么回事？为什么睡这里？"我问。

如果我平躺在床垫上，我就好像躺在那些真丝旗袍、领带、长风衣、全羊毛西裤的丛林里。

红雨压低声音说："这里没有老鼠。"

我这个能打猎枪、看过野猪脑浆的老婆，现在胆小如鼠。

"你是说墙壁里的老鼠不会跑到储藏间来？它们在墙缝里转晕了找不到这里来？"说着，我想笑出声来。

"不会的，它现在只在卧室到客厅的那面墙下。"红雨还是压低声音说，好像怕老鼠听到，会循声找到我们。

"你知道上次我已经把墙上所有的洞都堵上了……它进不来的……"我也压低声音对她说，我们像在黑暗里密谋。

"不行，我听到它们吱吱的声音，都要发疯了。"红雨说着声音有点发抖了，"我睡不着。"

"好吧，好吧，亲爱的，你想睡哪里就睡哪里。"我伸出手臂抱住她，隔着薄薄的T恤，她的胸和腹部的皮肤开始恢复到正常状态，她的身子温热，抱着很舒服。

红雨忽然哭了："我们本来过得好好的，忽然就变得这么惨……"我把她抱紧了，储藏室闷得人透不过气来。

三个多星期前，我们在厨房的水池下发现老鼠屎，那是第一次。红雨开始疑神疑鬼，说晚上老鼠吃过厨房里摆的水果。她跟房东抱怨。房东保证，立刻派人来灭鼠，然后就没有下文，也不再接我们的电话了。西湖区是洛杉矶少有几处租金便宜的地方，房源紧俏不容易租到。我们租到这个一卧一浴还带一个正式厨房的公寓，是顶替朋友的租约，如果仅在市场上找还不知道猴年马月才能住进来。房东绝对不会管什么老鼠不老鼠的，你嫌这里不好，另找房子去啊，反正有人愿意住进来。

我不得不从建材店买了合成板、水泥，还有填胶的工具枪。把水池下的洞先补上，然后检查全公寓的犄角旮旯儿，把能填能垫的洞和缝隙都给钉死了。红雨开始放下心来，不会在淘米时把米抓在手掌里反复查看，老鼠风波才算过去。

可是，这时红雨挣脱我的怀抱，站直了，从鼻子里长长抽了一口气，说："你必须马上把留言机里的录音换了，现在是我的留言声音，得换成一个男的声音。"

"为什么?"我问。

"换成男声留言，说明家里有男主人。"

"你是说那些流氓惯犯在上门抢劫前，会给我们打电话留言?"我忍不住调侃。

"去你的！你这就去改留言！"红雨拍了我一巴掌，又忽然恢复温柔，愿意跟我缠绵，我觉得这没开灯的密闭空间很适合缠绵；如果效果不错，我愿意一直睡在储藏间。结果她转身推开储藏室的门，大大方方地走到光明中去了，我只好跟出去。

"还有……"红雨在厨房门口，又转身对着我。我等着她发号施令。

"还有什么？"我问。

"我记不得我想说什么了，一会儿想起来再说。"红雨说完，进了厨房。

晚饭的时候，我注意到公寓里所有的灯都打开了，包括厨房碗柜下的小灯；我们这个家像被置于聚光灯下的金鱼缸，那样地亮，那样地清晰。我指指房间，红雨点点头，说："是的，就应该开灯，灯光如昼，坏人就不敢上门了。"

"彻夜不关灯？"

"不关。"

"睡觉时也不关灯？"

"睡觉时也不关灯，睡觉不就包括在彻夜里了吗？"红雨说得一点都不含糊。

我闷头吃饭，终于想起一个借口，对红雨说："你身体好了，最好还是去打工吧。钱不重要，关键是得出门散心，省得在家里神经兮兮……"

红雨筷子上夹了一块冬瓜，筷子一抖，冬瓜掉下来。

我随即改口安慰她："打工太累，算了。但是，你至少坐车出门走走，闷在家里老在烦心老鼠……"

红雨定定地看着我说："我明天就给吴老板打电话，问他可不可以先做几个小时再说，有钱总归是好的。我要买一辆四轮驱动的大车，不怕撞的。"

见我愣着，她嘱咐我："天热，多吃点冬瓜海带汤，清凉败火。"

厨房的墙壁里突然又发出窸窸窣窣的声音，红雨脸上没有什么表情，她说："刚才忘记说了，我打电话找了一家灭鼠公司，过两天就可以来。老鼠身上带病菌的。"

灭鼠公司上门时，已经是周六。前来的是一个墨西哥人，穿一身整齐的制服，左胸口戴着小牌子，上书"马可·波罗"。他查看了公寓的各处，对储藏间里放的床垫没有多问，只是多看了两眼。我带他去看客厅里那面发出老鼠叫声的墙，墙是干板壁，被我们打破过，当时想伸手进去捉老鼠，未果后复又钉上。他经验很足地用手指敲击墙面，侧耳倾听，好像老中医望闻问切。

墙壁里静悄悄的。

"解决办法是，从中央空调的出气口把老鼠夹放进墙壁之间，越深越好。"马可·波罗指指客厅墙壁上唯一一个冷气出口。

"那老鼠夹还取出来吗?"红雨问。

"不取，逮到老鼠后就留在里面。一开始会有点异味儿，过几天就好了。"马可·波罗说。

红雨脸色发白，我过去搂住她的肩膀。我问："老鼠从哪儿进来的?"

马可·波罗说从屋顶的瓦下钻进墙的。红雨问："墙里并没有食物，它们为什么想钻进来?"

"动物也喜欢房子能遮风挡雨啰。母鼠产崽前，喜欢钻进墙之间，它们钻进来也就再出不去了，其实它们早晚得死在墙之间……"

最后，马可·波罗同意把鼠夹放到屋顶上。然后他带着专业人士的微笑，戴上消毒手套，去车里取鼠夹和工具。

等他离开，我俩盯着客厅的那面墙看了好长时间，不知说什么好。我心里闷，找了个借口，想自己出门走走。红雨像平时上班一样，把我送到门口，嘱咐我坐车当心。

没有了车，等于没有了腿。我唯一的选择就是坐轻轨车。我漫无目的地上了轻轨红线，居然无意中跟着一群台湾游客在天文馆那站下了车。好多亚洲人和墨西哥人，扶老携幼，大呼小叫地从车里出来，往山上走。

我喜欢天文馆前那个空旷的广场，可以看到远处洛杉矶山上标志性的 HOLLYWOOD 几个白色的巨大的字母，也可以看到下城的全貌。在没有雾霾、天气晴好的时候，可以看到洛杉矶海岸线外的大海。现在空气质量不好，只看到一团灰扑扑红色的雾气罩在大地上。

天文馆是我和红雨约会时第一次出门玩的地方，它不收门票，是我们这样的小青年免费浪漫之地。我们以 HOLLYWOOD 为背景的合影，洗印后放大了寄给国内的父母，那是我们的定情照。我们结婚以后，先是没有公寓住，只能分开住在原来各自的地方，分居半年多才在西湖区找到现在住的公寓。搬家后的晚上我们再次跑到天文馆的山顶，俯瞰洛杉矶，眼前万家灯火。我们终于有了自己的家，一个美好的结婚后的家，安宁的生活忽然之间唾手可得，在我们来到美国的第五年。

然而，在那个没有窗户的小会议室里，护士把包了白绒布的"小蓝孩儿"递给我，我接过来抱住。他的五官，他的样子，是那么安静，好像随时都可能睁开眼睛，我一点看不出什么不对头。这是我的孩子，这是红雨的孩子，但是他不能动不能哭，不能像别的小婴儿那样长大了。

现在红雨是惊弓之鸟，怕到连晚上睡觉都把所有的灯开着。我后悔没有带红雨一起来天文馆，我们应该一起来这里的，我忽然非常想念她。我站在天文馆旁的山顶，俯视下面半沙漠的山谷，太阳已经偏西，山谷里朝东的部分已经在阴影里。冷热对流，从谷底升起热风，一只鹰利用上升气流在我不远处展开翅膀，在空中一动不动，它在峭壁上投下影子。我从来没有见过鹰展开翅膀后有那么大，两翼足有五尺宽的幅度，明黄色的利爪在褐色的腹部下蜷着。山谷两侧的石壁里长了一人高的仙人掌，几棵干绿的尤加利树从谷底一直长上来，笔直的树干像巨人一样。仙人掌丛下有垃圾，印着店名的餐巾纸和饮料杯子丢弃在那里，白色的塑料袋和保险套挂在仙人掌的小枝上，被谷里的热风吹动，鼓起来像半个气球。

在烈日下，鹰、仙人掌、垃圾，连同眼前这个山谷，近旁像星盘一样错落的城市，它们都是完整的一体。不知为什么，眼前那些荒凉肮脏的东西让我心里得到了安慰似的，它们本来就是这个大都会的一部分，没有什么难为情的。我转身下山，计划要不要带红雨出来走走，我们可以一起去选车。

四

大半年后，我在公司接到警察局电话，开始还以为是通知我们的小本田找到了。警察说小本田的确已经找到，但这不是他打电话的原因。他希望我和红雨都能去警察局帮助辨认罪犯。我知道红雨不肯，也知道这种受害人帮助警察辨认嫌犯的事是自愿的。所以只简单地说"不"，便把电话挂了。

等我下班，公司门口有个穿西装的人在等我。见我出来，他立刻出示了警察证。他为辨认罪犯的事上门来找我，想说服我们。因为这次不是青少年团伙小打小闹，就在前天晚上在佛芒特街一个警察被枪击中了。

他说："出事的是同一地点，警察相信是同一团伙，所以才找到你们。"

便衣警官有沉重的眼皮，面对面说话时双目都像半开半合，里面的黑白眸子偶尔一现。他把找到我们车子的地点告诉我，写下那个地址时，圆珠笔在上面敲了两下，见我没有反应，他抬眼问："你在洛杉矶时间不长吧？"我摇摇头。他说："找到车的地点是一个治安很不好的区。""比我们被抢的佛芒特街还不好？"我问。

他笑了："佛芒特跟它比，好得像比弗利山庄。你们如果去找车，最好一大早，比如早上七点钟之前就走。再早也不行，六点之前是夜间，还会有枪战。"

我谢了警官，答应明天答复他。

我跟红雨说了这事，没想到她一脸镇静地说："我愿意。"她的口气英勇得像"双枪老太婆"，"我们明天起早先去把小本田领回来，晚上就去警察局看嫌犯。"

我告诉她那个区治安挺差的，问她怕不怕？红雨说："能差到什么地步？像电影《街区男孩》（即电影《Boyz N the Hood》）那样？"

洛杉矶太大，好多地方我们都没有去过。

第二天一早，我们开车去了"街区男孩"的地盘。街道上近于无人，夜生活好像刚刚结束。街上唯一开门的是波多黎各人的早点摊子，我停下来买了一杯咖啡。几个形销骨立的人在吃培根鸡蛋，他们并不看我，好像夜班工人才结束一天的工作。

我和红雨都紧张，后悔来找小本田。转过那些堆满垃圾、墙上涂满喷漆 GRAFFITTI 的街道，我只想尽快离开。红雨已经看到路牌，说："就这里了，小刚你停下。"

那是两栋楼之间的一块空地，旧楼是被拆掉了还是着火烧光了，说不清，青黄的荒草已经长到一人高，荒草之间堆着残瓦，折断的水泥预制板露出里面的钢筋，也在地上横着，有丢弃的耐克鞋，一个芭比娃娃脸朝下，身上的裙子已经被剥光了，露出肉色的硬塑料身体。红雨和我紧紧拉着手，朝废墟之中的唯一一辆车走去。

那辆车已经不是车了，是一些组装零件，能被拆下的东西都被拆卸下来。四个轮子，电池，音响，汽车坐垫，无线电天线，连雨刷器和方向盘都没有了；挡风玻璃已经粉身碎骨，挡风板上和前座上落满了玻璃碴子。车里的废纸垃圾里有几片纸看着眼熟，是被撕烂的车辆登记卡和保险卡，上面有我和红雨的名字。

我带着红雨离开，在上高速前看到一个废旧汽车回收站，把地址告诉他们，付了六十美元把小本田的尸骨拖到垃圾站。这是我替这辆陪伴了我四年的车能做的最后的事。

当晚到警察局已经是晚上十点以后了。不知道警察局里这种站成一排、被黑暗玻璃外的声音问话的活动，是不是都在晚上进行。问话的警官是个高瘦的黑人。他让秘书给我们倒茶，然后解释那个房间的问话和视觉的单向窍门。一共有三队人，辨认时警官会问话，说话时认人最方便，表情很难伪装。见我跟红雨点头，警官说，那我们就去"剧场"吧。我们在玻璃隔板前坐定，屋里没有灯光，唯一的光来自玻璃墙那边。

最先上场的一队只有三个人，其中两个一看就是陪跑的，堂堂正正，连Ｔ恤都是一尘不染的白色和藏青色。警官让最后一个穿风衣的小个子留下。

小个子的风衣不像风衣，辨不出什么颜色，上面唯一的扣子挂在线头上。风衣里面是跨栏背心，运动裤，脚上穿一双耐克鞋。他的脸在强烈的灯光下看不清楚，好像自带马赛克。后来我意识到，看不清是因为他习惯把脸缩进竖起的风衣领子里，你看到的只是他一头乱蓬蓬的头发。

警察发话："你喜欢夜生活？"

"我不喜欢夜生活，我循规蹈矩，长官。"

"那你深夜两点在夜枭酒吧前干什么？衣服下夹了一把半自动步枪，你难道不知道枪会走火吗？"

"长官，我是退伍军人，我有合法持枪执照。"

"你有合法杀人执照吗？你以为可以随便进酒吧对人脑袋瓜开枪吗？"

"他推搡我，要打我，他先动手的。"

"他是谁？"

"他就是那个在酒吧请老兵喝酒的人，喝着喝着人来疯，他打我骂我，让我滚蛋。"

"那你怎么办？"

"我就如他所愿，回家了。"

"然后呢？你取了半自动步枪回来要把他脑袋打成两半？"

退伍军人和警官之间的对话你来我往，夹枪带棒，充满机锋，加上他们各自不同族裔的口音和俚语，让这些话中话更隐晦。我和红雨如在云里雾里，好像大学时看没有字幕的外国电影。我的理解主要来自于他们说话的口气和表情，然后自行补充。红雨就更蒙了，她呆若木鸡地看着玻璃墙后的表演，到那个人下场她才合拢嘴巴咽了咽口水。她在我耳边低声问，他们到底在说什么？我摇摇头，我也是第一次看到警察审问的场面。

接下来上场的一队人马有六个人，我们都不认识。第三拨人马出场，眼前三个人看着都差不多，除了肤色不同，两黑一白，都有刺青，都缠着绷带，但是部位不一样。一样的是他们血迹斑斑的 T 恤，还有空洞无畏的眼神，他们像走 T 台的模特，水仙花一样施然走进房间，停下，转身面对我们。警官让他们侧转，停住，好让我们看清侧脸。

红雨突然指着最左边的小个子黑人说，那个是不是？我瞪大眼睛，但还是完全分辨不出来。我的记忆里只有一头金发，脸上的粉刺。

坐在我们身边的警官轻轻点头，然后对着全屋子里的人说："对的，左边就是在佛芒特大街对奥尼尔警官开枪的那一个，我们先问他，问完，我们的客人可以离开了，让他们先走。其他的人我们明天再审。"

那天从警察局出来，已经十一点半了。警察局的停车场在城市轻轨下面，最后一班夜车从头顶上呼啸而过，像穿空而过的子弹。这一天从早上去黑人区找小本田，到晚上去警察局认嫌犯，我好像被人再抢劫了一次，被夺走的，是我在洛杉矶这个城市的自信。这个让我完全找不到北的城市，真的是我生活了五年的地方吗？

红雨说，就是没有车祸，你又能懂多少呢？我们来美国时，谁也没有教过我们任何事啊，你知道胎盘会出血吗？你知道在路上开车好好的有人会撞你，抢你钱抢你车吗？你知道抢劫的人会当你面互相射击自己打自己吗？

我说不知道，我至今不会游泳，洛杉矶是一个海洋。

五

流产后的一个月，我们收到一个挂号包裹，接收人必须签名的那种。邮差离开以后，我盯着发件人栏里的那行字发呆，"伊鲁迷娜"，眼熟但是一时想不起来了。红雨从厨房走过来站在我身边，凑近看我手里这个小巧的包裹，它像一个小号的首饰盒，被黑色的牛皮纸包裹得整整齐齐，四个角都是尖尖的，没有一点折损。我们几乎没有收到过礼物或者包裹，红雨对这忽然降临的"小首饰盒"格外好奇，不停地问："谁寄来的？里面是什么？"

这时我想起来"伊鲁迷娜"是什么了，但已经来不及阻止红雨。她已经取了剪刀在拆包装，苍白的手指捏着红色的剪刀，好像一个认真做手工的孩子。没办法，我只好实话实说，"伊鲁迷娜"是我在医院填葬礼安排的表格时选的火葬公司的名字，三选一，我选了第二个。

听我说完，她的手把包裹慢慢放下，说："真轻！"

那个"小首饰盒"就一直保持那种半拆开的状态，放在厨房的小圆桌上，直到我把小盒子收起来，收进卧室里柜子的最下层，在我们的护照和毕业证的下面。那以后的几天，我们彼此心照不宣地避免目光接触，好像两个心怀鬼胎的犯罪分子。

我们最后决定把骨灰撒到洛杉矶附近的海里去。我去问同事，洛杉矶哪里的海滩游客少？同事说要选一个安静的海滨，就得把车沿着一号路往西南开，开过文图拉郡，到达马里布的公共海滩。那一带离我们住的地方差不多有两个小时的车程，我从来没有去过。为了怕像上次那样迷路，我专门买了地图，用彩笔把路线在地图上描出来。同事以为我们计划周末郊游，提醒那片海不适合游泳，湾里布满"离岸流"，海浪会不停地朝远离海岸的方向推。

我们早上五点就出门了，一是为了避开周末的交通拥挤，二是为了在晨跑的人到达海滩前把事办了。开着我们新买的车，道奇"银子弹"；我喜欢这个名字，虽然它已经不新了，里程表上有一万多里程了。一旦恢复有车状态，我们在洛杉矶就是一个自由人。

红雨手里捏着地图，坐在副驾驶座上，一路上她很注意看着车窗外的风景，这一带我们都是第一次来。我知道出门前她有意打扮了一下，穿了平时很少穿的墨绿色绉纱连衣裙，还抹了脸化了妆，把衬衫熨好让我穿上，比平时上班都郑重其事。

等我们开到那里，发现马里布沿海的海滩都是公共性质的，没有游客，路边荒凉的坡地上零星聚着仙人掌类的植物，灌木丛下有不少垃圾。停车场边的凉亭和公交车站里站着形销骨立的三两个流浪汉，他们的脚边放着过夜用的毯子和破烂的提包。看到他们，红雨不由自主地紧握住我的手。我们挑了一个看不到流浪汉的停车场把车停下来，整个停车场只有我们一辆车，"银子弹"旁边立着一块破旧的海浪警告牌。等我们开始往海边走，才发现那个停车场离海滩最远，必须爬过一个陡峭的山坡才能抵达海滩。

山坡上没有一个游客或者晨跑的人，铺了枕木的小路在一人高的野草中蔓延。那些被太阳晒得颜色发红的野草，带着清晨才有的露水气息，顶端开着星星点点的黄色或粉色的单瓣小花，这是洛杉矶半沙漠的野地里特有的植物，俗称"鸟眼"。那些细小的花成千上万，在晨风里浮动，像太阳的光斑洒在我们的周围。红雨穿着黑色的细高跟皮鞋，在小径上小心翼翼地走着，怕被地上的石头和坑崴了脚。她的挎包里放着那个拆开到一半的小盒子。

翻过陡坡后，下山朝海的路是一段更窄的碎石和枕木铺的台阶，几乎有一百多阶高。为防止跌倒，我们得低头小心看着脚底下的路。等我们到达最后一级台阶，一抬头，周围已经是开阔的沙滩，海浪在不远处拍打着。海水是深灰色的，近海岸的黄沙滩上漂着浪带来的白沫。海滩上只有我们两个人，还有一群一群的海鸟，它们会突然起飞，张开浅褐色的大翅膀，白色的腹部掠过海面上的细浪，在天空中转一圈，又在原地落下。

我跟红雨呆看着海，眼前的空旷和单一风景几乎让我忘记此行的目的。过了好一会儿，红雨点点头说，就这儿吧。她把挎包打开，把那个小盒子取出来，飞快地把原先拆开的包装纸一层层撕下来，露出一个更小的白盒，她掏出来递给我。

"我们就在这里撒吧。"说完打开白盒子的盖子。

盒里的第一层是白色的泡沫塑料盖，上面安了一根小小的白绳。

拎起细绳，就可以看到里面用透明塑料袋装的棕灰色的粉，只有两调羹的量，像躲在盒子内心的小鸟。我把裤脚挽到膝盖以上，取出那只"小鸟"，握在手心里，把盒子递还给红雨，说："你在这里等着我。"然后我一个人走向海滩。红雨并没有跟我过去的意思，她眼巴巴地看着我。

鸟群以为我手里拿的是什么可吃的东西，它们一边朝我前行的方向慢慢挪动，又不靠近。我没有什么可贡献的，只有"小蓝孩儿"的灰。

我朝海水里走下去，尽量走得离岸远一点。如果能起风，风带动波浪会把灰扬起带到海滩之外。但是没有风，海面平静着，远处有一艘弃置的旧船，黑色的桅杆斜支着，除此之外海平线上一无所有。我低头看着已经没过膝盖的海水，一股细小的海浪在我腿边流转，搅动脚底的沙。我把手里的袋子抖开来，袋子里的东西像烟灰一样撒在我的脚边，只那么一下，袋子就空了。我既不敢立刻迈步离开，怕一举腿它们就随着水里的沙子一起粘在我腿上，又担心浪把它们都冲回到海滩上，被跑步的人和流浪汉踩着，跟那些海鸟的排泄物和破碎的贝壳水草一起臭烘烘地堆在一起。

这时我脚边的水底升起一股看不见的流，带动海水，海水里微小的尘粉像四散开来的鱼卵，轻盈地漂起来，随着海水的流动打着旋儿，成群结队地往海洋外的方向漂着。我的腿感觉到离岸流的推力，几乎不由自主地跟着。过了几秒钟，周围的水里就再也看不到什么了，我慢慢走回岸上。

红雨一双眼睛红红的，但她的脸被海边的太阳和海风沐浴，反而有了一点血色，加上出门前抹的脂粉，她看着比过去一个多月里的模样都漂亮。海滩上开始有一两个晨跑的人。我们顺着台阶而上，往停车场的方向走。在坡顶我们停下来，回头看看那片海，海鸟群像烟一样升起，海面除了那艘破船还是什么都没有。

我觉得我有好几辈子可以活，直到离岸流把我的灰带走。

柳营　二十世纪七十年代
生于浙江龙游。著有长篇小
说《姐姐》《阿布》《小天堂》
《淡如肉色》《我之深处》及
《阁楼》等多部中短篇小说
集。有作品被改编为电影。
现居纽约曼哈顿。

参展小说
红绸缎

红绸缎 首发于《作家》2018年第9期

红绸缎

她非要那一件红色的绸缎上衣。

我说另外一件灰色暗花的外套很不错。

她不听。

她非常固执地让人把穿在模特身上的红绸缎上衣取了下来。

她拿了衣服进了试衣间。

她近几年来瘦得厉害。瘦得皮包骨头，眼睛深陷。她早早就与世无争，任外面的世界风起云涌，但她的身体并不放松，似乎有颗被锁住了的灵魂深藏在她的暗处。

无人能够打开，因为她一直习惯沉默不语。

她进了试衣间，满身红艳艳的出来。她站在那儿，像春天里被雨打坏了的桃花，脆弱又偏执地站在那儿，看着我。

我不知道她是什么意思。

等我夸她？或者肯定她的选择？

我不可能对她说："嗯，不错，适合你的。"

我甚至都不敢看她的眼睛，便不经意地扭过头去，假装看上了一件黑色的衬衫，用手去翻弄衬衫领子里的牌子，装模作样地去看衣服成分和价格。

我胸口堵得慌，心里难受，也不知道为什么难受，她之前并不是这样的，她向来沉静，衣着朴素，依她的审美，她绝不会去挑这般刺眼的红绸缎，我不知道她怎么了。

"怎么样？"她仍旧站在那儿，固执地，等着我的回应。

"试试那件灰色暗花的吧。"我小心翼翼地再次提议。

"我觉得这件好看。"她好象听不懂的我话似的，摆动了一下身子。"穿着喜气。"她继续道，像是故意要挑衅我似的。

我回过头去，看着她：细长瘦弱的身子，竹竿一样，披着一件红绸缎外衣，衣服的气场太大，而她身子过于单薄，她苍白病态衰败的肤色和红绸缎互相排斥，彼此都显得与对方毫无关系的样子，虽然有衣遮身，却显得滑稽。

"阿姨，这衣服很适合你，衬你的肤色，让你看起来精神多了，显年轻。"店里漂亮的姑娘早已习惯睁着眼睛说瞎话，百般热情地帮她把衣服拉整齐，边拉边不遗余力地赞美着。

她坚持要买。她说，我就要它了。

"你喜欢就买。"我别过头去，不想多说。

"再逛逛吧，也不急。"当我同意时，她突然又犹豫了。

她是个有政治问题的女人。

那个时代，她沉默着，带了她的秘密，机器人一般，从杭州被发配到西部的一座小城。

我那个自小生活在小城里的父亲，因此得以遇见她的美和沉默。

她在我的父亲面前，少言少语，沉静如水，却让父亲神魂颠倒。

她冷若冰霜。他激情飞扬。

她嫁给了他，生下了我。

我从小随奶奶生活，白天晚上，都是奶奶。

记忆中，六岁那年的夏天，她买来一个大西瓜，吃西瓜前，她牵着我去水池洗手。她的手柔软白净，我的手被她轻轻地握着，细细擦上香皂，耐心地搓呀搓，连每个手指缝都不错过。自来水开得不大不小，手背冲冲手心冲冲，最后再搓一搓，用白毛巾擦干。她擦手的动作也和奶奶教我的不一样，她打开毛巾，将小手包在里面，轻轻压一压，展开，毛巾换个面，再包起来，压一压。她低着头，无比专注地给我擦手的样子，很美。一整天，我都舍不得伸出自己的双手，它是如此娇嫩，因为被高贵美丽的母亲牵过，用香皂细洗过，用白毛巾轻轻地抚擦过。这是少数几次她留在我记忆里的对我的照顾和柔软，让我倍觉珍惜。

她走路的姿态轻盈，身段优美绝伦，说话慢条斯里，每天都能将自己收拾得干净漂亮，白天定时去上班，晚上早早回家。她不串门，不说闲话，不打毛衣，不凑热闹，就待在屋子里读书看报，听广播。她不会做饭，不会收拾屋子，但能写一手漂亮的毛笔字，弹一手美妙的钢琴。

我九岁那年，奶奶日渐衰老，便决定离开我们，独自回老家养老。最初一个礼拜，屋里乱成一团。放学回来，我按奶奶教我的样子打扫屋子，淘米煮饭。她一生都没下过厨房，也从没给我们做过一顿饭。一个月后，父亲从老家带回他孤寡的小姑姑，我们的生活以及屋子里的一日三餐才又恢复正常。

再大些，看她一小口一小口吃饭，细声细气说话，开始知道了自己的粗野，在她面前一直自卑，就偷偷地学她的样子，慢慢改过来。有时，晚饭后，她会拉上我一起出门散散步。两个人走在一起，也没什么交流，极少过问我学校里的事。她沉默寡言，我也不敢叽叽喳喳，两个人就安安静静地走一段路，到了街头的邮政局大门口，一般就会往回走。

除了单位上班，大多数在家的时间，她都喜欢一个待着，在客厅靠窗的一张沙发上，一坐就是几个小时。她对父亲，也是淡淡的，两个人，似乎从来没有连续交谈过五分钟。

父亲对她极为耐心。她不喜说话，他也少去打扰她。每天回屋，看到她在，他就心满意足，顾自做自己的事情。万一进门没见她，他便会坐立不安，进门出门，来来回回无数趟，就为看她有没有从巷口处走回来。

我十八岁时，父亲突然去世。

吞了安眠药。自杀了。

没人知道原因。

如果真有原因，也只因生命中有她。

这女人精神上的高傲、居家的无能、性情的孤淡，以及因她而起的无休无止的政治斗争，让他终是无路可退。

他是个憨厚汉子。

一个痴情的马背上的爷们，我的父亲。

1977 年，父亲死后的第二年，落实政策，她带着我以及父亲的小姑姑，从西部偏远的小县城，回到了杭州，住在北山路的一幢老房子里。

院子里的野草疯长。

从客厅窗口看出去，可见保俶塔。

不同的季节，保俶塔的形状是不同的。有时瘦些，有时壮些。有时清晰，有时模糊。寂静的夜晚，我会朝西湖里扔石子，石子越过长满野草的围墙，越过北山路，叮咚一声，掉进湖里。清脆悦耳，是我喜欢的声音。

她早出早归，除了单位，几乎哪儿也不去。买了收音机，她就坐在收音机旁，从傍晚坐到天黑，从饭后坐到入睡，她就那样待着，一直待着。

她依旧那样素静，姿态优雅。

仍有人给她写情书，送她礼物。她都锁在抽屉里，不面对，也不回应。日子被剃平了，无风无浪。

生活就如在西湖上划小船一样，看似平稳轻盈。很快，她就到了退休的年龄。

我则赶紧嫁人，从她那儿搬了出来，终于可以伸长脖子，轻松地吸气呼气，无处不自在无地不清新。

虽在同一个城，但去探望她的间隔，至少要一个月，有时更长。是我内心在搞鬼，我极怕与她相处，心从没真正与她亲近过，就像她从没亲近过我的父亲。

有次隔了三个月没去，她破天荒地主动给我打电话，先是犹豫着，说些西湖的荷花以及天鹅之类的话，拖了很久，最终开口：你看，你已经好久没回来了。

我带上读幼儿园的女儿，抽个空当，去了她的家。

她看我女儿，表情漠然。有时也想和女儿亲近，却不知道如何和她相处，更不懂如何逗她玩乐。女儿也与她不亲，独自去院子里玩，拔地上的草，摘墙角的花，然后长时间地研究起排队的蚂蚁。

我过去蹲在女儿身边，看着她嫩芽般美丽的手，和她讨论一部刚看过的动画片。我和她说话的语气，就像当初我爸爸和我说话时一样。我经常给她讲外公的故事，她对从没谋过面的外公的兴趣，远远大于就在眼前的外婆。她说，如果外公在，外公肯定会陪我玩耍，给我讲笑话，会让我骑在他的脖子上，走过马路，到湖边看荷花，或者一起钓鱼，说不定还会变出一匹马来，教我骑马。嗯，就骑在马上逛大街，多好呀。女儿笑呵呵的，眼睛就像弯月亮。我喜欢看女儿笑，怎么看都不厌。她是我的新世界。

我小时候应该也这样笑过，只是从没见她好好端详过我。她对家里的人和物不甚感兴趣，她似乎对什么都没兴趣。

父亲的小姑姑在我出嫁后的第五个冬天走了。去得安详，就在睡梦中。小姑姑去世前的头一天，还在替她洗衣做饭。她去世后的那几天里，她还在吃她做的梅干菜扣肉。

我替她在近郊找了个阿姨。从最初的百般不习惯，到最后的顺其自然，家里弄得一团糟。那段时间，我不得不每周回去一趟，替她调教那个懒惰的、好脾气的、被她重新依赖上的阿姨。

最近几年，她的状态越来越不好。

人一点点枯萎下去，瘦得不成样子。每年去医院几趟，也查不出具体的病，就是弱，身体越缩越紧，有时连走路都要人扶着。

那天，想带她出去晒晒太阳。

她说，也不知多少年没进商场了，想去看看。

我说，那好，帮你去选件衣服。在商场里，她非要试一件红绸缎外套，但最终还是买回了那件灰暗花的。开车回来的路上，恰是上下班的高峰期，一直堵。她闭着眼睛，脑袋靠在窗玻璃上，满脸疲倦。

车走走停停，到北山路时，在断桥边，又堵住了。

"我快死了。"她突然开口。

我吓了一跳，转过头去看她。

"也差不多了，一滴水，滴在水泥地上，就快被蒸发完了。"她直直地看着我，眼神吓人。

"回去泡个澡，今天累坏你了。"整个下午，心里一直不爽，听她这样一说，更是烦躁。我只想她好好活着，我愿意侍候她，但不想听她说丧气的话。

"你不是他生的。"她说。

"什么？"我没反应过来。

"他不是你爸。"她又补了一句。

我真想让她闭嘴，她的话让人觉得愤怒。

"不该说的，但我不定哪天就死了。"她看起来没疯。

"太不可思议了。"前面车子移动，我猛一踩油门，差点撞了上去。

"他娶我时，我已怀了你，他知道的。"她说

我不知道该如何冷静下来，全身微颤，脑袋胀痛，手心出汗，胃部收紧。她看着我，眼睛像老鹰，表情像极了毒瘾发作的人。她

实在瘦得厉害，我第一次意识到，她应该离死不远了。她曾经满眼满脸满身的优雅素淡，竟然全被岁月给吃光了，没了肉只剩骨，空荡荡的。

终于到她家门口了。

我从车上下来，扶她进屋，她的身子那么轻，像一片薄纸，一不小心，就会被折破了似的。

扶着她，喉咙间酸涩，心想，人这一生，走着走着，就轻了，散了。我来自她的身子，而今，她的肉身即将重归尘土，我却依旧满腔的情绪，经久的岁月里积聚下来，是些没有力量也从没有主动去消化过的负能量。我究竟何时可以学会真正试着去靠近去了解甚至去爱，爱眼前这个被时间和尘土埋脖子的陌生女子。

晚上，我主动留下来，帮她洗澡，陪她吃饭，扶她上床。

"托人找找他，听说还活着，人在上海。"她突然拉住我的手。

"你后来从没见过。"我问。

"从来没有，77年回杭州时，听人说，他已经结婚了。我也改了名字，断了之前所有相熟的人，我们早已是两个世界的人了。"她说。

"那就彻底不见了吧。"我说。

"一直是这样想的，但这些时日，突然还是想见一面。圆一个念想。"她道。

"什么念想？"我问。

"将死的人了，没顾忌了。"她自说自话。

月光穿过茶色玻璃，洒在老旧的木地板上，像某种碎片，说不出的好看和伤感。我替她关了灯，到厨房吩咐阿姨明天给她熬点银耳莲子，然后出门，沿着西湖边走了一小段路，湖风吹过我的脸庞，咸湿湿的，往事太浓密，我穿越其间，突然寸步难行，觉得窒息。

也不知是如何把车开回家的，冲了澡，直挺挺地躺床上，感觉像是刚刚从某个迷乱的梦里醒来，又准备再次进入另一个不知何处的梦境。

他来的那天，我在。

打开门，见到他的那瞬间，我明白，为何这一生，都没人能再走进她的心。他的眼里有我的眼，我的鼻尖有他的影子。他老了，依旧气度不凡。

我什么都没说，只是安静地将他引进她的房间。

她刚从医院回来，呼吸极弱，枕边备着氧气袋。她之前并不知道他来，不告诉她，是因为，还不能确定他是否真的能赶来。

他走过去，柔声轻唤她的名。

她缓缓抬头，遇见了他的目光，呆了呆，眼神复杂，表情僵硬，随后有光在她的额前，光柔软了她的眼，清澈如少女。

他挨她坐下，就贴坐在床沿边。

他抓住她鸡爪似的手，十指相扣，四目相交，无言无语。

几天后。

她靠在床头，脸面对着窗前的满湖秋水，眯着眼，仿佛已经睡着了。阳光洒在她的身上，有一种难得的安宁和祥和。

她身上穿着的仍是那天见他时穿的灰暗花外套，那样的灰暗，暗得我心里阵阵隐痛，我的泪便毫无知觉地滑了下来。那天，她是真心想要另一件红绸缎的，无论怎样，穿起来，总能显得喜庆些。

李一楠　生于西安。小说
作品有《青杨镇之旅》《如
琴》《吴葵的告别晚宴》《蓝
绣球》《寻找朱槿》《在地
中海边》。现居美国华盛顿。

———————————————

参展小说
蓝绣球

蓝绣球

今年暮春的一个周末，我开车去同城的一位朋友家。这位朋友在此地居住了十余年，要搬家去芝加哥了。一路上我看着车窗外滑过的风景，心情竟有点复杂，毕竟，我们做朋友这十年间，我到过她家多次，他们居住的小区和那栋房子的里里外外，对我来说早已熟悉，我这最后一趟的拜访，便也有了种告别的意味。

我们约在早晨十点钟见面。车子开进费尔科斯住宅区后，视线里扑面而来的是一片连一片高大浓绿的树木，稠密处，蔽日连天。和树木一比，掩映在树影里的一栋栋几十年甚至上百年老的房屋，倒毫不起眼了，就像一群上了年纪的人，在热闹的地方沉默着，躲在后面。在老房子们的周围，多数人家都植有多姿多彩的花木，其中最引人注目的，要数那一蓬蓬正当季绽放的绣球，有蓝、有白、有粉。有好几次，我都疑心那些硕大又沉重的花朵，会从微斜的园子里跌落下来，滚动到路面上，被车轮碾碎。这个念头当然只是一闪而过。

朋友家维多利亚式的房子，红砖墙面，不大，伫立在一块地势略高出路面的斜坡上，被四分之一英亩的草坪围绕。我站在门口等候她来开门时，想起我第一次到这里来的情形，那是整整十年前，一个冬日。那时，朋友和我都还很年轻，她又新婚不久，穿一件桃红色的毛线衣，来为我开门。门打开一点，她歪着头，看到我，就笑，说："快进来进来，外面很冷吧?"说着就亲热地拉我进门。那语气和神态，流露出一位刚刚安定下来的新妇的幸福和满足，在那个寒冷的冬日，显得亲昵又家常，甚至还带着些温暖床被的气息。这气息当然源自我一念之中的隐秘联想，惭愧，那个年龄的我，不外乎男人和女人。那是我们大多数人在这个异国他乡刚刚起步的时候。我回想着当年那一幕，一扭头看到她家门前右侧窗口下的那株绣球，蓝色的，非常漂亮。不过我记得去年它好像是粉色的? 我并不十分确定。

朋友为我打开门时，手机贴在耳边正在和谁通话。她说的是英语，好像是和芝加哥那边的房屋购买有关，我猜想，对方可能是他们在当地的买房经纪人。她关上房门后，一面带我往客厅里走，一面微蹙着眉头，神色专注地对付着英文对话，并没有看我。我侧头看她。她好像又瘦了一些，并且好像睡眠不足，一对大眼睛下的黑眼圈十分明显，也没有化妆，脸上多处暗黄的色斑相当明显。看着依然不太有精神气的她，我想，这一场搬迁一定搞得她更疲累了。这天她家里只有她一个人，她丈夫带着四岁的儿子去参加当地的一个露营活动了。

她把我领到客厅后，依然打着电话，但用一只手打开冰箱，拿出提前切好存放在冷藏室里的水果拼盘，又转身从食物储藏间里取出了两样饼干类的餐前小点。她示意我先吃点果点，自己则走进书房关起门来继续处理电话事宜。

　　我一个人静坐在她家客厅的长沙发上，朝四下打量。他们这栋房子已经卖掉了，但从客厅和厨房的情形来看，还没有到最后的打包阶段，家具和各样物件都还安安静静地保持着原样，似乎对即将到来的搬迁毫无知觉。像她家这样位于老住宅区的房子，后院的风景通常都不错，生长了多年的树木花草总是十分茂盛葳蕤，这个，是住在新房子和公寓里的人最为羡慕的，此刻，透过厨房通向外面露台的那扇玻璃推拉门，我又看到枝叶斜倾扑向露台的那棵樱桃树，想起它早春时开着满树繁花，缤纷落英铺了半个露台的情景。将目光从外面收回后，我环视她家的客厅。最显眼的是沙发对面的那面墙上，新添的一张放得很大的全家福，是他们一家三口在户外拍的艺术照。我走过去仔细端详着那张照片。面对镜头，三个人似乎都笑得十分开心，但也许是心理作用吧，我总觉得朋友的笑容有些勉强。这样的一家人，就要搬离这栋房子了吗？我承认，连我都替他们感到惋惜、不舍。

　　几分钟后，朋友终于打完了那个电话，走出来，直说抱歉。果然，她说是在和芝加哥那边的房屋经纪人通话。"一堆的事情，真是乱如麻。"她蹙着眉头说。我安慰她，说事情多可想而知，慢慢来，一件一件处理。她淡然地笑笑，没接话，抬手拢了拢掉到额前的一缕头发，起身，去厨房烧了开水，端上来上等的绿茶。"我们还是喝茶吧，我心神欠安时，总想用茶水镇定自己。"她说。

　　她在我对面坐下来。我端起茶杯抿了两口，笑望着她，说："你怎么又瘦了？是不是又找工作又准备搬家事情太多累的？"

　　"唉，是又不是。一言难尽吧。"她说。

　　我没接话。我想等她再具体说说。但心里其实又不抱多大希望。

　　她微低下头，似乎想了一想。犹豫之后，果然说："还是算了，不谈那些了。说点别的吧。你最近还好？"

　　我没有回答她，却说："安德鲁长得好快啊，从照片上看，又大了不少……"安德鲁是她儿子的英文名字，中文叫念念。

　　她扭头也看向墙上的那张照片，怔怔的，说："是我们去年秋天回国时拍的。"

　　我们说起了这次搬迁。她说，她丈夫要去芝加哥找工作时，她最初是极力反对的。其实她也很喜欢芝加哥，在她眼中，那是一个糅合了现代化气度与丰富的历史人文底蕴的独特的城市，她丈夫做对冲基金，在那边的确也有更多更好的工作机会，但是，她很不愿意搬离此地，"这栋房子，还有伊恩，你知道的。"她说。我心里"咯噔"了一下。她提到了伊恩。她主动提到了伊恩。而这两样搬不走的东西，果然是她心里最大的症结，和我料想的完全一样。

　　"那，这些家居都搬走吗？"想了想，我又问。

　　"嗯，大部分都会带上的。但有些东西念念爸不让我带，比如厨房里的那个宜家餐桌。他说宜家的东西我们早就该扔掉了。但你还记得吗，那年，我们最初购买的几件新家具运到这栋房子后，你们大家过来，我们在那张桌子上吃火锅……"

　　她提到吃火锅，我当然想起来了。当年，我们都是国内来的穷留学生，有的刚刚毕业在找工作，有的还在读研，那是新世纪初期，911发生之后，美国社会、经济、就业市场都经历了一次严重的震荡和滑坡，被我们刚好赶上了，但朋友夫妇双双名校研究生毕业，还好，是我们当中的幸运者了，一毕业就找到了薪水不低的工作，并买了房子。在绿卡才开始申请时就贷款买房，足见他们做事情的魄力，及满当当的对于未来在这片新大陆上生存发展的信心，这在当时，是令我们所有人都非常羡慕的。于是，他们常常召集大家到他们的新居聚餐，她提到的吃火锅就是其中的一次。我笑着说："当然还记得那次啊，你们从韩国店买了多少种食材呀，真是应有尽有，让大家的中国胃过足了一次瘾。"

她却说："是啊，但还有一件事情你记得吗？当时，桌面上已经摆得满满当当的了，我却任性地一定要将那瓶我一早从超市买来的鲜花也一同摆在桌子上，念念爸和你们都说我小资情调得没谱了，我却不听。结果，一帮人毛毛糙糙的，没经验又心急，手忙脚乱中，打翻了滚烫的锅底和那花瓶，桌面上的油漆被烫坏了一块，花瓶也咣当一声重重摔碎在地上。你们都一齐看向我。当时，我没有发作。我硬装着没事，让聚餐继续了下去。但你们走后我大哭了一场。"

"哦？是吗？我们走后你竟然哭了？"我好不吃惊。聚餐时发生那样的小事故，作为女主人她感到遗憾沮丧是肯定的，但我没想到她会大哭一场。

"是啊，哭了好久呢。"她说，唇边划过一丝轻微的苦笑。"要知道，庆贺新居之时摔碎了花瓶，我的脑子里马上就腾起一片不详之感，傻眼了。念念爸百般哄劝我，说桌子和花瓶都可以再买，他做金融我当码农我们的工作前景都很可观，以后不会缺钱，但，我心疼的不是钱可以再买来的东西，你明白吗？我心里有了一种无法形容的惧怕感。"

我看向那张餐桌。是的，好像在那次火锅和花瓶事件后，她就在那桌上长期铺上了一块桌布，颜色和图案随季节变换，但那桌面上，却好像再也没有摆放过玻璃花瓶。每次我们去，围坐在那张桌前聚餐、喝茶、嗑瓜子、聊天，甚至打扑克，但再也没有在那上面吃过火锅。当时，我只感到她是一个心思缜密的女人，对事物每每有执念，却根本没想到在表象之下，潜伏着的是近乎于一只怪兽般的不祥之感，及对于一种信心的某种程度的摧毁。我端起茶杯又抿了两口茶水，想让自己的思绪缓冲一下。我望一眼坐对面的她，忽然意识到这天她竟然对我一口气讲了这些。这种敞开心扉充满着诉说意味的交流，我们过去时常有，但前几年因她态度的转变突然中断了，我曾深感遗憾、困惑，甚至难过，但始终没有勇气和她正面谈谈。从这一点上看，我不但不如她心思细密，还相当被动、怯弱。我在想这天她态度突然有点变了，是因为即将到来的搬离和告别吗？还是因为……别的？她坐在那里不再言语，平静的表情之中流露出一种说不清的意味，望着我，好像一眼就看透了我的心理活动。我笑了一下，笑得有点局促、尴尬。很显然，我一时还有点不太适应她的这种微妙的转变。

她提议我们到外面的露台上坐坐。她家的这个悬空木制露台和房子等宽，左边一角的帆布遮阳伞下，安置着一套黑色的铸铁雕花桌椅，后院的最边缘和一片树林相连，左右两边邻居家的露台也都清楚可见。在这暮春时节，那后院近一半的花圃都被半人高的玫瑰花丛占据了，玫瑰的品相和颜色多样，开得疯狂极了。我说："你家这玫瑰花又开了……"

我这样说，想起的是他们刚搬进这里的那个春天，有一次，我和她蹲在玫瑰花前让她丈夫为我们拍照。A型血的她，是个有点完美主义倾向的人，我们拍了一张又一张，换了多种角度和背景，她却总觉得还不够满意，就让她丈夫继续拍。"这几朵花这里再来一张嘛……"她略为撒娇地央求他。我便也跟着一起受"折磨",要知道,平日,我并不是一个有足够耐心的人。对着镜头持续而僵硬地笑,我的注意力便集中在了对面手持相机的那个人身上。确切地说,那还是个很年轻的男人,穿一件白色的Ｔ恤衫,一条松松垮垮的牛仔裤,个头高,人却瘦,显然还只是个刚脱离了学生气的青愣的身体,又黑又硬的短发是她动手剪的,有着明显的坑坑巴巴,但他却好像并不在意,他深度近视镜片后面原本率直的目光,那一刻只聚焦于镜头里他摄取的人和景,确切地说,只是我身边那个用心摆着姿势的持续笑着的女人,他新婚的妻。拍照终于结束后,我和他都悄悄舒了一口气。

三个人随后一起去肯尼迪艺术中心,观看俄罗斯舞剧团来演出的《战争与和平》。我们都是第一次走进那个著名的艺术中心,发觉与其内部的金碧辉煌相媲美的,是身边缓缓走过的人流,人人皆礼服盛装的隆重与从容,让我立刻自惭形秽,我和她也知道要穿上好看的衣服的,但挑选的却是家常毛衣里面最好的一件,而她丈夫还是一身夹克、牛仔,临出门前,她只顾着修饰自己,忘记了在那个场合,男人也是要讲究穿戴的。衣装的不得体,以及作为很少数的东方人的身份,都令我们表情尴尬,手脚不自然,走着走着,我与她便下意识地拉起了手,像是要相互鼓励、"壮胆",但随即就意识到了这种行为的不妥当,赶紧松开。但即便那样,她依然央求她丈夫为我们两人以身后人流涌动的大厅为背景,拍了一张照片,她神情稍稍有些拘谨,但面色鲜亮光洁,在一件淡青色高领毛衣的映衬下,也楚楚动人。中场休息时,我们走到临着波多马克河的露天平台上。以前每一次开车进入市区,行走在罗斯福大桥上,总能看到

河对岸肯尼迪艺术中心的全景，它的倒影映照在水中，微微荡漾起
伏。而那一刻，我们站在那个"对岸"的河边了，身后紧贴着音乐
厅长方形的灰白色建筑，对面是桥那边我们居住的城市另一面的远
影，春天的柔风轻拂过湖绿色的河面，一架波音飞机从头顶上方轰
然飞起，像是飞自附近的里根机场。我望一眼我身边的朋友。她双
手扶着平台的围栏，眺望着河面与天空，表情专注而凝重，脑子里
好像飞动着许多问题，都关乎他们的眼下以及不远或者遥远的未来。
显然，她是个对生活一向很有设想和规划的人。这一晃，竟然十年
过去了。十年后，以同样的姿势手扶着自家后院露台围栏的女人，
表情中早已没有当年的那番虔敬和郑重了，相反，身体消瘦，神情
疲累，心里郁积着一番纠结，因为她说："是啊，这些花又开了，可
你知道吗，这些天来，有时晚上睡不着觉，我脑子里净想着怎么把
它们和其他的树木花草都带走，尽管我知道这根本不可能。我觉得
我都要得强迫症了。"

我们坐在那张小圆桌前继续喝茶。她双手交叉抱于胸前，目光
飘浮，望向后院。那一刻，她的神情又被一片淡淡的游离与冷漠笼
罩了。坦白地讲，这是我最不喜欢看到的一种表情，近几年来，尤
其在那件事情发生之后，它幻化成了一股暗流潜伏进了她的身体，
在不经意间便有流露，但这天，她好像很快就意识到了这一点，转
过头来，对我尽量温和地笑笑，随后赶忙低头添水，用手上的忙碌
掩饰什么。我再一次觉察到了她这天态度上的微妙变化。我们是在
这边读研究生时的同学，一度还同屋，起初关系一直足够亲近，彼
此会分享只属于闺蜜间的一些私房话语，她的怀孕、流产，我的恋
爱、失恋，经历过的一个又一个靠谱或不靠谱的中外男人。但应该

就是那件事情发生之后，她的态度渐渐就变了，见面时不愿意再敞开心扉，只说一些比较客气的表面上的话。其实后来，她又怀孕，产下了健康活泼的安德鲁，在众人面前，他们组成了快乐知足的一家人，曾经一度降临那个小家庭的悲伤事件已渐渐淡远，她也总是一副累并幸福着的妈妈样儿，我还以为随着她生活情状的改变，我们又会回到曾经有过的亲近亲密，但事实显然并非如此，五六年过去了，在我面前她始终都像个携带着心理阴影的人，那种距离感和不愿再袒露心扉的设防，多少是伤到我了，要知道，研究生时代的那批同学，毕业后有的去了纽约、加州，有的甚至回国当了海归，留在本地的，原先我与她是走得最近的两个人了。

我倒不能完全怪她。我当然也没忘那场悲剧。是那年的冬天，一月底。雪一连下了几天几夜，是二十年间本地最大的一场雪灾。他们居住的老住宅区，基础设施陈旧，断水断电，大雪封门。从超市买来的三个发电机最终都耗干了电池和天然气后，在雪下到第五天的夜里，他们带着伊恩住到了地下室里。他们三人挤在地下室的一张床上，盖着所有的棉被，用身体相互取暖。她和伊恩的爸爸都知道，因为断电，停止了平时赖以生存的所有医疗器械已好几天的伊恩，挨不过多长的时间了。他们心里都很清楚，只不过都不愿将那份绝望和悲伤说出来。他们便把他小小的身体紧搂在怀里，一分一秒地感受着时间的逝去，感受着此生最伤痛的别离。雪停之后的那天中午，我在公司上班，突然间就想到了她。就拨通了她的手机。她的手机响了一两声，就被挂断了，我以为她正在公司忙着，不便说话。我根本没有想到的是，我打去电话的那一刻，她正站在伊恩的葬礼上。他们在郊外的那处墓园，正埋葬他小小的身体。雪地里新挖出的一道墓穴，收留了他。他们填满那个墓穴后，把一束白色的百合放在上面。太阳出来了，渐渐融化的雪水，慢慢地渗进土里。我的电话就在那时候响了，她当然看到了，但是挂断了它。后来每想到那一幕，我的心都伤痛不已。我想，我和她以及她那个叫伊恩的孩子是心有感应的。但是她一直都没有回复我，只是后来给大家发了个纪念伊恩的图片专辑。我打开那个专辑，看着孩子活着的时候的一张张照片，他刚刚出生躺在急救室里，他浑身插着管子第一次回到家里，他在她的怀里过的第一个也是唯一的一个感恩节圣诞节，他一岁的生日，和最后被百合覆盖的小小墓穴，悲伤得浑身冰凉。在纪念专辑的最后，她用一行白色的字体留下了一句话："所有人都试图劝慰我，说伊恩去了天堂，但你和我一起哀悼悲伤。"我的泪瞬间就倾流而下。那个因早产而严重智障又身体伤残的孩子，只活了三百多天，我见过他。那天她把他从被各种仪器环绕的儿童围床里抱出来，说："伊恩伊恩，阿姨来看你了……"表情从容，语调轻柔，脸上挂着微微的笑意，却始终低垂着眼睛，目光全在他的身上。我分明觉得，她那始终低垂着的眼睛，让我看到了她的温慈，也流露出了她的回避，她在回避我的目光，也在回避世间所有其他的目光。我一下子便看到了她内心深处的煎熬与挣扎，还有脆弱，以及其他，要知道，她曾是个对生活多么郑重又投入的女人。这个发现让我对她怜惜不已。于是，看过专辑之后我哭着给她的手机留了一段话。但她始终都没有回复我。最初的一段日子她谢绝见人，两三个月之后我和其他朋友一道又见到她时，她已神情平静，但绝口不提那件悲伤的事。又过了一段时间，在众人前她已经能说能笑了，但只要我们单独在一起，她就像一只缩进了壳里的乌龟，把真情实感全都隐藏了起来，把"爱莫能助"这四个字扔给了我。

我们在露台上继续坐着。她又说起了搬家的诸多细节。她说，给安德鲁在芝加哥那边的幼儿园已经找好，押金都交了，但孩子说他并不愿意搬家，也不愿意转去别的幼儿园。"小孩子都是这样的，但他们对新环境会适应得很快，别担心。"我安慰她。她听了无奈地摇头，说："唉，我们怕是太爱这个孩子了，唯恐……这种患得患失的为父母之作态，对他其实可能是很不好的。"见她又主动触及到了孩子这个话题，一念之下我都想提到伊恩之事了，但略一犹疑，还是克制住了自己。这次见面，她的掏心话的确比过去几年加在一起都多，她始终紧绷着的一种姿态似乎也正在慢慢松解，但我还不能确定她这个微妙转变的深层原因，或者，是不是一定有这种转变我都并不十分肯定。她望了我一眼，目光中又流露出些许询问的意味，而这一次，我自己的目光却有些躲闪。显然，我们之间的情感阻隔实在有点太久了。最后她说："你知道，小孩子也不傻，有些东西是怎么也带不走的，他们从小就知道是这么回事，谁也没有教他，但他就是知道。"

我没有接话。但在我们说话的当儿，朋友家右边邻居家的露台上出现了一个人。是个戴副眼镜的个子瘦高的中年白人男子，灰白微卷的头发显得稀疏，凌乱地耷拉在额前，支楞在头顶。他站在露台边上，朝远处望望，好像是出来临时透一口气。他一扭头，看到了我们，就朝我们礼节性地摆了摆手，算是打招呼。朋友压低声音对我说："你还记得他吗？隔壁邻居家的丈夫，麦克，在'美国在线'工作的那位，我是说当年。"

我一愣，没想到是他。

　　我当然还记得她家的这位邻居。应该是他们刚搬进这栋房子不久吧，那个春节，他们夫妇在新居举办了个"暖房"与庆祝中国新年的派对，邀请了各自的美国同事，三几家美国邻居，还有少数中国朋友。单身的我是一个人出现在派对上的，这位麦克也是，他太太和孩子那天去了马里兰的亲戚家。在派对上，麦克吃了很多朋友从中餐馆叫的中餐，说他很喜欢，还喝了不少酒，脸色很快就又红又白，倒是很有血气的样子，让我猜想他应该还不到三十五岁。那年春节在二月中旬，北美气温暖和，有早春迹象，朋友家却还开着暖气，暖烘烘的室内温度烘托着客厅和厨房各处点缀着的红灯笼、气球和大捧鲜花，及满屋子热情洋溢友好亲切的笑脸，过节的气氛十分浓郁。朋友那天穿了件纯中式的玫红色上衣，张罗应酬，喜气洋洋，我看着心情竟有点复杂，那一天，我承认一贯自觉潇洒不俗的我，是有一点羡慕她的。我感到了燥热，就独自走到后院的露台上。没想到随后麦克也出现在那里。他不说话，只悄无生息地站到我的身后，一双大手摁住我的肩头，像是要为我做按摩，又像是要往我的衣领里面探索，同时，一股热呼呼的辛辣的酒气从他口中喷到了我的脖颈间，黏住了我的皮肤。我吓了一跳，回头，惊叫了一声。正在那时，朋友也来到了露台上，撞见了那一幕。"麦克！"她厉声制止他。麦克回头，见是女主人，便急忙从我身后走开。随后他小声说了一句："对不起，我喝得有点多了。"说完径直走到了露台的另一边，面向他家房子的方向，好像在查看那边的什么情况，而这边，刚刚什么也没有发生。我惊得说不出话来，和她面面相觑、目瞪口呆。她用中文低声说："倒霉，怎么碰到这样的一个邻居男人？"麦克听不懂，但从她的语气里一定能听出来她强烈的厌恶的态度。他离开露台走回屋里时，从我们身边经过，身体里带出的一股刺鼻的酒气，挥洒在夜空中，我第一次发现酒和男人身体的荷尔蒙混合在一起，不只是性感，它还会制造出令人不堪的气味。我与她都皱了皱眉，厌恶得无法形容。此刻，她显然也想到了当年的那一幕，说："谁能相信，离那个时候过去都快十年了，我们那时候都多么年轻，包括麦克。"我笑，说："是啊，那时候我多么白纸，要是放在现在，我或许还要逢场作戏一下呢，和某一个已婚的男人调个情，又怎么了？"说罢我俯身，往我们彼此的茶杯里又添了点水。

朋友说："嗯，时间真是一个奇怪的东西，比如这麦克，我早就对他没有了提防之心，相反，我相信他人其实根本不坏，在我们最艰难的那个时刻，我是说，在那个……葬礼上，他和其他几位邻居居然代表大家去了，像家人一样从头到尾陪着我们，要知道，我们当时没有通知国内家人，也没有告知在这里的中国朋友。当时雪天刚刚放晴，那么冷，他站在墓地里，也没带围巾或帽子，瘦高的个子瑟缩着，稀稀拉拉的头发在寒风中颤抖，身体也好像在抖个不停，鼻子发红，原本就含混的目光在眼镜片后模糊不清，猛一看好像比我们还悲伤，真是的，我心里倒有些抱歉起来……但是很奇怪地，就凭那一点吧，那一天的陪伴，我对他的感觉就渐渐改变了。前两年'美国在线'大批裁员，为它卖命多年的人如他都未能幸免，他突然就闲下来了，就经常出现在自家后院，不是修整草坪，就是修剪树枝，又大量地种花种草，好像只有干着这些体力活，与自家庭院里的花草植物亲密接触，他才不发慌。也就是在那个时候，有一天，他突然敲门，问我们要不要一株绣球。他说他们家绣球花太多了，想匀给我们一株。我一向很喜欢绣球，就立刻答应。他便帮我们移植，从头到尾，没让念念爸或我动一下手。随后还常常过来看看，提醒我们何时该剪枝，何时该施肥。那就是我们前院窗口下的那株绣球。绣球喜阴，在半阴半明的地方才长势良好，而且花色会随土壤里的酸碱度而改变，或蓝或粉。如果想改变土壤成分，最简单的做法，就是在土里埋根铁钉。这些都是麦克告诉我们的，一来二去，从那段时间起，他倒有点像我们家的专职园丁了，关照的花木，从他的那株绣球扩大到了我们前后院的其他种植。应该是受他的影响吧，我也越来越爱自己园子里的这些花花草草了，对它们越来越精心，可就在这时，偏偏要搬走了，真是……怎么说呢，有一点很奇怪，说出来你不用误解，我的意思是，搬到芝加哥之后，再面对庭院里的花草，想着该何时剪枝何时施肥时，我想我会想念麦克的。"

我静静地听着，听着她这一番长长的告白。不知为何，我的眼前交替出现着一幕幕虚幻的情景，从那个悲泣的深冬的墓园，到春暖花开后种着蓝绣球的庭院，仿佛有一只无形的手在牵引着朋友和麦克这样的邻居靠近、离开、又靠近，反反复复。在她说这一番话的时候，我一直注视着她的脸、眼睛。随着她讲述时表情的变化，在那张未施粉黛略显憔悴的脸上，在那略显迷茫流露出倦意的眼神里，我仿佛又看到了十一年前的那个八月，我们最初在乔治城大学的校园里相见。那天，她穿着白色的短袖 T 恤和玫红色的短裤，双手扶着背在身后的双肩包的带子，站在乔治城大学古香古色的教学楼前的一角，等我。我们之前并不认识，但通过邮件联系上后，约好了在那里见面。那天是大学的开学日，各个年龄各个种族背景的本科生、研究生来来往往，川流不息，校园就像一个年轻版的世界的缩影。一向办事拖拉的我那一天又坐错了地铁，迟到了快一个小时，却没法通知她。但我赶到的时候，她还站在那里。远远地我就看到一个东方模样的女孩子站在那个避开人流的角落里，翘首等人，我知道那是她。在身后那栋巍峨庄严的古典建筑的反衬下，她看上去那么青嫩，又那么娇弱，但略嫌严肃甚或郑重的表情里分明有种不可小觑的坚定与凛然，头微扬，朝四下张望，盼望着，等待着，与其说是等待我，一位有可能成为她在异国的第一个同屋以及朋友的人，不如说是其他。我走到她的面前，站定，未及开口，她就先笑了，那笑容里仿佛有对自己的奖赏和肯定，又有焦灼之后短暂的放松与释然。我想在等待的整个过程中，她并不是特别有把握的，我们毕竟根本不认识，但是不放弃不认输的劲儿，又是她与生俱来的，也来自于她在中国所经历过的一切，因为我们共同的成长背景，这一点我倒是毫不陌生。只是不知为何，当时她的那个模样就让我觉得有些心疼，又有些微的敬意与感动。我在心里自问，我为什么突然又想起了当年的那一幕？她的话音刚落，就起风了，樱桃树的枝叶在我们的头顶上方扑簌作响，也许是风声树声惊动了还站在隔壁露台上的麦克，他又转过头，再一次看向我们。这一次，他的目光在我们身上停留。他看着我，像是打量着一个完全的陌生人，但是渐渐地，他的脸上浮现出笑意，他或许也认出我了。又一阵风将他稀疏灰白的头发倏地扬起，他脸上所有的皱纹和倦意都更清晰地呈现出来，无遮无挡，我一眼就看到了这个曾有过一面之缘的男人显然有些过早到来的老态与衰容，我的心被触动。但是，我看到了某种残忍，也看到了某种仁慈。我朝他微笑着摆了摆手，他却没有像对陌生人似的礼貌地挥手做答，而是一直定定地看着我们，面带微笑，意味深长。我只在想，时间可真是一个好东西，它带来的不仅仅是流逝和衰老。

这样想着，我暗中长吁了一口气。突然好像有很多话想要对我的朋友说，但一时又觉得心中释然，无需多言了。

朋友见我不语，问："怎么了，我哪里说得不对吗？"她有点惴惴地望着我。

我笑了，说："你知道吗，过去这些年，你对我说的心里话加在一起都没有今天这么多。"

她一愣，说："是吗？我都没有留意过。"

我望着她，略微迟疑后，将她放在桌面上的一只手握了一下。

她没有动，只是低头看了一眼我们握在一起的两只手，笑着说："怎么这么煞有其事的？"

我也笑了，但没说什么。

她又低头看了一眼手机上的时间，说："居然已经快中午了，我们俩也该吃点东西了。要不，去那家'半亩园'吧，我已经好多年没再去过了，突然有点怀念我们几个最初总去他家的那段日子。"

我欣然同意，说好。

她从车库里将车倒出来，我站在她家前院等候。我特意走过去看他们窗口下的那株蓝绣球。它的高度到我的腰部，碧绿的并不光滑的椭圆形叶子，衬托着大朵绣球形状的繁花。我发现远远地看去，它们并不像花，但其实那一朵朵硕大又滚圆的绣球，是由一个个微小的四瓣花组成的，淡雅的蓝色有种静谧时光般的肃穆的美，朋友也一定很喜欢，不然，她或许早就在它的根部埋下铁钉，试图改变它的颜色了。我忽然就想到了其他。

黎紫书 1971 年生于马来西亚，著有长篇小说《告别的年代》，短篇小说集《野菩萨》《山瘟》《天国之门》，曾获马来西亚花踪文学奖，长篇小说《告别的年代》获第四届红楼梦长篇小说奖评审奖。

参展小说
海

海 首发于《鸭绿江》2018年第6期

海

真没想到，这次相聚，她们谈起最多的是陶陶的事。

海洋那么近，隔着两条马路的宽度。晚上她们从屋里挪来两张椅子，并肩坐在小小的阳台上，感觉有点像是一起坐在法庭的被告栏里。在那里听得到海浪声，借着微薄的月光，也看得见黑水生白花，哗啦哗啦地开在沙滩上。

这是她们人生中头一次这样一起坐着看海，一起看浪花一开而谢，飞去如影。而她们竟都是年过四十的人了；淑离年长些，头发灰了，坐望百半；连陶陶都已经二十岁，她去年生下的儿子眼看下个月就要周岁了。

淑离还清楚记得陶陶刚出生的那段日子，康子产后忧郁症，整个世界日月无光。那时候南北大道还没有开通呢，她坐了一晚上的长途车赶到南方，在她家里住了三个月，同时给她们母女俩当保姆。那时那么小小的一团肉，柔弱得近乎无骨，像是用黏土草草捏出来的一个人形，领受了神吹的一口气，现在已经是当母亲的人了。

陶陶一直把淑离叫"干妈"，但其实她们之间不怎么亲近。一是隔得太远了，淑离连康子的面也不常得见，她与陶陶还隔着世代，而且那孩子好像生下来后睁开眼睛，叛逆时期就开始了，因此特别不喜欢见到她。"干妈您就只会讲耶稣。"

她怎么算是讲耶稣呢？她不过是个无能为力的人，唯有在祷告之间常常恳求。"因为我切切地想见你们，要把属灵的恩赐分给你们，使你们可以坚固。"

她喝用白水调开的苹果醋，康子喝她的罐装啤酒，上帝在云中倾注他啤酒般的目光，把海洋斟满。这种情景，她们都觉得该来点音乐，但没有，她们便谈起以前喜欢听的那些歌，然后发现唱那些歌的歌手有不少已经死去，又有一些仿佛石沉大海，教人想不起来是死是活。

康子便又说起陶陶，说她到现在仍然喜欢她自己根本听不懂的韩语流行曲，也还会爱上在网上聊过几次天的，根本不认识的人。

"谁会想到她居然是个妈妈了。"她苦笑，用手指在啤酒罐的空肚子上按压出皱皱的，像是谁在睡梦中磨牙齿的声音。"真的，那个小瓜会喊'妈妈'了。他不知道他的妈妈也还没长大。"

淑离只是一贯地微笑，教会里也常常有主内兄弟姐妹找她聊天，对她诉苦，被她这微笑安慰过。康子说她这样笑眯眯的样子像在保证雨过了必然天晴，事情没什么大不了。"那是因为你命好，从来没有遇到过真正的难题。"

康子这么说的时候，想到的是少年时候就已十分老成的淑离。她家里卖鞋子，在新街场有一家位置不错的老店，裕丰，卖的都是真皮皮鞋。那年代新街场大街上两排长长的店屋，没几家有落地玻璃做的橱窗；裕丰不仅有，那大门左右两个橱窗里还有原木做的架子，摆在上面的男装鞋擦得亮锃锃，小小的标价牌子上写的数字让人咋舌。那时候康子就觉得淑离的家境很好，人家一双鞋子卖的价钱够她们一家三口吃喝两三个礼拜了。

康子在那鞋店里打过短期工。那是在考过初中会考以后，母亲病得很严重，已经不太能下床；打针吃药很多，靠父亲在渔业公会帮头帮尾拿的那份薪水，家里连一只多余的小猫都喂不饱。年底学校的长假还没开始，父亲把她领到裕丰鞋店，见过老板周新生，当天便开始上班。

那时店里只有一个正式雇员，是个马来大姐，哈密达。老板管康子一顿饭，让她中午十二点到楼上和他们一家共进午餐。一张折叠型四方桌就着窗外的流光打开（康子总是被迫坐在一个凸角上），桌面上三菜一汤，别人家的家常饭，康子自然是无话可以声张的；老板夫妇和他们的一儿一女话也不多，偶尔说话了也只是轻声细语，似乎连嘴巴都没有张开；康子把耳朵竖起来了，始终只听得到窗外麻雀的聒噪。

老板的两个孩子当中，淑离是姐姐，在念大学先修班，身材细长，皮肤白皙，脑后束着马尾，把校服穿得很好看。她的弟弟有唐氏综合征，长着那种克隆人似的，容易被记住却极难被辨认的脸。康子老是忍不住偷眼看他，好奇于他的斜视和肢体上各种执拗的举止，并且目光最终总会碰上姐姐淑离的眼睛。

"那时我想，怎么这人的眼睛这么干净？"

康子这么说的时候，淑离想起的是教会里一个年长的姐妹。那人年轻时遇车祸丢了一颗眼球，后来装的义眼十分逼真，而以后岁月侵蚀，皮囊斑驳了，又遭逢丧夫，人变得灰沉沉，唯有那假眼始终清澈，如明月般洞悉世情。

周新生一家人都信耶稣，星期日不开店，是要举家到礼拜堂的。同事哈密达是穆斯林，每个星期五中午有两个小时的祈祷时间，"只有我，"康子笑着说，"没有得到神的眷顾。"

因为神不在，母亲只得惨死在家里。她的病改造了她的身体，痛楚化作成千上万并且不断繁衍的蚂蚁，驻扎到她被掏空的骨头里，因而她死前绷得很紧，死后僵持着一张扭曲的脸；嘴巴洞开，双目半眯，空中像是有一团听不到的、凄厉的嘶喊。康子和父亲回到家里，看见母亲的尸体像一具倒下的蜡像横陈在床上。那邋遢的床铺被斜阳熏染过，小猫坐在金色的光中，喵呜喵呜，温柔地向父女俩述说它所看到的景象。

康子和父亲在床边站了好一阵，似乎拿不定主意该怎么办，也有点不相信过去两三年苦苦折腾着他们家的灾难就如此终止。他们等在那里，仿佛都觉得床上的人也许会醒来，会忽然睁开眼睛，抽搐着手脚竭力呼吸，又用那种令人毛骨悚然的哭号申诉她的痛。

这种情景和心情，淑离怎么可能体会呢？她的父母可都是躺在私人医院的白色病床上，干干净净地过世的。康子带着陶陶去了周新生的丧礼，看到老先生的遗容，仍然眉目安详，白里透红的脸上隐约看见一弯早已渗透到皮层底下的笑。那是康子第一次参加基督教的丧礼，陶陶只是个小女孩，一直惊奇地看着灵堂上纯洁的鲜花与烛火。来的人都平静从容，说话无声，脸上几乎带着祝福。

"怎么会没有神的眷顾？他给了你陶陶。"那时，在十七楼那昼夜难分的房子里，淑离把婴儿抱起来，带到浴室里，给她清理一身的屎尿。那孩子带着那么多怨尤来到这世上，只知道哭，只知道虚空与不足，像是世界欠了她什么，做了对不起她的事，都哭成气若游丝了。

淑离回到房里来的时候，康子睁开眼，睡房里坏掉的窗门什么时候打开了，竟然有光如花，在房里淡淡地绽放。她游目四顾，房子被收拾过了，她有点认不出这地方，却依稀认得眼前人，于是目光缓缓地停泊在淑离身上，看见她的头发剪得那么短，还穿着牛仔裤，戴着黑框眼镜；除了笑容保持着多年以前的温度，真像换了一个人。康子这样怔怔地看着淑离，直到她的脑细胞一颗一颗地苏醒，才想起该张口称呼。淑离微笑，说她已经睡了超过十二个小时。那可真睡了个斗转星移，康子觉得自己回到了过去的少年时光，因为贫血，偶尔会昏厥；淑离把她扶上楼，让她躺在她的床上。她闭上眼睛小憩，醒来看见淑离在书案那里低头看书。人的侧影，书的侧影；窗外有光衬底，人如剪纸，又像皮戏。

淑离转过身来。必然是窗外那旺盛的阳光制造的错觉，康子觉得那小房间里像是有另一个空间，她们之间隔着什么；淑离会发光呢，她坐在哪里，哪里就成了另一个世界。

"淑离姐在读什么书呢？"康子爬起来，坐在床沿揉眼睛。

淑离合上书本，拿起来向她晃了晃。"在读这个，《圣经》。"

她记得那书很厚，烫金的吧，说要有光就有了光。康子还在搓揉眼睛，像是眼里进了沙子。淑离姐怎么你家里有那么多闪闪发亮的东西？穿在脚上发亮的鞋子，捧在手里发亮的书本，别在头上发亮的发夹，装在盒子里发亮的派克笔……你们一家人的眼睛，即便是你弟弟的斗鸡眼，也都一闪一闪亮晶晶。

康子被记忆中的自己逗得莞尔。要不是听见了厅里荡来婴儿的啼哭，她几乎忘记自己已经长大，是个母亲了。

母亲去世以后不久，学校开学了，她却再没有回去上课，仍然每天搭巴士到裕丰上班。老板周新生每日见到她总要语重心长地说上几句话。回去上学吧，把中五毕业文凭拿回来再说。她经不住那唠叨与让人心烦的善意，也嫌在店里卖鞋子薪水太少，便辞去裕丰的工作，让父亲拜托人把她介绍到酒楼端盘子。

那酒楼在城市的西北端，是个热闹的新区。最初在那里上班，每天下午三点到五点的午休时间，康子喜欢一个人跑到外面溜达。那酒楼所在的同条街上有一间雅马哈乐器店，康子每次经过那儿，必定忍不住停下脚步，站在玻璃门外偷偷张望。那玻璃门擦得一尘不染，店里的乐器都像抛了光上过油似的，钢琴、吉他、电子琴、爵士鼓，还有挂在墙上的萨克斯、长笛和单簧管什么的，每一件乐器都熠熠生辉，仿佛祭坛上的圣物，让人不敢侵犯。康子便是在那店里又遇上淑离，她是到二楼去学钢琴的，下课后拐进店里巡视那些乐器。康子看见她把单簧管拿下来再放回去，又掀开一台立式钢琴的盖子，叮叮咚咚，随手串起两把音符。

"淑离姐刚才弹的是什么曲子呢？"她们站在店门前，下午的阳光在路上漫溢，浸过她们的小腿，"很好听呢。"

"是教会的赞美诗，叫《奇异恩典》。"

这些情景，像相册里的旧照片，被海上吹来的夜风一页一页翻过去。康子坐在阳台上，仍然觉得自己像是被圈在法庭被告栏里。她把腿抬起来，伸直了搁在栏杆上。她想起自己离开裕丰的那一天，下班前到过二楼去给淑离道别。淑离不在，她打开门溜进房里，也没什么企图，只是忽然想打开衣柜和翻翻抽屉，看看里面还藏着什么闪闪发亮的东西。走的时候，出于她所不明了的一种突如其来的恶意，她把搁在书桌上的《圣经》揣在兜里，跑到楼下偷偷放进自己的背包。走的时候她碰上正好从学校回来的淑离，穿着洁白的衬衣和校裙，在裕丰门口轻轻地抱了她一下。"你真的要好好保重啊。"

康子沿着大街走到巴士总站，经过衔接新街场和旧街场的跨河天桥时，她卸下背包，拿出里面的《圣经》，扬手把它扔到近打河隐晦的浊水里。那条河据说有着宽宏的历史，百年前是有大型商船可以开进来的，但康子自打知道它的存在，它一直只是一条瘦弱而浊黄的、永远不敢声张的河流。它甚至不必开口，就把那本烫金之书，如同秘密般吞咽了去。

曾经有一回，康子动念要把这事情告诉淑离。那是在十七楼的房子里，陶陶被喂饱了，在她的摇篮里知足地入眠。康子去淋浴，披着湿漉漉的头发从浴室里出来时，看见女婴不知怎么醒来了，淑离在哄她，睡吧，睡吧。她哼了一首歌，康子识得是《奇异恩典》。她走进房里把头发弄干，在《奇异恩典》的旋律中细细地梳了头，感受到许多头发掉落在臂上，在背上，在小腿，在脚踝。那感觉多么细腻而真切，仿佛她能感受到每一根头发的重量，听到它们的每一声叹息。这让她联想到剃度，不知怎么竟在镜子里看见了多年前的少女，在别人的房间里好奇地把玩每一件发亮的玩意。她也翻过那本《圣经》了，里面密密麻麻的全是字，还有许多铅笔画的直线和萤光笔留下的痕迹。

她终究没有对淑离说起这事，毕竟这里头最细微的部分，那像被一只小小的虱子噬咬了私处，说不出是痛是痒的感觉，还有其中的羞耻，她尚且无法对自己解释清楚。那天晚上淑离读经祈祷以后，熄了灯，在她的身边躺下来。那一床被单日间才换洗过，康子闻到阳光干爽的味道，还有柔软剂的芳香如女人阴柔的手指缠在上头。康子在幽暗中伸手轻轻抓住淑离的手臂，许多要说的话，她懂得的所有感激的措词，自她脑中逐一升起，全都停放在那良久的静默里了。

"我记得那时你说了一些童年的事。"淑离盯着海那边一盏标示灯发出的幽微之光，还有更远处的浮标灯宛如星子坠落在海上，"你说你烧了人家的灯笼。"

康子噗嗤一笑。她摇着头挪下两腿，双手撑着椅背把自己从椅子上拔起来，转身走到屋里。"我去拿喝的。"她打开冰箱拿了一罐啤酒，不，两罐。再走出来时，看见淑离坐在那儿入定似的背影，一头短发灰白参差，灰蓝色 T 恤隐约凸现她背脊的骨节。前面的黑海沙沙作响，海上的灯打着什么信号似的一闪一闪。康子走过去，站在淑离背后，一只手放在她的肩上，另一只手越过她的肩膀，把啤酒递给她。

烧灯笼的事，她只对淑离一个人说过。就是在那廉价组屋的床上吗？淑离钻进被窝里，躺在她的身旁。那里曾经是她的男人躺卧的地方，他在那床上拥抱她，吻她，把满是尼古丁和大麻味道的舌头探入她的嘴里，有点粗糙的手心不断往她的身体各处摩挲。康子抓住淑离的手臂，趋近她，额头碰上她的臂膀。淑离身上有阳光的味道，也有月亮的味道，康子忍不住再趋前一些，把脸埋入那臂膀下。"这样像不像一只鸵鸟？"她问。

"像一个孩子对着树上的洞说悄悄话。"淑离轻轻拍一拍搁在她手臂上的那一只手。那手背碰着有点凉，手心却温热出汗，像一只蜗牛在她的臂上分泌黏液。她握住那只手，霍然想起很多年前的一个下午，她上了钢琴课以后与康子结伴逛街，在一条偏僻的小巷子里遇上迎面而来的露体狂，她们就是这样手拉手一起逃离那里的。

"你还一路尖叫呢。"淑离转过身来面向康子，用两掌把那蜗牛似的手握在手心。"引得那人追了我们一段路，吓死人了。"康子也记起来了，不禁咧嘴而笑；淑离遂也忍俊不禁，两人都吃吃地笑起来。

就是在那样的氛围里，趁着难得的欢快，趁着晦蒙中她们看不真切彼此的脸，康子随兴说起她的童年往事。

那年中秋，她七八岁的年纪，与邻居的一个女孩在家门前一起提灯笼，点蜡烛。"我的灯笼没弄好，一阵风吹来，它着火了。"那是用彩色塑料纸糊在铁丝架子上的一只小兔子，本来就比人家的大金鱼寒碜，还居然只玩了一阵就在风中自焚。康子愣在那里，觉得有点愤恨。她想，这要等一年啊，要等一年以后她才会得到另一个灯笼啊。

"后来那女孩家里有人喊她，她走进屋里，我想也不想，拿起一根点着的蜡烛，把她的灯笼给烧了。"

"后来呢?"淑离问。

"我看着灯笼烧起来，就跑到她家窗外，大声喊她，喂快来呀，你的灯笼起火了。"康子微笑，半张脸在微光中现形，半张脸沉没在光所附带的暗影里。

"过后我们一起蹲在路旁点蜡烛，直至把所有的蜡烛都用完。"

那天晚上并不是中秋，那是中秋前夕。第二天中午她从窗口看出去，邻家女孩走下车，拿着新买的彩纸灯笼蹦蹦跳跳。

"我的中秋却提早过去了。"康子闭上眼睛。黑暗随着眼帘落下，一重一重，如许多张阴影交织成的帷幕，她忽然在那黑暗里了解了自己的委屈。淑离把她的手握得更紧一些。过了一阵，她听到淑离说，不要哭。那声音很近，如同耳语；声息如雾，轻轻地落在她的脸颊。

那几个月真亏得有淑离在身旁，在她几乎一蹶不振的时候，替她把一切打点好。尽管后来她越来越不习惯两人之间逾矩的亲近，无可避免地对淑离有了点说不清楚的忌讳，但淑离还是为她做了许多事，也打了好几通电话说服她的父亲，让他搬到南方来。"两父女，互相照料。"

"我们家现在有四个人，就是四代同堂了。"康子站在淑离背后，忍不住伸手轻抚那一头花白的短发。年纪大了，头发变得那么粗糙。康子用手指梳理它们，微微觉得头皮发干，落下一些头皮屑。

"明天我们去买染发剂吧，我来替你染头发。"

淑离仍然在注视着黑魆魆的海面，手里拿着的啤酒一直没拉开铝环，罐子上的水气凝聚成珠串，汩汩流过她的手指，濡湿她的衣摆。

"还染什么头发呢?"过了好一会儿，康子才听到淑离的回答。那声音一贯地平静，却像是从海上荡来似的，听着让人感到一阵晕眩。

"回去要开始做化疗了，头发会掉光的。"

也许是服药的关系，午夜未到，淑离就觉得困乏了。她到房里翻了两页《圣经》，坐在床沿小声祈祷，仿佛与上帝说着家常话。康子一个人坐在阳台上，默默地啜饮淑离留下来的啤酒。那一罐啤酒早已变温，在舌床上沁出叫人难以忍受的苦味。她把啤酒喝光，站起来走进屋内，拉上门；外面的阳台散落着啤酒罐，看起来像一个狼藉的被告栏。

康子熄了客厅的灯，借着阳台檐下的灯光走到睡房，觉得脚步有点浮，眼前的一切分裂出各自的叠影。房里有一扇小窗，向对面的民宿借来了微弱的亮光。康子就着那一点点洞明，窸窸窣窣地褪下身上的衣裙，再脱掉胸罩，留下一条内裤。她回过头，看见淑离在床上睁着眼睛，一声不响地看着她；人已经瘦成灰沉沉的一张影子，眼睛仍然盛着颤动的光，仿佛也在凝视她身后的窗与那窗外的夜空。康子对她笑，酒意让她自觉妩媚。她捏了一把腰上的肉，"不好意思啊，这两年我胖了不少。"

她爬上床，把身体埋在柔软的被窝里。房里一片昏暝，她们不期然都盯着框在对面墙上的窗棂。窗外的夜色深沉，似是有所隐喻；空调呼呼地奏起一浪一浪的潮声。康子在被窝底下伸出手来，让淑离握在手中。她们躺在那里，像牵着手在平静的海上仰泳，无所谓地呆望着铅灰色的天空。睡意随浪声而远，在等什么呢？像是剧终后仍然坐在电影院里恋恋不去，一直翘首仰望，等待那迟迟未升起的字幕。

王 尧 北京人。著有长篇小说《什么都有代价》《幸存者》《你选择的生活》,小说集《路 线 图》《Beijing Women, Stories》《口红》,译有《谁在敲我的门》《岩石堡风景》,现居美国南加州。

参展小说
为了维克托

为了维克托 首发于《北京文学》2017年第9期

为了维克托

1987 年，邱振锋从山东农村考进北京一所大学。他个子高挑，身材瘦削，眉目俊朗，与当时走红的演员周里京颇有几分形似，尤其是从侧面看过去。周里京最出名的角色是《人生》里的高加林。很多人记不住演员的名字，乍见邱振锋，就会说："嗨，你有点像高加林嘛。"

邱振锋在大学三年级的时候有了第一个女朋友。女孩子是北京人，相貌一般，但是打扮不俗，敢爱敢恨的泼辣劲儿也有几分《人生》中黄亚萍的影子。邱振锋则是个谨言慎行的人。他八岁的时候父亲病故，母亲改嫁，是亲戚们轮流把他带大的。身世的艰难造就了他极强的自我克制，就算有人把好吃的东西端到他跟前，他也要环视左右，确认再也没人可以谦让了，才会拿起筷子。两人之间的亲密关系一直是女方在推动。第一次上床的时候，女友拿出了避孕套。邱振锋不动声色，老手一般淡漠地撕开包装，脑海里却浮现出巧珍学习刷牙的一幕。

邱振锋 1991 年大学毕业。此时，经过十年的积累，大学生在社会上已经不再稀缺，邱振锋正式分配留在北京的可能性十分渺茫。

如果一定要留北京，只能做北京人不愿意做的工作。邱和女友商量，女友不置可否，于是他就读了研究生。读研究生有工资，按照规定也可以结婚，但他却不敢向女友求婚。他忌讳的是这个"求"字，这个字放大了自己尚未拥有北京户口的现实，即便"求"到了，日后也会一辈子活在高加林的阴影之下。

三年文学史很快就读完了，能解决户口的工作仍然没有特别理想的，但邱振锋坚决不再读书了。他没有跟女友商量，自作主张与一家报社签了合同，做五年夜班编辑。

尘埃落定。邱振锋将捷报告知女友，没想到女友却火冒三丈。原来她一直打算带着邱振锋去深圳闯天下。"已经是九十年代了呀！你怎么还是一颗八十年代的脑袋呢？"女友气急败坏，"你知道现在社会变化多快吗？北京有什么好留恋的？北京户口最多再过三年就没用了！"

临分手时，女友说了一句刻薄话："原来你就是个神形兼备的高加林！当个宣传干事就心满意足，吃上商品粮就算革命成功！"

长达五年的恋情顷刻间灰飞烟灭。

失恋的痛苦，让邱振锋刹那间理解了普希金的诗句"假如生活欺骗了你"。这首诗他在中学时代就背得滚瓜烂熟，但却一直不理解什么叫作"被生活欺骗"。没错，生活中有骗子。他的姑姑去年被一个亲戚骗走了三千块钱，那个一脸忠厚的亲戚就是个骗子。可什么叫作"被生活欺骗"呢？生活，不就是自己过的日子吗？它怎么能反过来欺骗自己呢？被女友劈头盖脸痛骂了一顿之后，邱振锋醍醐灌顶：原来这就叫作被生活欺骗。

十年前你为了一个目标潜心修炼，十年后出山一看，那个目标已经不值分文。生活变了心，你被生活欺骗了。

一朝被蛇咬，十年怕井绳。邱振锋从此变得更加谨言慎行。九十年代是社会发生巨变的年代，邱振锋却决心住在象牙塔里，让生活无法找到他。他在夜班编辑的岗位上一干就是五年，等到恢复了自由身，可以调动了，他也懒得积极奔走。他走出校园那年已经二十五岁了，同龄人大多在接下来的两年内结了婚。邱振锋却既不急着结婚，也不羡慕那些成了家的人。为什么要结婚呢？就为了过两年再离？

在生活的轮盘上，邱振锋绝不再轻易下注。但越是这样，他越是对自己已经投下的赌注倍加珍惜。就算人人都觉得北京户口不值钱，邱振锋也不愿意娶北漂女孩儿。他的北京户口可是用七年宝贵的青春换来的，绝不能轻易与人分享。

基于同样的心理，邱振锋一直在坚持写作。他在大学和研究生阶段学的都是文学，出于一种执拗，出于对自己青春岁月的忠诚，他要将已经开始的事业延续下去。邱振锋的问题不在于写，他的问题在于完成。他的手稿可以按斤称，但成篇的东西连个短篇都没有。他自己缺乏目的，自然也就无法赋予主人公目的。他的主人公只有情绪、感觉，而没有选择、行动。这样的人物往往走出第一章，就不知道接下来该往哪里去了。

日复一日，邱振锋试图解决自己从未提出过的问题。假如人的生命可以无限延长，邱振锋倒也可以一直这样人畜无害地过下去，可惜，人的身体是有保质期的。违反自然的作息时间、抽烟、长期伏案，这些都在实打实地磨损着邱振锋的皮囊。从三十岁开始，邱振锋正式和医院发生了关系。不过，命运把他带到海伦面前，又过了两年。

邱振锋住在一幢老式筒子楼里。这幢楼建于五十年代，眼下仍然使用着计划经济时代的集中供暖系统：每年冬天 11 月 15 日开始供暖，至次年 3 月 15 日停暖。但寒流并不遵循人的计划，每年都会打几天时间差。2002 年 11 月初的一天，离供暖还有一个星期左右，邱振锋在下夜班回宿舍的路上就遭遇了由弱变强的冷空气。回到家，洗漱完毕，钻进被窝里，听着窗外北风的呼号，他犹豫了一下：是不是应该把电暖气找出来插上？但这念头像风一样转瞬即逝。他随手拿起一本书，读着读着就困得睁不开眼了，于是就在狂风拍打窗棂的节奏中，心怀侥幸地关上了台灯。

他是第二天上午十点左右醒来的，第一感觉是自己的头好像放在冰箱里冻了一夜。他鼓起勇气，从尚有一丝热气的被窝里爬出来，手刚够到搭在椅子上的毛衣，就打了一个大大的喷嚏。这个喷嚏来势很凶，像是一团冷空气在他的鼻腔里爆炸开来，瞬间炸得他昏头转向。等他从震惊中恢复过来之后，竟发现自己的脖子卡住了，只能往左转，不能往右转。

一开始，邱振锋认为这属于落枕，根本不需要去医院。他拿了个热水袋垫在右肩上，每隔半个小时倒掉里面的温水，重新注入滚水。中午过后，非但脖子的僵硬程度没有好转，反而头昏眼花哈欠连天。到下午两点，邱振锋实在挺不住了，只好穿戴齐整，顶着呼啸的北风，走到了离家八百米左右的社区诊所。邱振锋一直都不喜欢去医院。大医院总是那么盛气凌人。人一病，精神就脆弱，不想再被医院欺负；小医院倒是平易近人，但又透着一种人微言轻的不可靠。在邱振锋的心目中，家门口的社区诊所本来已经位于歧视链的最低端了，偏偏今天挂号的小护士竟表现出了大医院的说一不二。邱振锋说挂骨科，小护士看他精神委顿，脸色腊黄，非要他先挂一个内科不可，理由是"骨科不接受传染病"。

社区诊所麻雀虽小，五脏俱全，邱振锋在这座小型迷宫里又折腾了两个小时，才终于被护士领到一位骨科医生的面前。关于这位女医生，他第一眼看到的，是她满头的小细卷，湿得仿佛能滴出水来。邱振锋对女性化妆品全无知识，他不知道那是抹了很多定型剂造成的效果，只以为她洗了头没吹干就来上班了。他自己长期受颈椎病折磨，脖子一受风就会针扎一样地疼。此时外面狂风大作，邱振锋一看到湿头发，就像在冬天的广场上看到喷泉一样，有一种祸不单行的感觉。

女医生正低着头在笔记本上奋笔疾书。邱振锋一坐下，她就把自己的本子合上，推到一边。

"哪里不舒服？"女医生例行公事地问。她盯着病历本的封皮，并没有打开。

封皮上只有邱振锋的姓名和年龄，不知为什么她要看这么长时间。邱振锋忽然感觉尴尬，他紧张地盯着对方，希望她赶紧翻过这一页。女医生翻到内科医生的诊疗记录，她微微皱起眉头，嘴角上挂着一抹似有若无的笑。这表情刺激到了邱振锋，让他突然产生了说话的冲动。他很想跟她解释一下自己为什么会被发配到内科去，他想告诉对方自己对这所社区诊所的看法。不要怪我有偏见，人的意识都不是空穴来风，越偏颇的见解背后越有着非同寻常的故事。我的故事实在是匪夷所思，连我自己都不大相信。然而，滔滔江水般澎湃的思绪涌到邱振锋的嘴边，却只浓缩成一句话："打喷嚏，把脖子扭了。"

话一出口，他被自己的笨嘴拙舌羞得无地自容。女医生的表情依然很中性，既没有轻视，也没有重视。她一边听邱振锋自述病情，一边在病历本上奋笔疾书。邱振锋讲完，女医生叫他转过身去，自己伸出右手，四根手指搭在邱振锋肩膀上，拇指轻轻地在邱振锋的脖子右侧按压。这本是很标准的医生对病人身体的探查，但邱振锋却好像被电击了一下似的，身体突然本能地往反方向闪开。

"别动！"女医生说，同时左手搭在他的左肩上。邱振锋乖乖地坐正，女医生的拇指继续在邱振锋脖子侧面按压，似乎是在试探、比较。终于，她的拇指停留在一处，用力一捻。这一捻便将邱振锋脖子上的一根筋单独挑了出来。邱振锋的全部痛苦就在那一刹那间被女医生的拇指圈定了。"啊！"他情不自禁地大叫了一声。这声音把他自己都吓了一跳。自早上起，邱振锋就有一种脖子以上不属于自己的感觉，女医生只用力一按，就仿佛捻碎了一道堤坝，让邱振锋的热血重新在全身奔涌。他情不自禁地伸出两只手，双臂交叉在胸前，用自己的右手抓住女医生的左手，自己的左手抓住女医生的右手。

这一年，邱振锋三十二岁，海伦二十八岁。两个人金风玉露，干柴烈火，如胶似漆。交往到第二个月，海伦怀孕了。她问邱振锋："要不要这个孩子？"邱振锋回答说："要。"

虽然跟第一任女友分手已经八年多，邱振锋却并没有过着和尚的生活。他跟文艺女有过艳遇，跟已婚女搞过地下情。有的女孩子会主动要求他戴套，有的女孩子则不。如果女方要求，邱振锋就会顺从；如果女方不要求，邱振锋就会自觉。邱振锋和海伦第一次上床的时候，海伦完全没有提起避孕套的事儿，邱振锋也把这件事彻底置之度外了。第一次不戴套做爱也许是偶然，但一而再，再而三，这就绝不是偶然了。遇到海伦之前，已经有很长一段时间，邱振锋觉得自己精神涣散，无法集中精力，活得像个孤魂野鬼。就算强迫自己坐到书桌前面，过程中已经将意志力消耗掉了一多半，剩不下多少能用到写作上了。但海伦有一种奇妙的魔力，和她在一起，他的身体就会爆炸，爆炸过后他会感到神清气爽，仿佛体内的垃圾变成了能量。

和酣畅淋漓的没有保护的性生活相比，从前那些戴套的艳遇都只是苟且而已。

既然从一开始就没打算避孕，那么等海伦怀了孕，邱振锋怎么能说"不要"呢？

道理明摆着，但海伦还是反复征求邱振锋的意见：你不想要就告诉我，剩下的什么都不用管。别看我们只是街道诊所，妇产科也是有的。手术床、吸宫器、窥阴镜，一样不缺。

邱振锋经受住了考验。一次又一次，他坚定地说："要！"

决定要孩子之后，两人迅速登记结婚。海伦没有北京户口，但邱振锋并不在意，事实上他们的登记注册也没有受到任何影响。唯一的小曲折是海伦必须提供户口所在地派出所出具的单身证明。一等到海伦父母从老家把这纸证明寄来，他们就去领了证，顺利得让邱振锋略有些扫兴。

成了合法夫妻，海伦就催着邱振锋去报社申请准生证。邱振锋有些犹豫，他一直上夜班，很少跟作息时间正常的管理部门打交道。"不能让你爸妈再托人开一个吗？"邱振锋问。

海伦说："从北京要到的准生证，将来能给孩子上北京户口。"

"现在谁还稀罕北京户口？"邱振锋漫不经心地问。

"别傻了，等孩子上了学，你就知道北京户口多值钱了。"

这倒是一个意外惊喜。邱振锋毅然牺牲了某个上午的睡眠，在单位里找到了管计划生育的崔大姐。崔大姐只是从育龄青年的花名册上见过"邱振锋"三个字，从来没跟真人对上过号。她一脸狐疑地端详着对面这个陌生人，生怕自己一不留神，就让一个假冒伪劣者占了单位的便宜。

"你这种情况不能给准生证，"大姐把能翻的笔记、表格、规定都翻了一遍，最后慢条斯理地得出结论，"你虽然是北京户口，可你是北京集体户口。你看，这儿写着呢，就这——"

原来北京户口真的分三六九等。曾经有一段时间，报社的年青人都在想办法投亲靠友把集体户口转出去，只有邱振锋按兵不动，因为他觉得这很可能又是生活设下的一个骗局。

邱振锋问："现在还能不能转成独立户口？"他伸着脖子，试图看清大姐手里那张纸。

大姐说："能啊，你买套房子，不再住集体宿舍就可以。"然后把规定递给他，让他慢慢看，别着急。

会不会是另一个骗局呢？邱振锋拿着那张纸，满腹狐疑地回到家，将交涉经过汇报给海伦。海伦抢过那张纸，看了一眼，往桌上一拍："你给我问她：这集体宿舍里好几对儿生儿育女的。孩子都在楼道里跑呢。他们的准生证是怎么来的？"

邱振锋顿时哑口无言，任凭海伦再怎么催他，一律以沉默应对。海伦无奈，只好绕过邱振锋直接去找崔大姐。崔大姐和海伦亲切地交谈了半个来小时，然后推心置腹地说："其实也不是不能通融，只是我们单位女同志多，指标分不过来。小邱三十多了，可以算晚婚模范。这样吧，你们现在提出申请，明年我破例给你们发个指标。"

海伦思想斗争了两个星期，最后决定放弃北京出生证。她已经二十八了，如果把这个孩子打掉，她可不能保证以后还能生出来。决定之后，海伦的父母就开始在甘肃张罗，反馈回来的结果却是：这种事儿必须由本人亲自到场办理。于是，就为了这张准生证，海伦往老家跑了三趟。第三趟虽然办成了，但胎儿已经七个月了，海伦父母让她留在娘家待产。

当海伦为准生证疲于奔命的时候，邱振锋既有心无力，又备受煎熬。听说海伦决定暂时不回北京，邱振锋顿感释然，仿佛获得了缓刑。失而复得的单身生活令他如在梦中。他现在最害怕的就是被人惊醒。电话铃一响，他就会全身一激灵。要是能变成隐身人该多好啊！谁也看不见他，谁也不要给他打电话。

海伦怀孕八个月的时候，有一天突然在电话里哭着说："我想移民加拿大。"

"嗯。嗯？"

海伦说，她不能容忍孩子生下来还要落户县城。她从十八岁离家到北京上大学，就已经立下了鸿鹄之志，没想到在外面飞了这么多年，竟然又回到老家趴窝孵蛋。

"其实，"邱振锋尽量用轻松调侃的语调说，"给孩子留一些奋斗的目标也是挺好的。像他爸一样，长大靠自己的努力挣个北京户口，不也很好吗？"

"然后呢？"海伦问，"就算他挣到了北京户口又怎么样？他能保证他儿子还有北京户口吗？一代一代地跟户口死磕，还有完没完？"

因为孩子没有北京户口就要移民加拿大，这是一条彻底超出了邱振锋经验频道的、让他完全不知如何应对的信息。

八月的一个早晨，邱振锋接到了岳母的电话。海伦羊水破了，看来要早产。放下电话，邱振锋直奔首都机场，在机场买到了当天下午的机票，三小时飞机加三小时汽车，一路颠簸终于在午夜时分赶到海伦的病床前。

"母子平安。"岳母告诉他。

岳母补充说，因为羊水破了，但又没有宫缩，医生决定给海伦做剖腹产。正是这个决定救了海伦一命。胎儿取出来以后，医生才发现海伦患了胎盘植入，就是说胎盘像植物一样长出了根，深深地扎进了子宫壁。如果是自然分娩，胎盘无法娩出，有可能导致大出血。即使手术也不能百分之百成功，因为需要用刀一点一点地把植入的胎盘挖掉。这种手术难度很大，弄不好还是要子宫大出血。

邱振锋听得头皮发紧，恍然间又有了脖子转不动的感觉。岳母见他呆若木鸡，便反复强调"是个儿子"，但邱振锋就是振作不起来。儿子也好，女儿也罢，在他的幻想中反正都是个怪物。一个全身长满了触角的怪物，死死地吸附在他的身上。

裹在小被子里的儿子被护士抱过来了。邱振锋本能地不想碰那个包袱。他察言观色，感觉海伦对儿子也不是很走心。他不知从哪里看到一种观点，说剖腹产的女人都不如自然生产的女人爱孩子，因为前者没有经历过撕裂的阵痛。用手术从子宫里把孩子取走，就跟拿掉一个子宫肌瘤没什么区别。好像为了验证他的观点，海伦醒过来后说的第一句话，不是要看孩子，而是："加拿大……"

维克托出生后两个星期，邱振锋就返回了北京。岳父母把母子俩照顾得很好，邱振锋既无须担心，也帮不上忙。海伦在娘家一住就是一年，邱振锋只在春节期间去甘肃探过一次亲。海伦隔一段时间就给邱振锋下一道指示：你把自己的出生证找出来；你去公证处公证一下自己的学历；你去律师事务所签个字；你去做个体检。邱振锋知道这一切都与移民有关，但他从来不多打听，乐得不求甚解，因为他有一种很强的预感：只要移民一办好，海伦就会让他在离婚协议上签字。

维克托一岁的时候，海伦拿到了移民纸。邱振锋暗自发愁，他有些害怕海伦会把孩子扔给他。没想到，海伦胸有成竹地说："维克托可以留给姥爷姥姥带两年，咱俩先去加拿大打天下。"

"咱俩？"邱振锋很吃惊，"我以为你要把我休掉呢。"

海伦觉得又好气又好笑："从一开始我就告诉你我办的是家庭移民。要不然我干吗让你签字，让你体检？"

邱振锋虽然有些感动，但还是拒绝了海伦的提议。当然，他也没有把话说死。根据他一贯的方式和性格，他表示再等等看。

海伦也没有勉强他。2004年的深秋，她自己一个人去了加拿大一个叫卡尔加里的城市。海伦是从首都国际机场走的，走之前在北京停留了三天，对邱振锋简单慰安了一下。

很多夫妻分居两国，第一个障碍就是时差。有时，一方情绪波动，特别想找人倾诉，偏偏另一方正在睡觉。世界是平的，地球是个村，但是 24 个时区仍然存在。恰恰海伦与邱振锋之间不存在这个问题，因为邱振锋要值夜班。海伦经常在北京时间的夜半三更给邱振锋打电话，一聊就是一两个小时，两个人之间的关系似乎反倒因为时差而密切起来。

再说，海伦刚到加拿大，什么都是新鲜的，她的聊天就显得很有内容。从前，邱振锋每次接听海伦的电话心里都犯怵，因为她总是车轱辘话来回说，说着说着还要哭一鼻子；现在，听海伦讲电话成了一件轻松有趣的事儿。见多识广就是好啊，邱振锋想：读万卷书，行万里路，巧珍也能变成黄亚萍呀。

看来加拿大是个好地方。邱振锋有时会略带自嘲地想：也许外国的月亮竟真的比中国的圆呢。好奇心，再加上海伦的怂恿，2005 年夏天，邱振锋请了两个星期的假去看望海伦。海伦自从到了加拿大就开始工作，几乎没有游山玩水，正好趁机休个假。两人在温哥华国际机场一见面，就租了一辆车，开启了加西自驾游。当年邱振锋和海伦只是在狭小的单身公寓里偷偷摸摸地上了几次床，还没把对方的身体完全摸熟，下一代就被孕育出来，领他们进入了奶粉尿布的生活。如今，在一个陌生的国度，在似乎永远不会黑透的高纬度夏夜里，他们终于又找回了失去的伊甸园。

有一天，他们来到路易斯湖畔。路易斯湖水来自冰川，因挟带了大量的矿物质而呈现出饱满的翠绿色，深沉艳丽，美不胜收。两人在湖边手拉手散步时，邱振锋在海伦的手心里轻轻挠了一下，海伦立刻笑得花枝乱颤。他们在湖边找了一家旅馆住下，夜深人静万籁俱寂的时候再摸回湖边，脱衣下水。在水中做爱其实不如想象得容易，也谈不上有多么强烈的快感，但对于生活的这种欺骗，邱振锋可以欣然承受。

此次短聚令他发现了男欢女爱的秘诀，那就是：在对方已经满足的时候，再多给一点。就那么一点点，一个人会感到惊喜，另一个人会感觉快乐。当然，说来容易做来难，因为这需要想象力，而邱振锋恰恰是一个想象力丰富的人，这令他第一次对自己满意，感觉自己是得天独厚之人。两个星期的探亲结束之后，邱振锋竟有些依依不舍。当飞机徐徐升空时，他感觉若有所失。那些他从前如此珍视的东西，北京户口、正式工作，如今竟显得轻如鸿毛。加拿大的月亮并不比中国的圆，但躺在加拿大夏天的草原上，他会突然记起头顶上的太阳是一颗恒星。这个就事论事的"恒"字给他带来了莫名的喜悦，就像那个约定俗成的"求"字让他莫名郁闷一样。骨子里，他是个不可救药的文青。

他重新审视自己的生存。在恒星的光辉之下，点点滴滴的龃龉和屈辱都浮上了水面。为单位卖命这么多年，竟然连一张准生证都求不来。为什么呢？还不是因为中国的人太多了。地广人稀的地方就是好啊！他和海伦在天大地大的荒原上开车，半天见不到一个人。那才真是天地之间一个大写的我呢！

邱振锋终于得出了一个结论：这世界上如果真有值得追求的东西，那就是自由。

心里有了松动，邱振锋的工作表现就开始下滑。说不清到底是鸡生蛋还是蛋生鸡，总之半年之内，邱振锋就在单位里待不下去了。他在北京也没什么牵挂，辞了职，把家私半卖半送，买了张机票，就去了加拿大。

　　邱振锋到加拿大定居之后，才发现海伦不是在中医诊所工作，而是在按摩店工作。邱振锋顿时有一种受骗的感觉。好在，这一次不是被生活所骗。冤有头债有主，骗他的人是他的老婆。

　　海伦则理直气壮地说："按摩店怎么了？又不是色情场所。这是加拿大，你不要老拿中国的有色眼镜看人。"那口气让邱振锋想起了第一任女友：已经是九十年代了，你怎么还是一颗八十年代的脑袋？

　　"那上次我来的时候，你为什么不告诉我实情呢？"

　　"我也没有骗你啊！"海伦瞪大了眼睛，一脸无辜，"上次我在休假，咱俩玩得那么开心，你一句都没问过我在做什么工作啊！"

　　"那你现在能不能听我的，换个工作？"

　　"能啊！但是你得讲出道理啊！如果我不做这个工作我能做什么？什么工作能让我一年挣五万加元？五万加元！我说的是纯收入，不是税前收入。做按摩有小费，小费是现金交易，可以逃税。"

　　"体面的工作能有小费吗？你去看病会给医生小费吗？"

　　"我这都是为了维克托呀！"海伦一着急，脸上竟有了狰狞的神色，"有了钱就可以买房子，有很多的钱就可以买很好的房子。我们要在大城市、好学区买房子，让维克托受最好的教育！"

　　"一派胡言！"邱振锋说。

　　"这怎么是一派胡言？"海伦露出惊讶的神情，"哪个家长不愿意让孩子受最好的教育？"

　　邱振锋无言以对。他绝不是反对让维克托受最好的教育。如果问题是：你想让孩子受优质教育还是劣质教育？他当然会选前者。只是，他觉得海伦偷换了问题。邱振锋自己也是人，凭什么要变成另一个人的工具？哪怕那个人身上有他一半的基因。他一万个不服气，但也只能把不服憋在心里，以致脸都憋紫了。他知道海伦的弹药库里还有很多武器呢，其中最有杀伤力的是："你还像个父亲吗？"

海伦的老板也是中国人，名叫莎莉。莎莉请邱振锋吃饭，饭桌上温言软语地给他解释海伦工作的性质。莎莉还带邱振锋参观海伦工作的场所：一个宽敞的大厅，十几张按摩床，布帘子从天花板上垂下来，离地五十厘米。你虽然看不到按摩师的手，但可以看到他们的小腿绕着床边走来走去。虽然做不到完全透明——毕竟客人也有隐私需要保护，但的确很难藏污纳垢。

莎莉得过本地商会的优秀企业家奖，休息室的墙上挂着她的奖状和她与市长的合影。海伦是领班，因为她是全店唯一一个拥有政府执照的按摩师。作为一个新移民，能考下这么一张证也是很不容易的，最起码英语得过关。海伦的证书和莎莉的奖状并排挂在墙上，充分显示出海伦的地位。

"来我们店里的老外都是由海伦接待，"莎莉说，"老外都很 nice，都很规矩。"

莎莉还说，按摩分两种——治疗按摩和保健按摩。我们虽然做的是保健按摩，但手法上和治疗按摩没区别，区别就在于客人其实没有病。

听着很有道理，只是夜深人静的时候，回想起当初自己跟海伦天雷勾动地火的瞬间，邱振锋不禁扪心自问：难道我不 nice，不规矩？

但如果允许无限联想，则任何职业都会引出邪念和不轨，即使在诊所工作也不能幸免，就算当耳鼻喉医生也不保险。难道你想回到封建社会，让海伦用一根红绳系在病人手腕上号脉？

邱振锋知道自己不占理，但他心里就是别扭。可他初来乍到，自己也没工作，还得靠海伦的收入维持生活，于是也只好把委屈、不解憋在心里。心情不舒畅，身体上就和海伦疏远起来。邱振锋在卧室里从来不主动。海伦心里也有愧，觉得邱振锋可能嫌弃她，于是每天晚上都要大张旗鼓地洗澡，恨不得把自己洗掉一层皮。香喷喷的海伦依偎在邱振锋身边，用洗得起了皱纹的手抓住邱振锋。这样的触摸有一种奇异的调情作用，让邱振锋无法抵抗，只能眼睁睁地堕落下去。

他闭着眼睛把海伦搂过来，然后粗暴地翻身而上。闭着眼睛能使他短暂地忘掉自己是谁，为什么到了这里。只是每当高潮袭来，快感沿着脊椎向上攀援，即将淹没他的天灵盖时，他从来不会忘记按下暂停键，光着身子去抽屉里拿避孕套。海伦默默地看着邱振锋戴套子，有时候会露出受伤害的表情，有时候则会露出冷笑。有一天，邱振锋被海伦笑恼了，于是就把戴了一半的套子摘了下来，这下轮到海伦不自在了，把身子扭成了一条蛇，推三阻四地不想让邱振锋进入。邱振锋死死地抓住她的双肩，将无数愤怒的问号射进她的身体。事毕，海伦讪讪地从床上爬起来，在浴室里洗了很长时间，然后又穿戴齐整，一言不发地拿了车钥匙出去了。

留下邱振锋一个人躺在床上，连着骂了自己一百个"混蛋"。海伦很早就跟他说过：她再也不能怀孕了，因为第一次得了胎盘植入，第二次再得胎盘植入的概率是百分之八十。

他知道自己本质上不是混蛋，可他总想伤害海伦，因为她的逻辑让他恼火：因为再也不能怀孕了，所以维克托就是她这辈子的唯一。她必须珍视维克托，她所做的一切都是为了维克托。

"我可没在你的胎盘上动手脚，别老拿这个说事儿。"

"但是你想要这个孩子！"

邱振锋感觉自己一步一步地陷入了圈套。一开始是小心翼翼地征求自己的意见："你想不想要这个孩子？"后来不知怎么就变成"都是因为你想要这个孩子"，也许再过两年就会变成"当初是你逼着我要这个孩子"。

可这是谁给他下的套呢？就算海伦老谋深算，崔大姐难道也能够配合演出？

也许，这就叫作"被生活欺骗"。听着窗外呼啸的寒风，想象着海伦孤独地走进 24 小时药店，想起自己离开中国时那种自由指日可待的幻觉，邱振锋心如刀割，欲哭无泪。

有一件事，他一直没有告诉海伦。他前脚刚走，后脚单位里就开始了住房改革。只要他晚走一个月，他就可以用极低的价格买下住了八年的那套一居室。那幢楼虽然已经四面露风，但地理位置毕竟在四环以内。要是海伦当初能打掉维克托，推迟一年再怀孕，也许他俩的人生就是另外一个走向了……

如果他把这件事告诉海伦，她脸上会不会有懊悔的表情呢？他不禁有些恶毒地想。

时间又过去了一两个月。有一天，他们又为一件小事争执起来。海伦再次祭起了"为了维克托"的大旗，邱振锋冷冷地问："你的意思是，只要是为了维克托，做什么都可以？"

"当然。"

"真的做什么都可以？"邱振锋板着脸，声音低沉，"也——不需要有底线？"

"底线"这个词让海伦迟疑起来，她的嘴唇紧抿着，目光流露出警觉。邱振锋继续着一本正经的表情，内心的得意却洋溢到了嘴角："比如说……"他顿了一下，默默地钩沉出几位著名的风尘女子：茶花女、玛丝洛娃、阿崎婆、阮玲玉的神女、朱丽叶·罗伯茨的风月俏佳人……但他不知道究竟哪个名字才会对海伦构成打击。她读小说吗？至少看电影吧？他的双手在胸前一张一合，仿佛这个动作能帮助自己做出判断。

海伦也许不善于表达，但她没有邱振锋想得那么愚钝。她铁青着脸，一巴掌扇过去。骨科医生的手，又有力道又有质感，明明才使了三分劲儿，邱振锋就已经被抽得昏头转向了。

邱振锋也火了。他真想抡起拳头，"砰"的一声砸在海伦脸上。但不知为什么，他的手臂就像假肢一样，冰凉麻木，行动不便。他既沮丧又震惊：看来自己这辈子甭想实施家庭暴力了。想到"家庭暴力"这个词儿，他心中忽然一亮，一个金蝉脱壳的计划立刻形成。

他抄起电话就报了警。警察半小时后才赶到。在等待警察的时候，邱振锋一次又一次推开海伦递给他的热毛巾，一直坚持到挂着已经结痂的鼻血给警察开了门。

海伦是被她的老板莎莉保释出来的。回到家一看，邱振锋已经不见了。

邱振锋独自来到温哥华。他在中餐馆当过服务生，在机场当过搬运工，也给修屋顶的专业工人打过下手。那是他最落魄的一段时间，冥冥中他真有一种高加林附体的感觉。然而加拿大毕竟是市场经济，人才很难被埋没，只要有心交易，供给与需求总能达到平衡。

邱振锋的短板是英语，过了半年多，他的英语——尤其是口语——有了进步之后，他就在本地的一家华文报社找到了一份编辑的工作。

这份工作薪资不高，每月二千加元，但却是稳定的全职工作。邱振锋属于"特刊部"，工作内容就是不定期出些主题专刊，夹在报纸中附送。说得再通俗一些，就是把同类广告客户凑在一起，集中替他们发表一批软文。邱振锋是十一月入职的，上班后编的第一期就是"圣诞特刊"，"圣诞特刊"之后就是"春节特刊"，春节之后就轮到"结婚专刊"，然后依次是房地产、汽车、夏令营……邱振锋是凭着自己"出色的中英文写作能力"被聘用的，但上班不久，他发现这份工作其实根本不需要写作能力。总有客户嫌他写得太长。"特刊部"的主管艾瑞是从香港来的老移民，本人也是广告销售员出身。不管客户的意见如何尖锐，艾瑞总能将其软化之后再传达给邱振锋。"本森呀"，艾瑞会半开玩笑地叫着邱振锋的工作用名，"咱们加籍华人都是不识字的啦！拜托，拜托，再写得短一些，多给上几张图片好不啦？"

一来二去，邱振锋就有了怀才不遇之感，但朋友们听说他被加西最大的华人报社录用，都感觉难以置信："你才来不到一年，就能找到专业工作？"

如果这也叫专业工作，那海伦以骨科医生的身份去给人家按摩，你又怎么能说那不是专业工作呢？

邱振锋心中的恼恨在一点点平息，对海伦的思念也一点点增加。圣诞节越来越近，他身上那个"拯救者"慢慢苏醒。12 月 24 日一大早，他突发奇想，打算开车去卡尔加里看望海伦。从温哥华到卡尔加里需要翻山越岭，路上时不时会遇到积雪，对于不谙雪地开车的人来说，这趟旅行颇有难度。邱振锋一路上开得小心翼翼，路过气象巍峨的高山大川时，心里更涌起阵阵宏大的善意。他打算给海伦一个意外惊喜，外加一个半和解的拥抱。至于全面的和解，还要取决于海伦的反应。

他进入卡尔加里市区的时候是下午四点，但天已经全黑了。街上行人寥寥，路两旁的火树银花寂寞地绽放着。他把车停在海伦所住公寓大楼的路边，然后迈上台阶，走到公寓大门前面。他身上还带着海伦所住单元的钥匙，但却怎么也想不起大门的密码。他在寒天冻地里站了一刻钟，希望能碰上有人出入。可惜，一个人影都没有。该回家的都已经回了家，没回家的一时半会儿还回不来。海伦就属于回不来的，华人开的按摩店即使在圣诞夜也会营业到晚上七点。

纯粹出于侥幸心理，他按了一下对讲器上的单元号。令他意外的是，对讲器里竟然传出一个老女人的声音："找谁？"

邱振锋愣了一秒，然后用力张开已经冻得几乎没有知觉的嘴巴："有个叫海伦的，还，还住这儿吗？"

"你是谁？"

"我，我是他丈夫。"

"小邱？"

"是，是我。"

"快进来！"

门锁咔哒一响。

邱振锋不假思索地推开门，一步跌进温暖的大厅。正对着大门的假壁炉仍然在熊熊"燃烧"，和记忆中一模一样。等电梯的时候，他的身体开始暖和起来，大脑也开始预热，这时他才想起那一声"小邱"似曾相识。是谁住在海伦家里呢？莫不是岳父岳母来了？他知道海伦的计划：一旦挣够了钱就把维克托和父母接过来。难道说，在自己缺席的情况下，海伦已经实现了计划的第一步？

电梯缓缓上升，邱振锋心里已经有了隐隐的挫败感。

来开门的果然是岳母。邱振锋略有些尴尬，不知道该如何向他们解释自己和海伦的分居。他相信海伦一定向父母控诉过自己的丈夫，他是应该拿出男人的气度轻描淡写地道歉呢，还是应该据理力争，指出事情还有另一个版本？但两位老人没有给他犹豫的时间，一见到他就连声呼喊："太好了！你来得太是时候了！"

原来维克托下午突然发起了高烧，吃了婴儿泰诺之后体温虽略有下降，但也仍有 38 度。他们刚给海伦打了电话，可她正在上钟，估计还得再等半小时才能回电话。

"上钟"，邱振锋暗想，这个词儿他们竟然也说得出口，看来他们无论如何都会站在自己女儿一边。

岳母把邱振锋领进卧室，维克托正躺在小床上睡觉。

邱振锋最后一次见到维克托的时候，他还不到半岁。时光飞逝，这个生物已经三岁了。邱振锋轻轻地掀起维克托身上盖的小被子，一股热烘烘的臊气扑面而来。他把维克托从头到脚好好打量了一番，然后轻轻地把他抱了起来。自从维克托出生以来，邱振锋抱他从没超过两分钟。每次他一抱起维克托，心里就有一种击鼓传花的紧迫感，总想赶紧脱手。有时候是出于毫无来由的对吸盘怪物的恐惧，有时候纯粹是因为维克托乱蹬乱踢，让他找不到着力点。这一次，病中的维克托像一块秤砣，静静地重重地压在他的臂弯里。他的小手软软的，烫烫的，无力地搁在自己的小肚子上。邱振锋情不自禁地把他搂紧了，维克托则毫无抵抗，任由邱振锋挤压，只是不由自主地张大了嘴巴，吐出滚烫而污浊的气息。他那大口呼吸的样子让邱振锋想起海滩上搁浅的鱼。

邱振锋当下决定带着维克托去看急诊，岳父母脸上瞬间流露出轻松的表情。邱振锋可轻松不起来，他知道加拿大的急诊平均等候时间为三小时。从发动汽车到药到病除，这中间必定还有漫长的煎熬。果然，在急诊室等了三个半小时，一直等到海伦下班后赶了过来，维克托才见到了医生。

维克托退烧之后，有两天患了大便干燥。他的小肚子鼓鼓的，小眉头紧皱着，又难受又不知道怎么表达。岳父母在厨房里争论是该给他吃香蕉还是吃山楂，听得邱振锋耳朵都起茧子了。他不由分说，拿了一支开塞露，把维克托的裤子脱了，给他翻了个身，然后把开塞露捅进了他的屁眼里。维克托挣扎着，邱振锋死死按住他的小肥屁股。开塞露挤进去半分钟，一股黄褐色的半流体突然喷薄而出，溅了邱振锋一脸。岳父母赶紧过来察看，见到现场一片狼藉，又赶紧打水拿毛巾。邱振锋冷眼旁观，觉得他们的忙乱显得有些夸张。他不禁联想起两天前，当他决定带儿子去看急诊时，岳父母一下子露出如释重负的表情。他并不怀疑姥姥姥爷待维克托很好，但他也意识到：危机时刻，只有他——维克托的亲生父亲——才是敢于当机立断的人。

想到自己果然对维克托负有无法推卸的责任，他又禁不住全身发冷，瞬间又有了脖子转不动的幻觉。他借口洗脸，赶紧冲进了卫生间，把自己反锁在里面，半天没敢出来。

　　元旦过完了，邱振锋要回去上班了。几天相处下来，他跟海伦一点私人空间都没有，自然也没能深入交谈。就在两人不清不楚之际，两位老人不由分说地介入，坚决要求海伦辞职。海伦也不是多么热爱按摩这一行，既然丈夫找到了理想的工作，又有回心转意的表示，她当然也愿意一家人在温哥华团聚。

　　莎莉虽然舍不得海伦，但也明白这是大势所趋。

　　事情就这样定了下来。邱振锋一个人先回了温哥华，留下海伦在卡尔加里处理搬家事宜。他前脚刚走，后脚莎莉就有了新主意：她要在温哥华开分店，让海伦去当店长。这下海伦又动了心。一个月后，海伦带着大部队赶到温哥华。把家安顿好后，她就开始满世界替莎莉找房子开店。邱振锋白天要上班，根本不知道海伦在做什么。晚上回到家，两居室公寓里五口人同时说话，谁也听不到一个完整的故事。有一天，他听海伦说想考中医执照；过两天，她又想考放射师执照了。他颇有些不以为然，想找个机会跟海伦好好谈谈：要脚踏实地，不要心浮气躁，新移民都要有个逐步适应的过程……海伦却在一个阳光明媚的周末早晨突然告诉他：莎莉在温哥华开了分店，请自己去做店长。

　　邱振锋张口结舌，过了几秒才反应过来："你不用亲自按摩？"

　　"不用。"海伦一口否定。

　　邱振锋才不信。那么小小的一个门脸，怎么能负担一个全职脱产店长？但是一家人已经好不容易团聚了，他就是不信又能怎么着？邱振锋心里像吃了一只苍蝇似的。可这一切能怪谁呢？想来想去，他把这件事怪到了岳父母头上。他不相信他们和他一样一直被蒙在鼓里。

再看维克托，这孩子身上的毛病越来越多，都是姥姥姥爷惯出来的。

2007年圣诞节前夜，维克托进卧室睡觉之后，邱振锋拿出准备送给维克托的圣诞礼物。岳母一把抢过来，嗔怪地说："怎么不早点拿出来？孩子都睡了。"说完急忙推开了卧室的门。维克托正在装睡，一心要跟圣诞老人开一个玩笑。睁眼一看，却见一个身穿家常碎花睡衣的老太太举着礼物站在自己床头。

"怎么是你？我不要你！我不要你！"维克托整夜不睡，又哭又闹。

岳母很气恼，没想到一手带大的外孙子竟为这么一件小事莫名其妙地翻脸。

"好，你不要我，我现在就走！"

两位老人刚一表达要走的意愿，邱振锋立即递上机票，确保他们心想事成。看到老人脸上哭笑不得的表情，他心里有一种强烈的报复的快感：呵呵，这就叫作被生活欺骗。

转眼一年又过去了。一进入十二月，圣诞的信号就从厚厚的云层漏下来，伴着温哥华的霏霏淫雨，剪不断理还乱地洒向人间。邱振锋接收到圣诞的信号，本能地有一种欲哭无泪的感觉。他的人生在前两个圣诞节都发生了戏剧性的转折，不知道今年又将有什么意外降临？他已经成了一个悲观的人，未知的境遇总是让他产生引颈待割的感觉。海伦却和他完全相反，一接收到圣诞的信号，她就像打了一剂强心针，仿佛只要一过了年，眼前立马就是一个海阔天空的新天地。两个人感受如此不同，其实已经深深惹恼了对方，只是下班后都累得半死，连吵架的力气都没有了。

再说，他们现在虽然同住在一个屋檐下，却基本见不到对方。

生活的骗局一个接一个，防不胜防。邱振锋虽然略施小计，把岳父母赶走了，但两位老人一走，他才发现照顾维克托的工作只能落在自己头上。海伦根本指望不上，她每天中午上班，晚上十点下班，周末也不休息，与维克托的作息时间满拧。他跟海伦郑重其事地商量过几次：我在报社上班，你在家照顾维克托，像个正常的家庭一样运作，难道不好吗？但海伦反问他：你真喜欢报社的工作？真想在那儿干一辈子？

按摩虽然不是高尚职业，但海伦挣的钱是邱振锋的三倍。钱，真是让人又爱又恨的东西。邱振锋没想到，他在中国都不曾为五斗米折腰，到了加拿大，反而淡泊不起来了。一个社会里的交换越自由，金钱对人的统治便越彻底。

所以，他必须照顾维克托。一旦亲力亲为，邱振锋才发现照顾孩子并不是件容易的事。只有当维克托生病的时候，他才能感觉到自己的爱深沉而有力量，可惜维克托并不经常得病。当他身心健康活泼好动的时候，邱振锋觉得自己根本无法跟他相处。

每天早晨，从维克托起床开始一直到他走进学校大门为止，就是邱振锋面临的第一个考验。他并不怕做琐碎小事：照顾维克托穿衣服，把早饭摆出来，看着他吃掉，把午饭给他装进书包里……这些都不在话下，只要邱振锋能按照自己的程序有条不紊地去做。但是和孩子有关的事永远有出人意料之处，一旦意外发生，就需要调动额外的精力来对付。而那一点点额外的精力，恰恰就是邱振锋不愿意给的。

这天早晨出门的时候，维克托磨蹭了半天也没系好鞋带，邱振锋就蹲下来帮他系。维克托还不肯，把身子扭得像条蛇。邱振锋一把拽过他的左脚，维克托失去平衡，一个屁股蹾坐在了地上，然后哇哇地哭了起来。邱振锋抓着维克托的外套把他拖到走廊里，反手把门关上，压低声音吼道："哭什么？看把你妈吵醒了！"

维克托哭着说："姥姥比你系得好。姥姥什么时候回来？"

邱振锋狠狠地给维克托系上鞋带，狠得像是要勒死那只鞋。

他拖着维克托穿过公寓长长的走廊，走进地下车库，再把他塞进车里。一直到车子发动起来，维克托还在哭哭啼啼。邱振锋心里有点后悔，其实，再多一点点耐心又有什么不可以呢？

邱振锋还记得自己当年对爱情的定义：在对方已经满足的时候，再多给一点点，这就是爱情。就那么一点点，几千分之一也行，几百万分之一也行，只要比应该付出的再多付出一纤一毫，那就是爱。

如果拿这个定义来衡量，他觉得自己不爱维克托。

两分钟后，邱振锋的奥德赛开到枫树小学门口。把车停稳，邱振锋经车头绕到右后侧车门。维克托已经把脸贴在窗户上，鼻子都快被挤没了。他的脸上已经看不出哭过的痕迹，两只明亮的眼睛一眨一眨好像刚从童话森林里飞出来的小天使。邱振锋的一颗心放了下来。刚一打开车门，维克托的脑袋就撞上了邱振锋的胸口。邱振锋赶紧闪开，维克托团着的身子舒展开来，两臂抡圆了，呼啦呼啦地就跑没影了。

目送着儿子进了学校大门，邱振锋的心情这才轻松起来。他把车驶出学校，上了阿尔伯塔路，连续两个右转弯之后上了交通干道西敏街。沿西敏街向东开了三分钟左右，道路两侧的房子明显变得稀疏，邱振锋的心情也愈发开朗。又往东开了十分钟，邱振锋的车就驶上了一个长长的缓坡，坡道下面是与西敏街垂直的 99 号公路，这条公路向北经温哥华前往惠斯勒；向南通往美国。邱振锋心情好的时候，走在这条坡道上能让他产生一种飘飘欲仙的飞升感；心情不好的时候，眼前就会出现幻觉，比如坡道突然断裂，自己连人带车掉进下面的滚滚红尘里。

坡道的最高点有个红绿灯。如果不是维克托系鞋带时耽误了一分钟，今天邱振锋就能赶在这个红灯之前通过这里。就差这么一点点。邱振锋等了一会儿，左拐上了库克街。库克街右侧是个汽车大卖场。这是整个大温地区规模最大的汽车销售广场——环形道路两侧分布着几十栋二层小楼，每栋楼都被几百辆汽车包围着。邱振锋把车开到汽车大卖场靠西的一个死角。这里也有一栋二层小楼，因为地理位置差，没有汽车公司愿意租，于是就低价租给了《华星报》。

八点四十五分，邱振锋用门卡在门禁上一刷，办公楼的铁门"咔哒"一响。邱振锋推门而入，迎接他的照例是空无一人的接待台。经过茶水间的时候，他看到两个女人正在热火朝天地聊天。她们说的是广东话，邱振锋听不懂。这个报社的官方文字是繁体中文，官方语言是广东话。两个女人向他礼貌地打招呼："早森"，邱振锋也照猫画虎地回了一句。他不认识她们，也无意套近乎。公司会为上夜班的人提供夜宵，基本上每天都有剩的，白天来上班的人就可以先到先得。邱振锋猜她俩是来公司蹭早点的。

邱振锋上了二楼，进了自己部门的办公室。他放下包，打开电脑开关。这是一台很老的电脑，电源灯亮了半分钟，屏幕才开始闪烁。邱振锋并不着急，他已经来到了自己王国的门口，并不在乎在门前的脚垫上多蹭两下。屏幕上开始闪出一行一行的字母，仿佛电脑在向邱振锋汇报自己的心路历程。终于，一个白色小窗口弹了出来。邱振锋郑重其事地敲进密码，一幅令人心旷神怡的画面开始淡入：蓝天上飘着白云，绿草上卧着几只淡黄色的文件夹。

邱振锋看了一眼电脑屏幕右上角的时间。11 月 29 日，早上 8：51。从现在开始到十点正式上班，一共 69 分钟，每分每秒都是自己的时间。

邱振锋正在翻译一本关于电影的书。这是北京的一个大学同学给他介绍的活儿。据同学说，国内很难找到好的翻译，因为翻译费太低了。邱振锋抱着试试看的心情接下了这个活儿，结果发现自己竟是一个好翻译。别看他的创作没有成果，这么多年的文字功夫不是白练的。

邱振锋的翻译方法是先粗译，再精译。所谓粗译，就是把原稿中的句子拆成意群，以意群为单位译成中文。精译则是在粗译的基础上重新调整意群的顺序。每天上午十点以前，邱振锋把原稿摊在桌子上，对着原稿进行粗译；十点钟以后同事们来了，他就把原稿收起来，对着电脑屏幕进行精译。报社分派给邱振锋的工作并不繁重，只要他对着屏幕打字，没有人会管他到底是在写什么。单就这一点来说，邱振锋觉得这些加籍华人的文明程度还是相当高的，当然，也许是因为他们不认识汉字？

也可能只是因为邱振锋不会说广东话。经常有其他部门的同事过来聊天，语音铿锵，表情生动，也不知道谈的究竟是工作还是八卦。邱振锋从来不参与大家的闲聊，连"试图"都不曾。他并不在意被别人当作空气，恰恰相反，他十分珍惜这种距离感。对广东话的无知仿佛是他的金钟罩，为他屏蔽掉了一切干扰。记得有一次，一架小飞机撞上了机场附近的一幢居民楼。一时间报社人心浮动，特刊部的人——除了邱振锋之外——轮流往新闻部跑，只有邱振锋盯着电脑屏幕，我自岿然不动。终于，一个同事忍不住了，用磕磕绊绊的普通话向邱振锋通报了消息。邱振锋十分配合地作出大惊失色的表情："啊？真的？是恐怖袭击吗？"

"我母鸡啊！"

话说回来，尽管同事之间是非不多，邱振锋也不能公然在上班时间拿出一本与工作无关的英文书来翻译。他每天能够进行精译的机会，只有早晨上班前的这一个来小时。这就是他为什么连一分钟都不愿意多给维克托的原因。这是他最后的堡垒。

邱振锋今天遇到了一个超级长的有三层复合结构的句子，这一句话就占了三分之一页纸。他刚把全句按意群大致翻成中文，就听到有人在门上轻轻地敲。他一开始没理会，反正没到上班时间，谁都没理由在这时找他。无奈敲门的人不达目的誓不罢休，邱振锋只好喊："请进。"门一开，进来一个清清秀秀的女子。邱振锋不知道她的姓名，但认得这张脸。这是公司的前台小姐。

前台小姐手里拿着一捆报纸，对邱振锋直呼其名："早晨好，本森。"

报纸是公司赠送给员工的，算是在报社工作的福利。当天的报纸都摆在前台，按照部门分成几堆，每堆单独捆扎，十字交叉的绳结下面附着一张纸条，纸条上写着各部门的名称。邱振锋每天都是"特刊部"第一位到办公室的，每天都会顺手把本部门的报纸带上来，今天大概是被维克托耽误了一分钟，一着急就忘了。

"早上好，"邱振锋说，"谢谢你送报纸来，就放在那里吧。"

前台小姐却袅袅婷婷地走到邱振锋面前，用不是很熟练的普通话说："我想请你帮一个忙，不知可不可以？"

邱振锋心里不耐烦，但对一个柔声细语的女子也无可奈何，只好似笑非笑地问："什么事？"

"我想请你教我读这个。"前台小姐放下报纸后，邱振锋才发现她手上还拿着一张 A4 纸。那张纸上打印的是邱振锋为公司圣诞晚会写的串场词。

公司每年圣诞节前都要开一个晚会，招待各界要人及广告客户。今年的晚会邀请到了中国领事馆的人，管理层于是要求把串场词写得像中央电视台的晚会一样。通常这个任务都是由特刊部来完成的，艾瑞知道邱振锋在北京当过大报的编辑，于是就把这个任务直接交给了他。邱振锋其实最讨厌写央视腔的东西，但艾瑞说：咱公司一百多人，这件事只有你能做。

邱振锋一方面讨厌命题作文，另一方面又特别吃"非你不可"这一套。这里面微妙的分寸，只有艾瑞这么精明的管理者才能掌握。

眼下，前台小姐细白的手指间捏着的，就是那篇深获管理层好评的命题作文。邱振锋略微有些激动。写字的人，都希望自己能有读者。

"你为什么要学习读这个？"邱振锋的语气和缓了些。

"我想试试在公司的晚会上当主持人。"

"哦，"邱振锋微微一笑，把那张纸接了过来，"你哪个词不会读？"

"嗯，很多。"

邱振锋的笑容凝固在脸上。细看之下，他才发现那些文字上面有密密麻麻的记号，有的画了线，有的画了圈。一眼望过去，几乎没有一个字是干净的。

邱振锋正在犹豫，前台小姐却兀自坐在了邱振锋对面，双手交叠放在腿上，仰着头，充满期待地望着他。邱振锋从来不记得自己仔细看过这女孩子的正面。平时她在前台坐着，不是接电话就是打电脑。那份工作虽然算不上繁重，但也是一刻不得闲。如今，这个整日案牍劳形的OL，终于在紧赶慢赶的人生中歇下脚来，特意向邱振锋展现出平时他只能匆匆一瞥的真容，让邱振锋想看多久就看多久。

无可否认，邱振锋感到了一丝满足。权衡之下，邱振锋客气地说："我很愿意教你，只是现在不行，请你十点以后再来找我，好吗？"

女孩子大概没想到自己竟然会被拒绝，一时有点尴尬。邱振锋也觉得有点过意不去，为了回避进一步交流，他把目光收回屏幕，仿佛女孩子不存在一般，十个手指在键盘上翻飞，噼噼啪啪地胡乱敲出一行字来。

女孩子说："对不起，打扰了。"然后就站起来走了。

等她出了门，邱振锋站起身，走到门前，用力把门一关，而且画蛇添足地反锁上。

从九点到十点，邱振锋一步也不敢走出自己的房间。虽然很渴，可是他连茶水间都不敢去，就好像门外有蛇一样。终于熬到十点，同事们前后脚进来，邱振锋才长出了一口气。

好吧，现在你可以过来了。

但整个上午，前台小姐都没有过来。

《华星报》内一切与新闻无关的人员，都在上午十点至下午六点之间工作。假设《华星报》也有计划生育部门，那么崔大姐就会在这个时间段里上班。为什么不是朝九晚五呢？这又和该报的新闻生产方式有关。这家报社的母公司设在新加坡，在全球有十几家分社。《华星报》是公司的加西分部，其新闻分为三大块：国际新闻、加国主流新闻和加国华裔社区新闻。国际新闻由香港总部提供，加国主流新闻由新闻部的编辑们根据英文媒体进行编译。这两项工作都只能从下午才可以开始做；于是管理层就希望非新闻部门的上班时间越晚越好，以便和新闻部门产生最大限度的交集。

管理层对于上班管得不严，晚来半个小时都没有关系；但对下班卡得特别严，早走一分钟都不行。

偏偏邱振锋特别需要在下班时间上得到通融。他每天早晨送完孩子就直接上班，往往不到九点就能到公司；维克托下午三点就放学了，邱振锋给他报了一个课后托儿班，但课后托儿机构看孩子最晚也只能到下午六点。六点整孩子必须接走，晚一分钟罚一块钱。邱振锋为了准时接孩子，每天都必须早走十分钟，这十分钟必须从年假里扣。一天十分钟，一年相当于五天年假。

海伦父母是在一个周末离开温哥华的。下周一，邱振锋从人事部领来请假表，填好了，让艾瑞给他签字。艾瑞很吃惊，她在公司做了十五年，还从没见过这么请假的。邱振锋平淡地说："无所谓啦，我要年假干什么？我又不想旅游。"他甚至还用自嘲的口吻补充说："在我无业的时候，我已经旅游够了。"但艾瑞的笔就是落不下去："你家里再也没有别人可以帮忙了吗？"邱振锋耸耸肩，不置可否。艾瑞还不识趣，继续唠叨说："你要不要问问别人？看看大家都是怎么解决这个问题的？你太太不可以接孩子吗？家里没有老人吗？"邱振锋终于绷不住了，狠狠地瞪了她一眼。他从来没有这么凶过，吓得艾瑞赶紧把字签了。

"我这也是为了维克托啊！"邱振锋拿着表去人事部备案，心里万般无奈，百感交集。

上午十一点以前，邱振锋认为所有的道理都在自己这一边：公司无情，所以他不能通融。早晨十点之前的时间都是我自己的，不能用于工作。从十一点开始，邱振锋的态度开始软化。如果前台小姐这时候过来找他，说不定他反而会向她道歉。对不起，我太生硬了，但我也是无奈。十二点一过，邱振锋开始坐立不安，最后他想到了公司员工内部通讯录。他登录公共文件夹，查到前台小姐叫萨曼莎。午饭时间到了，邱振锋从二楼厨房的冰箱里拿出自己的饭盒，特意到一楼的厨房去加热。经过前台的时候，他停下脚步，隔着齐胸高的柜台，对着电脑后面那张精致的脸说："萨曼莎，我今天下午有时间，你随时可以过来找我。"萨曼莎正在电脑上敲字，邱振锋对她说话的时候，她上身一动不动，只是眼睫毛抖了几下，好像蝴蝶的翅膀在翕动。邱振锋说完了，萨曼莎抬起头，例行公事般地说了声"谢谢"。虽然语气要多平淡有多平淡，邱振锋还是如获至宝，心满意足地走开了。

午饭之后，邱振锋的幻想愈发具体了。如果萨曼莎拿着稿子过来找他，他应该在哪里辅导她呢？自己的办公室显然不大合适，因为别人还要工作。最好是借用公司的会议室。借会议室需要先向部门主管申请，然后把部门主管签了字的条子递到行政部。为了让艾瑞有个思想准备，邱振锋决定先跟艾瑞打个招呼，没想到艾瑞挥了挥手，毫不在意地说："那么麻烦干什么？只要会议室里没人，你推门就进好了。"但她想了一下，又有些狐疑地问道："前台的萨曼莎要读串场词？"

"是啊。"

"嗯……"艾瑞欲言又止。

"怎么了？"

"以往每年都是公关部的利迪亚主持晚会……萨曼莎……有点儿奇怪啊。"

邱振锋的脑子里电光石火般地亮了一下。也许这并不是公司正式的安排，只是萨曼莎在暗地里使劲争取机会。若果真如此，她当然不能在上班时间光明正大地来找邱振锋要求辅导。

那么她在早晨九点来找邱振锋，就很可能不是偶然，而是研究了他的行为规律之后的刻意安排。这么一想，萨曼莎在邱振锋心目中立刻变丑了。她不再是一个皮肤细白，妆容精致的小家碧玉，而是一个伸出冰冷触角，想要攫取邱振锋最后一点自由的母章鱼。

五点五十分，邱振锋下班了。他脸色凝重目不斜视地从前台经过，似乎要以冷漠和鄙视来惩罚心机女。可是，在开出效果不明的罚单之后，邱振锋并没有得意的感觉，反而更加郁闷。

晚餐的时候，邱振锋一边吃饭一边漫不经心地浏览着"哭胖"。

"哭胖"泛滥，这也是圣诞将近的信号。邱振锋对购物兴趣不大，但如果连看都不看就扔了，他又觉得若有所失。借助眼角的余光，他发现维克托扭动着身子，时不时往"哭胖"上瞄一眼。他心里暗笑，一边把"哭胖"往维克托的方向推了推，一边豪爽地说："你今年想要什么？"

维克托却像触了电一样，把"哭胖"往外一推："爸爸，别告诉我你要给我买什么。"

邱振锋一愣，不由得从"哭胖"上抬起头来，认真地打量了一下维克托，但见后者双眼平视前方，呼吸急促，小身板挺得笔直，显得十分紧张。

邱振锋居高临下地说："男子汉大丈夫，不要老玩猜心游戏。想要什么就说，痛快点儿。"一边说，一边故意把玩具类"哭胖"一张张摊开，一直铺到维克托鼻子底下。

到底才五岁，维克托扛不住了。他眼帘低垂，目光开始在桌子上扫描。当他看到"Beyblade"（一种玩具，港澳译作爆旋陀螺）的时候，眼睛里突然有一朵小火苗跳荡起来。邱振锋如释重负，手指着 Beyblade，正要作豪爽表态，维克托却仿佛陀螺圣斗士附体一样，能力在瞬间得到了提升。

他毅然决然地把头扭向另外一边，不跟邱振锋目光交汇："爸爸，别当着我的面买。"

这话他是带着哭腔说的，小肚子一鼓一鼓，让邱振锋想起他三岁时的那次大便危机。

哼！还不能当着他的面买。不知道我最缺的就是时间吗？我上哪儿找得出一个人逛商场的时间呢？

邱振锋最恨别人觊觎他的时间。难道我是唐僧肉吗？谁都想咬一口。他越想越气。

床头柜上的夜光表显示出 9 点 15 分。海伦还没回家，维克托已经睡着了。每天晚上，维克托一入睡，邱振锋的心情就会轻松下来，这是一天中第二段他能感受到自由的时间。心情一轻松，耳朵也会随之欣然张开。偶尔，他会听到消防车、警车、救护车在街上呼啸而过。一听到特种车辆出动，邱振锋就会感到自己也在蠢蠢欲动，这就是多年夜班编辑生活在他的生物钟上刻下的记号。

维克托的呼吸声越来越均匀。邱振锋轻轻地站起来，走出卧室，穿过客厅，来到通往露台的落地窗前。这幢公寓楼是围合式结构，四面建筑将一个花园围在中央。他家在一楼，推开落地窗，外面就是自家的露台。露台是水泥的，与公共花园之间只有一道半米高的灌木相隔，一抬腿就能迈出去。如果是在北京，住在一楼的人家必须要装防盗窗。而在这里，邱家通往花园的落地窗很少上锁，却也从来没丢过东西。

邱振锋喜欢在维克托睡着后，经落地窗进入花园，然后再穿过花园，走上大街。只要单独走上一会儿，他的心情就能稍稍愉快一点儿。为了能顺利出走，他从不走正门，因为正门很厚重，关门的时候门锁总是要发出"咣"的一声，有吵醒维克托的危险。

月光下的花园静悄悄的，交叉步道、座椅、儿童滑梯，样样都显得比白天要小巧一些。这一切都平铺在邱振锋的视网膜上，但却不能给他任何快乐的刺激。邱振锋两年前就认识到：这个世界上没有幸福的人，只有幸福的时刻。就拿自己来说吧，当初生了个儿子，把维克托的照片给朋友们一看，谁不羡慕？刚到加拿大的时候，把在青山绿水间拍的照片发给大家，谁会怀疑他的幸福？朋友们想起邱振锋的时候，脑海中出现的永远是那几个幸福的瞬间，自己的幸福就这样在别人心里定了格。但真实的生活却是不断流动的，幸福的时刻即使有，也是转瞬即逝。

所以，必须时时站在旁观者的立场提醒自己：你是幸福的。

我是幸福的，我现在可以抽烟了。

邱振锋刚把烟点上，就听到外面街上一阵急促的脚步声。随后，两个面孔身材都很东亚的老人闯入了邱振锋的视野。邱振锋认出来，这是住在他隔壁的薛姨和刘伯。他俩合力提着一只垃圾袋，袋子蹭在地上，发出"叮啷铛啷"的响声。只见他们气喘吁吁地跑到铁门前，一个对另一个说："快掏钥匙"，另一个急赤白脸地说："在你身上。"邱振锋紧跑一步，替他们把铁门拉开。但为时已晚，一直在他们身后紧追不舍的大胡子印度人趁此机会箭步上前，不由分说伸手就抓住了袋子。

邱振锋赶紧用英语大喝一声："住手！"

那印度人一手紧抓着袋子口，一手按在胸前："他们闯进了工地，我必须检查一下。"邱振锋见他穿着一身蓝制服，腰间还别着一根橡皮头棍子，模样确实像个保安。这附近有一个建设中的楼盘，建筑公司一般都请印度人守夜。

邱振锋把印度人的话翻译成了中文。刘伯咕哝着说："就是一些瓶子。"然后自知理亏似的松开了手。

印度人打开垃圾袋，把手里的电棍杵进去扒拉了几下，袋子里面传出"扑扑""叭叭""当当"的声音，似乎瓶子种类很丰富，有纸的、玻璃的，也有铁的。

温哥华有个 Bottle Depot，专门做回收饮料瓶的生意。邱振锋经常把自家喝完饮料剩下的空瓶拿过去卖，他估计薛姨和刘伯捡了瓶子也是拿到那里去卖的。邱振锋特别不愿意撞到别人的尴尬瞬间。此时此刻，他恨不得找个地缝钻进去。

印度人把垃圾袋还给他俩，然后对邱振锋说："请你告诉他们，以后不要进工地。那里是私人领域。"

邱振锋陪着笑脸对刘伯说："他劝你们下次别进工地了。工地附近有一只郊狼，会伤人的。"

刘伯闻听此言倒轻松下来："郊狼算什么？加拿大人真是少见多怪。郊狼不咬大人，只咬孩子和宠物。"

印度人半信半疑地盯着邱振锋："他们懂了？"说着还拍了拍腰间的棍子，以加强语气。

"懂了。"邱振锋郑重地说。印度人的目光在他们三个身上扫来扫去，似乎还有话说，但又终于没说。他转过身去，原路返回。

剩下他们三个人站在原地，面面相觑了好几秒。最后还是邱振锋先回过神来。"没事儿了，"他说，"快进来吧。"

薛姨咧开嘴，冲邱振锋笑了笑："他也是为我们好。"

"对对，"邱振锋说，随后把门拉得更开，"快进来吧。"

他俩合力拖起了垃圾袋，一前一后进了大门。邱振锋低着头，飞快地与他们擦肩而过，正要一步迈到大街上，刘伯忽然站住了，回头冲邱振锋说："今天这事儿，别告诉小刘，好吗？"

昏暗的路灯光下，邱振锋看到刘伯脸上堆着比哭还难看的笑容。这让他愈发难过。自己无非就是在错误的时间出现在了错误的地点。

“不会的，”邱振锋安慰他，“我根本碰不上她。”

“其实，我们就是想攒点零钱给大卫买个圣诞礼物。”

“圣诞礼物”这个词意外拨动了邱振锋的心弦。邱振锋叹了一口气：“是啊，我也正发愁呢。加拿大就这点不好，让孩子们把过圣诞当成一件天大的事儿。”

“我们倒不缺钱，”薛姨说，“我们在中国有退休金，只是没带加元过来。”然后，她试探地问，“你愁的是什么呢？”

她那探询的目光让邱振锋瞬间感觉受到了威胁。他一直有意回避这对老夫妇，因为他们太爱包打听。不过，也许因为今天刚刚帮了他俩一个忙，心理上有些许优势，邱振锋就在不知不觉间放松了警惕。“没时间呗。”他说。虽然心里觉得不太妥当，但还是不由自主地越说越多。

听完了邱振锋的故事，薛姨当即表示：“这还不容易？周末你把维克托放在我家，自己去商场转一圈不就行了？”

“真的？”

“没问题，”刘伯说，“反正我们也要看大卫，看一个也是看，看两个也是看。”

“那可真是太好了！”邱振锋没想到，一道难题就这样轻易解决了。看来，偶尔向别人示弱也并不是坏事。

“那我们先回去了。”两位老人跟邱振锋道了别，然后合力拖着垃圾袋，向花园深处走去。这次他们十分小心地确保袋子离地一厘米，不发出一点声音。

邱振锋独自一人走上了花园路。天气有些潮湿，夜晚的气温在零度附近徘徊，地上结了一层若隐若现的浮冰。他掏出一支烟，点着，一边深吸一口一边听着自己的脚踩在浮冰上发出"吱嘎吱嘎"的声音。一支烟很快就吸完了。他再次深吸一口清冽的空气，然后用力呼出来。如此这般吞吞吐吐胸腔起伏了若干次，他感觉四肢微微发热，全身充满了活力。

感觉刚刚好一点，他就强迫症似的看了一眼手表。已经十点了。他必须赶在海伦下班回家之前躺到床上。

他们住的公寓是两室一卫。邱振锋和维克托住在主卧，海伦自己住在次卧。邱振锋不愿意和海伦见面，因此每晚都要赶在海伦回家之前上床。

邱振锋原路返回，经落地窗蹑手蹑脚地进入室内。他刚刚在主卧室躺下，就听到海伦打开了正门，进入了客厅。他赶紧钻进被子里，身子蜷缩成一团，大气不敢出，就像在森林里遇到黑熊必须通过装死来逃避注意一样。

第二天早晨，邱振锋九点差两分来到办公室。事先他心里反复争论：如果萨曼莎再来找他，要不要为她破例呢？但萨曼莎没有来。这女孩子看来是识趣的。邱振锋有点满足又有点惆怅。

他打开电脑，却在邮箱里意外发现了一封出版社编辑发来的电子邮件。编辑说：你的翻译怎么样了？公司刚刚重组，如果不在年底之前交活儿，新公司有可能取消这本书的出版计划。

取消出版计划？邱振锋头皮一阵发紧，瞬间又有了脖子转不动的感觉。

邱振锋靠着零敲碎打，已经把翻译完成了百分之九十五。剩下的一些注释、词汇表等等，也都可以利用上班时间完成。但是，把一整本书的翻译化整为零，也会出现一些相应的问题，比如前边一章翻成卡伊尔，后边一章就写了凯义尔。为了纠正这些错误，他需要一段完整的，能够一心一用的时间，把全书再校对一遍。最好是能够封闭地，不受打扰地，连续工作四十八个，嗯，九十六个小时更好。

上哪儿去找这么长的时间呢？邱振锋拿着咖啡杯在走廊里转了好几圈，愣是没找着咖啡机。直到撞在一堵墙上，他才猛然想起了昨晚的遭遇。

对了，薛姨那里不是可以周末托儿吗？

星期六早晨，海伦还在睡觉，邱振锋就给维克托穿戴整齐，领着他来到薛姨家。他告诉薛姨自己需要把维克托寄放在她家一整天，然后给了她五十块钱。薛姨一开始使劲追问："为什么要一天？买点东西半天还不够？"邱振锋说："其实今天是需要加班。"薛姨又说："加班就加班吧，干吗还给钱呢？"邱振锋一再解释，"您就收下吧，在加拿大找人看孩子就得付钱。"

对维克托，邱振锋实话实说要去公司，但维克托似乎并不相信。他的小脸蛋极力绷着，眼睛一眨再眨，频频向他放电。邱振锋心里隐约感到抱歉：孩子，我说的可都是真话。

安排好维克托，邱振锋驱车直奔公司。一切如其所愿，整个大楼里只有邱振锋一个人。

这可真是太爽了。邱振锋第一次产生了公司就是家的亲切感。什么叫家？家就是你呆着不想离开的地方。他打开电脑，趁电脑启动的工夫去了茶水间。咖啡壶里还有夜班编辑剩下的半壶咖啡。正常情况下，邱振锋会毫不犹豫地倒掉，煮一壶新的。但他已经把公司当作家了，他有节约的义务。邱振锋用力给自己压了一杯剩咖啡，嗬，还是温的呢。

他一鼓作气干到中午十二点。饿了，就把从家里带来的午饭，用微波炉热一下。吃饭也不耽误干活，因为校对主要由眼睛和大脑协作。只有发现了错误，他才需要把饭盒放下，在键盘上敲几下。

从十二点开始，陆续有人进来。邱振锋能听到大门开关的声音，但始终没见到一个人影。公司与新闻有关的部门都在一楼。下午四点左右，有个人从门前经过，邱振锋抬头看了一眼，知道那是新闻部的头儿。这个人瘦瘦高高，脸色总是很苍白，在人群中显得很突出，所以邱振锋对他有印象。不过，邱振锋从来没跟他讲过话，因为级别够不着。那人往邱振锋这边看了一眼，大概因为头一次看到特刊部人周末加班，略有些好奇，但也就到此为止了，更多的探询是没有的。

唯一让邱振锋感到难以置信的是：下午六点很快就到了。他收拾了东西，关了电脑，依依不舍地准备离开。巧的是，这时外面下起了大雨。邱振锋的车停在离公司门口两百米左右的地方，他不想冒雨去取车。下雨正好给了他借口，让他在公司多待一会儿。

邱振锋走到二楼会客区，坐进沙发里，点起一根烟，拿起了一份英文报纸。

温哥华虽然实行全面的室内禁烟，但公司二楼会客室里仍然保留着烟灰缸。这个会议室主要接待广告客户，而《华星报》的广告客户以中国人居多。中国客户通常都不睬温哥华的什么鸟规定。管理层对此也只能睁一只眼闭一只眼。但公司内部员工，是绝对不能在会议室里抽烟的。

邱振锋正坐在会客室里大剌剌地吞云吐雾，忽然一个声音响在门口："请问，我有什么能帮你的吗？"

邱振锋把报纸往下一放，差点儿魂飞天外。对面站着的竟是报社的北美总编。

北美总编平时在多伦多办公，邱振锋只在下列两种场合见过他：第一，公司一年一度的年会上，他会飞过来讲话；第二，《华星报》会报道自己的慈善活动，比如汶川地震之后，他曾经举着一张画在纸板上的支票去红十字会捐钱。

邱振锋怔了一下，谎言张嘴就来："我在你们报上登了广告，今天路过这里，想要一份样报。前台小姐不在，广告部也没人。"

不知为什么主编的脸色有点不自然。邱振锋起初以为是自己的错觉，但是随着一阵清脆的高跟鞋敲击地板的声音，一个熟悉的身影出现在他身后。正是前台小姐萨曼莎。

萨曼莎的头上顶着一堆细碎的小发卷。如今的邱振锋已经不是菜鸟了，他能分得出谁的头发是发胶的效果，谁的头发是真的被雨淋湿了。他估计这两人一前一后出现在公司不是偶然的。也许他们是坐同一辆车来的，女方先把男方放在门口，然后自己把车开到远处停下。

主编这时大概只想把邱振锋赶紧打发走，于是问道："请问你是哪个公司的？你想找哪天的报纸？"

越过主编，萨曼莎看到了会客室里的邱振锋，她的眼神里写满了疑惑。

邱振锋强作镇定地说：我是某某餐厅的，找昨天的报纸。这些细节都难不倒他。文案是他写的，版面是他编的。

主编回头对萨曼莎说："你去发行部找一份昨天的报纸，交给这位先生。"说完，自己先行离开了，留下邱振锋和萨曼莎面面相觑。萨曼莎看了看邱振锋，欲言又止。她转身离开了，片刻之后带着邱振锋点名要的报纸回到会议室。她一边把报纸交到他手上，一边压低声音问："怎么回事？"

"还想学普通话吗？"邱振锋朝她做了个鬼脸，"星期一上午九点。"

接下来的一个星期，邱振锋早晨九点到十点之间的时间就都奉献给了萨曼莎，这对于他来说不啻雪上加霜。可他别无选择，他只能以此换来萨曼莎的沉默。

一个星期很快就过去了。周六早上，邱振锋又来找薛姨，说自己还需要再加一天班。这一次，薛姨很痛快地接过了他递过来的钱，不过邱振锋也看得出：她并不相信他的理由。她以为我去干什么呢？有外遇？就我这样的人还能有外遇？

谁能相信他是去工作呢？邱振锋想：谁能相信世界上会有我这么拧巴的人呢？

他拿着电脑去了 Wave's Coffee*。店里人来人往，邱振锋根本没法集中注意力。听说很多作家都能在咖啡馆写东西，邱振锋很奇怪他们是怎么做到的。午饭时间到了，邱振锋终于给了自己一个借口，收拾了东西，驱车前往一处海滩。

---

* 加拿大本土品牌连锁咖啡店。

温哥华有很多世界级的知名海滩，但冬天时的海滩却是天苍苍水茫茫，一片荒凉。人少也有人少的好处，至少抽烟不用遭人白眼。抽完一支烟，邱振锋把饭盒从包里拿出来，一边嚼着冷冰冰的米饭，一边怀念起自己的家来。他想回家了。海伦这时肯定已经上班去了，维克托还呆在隔壁，他完全可以神不知鬼不觉地回家，返身把门锁上，脱鞋，走到书桌前。

他越想越觉得这招儿可行，于是驱车回家，把车停在地下车库。他没有通过车库内的电梯进入大楼，而是从车库侧门步行上了西斯敏路，再从人行道进入花园，最后来到自家的落地窗前。他用手轻轻试了一下落地窗，果然没锁。

坐在自己家里，邱振锋专心工作了一下午。他第一次体验到原来家也可以如此安静舒适。偶尔，他会听到薛姨家开门关门的声音。通过声音判断，薛姨的外孙周末很忙，上午有一个补习班，下午有一个游泳班，此外还有一个他没有听清名称的课。

下午五点左右，外面忽然响起刺耳的警报声，把邱振锋吓了一跳。随后，隔壁的门开了，洒豆子一样洒出了一阵乱哄哄的吵嚷。邱振锋听出了薛姨和刘伯的声音。他们俩互相埋怨，一个说对方做晚饭的油烟太大，另一个说以前都是这样炒的，为什么今天会这样？邱振锋知道这种事在中国家庭里很常见，炒菜时油烟触动了警报器，过一会儿，烟散了，警报也就停了，没什么大不了的。但今天的警报声似乎拉得特别长，声音锐利得像是能劈开人的头盖骨。女儿、女婿都不在，刘伯急得直跺脚，薛姨的声音都带上了哭腔。邱振锋实在是有些听不下去了。他从书桌旁站起来，走到门口，打算冒着暴露的危险出去给他们支招。

就在他即将推门的一刹那，他听到维克托稚嫩的声音。

"喂，我们的警报器响了……嗯，没有火，只有烟。"是维克托在讲电话。他的声音清晰地透过门缝传来，似乎他正紧贴着自家的门。邱振锋神经质地从门前往后退了几步。"我五岁。不，我不是一个人，有奶奶和爷爷，不过他们不会讲英文……"维克托应该是在打给911。接下来是一阵长长的沉默，警察一定正在电话里给维克托支招。不知过了多久，维克托的声音再一次响起："好的，我知道了。我肯定。我非常非常肯定。我非常非常非常肯定。谢谢你，再见。"

然后维克托改用中文说："警察让我们把靠近厨房的窗子全都打开。"

邱振锋又被吓了一跳，似乎门板刹那间变成了透明的。

"好，好。"这是薛姨的声音。

走廊上的三个人回到了房间。警报声弱了下来。又过了大约半分钟，警报声彻底平息。

邱振锋眼睛直直地望着门板，很久没能挪动一步，仿佛整个人都被冻在了那里。

他必须对维克托刮目相看了。一年前他刚上幼儿园的时候，又哭又闹不肯进去。有一天，在幼儿园门口，他死死地抱着姥姥不撒手，是邱振锋硬把他的手指掰开，不由分说把他从姥姥怀里扯下来，好像是扯一块不干胶。想不到，眨眼之间，这个黏人的小不点儿已经能够独当一面了。

海伦说"一切都应为了维克托"，邱振锋对此相当反感。维克托有饭吃有衣穿，这难道还不够吗？邱振锋小时候连吃饱穿暖都是奢望。每个人都应该努力获得自己的存在感，维克托也不例外。邱振锋并非铁石心肠的人，他只是宁愿把爱心奉献给非亲非故的人。他一年有十天年假，其中五天用于提前下班接维克托，另外两天用于处理突发的杂事儿，还有三天是怎么用掉的呢？答案是：他去温哥华儿童医院做了义工。这是他的秘密，他要么终身保密，要么就在适当的时机披露给海伦。海伦要是知道了，一定会气炸了肺，可我邱振锋就是这么一个人，我只帮助我愿意帮助的人。能过就过，不能过就离婚。

潜意识里，邱振锋也明白维克托终有一天会停止对父母的依赖与纠缠，但只有在听到他如此沉着熟练地讲英语之后，他才突然意识到：这一天也许来得比他想象的要快得多。

好孩子，你配得上一个圣诞节的惊喜。

下个星期二，萨曼莎对邱振锋说："谢谢你，本森。我觉得我已经很有进步了。从明天起，我不用再上课了，不能再耽误你的时间了。"

"没什么，"邱振锋耸耸肩，话里有话地说，"是我应该谢你。"

萨曼莎妩媚地笑了一下，那种媚入骨髓的笑把邱振锋看呆了。自从意识到这女孩子跟主编的关系不一般，邱振锋对她就再也没了非分之想。偶尔，他也会琢磨：他们俩到底是什么关系呢？但随即他又会笑话自己：你是谁？你管得着吗？

眼下，萨曼莎的笑把邱振锋的心融化了。他不禁又替她辩护起来：她也许并非随便的女子。萨曼莎并不漂亮，但是很耐看。她的脸蛋小小的，淡妆化得一丝不苟，尤其是眼影，颜色十分协调，细看能看出好几个层次。她的头发也总是既整齐又自然，要不是那个下雨的星期六，邱振锋亲眼见到她的头发被雨淋成了一头细卷，他真地会以为她的头发天生就那么有型呢。

坐在萨曼莎身边的时候，邱振锋眼前经常闪现出自己那个糟糠之妻的形象。海伦，人如其名，年轻时是个高大健壮的美人，这种美人不经老，现在三十刚过，就已经皮肤松弛，身材走样，烫过的头发也不打理，乱蓬蓬地顶在脑袋上。海伦的脑袋也比别人大一号，据说这是聪明的象征。但如今大脑袋上顶着乱糟糟的头发，让看的人心里发毛。都说成功的男人背后有女人，漂亮耐看的女人背后又何尝没有男人呢？海伦一看就是人生失控的感觉，是那种既不服从丈夫，自己也没能力掌舵的女人。

萨曼莎就不同了。你能感觉到她稳稳地运行在一条轨道上，尽管你并不知道她的轨道是由什么铺成的。

"对了，上星期六你在办公室，到底做什么？"萨曼莎笑着问。

邱振锋无法判断她在主编那里到底有多重的分量，于是就避重就轻地说："其实我还真没做什么损害公司的事，就是得意忘形，抽了一支烟。"

萨曼莎伸出自己的手，握住邱振锋放在桌上的手："我只是想帮你。你有什么需要我帮忙的吗？"

邱振锋又紧张又激动，想了想，说："还真有。你有时间逛商场吗？帮我儿子买一个圣诞礼物。"

萨曼莎露出不解的神情。她那注意力瞬间集中的样子也是那么楚楚可人。

邱振锋把事情的来龙去脉详详细细地告诉了萨曼莎。萨曼莎听完就笑了起来，她的笑声一如既往地妩媚："你们这些男人呀，难道没听说过网购？"

"网购？"

"对呀，你在网上把东西买好，让他们直接送到公司来。你下班后带回家，放在储物柜里，到圣诞节前再拿出来，不就得了？"

邱振锋听得目瞪口呆，怎么想也想不明白这到底是怎么运作的。萨曼莎于是领着他到了前台，在自己的电脑上给他演示。她首先找到了一家玩具经销商的网站，然后按照分类找到了 Beyblade。

"瞧，这么多种，你要哪种？"

邱振锋两眼放光，自制力瞬间变得比维克托还低。"要这个……要限量版……要礼品包装！"

圣诞节前的网购量比较大，送货比较慢，但尽管如此，在十二月中旬之前，这件礼品包装 Beyblade 限量版也已经送到了报社。礼物一收到，萨曼莎就给邱振锋打了内线电话，通知他到前台去取。邱振锋拿到之后就顺手放进了自己的抽屉里，而不是听从萨曼莎的建议，把礼物存放在公寓的储物柜里。

公司圣诞晚会照例在温哥华市中心一家面朝大海的酒店进行。香港老板来了，中国领馆的人来了，报社的重要广告客户和本地的名流也来了不少。

邱振锋在广告客户群里看见了莎莉。听说她现在在温哥华已经有五家店了。莎莉穿得雍容华贵，手拿一杯鸡尾酒，正在和一个本地著名的房地产经纪人亲切交谈。莎莉远远地看到了邱振锋。她举起手里的酒杯，似乎是向他致意。邱振锋冷冷地朝她点了点头，然后转身忙自己的事情去了。

萨曼莎如愿做上了主持人。她穿着袒胸露背的礼服，艳光四射。邱振锋几乎认不出她了。几个爱八卦的女同事找到邱振锋，神神秘秘地打探："她的普通话发音到底对不对？"

"还好啦。"邱振锋淡淡地说，"也许有点甘肃口音。"

《华星报》是加西最大的中文媒体，但能让本报记者大显身手的华埠新闻实在是少之又少。这一年里最轰动的一件事就是一位香港演员的去世。因这位演员有加拿大国籍，所以她虽在香港去世，但家属决定把遗体运到加拿大来安葬。听说她的遗体要运到温哥华，《华星报》新闻记者全体出动，在机场围追堵截了整整三天。《华星报》的销量因此上升了百分之五。年会上，九位记者齐刷刷上台领奖，每个人都披挂着长枪短炮，不知道的还以为他们是刚从阿富汗回来的战地记者。

邱振锋今天晚上的工作也是照相，为广告客户留下精彩瞬间。他并不认识广告客户，给谁照相全凭广告销售员安排。艾瑞事先嘱咐邱振锋："人家广告部招呼咱们做什么，咱们就做什么，一年就两个晚上，很快就过去了。"邱振锋说："你放心吧。"

邱振锋远远地望着新闻部的几个获奖记者，不知不觉生出了羡慕。他想如果他能进新闻部，他应该比现在更快乐一点。虽然加拿大的华埠新闻鲜有大事儿，但比起特刊部的工作来说，还是会更有趣一些。

只需要再做那么一点点改变，他也许就能爱上自己的生活。

可惜他的时间表不允许。他要接送维克托。这种朝十晚六的有规律的生活，他至少还要再过上十年。

总是差那么一点点。

每年有两个晚上，海伦会请了假在家看孩子，一次是邱振锋公司的圣诞年会，另一次是邱振锋公司的中式春茗。逢到这两个日子，邱振锋都无法躲开海伦。这天也不例外。他回到家的时候，海伦正坐在客厅里看电视。

看到客厅里坐着一个大活人，邱振锋全身都不自在："你怎么还不睡？"

"快到圣诞了。我就是想问问你：给维克托的圣诞礼物你是怎么打算的？"海伦朝他扭过身子，低领睡衣下的胸脯一起一伏。

"我都买好了。"邱振锋转身走进厨房，给电热水器装满水，按下开关。他目不转睛地盯着水壶，似乎在给壶里的水发功。

"买好了？什么时候？你怎么买的？"海伦从沙发上站起来，走到邱振锋身后。邱振锋能感到一股咄咄逼人的热气。

海伦完全知道他的困境。邱振锋也知道海伦知道他的困境。其实，给维克托采购礼物的工作由海伦来做是最合适的了。她每天快到中午才起床，起床后完全有时间逛商场，更何况她也经常这样做。只是，向海伦求助的话，邱振锋就是说不出口。

"网购的。"邱振锋喃喃地说。

"网购？"海伦瞪大了眼睛，"你也学会了网购？"

"怎么了？"邱振锋又得意又心虚。他很怕她追问："你跟谁学的？"他跟萨曼莎之间什么都没有发生，可他就是有一种偷偷摸摸的感觉。

但海伦完全没往那上边想。邱振锋用网购解决了问题，这让她有些扫兴。她本来想给邱振锋好好地上一课，让他意识到家有老人的重要性。

"网购的质量行吗？会不会上当受骗？"她愣了两秒钟，然后不甘心地问道。

"看来你不经常网购。"邱振锋说。水开了，邱振锋把一袋香草茶放进杯子里，然后注入开水。

"东西在哪儿呢？拿给我看看。"海伦说。

"在我公司里。"邱振锋说，"我想圣诞夜再拿回来，不想过早让维克托发现。"

"要不我明天去你公司？"海伦问。

邱振锋有些恼羞成怒："你不要去我公司！你离我远点儿！"

"你这又是怎么了？"海伦脸上露出恼怒的表情。

邱振锋冷冷地一笑："怎么？还想打我一巴掌？"

海伦怔在那里。

"我累了，去睡觉了。"邱振锋转身进了卧室。

他把香草茶放在床头柜上，自己和衣坐在床上。黑暗中，他听到维克托发出的细碎的小呼噜。

客厅里无声无息。过了一阵，他听到海伦从客厅走进卫生间。他们这套两居室公寓只有一个卫生间。卫生间有两扇门，一扇开向主卧，一扇开向客厅。海伦从客厅进入卫生间洗澡，邱振锋能从主卧看到门缝下透出来的灯光，能听到"哗哗"的水声和"嗡嗡"的抽风机声。

海伦洗澡总是没完没了，弄得邱振锋越来越心神不宁。他把那杯香草茶灌进肚子里，然后蹑手蹑脚地走出卧室，穿过客厅，迈进花园，拉开铁门，上了黑暗的花园路。

天上下着毛毛细雨，邱振锋在街角站了片刻，不知是不是该回去取把伞，最后还是决定空手往前走。夜深人静，郊狼凌厉的叫声一阵一阵传来。几天前，《华星报》都市版登过一条消息：《市民在花园路附近目击郊狼，警方提醒夜晚小心出行》，也许说的就是这一条。

邱振锋忽然对这条郊狼产生了好感，仿佛经由那篇文章的介绍，他和它就产生了渊源。顺着声音，他不知不觉来到了那幢正在施工的高层公寓楼下。楼盘旁边有一片很大的空地，地块中央有一幢独立屋。空地上长满灌木，围栏已经破败不堪。邱振锋估计这块地的主人本来是想奇货可居，结果交易没谈拢。现在楼盘已经开建，这幢房子既卖不出好价钱，又无法住人。他站在围栏外，打量着已经只剩框架的空屋子。郊狼一声都不再出。残雨从树梢上滴下来，单调重复地坠落到破屋顶上，发出"吧嗒吧嗒"的声音。

报上说：市民无需过度担心，因为郊狼其实害怕人类。郊狼误入城乡结合部是很常见的事儿，但要闯入城市的中心地带，却需要一连串高度的巧合，或者不巧。换句话说，这条郊狼是被困在了这里。邱振锋不由得同情起这个家伙来。进来容易出去难啊！

它一定在暗地里观察着我。这狡猾的家伙，一定正站在某扇破败的窗前，警惕地、深遂地注视着我。邱振锋用手轻轻地推着栅栏，寻找松动的地方。随后他真的听到了一阵悉悉索索的声音，这让他周身的汗毛一下子倒竖起来，情不自禁地停止了动作。再细听，声音来自身后。"擦，擦，擦，擦"，像是人的脚踩在薄冰上发出的声音。邱振锋屏住呼吸，猛一回头，却看到一个印度保安。身材粗壮，大胡子，蓝制服。

"嗨。"邱振锋跟他打招呼。

对方板着脸，一点沟通的意愿也没有。

他们就那样僵持了几秒，随后对方装作若无其事的样子继续往前巡逻。当他侧身从邱振锋面前快速通过的时候，按在腰间棍子上的手正在微微发抖。邱振锋感觉很扫兴，被当作坏人真是毫无乐趣。

邱振锋没了兴致，但也不想立即回家。他机械地迈着步子，如同孤魂野鬼一般向前挪动。"我这算是怎么回事呢？"他想。世界这么大，却没有哪个地方是他非去不可的。

他不禁又想起了萨曼莎艳光四射的样子。主持这么一个小破晚会，都能给一个女孩子人生巅峰的感觉。自己怎么就找不到这么简单的快乐呢？

他刚转过街角，郊狼又叫了起来。这一次，它的叫声在邱振锋听来柔和了许多，甚至有如泣如诉的婉转。邱振锋心有所动，觉得自己和那个倒霉的家伙竟有几分相似之处，都是又想见人，又怕见人。

放在裤袋里的手机震动起来。邱振锋不用看就知道一定是家里的号码。他犹豫了一下，最终还是拿了出来，按了接听键。电话里传来海伦的哭泣声。邱振锋静静地听着，什么话也说不出来。

学校从 12 月 18 日起就开始放假。一放假，维克托就只能整天待在托儿所里了。20 日下午邱振锋去接孩子的时候，老师给了他一张通知。明天托儿所组织孩子们去滑雪，要求每人必须准备一条雪裤。

接上维克托之后，邱振锋没有回家，而是直接将车开到了购物中心。维克托本来在热乎乎的车里打瞌睡，车门一开，见是购物中心，便死活不肯下车。

"爸爸，我求求你，让我在车里等你吧。"

情急之下，邱振锋拿出通知给他看，可是维克托又不认字。邱振锋软硬兼施了好一会儿，维克托才满腹狐疑地下了车。一进购物中心，强劲的圣诞气息扑面而来。邱振锋的心一下子紧缩成一团，像是要在钝器击打到来之前本能地做出防御，但一切终归徒劳，他的心里到底还是有道裂痕。悠扬的音乐像水一样流淌进来，一开始是涓涓细流，随后缝隙越开越大，快要把他淹没了。

他忽然想起有一年圣诞节前夕，自己被派到一个涉外饭店采访。在电梯里，他第一次听到了圣诞歌曲。音乐甜蜜、优美，却又有一种惆怅的勾魂摄魄的力量，仿佛顺着音乐往上飘，就能一路飘进天上的国度。他记得自己当时仿佛触了电一样，呆呆地立在原地，一步也走不动，就那么随着电梯一遍一遍地上上下下。

当时他根本不知道他们在唱什么。现在他能听懂歌词了：

> 平安夜，圣洁夜。
> 万籁俱寂，大地明亮。
> 照着圣母与圣子。

圣母是"virgin mother"，直译是"处女母亲"的意思。邱振锋听到这个词，不禁皱了皱眉头。他并非第一次听到玛丽亚作为处女怀孕的故事，但从来没有像今天反应如此强烈。处女怀孕能避免胎盘植入吗？他感到脊背发冷。多么甜美、空灵的音乐，也无法让他忘掉血淋淋的、肉感的生活。他看来是没救了。

歌声不管不顾不紧不慢地继续：

> 多么慈祥，多么天真，
> 静享天赐安眠，
> 如在天堂，如在天堂。

邱振锋用力拉着维克托，低着头往前走，一心只想把购物这件事赶紧办完。维克托亦步亦趋地跟着邱振锋，眼睛偷偷瞄着四周，又想看，又怕看。

一队十五六岁的年青人在人群里穿行，像一条劈波斩浪的船。他们都戴着圣诞帽，穿着或红或绿的衣服，脸上带着半疯半傻的笑，见了孩子就发礼物。一个姑娘见到了维克托，立刻咧开猩红的大嘴，笑嘻嘻地递给维克托一个信封。维克托接过来，打开，只见里面有一只形状像拐棍的糖，还有一张圣诞贺卡，贺卡上最醒目的一个字是：Believe！（相信）

以前在中国学英语的时候，邱振锋只知道 believe 可以翻作"相信"。而他所理解的相信，是眼见为实，证据为王。到了加拿大，在真实的英语环境里待久了，邱振锋才逐渐体会到：believe 所指的"相信"恰恰是在没有证据情况下的硬信。比如破案剧里一个警察说："我 believe 他是凶手。"他的意思就是：他还没找到足以定案的证据。

同样，如果牧师说"我 believe 上帝创造了人。"那他的意思就是：他完全不在意进化论怎么说。

"爸爸，这个词念什么？"维克托指着卡片问他。

"believe。"邱振锋念道。

"这就是 believe!"维克托的眼睛亮起来，"爸爸，这样念：believe!"

邱振锋模仿着维克托的口型，拿腔拿调地念了一遍，然后说："我觉得我跟你念得一样。"

"不一样，"维克托说，"你发音有点怪。"

"是吗？"邱振锋不置可否。

维克托现在还相信圣诞老人吗？邱振锋第一次从"相信"的角度来审视维克托的要求。"不要当着我的面买"，"不要让我知道你买什么"。这很可能说明他已经不相信圣诞老人了，只是一时还不舍得放弃自己的执念。也许，在相信与不相信之间，有一个漫长的过渡；就像做梦一样，在完全醒来之前，有一个半梦半醒的状态。

想到维克托最终会和自己一样，连圣诞老人都无法相信，邱振锋心里又有些隐隐作痛。他低着头，微驼着背，默默地拉着维克托的手在人群中穿行。为了躲开玩具店，他刻意在商场里绕了一个很大的圈，最后才来到一家体育用品商店。

第二天早上来到托儿所，老师却告诉大家今天的滑雪活动取消了。昨晚降雪量太大，校车上格罗斯山会有危险。

老师和邱振锋说话的时候，维克托忽闪着大眼睛，一会儿看看这个，一会儿看看那个。他一直在怀疑昨天爸爸带他逛商场的动机。此刻，他的怀疑似乎得到了验证。

　　这是邱振锋在温哥华度过的第三个冬天。温哥华的冬天虽然降水很多，但因为温度低于零度的时间很短，所以即使下雪，也是来去匆匆。邱振锋经历过的最猛烈的一场雪是在 2007 年 1 月，那天早晨他出发的时候还是响晴白日的，走到半路，突然黑云压城，雪花像箭一样地射向挡风玻璃，一刹那间仿佛世界末日来临。邱振锋把雨刷器开到最大，战战兢兢地把车开到了公司。等到吃午饭时出来一看，雪已经停了，天上阳光灿烂，地上薄有积水。

　　但今年的天气确实有点特别。最近一个星期以来，温度始终没有回升至零度。12 月 24 日早晨，邱振锋带着维克托离开家的时候，外面又在下雪。邱振锋把车停得尽量靠近托儿所大门，然后拉着维克托深一脚浅一脚地走了过去。游戏室里只有两个孩子。离圣诞越近，托儿所越冷清。有能力度假的家庭都已经去度假了。

　　维克托拉着邱振锋的手，依依不舍。

　　"爸爸，你别忘了。"他说。

　　"放心吧。"邱振锋自信地冲他眨眨眼。

　　"别忘了下午三点来接我。"

　　原来他想的是这个。每年的 12 月 24 日，托儿所都会提前下班，下午三点之前家长们就得把孩子接走。

　　"爸爸已经安排好了，薛奶奶下午会来接你。"

　　"可是……"他好像还有话说，但邱振锋果断地甩开了他的手，毅然扭头朝门外走去。从游戏室到大门口，有一段长长的走廊，长得像电影里的时间隧道一样。

　　今天公司里的气氛有些压抑。华人公司对于放假总是比较苛刻，连圣诞节的前一天都不肯让大家早走一分钟。偏偏今天天气又不好，每个人在上班路上都会多少出些状况，故而此刻大家坐在座位上，新愁旧恨，百感交集，心猿意马。

同事们越是心不在焉，就越是不会过来打扰邱振锋。他今天做的是简单重复的工作：补标点。省略号和破折号键盘上没有，需要使用菜单上的"插入"功能。翻译初稿的时候，为了不打断文思，邱振锋经常用其他符号来代替它们，现在必须把这些代用品删除，换上正确的标点。这项工作虽然不费脑力，但一上午紧盯着屏幕，也搞得邱振锋头昏眼花。

中午休息的时候，邱振锋端着午饭踱到窗前。哇噻，满天的省略号和破折号哎！那么大，那么沉，湿答答地斜着就从天上甩了下来。

再干一下午，邱振锋就大功告成了。他可以在圣诞夜把全书发给远在北京的亲爱的编辑。这是邱振锋送给自己的圣诞礼物。

就在这时，他的手机响了。一个陌生的号码。电话接通之后，对方自我介绍是薛姨的女儿小刘。小刘告诉邱振锋：她妈妈在路上滑了一跤，胳臂摔断了。

"怎么会?"邱振锋条件反射地问了一句。

小刘显然懒得跟邱振锋细说，只是简单地说了一句："我妈让我告诉你，今天不能帮你接孩子了。"说完立刻挂了电话，仿佛躲避瘟神一样。邱振锋理解她的情绪。大过年的，家里突然出现一个病人，一定非常措手不及。但小刘的不耐烦让邱振锋觉得有些不公平，似乎薛姨的摔伤与她答应去接维克托有关。

邱振锋觉得自己也挺倒霉的。他今年已经没有年假了。要接维克托，就只能预支明年的了。这可真是开局不利啊。

他三口两口吃完饭，赶紧回到自己的座位上。过程之中，他并非完全没有意识到公司里气氛紧张，但他真心顾不上。就算小飞机又撞了大楼，又能怎么样呢？

同事们的脸色都不太好看。雪一直在下，外面的路况非常糟糕。公司里人心浮动，种种焦虑和不满慢慢地就被管理层察觉到了。下午两点，公司发出提前下班的通知。广播里传出萨曼莎娇滴滴的声音。邱振锋既听不懂，也不关心，他的注意力全在自己的工作上。他用眼角的余光看到艾瑞拿起包往外走，似乎是要提前下班，于是赶紧说："等一下，我这儿有个请假单要你签字。"艾瑞接过单子一看，哭笑不得地说："本森啊，我跟你说了多少次，你要学广东话！"

见邱振锋还在那里发愣，艾瑞说："放假啦！走人啦！"

转眼之间，办公室已经空无一人。

维克托见了邱振锋很高兴："爸爸，真的是你！我就知道会是你！"他拎起书包，冲着那两个蔫头耷脑玩积木的小伙伴大声宣布："我可以回家啦！"

邱振锋把车开进公寓楼的地下车库，然后拉着维克托的手走向电梯。路过储藏室的时候，他看到薛姨的女婿正从他家的储藏柜里往外拽一只黑色垃圾袋。垃圾袋支棱八翘的，很不好拽。薛姨的女婿哭丧着脸，有些气急败坏。

邱振锋上前一步，帮他托了一下垃圾袋的底。袋子总算出来了。对方打开垃圾袋，一股酸臭味扑面而来。

"这都什么呀？"他皱起眉头，一脸嫌恶的表情，"人都躺在医院了，还掂记着这些破烂。"

邱振锋自然知道那是什么，但他只是问："到底出了什么事？"

"听说是早晨散步时遇到了郊狼。"

邱振锋眼前闪过薛姨瘦小的身影。郊狼一般不攻击成年人，可是连续几天被困在那幢破屋子里，饿得头昏眼花，也很有可能把身高一米五的薛姨当成孩子。

想到薛姨，邱振锋不知为什么若有所失。穿过两道防火门，刚走进电梯间，邱振锋心里突然一沉：维克托的圣诞礼物还在我的办公室！

本来计算得好好的，24 日下班时带回来，没想到今天先是得知薛姨住院，再又得知公司提前放假，一惊一乍，乐极生悲，就把礼物的事儿忘了。

邱振锋心烦意乱，但也只能强作镇定。进了家门，给维克托打开电视，邱振锋假装思考煮什么晚饭，在开放式厨房来回踱步。踱了一阵，他穿过客厅，走到落地窗前察看。天空是铅灰色的，花园里的滑梯被厚厚一层雪包裹着，显得圆咕隆咚，憨态可掬。雪还在下，满天的省略号和破折号。

邱振锋下了决心："维克托，爸爸公司里突然有事，你能陪我回一趟公司吗？"

维克托看也不看邱振锋一眼，胸有成竹地说："你自己去吧，我就在家看电视。"说完，还笑眯眯地补充了一句："维克托不会乱翻的。他不翻柜子，也不翻床底下的箱子。"

邱振锋一本正经地说："你不能自己待在家里，这是法律。一旦被人发现，你爸爸就得坐牢。而你会被送往寄宿家庭。在圣诞夜换地址是一件可怕的事，圣诞老人会找不到你的。"

维克托的眼睛滴溜溜地转了几圈，将信将疑地说："好——
吧——"

一楼的新闻部还有几个人在工作。他们看都没看邱振锋一眼。
邱振锋拉着维克托到了二楼，把他安置在二楼会客室里，然后走进
自己的办公室。

办公室里空无一人。邱振锋拉开抽屉，拿出包裹，又取了一只
印有报社标志的大环保袋，将包裹套在里面。这个年关就算过去了，
邱振锋轻舒了一口气。

正当他准备全身而退的时候，瘦瘦高高的新闻部的头儿出现在
了门口。和上次不一样，这次他不是瞄一眼就走，而是停在门口，
一副要跟邱振锋长谈的架势。

"你好，"他说："你是，你是……"

"本森。"邱振锋说。

"本森，对，本森。幸亏你还在。你能不能帮我一个忙？"不等
邱振锋回答，他就一口气说了下去："温哥华市的降雪已经达到了15
厘米，但市内主干道上还没有出现铲冰车。我们给市政厅打电话，
可是电话没人接，我们需要派一个记者去了解情况。新闻部现在人
手不足。你能去一趟吗？"

"当然能啊，"邱振锋说，"这还用问吗？"

刹那间，邱振锋内心的荒原上升起了一轮太阳，那些省略号啊，
波折号啊，在太阳的映照下，全都变成了点点闪耀的金光。

这不正是自己需要的那一点点吗？

今天真是走了狗屎运了。

他们进办公楼的时候，外面还薄有天光；等他们出来的时候，天色已经完全黑了下来。其实现在才刚刚下午四点。

邱振锋带着维克托来到了停车场。等他坐好后，邱振锋打着火，松刹车，然后一头扎进了暴风雪里。车开上了大路，邱振锋对维克托宣布："有一件很重要的事情需要爸爸去做，而且需要你陪爸爸去做。"

"饿了！"维克托不满地说，"我要回家！"

邱振锋用劝诱的口吻说："我们要去的地方有个圣诞大 Party。有很多小点心，还有你妈平时不让你喝的可乐。你觉得怎么样？"

"就要回家！"

"你不是真饿"，邱振锋失去了耐心，"别闹，我肯定带你回家。"

维克托开始踢邱振锋的座椅靠背。

"好吧，"邱振锋让步了，"一会儿经过 7—11，我停下来给你买包薯片。"

"一言为定。"维克托安静了下来。

邱振锋总算可以专心开车了。漫天飞舞的雪花，好像无数重帘幕挡在前进的路上，冲破一层，还有另一层在后面等着。

原来温哥华是座山城啊！邱振锋一直以为温哥华是平原呢。地上一旦有积雪，再微小的坡度也会把驾驶的困难放大。连续看到几辆车抛锚在路边，邱振锋终于感到后怕了。自己的车既非四轮驱动，也没有装防滑链。他开始后悔，也许应该向公司借一辆更给力的车再出来。

雪天的路况很难预测，有些路堵着很多车，有些路却一辆车都没有。邱振锋尽量挑车少的路走，以便减少使用刹车。有一次，在上坡路上遇到了红灯，他见交叉方向上没有车，便硬着头皮闯了过去，因为他担心一旦停车，就再也发动不起来了。他成功了，但他的心情却轻松不起来，因为越往前越难走，每一个路口都令他提心吊胆。厚厚的积雪掩盖了马路牙子，人行道消失了，马路不真实地宽阔起来。幸好还有两排黄色的路灯，漂浮在白色的河流之上，有气无力地界定着河道的宽度。

维克托突然叫起来："爸爸，你刚错过一个7—11。"

邱振锋猛一抬头。的确，一个7—11正在后视镜里徐徐后退。

"我们马上就要到目的地了。"邱振锋安慰他，"现在不适合掉头。"

"你说话不算数，你是个坏爸爸！"维克托的耐心也到了极限。他大叫着抗议，同时用力猛踢着邱振锋的座椅靠背。邱振锋一分心，马上就感觉到车轮在打滑，车身失去控制，朝着路灯撞过去。那种瞬间失控的感觉是他从来没体验过的，刹那间他的每一根寒毛都竖了起来。他本能地反打方向盘，同时使用点刹法降速，车速终于降了下来，滑行了一段距离之后，停在了马路中央。

他被吓出了一身冷汗。等车完全停稳之后，便气急败坏地大喝了一声："老实点儿！再闹，今年就没有圣诞礼物了！"

"你说了不算！"维克托也使出了全身力气愤怒地大叫。

"我说了不算？我说了不算？"邱振锋脑袋一热，带着两败俱伤的决心吼道："你的圣诞礼物就在车上！我说不给你就是不给你！"

维克托一下子老实了。

邱振锋深深地吸了一口气，然后打着火，轻踩油门。车轮一阵空转。他心说不妙，立刻把火熄了，抬头一看，原来他正停在一段上坡路上。一条大约两公里长的白色的带子，在他眼前缓缓地展开，升向天际。

"这下好了，"邱振锋气急败坏地说，"咱俩就在车上过圣诞夜吧。"

话虽如此，他还是不甘心，再一次发动了车子。发动机有力地响了起来，车轮却依旧原地空转。他用力踩下油门，发动机发出愤怒的嘶吼，车轮转动得飞快，将雪从轮子下刨起，纷纷扬扬撒向后方。车在雪中越陷越深。

雪借着夜色的掩护，劈头盖脸地落下来，分不清哪些是省略号，哪些是破折号。

半个小时过去了，邱振锋还停在原地。间或有车从他的车旁经过，但是没有人敢停下来帮忙。毕竟这是条巨长的上坡路，谁都不愿意冒搁浅的风险。邱振锋试探性地给911打了个电话，接线员告诉邱振锋：全市的救援车都在路上忙着，等待时间为四小时至五小时之间。

就在邱振锋打电话的时候，维克托翻过后排座椅，进入了后备箱。邱振锋的车是一辆奥德赛，后备箱与座位是相通的。

"你要干什么？"邱振锋问。

维克托不知按了什么机关，后车门一下子就被掀开了，一团冷气冲进车内。

他抓起后备箱里的东西，一件一件地往外扔。"我们把这些东西垫在车轮下，"他一边扔一边回头冲邱振锋解释，"我在电视上见过。"

邱振锋本想制止他，但转念一想，试试也无妨，于是他半信半疑地下了车，绕到车的后面。后备箱里的东西还真不少，什么运动鞋啊，网球拍啊，旧杂志啊，有些东西都已经失踪一年多了。

维克托抓住一个塑料袋，正要往下扔，邱振锋急忙拦住了他："嗨，那个留着。"

"这是什么？"

"滑雪裤。"

"没事儿，脏了再洗。"

"这是新的。过两天我要去退了它。"这就是那条一次也没穿过的滑雪裤。今年不会再有滑雪机会了，明年又该买大一号的了。

"好吧。"维克托很爽快地放下了塑料袋，然后又拎起了印有报社标志的环保袋。

"别动！"邱振锋大喊一声，"那个也留着。"

"这是什么？"

邱振锋迟疑了一下才说："你别管！"

维克托的眼睛一下子亮了起来。邱振锋忽然意识到：这小子可能是找了个借口来翻圣诞礼物。如今的孩子怎么都这么狡猾呢？

果然，维克托打开环保袋往里一看，立刻眉花眼笑起来。"我的！"他把袋子紧紧搂在怀里。

"你先放下。"邱振锋说。

"你说了不算！"维克托说。

邱振锋一个箭步冲了过去，真想狠狠揍他一巴掌。正在这时，两道光柱从背后射了过来。邱振锋一惊，先是原地站住，然后回身观望。只见一辆破破的卡罗拉停在了离他大约三米远的地方。

从车上下来一个魁梧的男子。他穿着一件黑大衣，头上戴着圣诞老人的红帽子，腮帮子上粘着一缕白胡子。

"嗨，你们肯定需要帮忙吧？"他的声音十分洪亮。

邱振锋看了看对方的车，心想谁帮谁呀？但心里非常感动。他知道对方是冒着自己抛锚的风险停下来的。

"红帽子"观察了一下车轮四周散落的东西，朝邱振锋伸出了大拇指："干得不错！"

"是我的主意！"维克托开心地喊着。

"哦，伙计，那就快下来帮忙吧！"他朝维克托招了招手。

维克托把环保袋放下，"扑通"一下跳下车。三个人一起动手，将那些杂七杂八的东西垫在车轮前进的方向上。"红帽子"对邱振锋说："现在你回去，点着火，试一试。"然后又对维克托说："伙计，你也回去吧。"

维克托爬上车。邱振锋坐回到驾驶室里，打着了火。车轮似乎真的吃上了劲儿，但是转了大约半圈后，就又开始空转了。

"别停！""红帽子"朝邱振锋喊。他把车后门用力一关，两只手搭在车门上，弓起腰。邱振锋感到一股强大的动力从后面传来。他心里一热，不知不觉加大了油门。车在向上爬，艰难地攀越那些杂物构成的支撑。与此同时，这些支撑物又被更深地压进了雪里。就在邱振锋感觉成功在望的关键时刻，那股强大的动力忽然消失了，惯性与前驱力又呈现出胶着状态。他往后视镜里一看，"红帽子"正在低头查看自己的大衣，原来他的大衣袖子在胳肢窝处裂开了一道大口子。邱振锋心里愈发过意不去，但更让他没想到的是，"红帽子"三下两下把大衣脱了，露出里面全套的圣诞老人装扮。

邱振锋还没明白过来，"圣诞老人"就把大衣扔在地上，捭了捭胳膊，然后再次弓下腰，两只手搭在后车门上，重新发力。车终于缓缓地起步了，起初踉踉跄跄，然后平稳起来，好像一条船，顺着银河向天空飘了过去。

"别停车！""圣诞老人"朝邱振锋大喊。

就在这时，邱振锋听到"哐"的一声，随后一团冷气冲进了车里，他抬头一看后视镜，原来后车门又被打开了。维克托呢？邱振锋紧张地盯着后视镜。车子又往前开了几米，透过后视镜，他看到雪地上趴着一个小身子。

维克托跳车了。

邱振锋情不自禁地把踩在油门上的脚掌抬高，车速立刻降了下来。"圣诞老人"冲他大喊："别停车！"

邱振锋知道车一旦停下来，就再也走不动了。他狠狠心，再次把脚掌压向油门。车子重拾速度，向前缓缓移动。

车又往前开了几米，邱振锋才突然醒悟过来：他刚才做出了一个决定，一个抛弃维克托的决定。在这个大自然对人类充满敌意的夜晚，他怎么能把维克托留给一个陌生人？他的脑子里好像有一匹脱缰的野马在雪地上奔跑，沉睡的记忆如片片雪花被搅扰起来。他竟然记得如此之多的人类罪行，有些来自真人真事，有些来自电影、小说，可怕的、罪恶的、血腥的、黑暗的……省略号、破折号……

不，不可能。维克托不会有事的，那是一个好人，一个"圣诞老人"。他试图压制自己的胡思乱想，可又分明感觉到自己的否定是如此无力。问题不在于对方是什么人，而是在于自己的决定。我怎么能把维克托扔下？

　　他狠狠地眨了眨眼睛，仿佛自己内心的邪恶隐藏在自己的上下眼皮之间。想到可怜的维克托有一个如此冷酷的父亲，他的鼻子一酸，眼眶微微湿润起来。眼珠被几滴水滋润了之后，目光的焦点就有了变化。他眼前光明与黑暗相交相缠的深邃幻觉消失了。透过后视镜，他真真切切地看到"圣诞老人"往前紧走几步，抱起了维克托。他小小的身子被裹在"圣诞老人"宽阔的怀抱里。

　　邱振锋再次狠狠地踩下了油门。这一次完全是有意识的，清醒的，决绝的。车子越开越远，他越来越难以分辨维克托的身影。再往后，连"圣诞老人"也变小了，变淡了，与铺天盖地的白雪严丝合缝地混在了一起。

　　向前开了大约两公里，邱振锋的眼前才豁然开朗。上坡路终于到了尽头。他把车停在路边，绕到后侧，打算把车门关上。关车门之前他往后备箱里瞥了一眼，环保袋果然不见了，维克托一定是抱着它跳的车。邱振锋把手搭在高高翘起的车门上，用力向下一拉。车门纹丝未动，估计是机械部分已经结了冰。他把双臂搭在车门上，双腿用力起跳，在下落的时候全身一起发力，企图用身体的重量把车门压下来。这次车门让了步，邱振锋却在车门关上的一刹那失去了平衡。

　　他先是仰面朝天摔倒在雪地上，然后头朝下顺着斜坡向下滑去。他本能地全身抱成一团，把头埋在自己蜷起来的双膝之间。这样一来，他就像个陀螺似的滚得更快。积雪顺着他的衣领灌进去，刀子般地切割着他的后脖颈。在天旋地转之间，他的眼前竟然闪现出他与海伦初见的场景。他在刹那间产生了顿悟：一切的苦难一切的罪恶都是因为这一副皮囊。

他清醒地意识到自己处于危险之中。如果这时候有一辆车朝他开过来，那他绝对死定了……不过，他也许就因此解脱了……

如果上天再给我一次机会，我要拿这副皮囊做些什么呢？纯属假设，纯属假设，想想也无妨……

感觉自己越滚越快，他狠狠心，打开四肢，让身体呈现出一个"大"字。如此一来，下滑的速度开始降低，头部却暴露在外。他的脑袋狠狠地撞在马路牙子上，一股鲜红的血喷射出来。在彻底失去知觉之前，他看到自己站在悬崖上，正在安静地观赏日出。荒原之上，乌云之下，一点点鲜艳透明的红色正在缓缓升起，慢慢晕染着天际。那个站在悬崖边上的人大张着嘴，欲言又止。

两天之后，邱振锋苏醒在医院里。他睁开眼一看，海伦坐在他床前，哭得眼睛都肿了。

"发生了什么事儿?"邱振锋试图坐起来，却发现自己全身都使不上劲儿。再仔细一看，他的右腿被裹上了石膏，高高地吊在那里。

邱振锋在医院里住了半个月，在家里的床上躺了两个月，然后又经过了三个月的康复训练。他那条骨折过的腿恢复得不错，虽然走起路来有些轻微的一瘸一拐，但不仔细看根本看不出来。

在邱振锋卧床不起的时候，海伦给自己的父母申请了探亲签证。两位老人来到温哥华后，既照顾外孙又照顾女婿，一句怨言都没有。一旦邱振锋能下地行走了，两位老人立刻就提出回国。邱振锋赶紧跟海伦商量，由她出面挽留二老。

但如果老人打算长住，他们这套两居室无论如何有些拥挤。海伦手里本来已经有了十多万块钱，她一直想在朗加拉花园买一套三室两卫的公寓。如果用这十多万付首期，他们就要背上三十万的房贷。在邱振锋住院治疗期间，《华星报》给了他两个选择：一是公司先招一个临时工，等邱振锋康复后再回公司上班；二是他退职，公司付给他一笔相当于两年工资的伤残补助金。有一天，海伦看到朗加拉花园有一套公寓出售，正是她一直心仪的房型。邱振锋当机立断，向报社提出了退职申请。

海伦听说他要把补偿金拿出来付购房的头款，感动得热泪盈眶，搂着他亲了又亲。邱振锋则轻描淡写地说："我这可是为了维克托，听说朗加拉花园对应的高中有 IB 课程。"

邱振锋从此专心做起了翻译。

第二年，温哥华市提前购入了多辆铲雪车。自 2008 年到现在，该市的交通再也没有因暴风雪而发生过瘫痪。

那天晚上将邱振锋送到医院的，正是卡罗拉车上的"圣诞老人"。他叫桑德斯，原本是一位测绘工程师。他在圣诞节前一个月失了业，扮演"圣诞老人"是他的季节性兼职。遇到邱振锋的时候，他刚从商场下班，正在回家的路上。

桑德斯三十多岁，性格像一个大孩子。他没有结婚，却有个七岁的女儿，孩子由母亲抚养。邱振锋和桑德斯成了朋友，他经常请桑德斯喝酒。海伦虽然不喜欢桑德斯，但念在他救过自己丈夫一命，也就听之任之了。

桑德斯喜欢冰上运动。他是自己女儿所在的冰上圈球（ringette）队的教练。

冰上圈球的规则和冰球差不多。第一，两者都是冰上运动；第二，两者都要运用球杆把球打进对方的球门里。区别也有两个：一是球，二是球杆。冰上圈球是用一根直杆去推动一个貌似多纳圈的橡胶圆环。

网上说：冰上圈球起源于加拿大安大略省，是专门为女子而创设的冰上运动。但桑德斯却说："其实根本不是那么回事，冰上圈球男女都能打。"

邱振锋说："可我在你的队里只看到女孩儿。"

桑德斯就不理他了，转身对维克托说："嗨，哥们儿，我觉得你够岁数了，应该跟我去打球了。"

邱振锋还没来得及阻止，维克托已经一口答应了。圣诞老人要他做的事，哪有不做的道理？

海伦倒是赞成维克托打冰上圈球。她打听过：冰上圈球对滑冰技巧的要求很高，做为冰球的入门训练很不错。只要桑德斯能让维克托爱上滑冰，过两年他们完全可以把维克托转到冰球队去。在海伦看来，甭管哪项冰上运动，反正都是加拿大的主流，学了有益无害。

2009年冬天，六岁的维克托开始学打冰上圈球。邱振锋虽然对这项运动心存疑虑，但也乐得每周能有两个晚上名正言顺地离家外出。维克托拖着一只跟自己身高差不多一样长的冰球包进了更衣室。等到十几个小孩子踩着冰鞋，像一群小鸭子似的走出更衣室时，邱振锋完全看不出哪一个是自己的儿子。他们全都武装到牙齿，安能辨我是雄雌。

孩子们一开始训练，邱振锋就走出冰场。温哥华冬天的雨水很多，却很少瓢泼大雨，总是那么淅淅沥沥若有若无地下着。从前，这点雨对邱振锋根本不算什么，但现在，阴湿的天气会令他骨折过的腿隐隐作痛。

如果腿疼得厉害，他就站在冰场大门的雨檐下，朝黑夜的深处张望。腿疼减轻了，但头骨又会隐隐作痛。那个圣诞前夜，他不仅摔断了腿，也磕破了头。但大家的关注点都在他的腿上，只要他能走路，家人也就释然了。

只有他自己知道：他的头脑已经大不如前。比如说，记忆力就比从前差了很远。

他隐约记得在失去知觉之前，曾经想到过一句话。那不是一句普通的话，而是一个事关人生意义的判断。

假如上天再给我一次机会，我一定要……

我一定要……

一定要什么呢？偏偏那最关键的几个字，他怎么也想不起来了。就差那么几个字。

在那千载难逢的一瞬间，他那一团混沌的人生被劈开了。大地裂开一道缝，岩浆喷薄而出。那是他生命秘密的核心。如此真实，如此灼热。即使在这寒冷的雨夜，他也依然能够感觉到它的温度。那几个字……曾经进入过他的大脑，曾经浮现在他的前额叶上……就差发音了。

就差那么一点点，一点点……

夏 商　1969 年生于上海。
著有长篇小说《东岸纪事》
《乞儿流浪记》《标本师》《裸
露的亡灵》,另有四卷本《夏
商自选集》及九卷本《夏
商小说系列》。2017 年移居
美国。

———————
参展小说
雪

雪 首发于《鸭绿江》2018年第4期

雪

　　过了桥，从"绿化山"右绕二百米，菜市场隐匿在一摞破败老宅里，保存室内温度的塑料垂帘如同一条条冰挂，本是透明的，被摸得很脏，能粘住蔬菜的草腥和鱼虾的臭腥，丁德耀每次撩都皱眉，他讨厌缩头缩脑的冬天，手势僵硬，常被掀动的垂帘击中脸庞或耳垂。春天来临的时候，垂帘被卸掉，可以长驱直入，他目标明确，直奔常去的那几个菜摊。他喜欢吃鱼虾，讨厌吃羊肉和豆制品，倪爱梅喜欢后两样，所以也得买一点。

　　他们有分工，他买菜，倪爱梅下厨，饭后他洗碗。婚姻就是这样冗长无趣，又无法省略任何步骤，变化在于，偶尔他们会一起逛菜场，结婚七年，还能一起逛菜场，说明是一对恩爱夫妻。至少，还没有完全相厌。

　　为扭转他对羊肉的成见，倪爱梅做过几次鱼羊煲，让他买那种产自远郊的少膻味的山羊肉，用不同的鱼烩制，有时海鲜，有时河鲜，虽颇费苦心，他并不觉得好吃，还得装出很美味，用夸张的口吻说，鱼加羊不就是鲜字么，味道好极了。

　　"味道好极了"是电视里的咖啡广告语，当他洗碗时，倪爱梅守在彩电前，看那些永远也放不完的电视剧。

此刻，丁德耀站在常来的鱼摊前，让小摊主潘冬子称三两虾仁，倪爱梅准备配上臭豆腐加剁椒，做一道新学的菜。

设法将丈夫的忌口与自己的喜好融进一只菜盘，是她看电视剧之余的最大爱好。丁德耀有时想，养个孩子费钱又操心，两个人过日子其实也挺好。不过，每当看到这个同学的儿子书么？

潘冬子说，不想，我爸妈说读书没什么用，又不当饭吃。

丁德耀说，那你不读书，有什么理想？

潘冬子说，有啊，现在每天只能卖几十斤鱼虾，最好每天能卖两百斤，那样我爸就可以不用高空擦玻璃了。

丁德耀道，那长大后呢，长大后的理想是什么？

潘冬子说，长大后每天卖五百斤，讨个老婆生一对双胞胎，老婆孩子热炕头。

丁德耀说，为什么要生双胞胎？

潘冬子说，双胞胎比较好，最好是龙凤胎，一男一女凑个好字。

丁德耀说，你不上学，怎么知道一男一女凑个好字？

潘冬子说，听大人说的。

丁德耀说，不是一男一女凑个好字，是一个女字一个子字凑个好字，你看，上学还是很有用的。

潘冬子说，上学也是老婆孩子热炕头，不上学也是老婆孩子热炕头。

丁德耀无法反驳潘冬子的话，本质上，这个孩子的梦想和他是一样的，跟绝大多数人也是一样的，卖更多的鱼，赚更多的钱，结婚生娃过小日子，他甚至无法否定这样一个事实，即便不读书，潘冬子的理想，或者说他父母赋予他的理想，确实也是可能实现的，即便卖不了五百斤鱼，卖三四百会打酱油了，那个同事的女儿会唱儿歌了，心就痒痒了。

这个七岁的小男孩潘冬子也让他心痒，他跟母亲一起摆摊，父亲老潘是清洗大楼外墙的蜘蛛人，这个总是抽劣质烟的小个子男人肯定是电影《闪闪的红星》的拥趸，要不然也不会给儿子取这个名字。丁德耀喜欢愣头愣脑的潘冬子，别说，还真酷肖那个小游击队员，圆脸，大眼睛里全是机灵。

说话像含糖，看到他就叫丁叔叔好，也会做生意，把鱼虾挑好，倒置马甲袋将水分滗干，再放到台秤上，磅完了往袋里多扔一条小黄鱼，或一只虾，再递给主顾。他妈妈看着儿子完成这一切，眼睛眯起来，慈祥地微抿嘴角。

丁德耀却要去扫她的兴，你应该送潘冬子去读书，这么聪明的孩子不上学，可惜了。

他妈妈不生气，还是微笑："自己孩子自己知道，做别的还可以，读书肯定是聪明面孔笨肚肠，黄鱼卖多了，脑袋也是黄鱼脑袋，卖卖鱼挺好的。"

丁德耀叹口气，知道多说无益，悻悻然走了。

有一次，趁潘冬子母亲不在，他问小男孩，你自己想读书还是可能的，甚至于运气好的话，做更大的生意也是可能的。所以，他对潘冬子的规劝并无说服力，他只是觉得有点莫名的惆怅，学龄不去读书，跟着大人摆摊，太可惜了，要是自己儿子，肯定找最好的学校，把他培养进北大清华。

倪爱梅去过妇产科很多次，说是输卵管粘连，也就是说，射程
到不了目的地。倪爱梅的问题只是一方面，另一方面，丁德耀也存
在精子活性不足。理论上，双方各打五十大板。不过丁母坚持认为，
儿子的问题是次要的，倪爱梅更理亏一些。

生儿育女，再天经地义不过，求子不得，已不是夫妻双方的事，
而是两个大家庭的事，幸好这对小夫妻是独立居住，住所虽不大，
距市中心也偏远，但不跟父母同住的好处还是显而易见的，至少唠
叨不会随时响起，倪爱梅庆幸领证前共同按揭买下这套小户型，可
以免于和公婆一起住，若不然肯定被婆婆烦死，她的小姐妹丁红和
老公离婚的很大因素就是受不了婆婆的碎碎念。

世事就是气人，有些人并不想要孩子，或者说并没有做好当爹
妈的准备，偏偏观音娘娘就送子来了。远的不说，丁德耀二舅的儿
子小帆，还是大二学生，谈恋爱把同校女同学肚子搞大了，小姑娘
私自去流产，病历卡没藏好，被父母发现了，一般情况下，为了女
儿名声，会选择哑巴吃黄连，这家父母耿直，找到丁德耀二舅家理
论，丁德耀二舅妈是有名的母老虎，一语不合就吵起来了，吵得整
幢楼地动山摇，玻璃窗都快裂开了。

还有倪爱梅的那个小姐妹丁红，和她老公曹原群是坚定的丁克
主义者，坚定到什么程度？倪爱梅和丁红喝闺蜜下午茶，聊起男女
情事，丁红说为了避孕，非戴套不做爱。倪爱梅问每次都戴？丁红
说每次都戴，一次都不拉下。倪爱梅将信将疑，照你这样说，肉从
来没碰到过肉啊。丁红没反应过来，什么意思？倪爱梅说，每次戴
套，隔着一层硅胶，肉怎么碰到肉呢？丁红捶了倪爱梅一拳，好你
个女流氓，什么下流话都敢说。

　　丁红和曹原群肉从来没碰到过肉，感情却很好，因为没准备要孩子，就没存钱的打算，经常下馆子看电影，攒年假出去旅游，美中不足的是，当初没按揭买房，办完婚宴后和公婆一起住，公公在家里不怎么管事，婆婆想抱孙子，看媳妇肚子一直没动静，一开始指桑骂槐，后来就直接骂桑了，丁红想搬出去，房价已涨到连贷款的勇气也没了。小两口起念外出租房，曹原群刚一提，曹母张嘴就骂，曹原群性情怯懦，从不和母亲顶嘴，丁红却不是省油的灯，和婆婆顶嘴的次数越来越多，声调越来越高亢，曹原群三夹板两头受气，有一次没忍住，推了一下丁红，丁红反手就是一记耳光。小两口就这么完了。从民政局领完离婚证，装新潮吃分手宴，两个酒量平平的人，喝了一大瓶加了冰块的威士忌，想起过往的爱情，哭得泣不成声，东倒西歪坐进两人合伙买的而今划归丁红名下的国产SUV，做戏做全套，玩起了车震，曹原群去取避孕套，被丁红阻止了，那一刻，她想起了倪爱梅的话，心想在一起那么多年，一直有措施，这最后一次，无论如何要水乳交融，于是，这对离婚夫妇做了一次无套之爱。

　　不想就这一次破戒，就在丁红身体里播下了一粒不该发芽的种子，她约倪爱梅喝下午茶，告诉了自己怀孕的消息，倪爱梅惊诧地望着她，以为她这么快就有了新欢，当得知是跟曹原群告别演出造成的结果，不知说什么好，丁红倒也洒脱，说，还不是你那句话刺痛我了。倪爱梅问她打算怎么处理腹中的孩子。丁红说，我是丁克，不会要孩子的，这次身体要吃苦头了，不过和曹原群感情一场，我不后悔。

　　倪爱梅本不想把丁红打胎的事告诉丈夫听，丁德耀肯定会说，生下来送给我也好啊。

她知道他这副德行，就忍了两天，到了第三天临睡前，头枕靠垫没忍住，就说了，一说完就后悔了，诚如她所料，丁德耀立刻从被子里坐起来："干吗打掉，生下来给我嘛。"

看着丈夫痛心疾首的样子，她知道他又要说他的祖母和外婆了——话说回来，让她反悔一次，她还是做不到守口如瓶，还是会说给丈夫听，这是她的秉性所决定的，夫妇之间不该有秘密，她不喜欢隐瞒，她喜欢和丈夫分享家长里短，虽然有时会顾虑引火烧身而暂时不说，最终还是会按捺不住——他已说了不下一百次，但不妨碍说第一百零一次：

"你说，现在的女人生个孩子怎么这么难，我奶奶生了七个，外婆生了十一个，跟母鸡生小鸡似的，一生一大窝，现在的女人可好，生一个都难……"

见老婆沉下脸，丁德耀知道又说错话了，忙解释："不是说你，现在的女人普遍这样，每次陪你去妇产科医院，都是一大堆不能生娃的女人在挂门诊。"

倪爱梅说，你是没说我，可我也是其中一员，我没用好了吧。

丁德耀知道麻烦来了，老婆马上就要发作了，觍着脸赔笑道，生孩子太麻烦了，实在不行，我们去领养一个现成的吧。

倪爱梅说，去哪儿领养，你以为领养那么容易呀。

丁德耀说，领养当然去孤儿院。

倪爱梅说，健康漂亮的孤儿哪轮得到我们，早被有权有势的人家走后门了。

丁德耀说，那我们去非洲领养一个小男孩，再去俄罗斯领养一个女孩，一黑一白，可拉风了。

倪爱梅笑出小虎牙，我不反对。

丁德耀说，一家四口走在路上，就是小联合国。

倪爱梅说，我听说领养小孩夫妻都要三十岁以上，我们年龄倒是够了。

丁德耀说，你还真去孤儿院打听了？

倪爱梅说，我连孤儿院在哪儿都不知道，上次你说要领养，我就百度了一下。

丁德耀说，我开玩笑的，孩子还是得自己的，说着把倪爱梅扳过来，嘴巴凑近耳朵说，我来交公粮吧。

倪爱梅说，交了那么多年了，交了也白交。

说虽那么说，等丁德耀翻身下来，她把双腿高举，屁股在上脑袋在下，脚掌顶住墙壁，这个动作是妇科医生教她的，精液更容易往身体深处游。

其实，结婚第二年，她怀过一次孕，那时她对生育并不迫切，也不采取避孕，态度是顺其自然，没有不强求，有了就生。发现例假延迟，以为是没休息好所致，大学毕业刚上班，旧同学新同事，业余活动很丰富，丁红就是这个时段认识的朋友，她们在同一家城市银行上班，过了两年，丁红跳槽去了一家日资保险公司，友情保留了下来，至今还是最好的闺蜜。

等例假延迟了一个月，才意识到可能怀孕了。丁德耀陪她去妇产科医院，检查报告印证了猜测，医生叮嘱妊娠早期以静养为主，忌冷忌辣增加营养，她嘴里答应，仗着年轻没当回事，照样嚼雪糕吃川菜，刚从邻省旅游回来，听说陈奕迅在开演唱会，拽着丁德耀去体育场门口找黄牛，高价买了门票，这是她最喜欢的香港歌手，为了看现场，宁肯吃一星期方便面。

因为观众的热情，已挥手谢幕的歌手不断返场，三小时演唱会延长了二十多分钟，终于，舞台灯光彻底暗淡下来，观众离场，倪爱梅挽着丁德耀去卫生间，那儿站满了膀胱憋上脸的人，丁德耀等了十分钟，入厕解决了。倪爱梅候时更久，夹紧裤裆，快哭了。好不容易轮到，扭着屁股挪进女厕，已不敢开胯。

过了片刻，慌里慌张出来："奇怪，我大姨妈怎么来了。"

丁德耀说，不会吧，医生明确说你怀孕了。

倪爱梅说，所以才奇怪啊，会不会误诊了。

丁德耀说，怀孕又不是什么疑难杂症，怎么可能误诊。

倪爱梅啊呀一声，那可能就是见红了。

丁德耀说，什么是见红？一惊一乍见鬼似的。

倪爱梅说，你们男人不懂，这时候见红可能孩子就保不住了。

丁德耀也紧张起来，拉着老婆连夜去看急诊，值班护士不让挂号，说见红不属于急诊范畴，没必要半夜跑来凑热闹，明天看门诊吧。

次日一早又跑医院，妇科医生说，怀孕初期出血确实不是好现象，吃点黄体酮观察一下。

丁德耀问怎么会产生这种情况。医生说，可能是胎儿染色体异常，也可能是母体激素失调。倪爱梅说，对胎儿有什么影响？医生说，说不好，有吃了黄体酮保胎生下健康胎儿的，也有早产儿畸形儿的，各种情况都有。

倪爱梅说，听起来像冒险。

医生说，出血量大么？

倪爱梅说，蛮大的，怀孕了没再用卫生巾，流到大腿上了。

医生说，血量这么大有点麻烦，一般的见红也就是内裤上沾点颜色。

丁德耀说，吃那个黄体酮有用么？

医生一边开药方一边说，看运气吧，医学是模糊科学，谁都不能保证结果。

夫妇俩领了药，揣摩着医生的话，越想越觉得风险大，商量了一星期，跑去医院，还是上次那个医生，丁德耀说，我们认真考虑过了，放弃算了。

医生也没阻止，说了句，还在妊娠早期，做药流吧，痛苦少一点。

倪爱梅去药流室吃了药，丁德耀扶她在病床躺下，自己坐在椅子上发愣，药流痛苦比手术小，也不是没痛苦，倪爱梅一会儿晕眩，一会儿干呕，翻来倒去，脸色惨白，额头满是虚汗。

这次流产以后，就再没怀上，有时候也会后悔，"如果当时生下来，已经上小学了。"倪爱梅叹了口气。

丁德耀安慰说，医生说畸形儿可能性很大，万一真是残疾智障，岂不害人害己。

倪爱梅说，那也有百分之五十概率是健康孩子呀。

丁德耀说，谁敢冒这个险，还记得我们学校那个老魏么，生了个白痴儿子，拖累家人那么多年，觉得日子没奔头，把傻儿子活活闷死，自己也自杀了。

倪爱梅吐出一串呸呸呸："别拿这种晦气事来对比，我们家孩子肯定健康聪明。"

丁德耀也跟着一串呸呸呸："我们的孩子肯定健康聪明，菜场快打烊了，我去买菜了。"

倪爱梅说，快打烊了，绿叶菜最便宜，再买两条带鱼。

丁德耀说，我去冬子家买，你说，这么机灵的孩子怎么就投胎到鱼摊了，弄得书也没的读，真是可惜。

倪爱梅说，你这人真奇怪，对一个邋里邋遢的小鱼贩心心念念，身边亲戚朋友那么多小孩倒没见你多提。

丁德耀说，还真别说，就是投缘，第一眼看到就喜欢，敦敦实实没什么心眼，大眼睛里全是聪明。

倪爱梅说，你快去照照镜子，说到冬子口水都快流下来了。

丁德耀配合着擦了下嘴角，冬子要是我儿子就好了，邋遢没关系，洗个澡买几套漂亮衣服一穿，就是小帅哥了。

倪爱梅说，你别真的当人家小孩面说让他当你儿子吧。

丁德耀，说过啊，当着他妈妈面也说过，有一次他爸爸在，也说了。

倪爱梅说，人家要当你人贩子防着了。

丁德耀说，怎么可能，我这是变相夸他们儿子呢，他们开心还来不及。

倪爱梅说，要是别人这么夸我儿子，我肯定不愿意。对了，昨晚新闻里说，有个蜘蛛人摔死了。

丁德耀啊了一声，但愿不是老潘，我去菜场了，除了带鱼，你还想吃什么？

倪爱梅说，买块豆腐做麻婆豆腐吧，绿叶菜随你，尽量挑新鲜的。

说这些话的时候，倪爱梅在看《中国式离婚》，丁德耀瞄了一眼，正好是他喜欢的女演员左小青——他平时喜欢读闲书，很少看电视剧，觉得浪费时间，有时倪爱梅叫他一起看，他只好扔下书，搂着老婆看一会儿，这是丈夫的义务之一，美其名曰"陪伴是最好的长情"——就说了句，你看我们家小青，多好看。倪爱梅瞥他一眼，看着荧屏里出现的陈道明说，我们家道明才好看呢，帅死了。

丁德耀嘿嘿一笑，出了门，到了楼下给倪爱梅发了条短信，外面好像下雪了，去收一下阳台的衣服。

倪爱梅回了个哦字，去了阳台，天空中雨夹着冰粒，伸出手，冰粒在掌心跳一下，化了。

把收下的衣服拢在怀里，远眺阳台外的黄昏，印象中，这个城市十年没下雪了，当然，现在还不是雪，只是雪的前奏，亦有可能，不会下一场真正的雪，即便下了，也未必会积起来，更不要奢望堆雪人打雪仗了。

朝下俯瞰，背有点微驼的丈夫出了小区，羽绒服的附帽套在了脑袋上。她想叫一声，让他买两只圆萝卜。觉得可能听不见，就咽回去，改成发一条短信。

丁德耀收到短信，回了"知道了"三字，折出小区，往菜场方向走过去。

小区门外是一条被污染的河，前几年还见人钓起过耐脏的黄颡鱼，而今除了喂养金鱼的水虱，恐怕没什么活物了。

水虱最多时是初秋，河面边缘染出一片铁锈红，捞水虱的网兜是自制的，网口蒙一层刚好让水虱钻过的细格纱，握着细长柄在岸边走来走去，网兜像在擦洗一幅流动的脏玻璃，铁锈红慢慢淡了，的确良材质的网兜内，接近褐色的深红透了出来。

过了桥，从"绿化山"右绕二百米，菜市场隐匿在一摞破败老宅里，保存室内温度的塑料垂帘如同一条条冰挂，本是透明的，被摸得很脏，能粘住蔬菜的草腥和鱼虾的臭腥，丁德耀刚一撩垂帘，脚趾被人踩了一脚，刚要发作，发现正是老潘，想起老婆刚才说昨天有蜘蛛人摔死了，情知不会那么巧是老潘，冷不防撞个满怀，还是有点白天见鬼的感觉，一时说不出话来。

后面紧跟着潘冬子妈妈，丁德耀缓了口气，问道，你们两口子心急慌忙去哪儿呀？

老潘说，是丁老师啊，批发市场的哥们打电话来，说今晚有远洋渔船到岸，让我早点过去挑点好的海鲜。

丁德耀说，天还没完全黑呢，就赶啊。

潘冬子妈妈说，挺远的，骑黄鱼车到码头要两个多钟头呢。

丁德耀说，冬子一个人守摊呀？

潘冬子妈妈说，他自己会收摊回家，没事的。丁德耀说，那你们快去码头吧，我找冬子买两条带鱼。

丁德耀撩开垂帘，把头回一下，飘洒的雨丝间杂着冰粒，老潘的背影有点拖沓，潘冬子妈妈的背影则没有主见，丁德耀想象了一下蜘蛛人在半空中作业的画面，进了菜场。

潘冬子戴一顶雷锋式带护耳的棉帽，鼻孔一抽一抽，如同在泵两只肥厚的气泡。看见丁德耀过来，忙把鼻涕擦在袖口上，丁德耀装作没看见，天确实很冷，虽然门口挂了隔温的塑料垂帘，也是聊胜于无的摆设。

他很少有和潘冬子独处的机会，多数情况下，他妈妈会在一旁，更多情况下，是他妈妈一个人守摊，潘冬子在附近和小朋友玩——毕竟是小男孩，猴子屁股坐不住，需要奔跑和嬉闹——最少的情况是一家三口都在，平日里，进货由老潘负责，进完货送到菜场，还要做诸如敲冰块等保鲜工作，然后吸几口烟，再去当蜘蛛人。所以，丁德耀在菜场见到老潘的次数不多，但老潘知道有这样一个喜欢自己儿子经常照顾自家生意的中学老师，每次见面，总憨厚地打个招呼，递上一支烟。虽然是劣质烟，丁德耀还是会接过来，点上抽几口。

丁德耀看到有油带鱼，让潘冬子抓了四条，心想多买两条放冰箱里，油带鱼不常有的。

潘冬子说，我爸妈去码头进货了，丁叔叔下次可以多点海鲜，快过年了，要备年货了。

丁德耀说，我刚才在菜场门口碰到他们了。

他朝潘冬子的袖口看了眼，拉长的鼻涕像鱼鳞发出银光，男孩留意到他的眼神，按台秤的手指羞涩了一下："油带鱼煎着好吃，清蒸也好吃。"

丁德耀说，外面下冰粒了，今晚可能会下雪。

潘冬子说，真的么，我还没见过雪呢，那我早点收摊去看雪。

丁德耀说，我先去别的摊位转转，你帮我把带鱼剪一下。

说着，去别的摊位买萝卜豆腐和绿叶菜，潘家鱼摊是进出菜场的必经之地，等他绕完一圈，潘冬子已在收摊，见他返来，兴奋地说，丁叔叔，真的下雪了，我出门看过了。

丁德耀说，真的下雪啦，我也很多年没看见雪了。

潘冬子说，我出生的那个冬天我妈说很冷，给我起名冬子，可我连雪都没见过，还叫什么冬子。

丁德耀说，要是下一个晚上，雪就能积起来，望出去一片白皑皑，可漂亮了。

潘冬子说，要是真积起来，丁叔叔陪我堆雪人吧。

丁德耀说，怎么不让你爸爸陪你堆雪人呀？

潘冬子说，爸爸去码头进货，不知道什么时候回来呢，再说，我们关系好嘛。

我们关系好，这个理由好，丁德耀笑了，明天雪要是积起来，一早找你堆雪人。

潘冬子笑起来很像小游击队员潘冬子，说，谢谢丁叔叔。

下雪的消息很快成为电视台的热点新闻，晚餐时间，厨房里的油烟味尚未散尽，小餐桌旁的丁德耀吃着香煎油带鱼，卧室里的电视传出一句"市民喜迎十年以来的第一场春雪……"

他吐出一段鱼骨，捧着饭碗去阳台，张望之处，皆覆了一层灰白，回到餐桌坐下，对老婆说，看样子雪不会停，明早要是积厚了，我找冬子堆雪人去。

正用调羹舀麻婆豆腐的倪爱梅看了眼丈夫："真把冬子当儿子了？人家爸爸不会陪他？要你陪。"

丁德耀，冬子说我们关系好，我就答应他了。

倪爱梅说，让你看场电影半年都没空，倒有时间陪人家小孩堆雪人。

丁德耀说，早上堆雪人，下午请你看电影。

倪爱梅把一勺麻婆豆腐放进嘴里："这么不诚心，谁稀罕你的电影。"

次日早晨，丁德耀光着腿爬出被窝，跑到阳台瞥一眼，户外已是银装素裹，完全被雪笼罩，忙又跑回来，钻进被窝，被倪爱梅手肘一顶："要死，冰棍一根抱住我。"

他嬉皮笑脸道，你半夜撒完尿不也冰棍一根抱住我。

倪爱梅说，只有老公给老婆暖被子的，哪有反过来的。

丁德耀说，外面雪积起来了，我起床去堆雪人了。

倪爱梅说，这事倒记得牢，你爱去不去，我睡个回笼觉。

丁德耀说，也不单单去堆雪人，昨晚冬子爸妈去码头进海鲜，我去挑点好的，快过年了，该备年货了。

倪爱梅说，那你别只买海鲜，也买只鸡买只鸭，再买只蹄髈，总要把冰箱塞满。

丁德耀说，哟，老婆大手笔。

倪爱梅说，贫嘴，对了，下午看电影是真的假的。

丁德耀说，当然真的，大丈夫一言驷马难追。

倪爱梅说，还驷马难追，你这是瘸腿马吧，没结婚就说带我去新马泰，到今天还是空心汤团，你这骗子。

丁德耀说，明年是我们结婚十周年，保证带你去新马泰。

倪爱梅说，还记得结婚快十年了呀，不容易。

丁德耀说，我记得结婚前一年，就是认识你的那年冬天，下过一场雪，后来就再也没下过雪了。

倪爱梅说，那场雪挺大的。

翻了个身，开始睡回笼觉。

丁德耀起床，刷牙洗脸。十分钟后出了门，雪还在下，户外很冷，却没有室内想象的那么冷，小区空地有不少人，一看就是来赏雪的，有些撑伞，有些跟丁德耀一样，只是戴着羽绒服的附帽。绿化带旁有大人带着孩子在堆雪人，并且堆好了一个。社区里所有的小孩可能都出来了，他们应该都是第一次邂逅雪，也是第一次打雪仗，捏了雪块去砸小伙伴的同时，也顺便去砸那些凑热闹的狗猫，把它们吓得四处逃窜。

显然，这场久违的春雪被赋予了节日的意味。十年一遇的天象宛如月全食一样珍贵，丁德耀心想，整个城市应该陷入了狂欢。

从河边经过，靠近岸边的河面结冰了，把漂浮的垃圾封住，河中央有反光的薄冰，偶尔驶过的小船像犁剖开水面，将薄冰卷入河水。

过了桥，丁德耀买了两只香菇菜包，两只肉包，香菇馅是自己吃的，肉馅是带给潘冬子的。刚出炉的包子，放进嘴里皮已微凉，馅是热的，丁德耀咽得急，有点噎住。以至于碰到潘冬子的时候，还在打嗝。

撩开如同冰挂的塑料垂帘，蔬菜的草腥和鱼虾的臭腥令丁德耀皱了下眉，他手势僵硬，被掀动的垂帘击中了耳垂。

从菜场门口就可以望见潘家鱼摊，老潘一家三口都在，潘冬子和父母在一起理货，一边理一边朝门口方向张望，看见丁德耀出现，乐滋滋跑了过来，丁德耀忙摆手："不要跑，地上滑。"

话音刚落，小男孩被流淌的冰撂倒了，他立刻翻身起来，动作流畅，如同完成一个杂技。

丁德耀已走到跟前，把肉包递给他，潘冬子接住，往嘴里塞，丁德耀知道肉包已完全冷了，小男孩吃得很香，一边吃一边说，我早上吃过了，不过我又饿了。

丁德耀说，小孩子长，长身体，容，容易饿。

潘冬子笑了，丁叔叔打嗝了。

丁德耀说，是啊，吃包子吃快了。

在砸冰块的老潘直起腰来，丁老师这么客气，还买包子给冬子吃。

丁德耀说，看你们眼睛都是血丝，昨晚没怎么好好休息吧。

老潘说，这是春节前最后一艘远洋渔船，拿货的人很多，像抢一样，我们也是刚回到菜场。

说着拿出一包中华烟，递给丁德耀一支："为了拿点好货，买了两包高档烟，一包送掉了，这包还剩几支没发完。"

丁德耀接过烟，看看泡沫盒子里的海鲜，给我挑点吧，大黄鱼大明虾乌贼鱼都挑，挑一些，准备过年了。

潘冬子说，我来挑，给丁叔叔挑最好的。

丁德耀说，我再去买，买点别的，待会儿去堆雪人。

潘冬子妈妈说，丁老师要带冬子去堆雪人呀，比亲叔叔都好。

丁德耀说，冬子说他是第一次见到雪。

潘冬子妈妈说，我们老家倒是每年下雪，冬子生在这里，出生以后就没下过雪。

丁德耀说，是啊，十年没下过雪了。

潘冬子咽下最后一口包子："等我长大了，开个包子店，用鱼虾的肉做馅，肯定生意好。"

丁德耀看一眼潘冬子，觉得这孩子开悟早，会动脑筋，虽没读过书，长大未必没出息，很多大老板也是文盲，所谓的草莽英雄。

但他还是有点遗憾，要是能读点书，总是锦上添花的，可惜他说服不了潘冬子父母。

等他买完鸡鸭蹄髈，潘冬子已把鱼虾挑好，分别装在马甲袋里。他把钱付完，食材寄存在鱼摊，带着潘冬子出了菜场。

"绿化山"同样聚集了很多赏雪的人，雪地上踩满了脚印，打雪仗的小孩在追逐，成年人沿着被白雪遮蔽的草坪行走。

绿化山是俗称，学名刻在山脚下的铜牌上："固体废弃物封闭处理中心"，其实这是一座环保式垃圾处理站，只不过穿了个绿树成荫的外套。说是山，不过是个土丘，顺着石阶上去，三四分钟就到顶了。

我们上去堆雪人吧，丁德耀说，上面的雪应该厚一些。

潘冬子说，堆好雪人，我要回去守摊，让爸妈回家睡一会儿。

丁德耀说，进个货，怎么进了一个通宵？

潘冬子说，说是下雪了风大，渔船好不容易才靠上码头。

丁德耀说，你爸妈很辛苦。

潘冬子说，劳动人民哪有不辛苦的。

听到"劳动人民"四字，丁德耀一愣："你从哪儿听来的劳动人民？"

潘冬子说，我爸常说自己是劳动人民，等我再长大点，他们就不辛苦了。

丁德耀说，你还是应该去读书。

潘冬子说，丁叔叔，告诉你一个秘密，其实我很想读书的，但那样我爸妈就更辛苦了。

丁德耀说，你想读书我跟你爸妈去说呀。

潘冬子说，你别说，说了我也不承认。

丁德耀鼻子一酸，觉得要流鼻涕了，天气确实很冷，土丘顶上比地面更冷一些，一块平坦的雪地呈现在眼前，只有一个老头在打太极拳，很多树枝被雪压得直不起腰来了。

潘冬子说，丁叔叔你堆过雪人么，我不会堆。

"很容易，我来教你。"丁德耀蹲在雪地里，揭起一片雪，雪厚半寸，慢慢往前滚，说也奇怪，竟蛋卷般卷了起来，草坪露出一长条青黄，丁德耀把雪柱竖起来，摘去附在表面的草叶和细枝，潘冬子很兴奋："我也要卷一个。"

俯身学着丁德耀的手势，如法炮制了一个雪柱，也把草叶和细枝摘去，丁德耀说，你这个小一点，把它捏成圆的，当脑袋吧。

潘冬子又拍又捏，要把雪柱弄成圆球，却怎么也弄不圆，雪看似绵软，却很难塑形，稍一用力就僵住，接近冰的硬度，要用巧劲轻拍，不是猛捏。

不管怎么样，一刻钟后，雪人堆好了，样子并不美观，丁德耀脱下眼镜给它带上，让它叼了支烟，潘冬子取下带护耳的雷锋式棉帽，给它戴上。

丁德耀说，别脱帽子，着凉了头疼。

潘冬子说，让它戴一会儿，它戴着挺好。

雪还在下，越来越大，没有停的意思。潘冬子一激灵，连打两个喷嚏，两只手倔强地挂在身体两侧，而不是插进裤兜里，脸庞发皱，眼睛和鼻子也冻红了。

丁德耀把雷锋式棉帽取下来，戴在小男孩脑袋上："雪人堆完了，你可以回去守摊了。"

潘冬子说，要是有个照相机拍下来就好了，这是我堆的第一个雪人。

丁德耀说，叔叔倒是有个照相机，忘记带了。

潘冬子说，算了，我堆过雪人了，我用眼睛把它拍下来了，记在脑子里了。

丁德耀把眼镜取回，重新戴在鼻梁上，潘冬子回头注视，发现多了一个雪人，那个打太极拳的老头也变成雪人了。

潘冬子说，丁叔叔，雪好像变大了。

丁德耀说，我也发现了，我们回去吧。

石阶已看不出原有的大理石颜色，一格一格的轮廓消失了，变成了一个坡度。丁德耀眼镜和鼻子上沾满了雪片，潘冬子睫毛上也是雪花，眼睛快睁不开了。

丁德耀牵着小男孩，打太极拳的老头尾随在后面。

由于石阶不再明晰，视觉的作用已经不大，只能依靠脚的触感，所以往下走的速度很慢，好不容易来到"山脚"，发现马路上的人都消失了，鞋子踩下去刚提起来，鞋印就被大雪吃掉了。

有个老妇走不动了，像固定在座基上的雕像，想呼救却发不出声。丁德耀留意到小男孩在看自己，眼神里有点惊慌。

当他把潘冬子送回菜场，透明的塑料垂帘一撩就断了，他取回食材，提在两只手里，跟老潘夫妇匆匆道了声别，就往家里赶。

走到桥堍时，雪的厚度已没过了脚踝，丁德耀担心按这个速度，很快会齐到小腿，回到家时，膝盖说不定都拔不出来了。

走到桥中央朝河面看，一只过境的小船似乎被冻在了漫天大雪里。回望菜场那边，一间老旧的瓦房被积雪压斜了，突然匍匐到地上，扬起一团尘土。这场雪宛如积攒了十年的仇恨，要完成一次复仇。他也从迎接一场春雪的欢喜，变成了对雪灾的恐惧，他觉得有点对不起倪爱梅，心里说，老婆对不起，今天电影又看不成了。

他终于走进了小区，一棵老樟树歪在门洞之侧，肥厚的雪从树冠上塌下来，砸在他身上，散开的雪顺着羽绒服的附帽落到背上，他像水獭一样抖一抖身体，把雪抖掉了。

写于 2018 年 3 月 8 日

张惠雯 1978 年出生于中国河南。已出版短篇小说集《两次相遇》《一瞬的光线，色彩和阴影》《在南方》。为《联合早报》专栏作家。现居美国波士顿。

———————————————

参展小说
沉默的母亲

沉默的母亲 首发于《江南》2018年第5期

沉默的母亲

1. 沃 克 太 太

沃克太太病了。她像得了厌食症一样不怎么吃饭，却猛烈地、前所未有地胖起来。沃克先生带她去看医生。医生发现她的血糖高得惊人。"她必须控制饮食。"医生说。"可她根本不吃东西。"沃克先生说。医生看了一眼沃克太太，不以为然地耸耸肩，"她显然在吃东西。"他给她开了控制血糖的处方药，还有一套测量血糖的微型仪器，要求沃克太太早晚扎破手指检测血糖水平。可无论沃克先生怎么劝说、威胁，沃克太太就是不愿意这么做。沃克先生非常惊讶，因为这是她第一次违抗他的意志。

沃克先生忧心忡忡地吃完早餐，送长子上学。沃克太太站在厨房的窗前，目送他的车消失在路口拐角处。她长长舒了口气，然后跑去车库找她的东西。

沃克太太并不是美国人，她是土生土长的中国人，中文名字叫李霞。她二十七岁时才第一次到美国，也是第一次出国，也是第一次离开她所在的那个广西小城到别的地方生活。她一直不是个眼界宽广的人，她认识沃克先生是通过国际联姻网站。她在那个小城市的初中当英语老师，在几乎要变成大龄女青年、同时找合适男友看起来困难重重的情况下，她抱着试一试的态度上了联姻网站。她的运气不错，没有碰上骗子或装扮成适婚年龄男子的老头儿。

沃克先生正当壮年，四十出头，他是一个相当保守的不爱交际的人。他痛恨《欲望都市》培养出来的一代美国拜金女，明确地知道自己需要一个贤惠、顾家、爱生养孩子同时不爱慕虚荣的妻子。因此，他的情史非常清白，他不在约会上随便浪费精力和金钱。他人长得也不差，身材矮壮结实。他第一次去中国探望李霞，就当机立断她是最恰当的妻子人选。她其貌不扬，身材很瘦小，像是没有发育成熟的女孩儿。她说话细声细气、磕磕绊绊，说话时几乎不好意思直视对方，但在沃克先生眼里，她自有几乎不复存在的顺从、贤良的古典妻子的魅力。既然对方是美国人，李霞的父母也就不好意思拿中国父母嫁女的诸多要求为难对方了，所以事情进展很快也很顺利。在沃克先生的要求下，他们在中国匆匆举办了一个中式婚礼。沃克先生说，按照美国的习惯，婚宴的钱需由女方来出，男方只负责购买钻戒。李霞的家人听到这个美国习惯很震惊，但他们还是接受了。

还好，沃克先生一点儿也不穷，他有车有房，也不像一般的中国男人那样要求老婆既照顾家务又上班挣钱。沃克太太把这些新发现一一转告娘家，娘家非常欣慰。起初，她的日子挺不错。先生给她买了一辆二手车，还给她办了一张信用卡。她用这张卡买家用，也可以偶尔去卖折扣服装的平价商店给自己买件衣服。当然，她不能随便花钱，因为沃克先生每个月底会仔细核对银行账单，他需要清楚每一笔花销用在哪些地方。他倒没有什么特别要求，只需要她做好早餐、晚餐，把家里打扫干净。只是他不怎么爱说话，他的严肃令她心生敬畏。

但几个月后，她的悠闲生活结束了。沃克先生开始致力于他一直信仰的多生子嗣、创建美好大家庭的工作。"最少三个！"他说。于是，八年之中，瘦弱的沃克太太前后生了三个孩子，前两个是男孩儿，最后一个是女儿。最大的七岁，终于上小学了，她身边还留着一个三岁的男孩儿和一个七个月的女孩儿。沃克先生很骄傲地成了三个孩子的父亲。他带着一家大小去附近的公园散步，他和大男孩儿走在前面，沃克太太在后面牵着那个三岁多的小男孩儿，身上用兜巾挂着那个七个月的小女孩儿。偶尔遇到喜欢聊天的邻居，不善交际的沃克先生也会用郑重的腔调夸赞妻子：她的工作最重要，就是照顾我们这群小天使！

除了丈夫和孩子，她几乎没有什么人可交流。她也会带孩子们去附近的儿童游戏场地，在那里她遇到其他妈妈，有些是她的邻居。那些妈咪或者看起来挺摩登，或者有主见、很强悍的样子，她觉得自己和她们差得很远。而她们在尝试把她纳入邻里妈咪圈的最初努力后，也不怎么积极和她交往了，因为她看起来那么被动、怯懦，像一只容易受惊吓的麻雀，连她的发型、衣着都给人一种垂头丧气的感觉。对她们来说，她实在既无魅力也无亲和力可言。沃克太太不太为没有朋友这种事困扰，因为她真的忙不过来，每天不是在泵奶、做饭、哄睡，就是在陪孩子们玩儿，或者拖着两个孩子去买菜。她每天也花很多时间打扫被孩子们弄脏弄乱的房间，因为她丈夫对家里的卫生要求相当高。有一次，她没来得及把二儿子的玩具房收拾干净，他回家后看着满地乱扔的玩具皱眉不语。最后，他简短地扔下一句"真是脏乱得可怕！"走开了。她自责得要命，因为她再笨也能读懂他的意思：他既要上班挣钱养他们所有人，又要负责接送长子。而她，却连家里的卫生也打扫不好！

　　她来美国后一直没有回国。她一天也走不开，此外，身边总有一个小得不适合长途飞行的新生儿。二儿子出生后不久，她想让她母亲来半年帮忙照顾孩子。听到她这个提议，沃克先生露出难以置信的神情。在他看来，让其他人长期"入侵"他们的日常生活是不可想象的。就他自己而言，成年后的他，最多能和母亲在同一个屋檐下共同生活两个星期！而且他认为他母亲也同样如此。所以，每次她刚生完孩子从医院搬回家里，他会邀请他母亲来帮忙一周，仅仅一周！他也相信一周后，她的身体已经慢慢恢复，可以重新掌控自己的生活。"没有一个美国女人需要她们的母亲或婆母住在自己家里，帮助她们长期照料孩子！"他说，"很多家庭的孩子比我们还多。如果他们可以，为什么我们不能自己来呢？"真的，她没有看见周围的美国邻居家里住着帮忙照看孩子的老人，从来都是妈妈们亲自带着孩子们，不管是一个两个还是三个四个。对他的反驳，她无话可说。但她其实有其他的心思，她想让她妈妈到美国长住一段时间，她觉得这也是老人家的心思。但她不能说，因为她觉得丈夫不能接受。他也许会允许她母亲来住一个月，但对中国的老人来说，他们不容易理解为什么他们费尽千辛万苦办了半年的签证，却只能在女儿家待一个月。她也很难想象如果她的父母真的住在这里，会发生哪些生活上的尴尬，她丈夫会对哪些习惯无法接受甚至恼火，老人家怎么在和女婿、外孙完全没法交流的情况下住下去……所以，她想来想去，觉得也许他们不来倒是一件好事。

这样的失望不算什么。沃克太太是个柔顺的人，柔顺的人就像海绵一样反而更耐打击，她们无声无息地就把打击、失望吸收掉了。她只是累，每天都觉得累，在单调琐碎而又永无休止的家务和吵闹的孩子们中间晕头转向。当她一边急赤白脸地做晚饭，一边被闹着要她陪玩儿的儿子抱着双腿，同时，她的女婴又在餐桌旁的推车里哇哇哭叫起来时，几乎从不生气的她也会感到头脑轰鸣，一股气恼、激荡的情绪涨满她的胸腔，让她想大喊大叫。但这种强烈的烦躁情绪只是偶尔出现，她能把它压下去。有时，她会想到更深一层的问题。譬如，一个女人的生活是否本该这样，还是应该有别的乐趣或意义？别的女人的生活会不会轻松一点儿、自由一点儿，而不是像她一样在怀孕、生育、喂奶、带娃的循环中不停地劳作……触及到这样的问题绝不是她的本意。她决定不想这个，免得自寻烦恼。

但真正的烦恼来了。她父亲需要住院做胃部切除手术。既然她不能出力，理应多出钱。弟弟妹妹和她在电话里商定她出三万人民币，他们每人出两万。接下来，她需要向沃克先生开口要钱，但她发现难以启齿，因为她从未向他开口要过钱！这件事让她焦虑了好几天。终于有一天，在他帮助大儿子睡下、她也帮助二儿子和小女儿睡下以后，她在厨房里给他说了这件事。他很平静地听下去，同样平静地拒绝了。他说他从来没有听说过这种事——需要孩子凑钱为父母看病！他们以前应该为自己买医疗保险，他们至少应该做好自己的财务计划，存一笔钱用以支付自己的医疗费用。他说他们不能最后指望孩子们给他们凑钱，因为孩子们的钱需要用来养他们各自的家庭。再说，他也没有这么多现金给她用，二儿子很快要入托班了，那样的话，他每个月除了房贷、各种保险，以及越来越高的日用花费，还需要多出来将近两千的支出……她怔怔地看着他，他说话永远是那么有理有据、不容置疑。习惯性地，她没有争辩，因为一件事如果他决定了，她从来用不着争辩。

那天晚上，她失眠了，前所未有地失眠一整夜，伴随着默默流下的眼泪。她的生活的真相仿佛一瞬间在她面前揭开了，那就是：她没有自己的一分钱！而在这背后的更深层的真相是：在这个家里，她没有任何决定权，这里的什么都不属于她，她在这里的意义就是生养一个又一个孩子！她一夜之间变得心如死灰。沃克先生对此一无所知，因为他倒下五分钟之内就睡着了，毕竟，第二天他要一早起来先送大儿子去学校，然后赶去上班。

沃克太太发微信告诉她的弟弟妹妹，说沃克先生最近投资失败，暂时拿不出这么多钱。她的弟弟妹妹没法相信。他们从照片上见到过姐夫前有草坪后有花园的豪宅，知道姐夫开的车是凯迪拉克，他们没法相信他没有四千块钱的现金！他们的嘲讽、猜疑、催促加深了她的痛苦，让她无地自容。但她不能告诉他们，是她丈夫不愿意拿出这笔钱。那就意味着她向家里人公布了自己作为一个妻子的彻彻底底的失败。她一筹莫展，病了。

她仍然为沃克先生做早餐、晚餐，但她自己几乎不吃。如果他在家，她就食不下咽。她仍然怕他，但也开始厌烦他那副挑剔、郑重其事的模样。医生说得没错，她"显然在吃东西"，只是在丈夫走了以后才吃。她像只老鼠一样把去超市采购时顺便买来的各种廉价零食藏在车库里的那些空箱子里，然后在孩子们睡着或是看电视或是在楼上玩儿的任何时机里拿出来，像个得了吞咽强迫症的人一样贪婪地往嘴里塞着薯片、士力架、彩色软糖、奶油曲奇饼……

这个早晨，沃克先生已经走了，儿子和女儿还没有醒来，沃克太太给自己冲泡了两包巧克力粉，脸上带着迷醉而呆滞的神情，站在餐桌前迅速吃掉了一整包芝士饼干。她并不感到饥饿，只是，仿佛她内里有巨大的空虚需要什么东西来填充，而且她总想紧紧抓住点儿什么东西。她拆开另一包食物，几乎无意识地继续狂吃滥嚼。但在短暂的填充感之后，那空虚和无力感又滚滚而来、源源不绝、无法治愈……

2. 水族馆的一天

往往，从星期三我们就开始讨论周末带宝宝去哪儿的问题。当了父母以后，我们喜欢凡事提前计划，不像两个人的时候那样热衷于兴之所至。宝宝一岁多了，尽管她走得不太稳，而且通常对我们带她去的地方也没有表现出多大的兴趣，我们还是认定带她到处看看、把她的生活安排得丰富多彩是有益的。就算是浮光掠影，就算只是颜色的变化和别样的噪音，都会在她脑海里启发出某些东西吧。到了星期五，我们终于商定，星期六带她去新英格兰水族馆。

那是七月里炎热的一天。我们俩一早起就床准备，我负责收拾外出需带的所有必备物品、照看醒来的宝宝、喂奶，他负责准备早餐、洗餐具、把婴儿车搬到车上……要出门时，宝宝按照她出行前的惯例，拉了尿片里。我们俩合作给她洗了澡、换上新的尿片。虽然我们七点一刻左右就起床了，出门时仍然将近十点。阳光毒辣起来。像每一次那样，我们又失望了，因为在天气凉爽时出发的计划未能实现。

从我们家到水族馆是大约四十分钟的车程，星期天不容易找停车位，我们在附近兜了几圈，停在了一个离得较远的收费停车场。我给婴儿涂了防晒霜，我们推着她走了将近十分钟。到达水族馆售票处的时候，时间已经过了十一点。他看起来有点儿生气，因为时间太晚了，再过不多久又到了宝宝的午睡时间。我对他说，这不是我的错，从一早起来我就没有闲着，没耽误时间。他说他没有说这是我的错。那就不用为这种不可避免的事生气，我说。他不再说什么。但我知道，下一次，他还是会忍不住生气。他是个时间观念很强的男人，他生气的是自己无法控制时间这件事！

更让人颓丧的是售票处前排了那么长的队！这条队延伸到街边时就转一个弯往相反的方向再排下去。它一共转了三个弯……他预测至少要等半个小时才能买到票。在这期间，宝宝耐不住一直坐在晒热的小推车里，于是，我们商定，他排队买票，我带宝宝去周围随便活动。水族馆外面，有一角玻璃窗，透过玻璃可以看到游弋的鱼和海龟。我带宝宝去那边看鱼，她扶着玻璃慢慢走着，一开始很感兴趣，指指点点，但大概过了七八分钟，她就要离开。我只好抱她去附近的港口看船。接近正午，天气热得可怕。她戴着遮阳帽，看港湾里大大小小的船。我注意到我的胳膊变红了，才想到自己忘记涂抹防晒霜。但那个巨大的奶粉包被我放了小推车里，而小推车在他那里，而他被夹在长长的队伍里……我不想为了防晒霜再抱着孩子挤到队伍里去。我就这么毫无遮拦地在海边晒着阳光，一面好奇为什么孩子们不怕热。

　　我觉得时间差不多了，抱着宝宝走回售票处附近。她已经有点儿烦躁了。终于，他买到了票。我们三个随着浩浩荡荡的游览队伍挤进水族馆。我发现水族馆里很多和我们一样的人，领着孩子，推着童车。水族馆里的通道本来就不算宽敞，因为众多小推车，出现了拥堵。小推车在人群狭缝里东突西进，寻觅着路径，小推车和小推车之间也相互磕磕撞撞，但小推车的主人们、那些强打精神的父母相互谅解、相互宽慰。年轻的情侣们就不那么客气了，他们对到处堵路的小推车露出有点儿厌烦的神情，在小孩儿、童车和好脾气的父母们中间急切地挣扎出来。当他们冲出一条道路，他们脸上露出摆脱了我们的骄傲和轻松。我知道，我如今肯定被他们厌弃了，包括我这副凌乱的模样。曾经，我可比他们摩登多了。

　　宝宝坐在小推车里看不到那些在高高的玻璃后面发光的水族。所以，先是我抱着宝宝看鱼，他推着车跟在后面，然后我们交换任务。他努力尽着父亲的义务，抱着她凑近看各种生物，给她指着、讲解着。我发现我很难凑近去看任何东西，因为我推着一辆笨重的车子。我等在旁边，而我周围的人要凑近玻璃，他们一遍遍礼貌地对我说着"Excuse me"，我一遍遍重复着"Sorry"，然后把车子扭来扭去给他们让路。当然，还有一辆辆的小推车和我擦身而过，有的小车里躺着已经熟睡的孩子。

　　终于，我们挤到一个可以寄放小推车的地方，就在靠近透明升降梯那边。我们决定把小车留在那儿。我已经头昏脑涨，眼前不是黑压压的人群、昏暗的通道，就是在亮晶晶的玻璃后面被灯光映照的、梦幻般存在着的水族。它们的居所被装饰得很漂亮，五颜六色的石头、贝类，瑰丽奇特的珊瑚和水藻。它们毫无意义地在那么一小块地方游弋或干脆呆呆地不动。而我们还得去三楼，三楼有喂食海狮的节目，这意味着三楼是最拥挤的一层，因为所有的小朋友和小推车都往三楼涌。从二楼到三楼的过道却更加狭窄，在这个缓缓上升的、设计成海底隧道的通道两边是穿梭来往的鱼群，银白色的小鲨鱼、仿佛有羽翼的魔鬼鱼……这个通道还很长，因为它是呈螺旋状上升的。我们不断被他人冲散，难以并肩而行。因为宝宝不时要停下来看鱼，我就走在稍微前面一些，他抱着宝宝跟在后面。一开始，我总会找到某处刚好容下一个人的缝隙，然后站在那里等他们过来，我们总是在各自视线所及的距离内。但不知道什么时候起，我突然忘记了这个规则。似乎就是一念之差，我竟然忘了我要往哪儿去、和谁在一起，只顾着往前走，从可怕的、压迫着我的人流中冲出去……

我在人流的罅隙里穿梭，感觉自己突然灵活得像一尾鱼。我全神贯注于技术层面，即如何找到下一处空隙、突破人墙和车阵的防线。我带着某种优越感超越他们——那些踟蹰不前、进退两难的父母们，还有他们笨拙的、徒劳地四处挪腾的小推车。我的身体又像女孩儿们一样具有了某种灵动的、雀跃的能力。

就像从一个快乐而短暂的梦里猛然醒转一样，我醒悟过来，不禁出了一身冷汗。我发现自己已经越过那个椭圆形的、被人们层层包围起来的海狮池，来到三楼顶部靠近电梯口的地方了。难怪我周围突然安静了许多，因为没有几个家庭要乘电梯下楼，孩子们会要求原路返回，再好好观赏一次。我旁边的小玻璃窗里养着几匹寂寞的小海马，它们一动不动吸附在海藻上，像片古怪的橘黄色叶子。我听见海狮驯养员透过麦克风的兴奋的声音，还有孩子们的叫声和笑声。我努力瞅着，但看不到他和宝宝。我更紧张，汗也流得更多。但我确定最好的办法是原地不动，等他来找，因为人在相互寻找的过程中更容易错过。

我站在那儿，从旁边那块玻璃里看见自己模糊的影子——头发乱七八糟地束在脑后，穿着一件领口松了的 T 恤衫。当然，我没来得及化妆，这已经是常态。我想到如今每当我看到那些穿着样式性感的连衣裙翩翩而过的女孩儿，心里都会泛起隐约刺痛和羞惭。生育后，我几乎再没有穿过裙子，因为需要经常蹲下身抱起孩子或是从小推车里拿东西、从地上捡东西；更不用提我以前最喜欢穿的吊带长裙，宝宝会把吊带当成玩具不断拉下来，让你尴尬无比；我也不穿浅色的衣服了，孩子的鞋会在你衣服上留下醒目的印记……以往，每个周末，我和他会去餐馆，去电影院、剧院，我们会去喜欢的酒吧、咖啡馆或者去朋友家聚会，直到很晚才回家。我们过得快乐、自在，很少争吵，而现在我们几乎天天都有可以抱怨对方的理由。生活完全变了！这是我们早已预料到并且自以为有足够心理准备来应对的，但实际上它比我们预料的又复杂得多。每当他离开家去上班的时候，我能从他脸上看出那种放松下来的表情，他显得心情很好，像一只准备飞向自由的鸟。而我是留下来、没法片刻逃离琐碎日常的那一个。我就像玻璃罩子后面的海马，困在小小的天地里，游来游去、转来转去，仍然还在那里。我想回到过去那种生活吗？肯定的。但是现在有了一个小人儿，她注定会一直是我最爱的人。难题在这里：你爱的人和你不喜欢的生活绑在一起……

不知道又过了多久，我没等到他们来找我，决定自己去找他们。我朝海狮池挤过去，围着它绕了一整圈，仍然没看到他们。我只好沿着那条通往二楼的"海底隧道"往下走，逆着上升的人流，一边挤一边焦虑地扫视着一张张面孔：兴奋的、疲惫的、笑着的、愠怒的、白色的、黑色的、老去的、稚气的……我一直走到存放小推车的那地方，看见宝宝的小推车还在那儿，但我没有遇到他们。紧张、忧虑、疲惫让我想哭。我呆立在小推车旁，想到唯一的办法也许是去一楼，让水族馆的客服中心广播找人。正在犹豫的时候，我看到他朝我走过来。我激动地迎上前说："还好我在这儿……"但他气恼地打断我，质问我为什么没有停下来等他们，自己到处乱跑。他的脸涨得通红，宝宝在他怀里挣扎哭闹着。我赶紧接过宝宝，解释说我只是走得快了一点儿。但他不想听我的解释，说因为我到处乱跑，他抱着孩子上上下下找了两趟，宝宝也没能看成海狮表演。

我抱着孩子，他推着车子，我们什么心情也没有了，挤出水族馆。以前，他从不会这么粗暴地对待我。而我，脸上冷笑着，心里涌起对他的强烈的厌恶！走在路上，我们仍然在吵。

"你为什么不能动动脑子？"他继续抱怨。

"我是没有动脑子。我已经累晕了！"我说。

"我不累吗？我一直抱着宝宝，她后来要找你，又哭又叫，一直扭动，抱都抱不住。"他说。

我把到了嘴边的恶毒话咽了下去。

坐在车上，我们仍然在吵。

"我现在明白了。要彻彻底底了解一个男人，和他共同抚养一个孩子就够了！"我大声说，同时往宝宝嘴里塞着婴儿食品。

"你是什么意思？你可以去问问别的中国男人，看他们都做了什么。像我这样天天带孩子的男人有几个？"他忿忿地说。

……

吵完，我们一路上再也不和对方说话。

宝宝在车上睡着了，到家后我把她抱到床上，她依然睡着。我冲了凉，到厨房里喝一杯冰水。他也在厨房里，对我说："你累的话和宝宝一起睡会儿吧。"这可以看作是和解的信号。我没有看他，什么也没说，回到房间里，心力交瘁地躺在我们三个人一起睡的那张大床上。我觉得我已经不爱他了，对生活也充满了厌倦、失望。水族馆里的一天仿佛就是家庭生活的真相：嘈杂、烦乱、挤挤抗抗、磕磕碰碰、充满无意义的迎合他人的努力、被迫吞下去的抱怨、落空的愿望……其本质不过是妥协和忍受。

我翻过身，看着宝宝：那是熟睡着的、天使般的脸，那也是小手臂摊开的、天使般的毫无困扰的姿势。我凝视着那张幼小的脸，感受着它的纯净、美好和对我的绝对的信任，那仿佛是莫大的安慰，让我忍不住微笑。我知道我无论如何不可能抛下她，即使我能，我也无论如何不可能回到以往那种生活，因为所谓无忧的自由已经不复存在。我所能做的，只是继续爱、忍耐，以及等待。

3. 沉默的母亲

我收到大学的录取通知但还未离家的那段时间，父亲开始试着和我谈起我母亲。以前，我们都有意避开任何和她有关的话题。他大概觉得我还没有成熟到去面对那件事情的地步，而我也不想强迫他说有关她的事情。

家里任何地方都没有我母亲的照片，我的房间里只有我和姑姑、爸爸的照片。他们大概仔细地擦掉了每一点儿伤心往事的痕迹。但现在，我父亲不时拿出一盒盒的照片给我看。我们起初都有点儿不安，不知从何说起。慢慢地，我们开始习惯一边看照片，一边谈过去的一些事。

我看到年幼的我和她的合影，那么多照片！照片里，她用各种姿势抱着我：横抱在怀里的那种哺乳的姿势、扶着我坐在她双腿上、让我立起来站在她腿上……有些照片是在我还没有学会坐起来的时候拍摄的，我们躺在床上，她躺在那儿搂着我，或是让我趴在她身上。有一张照片，尤其让我印象深刻。照片里，我们俩面对面侧躺在床上，她穿着一条蓝裙子，我的脸朝她凑过去，我的婴儿的身体也朝她努力扭过去，好像要去亲她的鼻子，她笑着，闭上了眼睛。我还看到一些她自己的照片，是在我还没有来到世上的时候拍的。她那时也三十岁左右了吧，但看起来就像我的高中女同学。"你妈妈特别显年轻，她结婚后很久人家还以为她是个女学生呢。"父亲说。他这样说的时候，我想她当年的样子大概从他脑海里清晰浮现出来，从他的脸上，我能看到回忆带给他的那缕光。

"她很漂亮。"我由衷地说。

"当然。"他有点儿骄傲地回答。

在照片里，她总是笑着，看上去阳光灿烂。

"我们搬过两次家，有些照片找不到了。我不善于储藏东西，总是把过去的东西弄丢。"我父亲说。他是个温柔的男人。他平时很寡言，但和我在一起时，他会尽量多说话。尤其我小的时候，他假装活泼地和我玩一些活动量大的游戏，他还特地去学打网球。他觉得男孩儿不能粗野，但也不能柔弱。

"肯定是有些照片搬家的时候丢了。照片我记得很清楚，你们俩的照片都是我拍的。我平时就收在几个盒子里。"他说。

"这里已经有很多了。"我说。

"我在想，等你结了婚、有了孩子以后，我会挑一些照片出来让你收藏。"

"那是很久以后的事了。"我说。

"那倒是。"他说，笑了。

我们一起看照片，那上面一般都标有日期。日期终止在我五岁那年。五岁以后，是我姑姑照顾我。我父亲坚信一个孩子的世界里不能没有女人。所以，他煞费苦心地把我姑姑从中国办理过来。他一直没有再婚。他现在告诉我，在我很小的时候，我母亲有一天开玩笑似的对他说，如果她死了，她希望他在我十岁之前不要找别的女人。他怪她不应该说晦气的话。她说她可不希望我因为年幼而遭受继母的虐待……后来，他把这些闲谈当作自己的承诺来遵从。直到现在，他仍然是一个鳏夫。

"你妈妈非常爱你。"他说。每一次我们提起她，他都会说上这么一句。

我说我从这些照片里能看出来。

"真是这样。"他强调说，"我觉得是超出一般女人对孩子的爱。你睡着的时候，她经常看着你，表情里都是笑。她那个样子让我都有点儿吃惊。直到你五岁，你都是和我们睡，她不舍得让你单独睡一个房间。她怕你晚上蹬被子冻着，怕你醒了摸不到她会害怕……她特别喜欢亲你，就像西方人那样。"

他始终维护她，带着固执和柔情。我记忆里，他对我姑姑发脾气最厉害的一次是因为她表达了对"那个女人"的不满。

我母亲画画。但在我出生之后，她什么都不画了。她原先用来画画的那个房间改装成我的玩具房。她决定把其他都放下，全心照顾我。父亲说，她怀孕期间得了一场病，在床上躺了将近一个月。那时候她变得忐忑不安，害怕胎儿时期的我会落下什么病，她还告诉父亲，说她很害怕没有能力照顾我，她害怕她担负不了这么大的责任。但这场病后直到我出生，她一直很健康，心情也渐渐好了。他们谈论到我的性别，我母亲说她希望是个男孩儿。结果如她所愿，她生下了我。一切都很顺利，顺利得出乎意料。我父亲说。

根据父亲的描述，母亲从来不是那种家务事利索的主妇。这也可以理解，想想看，那是一双画画的手，是一副画家的心肠。我刚出生那段时间，她慌慌张张、手足无措。慢慢地，无论给我换尿片、洗澡、喂药，还是收拾被我弄脏的床铺，她也能处理得来，只是她从来不会像有些女人那样得心应手，她总是过于慌乱、紧张。不过，她坚持自己来，不愿意让国内的老人来帮忙，她认为孩子理应由妈妈亲自抚养。我没有断奶前的一年多里，一夜醒四次，她睡眠很不好。我父亲不止一次考虑在我断奶之后，把我送回国一年，让她好好休息调养，但她断然拒绝。她不愿意把我丢给任何别的人照顾。

"你小时候是个不太容易照顾的小孩儿，精力充沛，不爱睡觉。"我父亲说。

"还有多动症。"我补充说。这故事我听说过。

"那只是暂时性的。但主要还是我的问题，我没能好好帮她，她基本上是一个人在照顾你，她身体又不好。"他说。母亲那时候每一两个月几乎都会生一场病。

那段时间，我父亲工作非常忙，正面临职业上的一个关键转折点。他早上很早就离开家了，晚上差不多在我要入睡时才回来。他回家后吃过她给他留的晚饭，经常需要继续工作。后来，他追悔往事的时候，反复想的问题是：她一个人在家的那些漫长时间是怎么度过的？她都想了些什么？究竟是什么让她痛苦、烦躁不安？他后来想到当时的她一定非常孤独、无助，身边没有亲人……但在当时，他没有时间去了解她的问题，也没有想到要去了解。他当然看到她憔悴、疲惫不堪。偶尔，他回到家，注意到她有哭过的痕迹。她对他说她感到生活一下子变化太大，她还没有完全适应。他明白她的意思，以前她生活得像个无忧的少女，现在她需要当个无所不能的母亲，但他觉得这是每个女人必须经历的转变过程，她其实很少向他诉苦，因为他匆匆忙忙，也没有时间听。他也注意到她变得容易发火，容易哭泣，有时不愿说话，坐在一边发呆。但他仍然没有太在意，毕竟他还有那么多工作上的烦心事，有时他还会觉得她过于脆弱、计较，生活的适应能力不够强。他们开始为一些小事争吵，这在以前很少发生过。

"现在你可能不理解，但以后你也许会理解我的意思。你和一个女人恋爱时，通常爱的是她与众不同或者说不俗的地方。但等你和她结了婚，你们一起过日子，你反而会不满，觉得她为什么不能和别人一样。"

"我想我明白你的意思。婚姻是务实的。"我说。

他看看我，表情显得苦涩："每次想到我当时还和她吵架，我都没法原谅自己。"

我什么也没说。有关他的过错、他的忏悔，我并不想听。我只想听关于她的或是她和我之间的事。

"那时候，我们对心理疾病缺乏概念，根本不知道什么是Bipolar，或者Depression有多可怕。我感觉她可能有点儿产后不适应，又一直太过劳累。我们偶尔谈起这个问题，她只是觉得有时控制不住自己的脾气。我们都觉得你也慢慢长大了，很快就会上学，到时候一切就会好起来。"

"但是没有……也许她一个人在家的时间太久，我能想象那种封闭的、没有变化的生活，同时要一个人克服很多日常的困难。"

"对。她的身体越来越不好，这也是一个原因。"父亲说。

我注意到，我两三岁时的她的样子和我婴儿时期的她的样子，有相当大的差别。她变得面色苍黄，皮肤松垂。照片里的她仍然笑着，但笑容里有深深的倦态。在她想要展现出来的快乐自我和她真实的模样之间，有着明显的距离。她整个人显得迷茫、虚弱。

"后来我拿到了终身教职，那时候你也已经过了三岁。我和你母亲商量不久后就送你去幼儿园前一年的托班。我当时的感觉是最难的时候过去了，好日子要来了。你看我多蠢。"他说。

"你没发现她病得更重了？"我问。

"当时看不出，可能事业上的发展让我乐观得盲目了，忽略了某些重要的东西。但我也确实感觉到了异常，可我还是没有把它当成严重的疾病。我那时能早点儿下班回家，所以我们在一起的时间也多了。我发现她情绪会突然变坏，甚至会对你或是对自己吼叫。有时你做错了什么或是我做错了什么，她会气得浑身发抖，然后坐在一边哭。她非常爱你，但她控制不了自己的情绪。"

"我明白……这是病症。"我说。

"她经常显得沮丧，情绪不太稳定。但她从不对你动手，"他说，"在她最不能控制自己的时候，她会摇晃你的肩膀，一个劲儿地对你大声说着。如果我在旁边，我一定马上制止她。慢慢地，她会从那种类似歇斯底里的状态平静下来。你那时已经很乖很懂事，当你知道你激怒了母亲，你不反抗，也不辩解，你会安静地看着她，对她说你知道自己错了。"

我已经不记得这样的情景了。我想象着，想象着那个幼小的我，在暴怒的、摇晃着我的母亲面前。我想我应该不是像父亲说的那样"安静地"看着她，我大概是很害怕，怕得不敢开口争辩，同时害怕她离开我、不再爱我。但这种事应该不经常发生，因为我自己毫无印象。我父亲向我再三保证，说这种极端的情况仅仅发生过几次。他说他想了很久才决定坦诚地把所有这一切都告诉了我。我说我很感激他这么做。

"那阵脾气发过去之后，她就会因为伤害了你而后悔，她又会因为自责而哭得很厉害……"

"她只是没法控制自己。"我说。

"她非常爱你。这一点我不会骗你。"

"我能感觉到。"这是真的。仅仅从照片里，从她的眼睛里、姿态里，我都能感觉得到。

当母亲的精神状况和身体状况都明显不太好时，用我父亲自己的话说，他又做了一个错误的决定。他认为她应该回国休养一段，暂时离开我。她不愿意，但他们俩讨论很久之后，他让她相信情绪失控的她有可能伤害我，所以这样做对我是有好处的。于是她接受了。我被送去上幼儿园前一年的托班，父亲接送我，奶奶在家做饭、

465

照顾家务。他们商定的母亲的休养期限是半年。

"一切都没有迹象。"我父亲说。

他们俩每两三天打一次电话。起初，他明显感到她的心情好了一点儿。在电话里，她也曾亲口告诉他，感觉自己身体和心情都好多了。

"她很想你，这是她每次电话结束时对我说的话。我们打电话，其实大部分时间都在说你。她什么都想知道，你在学校做了什么，奶奶给你做的什么晚饭，你晚上睡着了会不会做梦……我们都觉得最好不要让你频繁地和她通话，怕你听到妈妈的声音会伤心。"

他说这些的时候，我正在看那张照片——我和她的最后一张合影，照片是在她回中国之前，在我们当时住的房子的后院拍的。她蹲下身子，左手臂紧紧揽着我，我挨在她身边傻傻笑着。她笑得很淡，看起来甚至有点儿神秘。

一个多月之后，她就走了。根据她和父亲之前的通话，她曾去过几个地方旅游，说都是她以前想要去但没时间去的地方。她还去了北京一个画家村看望她的一位女友。父亲鼓励她在那边住一段时间，和其他画家交流交流，她还笑说在家待得懒了，不想画了。最后，她去看望了一位年迈的姑妈。无论到哪个地方，她都会给我买东西，有时候是一个草编的小虫，有时候是一盒泥人儿，还有小扇子、木葫芦和手织毛衣……她还给我画了好多幅小画，用铅笔画在白色 A4 纸上，各种我喜欢的动物、小车……

像我父亲说的，一切都没有迹象，也没有前兆。他们最后一次打电话时，她仍然像平常一样说话，什么也没有交代。两天后的一个夜里，她从自己住的公寓走出来，走进附近的一条河里面。她选择自杀的时间是午夜，这足以证明她要离开的决绝。

"我告诉你这些，是觉得你长大了，理应知道关于你母亲的、过去的一些事。但我不希望你有疑虑，觉得你母亲的死和你有任何关系。"

"我从来没有这么想过。"我说。

"那就好。你知道那只是一种病。躁郁症、抑郁症，类似这样的心理疾病。但我们当时都忽视了。这是我的错。"他说。

"别这么说。"我安慰他说。

"她最不愿意伤害的人就是你。"过了一会儿，他又说，取下眼镜擦拭镜片。

我想说什么，但没说出口。我想说的是无论如何，我还是受了伤害，但我知道伤害我的不是她，我甚至都不知道伤害我的是谁。我想对他说一件事，就是大概在我上小学的时候，每当校车到达一个地方、一个小孩儿下车冲一个女人奔过去，嘴里喊着"妈妈"，我都被这声音深深刺痛。我知道我没有机会喊着这个名字、朝她跑过去、被她抱住，就像我很小时候那样。我被剥夺了这样的权利，整整一生。那时，我幻想着当校车把我送到我家所在的那个路口，我会突然发现等在那里的是我的妈妈，而不是姑姑。幻想得太强烈，以至于我经常觉得它会真的实现……我忘了这幻想是从什么时候开始淡去、被我放弃的。一个小孩儿也会绝望的。

我看着她，照片上的我的母亲。她的样子和别的影像重叠起来。父亲不知道那些丢失的老照片是被我拿走的，其实，我早已熟悉她。在某些夜晚，当我确认他和姑姑都已经熟睡的时候，我才会拧开床头那盏睡眠灯，在接近黑暗的光线里看她的照片。我看着她，我的沉默的母亲，只有我和她。她爱我，这一点我从未怀疑。我也爱她，尽管我永远无法理解她。我们无从知道她那幽暗的内心世界里究竟发生过什么，而她最终选择了沉默，选择把那扇门永远地向我们关闭。

2018 - 06 - 25 于波士顿

张翎 浙江温州人。著有长篇小说《劳燕》《余震》《金山》，曾获台湾时报开卷好书奖，香港红楼梦世界华文长篇小说专家推荐奖。小说《余震》《空巢》被改编为电影。现居加拿大多伦多。

参展小说
胭脂

胭脂 首发于《十月》2018年第4期

胭　脂

没有哪个夜晚比一个发生火灾的夜晚更加黑暗。没有
人比一个在吼叫的人群中奔跑的人更加孤单。

——卡尔维诺《国王在听》

上篇：穷画家和阔小姐的故事

最初我看见的只是一抹粉红，很小，很淡，像是清洗狼毫时不
小心溅出来的一滴水。我想揪过一个袖角来洇那滴水，可纸是生宣，
水跑得比我的手快，转眼间一滴已经衍成了一团，一团又衍成了
一片。

白费了，一张纸。我想说。可是两爿嘴唇黏得很紧，话找不到
一条逃生的路。物价飞涨，家里寄的钱永远还走在路上，米贵，油
贵，颜料墨条纸笔，万物都金贵，我只是舍不得那张新纸。

那片粉红的水迹很快漫过了整张纸，漫到了桌子上，漫上了墙
壁。再后来，连窗玻璃和天花板都有了颜色。颜色是从什么时候开
始变的呢？我没留意，还没来得及。颜色像花一样开出了许多瓣儿，

从粉红到洋红到桃红到石榴红到玫瑰红到杏红到酒红到朱红到艳红到深红到紫红……我知道世界上有很多种红,有的红沾了花卉的名字,理直气壮,跋扈张扬;有的红跌落在一种花和另一种花之间的缝隙里,没有名字,也没有名分。

每一样红,都应该有一个名字的。我想。

那片红越变越深,到最后,就变成了阿娘嘴唇的颜色。那是我最后一次见到阿娘。阿娘在那张有顶篷的雕花木床上躺得太久了,从我记事起,阿娘似乎就从来没起过床,阿娘的身子已经在褥子上长出了根须。只是那天阿娘的躺姿有些古怪,身上的骨头仿佛都变成了铁丝,翘起的双足将杏黄色的缎被子戳出两只硬角。那天阿娘的嘴唇很红,红到发紫,后来我才知道那是没擦干净的血迹。阿娘的血在肺里待腻了,一心想逃出来见见生天。

有一只黄蜂爬进了我的耳朵。不,不是一只,是一群,那些嘤嘤嗡嗡的声响,是许多对翅膀在撞击。后来,那些癫狂的翅膀大概扇得疲软了,渐渐安静下来,我才听见了一阵模模糊糊的说话声。

"这,是谁?……抖成这样……没人,陪?"我迷迷糊糊地听见一个声音在问。

那声音也有颜色,感觉也是红的,只是说不准确是什么红,似乎比粉红浓烈些,又比桃红老成些。

"美专……日本人……学校内迁……没走成……"一个苍白的声音回答道。

"伤寒……半个月了……家里没人……医院不晓得,哪里寄账单……"另一个同样苍白的声音说。

我突然醒悟过来,他们在谈论我。

家里，没人？

我很想坐起来，愤怒地咆哮一声："怎么可能？"可是我指挥不了那堆包裹在皮（从前是肉）里的筋骨，甚至连挪动一下也不能。我觉得我的背我的腰我的臀已经在床铺上生出了根须，正如当年的阿娘。

我只是没了爹娘而已，我还有一大家子人，在老家。我爷爷娶了三房妻妾，我有三个伯父、五个叔叔、七个姑妈。我的堂亲戚聚齐了吃酒席，十张大圆桌都嫌挤。

可是，他们现在在哪里，那些伯伯嬷嬷叔叔婶婶姑姑姑父堂兄堂弟堂姐堂妹堂侄堂侄女？他们在路上，就像那些早该汇到的生活费一样。他们只能在路上，他们永远不会抵达，因为他们没法见我。他们见了我的面，就不得不解释那些改了名的地契、易了主的房产。

阿爹是在阿娘走后的第二年死的，头天喝了酒，躺下去睡觉就再没醒来。医生说阿爹是死于心脏病，我知道阿爹是死于失望，为阿娘没生下另外一个儿子，也为我不肯守在家里帮衬他的茶叶生意。我原先是想县中毕业后回到乡里的，我自小在茶园长大，喜欢茶园的清静——假若我没有遇见那位教美术的范先生。范先生说我书读得好，画画得更好。范先生说我的眼睛就是为画而生的，我若回了乡下，我就辜负了上苍给我的这双眼睛。范先生说上苍是吝啬的，千万个人里，也只能找到一双这样的眼睛。

范先生的话叫我的脚改了路。县中毕业后我没回乡，而是报考了上海美专。阿爹从此就没给过我笑脸。

阿爹死后，阿伯阿叔就把我家名下的茶园和生意给分了，说是抵阿爹生前借下的债——那都是些死无对证的事。我是阿爹的一根独苗，没人肯站出来替我说句公道话，谁也犯不着为一个远在他乡的学生娃，得罪一群抬头不见低头见的乡亲。

"哦，是画家，怪可怜的。"我听见了一声暖色的叹息。在没有想好究竟是什么红之前，我只能含糊地把那个声音归在暖色谱里。

我不知道这句话是什么意思。是画家可怜？还是生病无人照看可怜？还是生病无人照看的画家可怜？我很想问一问，可是我张不开嘴。嘴唇也生出了根须，在牙龈上。

这时我感觉有一片冰凉的东西，轻轻地落在了我的额头上。我听见了嗞嗞的响声，那是我的额头在化着冰。

我终于睁开了眼睛。我最先看见的不是那张脸——脸那时还掩藏在一帘头发之下，我看见的是一件红色的呢子大衣。我这才明白，先前那团漫无边际的红并不是梦，也不是幻觉，而是那件大衣在视网膜上压下的朦胧印记。或者说，是眼皮在空气中感受到的细微重量。

胭脂。

我一下子想起了这种红的确切名字。

"黄仁宽，你醒了？"

我床前的那个女子抬起头来，从一帘浓密的短发中露出一双眼睛。当然，她露出来的并不只是一双眼睛，但在我的记忆中，我对她的整体印象在看到那双眼睛时便已彻底完成。在我的审美学词典里，脸上的其他器官只具备生物学意义，它们不过是眼睛无关紧要的铺垫和补充。这也是为什么我的写生课老师总是奇怪，我的人物除了眼睛之外，一概面容模糊。

"你怎么，知道，我，名字？"

过了一会儿，我才醒悟过来，那是我的声音。我已经记不得上一次开口说话是什么时候的事，我只闻见了舌头在口腔里闷久了散发出来的酸腐气味。

我是怎么一下子挣断了嘴唇和牙龈之间那些越长越粗的根须的？我知道是她的眼睛。她的眼睛是一匹超大马力的发动机，能叫死人从棺材里站起来跳舞。

那是一双什么样的眼睛啊？眼白荡漾着一抹浅蓝，带着一丝不谙世事的惊讶和好奇，硕大的眼珠游走在那汪浅蓝之中，像裸露在海面上的两座幽黑岛屿。我从海水和岛屿之中看见了我这辈子没在任何女人眼中发现过的东西。

她抽回那只搭在我额头的手，指了指我床头的那块牌子："你的名字，写在那里。"

"我，要，死了。"我嚅嚅地说。

她没听清我的话，她是从我翕动的唇形和表情上猜出了我的意思的。

"谁说的？"她的两条眉毛走动起来，眉心蹙成一个柔软的结子。

"黑暗，加深……"我说了半句，就无力地停了下来。

她以为我在说胡话，就掀起窗帘的一角，指给我看窗外那轮挂在光秃秃的树枝上的太阳。太阳没有多少热气，但依旧给树身和对面的屋顶涂上了一层稀薄的白光。

"嬷嬷，刚才，来唱过……"我说。

我说的是那首《黑暗加深》（*Darkness deepens*）的圣诗。我上县中时认识了一位瑞典传教士，跟着他去医院探访过病人，他告诉我这首歌是唱给临终之人的安魂曲。所以，当我从医院的嬷嬷口里听到这个旋律时，我就知道我已经踩到从白天进入长夜的那道门槛上了。

我不指望她懂，可是她竟然懂了。后来我才知道，她上过教会学校，她会的圣诗远比我多。

她眼里那汪浅蓝色的海水颤了一颤，流溢出来，滴落到脸颊上。

"我怕，一个人，上路……"我的牙齿相互碰撞起来，发出格格的声响。

她伸出手来，捏住我裸露在被褥之外的那只手。我手上的骨头尖利如刀，她被割伤了，疼得嘶了一声。

"我陪你。"她说。

她说这话的时候，眼睛没看着我，是不敢，也是不忍。

我以为那只是一句虚浮的安慰——恻隐是一根断头的线，甩出去很容易，收回来却很难。

没想到第二天她果真来了。第三天也是。以后天天如此。

后来我才知道：那阵子她正为一个大决断而踌躇不决，所以才有空闲。她是到医院探望一位生病的朋友的，谁知拐错了一条过道，走进了另一间病房，就遇见了我。生命在拐弯之处猝不及防地撞到了一桩意外，或者说，一场灾祸。

遇到黄仁宽的时候，我正闲得发慌。我是师范学校音乐系的学生，那阵子上海的学校不是内迁，就是停课。爸爸不许我跟学校走，爸爸另有打算。爸爸在英国人的银行里做襄理，认识上海码头上三六九等人马。他给我介绍认识了一位外交官的侄子，两边家里都在动用关系安排子女去相对安全的美国留学。在这个兵荒马乱的年代，找个好人家，远离战乱之地，是所有有身份的人家给女儿设想的理想之路，我父母也不例外。

这段空闲时间其实并不真的空闲，爸爸早给我安排了计划。爸爸邀请了乔治——那个有可能成为我未婚夫的男人——到家里参加每周五的餐会。来赴我们家餐会的人大致分成两类：有钱，或者有才。爸爸总是天真地以为这两类人可以像糖浆一样捏合成一个糖人，再不济，至少可以在这两类人中间营造某种触手可及的联结。所以爸爸的餐会上经常会出现某位驻外使节的家眷、永安百货公司的老板、几个从东北逃亡到上海的教授、某位有影响力的犹太商贾、某一对流落到上海的白俄音乐家母女毗邻而坐的怪异场景。

爸爸安排乔治来家里聚会，是想让我有机会在人多的场合近距离地观察乔治的处世为人。爸爸常说，要揭开一个人的画皮露出他的本真，就得看他如何对待旁不相干的人。"贝贝，你若看对了眼，就可以多找机会私下和他约会。"爸爸这样叮嘱我。当时无论是爸爸还是我自己都没想到：爸爸的话会给我后来的行动制造了如此方便的借口。每一次我出来陪黄仁宽，爸爸都以为我在和乔治约会。当然，我从来也没试图纠正过爸爸的误会。等到爸爸发现我既没想嫁给乔治，也没有打算出国留学时，一切都已为时过晚。

爸爸的计划是一块大幕布，那后边悄悄掩藏着的，是我的小计划。我是想离开上海，但不是去美国，更不是和乔治。我早已厌倦了音乐课程。不是钢琴的错，也不是乐谱的错，更不是老师的错。错的是环境。在焦土之上弹琴，连肖邦也会感觉怪异，或者说耻辱。我想和几位同学一起动身去重庆，当然是瞒着家里。我们想去报考迁移到歌乐山下的上海医学院。我从小喜欢玩治病救人的小把戏，至今我还记得拿到爸爸给我买的第一个洋娃娃后，我没有像别的女孩子那样给娃娃梳头换衣，而是立刻给它施行了开膛手术。我非常震惊地发现，那个被我用小刀割开的肚腹里，并没有我在看杀鸡时发现的心肺和肠胃，而是一团无色无味的刨花。一个不愿在乱世里苟活的女子，即使舍身舍命也不见得救得了国，但至少可以试着救几条性命。

可是最终我哪儿也没去。我走了一条让所有的人，包括我自己在内，都瞠目结舌的路：我成了一个寂寂无名的穷画家的女人。

那天我走错病房，走进了黄仁宽的房间。我第一眼就看见了他，哦，不，是看见了他的床铺。他的大半张脸都埋在被子里，只露出了一只瘦骨嶙峋的手。我之所以留意到他的床铺，是因为我看见他的被子在簌簌颤动，好像底下藏着一窝受了惊吓的兔子。邻床的人告诉我，他在打摆子，已经好多天，医生说怕是没治了。

我决定留下来陪他，纯粹是出于怜悯，至少在最初那个阶段。我读教会中学的时候，有一位叫嘉德琳的嬷嬷曾经说过：世上最悲惨的境遇，莫过于一个人孤零零地死去。在世时的任何一种孤单，都无法和灵魂独自上路相比。嘉德琳嬷嬷是个严肃刻板的人，她最拿手的本事，是动不动把上帝掏出来吓唬人。在她嘴里，上帝是能烧化四十座大山的硫磺火湖，是长着三百六十只獠牙的猛兽，是生有九千九百九十九根毒刺的黄蜂。上帝的眼睛能看见任何歹念，当歹念还没有怀胎成型的时候；上帝能觉察一切的恶行，哪怕恶行还只是九分之一个细胞大小。上帝的震怒和复仇之间相隔的，只是翻动一页书的时间。嘉德琳嬷嬷的旧约圣经课，常常会把胆小的女孩子吓哭。嘉德琳嬷嬷在世一天，我们都不用害怕下地狱，因为我们已经在地狱。可是嘉德琳嬷嬷吓不倒我，我是班级里唯一的那个例外。我觉得我是上帝打盹的时候悄悄出世的那个顽童，上帝的名册里找不到我的名字。嘉德琳嬷嬷说了这么多话，我居多是一只耳朵进一只耳朵出，却唯独记住了灵魂害怕独自上路。

所以我决定陪黄仁宽，一直到最后一程。

可是他用不着——他竟然活下来了。等到我替他结了医药费，叫了一辆黄包车把他送回到他的栖身之处时，我已经陪了他十六天，陪伴在不知不觉间衍化成为了一种习惯。

他住在一个菜市场尽头的亭子间里，楼梯踩上去的声响就像一脚踩着了九十九只饥饿的老鼠。在屋里蒙着被子都能听见屋外菜贩子的叫卖声，窗关得再严，也闻得到街上飘进来的臭鱼味。

我们进了屋，打开窗帘，阳光轰的一声在墙上炸开一条白带，灰尘在白带中扬着闪闪烁烁的银粉。饭桌上放着一个盖子没捂严实的小锅，掀开来，里边是一层长了绿毛的稀饭，一只蟑螂正在绿毛之间的空隙里来回游走。

我扶着他在屋里唯一的一张椅子上坐下，他把身子往里挪了一挪，躲避着照在额头上的阳光，仿佛不堪重荷。他骨瘦如柴，脸看上去像是一个磨得几乎透明、破了几个大洞的皮口袋。

我问他哪里能弄到水洗一洗锅子。他扬了扬手，叫我走。"你管不过来。"他说。

我犹豫了一下，不知如何是好。他囊中空无一物，假如我把他一个人扔在这里，他那条刚从伤寒手里捡回来的命，大概不出三天，就会交还给饥饿。可是我怎么管得了他呢？我该从哪里下手？是从那条破得露出了棉絮的被子？还是那张折了一条腿、用砖头垫平的床？还是那个底盘上结了一层龟裂的厚痂的颜料盘子？抑或是那口不仅是肠胃，连眼睛和手挨近了都想呕吐的锅？我不知从哪里下手啊，我的手不够，心也不够。仗打了好几年了，大上海哪一家没有难事？我不是上帝，我救不了每一个不幸的人。

但我也不忍心决绝地离开。我会把兜里剩下的钱都放到他的枕头底下，然后回家，吩咐用人每天给他送点吃食，一直到他可以走动为止。

就在我抬脚想走的时候，我发现了屋角的画架上摆着的一幅水彩画。那幅画才画了一半，哦不，"一半"是一种夸张说法，其实画布上只有一双眼睛和一帘飘扬着的头发，脸颊和颈脖是眼睛和头发在空间布局上所带来的联想。我站在那幅画跟前，突然觉出了脚的重量，我无法行走——我从那双眼睛里猝然看见了上帝，当然不是嘉德琳嬷嬷的那个版本。

什么样的灵魂，才能创造出这样一双眼睛？即使是高倍显微镜，也不能在这双眼睛里找到一丝杂质。

我是从那双眼睛里对他生出了第一丝好奇的。怜悯在那一刻发了酵，衍变成了另外一种我当时还说不清楚的情绪。无独有偶，后来他告诉我，他也是从一双眼睛里，跌了一个万劫不复的深渊的。

我们说的不是同一双眼睛。

从那天起，我开始了前所未有的双重生活。我的上唇和下唇说的是两个意思的话，我的左脚和右脚走的是两个方向的路。每周五的餐会上，我一如既往腰身笔直地坐在钢琴前，用手指给家里如云的宾客演绎着神奇的戏法，在肖邦李斯特斯特劳斯乐曲的间隙里，端着鸡尾酒若无其事地和乔治聊天。我们聊时局、聊报纸上连载的那些小说、聊张爱玲聊苏青、聊新上演的电影和京戏、聊陷落在北平城里的熟人。我只是小心翼翼地绕开了绘画这个话题。在见过黄仁宽的画之后，我觉得和任何人谈画都是一种亵渎。我还会当着爸爸的面，和乔治相约看戏看电影，或是参加基督教青年会的活动。那当然不是真的，我总会在最后一刻找个方便的借口临时取消，或者去了之后待上一两刻钟就借身体不适为由提前离开，然后到黄仁宽那里过上整整一天。

我无师自通地学会了随口编出一套套其实经不起仔细推敲的谎言，脸不改色心不跳地应对着父母猝不及防的问题，镇静自若地从爸爸的公文包、妈妈的绣花手袋甚至用人买菜的小布包里掏走各种票额的钱币。我发觉我在淑女和街妇的角色之间穿梭自如，毫无生手的无措和惊恐，好像我生来就是一条变色龙。面对父母谈到乔治时那种谨慎却欣喜的眼神，我也没有感觉到丝毫的愧疚。那阵子我一下子体会到了堕落是一件多么容易又多么让人心驰神往的事。嘉德琳嬷嬷描述过许多关于地狱的场景，却几乎没怎么讲过天堂。我对天堂的认知，完全来自天然的感悟——我在那个冬季通透澄澈地领悟了天堂是什么样子。

黄仁宽的亭子间里出现了新的窗帘，其实我只是想消灭灰尘，才一并消灭了旧窗帘的。被褥也同此理。我因为不知道如何缝补那些裂开的边缝破开的口子，才一气置换了被褥的。我从厨子那里恶补炖鸡汤蒸蛋羹煮挂面的本领。我那几样临时抱佛脚学来的招数，竟意想不到地在黄仁宽的身上引发了即刻效应。每一天我推门看见他，都会发现他的面颊上有了前一天还不曾见过的新肉，眼中生出了昨日还没有的光亮，声音里窜出了陌生的骨头。

　　每一次黄仁宽看见我大包小包地进来，总是手足无措地搓着两只手，嗫嚅地说："我的画，能卖大钱的，总有一天。你得信我。"我就笑，说："你用的不是我的钱，是我爸的。我爸的钱整天大把大把地糟践在一群傻子骗子身上，不如我拿来支持艺术。"他半天不说话，只是把捏在一起的两只手松开来，张成一个半圆形，那似乎是一个关于拥抱的暗示。我身上的每一个细胞唰地一下都醒了，齐齐地竖起了一片树林，树林里的每一片叶子都在呼喊着愿意。可是他却突然退后了一步，重新捏拢了双手。

　　"胭脂，哦，胭脂。"他垂下了眼睑，喃喃地说。

　　他就是这样一个谦谦君子。但我希望他不是。我更愿意他是一个江洋盗匪，左手举着一把大刀，右手捏着一支画笔。无论是左手还是右手，我都毫无抵御之力，顷刻化成一摊稀泥。

　　我不知道他为什么喊我胭脂。我有许多个名字和称呼，哪个也和胭脂沾不上一点边。我出生证上的名字是吴若男，上教会学校时，按校规起了个英文名字叫伊莎朵拉——沾的是美国那个现代舞偶像伊莎多拉·邓肯的时髦。上师专时我自作主张把名字改为了吴若雅，因为我厌烦原名里过于明显的性别指意。在家里，带我长大的奶妈叫我囡囡，其他的下人喊我大小姐。父母的客人大多以吴小姐相称，而爸爸妈妈则管我叫贝贝——那是英文里 baby 的音译。从对我的称呼上，你基本可以判断那人是在什么阶段进入我的生活、在我的生活中占有什么地位。

　　可是黄仁宽却一手抹去了在他之前我所有的历史，只是管我叫胭脂。我问他为什么是胭脂，而不是花粉，或者香水？他说是因为那天在医院里他睁开眼睛时看见我穿的那件大衣。他说完了，又顿了一顿，说也不全是那个原因，只是觉得你像这个名字。哦不，这个名字像你。

我用一系列语气助词鲜明地表达了我的抗议，我说我不喜欢这个名字里的脂粉气。他很深地看了我一眼，说这个胭脂，不是抹在脸上的那玩意儿，而是长在土地上的一种植物。

出院后，黄仁宽没有赶去金华——那是他学校内迁之后的新址。他的理由是调养身体，而我知道那不是唯一的理由，其实他也是交不起学费。我每天带进那个亭子间里的大包小包，已经把他的自尊碾压成了一张稀薄的绵纸，学费将是压穿那张绵纸的最后一块石子，所以我没有坚持。

而且，假如我没有猜错，他也是舍不得我。

他刚刚能够起床走动，就开始画画。他的画有两种，一种是画给我看的，一种是背着我画的。我是从早上进门时发现桌上尚还湿润的颜料盘以及匆匆卷起的宣纸上发现了蛛丝马迹的，我开始怀疑他的画笔是否和我一样，也在过着阴阳两重生活。于是有一天我问他是不是在背着我画春宫。那本是一句玩笑，没想到他一下子怔住了，过了半晌，才叹了一口气，说以后，以后你会晓得的。

那些画给我看的画里，我是当然的主角，因为我是他唯一的模特。我暗笑自己到底也没逃脱那个艺术家和模特儿之间似乎不可挣脱的命运锁链。世上几乎每一个画家，都拥有一个模特情妇，只不过时段不同而已。有的女人是在成为模特之前就已成为情妇的，而有的则是同时并行的，也有的是在事后。而我在成为他的模特和他的女人之间，却相隔了好几个月的时间。我之所以选择了"女人"这个词，是因为我不是他的妻子，至少不是在民国婚姻登记册上记

录在案的那一种。而我也不是他的情妇，那个词让我的每一个毛孔
都愤怒。可是除非我改写辞典，我无法在妻子和情妇中间找到一个
合宜的词，所以我只能模糊地把自己称作他的"女人。"

做他的模特很容易。他从不要求我宽衣解带，甚至连领口都不
需松开。他也不需要我摆弄任何扭捏作态的姿势，他还允许我随时
挪动身子，甚至在小范围内来回走动。他对我的唯一要求是我必须
看着他——这也是他唯一敢直视我的时刻。只要他的眼睛和我的一
发生碰撞，我就能在他眼中看见火星子，好像我是引火纸，他是灯
芯。可是那火从来也没有失控过，他眼睛后头似乎有一只看不见的
手，在小心翼翼地把控着油灯的拨头，那火星子总也不会蔓延成可
以毁灭一切的大火。我知道真正能让那火奋不顾身地燃烧起来的，
只能是我。我可以把我的手捅进他的眼睛后头，扒开他那只手，用
我的指头彻底拨亮那把火。我在时时刻刻积攒着勇气。那时我以为
让他如此克制的原因，是两边家境的差别。后来我才知道，跟那个
真正的原因相比，那些横亘在我们之间的所谓差别，不过是皮毛
渣滓。

他之所以允许我随意走动，是因为他根本不在意体态和姿势。
他的每一幅画，花在眼睛上的时间都多得不成比例。在完成眼睛之
后，其余部分他不再需要以我为参照物。那些画上的发型服饰和姿
态，完完全全是他的想象结果。有时我忍不住对那些强按在我身上
的无来头细节表示强烈的抗议，他只是笑，说："眼睛是灵魂。眼睛
是你的，你就拥有了一整个世界，其他都是无关紧要的东西。假若
眼睛不是你的，你才真是一无所有。"在他嘴里经常会出现这一类明
显是歪理、你却无从反驳的话语。

其实黄仁宽并不是我唯一认识的画家。在我家的沙龙和餐会里，经常会出现各类自称是画家的人，梳着画家特有的那种大背头，穿着画家标签式的背带裤，上面沾着斑斑点点的染料印迹，吃饭时把面包掰成碎块，捏在指尖上团过来团过去，仿佛还在修改着想象中的素描稿，说话时带着画家特有的桀骜狂放口吻，话题永远徘徊在留学巴黎的某位同行，或者正在开张的某个画展。黄仁宽和他们几乎毫无相似之处。黄仁宽穿着袖口已经磨出毛边的连襟布褂，直硬的头发从来不肯接受发蜡和吹风的慰抚，吃饭时只盯着饭碗，筷子敲打着碗底像急雨，仿佛一辈子从没吃饱过肚子。黄仁宽在不作画的时候看起来像是个刚从田里或牲口圈里归来的伙计，可他一旦站在画板跟前，就顷刻变了另外一个人。从农民到贵族的嬗变，只需要一支画笔。

他的每一张画都是以"胭脂"命名的：胭脂观雪、胭脂凝眉、胭脂微嗔、胭脂过惊蛰……有时实在想不出题目的时候，他就在胭脂之后加上一个数字，如胭脂之一、胭脂之二……有一天，他在一幅画上题了"胭脂"二字之后，却捏着画笔，站在画板之前久久无语，最后只在那两个字之后加了六个小圆点。后来我问他那个省略号里到底藏了些什么东西？他叹了一口气，说："是想说，又不敢说的话。"

我的眼睛毫无预兆地一热。他已经站到了某种情绪的边缘上，只要脚尖往前再挪一寸，他就有可能踩破覆盖在真性情上的那张薄纸。其实他的这句话至多只算是暧昧，可是对于一个一直被苟省钳制惯了的人来说，这无疑已经是莫大的奢侈。我的手脚在那一刻完全脱离了脑子的管辖，等我明白过来时，我已经走过去，从身后箍住了他的腰。我箍得很紧，手掌和指头压瘪了他的肉，钳上了他的骨头，我几乎听见了他骨头在我手下的呻吟声。我感觉到他的身体剧烈地颤动了一下，倏地紧成了一块岩石。那块岩石在我的体温之下渐渐化了，一丝一丝的，像是在温水中泡着的冻肉。就在那块石头将要彻底化成水的那一瞬间，他似乎猛然清醒过来，死命来掰我的手。我不肯让步，他也不肯，在挣扎的过程中，他的指甲刮破了我无名指上的皮，我疼得嘶了一声，终于松开了手。

他怔怔地望着衬衫前襟的那一滴血迹，突然拉过我的手，把那个受伤的指头含进嘴里，轻轻地吮着。刹那间我觉得我的心丢失了，它顺着那根指头滑入了一片温热潮湿的沼泽之中。没有人可以从那种地方生还，但那却是世界上最销魂的死法。在那样的死法面前，活着突然变得苍白。

我伏在他的胸前抽抽噎噎地哭了起来。是委屈？是意外？是快活？是惊恐？我说不清楚，我尚无法给我的眼泪取名。

"胭脂，哦，胭脂，我不能，害你。"

他倏地松开了我的手，把我朝门口推去。门在我身后决绝地关上了，我清晰地听见了锁栓穿过栓孔的咔嗒声。

我站在黑暗的过道里，不知所措。楼下那家的姆妈一边在噗嗤噗嗤地扇着风炉，一边招呼着还在街上玩耍的孩子归家。我想反身敲门，犹豫了一下最终没有。我不能敲门，尤其是一扇极有可能不会开的门。我每天在那个女人的眼皮底下，踩着这条像躺着九十九只吱吱作响的老鼠的破楼梯进进出出，她看我的眼神里藏着荆棘和冷风。我不能让我的耻辱流到街上。

我踮着脚尖轻轻下了楼。楼下的孩子举着一个风车从外边跑进来，猝不及防地撞到我身上，鼻涕蹭了我一身。一走到街上，我拔腿就跑。我猜想我跑得很急，因为我觉出了嘴里被风刮进来的尘粒。阳光偏了，涂在树上，夹竹桃开得正妖娆，我眼中却没有任何颜色。

那天我回到家，沉默地吃完了晚饭，就钻进自己的房间，草草收拾了几样东西，塞进一个不起眼的布包里。我已经想好了，明天去黄仁宽那里，就坐在门外等，一直等到他开门。然后，我会把我包里这几样简单的衣物，放进他柜子的抽屉里。我不打算回家了。我的手指被那样的唇舌吸吮过之后，我的衣服已经不可能再和别人的衣服放在一处。

第二天，我从家里出去，走到街角那个电车站，一抬头，就看见黄仁宽站在站牌底下，两只手缩在袖筒里，头发乱若茅草。他一把扯住我的袖子，说了一句话。他的嘴唇颤抖得如同一只勤劳的米筛，我一个字也没听清楚。

后来胭脂多次问过我，那天在电车站见到她时，我到底说了句什么话。我的记忆在这里发生了短路。我不记得到底说的是"跟我走"，还是"你怎么没穿外套"。人在激动或慌张的时候，智力还不如一条冷静状态里的狗。

那天我是拖着胭脂上了电车的，胭脂似乎丢了腿。胭脂那天也丢了嘴巴，一路都没说一句话。丢了腿丢了嘴巴的胭脂好像只剩了眼睛——是拿来哭的。眼泪滔滔不竭地从她的眼睛里涌出来，仿佛眼睛后头连着一个漏了口子的海洋。

在去找她的路上我已经想了许多话，有复杂的解释，也有简单的表白。复杂的解释是给简单的表白铺路的，而简单的表白是替复杂的解释善后的。可是当我看见胭脂汹涌的眼泪之后，我就明白那全是在隔着三层皮袍搔痒。我的嘴是一块贫瘠的地，长不出安慰胭脂的话。能堵上胭脂心里那个缺口的语言，还没从这个世上生出来。我只能听着她的眼泪把地上的泥尘砸出一个一个坑，我的耳膜生疼。

那一刻我突然想明白了：唯一能堵上胭脂心里那个缺口的办法，就是去害她。不是那种心怀不忍、蹭破一层皮又缩回来的害法，而是彻彻底底地把她丢进地狱之火的害法。我不能让她，还有我自己，轻刀慢剐地死上一辈子，也疼上一辈子。我若离了她，就是一具行尸走肉。

回到家，门还没关严，我就一把搂住她，把她推到墙角，单刀直入地用我的舌头去撬她的口。她吃了一惊。她没见过这个样子的我。我也没有见过这个样子的自己。我是碰过女人身子的，可我从未吻过女人，在女人的唇舌面前，我是个地地道道的童男子。我不知道女人的嘴里有这样一个幽深的世界，像井，我的舌头走啊走啊，四处碰到的都是爬着青苔的井壁，温润柔软，却怎么也探不到底——她的舌头在拦着我的路。"拦"是第一个窜到我脑子里的字，没经过琢磨，其实我也分不清楚那到底是拦阻，还是逢迎。我们的舌头势均力敌互不相让地纠缠角斗了起来，我的手不肯旁观，急切地上来助阵。

我摸摸索索地去脱她的衣服。那天她穿了一件中式布袄，缝着复杂的盘花扣。我解得满头是汗，就用牙咬。那天我什么也等不及，那天我的耐心像漏斗。我的手指一碰触到她的肌肤，就立即被烫伤，我惊异地发现她的柔软是骗人的包装，在那之下是一层随时要喷涌出来的岩浆。我迫不及待地寻找着进入她身体的路，所经之处，瞬间成为焦土。我的热度，加上她的热度。

那是她的第一次，床单可以作证。她却无从知道那是不是我的第一次。我没有东西可以作证。就是有也是伪证。她叫得很响，不是娇喘，而是呐喊。呐喊着疼痛，也呐喊着快活。在我那张用砖头垫着腿的破床上，她听上去像一个久经沙场的荡妇，我不得不用手捂住了她的嘴。

后来，胭脂靠在我的胸前，汗湿的刘海在额头卷成一个个圆圈。我久久沉默。她问我在想什么。我真想在这一刻死去。此生不可能有比这一天更好的日子了，假如一生的路可以画成一条线，今天是这条线上的那个巅峰。前面不曾有过，后面也不会被重复。后面的日子跟今天相比，只能是绵长繁琐无趣的反高潮。在巅峰上死去，是对巅峰的最高敬意。

当然，我没告诉她我的真实想法。她比我小，她家境太好，她活在一个大气泡中。战争，还有我，都只是从她的气泡旁边蹭过的烂泥，至多蹭掉一层皮，却不会穿透那层厚壁。

后来，我给她讲了阿秋的事。

阿秋是我的表姐，她阿娘和我阿娘是嫡亲的姐妹。两姐妹嫁的人家，相隔只有三五里地。我阿娘生我的时候，她阿娘正好生她阿弟。我阿娘身子弱，没有奶水，我生下来就送到阿秋家，让她阿娘喂奶，我在她家里养到五岁才回到阿娘身边。阿秋比我大三岁半，小时候她背过我，用宽布带子绑在后背，从这家到那家串门。我从小管她叫阿姐，到现在也很难改口。

我中学毕业，死活要去上海读书，阿娘怕我见识过大地方的花红柳绿，将来不肯回家，就让我娶了亲再走。我原是不情愿的，只是拧不过阿娘。阿娘病得厉害，我又一心盼望着出去见世面，只好应承了下来。

阿娘要我娶的那个人，就是阿秋。阿娘说两家亲做成一家亲，知根知底的，最好不过了。

拜天地之前，我就告诉过阿秋：我只拿你当姐，却是不爱你的。阿秋说乡下人过日子，爱不爱有什么打紧？姐终归是要嫁人的，嫁个十里百里之外的陌生人，还不如就嫁给你。你不会欺负我的，姐放心。

我们就这样成了亲。

我来到上海读书，一年里也懒得写几封信回去。暑寒假回家，待不了几天就走，跟阿秋说不上几句话。阿秋说小时候我背着你，你趴在我背上叽叽喳喳有说不完的话。可为啥现在见了我就没话了？我说那时候你是我姐，现在不是。你要是还想我跟你说话，你就得做回我姐。阿秋说做梦都想回到从前那样，只是，那张龙凤帖是在祖宗灵牌跟前换的，却是废不得的，除非她死。

"所以，昨天，我把你关在门外，是想让你逃一条，生路。"我对胭脂说。

我以为她要哭，像刚才在电车上那样，可是她没有。她只是用胳膊支楞起身体，直直地看着我。

"那今天，你怎么又变了？"半晌，她才问我。

"昨天，我以为你走了，大不了我一个人死。现在才知道，我就是让你走了，你也逃不了生。反正都一样是死，不如两个人一起死。"

我去搂胭脂，可是她挣脱了我，我发觉她的手很有劲道。她起身，穿衣，用手背掸去鞋面上的灰尘。

"谁要死呢？我不死。"她说。

她从手提包里掏出一面小镜子，借着窗口的光慢慢地梳理着头发。

"那张龙凤帖，她要，你就让她收着。可是，她只能是你的姐。一辈子。"胭脂说。

"你每月给她寄钱。可这份钱你得自己挣，不能用我爸的。"

"我可以出去教钢琴，像那些白俄女人。"

胭脂的话是对着镜子说的，她没看我。

我这才知道，我到底还是错看她了。胭脂没有活在气泡里。胭脂享受得了最光鲜的日子，也吃得起世上最低贱的苦头。胭脂的柔软是骗人的假象，那层皮底下不仅有岩浆，也有石头。胭脂能活过所有的乱世，比任何一个凡夫贱妇还能。

我那天对胭脂下的判断，在后来的日子里得到了印证。胭脂果真活了所有的乱世，也活了所有的人，包括我，她的丈夫。

不，其实我不是她的丈夫。胭脂没有丈夫。我的第一本户籍登记册上，配偶是叶素秋。后来我换了户籍证，上面的配偶是郑婉丽。而胭脂的户口本上，婚姻状况一栏里，填的是丧偶。

"你爸爸，是永远不会原谅你的。"我叹了一口气。

"我知道他不会。"胭脂平静地说。

胭脂站起来，去收拾桌上的脏碗。走了一半，却突然停住了脚步，因为她看见了桌角上的那幅画。

那幅我在慌乱之中忘了收起来的画。

　　黄仁宽是个杂家。他画得最多的是水彩，其次是国画，偶尔也画几笔油画。

　　他的画居多是人物，简略写意的那种，留白很多，细节很少。

　　可是那天我在他桌子上看到的那幅画，却和他平素的画风全然不同。

　　那是一幅工笔国画，已经画了七八成，是对着旁边的一张照片临摹的。照片似乎走了很多路，边角已经缺损，表面灰蒙蒙的像洒着一层土，却看得出来是一幅宫廷狩猎图。照片边上摆着一个放大镜，黄仁宽大概就是用这个玩意儿在灰蒙蒙的土里扒找半隐半现的细节的。

　　画上的场面很大，人物也很多，除了那些骑在马上的锦服男子，地上还行走着无数提着箭袋拿着猎物的小厮。黄仁宽临摹得很仔细，马匹身上的鬃毛根根清晰。

　　我从没见他画过工笔古装，而且是临摹，便忍不住问他那是张什么画，值得花这样的眼力？

　　他走过来，把画卷起来，丢到床底下的一个扁篓里，神情羞愧，像被人当场拿住的窃贼。

　　"我不想让你看见的，早上出门太匆忙，还没有来得及收起来。"他说。

　　我这才想起来有几次我进门时发现的湿颜料盘子，我曾经以为他在暗地里画春宫。爸爸沙龙里的那些画家聚在一起时，有时也会嘲笑某一位靠卖春宫维持家计的同行。

　　我从床底下拖出那个篓子，里边堆了十数个画卷。打开来，都是一模一样的画，出自同一个范本。都还没来得及裱——看得出来是新近画的。

"朝廷败了，宫里就有人偷出各样东西来卖。照片是从北平带过来的，洋人拍的，是宫廷画师的画。"他嗫嗫地说。

我突然明白了，他是在偷偷摹仿宫廷里的藏品。

我开了灯，把那幅没完成的临摹品从竹篓里捡出来，细细对照着它的范本。

"倒是真的，很像。"我由衷地赞叹道。

"老师说过，我的临摹能力，远超出常人。"

他说这话的时候，神色微微的有几分自得。可是自得还没来得及展开，就被难堪覆盖住了。

"有人要吗，这样的东西？"我问。

"总有一些爱摆旧谱的人，喜欢在堂屋里挂些古画，明知不一定是真品。"他说。

"能卖到什么价格？"

我刚成为他的女人，我关心的话题就已经和昨天不同。

"假若材料用对了，以假乱真也是做得到的。市面上有时也会碰到宫里流落出来的宣纸和绢，在那上面作画，可以障人眼目，遇到真喜欢的人，也是肯出好价钱的。"

"你说你的画迟早是要卖大钱的，说的就是这个？"

话一出口，我就知道踩着了他的痛处。其实，还没开口我就知道了。兴许，我是存心要捅他一刀的，乱世里这么薄的面皮还怎么活？

"卖仿品又怎么啦？至少还没落到卖春联寿幛的地步。"我说。

他站起来，在房间里来来回回地踱步，呼气声一屋都听得见，好像那房间是个笼子，他是只被圈住了脖子的狗。

"这点本事，我早就会了，用得着到美专来学吗？我本来……"他说了一半，突然停住了，再也不肯往下说。

我猜到了他噎下去的那半截话——那是一个从乡下到上海学画的少年人一路上揣着的念想。挡在道上的东西很多：战争。家变。伤寒。还有女人。两个女人。他现在是离那个念想更近了？还是更远了？

"你总是可以，画一张假的，卖了，再画三张真的。"我说。

他被我逗笑了，笑得很难看。

我宁愿看见他哭。

那个乡下少年人怀里揣着的念想，直到三十年以后才得以实现。和他分享快乐的人，却不是我。这听上去像个负心汉的故事，实际上也是。只不过那个负心汉的名字叫命运。

爸爸永远也没原谅我，作为父亲。他后来接受了我，是作为外公。

我的女儿出生在 1945 年 8 月 15 日。她还没足月，她是被连天的鞭炮声惊吓得提早来到人世的。假若我有未卜先知的本事，知道她后来的命运，我宁愿那天生下来的是个死胎。

女儿生下来，哭声孱弱，听起来像是一只街边奄奄一息的弃猫。护士把她洗干净了，裹在布包里送到病房时，她却突兀地发出一声尖利的号叫。那声音里带着刀子，捅得天花板唰唰掉渣。病房里有一个给儿媳送汤水的老婆子，定定地看了她一眼，叹了一口气，俯在我的耳边说："这孩子的命，唉。你给她取个最贱最硬的名字，兴许还能压得住。"

后来我才知道,那个老婆子是以算命为生的。

我把老婆子的话转告给黄仁宽,他不屑地哼了一声。

"刚出世的孩子,哪有什么命?这么无知的话,你也信?"

他给女儿取了个学名叫黄宜人。

我却叫她抗抗。

我对黄仁宽说是为了纪念抗战胜利日,而真正的原因,只有我自己明白:我想让她好好抗一抗老天爷给她的命。

中篇:女孩和外婆的故事

小女孩扣扣醒来,天已经黑了。她不知道自己睡了多久,摸了摸四周,都是软的,才想起自己原来钻进了那床叠卷成一个圆筒的棉被中。棉被有味,是陈年的樟脑味,也有梅雨留在棉花上的霉味。刚开始时很难闻,她得憋住气。后来闻久了,就惯了。外婆说天冷了,要把这床厚棉被拿出来晒一晒,再铺到床上,可还没来得及。

扣扣其实是不知道时间的,扣扣只是从柜门缝里透进来的微光,猜到外头大概是夜晚了。白天的声响退走了,夜晚的声响开始浮现。白天的声响很杂乱,有旗子被风刮扯起来的喇喇声,有脚踹在地上的咚咚声,有好些个嗓子混成在一起的喊话声,也有布头纸张木片烧起来的噼啪声。白天的声响有毛刺,在人的耳朵上走过,能拉出血印子。夜晚的声响和白天不一样。夜晚的声响也很杂,有女人摇着蒲扇生火的沙啦沙啦声,有娃娃挨了大人打时的哭叫声,有野猫从一片瓦顶跳到另一片瓦顶时发出的叫声,也有空瓶子滚过街边的当啷声。夜晚的声响也长着牙，只是夜晚的牙钝，碰着人耳朵像挠痒痒，并不疼。

扣扣在瑟瑟发抖。扣扣不懂，她全身都裹在棉被里了，为什么还会觉得冷。楼下人家风炉上煮的米饭冒出的香味，勾得她的肚子发出一串惊天动地的尖叫，她这才明白，原来饥饿也是一种寒冷。

这几天楼下的宋婆婆天天在和外婆说"那些人"的事。宋婆婆几十年的偏头疼，是外婆用几根银针扎好的，所以宋婆婆记得外婆的情。"'那些人'到了城西街的天主教堂，把看门的剃了半边光头。""'那些人'在五马街，从一百的楼顶往下洒纸，白花花的像下雪。""'那些人'在谢池巷呢，见着眼生的东西就往火里扔。"

宋婆婆不怎么出门，可宋婆婆知晓温州城里发生的所有事情。扣扣不知道"那些人"是谁，扣扣只隐隐觉得"那些人"无所不在，想去哪里，就在哪里，像云，像风，谁也说不准，谁也拦不住。

今天外婆和扣扣刚刚吃完午饭，还没来得及把脏碗筷拿到灶台上去，宋婆婆就颠着小脚，咚咚地跑上楼来，告诉外婆"那些人"又进巷了，刚从皮鞋佬三豹家出来，又进了隔壁的长人李家。李家的老爷子拦在门口不让进，挨了一脚。上次走了两家又折回去了，这次看样子是要挨家挨户。

外婆送走宋婆婆，关上门，扯上窗帘，身子矮下来，爬进了床底。外婆窸窸窣窣地在床底下翻找着什么东西，露在外边的两片屁股扭来扭去。扣扣惊奇地发现，平日里看起来瘦巴巴的外婆，身子弯成两截的时候，竟然有肉。

一会儿外婆从床底下出来了，满头是灰。外婆手里拿着一大一小两样东西，塞进扣扣怀里。外婆打开衣柜的门，扣扣以为外婆是让扣扣把那两样东西放进去，可是外婆却指了指柜子，让扣扣进去。

"我不开门，你就千万不能出声，出声就要了外婆的命，你懂不？"

没容扣扣答应，咔嗒一声，外婆已经锁上了柜门，把扣扣留在了里边。

扣扣住的这条街，叫桥儿头，在温州城的西角。外婆常常搬家，从谢池巷搬到百里坊，又从百里坊搬到桥儿头。这是扣扣记得的。扣扣才五岁，扣扣记事之前究竟外婆还搬过多少次家，她就不知晓了。

现在住的这个地方，是个小阁楼，两间房。其实是一间半，那半间是灶披间。睡觉的那间屋子比灶披间大不了多少，早上起床穿鞋子，外婆的脚经常会踢到墙边的衣柜。扣扣问外婆为什么会越搬越远，越搬越小？外婆敲了敲扣扣的脑勺，说你一个小不点，要那么大的房间做什么？

扣扣没上幼儿园，外婆不许。外婆说在家看看书就好了，别出去跟坏孩子学野了。外婆说的书，是小人书。外婆隔一阵子给扣扣买一本小人书，外婆每天睡觉前都给扣扣讲小人书里的故事。扣扣虽然不认得字，却早把小人书里的故事记得滚瓜烂熟。

除了偶尔到街角的酒米店儿去打瓶酱油，扣扣很少出门，外婆不许。外婆忙着糊火柴盒子的时候，扣扣就站在窗前发呆，看着窗沿上蚂蚁排着长队搬家，外边树上雀儿飞来飞去，弄堂里的孩子为抢一个皮球打成一团。她只觉得孤单。扣扣没有爸爸，没有妈妈，没有哥哥姐姐，也没有弟弟妹妹。她好想有一个伴儿，跟她抢抢小人书，凶巴巴地吵上一架。

有一回，扣扣看着小人书，突然就叹了一口气。外婆斜了她一眼，说你这个小小人儿，怎么有这么长的一口气？

扣扣说我和孙悟空是一家的吗？

外婆说什么话，它是猴子，你是人，能是一家吗？

扣扣说我们两个都是从石头缝里蹦出来的。

外婆一怔，半晌，才呸了一声。

"外婆是石头吗？你有外婆呢，孙猴子它有吗？"外婆说。

扣扣没吱声。扣扣其实是有话的，可是扣扣不想说。

外婆不是她的亲外婆。外婆是在一棵树下捡到她的，有人把她裹在一床破被子里扔在外婆住的那个街口——那时候外婆还没搬到温州。被子上缝了一张字条，上面写着扣扣的出生时辰。那是宋婆婆问外婆为什么扣扣没有妈妈的时候，外婆悄悄告诉宋婆婆的。外婆以为扣扣没听见，外婆不知道扣扣有顺风耳，扣扣听得见老鼠在窝里商量嫁女儿。

外婆没工作，外婆一天到晚都在糊火柴盒子。外婆说糊上五个火柴盒子，就可以换一根针。扣扣问外婆要多少根针才可以换一本小人书？外婆说把你手指头脚趾头都加起来，就差不多了。扣扣不懂算数，扣扣只知道针不值钱，火柴盒子更不值钱，小人书倒是值几个钱的。

扣扣知道，外婆靠糊火柴盒子，是买不起小人书。外婆买小人书的钱，是从别的地方来的。

外婆把扣扣锁进了衣柜里，就咣啷咣啷地去拖那张糊火柴盒用的小茶几。平素小茶几摆在屋子中间，外婆是坐在床沿上干活的，为了省地方。这会儿外婆把茶几拖到了门外，屁股坐在门槛上，正正地挡住了门。外婆铺开刷子和装糨糊的盘子，外婆拧糨糊罐子时手在发抖，拧了几回才拧开。

扣扣摸了摸外婆塞在她怀里的东西，大的那样是个长方型的盒子，外头包着一块布，布上紧紧地缠了几道尼龙绳。扣扣不敢拆，一拆就要弄出响动。小的那样是个小布包，袋口也系着绳子，却好像是活结。扣扣用一个指头轻轻一勾，结子就松了。扣扣的手指头探进去，摸着了大大小小几个圆环，有的平滑光溜，有的镂着花，凹凸不平，却都是冰凉冰凉的。扣扣就知道，那是外婆的玉镯和金镏子。

外婆曾经带着扣扣去过一家首饰店，吩咐店里的人用大铁剪剪下一截金镏子，放在一杆小秤上称过重，又在算盘上算出一个数。店里的人就是照着算盘上的数，给了外婆一叠钞票的。扣扣这才懂得金镏子原来值钱。扣扣问过外婆，为什么要把金镏子剪去一截，而不是整个拿去换钱呢？外婆说金镏子是外婆的娘给外婆的念心儿，能多留一截，就多留一截。扣扣不知道原来外婆有娘，扣扣以为外婆和她一样，也是从石头缝里蹦出来的。

街上的动静越来越大。远一些的时候，那嘈杂声听起来像一条有很多股细线交织在一起的粗绳子。等近了，扣扣就分清了上面的股。喊喊嚓嚓的脚步声其实也是有区分的，轻巧一些的是布鞋，笨重一些的是橡胶底的球鞋。叽叽喳喳的说话声也各不相同，有粗声大气的呵斥，有小心翼翼的辩解，也有嘻嘻哈哈的斗嘴。男男女女。

脚步声终于在楼下停住了，接着响起了咚咚的敲门声。没人应门。宋婆婆在家，说不定就站在门后的黑影里。宋婆婆没去开门。宋婆婆还想等一等。

可是敲门的人不肯等。敲门的人没有耐心。敲门声很快变成了
咣咣的砸门声。砸门声又很快变成了轰轰的踹门声。

宋婆婆只好出来开门。

"四旧，交出来。"门外的人轰的一声涌进来，耐心已经磨出
了洞。

"这里的人家，都才搬进来没多久，哪有，有什么旧?"宋婆婆
颤颤巍巍地说。

"凭什么信你? 我们要亲眼看见。"

接着便是一阵稀里哗啦的声响，脚步声分了两路，一路朝里，
一路往上。

脚步声在楼梯上停了下来，扣扣的心一下子扯到了喉咙口。心
很大，喉咙很小，心堵得扣扣想吐。轰。轰。轰。这么响的心跳，
满屋子都听得见。扣扣扔下手里的东西，扯过一个被角，紧紧捂住
了胸口。没用，心犹自跳得像野马奔腾。

楼梯道很窄，并排只能站下两个人。从声音听起来，楼梯上站
满了人，一排一排的，可是谁也上不来，因为外婆的茶几挡在楼
道口。

从柜门缝里望出去，扣扣只能看见外婆的侧影。外婆坐在门槛
上，低着头，慢条斯理地糊着火柴盒，仿佛站在她跟前的，只不过
是几条影子。外婆今天用了太多的糨糊，刷了一层又一层，平素外
婆从来不舍得这样浪费。

外婆的沉默似乎带着重量，压得那些人隐隐矮了几分。

"交出，你，你家的四旧。"领头的那个人说。

那人说话时嘴角一扯，嘶了一声，仿佛在忍着疼痛。

　　那人也许十二岁，也许十五，那一群人看上去都一般大小。扣扣看不准人的岁数，只觉得那人很瘦，左边脸颊上有一块红色的斑，说话的嗓音有些古怪，像被人掐住脖子的鸭仔。还要过几年，等扣扣长大一些，她才会懂得，那个人正在经历变嗓。

　　那人不仅说话的声音古怪，站着的样子也有些古怪，身子斜着，一只手托着另一只胳膊，仿佛那只胳膊太沉，身子承受不住。

　　外婆没有立刻回话。外婆糊完了手里的那个火柴盒子，才抬起头来，定定地看着那个人。

　　"成分？"外婆说。

　　外婆的嗓子压得很沉，扣扣几乎分不清传到她耳朵里的到底是声音还是震颤。

　　"什么成分，你？"外婆用糨糊刷子指了指那个人。

　　那个人吃了一大惊。这是一句他敲开别人家的门时都要问的话，他已经问得滚瓜烂熟，几乎不用再经过脑子。他从来期待的都是回答，而不是问题本身。他被这个烂熟于心的问题毫无防备地砸中了，一时懵住。

　　"工，工人。"他结结巴巴地回答。

　　外婆微微一笑。

　　"想知道我是什么成分吧？"

　　那人看着外婆，不知该点头还是摇头。

　　"告诉你，我是城市贫民。"

　　外婆放下刷子，舒展了一下胳膊。

　　"你懂得城市贫民是什么意思吗？"

　　那人茫然地摇了摇头。

"这要在农村，就是贫农。"外婆说。

"你知道工人和城市贫民是什么关系吗?"

那人又茫然地摇了摇头。

"回家好好学习学习。工人和贫下中农是同盟军，所以工人和城市贫民也是同盟军。同盟军就是自己人，自己人能打自己人吗?"外婆问。

外婆没有期待回答。外婆站起来，身子朝前微微一倾，两个胳膊往外送了一送，像是轰鸡出笼。

那人不知所措地往后退了一步。

就是因为这一步，系在绳子中间的手绢出现了倾斜，拔河的队伍决出了胜负。

短暂的犹豫之后，人群松动了。脚步声又响了起来，这次，是往下。

眼看着那群人就要散去，外婆却又突然开了口。

"回，你回来……"外婆犹犹豫豫地说。

外婆的声音开头很硬实，结尾却不上不下地飘在了半空。外婆有些后悔，可说出去的话已经无法往回收。

楼梯上的人疑惑地停住了步子。

"你今天受过伤吗?"外婆问那个脸上有斑的人。

那人嘴唇扯了一下，却没吭声。

"他挂标语，从树上摔下来了。"旁边的一个人替他回答。

"你是脚先着地，还是手先着地的?"外婆追着问。

那人想了想，说是手掌撑着落地的。

"疼吗?"外婆指了指那条被另一只手托着的胳膊。

那人犹豫了一会儿，也许他是想说疼的，可是后来临时变了卦，梗着颈脖咕囔了一句："轻伤不下火线。"

外婆说你把手松开，那只。然后把这只手贴在胸前，手掌伸过去，搭到那边肩膀上。

那人照做了，像只木偶，线提在外婆手中。可是他没有做到，因为那只手掌搭不过去，像缺了一根筋。

外婆叹了一口气，说孩子，你的肩关节脱臼了。

"孩子？"扣扣几乎不相信自己的耳朵：外婆竟然管那人叫"孩子"。

外婆很少叫扣扣"孩子"。从记事起，外婆大概就叫过她两次。一次是她高烧不退，外婆用湿毛巾一把一把给她擦身子的时候；还有一次是她说自己和孙猴子一样，都是石头缝里蹦出来的时候。

可是外婆却管那个说话像鸭仔的陌生人叫"孩子。"

扣扣嘴角牵了一牵，有点想哭。可是扣扣忍住了。外婆看不见她的眼泪，她哭了也是白哭。而且，外婆交代过了，她打死也不能出声。

"脱臼是什么意思？"有人问。

外婆想解释，半天也没找着词。

"火车，火车知道吧？火车本该待在轨道里，结果有东西撞上了它，它就脱离了原来的轨道。他那个肩关节，就是脱轨的火车。"外婆说。

人群里发出一阵惊叫。

"翻车，是翻车。"有人说。

"严，严重吗？"那个说话像鸭仔的人问，声音有些颤抖。

外婆伸出手，像是要抓那人的胳膊，可是伸了一半却又停住了，手指在半空凝固成一朵半开半合的花。扣扣知道外婆在想事。外婆想事的时候，额角一会儿鼓，一会儿瘪，像有只虫子在里头爬。

"我带你，去医院吧。"外婆说。

那人的一只脚提了起来，却没有立刻放下，似乎没想好该朝哪个方向。

"你造谣！"突然，他扬起脖子喊了一声，颊上那块斑涨得赤红，脑门上的一绺头发跟着声音一颤一颤地跳动。

"你想吓唬我们，你不是城市贫民，你是阶级敌人！"另一个声音也喊了起来。

鸭仔仿佛从睡梦中突然清醒过来了，精神大振。

"把她押到指挥部，好好审一审，剥开她的真面目。"

鸭仔扬起那只好胳膊，挥舞了一下，扣扣看不清他在干什么。扣扣是从声响和外婆的神情上，猜出了鸭仔做的事情的。

外婆的身子晃了一下，外婆的一只手朝外，似乎在挡着什么东西，另一只手捂住了半边脸颊。

鸭仔打了外婆一记耳光。

那一记耳光很狠，外婆没有防备，被那一掌掴到了墙上。外婆的下巴簌簌地抖着，不光是疼，还因为震惊。

众人蜂拥而上，拽着外婆，把外婆往楼下推去。

一切都发生在一瞬间。仿佛天上落下一只看不见的手，把绳子中间系的那条手帕倏地挪了位置，已成定局的拔河阵势一下子就变了。扣扣愣住了。扣扣不懂外婆为什么明明已经赢了，却又输了。

"你让我，把门锁上。"外婆挣脱了那些人的手，从兜里摸摸索索地掏出钥匙。

"去去就回，很快的。"锁门的时候，外婆自言自语地说。

扣扣知道外婆这话是说给她听的。

咔嗒一声，门锁上了。一阵嘈杂混乱的脚步声之后，屋子陷入了完全的沉寂。

房门一关，柜门缝里透进来的那线光亮，就比先前黯淡了一些，扣扣突然觉出了衣柜的小。让她觉出衣柜的小的，不是衣柜本身，而是那两道锁——柜门上的，还有房门上的。她被关在这个上了两道锁的黑匣子里，在衣服和被卷之间。

整个世界上，只有外婆一个人拥有这两道锁的钥匙。假如外婆回不来了，她会在这个黑匣子里烂成泥，化成水吗？从前在百里坊住的时候，邻居家有个男孩下河游泳淹死了，就是放在一口跟这个衣柜差不多大小的棺材里埋了的。那家人在棺材里铺了厚厚一层草木灰，是为了吸水用的——吸身子烂了以后流出来的水。

这床被子，这床外婆还来不及换到床上去的厚被子，会是她的草木灰吗？

扣扣身上每一块相连的部位突然都开始相互撞击，牙齿和牙齿、骨头和骨头、骨头和肉。过了一会儿，她才明白过来，她在发抖。她抖得那样厉害，连衣柜也跟着她发出簌簌的响动。眼泪汹涌地流了下来。扣扣先前不敢哭，是因为害怕；现在哭了，也是因为害怕。先前是害怕被人发现，现在是害怕被人忘记。扣扣扯了一块被角堵在嘴里，抽抽噎噎地哭了很久，很久，直到每一个毛孔里的水都挤干了，眼睛灼疼得像两块燃烧着的煤球。

终于哭累了，她才昏昏沉沉地睡了过去。

扣扣不知道自己睡了多久，在中间她做了一个梦，梦见小肚子上栓着一根绳子，有两个声音趴在她的耳朵眼上一左一右地跟她说着话。一个说松了，你松了这根绳子，身子就舒坦了；另一个说不能，你千万不能松，一松你的身子就散了，再也收不回去了。两个声音各执一词，互不相让，把她的脑袋瓜子撕扯成了两半。后来吵累了，就都住了嘴。她脑子一清静，小肚子上的绳子就不由自主地松了，一股温热的东西，顺着大腿流了下来。

扣扣倏地醒了，坐起来，发现被子已经湿了。她慌慌地去摸那两样东西，大的盒子已经湿了一个角。她撩起夹袄的衣襟，来洇布上的那块湿迹。擦了一遍又一遍，只觉得布已经给擦出了毛，却不知道是更干了，还是更湿了。她突然想起外婆把那两样东西塞到她手里时的神情。扣扣从前见过一只野猫，它生了三只崽，有一只掉进了墙夹缝里。那只猫不吃不喝，白天黑夜在墙上走来走去，不停地哀嚎。外婆把东西交给扣扣的时候，眼神就像那只母猫，而那两样东西，就是掉进了墙缝里的猫崽——外婆生怕再也见不着它们了。

扣扣把布袋按在胸口紧紧揞着，突然，听见屋外有一阵窸窸窣窣的声响。是有人在拨弄门锁。扣扣一下子屏住了呼吸。

不是外婆。她想。外婆进自己的家门用不着偷偷摸摸。

是贼！

扣扣身上的汗毛铮铮地竖成了一片树林。她咬住牙齿，用嘴唇封住了从牙缝里漏出来的呼吸声。

门发出轻轻的一声吱扭，接着响起了脚步声。脚步声只是扣扣的猜想，其实那声音里没有脚掌，只有脚尖。脚尖踮上去，地板在喊疼。地板老了，受不起一根针的重量。

那脚尖小心翼翼地行了几步路，突然撞上了一件什么东西，就有人哼了一声。紧接着，扣扣听见了另外一声吱扭，是棕绷床垫在呼疼。屋里的每一样东西都和地板一样老，脾气大得很，轻轻一碰就大呼小叫。那人大概摸着了床，在床沿上坐下了，揉着身上碰疼了的地方。

床挨着衣柜，两样东西中间，只隔着一层薄薄的木板。扣扣从来不知道自己的身子会发出这么多动静——呼吸穿过鼻孔的声音，牙齿和牙齿打架的声音，心撞在胸腔上的声音，肠子蠕爬扭动的声音……每一样听起来都响如雷鸣。扣扣把身子缩得很小，很紧，可是没用，声音捂不住，依旧肆意横行。扣扣小肚子里的那根绳子又隐隐地牵扯了起来，这回扣扣心里是明白的，她不能放松一丝肉一根筋。

"别怕，扣扣，是我。"

是外婆。外婆的声音压得很低，低得像是风吹过时落叶在翻身。

外婆摸摸索索地走到了衣柜跟前，掏出钥匙开柜门。黑暗中脸上的眼睛是废物，外婆依仗的，是手指上的眼睛。手指上的眼睛笨，钥匙探了很久的路，才终于找到了入口。柜门开了，扣扣想站起来，腿却不听她的使唤，脚板上像戳着一万根针。扣扣身子一歪，软软地滚了出来。跟着她跌出柜门的，还有那床带着潮气和霉味的棉被。

她跌到了外婆身上。外婆趔趄了一下，又站稳了，扶住了扣扣。

"你，你……"

扣扣有很多话要问，扣扣的问题排着长队一个挨一个地挤在喉咙口。扣扣的喉咙太窄太小，话挤不出去，嗓子和舌头被挤散在两头。

外婆一把搂住扣扣，很紧。扣扣放声大哭。

外婆急急地捂住了扣扣的嘴："不能，不能出声，让人听见。"外婆贴着扣扣的耳根说。

外婆的手掌很硬，结成痂的糨糊蹭过扣扣的嘴唇像砂纸。外婆的手心汗津津的，有些不中闻的气味。扣扣别过脸去，想挣脱外婆的手。外婆的手紧追不放，扣扣逃不开，就张开了嘴。扣扣只听得外婆嘶了一声，紧接着她觉出了自己牙齿上的腥味。她这才明白过来，她刚刚咬了外婆一口。不，咬外婆的不是她，而是堵在她喉咙里的那些话。话堵得太久，话等不及了，就跳过舌头，落在了牙齿上。

这一口咬得很狠，外婆立刻松开了手。可是外婆只松开了一只手，外婆的另一只手依旧紧紧地搂住扣扣，仿佛那手上拴着的是外婆的性命，一松手，外婆就要掉下万丈悬崖。

啪嗒。啪嗒。有东西落在了扣扣的颈脖上，温热的，很沉，一下一下，像钉子在砸肉。

是外婆的眼泪。

外婆把扣扣抱起来，放到床上。扣扣的身子扭来扭去，她不想让裤子上的湿迹弄脏褥子。外婆渐渐习惯了屋里的黑暗，摸到窗前，拿起那盒摆在窗台上的火柴，擦亮了，点起旁边那个菜油碟子里的灯芯，那是家里停电时备用的油灯。

扣扣想问外婆为什么不开灯，可是扣扣的嘴唇很沉，扣扣搬不动。

油灯把黑暗剪出一个朦朦胧胧边角不齐的洞。外婆转过身来，扣扣看见了外婆的脸。外婆不是中午的外婆了，外婆的半边脸肿了，一边的嘴角上结着一块暗红色的痂。外婆的脸变得很奇怪，眼睛眉毛鼻孔和嘴巴都歪了，外婆变得很丑。

这只是扣扣看得见的变化。扣扣看不见的东西还很多，比如外婆耳膜上的一条裂缝。扣扣还要再长大一些，才会知道那条裂缝有个医学名词，叫耳膜穿孔。那条裂缝后来会变成一个永远长不拢的洞，天气一冷一热，里边就会往外漏水。

扣扣想不明白，一个一只肩膀脱了轨的少年人，竟会有这么大的力气，可以叫外婆的五官挪动位置。

外婆放下扣扣，蹲下身去捡拾滚到地上的那床被子。捆着被子的那条绳子已经松了，被子扭着身子白花花地躺在地上，像一个赤身裸体的女人。外婆在被子里翻了一翻，没翻到要找的东西。外婆又把半拉身子探进衣柜里，急切地搜寻着衣柜的每一个角落。

外婆的手停住了，松了一口气。扣扣知道外婆找到了要找的东西。

外婆一定也摸着了那片湿迹。扣扣心想。

扣扣闭上了眼睛，在等待着外婆的责骂。

可是外婆没吱声。半晌，外婆才长长地吁了一口气。

"作的是，什么孽啊。"外婆说。

扣扣不知道外婆在说谁。

外婆把那两样东西拿出来，塞进枕头里。想了想，又拿出来，放进了褥子底下。扣扣听见外婆又嘶了一声，大概蹭到了伤口。

扣扣很想问外婆"疼吗"，扣扣问的不是外婆的脸，而是外婆的手，那只被她咬了一口的手。可是扣扣问不出口。嗓子和舌头各自走了很长的路，却还没汇合，这回挡在路中间的，是羞愧。

外婆掀开竹罩子，取出中午剩下的半碗饭，从热水瓶里倒了些水泡着。水是早上烧的，已经不烫了，饭粒子泡不透，依旧硌硬。外婆又换了一碗水，才好些。在外婆转身拿咸菜罐子的空当里，扣扣已经把那半碗温水泡饭吃得一粒不剩。确切地说是喝，因为扣扣从头到尾没用上牙齿。

外婆端着那个没及时派上用场的咸菜罐子，一点一点地给扣扣喂咸菜，用手指。外婆从不用手指夹菜，外婆用筷子的时候，都会用开水烫过消毒。咸菜沾着很多盐粒，外婆的手不知道停。外婆的眼神怔怔的，扣扣知道她在想心事，外婆一想心事额角上就有虫子爬来爬去。

扣扣把那只空饭碗，伸到了外婆跟前。

外婆回过神来，拍了拍额头，把额角上的那些虫子拍了下去。

"没有饭了，你再吃口咸菜，行不？"外婆央求扣扣。

扣扣的手却没有缩回去。

扣扣直直地看着外婆。扣扣的眼睛深黑深黑的，底下埋着炭火，外婆的眼睛一挨上去，就打了一个哆嗦。

"这个时候，不能再开炉灶起火了。外婆也没有，吃饭。"外婆嗫嗫地说，仿佛让扣扣捏住了一个短处。

扣扣没吭声，只是把饭碗倒扣着放回了桌子上。

"我治好了那个人的肩膀，还有他的司令，他们才放我回家。"外婆在找话和扣扣说。

"那些人，好几个有伤病。都还是孩子，爹妈都不知道他们在外边干了些什么。"

"司令，是什么人？"扣扣暗哑地问。

外婆突然意识到：这是扣扣从衣柜里出来之后第一次开口。

"司令就是，他们的当家人。"外婆说。

"当家人，也火车脱轨？"扣扣问。

外婆怔了一下，才想起中午解释肩关节脱臼时使用的那个比喻，忍不住笑了。外婆笑起来嘴更歪了，几乎撞上了耳朵。

"不是的，司令是流鼻血，流了一茶缸，怎么也止不住。"

扣扣看见过外婆给人止鼻血，用小银针。外婆的银针藏在一个小铝盒里，外婆把小铝盒一直带在身边，好像满大街都是流鼻血的人，她得时刻预备着解救他们。

"那个人，为什么那么凶？"扣扣问。

"因为他害怕，他不想让别人知道他害怕。"外婆说，"谁都不想让别人知道自己害怕"。

外婆也会害怕吗？扣扣暗想。外婆是不是因为害怕，才把自己锁到衣柜里的？

"那你为什么喊他回来？你不喊他回来，他就不会打你了。"扣扣又问。

这个问题终于把外婆难倒了，外婆想了半天也没想出回话来，最后才叹了一口气，说外婆傻，这辈子尽干傻事，总是为好心吃苦头。

外婆放下咸菜罐子，掏出手绢擦干净了扣扣的嘴，站起来，取下挂在墙上的一个尼龙布兜，那是外婆平常去小菜场买菜时用的。外婆走到窗前，扯严了窗帘上的缝，把被褥底下藏的那两件东西装进尼龙兜里，又在上面盖了几张旧报纸。

扣扣明白过来，外婆还要出门。

扣扣一下子扯住了外婆的裤腿。

"外婆要找个地方，把这东西藏起来，谁知道明天还会来什么人。"外婆弯下腰，轻声对扣扣说。

扣扣不说话，也不松手。

"外婆一辈子，只剩下这两件东西了。外婆再把这两件东西丢了，还怎么活呢？"

扣扣还是不说话，只是更紧地扯住了外婆的裤腿。

"外婆去去就回。外婆永远，永远不会丢下扣扣。"外婆央求着扣扣。

扣扣不信。外婆中午也是这样说的，可是外婆没有去去就回。外婆把扣扣一个人留在衣柜里，那床被子差一点成了扣扣的草木灰。外婆说什么也没有用，扣扣的手指像焊在外婆腿上的铁钩，没有人能掰得开，除非砍断扣扣的胳膊，或者外婆的腿。

外婆拧不过扣扣，只好牵了扣扣的手，蹑手蹑脚地锁了门出屋。下楼梯的时候，外婆把尼龙兜挂在自己的脖子上，两手半扶半举着扣扣，让扣扣踩在自己的脚上走路，为的是不惊动邻居。

两人终于小心翼翼地走到了街上。天晚了，街面上的人家都关了门。一只野猫在贴着墙根行走，风刮过来有些冷。路灯把外婆和扣扣的身影扯得很长很瘦，一晃一晃地丢掷在石板路上。扣扣听见外婆的肚子在叽叽咕咕地叫喊。

"扣扣，外婆把你锁在衣柜里，你恨外婆吗？"外婆问。

扣扣还不懂恨是什么意思，她猜大概就是生气的意思，生很大的气。

扣扣点了点头。

外婆的脚步慢了下来，外婆在掏衣兜里的手绢。

"作孽啊，作孽。"

外婆窸窸窣窣地擤着鼻子。

在我二十二岁之前，我是大上海所有好人家女儿的完美范本，这个范本在我的生活圈子里有个名称叫淑女。在市井之辈口中，却有个更通俗易懂的名字，叫千金。我从小接受上海滩最昂贵最精致的西洋教育，熟于钢琴，略通绘画，也可以在适当的场合亮一亮歌喉。我随便乱涂的小文章，也能占据校刊的一个显赫位置。我在红十字会做义工时，还跟一个老中医学过一阵子把脉号诊。可是我既没有成为先我而生的潘玉良、林巧稚，也没有成为后我而生的顾圣婴，更没有成为与我同时代的张爱玲和苏青。不是因为我缺乏天分。每一位教授过我的老师，无一不被我超人的快捷和聪颖所震惊。别人花上十分的努力所做成的事，我通常只需要花上五六分。然而，我却一生一事无成。正如那位对我寄予厚望又最终对我大失所望的老中医所言，我若愚笨一些、家境贫寒一些，兴许我还真能精通一门技艺。误了我的，正是我的聪明和家境，因为我从不肯在那五六分之上付出额外的苦工。我对一切浅尝即止，我不想深究也不屑于拼命，一切对我来说都来得那么轻省。

他们对我的断言有几分道理，但也不全对，其实我并不是对所有的事情都那么漫不经心。我在那五六分之外再也不肯使上去的力气，会在后来的日子里孤注一掷地投在了一件事情上。冥冥之中似乎有一位神明在指点着我的人生，让我在二十二岁之前尽情偷懒，囤积气力，好在以后的一生里慢慢消耗，像冬眠的熊。我在二十二岁以后竭尽全力只做了一件事，就是爱一个男人。爱情是一场烟花，美得让人忘了生死。只是烟花瞬间即逝，我和他的好日子，从头到尾也不过四五年。后来他被一位资历很深的老师游说得动了心，起了离开上海的念头，他们就一起去了海峡的那一边。那阵子时局动乱，人心惶恐，船位不够，他们先走了一步去安家，临别时说好下一班船来接我和女儿。可是那一班船却永远搁了浅。

我们错过了一班船，也就错过了一生。

剩下的岁月，我都在清理那场烟花留下的残局。假如我从一开始就知道收拾残局的难处，我还会那样奋不顾身吗？这是个无解的问题。谁也不是上帝，不能未卜先知。纵使我预知了结局，我可能也舍不下那一场炫丽。先人的记忆一定在某个朝代出了差错，他们漏记了一个生肖。那个被遗漏的生肖是蛾子——飞蛾扑火的那个蛾子。而我，生来就是一只蛾子，我抵挡不了火，火也抵挡不了我。

二十二岁之前，我是淑女。二十二岁之后，我是骗子。二十二岁是一个清晰的分界线，中间没有渐进和过渡。二十二岁之后，我一夜之间学会了用谎言骗取各种东西。先是对父母。我编织了各种谎言骗取他们钱包里的银子，从他们眼皮底下支取离家外出的时间。后来，我开始骗他。比如，我会用减半的方式告诉他米和牛奶的价格，用不小心丢失来解释存在当铺里的首饰和大衣……

再后来，我就没有必要费心对他们撒谎了，因为他们都离开了我的生活，各以各的方式。但我又有了一个新的哄骗对象——我的女儿。我对女儿编织的谎言，要比前面的简单一些，我只需要杜撰我父母和他的死亡。从严格意义来说，我并没有杜撰我父母的死，我只不过把他们的死提前了几年，以便彻底抹去女儿见过他们的记忆。毕竟童年的记忆是柔软而边界模糊的，具有很强的可塑性，很容易在后来的日子里被覆盖和修补。

再后来，我的女儿也离开了我。她的女儿，也就是我的外孙女，迅速地填补了她留下的空缺，占据了我的心思意念。我编织谎言的能力，就是这样在永不停息的需要之中不停地得到抛光和砥砺，像一只越擦越亮的皮鞋。

我的外孙女出生之时，我已经在前面三代人、三种版本的谎言之中穿梭了将近二十年。我突然意识到了自己在接近能力的极限。她出生长大的那个年代，到处都是眼睛和耳朵。每一双眼睛都是高倍显微镜，看得见蚂蚁身上的毛孔；每一副耳朵都是高功率的放大器，捕捉得到最细微的风吹草动。一个涉及四代人身世的谎言有无数个细节，任何一处出了纰漏，那座建立在沙子之上的大厦就会轰然倒塌。经过几个无眠之夜，我在苦思冥想之后，最终决定用一个大谎言来取代无数个小谎言。我以和她切割血缘关系为代价，省却了一一修改她曾外公曾外婆、外公外婆和父亲母亲身世的麻烦。一个枝蔓纷繁细节丛生的谎言，是经不起时间的撑扯的，随时都有可能显露破绽。而一个只具备一条线索的简单谎言，无论多么荒诞，它被戳穿的几率就降低了许多——我只需要守住一道门。

我的亲外孙女就这样在我口中变成了从路上捡回来的弃婴。

从那条载着他的船离开、而接我的船迟迟未到时起，我就预见到了世道的巨变。于是，我频频地搬家，先是从一条街搬到另一条街，通常相隔甚远，后来干脆从一个城市搬到了另外一个城市。在时局交替的混乱夹缝里，我小心翼翼地坚守着谎言，并把这些谎言巧妙地传播给无可避免的邻居。

很多年后，当我孤独地躺在温州市郊一家养老院的床上，看着暮色的阴影渐渐涂上墙壁，并从中间隐隐认出了死神的翅膀时，我依旧还在回忆一生中撒过的所有谎言。我的记忆力并没有随着年岁消逝。我相信，即使在我的肉体消亡之后，我的记忆还会飘浮在空中，执拗地寻找着一个可以落脚的新躯体。我看见我的谎言排列整齐，一个一个地从我面前走过，一次又一次地接受着它们的创造者的检阅。

这就是我回忆往事的方式。谎言是一条绳索，结实、可靠、自给自足、永远不需要依靠外力支撑。它们把我的人生串成一个整体，我顺着它们摸索过去，就能轻而易举地找回出发时的自己。

在我躺在床上抚摸着一个个谎言的绳结时，"基因"、"遗传"、"突变"等词语，早已成为了科普知识。回顾我的一生，我忍不住突发奇想：在我父亲的精子和我母亲的卵子产生碰撞纠缠角斗融合的过程中，上帝是不是横插了一手，搅乱了基因原本的顺序，于是我身上就发生了某种常识无法解释的巨大变异，我具备了一种我的祖先身上从未出现过的奇异才能？我无师自通地熟知了通往谎言的所有歧路小径，我不仅善于编织谎言，我也精于讲述谎言。我知道如何选择词句和语气、掌控叙事节奏、制造必要的停顿和合宜的面部表情，使弥天大谎听上去像一个可怜的单身女人至死不想为人所知的私密真情。

但我并没有停滞于此，我还会走得更深更远。我还会钻研谎言的传播方式——如果不能传播，谎言便是大脑灰物质的奢侈挥霍。我会把谎言婉转迂回隐晦地传播给需要传播的人，用迟疑、顾左右而言其他等把戏来营造恰到好处的留白，让他们自己得出关于真相，抑或是关于假相的结论——那是把谎言坐落成事实的最有效的方法。

从二十二岁那年我由于拐错了一个走廊而在病房里撞上了我命中的克星之后，我就开始撒谎，一路撒到我看见了死神的翅膀。使用一个今天的时髦用语，我最初的谎言仅仅是出于"刚需"——我必须用谎言来引路，在黑不见底的隧道中找到一丝缝隙，并从中穿出。虽几经大难，所幸都不致命，我活过了一切乱世。

到后来，世道太平了，谎言从刚需变为软需，但撒谎却已经成为了我的习惯。我会为一件小事，毫无必要却面不改色地说假话。比方说，我告诉养老院的邻居，我新买的那件轻便式羽绒服，是我外孙女从意大利寄过来的新年礼物。其实，那件衣服是我的一个朋友从一家比地摊略强一点的小店里淘来的。我那垂老但依旧与众不同的气质，使得我依旧还有底气把一件街货颤颤巍巍地举到舶来品的位置。

严格地说，这个谎言也不是完全没有必要的，前半部分勉强算得上是刚需，因为我必须跟我的邻居坐实我那只闻电话声却不见其人的外孙女的存在。而后边的那个部分却完全是出于撒谎的习性。我的外孙女明明住在法国，而不是意大利。把法国搬到意大利，那纯粹是一时兴起。其实"一时兴起"也是谎言，因为对我来说这样的事情已经发生过一千零一次，早已不再是"一时。"在年复一年日复一日的谎言中，我惊讶地发现：我说真话时有些无所适从的别扭。我是说，我说真话时反而听起来更像是撒谎。

谎言一旦成熟并从我的口中脱落之后，我就完完全全地相信了它。我用迷信真相一样的虔诚态度，来对待我精心制作的谎言。其实谎言之所以被别人揭穿的最根本原因，是因为撒谎者对自己的话缺乏自信。我们严重高估了人们对于谎言的质疑能力，其实人们远比我们想象的轻信。谎言不需要重复一千次才可以成为真理，有时一次就够了，只要具备严密的逻辑、饱实的细节和合宜的传播方式。

我扯远了，我还是趁着脑子还灵光，把话拉回来，说一说我的女儿吧。

我女儿叫小抗，她出生在日本天皇颁布终战诏书的那一天。在那一两年里出生的婴儿，很多取名"抗"或者"胜"，我并不担心她的名字会暴露她的身世。在她的父亲登上那条没有归期的轮船时，小抗还不到四岁。而当我再一次得到他的信息，则是半个世纪之后的事了——那是后话。

我带着女儿搬去杭州，又在杭州城里搬了几次家。经过这几次搬迁之后，我成功地抹去了有关他的一切踪迹。等到我们最终在杭州城南一间破旧的小平房里住下并登记了户籍时，我是一个名叫李玉平的穷寡妇，带着一个名叫李小抗的独生女。小抗姓的是我的姓。当然，我的姓也不真的是我的姓，我早已不再是那个吴门千金。幸亏我的父母都已在几年前相继去世，我也已经割断了以往所有的社会关系。

其实，在我不明不白地搬进那个贫困潦倒的画家的阁楼时，我就已经疏远了所有的同学朋友。我需要彻底斩断的，只不过是那些粘连在刀刃和切口上的细丝。我换了名字换了服饰换了发型，不参加任何社会活动，也不在任何人多的场合走动，我成了一个游移于时新和进步之外的自由粒子。

我没有工作，靠给人织补衣裳、糊火柴盒子为生。外头的世界正在经历风起云涌翻天覆地的变革，冲在浪尖上的人很多，而我不过是浪花溅不到的一粒泥尘。在那个筛孔非常细密的年代里，没有人能真正经得起盘查，只是我的姿势太卑微低贱了，勾不住任何人的目光，于是我和小抗总算安定了下来。

当时我还没有想到我的周密计划里存在着一个潜在的后果：我把我的来路覆盖得太严实了，以至于多年之后，那个坐船离去的人终于归来时，他已经无法在那条面目全非的路径上，找到一个隐约熟悉、可以下脚的路口。

可当时我却顾不上。母狼在护犊的时候，想到的只是猎人，而不是公狼。在乱世里，所有的母亲都是狼。

在杭州的最初几年里，我活得心神惶乱，对什么事情都没有一个长远打算。我和小抗的日子是建立在一个弥天大谎上的，我白天黑夜都担心谎言长链上的某一个薄弱环节，会在时间的撑扯之下，现出破绽。每天我都会把谎言在脑子里从头到尾仔细地过上一遍，像放电影，然后用各种各样的自问和自答，来熨平每一条形迹可疑的皱褶。有一天，小抗和美术兴趣班的同学野外写生归来，她没进屋找我，而是躲在灶披间的墙角，抽抽噎噎地哭了起来，声音里充满了恐惧和羞耻。我闻声走过去，看到了她格子裙后边的血迹，才恍然大悟：她长大了，在我的眼皮底下，我已心不在焉地错过了她的童年。

小抗的怪异举止，其实早在出事之前就开始了，星星点点，零零散散。那些斑驳的碎片，却是在她身后，才一块一块地在我的脑子里聚成一张完整清晰的图片。当然，为时已晚。

小抗自小喜欢画画，后来考上了少艺校的美术班，离家远，就在学校住宿。周末回到家来，并不怎么看书做功课，却总抱着素描本不放，画厨房里的蔬菜瓜果，画窗外的街景，也画我。刚开始的时候，她很爱讲学校的事，讲老师，讲同学，讲绘画课里发生的事。她说她的写生课成绩考了全班第一，老师说在女孩子中间，很少能看到她那样好的透视素描眼力，那是天分，将来笃定考得上美术学院。

后来她的话就渐渐少了，只是常常照镜子，对着镜子微笑，脸蛋红红的，眼睛里闪着亮。周日晚上上床睡觉时，她会用锯成小段的竹竿卷着头发，第二天一大早坐公共汽车回校的时候，她的额上会出现一帘蓬松卷曲的刘海。我看着她背着书包画夹赶公共汽车的背影，总觉得她的鞋底沾着两片弹簧。

有一个周日我买菜回来，发现她坐在床上，背着身子，正在看一样东西。她太聚精会神了，竟没听见我的推门声。她猝不及防地看见了我，一慌，手里的东西就掉在了地上。我捡起来，是一张照片，是老师带着一群学生外出写生的集体照。我就没在意。

我没在意的事情远不止这一件。

小抗开始问我要零花钱。不多，三毛五毛的，但断断续续，一直没有停过。学校根据家里的收入情况，给了小抗一份助学金，并免了学杂费。小抗知道家里的境况，以前从没问我要过零花。我有些惊愕，问她要钱做什么，她的回答每次都不同，倒也合乎情理：买颜料，买纸，买速写本子，付郊游的午餐费，凑份子给参军的同学买礼物……每一次看见我犹豫，她总会怯怯地加上一个尾巴："如果不行，我就省一省伙食。"我听了这样的话后，就会立刻打开我那个已经被硬币磨出洞眼的小钱包。天底下所有的儿女在还没学会说话时，就已经准确无误地摸到了父母的软肋。我如此，我女儿如此，我女儿的女儿依旧如此。那是天道，我们总是在事后看清实情。

后来她就不再每一个周末回家了。她不回家的理由是：学校春游、去郊区参观人民公社、去探望生病的同学、排练国庆节目……她说这些话的时候，眼睛直视着我，面色安宁自然，完全不像在撒谎。这些谎言之所以听起来很真，是因为它们已经在长久仔细的研制过程中磨平了所有的瑕疵。一直到她走后，我才意识到：我当年对我父母撒下的每一个谎，都在我女儿身上得到了报应。精明的是我，愚钝的也是我，我年轻时的历练非但没有让我警醒，反而成了我的盲点。

在她出事前的那个秋天，又一次她回到家来，我发现她面容憔悴，眼圈发青，脸颊上浮现着隐隐的雀斑，眸子却依旧晶莹闪亮。她那天没胃口，只喝了半碗冬瓜汤，就吐了。小抗是个早产儿，体质从小就弱，体重比同龄的女孩子都轻，肠胃时常犯病，一口东西不顺，就会呕吐拉稀。那阵子她们学校一直在组织学生下乡，给人民公社写标语画壁画设计宣传板报。我以为她受了劳累，那天她出门时，我掏了两块钱给她，让她在学校食堂买点荤菜补充营养——这是我一次性给过她的最大票额。她犹豫了一下，最终还是收了。我至今还记得她把那两张一元纸币小心翼翼地折叠起来放进铅笔盒时的神情。那天她的脑子里应该有两队人马在开战，一队是母亲，一队是爱情。世上所有的战争都有输有赢，结局很难未卜先知，唯独这类战争尚未开场就已定胜负，败下阵来的，必定是母亲。

小抗并没有用这个钱来改善伙食。

我给小抗的每一笔钱，她都没有用在她说的那些事上。

其实她的学校提供了所有的绘画材料，她不需要自己花钱购买。她把那些从她和我的牙缝里挤出来的钱，用在了一个我根本没想到的用途上。她死后，我在她的书包里发现了一个盖着百货公司印戳的纸包，里边包着一条暗红色的线织围巾。围巾里塞着一张纸条，上面是小抗工工整整的字迹："送给你，天冷了。"

就在她出事的前一个星期，她在学校赶作业，正赶上变天，起了大风。我想起来她还没有带上厚冬衣，就从箱子里拿出旧年给她缝的棉袄，用竹耙打松了，给她送到了学校。我逼她当着我的面换上，当时我只依稀觉得她扣纽子的时候有些吃力。

这个年纪的孩子，正长身体呢。下回再缝棉袄，要再宽松个两三寸。回家的路上，我对自己说。

就这样，我，一个曾经精通谎言之道的女儿，一个从来眼观六路的母亲，一个略懂医术的半拉子医生，竟然对所有昭彰的迹象视而不见，眼睁睁地看着自己的女儿一步一步走向了那个万劫不复的深渊。

我最后见她的那天，是个周末。她原先说好了不回家，后来想起把一幅素描稿落在家了，就临时决定回来取。至今回想起来，我总觉得冥冥之中她是知道那天是她的大限的，所以她会巴巴地赶回来，死在我的怀中。她没能给我送终，但我至少给她送了终，她不至于一个人在惊恐中孤孤单单地上路。

那天她到家时已经是周日的中午了，我不知道她会回来，所以没留她的饭。我捅开火烧了一碗西红柿蛋汤，泡了点剩饭让她将就着吃了。她吃完了，说想睡几分钟。她从来没有午睡的习惯，我猜想她真是乏了，就关上门，让她一人睡在床上，自己坐在门外织一件刚开圈的毛衣。我织的毛衣针脚均匀，花样时新，而且手脚利索，假如没有别的事拖延，三四天就能完工。渐渐地，在弄堂里就出了名，隔一阵子就有人送上活来。大人一件两块钱手工，小毛头一块五，倒比糊火柴盒来钱。

那天真是个好天，没有一丝风，树木犹如招贴画上的景致似的一动不动，雀子飞来飞去很是闹腾。阳光从窗户里透进来，正正地落在我脸上，晒得我浑身酥痒，眼皮发黏。那天我感觉像个舒服得随时可以去死的老太婆，尽管我还不到四十岁。

后来我被一阵呻吟声惊醒，迷迷糊糊地睁开眼睛，细细一听，那声响来自屋里。我扔下毛衣，推开房门，只觉得眼前唰地蒙上了一层厚厚的云。过了一小会儿，那云终于散了，我看清了床上的血。不，那不像是血，倒像是混了太多朱红颜料的水。那水已经润透了被子，正顺着被角滴滴答答地往地上流。

我的腿脚一软，怎么也使不上劲。我半滚半爬地扯过一条毛巾，想去堵，却找不着伤口——我这才发觉那血是从两腿之间流出来的。

我是怎么把小抗送到医院的，我已经完全想不起来了。我只隐隐记得坐在急救室外边的长凳上，身子簌簌发抖，手里捏着一团自己的衣襟，感觉指间的布正从温润渐渐变凉，最后结成一个硬坨——那是小抗粘在我身上的血。

我也不记得我在外边坐了多久，等医生最终把我叫进病房的时候，窗外的天色已经转黑。

"子宫畸形……"

"你不知道她怀孕？……"

"早来做检查，也不至于……"

"失血过多，怕是……"

那天医生说的话，像一群绕着我飞来飞去的蜜蜂，嘤嘤嗡嗡。那声音没有边界，相互混淆，难以分辨。我只知道有一根刺扎进了我脑子，很深，很疼。

那根刺是："晚了。"

我走进屋，看见小抗全身都盖在一床洗得混了色的白被子里，只露出一张尖瘦的脸。她听见我的声音，睁开双眼，面颊上泛起两团湿润的桃红。那一刻小抗的样子看上去就像是从睡梦中刚刚醒来，迷糊，慵懒，却养过了精神。尽管我知道那是输血之后的反应，我依旧心怀希望——我希望那天碰上的是一个不知道自己在说什么的庸医。没有人能够夺走一个母亲的希望，即使死神已经站在跟前，母亲也总是拒绝辨认。

"小抗，妈在，你能好。"我从被子底下找到了她的手。她的指头在我的手掌里动弹了一下，却又停住了。她没有力气。

她转不动脸，她能转得动的，只是眼睛。她的目光从我的脸上挪移开来，在屋子里转了一个圈，最后落在了护士脸上。护士见过了太多的病人，她熟悉这样的表情，她一下子就懂了。护士转身出去，一会儿回来时，臂弯上多了一个布包。

布包里是一团褐色的肉。我说它是肉，仅仅是因为我一时找不到任何别的词来形容它。它很小，小的像一只瘦弱的兔子，或者说，一头肥大的老鼠，手掌般大小的面庞上有很多条皱纹。那些皱纹在不动的时候，更像是雕刻家手下的刀痕。护士把布包送到小抗面前，小抗的眼睛倏地睁大了。那肉团大概觉出了光亮和热度，脸突然裂开，露出两条细细的缝——是眼睛。

它哭了。

哭是我的猜测，实际上它既没有声响，也没有泪水，但它脸上的那些刀痕激烈地走动起来，像沸水里的面条，嘴巴张成一个黑色的洞。

"你有什么话，赶紧，跟你妈说。"护士俯下身子，对小抗说。

护士明白，小抗也明白。护士的明白来自经验，小抗的明白来自感悟。而我，却是三人中间唯一糊涂的。我拒绝明白，因为明白意味着撒手。我情愿糊涂，我实在是，不情愿撒手。

小抗的手指在我的手心挣动了一下，我突然醒悟过来，她要我去抱那个布包。我犹豫了片刻，我只是感觉陌生。

不，陌生是一种委婉说法，其实我对它充满了憎恨。它是老天爷突兀地横插在我和小抗中间的一条鸿沟，它来了，要把我和小抗永远隔绝在两头。

我厌恶地偏过了头。

这时，我觉出了隐隐的疼痛——是小抗的指甲在掐我掌心的肉。我发觉小抗的脸色正在渐渐黯淡下去，仿佛血已经找到了另外一条出路，我知道她已经用尽了最后一丝力气。

我从护士手里接过了那个布包。

"小抗，有我。"我听见自己喃喃地说。

那是一句不由自主的话，也许经过了脑子，但肯定没经过心。

"这丫头，活不活得下去，就得看造化了。"护士悄悄对我说。

"告诉我，那人是谁？"我问。

小抗的呼吸急促了起来，仿佛喉咙里堵着一口浓痰，她没有力气把它吐出来，或者咽回去。

"来不及了……"护士叹了一口气。

小抗的嘴唇翕动了几下，却没有声音。

我把耳朵贴过去，她在喘息的间隙里，费力地吐出了几个字。

"崔……我爱……"

这是小抗留下的最后一句话。

两个月后，我抱着这个孩子去了小抗生前就读的少艺校。

学校正在放寒假，学生大多已经回家过年，留在宿舍区的人不多。我特意挑了晚饭后的时间，为的是躲人眼目。

前一天刚下过一场雪，积雪未化，在地上结了薄薄一层冰，路灯照上去，像一片铺满灰土的水泥地。风吹到脸上，尖牙利齿地啃着肉，我的额头却在冒汗。路滑，眼睛靠不住，我得小心翼翼地挑着脚下的路，每一步都费心费力。

扣扣不冷。扣扣不可能冷。扣扣穿着厚毛衣，毛衣外边是一件配着同样花色的帽子的棉袄。从里到外，这一套都是新的。在毛衣和棉袄之外，还包着一床小被子，也是新的。那天的扣扣像一只严严实实地裹在竹叶里的粽子。

扣扣睡得很沉，呼吸哧哧地在我的胸脯上钻着一个个热乎乎的小孔。她的脸色依旧是棕褐色的，只有鼻尖上浮着一块小小的粉红。额头上那些刀痕一样的皱纹不见了，它们是在前几天的一个下午突兀地消失的。我的医学和生活常识告诉我：那些皱纹绝对不可能在一刻之间消失——那应该是个渐进的过程。可是我的记忆并不认同常识，记忆有自己的路数。我明明记得：在饱饱地喂她吃过一碗掺着炼乳的米汤之后，她迷迷糊糊地睡着了。等她再醒过来时，她看上去平滑得像一枚新剥出来的鸡蛋。

那天是正月初九，街上还东一下西一下地响着零零散散的鞭炮声。不知哪家楼台上的一个瓶子被风刮掉了，咣郎一声巨响，在我的脚下炸成无数个碎片。扣扣吃了一惊，倏地睁开眼睛，嘴一瘪，想哭，却没有哭出声。我很熟悉那样的表情。从我把她抱回家的第一天起，她就很少哭。她太安静了，有时我会忍不住伸手过去探她的鼻息，看看她是否还有气。她似乎一直在用超常的静默来为自己不合时宜的出世道歉。兴许冥冥之中，她已经知道我要把她送走，她活得战战兢兢。她把自己缩了又缩，缩成一粒粉尘，指望着我能够承受一粒粉尘带来的不便，而把她留在身边。

扣扣醒过来，望了我一眼。不，应该说，瞪了我一眼。那是一种我从未见过的眼神，很尖，很深，是忍到了底的哀怨。一个四十岁的成年人被一个两个月大的婴儿看得无地自容。扣扣的目光剜得我的心抽了一抽，那疼跟平素的疼不一样，那疼有个名字叫愧疚。

不舍是在那一刻里生出来的。

其实我明白，不舍是不可能在一刻之间形成的。不舍是在平素最寻常最琐碎的事情上慢慢长出了根须的，比如当我喂她第一勺米汤，她一口吮住了我的手指时；比如当我为她一针一针地织着她人生的第一件毛衣时；再比如当我用"扣扣"两个字呼唤她，她第一次扭过脸来回应我的时候……可是那天我的脑子固执得像花岗岩，我坚定地认为不舍是从扣扣剜我的那一眼里冷不丁冒出来的，是一株无根的苗。

扣扣是我给她随意起的小名，我只是把它当作一个暂时的过渡，就像我们随意叫一头街猫"咪咪"，一条野狗"汪汪"一样。无论我怎样舍不得，我心底里明白，扣扣不属于我，她只是在回到她该去的地方之前由我暂时保管而已。她永久的归宿在那个姓崔的美术老师家里，他才拥有她的命名权、抚养权，以及从这些权利中衍生出来的数不胜数的其他权利，比方说感受她的呼吸在他胸脯上钻出温软洞眼的权利、剪她第一次胎毛并把碎发保存在饼干盒子里的权利、给她缝制人生第一个书包的权利、教她写下自己名字的权利，等等等等。我至今没有给她上户口，只是为了能把她尽可能完整地保留在出生时的样子，然后把她交给她的生身父亲。

我早已打听到了他住在校外的一栋教工宿舍里，一楼左侧第二个单元。这个地点让我略微松了一口气，因为我至少可以绕过传达室繁琐的盘查和登记过程。我有九十九个理由大肆声张，可是我不想这样做。我不是泼妇，他也不是流氓。我相信小抗的眼力。小抗是从我的肚子里出来的，带着我的精神气血，她和我一样，都属飞蛾，让我们奋不顾身的，只能是火，而不能是淤泥。我和他都有不想张扬的秘密，正应了一句歇后语，是"秸秆打狼——两头都怕"。

即使我不知道他的详细地址，我也能在这座小楼的所有房间中一眼找出属于他的那一间，那是因为他门上贴的那幅年画，假若那也可以被称为年画的话。这座楼里大部分人家的门上都贴着颜色新鲜的窗花春联，他家也有，却和别家不同。他家贴的，是一张西洋画，是皑皑白雪覆盖之下的田野树木和农庄，是新华书店批量印制的、一毛钱一张的印刷品。

扣扣又睡了过去。扣扣很好哄，轻拍几下就会入睡。我很少抱她，也很少哄她，我不想让她习惯我的怀抱。其实是我不想让自己习惯她在我怀抱里的重量和温度，我害怕她走后留下的空洞。她的生命刚刚开始，柔软如海绵，能很快填上生活留给她的缺口。而我却是一块硬木，我已经没有伸缩的余地。我无法充填生活留给我的缺口，我唯一能做的只能是预防。

我抱着沉沉睡去的扣扣，站到了这个男人的门口。

那是一栋破旧的二层楼房。确切地说，是平房改建加盖成的二层楼房。二楼没有问过一楼的意思，就把自己蛮横地骑在了一楼的肩上，两层楼之间那条懒得粉饰的衔接线，昭彰地宣告了它们的不同年龄和身世。

崔家的窗口不知何故比旁边的几家都略小一些，一条看不出颜色的窗帘半开半掩，露出一片裸玻璃。我的眼睛顺着窗帘的裂口，看到了一角屋里的情景。

屋里的摆设很简单，只有一张长方形的饭桌和三张木凳。床肯定是有的，只是我看不见，我猜测它藏在窗帘遮挡住的某个角落。我用了"饭桌"这个词，是因为我看见了桌子的最外边盖着一个竹罩子。每一户江南人家都有一个这样的罩子，看见它你就会立刻联想起剩饭剩菜，而绝不会产生任何歧义。但这个竹罩子只占据了桌子的一个角，桌子另外的一半堆满了书本、纸卷、颜料和笔筒。在文具和竹罩子的中间，趴着一个七八岁的小姑娘。小姑娘正在写作业，眼睛近近地贴在本子上，两只胳膊肘小心翼翼地缩在竹罩和纸卷之间的狭小空间里。小姑娘的鼻尖通红，喉咙里时不时发出一些像咳嗽又像是喘息的声响。

不远处的地上蹲着一个女人，正在一个木盆里搓衣服。女人背着身子，我看不清她的脸，只是觉得她瘦，棉袄底下似乎能看得出肩胛骨，肩膀正随着两只手臂的动作一高一低地颤动。

"崔建国，你给我拿块新肥皂出来。"女人抬起一只胳膊擦了擦溅到头发上的肥皂泡，对着屋里喊道。

女人喊话的时候没有看人，女人的声音似乎没有方向也没有目标。那声连名带姓的呼唤听起来有点怪异。这个本该是大人责骂悖逆的孩子、老师训斥犯了错的学生时使用的称呼方式，在这里非但不具备威严和疏隔，反而隐含了一丝狎昵。

我看不见那个叫崔建国的男人，只听见他含含糊糊地回了一句话。我没听清，但是女人听清了。

"放毛巾的那个抽屉里，靠右。你天天住在这里还不知道，我两周来一次倒比你清楚，什么人呐？"女人说。

女人的话像是一块双层米糕，上面一层，下面一层。上面一层的里，是下面一层的面，两层相互交缠，各有各的味。上面一层听起来是唠叨，是抱怨，而底下一层把唠叨和抱怨劫持了，拐上了另一条道，变成了撒娇，甚至有那么微微一丁点儿，撩拨。

男人终于走进了窗帘给窗户留出的那个缺口。男人偏着身子，我看见的是一个笔直高挑线条分明的侧影，像剪纸。他穿着一件灰布中式棉袄，转过身来时，我发现他的前襟半敞着，露出里头一件藏蓝色的鸡心领毛衣，毛衣领子里是一件白色的衬衫。我一下子想起了从小抗书包里发现的那条红围巾。小抗的围巾一定是比着这件蓝毛衣买的，在挑选的时候，小抗的脑子里就已经有了一幅红白蓝三色的水粉画底稿。

男人把一个长条纸包递给女人，女人接过来，撕了包装纸，就要掰里头那两块连在一起的肥皂。女人试了几下没掰断，就拿着皂条在木盆的边缘上狠狠地磕了一下。肥皂从中间断开了，女人把一块搁在皂盒里，另一块递回给男人。

男人从地上捡起那张包装纸，叠成一个四方形，重新把剩下的那块肥皂包好。男人包肥皂像在包一件精美昂贵的礼物，每个角都方正挺括。终于包好了，又递回给女人。

"你带走吧，我一个人，用不了这么多肥皂。"男人说。

女人这才抬头，瞟了男人一眼。

"你的衣服怎么总是白白净净的？还用不了呢，我看是不够。"

男人低头看了一下自己身上的衣服，仿佛在找油迹，或者污垢。男人没找到，就嘿嘿地笑了，有些自得，也有些羞涩。

趴在桌上做作业的小女孩抬起头来，看了男人一眼，又看了女人一眼。

"妈妈，爸爸不干净，爸爸的领子上有油味，我都闻到了。"

女人和男人同时笑了起来。男人走过来，用手里的纸包轻轻地敲了一下女孩的头。

"你一只小毛头知道个啥？好好写作业。"

女孩把头又埋进了作业里，鼻子紧紧贴着本子，像是在闻字。

男人看着女孩写了会儿字，突然问："小雨，这个月老师让画了什么画？拿出来让爸爸瞧瞧。"

女孩跳下桌子，去够挂在墙上的一只书包。女孩在书包里掏出一个本子，交给男人。男人的两只手围成了一个圈，把女孩围进了圈里。女孩从圈里挣出两只胳膊，帮着男人一页一页地翻看着那个本子。女孩一页一页地解说着，男人没说话，只是用下颌轻轻地摩擦着女孩的头。女孩痒了，便忍不住把身子扭来扭去。

我本想去敲门的，那一刻，我伸在半空的手却凝固了，勾成菱角的指头变成了几个僵硬的铁环。

过了一会儿，我才把手缩回到怀里。我从怀里掏出那条小抗留在书包里的围巾，系在门把手上，就转身走了。

走到街角了，我回过头来，依旧看见那个红色结子和底下的碎须，在风中抖呀抖。

多少年之后，回想起那一刻，我依旧感谢上苍，叫我从那个窗帘留出的缺口里，看见了那样的一幕。那天我什么都看见了，唯独没有看见小抗。小抗也许存在过，在那个男人的心里。小抗这样的女子，一定是把大砍刀，能把那个男人的生活砍出一个深渊一样的伤口。可是小抗的刀再狠，也狠不过生活这条河流。刀痕在小抗的身后严丝合缝地合拢了，水照样朝前流，日子照样向前走，小抗来过了，却又似乎从来不曾来过，这个世界。

扣扣在我怀里轻轻震颤了一下，仿佛做了个梦。她从被包里挣出手来，在空气中抓捞着什么。可是她默不作声，她生来和声音有着不解之仇。

不，小抗有扣扣。

扣扣是小抗在这个世界上来过一遭的铁证，没有人抹得去这样的痕迹。扣扣是小抗留给我的话，我听见小抗对我说："妈，我的刀狠过了命运的河流。"

那天我回到家，就开始考虑如何找渠道和人对换户口，换到一个比杭州小的城市。从省会换到小地方，应该相对容易。

我要给扣扣一个新的开始。

一个从石头缝里蹦出来的干干净净的开始。

扣扣读一年级的时候坐第一排。

扣扣读二年级的时候坐第一排。

扣扣读三年级的时候依旧还坐第一排。

一年级的时候，扣扣排队上体育课，在同学中是小矮个。

二年级的时候，扣扣排队上体育课，在同学中是小小矮个。

三年级的时候，扣扣排队上体育课，在同学中间是侏儒。

一年级的时候，扣扣是同学中间的公开笑话。除了老师，没有人会叫她李蔻——那是她户口本和校服上的名字，所有的人叫她"矮蹲儿"，当面，或者背后。

到了二年级，过了一个暑假回到学校，所有的人都蹿高了一个头，扣扣的个子依旧没多大变化。同学还是叫她"矮蹲儿"，不过，大多是在背后，因为已经没有几个人愿意和她搭话了。

到了三年级，又过了一个暑假回到学校，所有的人又都蹿高了一个头，扣扣依旧还是老样子。再没有人叫她"矮蹲儿"了，即使是背后。她已经被谈论得太久，她已不再是话题。偶尔说起来，大家会用"那个人"来称呼她，心照不宣，不约而同。说到她的时候，大家眼神里会闪过一丝隐隐的厌恶，仿佛她是一块被人吐了一口痰的抹布，多看一眼就要呕吐。

扣扣对一切置若罔闻，扣扣完全习惯了独处。在那个挤着五十多个学生的窄小教室里，她的座位就是她的城堡，她有自己的一扇门。假若有人偶然间闯进她的城堡和她说话，她反而会惊吓得打一哆嗦。

外婆那半吊子医学知识，远远不够解开扣扣身高的谜底，于是外婆带着扣扣看遍了城里所有的医院，所有的儿科医生。一切正常，心肺、肝脾、胃肠、肾脏、膀胱，甚至盲肠。所有的医生似乎都事先串通好了，说的话几乎一字不差，都是"增加营养"。他们给外婆开的处方，无一例外是一张免除计划票的猪肝供应单。

每一次离开医院，外婆的心里都充满了失望。假如可以用颜色来描绘外婆的心情，外婆已经从淡青进入了深灰，再往前一步就是暗无天日的漆黑。扣扣的年龄在一天一天增长，扣扣身量和年龄之间的差距，在一天一天地拉大。龟兔赛跑的故事，外婆虽然多次讲给扣扣听过，但外婆并不全信。外婆信的只是开头，而不是结尾。外婆知道乌龟赶不赶得上兔子，不仅要看兔子有多懒，还得看乌龟落得有多远。

医生千篇一律的建议，已在外婆的耳膜上磨出了茧子。不需要医生的提醒，外婆早已经在疯狂地给扣扣加餐。扣扣每天上学之前吃的那碗泡饭里，都卧着一个荷包蛋；扣扣每天放学回家，桌子上已经摆好了一杯用开水冲开的炼乳；每隔半个月，外婆就要去一趟乡下，到农民那里买一只老母鸡，剁成块熬鸡汤。鸡肉吃了，汤还可以用来拌饭。

扣扣对外婆塞给她的食物表情漠然，既没有明显的欢迎，也没有明显的抗拒，但吃起来却有几分勉强。落在扣扣嘴里的仿佛是一串橡皮筋，咬啊咬啊怎么也咬不断，喉咙费劲地蠕动着，脑门上杠起青筋。扣扣总是吃一些，剩一些，剩在碗里的和落在肚子里的数量大致相等。外婆实在看不下去，就把分量减了些许，可是浅了之后的碗里，依旧还会剩下一半食物。外婆终于明白了，扣扣的计量单位不是斤，不是两，也不是克，而是"一半"，所以外婆又把分量加了回去。外婆起先以为是味道寡淡，就拼命加糖、加盐、加麻油、加料酒，甚至加胡椒，外婆穷尽了家里所有的计划供应票，也没能让扣扣多吃上一口。

有一天傍晚，外婆坐在窗前织毛衣，扣扣趴在桌子上做功课，外婆半天没听见声响，就抬头看了扣扣一眼。原来扣扣没在写作业，而是两手托着腮帮，怔怔地盯着窗外出神。窗外是一棵落完了叶子的梧桐，光秃秃的什么也没有。那一刻外婆突然产生了一种错觉，觉得扣扣的脸上也是什么都没有，只剩了两只眼睛，两只巨大幽黑、深不见底的眼睛。外婆走过去，发现扣扣的作业本上画了一个人头，一个没有五官只有脸部轮廓的人头。吸引了外婆目光的是喉咙。喉咙两头都很细，只有中间鼓出一个硕大无比的包，仿佛是吞食了大象的蛇身。

那个晚上，外婆睡不着，翻来覆去地想着扣扣画的那个人头。

那喉咙里噎着的包，是扣扣吞不下去的食物么？自己是不是把扣扣逼得太狠？外婆暗想。

会不会是，扣扣这些年一直忍着的、没说出来的话？

外婆被自己的想法吓了一跳，几乎从床上弹了起来。

第二天，外婆和学校请了假，带着扣扣去了城里最大的第一人民医院。外婆打听到医院新近来了一位医生，是儿科高手，早年留过洋，因为犯了错误，才从上海华山医院贬到了小城。"贬"是外婆自己的说法。外婆好多年不在社会上走动了，外婆的词汇赶不上趟了。外婆不知道这个过去叫"贬职"的词，现在叫"下放。"

犯了错误的医生看起病来格外认真，翻过了所有的检验报告，又仔仔细细地检查过扣扣的身体。医生的嘴唇抖动了一下，却欲言又止。外婆的心提到了喉咙口。外婆看出了这张脸上的表情，和别的医生有些不同。外婆觉得这张嘴里一定含着一把开门的钥匙。

外婆等了很久很久，世上所有的沙漏和钟表都停了，陪着外婆一起等。

医生终于开口了。

"正常……营养……锻炼……睡眠……"

没有新说头，还是前面医生说过多遍的老话。

外婆的脑子嗡地响了起来。

"正常"是扣扣的判决书。盖上了"正常"这枚朱红大印，扣扣就被判了无期徒刑，她一辈子都将是无可救药的侏儒。

这位从上海贬到温州的医生是外婆的最后一根稻草，外婆在上面压上了全身的重量。稻草断了，外婆坠到了谷底。外婆爬不上去了，外婆再也没有力气。

那天外婆领着扣扣走出医院，突然认不得路了，外婆的眼睛和脑子一片空白。外婆隐隐听见头皮在发出嗤嗤的声响，要等到第二天早上梳头的时候，外婆才会明白：那是她的白头发在一根根地往外钻。

外婆拖着扣扣茫然地走到街角拐弯的地方，突然觉得袖子被人拽了一下，回头一看，是那位上海来的医生。

"我想问，问一问，这孩子小，小时候，受过什么惊吓，没有?"医生跑了几步路，跑得气喘吁吁。

外婆一怔。看过了这么多医生，却从来没有一个人问过她这个问题。

"刚才旁边有人，我不方便，问你。"医生解释说。

医生的话在外婆的脑子里捅了一下，尘土飞扬起来，又渐渐落定，外婆隐隐看见了一条路，一条从前没发现的新路。

"我年轻的时候，专门学过，儿童心理学，在美国。"医生警觉地看了看四周，小声说。

外婆犹豫了。

若是沿着医生指的这条路走下去，兴许能见到光亮，可是中间有无数个陷阱——那是她自己用谎言挖掘的。她走得再小心，也很难绕得开去。她只要一开口，迈出这第一步，就有可能掉入陷阱，那就是死。她要是不开口，等在原地不动，她兴许不死，可扣扣得死，是那种慢慢的死法。

她死了，扣扣活不成。扣扣死了，她也活不成。走是死，等也是死，唯一的区别是谁先死，怎么死。

反正都是死，不如痛痛快快地死。

外婆想定了，就从兜里掏出了一张纸，交给医生。

是扣扣画的那个人头。

扣扣上小学一年级的时候，外婆又搬了一次家，从桥儿头搬到了九山。

扣扣三年级下半学期的时候，外婆再搬了一次家，这次，她们搬到了荷花里。荷花里在城南，是小城的边界，再走几步就是农田了。扣扣问外婆为什么总是搬得那么远？外婆说这里人少清静。外婆每一次搬家都是为了同一个原因，尽管扣扣从来没见家里来过客人。

星期天下午，外婆说肚子鼓胀，要拉着扣扣出去走一走。扣扣有些吃惊：除了买菜和去医院，外婆不太出门。外婆即使出门，也极少带上扣扣。

如果把外婆和扣扣住过的地方在温州城的地图上标识出来，再用几条线相互串联，大致也是一张疏疏的蜘蛛网。随外婆住过这么多地方的扣扣，依旧不认识这座城市。在学校里，扣扣不参加任何集体外出活动，比如春游、学农、六一和国庆游行——外婆已经和老师达成了协议。扣扣的身高，也就是说，扣扣的病，是一桩不辩自明的道理，外婆几乎不费唇舌。

当然，外婆也没问过扣扣的意思。

扣扣对这个城市唯一的知识，来自从家到学校的那条路。扣扣上过两所学校，两所学校都离家很近。比如说九山的那个住处，从家到学校是三百五十六到三百五十八步之间，扣扣细细数过，而从学校到家略微远一点，是三百七十二步左右，因为放学走的是后门。扣扣熟知那三百六七十步路途中的每一座房子，甚至知道哪家养猫，哪家有狗。可是那三百六七十步路对一个城市来说不过是一粒小石子，她即使拥有了一口袋这样的石子，她依旧不认识这座城市。

外婆个子很高，从后面看起来，腰几乎长在背上，腿几乎长在腰上。外婆走起路来，像踩着高跷，扣扣得走三步，才赶得上外婆的一步。可是外婆并没有停下来等一等的意思，外婆那天一点儿也不像是在散步，扣扣的脚几乎没有点地的工夫。

外婆那天走的都是小路，从一条小巷拐入另一条小巷，再拐入另一条小巷，有一次，甚至从一户人家的院子里穿过。如果把外婆那天的脚踪画下来，那一定是无数个"之"字。扣扣很奇怪：不太出门的外婆，却似乎在这条路上已经走过了一千次，外婆的脚没有在任何一个拐弯处显示出丝毫的迟疑和踌躇。

扣扣不知道时间，扣扣只觉得走了很久很久。最初让扣扣觉出累的是肚子，后来才是腿脚。扣扣觉得肚子变得奇怪，肉很瘪很软，软得像扯过了劲的橡皮筋，薄薄地贴在腰上。肚皮一松，全身都松，身子扯不动腿，腿扯不动脚，扣扣就走不动了。在扣扣的记忆中很少有饿的时候，所以扣扣撞上了饿还不知道那是饿。

扣扣问外婆要去哪里？还要走多远？外婆说没去哪里，随便逛逛，快了快了。外婆没明白这两句话是相互打架的，"快了"有个目的地，而"随便"却没有。外婆没想到逻辑，外婆只是着急赶路。途中好几次外婆撩起衣袖看了一眼手腕，摇了摇头，又把袖子放了回去。这是外婆的习惯性动作，其实外婆的旧手表早在三个月前就已经进了委托行，现在留在外婆光秃秃的手腕上的，只有一个白皙的圆印——那是阳光绕过表壳咬下的齿痕。外婆着急，是因为外婆和扣扣一样，都失去了对时间的判断能力。没有手表的外婆已经不知道怎样才能保证准时，外婆现在只剩了一个笨方法，那就是提前。

走着走着，外婆就觉得自己手里捏着的那只手有了重量，扣扣的步子越来越慢，越来越沉了。外婆在路边停了下来，从兜里摸摸索索地掏出一个手绢包，打开来，放到扣扣眼前，是三片动物饼干。

外婆的饼干罐里一年到头都藏着动物饼干。外婆的饼干罐就摆在明处，伸手可及，外婆从来不担心扣扣会偷。扣扣不是不喜欢饼干，只是扣扣对饼干的喜爱和吃没有多大关联。

每天上床之前，扣扣会得到三片饼干。不多也不少，就是三片。扣扣拿了，并不着急吃，而是把它们收在一个原先放过豆腐乳的敞口玻璃瓶里。扣扣在床上铺开一条手绢，然后把瓶子里收的饼干都倒在上面，再细细地查看着它们的形状，把它们一一归类排队。她会找出那些重复的物种，慢慢地吃掉，然后把剩下的队列彻底打乱，等待着第二天的重整。

扣扣对食品向来没有太大的兴趣，她真正喜欢的是这些饼干简单粗朴的造型。每当她从外婆手里拿到一个先前没见过的物种，比方说，一只罕见的乌龟，或者是骆驼，她就会暗地里快活上一个夜晚。她用集邮的方法收集着她的物种，外婆看见她每天晚上像个检阅三军的司令官似的检阅着那支动物军团，总是忍不住笑。外婆说你要是不吃，放在我的罐子里和放在你的瓶子里有什么两样？扣扣说不出反驳的理由，扣扣话少，嘴笨，只是摇头，说罐子是罐子，瓶子是瓶子。

今天外婆把晚上的馈赠提前到了下午。外婆给的那三片动物，一片是羊羔，一片是雄鸡，还有一片在路途的碰擦中磨去了两只耳朵，已经分不清是兔子还是猫。扣扣拿过饼干，在脑子里打开那只装过豆腐乳的敞口瓶子，倒出里边的存货。她在想象中巡视着那支说长不长说短也不短的队伍，她很清楚地看见了羊羔，但却想不起来是不是也有雄鸡。扣扣没了耐心，就把那三片饼干一起都塞进了嘴里。那是肚子捣的鬼，肚子跳过脑子直接指挥了手。塞完了，扣扣才明白她的嘴太小了，唾沫不够，羊羔、雄鸡，还有兔子（或许是猫）的碎片在喉咙里干涩地拥挤摩擦着，发出咕噜咕噜的声响，扣扣的眉心噎出了一个结子。

外婆把手绢上的饼干末子抖落在掌心，倒进嘴里吃了，叹了一口气，蹲了下去。

"上来吧，我背你。"外婆说。

外婆不是第一次背扣扣。小时候扣扣发高烧，发到身子抽筋，是外婆把她背到医院看急诊的。那一次扣扣烧得有些糊涂，什么也没记住。那时扣扣五岁，现在扣扣九岁，只是九岁的脑子依旧装在五岁的身子里，所以外婆隔了四年依旧还背得动扣扣。扣扣觉出外婆的背上有样东西在随着外婆的脚步一下一下地戳着自己的胸脯，过了一会儿，扣扣才明白过来那是外婆的肩胛骨。

扣扣的鼻子贴着外婆的头发，外婆的头发被风吹乱了，正中间那条分界线成了一条歪歪扭扭的田埂。外婆昨天刚洗过头，昨晚扣扣和外婆睡一头的时候，还闻得见外婆头发上豆蔻洗头膏的香味，现在闻到的，却只是泛着酸气的汗水。汗味是个霸道的坏小子，只要汗味在场，别的气味都得给它让路。

扣扣趴在外婆的背上看街景，突然发现地上的世界和外婆背上的世界是两个世界。外婆的背给扣扣的眼睛架了一张梯子，眼睛站在梯子上，世界突然就矮了下去，熟悉的景物变得有些陌生。黄包车的轮子变小了，顶篷变大了。街上跑来跑去的孩子，脚变小了，头变大了，扣扣甚至看到有个男孩头顶上长着一个涡，头发顺着那个涡逃窜开去，像旋涡边上的水流。外婆说扣扣的头顶也有一个涡，长在偏右的地方，扣扣梳辫子的时候，不能分中缝，只能顺着那个涡的方向分成两股，所以扣扣的辫子总是一边细一边粗。外婆说女孩子头顶有涡，命硬。扣扣不知道命到底是该软还是该硬，扣扣问了，外婆也不说。外婆说话就是这个样子，一半在嘴里，一半在肚子里。

扣扣在外婆的背上颠来颠去，颠得睡着了，后来是被一个声音惊醒的。那声音像把锤子，在扣扣的耳朵里砸进一枚钉子，扣扣一个哆嗦就醒了，揉了揉眼睛，才明白那是锣声。

　　外婆已经走到了一条十字路口，街边搭着一个台子。这样的台子街上到处都是，几张凳子上摆上几块木板，两边竖两根竹竿，中间挂上一条红布条幅。这样的台子搭起来并不费力，拆起来也很容易，从一个街口挪到另一个街口，三五个人一架板车就够了。横幅上的字，扣扣认得一头一尾，头是"无产阶级"，尾是"斗争会"，中间的字笔画太多，扣扣认不透。

　　台上站着一个剪着齐耳短发身穿灰布衫子手提一面大锣的老太太。老太太极是矮小精瘦，锣提在她手里像是老鼠举着一口锅。可是扣扣没想到这个瘦小的老太太有这么大的手劲，能把那面锣敲得像山炮。

　　这第一声锣只是开场的，为的是叫人把耳朵和眼睛都闲下来，专门来看台上的热闹。后边还跟了几声锣，声势就不如那第一声了。后面的锣更像是伴奏，在老太太喊话的间隙里，随时插进来壮壮声势。老太太的锣锤停了，锣声却不肯立刻就停，还是嘤嘤嗡嗡地响着，咬掉了老太太下一截的话头。

　　"……破坏上山下乡……斗争……老实……"

　　扣扣的喉咙里泛上一股奇怪的味道，有点像臭了的鱼，也有点像锈了的铁，那味道似乎随时要推开她的牙齿飞奔而出。扣扣怕声音，怕人群，怕一切的嘈杂。嘈杂把她的心揪到喉咙，嘈杂让她想把心吐出来。

　　扣扣挣动着两腿要从外婆身上跳下来。

　　外婆不肯松手。

　　"人太多，你会丢的。"外婆说，"我们就走，就走。"

　　外婆的嘴说的是一回事，外婆的脚做的却是另一回事。外婆背着扣扣，一会儿用左肩，一会儿用右肩，刀似的劈开越来越密集的人群，一路朝前，走到了离台很近的地方。扣扣已经跳不下去了，扣扣的前后左右都是肩膀，扣扣的脚无法在肩膀的丛林里找到可以落地的空间。扣扣觉得外婆今天换了个人。外婆向来不喜欢热闹，家里大白天也关着门，街上多走动几个人都要心神不宁。可今天的外婆却生出了两个胆子，扣扣只觉得陌生。

这时台上押上来一个精瘦精瘦的小伙子，押他的是两个比他年长些的人，也是精瘦精瘦的，却比他站得直。那个被人押着的人佝偻着身子，因为脖子上坠着一块大牌子。牌子上写着两行字，一行大，一行小，大的那行在下，扣扣全认得，是"武建国。"小的那行在上，扣扣只认得两个字，一个是"流"，一个是"偷"。被押的那个人一上台就噗通一声跪倒在了地上——是让人照着腰眼端了一脚。那一脚端得狠，他嗷的叫了一声，身子蜷成一个球，头抽了一抽，缩进了颈脖里头。

端他的那个人一把揪住他的头发，把他的脸从脖子里揪扯出来，正正地对着台下，扣扣就看见了他左边脸上一块红色斑记。头皮扯得很紧，那块红斑被扯得吊了上去，像一只被撕成了一半的蝴蝶。扣扣的眼皮跳了一下，她认出了那半只蝴蝶。那半只蝴蝶比她上次见到的时候，长大了很多。

脸上长着蝴蝶的人咧开嘴嘶嘶地哼着，露出两排黄褐色的牙齿，两道眉毛蹙成一团磨得起了毛的旧麻绳，头扭来扭去，想从揪他的人手里扯出一丝宽松。

敲锣的老太太听不得那嘶声，扬起锣锤，朝着那人的额头敲过去。锣锤落下去的声响很古怪，像菜刀柄砸在没熟透的西瓜上，有些脆脆的，又有些沉闷。

"装什么可怜？偷人东西的时候怎么不知道怕？"老太太厉声呵斥道。

那人没防备老太太会出手，怔了一下，才伸出双手捂住了额头。扣扣发现他的指缝里有些东西流了出来，腻红腻红的。

那人咿呜一声哭了起来。那哭声一点儿也不像是男人的，倒像是被人踩到了爪子的老鼠，或是被刀剁去了一截尾巴的猫狗。

"皇天，这是东门老武家的小儿子。"

站在外婆身边的一个女人对另一个女人说。

"这小子从小就浑，他爸管不了他。去了黑龙江兵团，受不得那里的苦，逃回来了。没户口，天天偷鸡摸狗混世。"

另一个女人叹了一口气，说："腰眼和脑门，都是要命的地儿。要是残了傻了，年轻轻的，将来还怎么活？"

两个女人谁也舍不下那份热闹，嘴里叹息着，脚却不肯走。

这时台底下冲上来一个男人，手里捏着一根粗木棍。男人比台上那几个男人都年长，也比他们粗壮，身上穿的那件汗衫，已经洗得挂丝，早已看不出颜色，露在外边的胳膊和颈脖，被太阳晒得黝黑，上面有一层猪油似的亮光，是汗水。

男人推开台上那几个人："省省你们的力气，看我怎么教训这个猢狲。"

男人朝那个脸上有斑的人一脚踢了过去。这一脚踢在屁股上，劲很足。那人似乎被刚才那一锣槌打掉了魂，木木的，不再做任何挣扎，像只装满了米的麻袋一样倒了下去，软软的，沉沉的，台上只剩下一团凸凸凹凹的灰布——那是他的衣服。

　　穿汗衫的男人抡起手里的木棍，照着那团灰布砸了下去。灰布弹跳起来，却又落了下去。扣扣又听见了哭声。这一次，是放开了嗓门的哭，或者说，是嚎。

　　男人这一下太凶猛了，棍子啪的一声断成了两截。男人闪了胳膊。男人扔下那半截剩在他手里的木棍，用一只手捂住另一边的肩膀，嘴唇突突地抖。

　　"我老武一家，一家三代，码头工人。我爷爷是搬运工，我爹是，我也是。我们，我们无产阶级，就不信，管不好，一个混蛋。"

　　男人用一条腿勾起地上的那团灰布："你给我起来，别装死，在我这儿不管用。你要死，去，去黑龙江死，别在这儿，祸害乡亲。"

　　男人用那只没闪着的胳膊，揪起那团灰布，往台下走去。

　　"老姐姐你给我，让让路。这几位兄弟，别费心神了，回去歇着，把这个混球，交，交给我管教。要是他敢，再祸害人一次，你们直，直接抓我。谁不知道，我，东门老武。"

　　敲锣的老太太举起锣锤，像是要敲锣的样子，不知怎的，却没敲成，手僵在半空，嘴巴张成一个黑黢黢的小洞。

　　一行人眼睁睁地看着男人把人带下台去。

　　"这个老武，苦肉计呢。没看见那一脚那一棍子，落的都是不紧要的地方。那么粗的棍子，哪能一下就断了？里头有戏呢。"外婆旁边的那个女人悄声对另外那个女人说。

　　众人终于不情不愿地散了。台上的人开始卸下那条红布横幅，用指甲挑开粘在上面的字。那条红布还会贴别的字眼，派上别的用场，兴许在这个街口，兴许在下一个。

　　外婆终于可以把扣扣放下了。外婆累了，顾不上脏，一屁股坐到了马路牙子上，呼哧呼哧地喘着气。

扣扣的腿麻了，脚踮在地上像扎着一万根针。扣扣靠在一棵树身上，想等着脚上的针落地，可是针还没落地，她就弯下腰来哇的一声吐了。

外婆看见她吐出来的都是些还没来得及消化的饼干末子，那些雄鸡、羊羔、兔子（或是猫）的渣末，可扣扣却知道不是。

至少不全是。

扣扣是把堵在喉咙口的心吐出来了。

外婆从兜里掏出那块刚才包过饼干的手绢，来擦扣扣的嘴。

"没事，没事，肚子空了，好吃晚饭。"外婆轻轻拍着扣扣的背。外婆发现扣扣的衬衫黏黏糊糊的，全是汗。

"认出来了吧，那个人?"外婆问。

扣扣没说话。半晌，才点了点头。

还要过很久扣扣才会知道，这几个月里，扣扣上学的时候，外婆几乎天天在外边走。外婆在执拗地寻找着那个人的踪迹——那个用一记耳光在外婆的耳膜上留下了永不愈合的小孔的人。

那天的相遇，并非偶然。

"你现在，再也不用怕他了。"外婆说。

那天回家，外婆去了灶披间，捅开炉子，用慢火炖了一锅绿豆粥，又炒了一盘鸡蛋虾皮，就去招呼扣扣出来吃饭。

扣扣没回声。外婆进屋一看，发觉扣扣已经躺在床上睡着了，身边放着那个装过豆腐乳的敞口瓶。瓶盖是拧开的，里边空无一物。

扣扣吃完了她的饼干存货。她的动物部队全军覆没，片甲不留。

夜里，扣扣被一阵奇怪的格格声惊醒。她以为是老鼠。她竖起耳朵仔细听了许久，才恍然大悟：那声音来自她的身体，是她的骨头在爆裂，像拔节长高的竹子。

第二天早上起床，扣扣发现穿了两年的鞋子小了，她怎么也套不进去。

下篇：土豪和神推的故事

土豪出生的时候肯定不叫土豪。土豪在护照上的名字也不是土豪。不过这已经无关紧要。土豪在巴黎的华人圈子里没有其他名字，所有认识他的人都叫他土豪。

他也这么叫自己。

别人叫他土豪和他自称土豪，听起来是一回事，内里的原因却不尽相同。

别人叫他土豪，首先是因为他有几个钱。据说他在巴黎城边的第九十二区里，拥有三套豪华公寓。那个区寸土寸金，出过好些个达官显贵，包括一位叫萨科齐的豪门子弟。当然，光凭那三套住宅他还配不上土豪这个名字，他至多只能叫富翁。他之所以被叫作土豪，还因为他满嘴胡言、一掷千金、却又说翻脸就翻脸的脾性。

而他自称土豪，除了上边所有的原因之外，还有一个原因，一个只有他自己知道的原因。

土豪出自别人的嘴时是矛，而出自他的嘴时却成了盾，他的盾让一切矛失去了威力。扛着盾招摇过市，他不必惺惺作态，扭捏躲闪，他可以为所欲为地粗鲁率性。当他自称土豪的时候，他感觉安全。自黑自嘲都是文化人的扯淡，土豪只是一个实践者，不精通也不在意术语。

土豪拥有中国护照、美国绿卡、欧盟长期居留纸，还有包括加拿大澳大利亚新西兰在内的多国多次往返签证。土豪那本盖了密密麻麻的印章和注解的护照，看上去更像是二战时期德国人的密码本。

在说英语的人面前，土豪会显摆几句法语。在说法语的人面前，土豪会露几句英语。而在又说英语又说法语的人面前，土豪只能说中文。土豪的普通话很异类，温州人听起来贴着肉的亲，因为土豪就是温州人。

酒酣耳热之际，有人问过土豪在美国待得好好的，为什么要来巴黎？土豪咂吧着嘴唇，歪着脖子想了半天，才说："没为什么，就是愿意，行不？"土豪说这话的时候神情天真得像个孩子，却一下子堵住了人的嘴。

土豪吃是吃的，喝也喝，偶尔也和朋友玩几轮二十一点，有时也去美丽城，带回个把化着浓妆穿超短皮裙的站街女人。但那都不是土豪的正事，土豪从不会为娱乐误了正事。不是因为土豪自律，自律不符合土豪的个性，土豪只是觉得正事比吃喝嫖赌更刺激。

土豪的正事是开着他那辆本田面包车，到一切四个车轮可以抵达的乡下地方，逛旧货市场淘古董。用巴黎华人的话来说，去捡漏。

土豪的面包车从年龄上来说还是个小鲜肉，但看起来却像个糟老头，前面和后面的护杠都已经瘪了，车身上布满了累累伤痕。疤痕与年龄无关，却和土豪的停车技术大有关联。土豪开着他的庞然大物插进巴黎纤巧细瘦的停车位，无所畏惧地往前一顶，再往后一杵，把前边后边的车各撞开一寸半分的距离。如此这般几个回合，就把他的庞然大物勉勉强强严丝合缝地挤了进去——车身早已千疮百孔。

土豪逛遍了巴黎周边大大小小的旧货市场，后来把路都趟熟了，就越行越远，有一次竟然开了整整一天车去了尼斯。土豪哪回也不会空车回来。土豪到底捡到了多少漏？恐怕连他自己也说不清楚。别人收旧货，多少有个范围，或是瓷器，或是玉器，或是珊瑚犀牛角，或是古画古钟，或是旧家具，可是土豪的脑子是一间没有分格的仓库，土豪见什么都往里掸。

土豪每淘到一样新奇货，就要请三五个朋友吃顿饭，显摆显摆他的收获。人一喝酒，难免话多，酒桌上就有人说是真货，也有人说是赝品。有人说是旧物，也有人说是做了旧的新玩意。土豪听了，也不辩解，只是冷冷一笑，从兜里掏出一个信封，里头是一张佳士得的交易证书。土豪有一块据说是顺治爷年间的玉观音，曾在佳士得卖出了十五万九千欧元的价码。白纸黑字。土豪把这个信封一直带在身边，四个角都磨出了毛边。

若看着土豪没有翻脸的意思——土豪的脸从来阴晴不定，说变就变，就会有人不识趣地问："怎么秀来秀去就这一份呢？法兰西的旧货，有一半在你家呢。"土豪就会警惕地环顾左右，然后压低嗓门，神神秘秘地说出故宫的某一个馆名。

"你去那里看看，别说是我告诉你的。我不是那号傻逼，没见过世面，带回去一件破东西就非得上个电视抖落抖落。咱们悄悄地，鬼子进村，越是国宝，越是要低调。"

众人将信将疑，不过谁也没太在意，都愿意嘻嘻哈哈地逗着土豪开心。好酒好饭地请你来，总不能吃了人的还专跟人过不去，巴黎的华人大都还算厚道实诚。

不过，信也好，不信也罢，土豪在巴黎，怎么也排得上是号人物。

土豪很少说起他在美国的经历，唯一的一个例外，是他在美国遇见的一桩奇事。

土豪说他有一阵子替美国餐馆送餐，有个晚上天下起大雷雨，土豪骑着一辆自行车给一个寡居的美国老人送比萨，浑身淋得湿透，差点没让雷劈死。到了那家，比萨还是热的，他却抖得像筛糠。老人见了，不忍，身边又没有零钱给他小费，就从门厅的伞筒里抽了一把雨伞送给了他。他自认倒霉，正要走，老人想了想，又指了指那个伞筒说，要不你把这个也拿走，反正是你们中国的东西，我也看不懂。

土豪看了一眼那个被当作伞筒用的瓷瓶，虽是粗朴，倒有几朵花儿，样子还不难看，就驮在自行车后头拿回家来，搁在墙角，随便插个鸡毛掸子扫把什么的。有一天，住他隔壁房间的租客搬了家，又搬进来一个新人，是个中国来的历史系研究生。那人见了那个瓷瓶，翻来覆去地看了很久，才跟土豪说："赶紧收起来，千万别这么粗使了，这是明朝的瓷器，可以换大钱。"土豪听了，半信半疑，最后没忍住那煽起来的好奇心，买了张折扣价的机票，带着这个瓷瓶回了趟国。

"结果呢，你猜？"

每次说到这儿，土豪都要卖个关子，停下来，喝酒吃菜上趟厕所。直到把人胃口吊足了，才说果真是卖了个好价钱。

听过这个故事的人，没有一百，也起码有八十，有的还听过好几回。听的次数多了，就有人渐渐听出些细节上的差别。比方说那件事发生的年代，有时是十五年前，有时是十八年，而有时是十三年。再比方说，土豪那晚送的餐，有时是比萨，有时是扬州炒饭，有时是英国炸鱼。再比方说，那个瓷瓶的卖价，有时是五十二万，有时是六十八万，有时是八十一万。

不过，听的人还是能从土豪的故事里得出几条大体一致的信息：首先，土豪在美国的时候，还不是土豪；土豪不仅不是土豪，而且过得还有几分潦倒；其次，土豪是在美国捞到第一桶金的；第三，土豪是在捞到第一桶金之后，才对古董上了瘾的；第四，土豪之所以从美国搬到巴黎，大抵也跟古董有些关系。美国那个地方，水牛头骨倒是不少，古董嘛，呵呵。

就在前几天，土豪出门捡漏的时候摔了一跤。医院里拍过片子，骨头没事，就是半边的身子疼，走路开车都费劲。于是，土豪就不愿意外出了。没想到土豪这一跤，竟会对巴黎华人圈子的社交生活产生如此重大的影响——饭局和拍卖会上没了土豪，巴黎突然安静了许多。

也乏味了许多。

和土豪一样，神推既不是出生时爹娘给取的名字，也不是居留纸或者护照上的名字。

有一段时间，神推给自己起了个法国名字叫 CoCo。没错，就是 CoCo 香奈儿的那个 CoCo。

CoCo 这个名字，其实也就是个招呼用语，有点像中国话里的"喂"、"那个谁"，或者英文里的"hello"和"hey"。在巴黎，很多中国女子都有一个这样的名字，比如西蒙娜，丽娜，居丽耶特，或

者赛琳娜。这样的名字能把一个人从人堆里挑出来，却又不用清晰
地露出脸来。

可惜这个名字最终没能流行起来，因为谁也没觉得她像 CoCo，
大家只觉得她就是神推。时间一久，连她自己也觉得神推贴切过
CoCo，就懒得更正了。

神推跟大部分她这个年纪的温州女人不一样，在巴黎她不开店
铺，不做生意，甚至也不到衣厂当车衣工。神推挣钱另有门路。神
推出国只是为了儿子。儿子从小得了一种古怪的血管畸形病，治了
这么些年也没有效果，听人说法国对付这号病有绝招，就申请了一
张医疗签证，带着儿子来了巴黎，一边陪儿子在这边读书，一边找
医院治病。

和土豪一样，神推这个名号不是从石头缝里蹦出来的，它自有
它的出处。

神推的"推"不是推销的"推,"而是推拿的"推。"

据说神推出自名医世家，七代人都是中医。五代以前，也就是
在神推爷爷的爷爷手里，家族里先后出过两位宫廷御医。到了神推
这一代，没有男丁，再加上世道变了，只认文凭，神推就不再行医。
不再行医的意思是说，她不再跟她的父辈那样挂着牌子给人看病。
但她跟着爷爷和父亲学过三四十年的中医，她手里捏着好几张祖传
秘方。国内几家有名的医学院，都来和她商谈过合作研发秘方的事，
公文包里揣着天文数目的合同，可神推都没答应。

这话最早是怎么传出来的，已经没人记得了。下一家往上一家
追，上一家再往上上一家追，追到某一个链结上，就发觉追不下去
了，话链子成了无头的绳索。传话的人发现听话的人已经听说过此

事了，而且远在传话人之前。从话链子的辈分来说——假如话链子也有辈分，听话的人本该是传话的人的爷爷，而现在却成了传话人的儿子，辈分整个乱了套。于是就知道，这条话链子不再是直线，而是成了圆圈，没有头也没有尾的圆圈。

谁也没有想到，神推也有可能是那条链子最初的那个头。巴黎的人可以不相信土豪的故事，却绝不会怀疑神推，因为神推低调、内敛、缄默、谦和……神推配得起和诚实擦得上边的所有形容词。

尽管如此，还是有好事之徒——在巴黎永远不缺好事之徒，忍不住拿这传说来向神推求证。神推听了，只是淡淡一笑，丢下一句："瞎说。"神推向来啬惜话语，这短短的两个字符合她的性情。而且，神推说这两个字时的声音和神情都很羸弱，听起来不像是直接的否定，倒更接近于迂回的承认。于是，那些本来就愿意相信神推家世传说的人，心就更加落到了实处。

至于那些"既是名医之后，为什么还要来巴黎治病"之类的无知问题，神推从来不屑回答。她用不着，早有人站出来替她义正辞严地反击："华佗李时珍不是也治不了自己的病吗？何况脑血管畸形，那本来就是西医的事。"

现在你应该猜得出来了，神推挣钱的路数是推拿。

在巴黎行走着无数个按摩女郎，她们身挎一个鼓鼓囊囊的布包，挤在数十条地铁线上，走街串巷上门提供服务，一个小时二十欧到四十欧不等。她们的包里装着各式各样的按摩油罐，假如盖子没有拧紧，你又碰巧在近处，你就会闻到各种各样的香气，有的浓烈，有的淡雅，有的若有若无。她们的手指碰触到你身体的任何一个部位，都伴有关于穴位的详细说辞，还有关于你健康状况耸人听闻的断言，最经常的是颈椎腰椎病，其次是肾虚、风湿，还有肠胃、内分泌功能、妇科失调、失眠症、肝火旺盛，等等，等等。在她们到来之前，你从来不知道你的身体有这么多个器官和部位，每一个都像你的初恋女友那样娇嫩，动不动就有可能闹事，甚至出走，需要百般小心的慰抚和呵护。

其实她们的手不一定跟从她们嘴里所说的那些穴位，也许，她们的手根本不知道穴位，眼睛也同样迷糊，穴位只是一串多次背书之后在记忆里烙下的习惯用语。她们手指的任务，只是引导你的感觉神经走向舒适，放松，最终抵达睡眠的大门。当然，有时手指也会做些适得其反的事，引起你紧张和激动（此处省略一百二十六个字）。

而神推不是她们中的一员。

首先，神推要价很狠，一小时七十五欧，五公里以外要收额外的车马费。神推的价码是钢是铁是花岗岩，没有任何伸缩的余地。

而且，神推的手和她的价码一样狠毒，神推在你身上运用手指手掌和肘关节时的劲道，不由得让你想起渣滓洞白公馆和梅机关这样的字眼。神推干活的时候，从不解释穴位也不回答问题，大部分情况下，神推从头到尾一言不发，让人感觉她浑身是手，却没有长嘴。假如说那些按摩女让你放松休息，神推却绝对不会让你产生这样的误会。神推发力的时候，睡眠是神话里才有可能抵达的境界，神推让你的每一丝肌肉每一条骨头每一根筋都随时陷入屈打成招的凄惨境地。神推拿了你的钱，是为了让你不听管教的筋骨皮肉在遭受一轮酷刑之后，不敢再忤逆任性，而是乖乖地顺从你脑子的指令。说也奇怪，遭了神推种种蹂躏之后的筋骨皮肉，大都能很快乖乖地担负起操劳的职责，所以巴黎华人圈里，许多人心甘情愿地从神推那里花钱买罪受。

神推的名气，就是这样从一张嘴传到另一张嘴，越传越远，传成了烫金名片。找神推的客人很多，你简直不能想象在巴黎这样一个大都市里，会有这么多筋骨犯贱的人。可是神推并不是来个电话都应承的。就是天塌下来，太阳坠到了塞纳河水之中，神推也不会在下午三点半以后接活——那是她赶回去做饭，等待儿子放学归来的时间。

所以，等到土豪通过好几个熟人终于辗转约定了神推时，离他摔了那倒霉的一跤，已经过去了十天。

地铁很挤，街面上也挤，有人在聚会游行。巴黎街头几乎每天都有事件发生，或许是庆祝，或许是抗议，神推分不清楚，也懒得去分。巴黎人爱在街头解决一切在家里也可以解决的事，比如恋爱、吃饭、庆贺、吵架，等等。

倒了三趟地铁，出了站，给土豪接二连三地打了好几个电话，才总算找着了路。土豪昨天告诉她的只是地铁站名，具体地址土豪说会在出站后告诉她，神推感觉他们的会面有点像地下抵抗组织的秘密接头。

按了很久的门铃，才有人应门。

土豪穿着一双薄布拖鞋，那种从星级旅馆带出来的一次性用品，踢踢踏踏地出来开门。土豪身上的T恤肯定是刚才匆匆忙忙套上去的，领口歪斜，肩膀搭落在前胸，衣襟上沾满斑斑点点的菜汁和油迹。神推的眼睛皮尺似的沿着土豪的腰腹走了一圈，脑子里的计算器自动钦下了按钮。她心里已经有数：这一身的肌肉和板油，大概得用十二分的手劲，才能推得透。

土豪见到神推，怔了一怔，好像忘了是他约的人。探出头来看了看神推身后无人，才把身体侧开，让神推进屋。

"二十分钟。"土豪说，"你迟到了二十分钟。"

"路……"

神推刚想开口解释，土豪的目光把她还没出口的话剁成了碎片。她把粘在舌尖和嘴唇上的碎片默默地吞了回去。

"路阻，路阻，路阻。我知道你要说什么。巴黎哪天没有路阻？你知道有路阻，为什么不早点出门？"土豪说。

神推不说话，知道说也没用。她去过的人家多了，隔一阵子就会遇见一两个抽风的人。第一眼扫过土豪，她就知道碰上了一个巨婴。

她只想赶紧找一个地方卸下身上那个背了一路的包。她环顾四周，这是一间越层公寓，天花板上垂挂着淡淡的珊瑚色水晶枝形吊灯，屋顶的白色边角线上雕着层层叠叠复杂纷繁的花卉，墙壁上挂了几幅装在镀金雕花木框里的油画——那样式和质地都是神推在哪儿也没见识过的雍容。只是，这么气派的一个家，竟然没有几样家具，空荡荡的像一个还没有装上礼物的奢华盒子。

她只好在一张简便餐桌上放下了背包。今天她背了一个超大的帆布包，走在路上时，她觉得自己像个拖着一个饱实到开爆的编织袋、急急忙忙赶火车回家过年的农民工。走了这长长的一程路，她倒还没有特别感觉出包的重量，只是当她把包卸下的时候，她的肩膀才开始一跳一跳地烧灼起来，是背包带勒出来的沟。

包里最沉的那样东西，是她托人刚从国内带过来的迷你折叠式红外线治疗仪，昨天她花了整整一个晚上，才仔仔细细地看过了说明书。

"现在，开始吗？"神推问。

土豪没理她。

土豪在饭桌边坐了下来，掀开桌上的一个小锅盖，底下是一碗已经泡了不知多久的方便面。土豪用筷子挑起面条，面条泡得很是松软，在筷子上一颤一颤的撒着娇。土豪把面条挑得很高，然后仰着脖子用鼻尖看着面条滴滴答答地往下淌着汤汁。土豪还想多看一会儿，可是脖子和手臂不喜欢这个姿势，同时发出了抗议，他嘶了一声，收回了那个皮影人物般的夸张动作。

"那一跤，他妈的那一跤。"土豪咧着嘴骂道。

土豪收敛了姿势，开始吃面。土豪的身体收敛了，嘴却没有。土豪吃面的样子有点滑稽，牙齿似乎成了无用的摆设，嘴唇舌头和筷子办完了交接，就跳过牙齿，直接找到了喉咙，整个过程只听见丝溜丝溜的吮吸声。那种热切，那种欢快，好像土豪从来不知道面条为何物，或者说，他已经饿了整整七天七宿。

"进食后，不好马上做推拿的。"神推轻声说。

土豪斜了神推一眼，挑在半空的筷子停了一停。

"不吃我咋办，饿着肚子做得动推拿吗？"土豪哼了一声。

神推一怔。土豪的道理太歪了，歪得人都不知道从哪儿开始辩驳。

"出力的人是我。"半晌，神推才说。

土豪已经把面条吃完了，扔下筷子，双手端起碗来喝汤。端到一半，右肩膀有些闹心，只好把碗放到左手上。一抬碗，就把碗底的汤呼噜呼噜全喝完了。

"吃什么，也没有方便面香。"

土豪放下碗，撩起 T 恤的下摆擦了擦嘴，响亮地打了个饱嗝。

"不吃饱了，我哪有力气抗疼？谁不知道你手狠？"土豪说。

神推的嘴角轻轻地扯了一扯，她知道那是笑的先兆，可是她忍住了，把那个歪了的嘴角扯回到正路。

巨婴在不要横的时候，还是有点可爱的。神推想。

"那你就等会儿。"土豪拍了拍肚皮，站起来，沿着屋子哼哼唧唧地走了几步。

"你让我等了二十分钟，我叫你等一会儿，也不算亏着你吧？"土豪说。

神推从口袋里摸出手机，给下面约的那家打了个电话，要推迟。那头问为什么？神推看了一眼土豪，说现在的这家，出了点，情况。

其实神推是想说"状况"的，可那两个字在滑到舌尖的时候，临时变卦，自作主张，变成了"情况"。

神推打完电话，在餐桌边上坐下来，一边等着土豪一瘸一瘸地走完他的饭后百步，一边看起了手机。神推觉得出来土豪在看她，土豪想说话。土豪肚子里那些还没变成声音的话，像透明的气泡，顺着土豪的毛孔汩汩地冒出来，在空中四下乱飞，撞到墙上，撞到天花板上，也撞到神推的脸上，无声无息地碎了。

巨婴都有说话欲，巨婴不说话会死。

但是神推不想说话，神推只想静静地待会儿，消消停停地积攒些劲道，来应付后边的力气活。

"来巴黎多久了？"土豪终于没有忍住，土豪说话了。

"不太久。"神推说。

"一年？两年？"土豪追着问。

"差不多。"神推说。

"也是温州人？住哪条街？"

"都住过。"

"你孩子，多大？"

"不小了。"

神推感觉正在被土豪逼着朝某个方向退，她隐隐感觉出了身后的墙角。

"一个人？"土豪还在逼。

"嗯。"

"老公呢？"

土豪终于把神推逼到了墙角。神推明白了，她已经无处可退。她得换个姿势，不能等着让一个又一个的球砸死。

"你还是带我去卧室吧，我先把东西准备起来。"神推说。

土豪推开卧室的门，神推的鼻子一下子闻到了眼睛还没来得及看清的东西。鼻子一抽，牵着身子也抽了一抽，打了一个惊天动地的喷嚏。

这只是一个猝不及防的开头。后来她有了防备，还是没用，鼻子里仿佛有一只百足的虫子，正缓缓地爬啊爬，要爬出鼻腔来见天日。只是鼻腔很长，虫子怎么也爬不到头。

十个？十五个？二十个？

神推数不清楚她到底打了多少个喷嚏。虫子的最后一只脚终于爬离了鼻孔，神推觉得五脏六腑都随着那些喷嚏飞出去了，空落落的竟有几分清爽。

她掏出一张纸巾，擦了擦那些喷溅到下颌、手背和衣服上的鼻涕，这才看清了土豪卧室的摆设。

土豪的卧室和客厅一样，几乎没有家具，甚至连床也没有一张，只有一块铺在木板上的床垫，床垫旁边放着一张摆茶杯和台灯的小茶几。可是没有家具的卧室非但不空落，反而显得异常拥挤，因为从地板到天花板，到处堆满了一些不是家具、也不能拿来当家具使的物什。有不知从哪块天花板上拆下来的水晶灯、有插着翅膀的天使或是各式飞禽走兽把门的老式自鸣钟、各种动物造型的石雕、卷成筒的波斯挂毯、装在色泽黯淡的金框银框中的肖像和静物写生油画、样式古旧的女人皮毛大衣。挨着墙还搁着几扇镂刻着兽头花卉的木门——那都是大件的物什。

小东西都零散地摆放在一个四层的铁架子上，大多是首饰和装饰品。有的装在盒子里，看不出就里；有的没盒子，裸露在外。神推虽然不懂行，却也大致猜得出来白色的是象牙，红色的是珊瑚玛瑙，绿色的是各种玉石。黄色的她吃不太准，依稀觉得是琥珀。

那些玩意儿虽然五花八门，无法归类，却有一样相同，那就是破旧。每一样身上似乎都沾着三千万粒灰尘，不是那些可以用鸡毛掸抹布洗洁精来清除的灰尘，而是一点一点地渗进了毛孔，眼睛看不见，只有鼻孔里的纤毛能够感受的灰尘。那是一种根深蒂固、水和火都不能渗透消灭的霉味。

"这就是你，市场上淘来的，古董？"神推问。

这话出口之前，神推的肚子里其实是行走着另外两个词的，一个是"宝贝，"另一个是"垃圾，"那两个词其实是同一个意思。但神推犹豫了一下，最终换了"古董。"神推在世上走的路多了，就慢慢知道从心里直接涌上舌尖的第一个词，往往是最不靠谱的，刀剑兵燹，常常都是那个迫不及待的词惹起的。话只有经过等待，行过弯路，才能磨平毛刺，她已经学会了等候后边的词。

"你也懂，古董？"土豪的眼睛里突然有了光。土豪的眼珠子看起来有点灰色，闪起亮来像玻璃球。

神推摇了摇头："不懂。"

"我给你讲讲，反正也是等。"

土豪把茶几上的杯子和台灯挪到一边，自己搭上半个屁股，示意神推坐到床垫上。

"这件，是宝中之宝，那个沉，三个壮汉都没抬动。"

土豪指了指靠窗摆着的一尊石雕说。

那东西看着像鸳鸯，也像鹅，神态憨蠢，细节雕得粗枝大叶，身上有一个结了疤的断口，看得出来是从一块更大的岩石上锯下来的。

"你猜，这是什么东西？"土豪把脸凑得近近的，问神推。

神推摇头。

"圆明园，这是圆明园的东西。我有考证。"

土豪从神推的眼睛里看出了狐疑，就站起来，从架子上抽出一本厚书。书也是旧书了，被翻过了很多次，兴许是同一双手，兴许是不同的手，边角已经翻卷起来，磨出了毛。

"你看看，这是洋人照的圆明园照片，没烧以前的。"

土豪飞快地翻到某一页上，很明显，他已经翻过多次。

"湖边，看得清么？"土豪指着照片上的一片水景说。

照片是模糊的，神推只看见了水和水边的树。土豪的手所指的，是水和树中间的一片东西，形状和线条都不甚明了，像是石头围栏，也像是冬日湖面的雾气。

土豪失望地叹了一口气。"眼神不行，得高倍放大镜。那是一排石像，都是水禽。我仔细查过资料，叫鸭嘴兽，是学着洋人的样子雕的，送给老佛爷的寿礼。老佛爷一辈子古板，老了倒有了洋瘾。收着这块石头的那家人啥也不懂，拿来放在花园里踩脚。国宝，这样的国宝，流落他乡。"

"找人鉴定过吗？"神推问。这是神推仅有的收藏知识。

"一听这话就是外行。鉴定，什么叫鉴定？拿个玉石瓷瓶字画什么的去鉴定，那还行得通。这个级别的东西，给谁鉴定？谁敢鉴定？他要是给你鉴定了是真货，那他先头鉴定的那些假货怎么办？从故宫撤下来？他总不能自己打自己的脸。那是些什么人？全是商业阴谋，是真是假还不是他们一句话？你唯一可以相信的，只有……"土豪停顿了一下，咚咚地敲了敲自己的脑门，"只有你自己的专业知识。"

土豪突然耳朵一竖，闭了一下眼睛，仿佛在倾听外边屋里的什么动静。

"你没告诉人我住哪里吧？这是绝对机密。大巴黎谁也不知道我的地址，要是有一天有人知道了，只能是你泄的密。你知道叛徒的下场吧？《暗算》看过吧？不是我疑神疑鬼，这阵子我总觉得有人在盯我的梢。也是我酒喝高了，嘴巴不上锁，跟人说了那个鸭嘴兽的事。我真他妈的欠抽。"

土豪做了个扇嘴巴的动作。

神推笑了笑，没回话。脑子进水的人，偏偏也都爱得颈椎腰椎筋骨的病，都爱犯在她的路上，叫她遇见。神推已经练得百年金刚身，见怪不怪。

"这个里头，装的是什么？"

神推站起来，走了几步，在那个四层的铁架子跟前停了下来。

她看见了一个长方形的木匣子，外边包的是一层豆绿色万寿花纹的缎布。缎布老了，失去了光泽，中午的阳光照上去，死死的没有任何反射。吸住神推眼睛的，是那个做锁栓用的象牙签子。象牙签子的尖尖没了，像是断在了某一次的搬运中，有人在那断茬上沾了一颗粉红色的小珍珠。珠是新的，那是盒子上唯一一样有光亮的东西。

土豪的神情又亢奋了起来。

"这也是个宝贝。"土豪说。

土豪把那个木盒子打开，小心翼翼地拿出一幅画，铺展开来。

和盒子的尺寸相比，画显得小了，两尺长一尺宽的样子，是画在绢上的。绢在它正当年的时候兴许是好绢，不过正当年的时光都在盒子里度过了，拿出来的时候，韶华已过，颜色和光泽都枯萎了，布面已经失去了经纬交织的力度。画上是一片树枝，茂茂地开着花，花丛里栖息着两只鸟。鸟说不出是什么鸟，翅翼上都有彩色羽毛，当然也不是当年的颜色了。两只鸟儿不看天，也不看花，却都扭着脖子，看着彼此。画功极是精致工细，花蕊和羽毛一根一根，历历可数。画的右下角，有一块黄褐色的斑记。那斑记中间深，外围浅，边缘模糊地扩散开来，像一朵开败了的茶花。

"郎世宁，听说过郎世宁不？"土豪问。

神推想了一下，摇了摇头。

"这都不知道？女人啊，只关心鼻尖跟前那点事，都不好说你。意大利画师，在意大利没混出个样子来，到了大清国，康熙、雍正、乾隆三朝，都是宫廷画师，一朝比一朝红。"

土豪斜了一眼神推，只见她心不在焉地听着，却拿一个指头轻轻抚摸着画轴，仿佛在掸那上面看不见的灰土。

"我知道你又要问有没有鉴定，我可以负责任地告诉你，还真有，是故宫级别的人。"土豪说。

"有证书？"神推问。

"分分钟就能有，是从前专给德鲁奥（巴黎的一家古董拍卖行）做东方艺术鉴定的人。那人给了个口头鉴定，要了三百欧。要出证书也可以，再给三百。"土豪说。

"郎世宁画的鸟，都有这么个特征，像是注册商标。不仔细看，你还真一眼就溜过去了。"

土豪用一根指尖轻轻地指了指鸟腹部一个小小的隆起之处，看起来像是一丛被风吹乱的毛羽。

"你猜？那是什么玩意儿？算了，料你这个智商也猜不出来。告诉你吧，那是鸟动了性情。动物发情，鸟也发情。那郎世宁二十几岁到中国，虽是宫廷画师，其实也就是半个太监，怕是一辈子都没见过什么女人。你说他能忍得下去？所以啊，他把自己的性情都画在鸟身上了。皇上有三宫六院，皇上自己享着福，他哪看得懂那个意思？"

神推看了看手表，说你收起来吧，时间到了，我们开始。

土豪小心翼翼地把那幅画卷起来，放回到木盒子里，叹了一口气。

"这几天没出门，憋得嘴臭。"他说。

她打开背包，一样一样地往外掏她的行头。红外线治疗仪，酒精，药棉，按摩油，拔罐盒，毛巾，润肤霜……

刚才她推门进来，一刹那我觉得看见了鬼。

太像了，她长得跟胭脂。

我是说那个时候的胭脂。

她背了一个大大的背包，看起来像蚂蚁驮了一座山。当年胭脂混在那群站在北影门口撞运气的长腿螳螂中间，简直是个侏儒。这个女人也是。精瘦精瘦的，脖子和额角上杠着几条隐隐的青筋。瘦归瘦，白布衬衫的胸脯上，还是有那么两团肉——这也是胭脂最爱夸口的地方。

我本来是想让她放下背包喝口水的，我都已经走到厨房门口了，却突然来了气。我还没有忘记那天在十三区那家烧腊店门前的事。那天我没法对胭脂说出口的话，今天我也照样没法对这个女人说。但我总还可以稍稍撒一点气的，她也正好给了借口，谁叫她迟到了二十分钟。

胭脂的真名不叫胭脂。她只是看了太多遍《胭脂扣》的盗版碟子，她说能把戏演到梅艳芳这个地步的，天下也没几个。她说香港艺人都有艺名，她也得有一个，就取了个名字叫胭脂，是要沾沾阿梅的仙气。

胭脂做梦都想演戏。我碰到她时，她已经在群众演员的队伍里灰头灰脸地混了三年，却还没有混上一句台词。她就是相信，总有一部电影，一位导演，会需要一个具有全部成年女人的风韵、却又看上去像个中学生的角儿。一个，她不贪心，她只需要一个角儿，一个能同世上所有其他的角儿唰的一刀分割开来，叫人一辈子都忘不了的角儿，就像《胭脂扣》里的如花。一辈子要是能演上这么一个角儿，她可以倒下就死。

"一米五，你有一米五吗？"我问神推。

她吃了一惊，眉毛蹙成了一个结子，脑门上鼓出一个小小的包，仿佛她的身高是一道难题，需要搬用某道复杂的数学公式。

"差不多。"她最终点了点头。

皇天，她那神情，也活脱脱的像胭脂，两个眼睛睁得大大的，动不动就蹙个眉头，像受了多大惊吓似的。

当然，她不可能是胭脂。她比那个时候的胭脂老。而现在的胭脂，我宁愿是她这个样子。

我以为她会问我为什么要打听她的身高，可是她没有，她只是示意我脱了上衣，躺到床垫上去。

"你都不检查，怎么知道我伤在哪儿？"我对她嚷道。

不知道为什么，我想跟她说话，又不想好好说。想跟她说话的那个我，是把她当成了那个时候的胭脂。不想好好说话的那个我，是想起了现在的这个胭脂。

"你不躺下，我怎么检查？"她把我的话扭了个个，然后扔回来给我。

我脱下 T 恤，要躺，却躺不下去。床垫太矮，我的腰和腿都好像短了一寸筋，生生地扯着疼。我只好把一只肘子做成支架，将整个身子横着滚到了床垫上去，然后再翻过身去，俯卧。那一刻我的样子一定很蠢。

她拿过一条毛巾，叠成几叠，放在膝盖下面垫着，跪了下来，用指头沿着我的腰背，一路敲敲拍拍，问这儿疼不？她拍到哪儿我都哼哼唧唧，她就不问了，干脆直接下手。

现在我总算知道这个女人为什么会得个诨名叫神推。和她的身量相比，她长着两只巨掌，简直是两把小蒲扇。蒲扇是指尺寸和形状，力度可不像，力度是洗衣服的棒槌，砍柴的板斧，一下一下地劈开我那些紧紧地纠缠在一起的肌肉。用手掌的同时她也用手指，用手指的时候我找不到形容词。她的手指叫我知道，我的筋肉在这一辈子的操劳中打成了一万个结子，我感觉有一把铁爪在一个一个地挑松这些结子。她的手一路走过，一路都是嘎吱嘎吱的声响，那是我的筋骨在呻吟哭泣。而我，却远没有我的筋骨那样文明，我的呼叫惊天动地。

"我招，我招，我告诉你保险箱的密码，成不？手下留点情，姑奶奶。"

我的脸捂在床单上，像张倒扣的面饼，我的呼喊声嘤嘤嗡嗡地在房间里回旋，听起来凄厉而滑稽。我稍稍有点感觉羞愧。我暗地里替这个社会庆幸：要是活在从前，我会制造出庞大的失业率。我要是落在渣滓洞白公馆或者梅机关手里，那些精心设计名目繁多的刑具将会沦为摆设，那些数目众多在花名册上吃饷的密探打手将一无用处。我只需要看一眼这些摆设，哪怕仅仅是照片，就会立马稀松无力地沦为叛徒。

她不为所动。我只听见她渐渐加重的呼吸声，那是她在运气。

她大概每天都会听见这样的求饶，我敢断定那是她的人参燕窝海胆，她就是靠吃这些声音长劲。

就在我觉得马上要昏厥过去的时候，她放了我一马，说要去一趟厕所，换件好干活的衣服。我听见她的脚步在门口停住，接着是些窸窸窣窣的响动，扭头一看，是她折回来，拿了毛巾、香皂和润肤液。

这女人真他妈的有病，连洗手都不肯用别人家里的东西。

胭脂也是这样，她打死都不会用别人的毛巾。可是后来我发觉有人用了她的毛巾，我在她的毛巾里闻到了烟味。

毛巾是胭脂的闸门，胭脂关了好多年，后来还是没关住。那个闸门一松，她就变成了另外一个人。她把毛巾的事放下了，她就什么都能放下。从招小角色的导演助理，到实习生场记，再到任何一个声称有导演电话号码的男人，她对谁都又开了两腿。

有一天，我发现她把她的毛巾落在了片场的传达室。

"胭脂，你他妈的真……"想到这里，我忍不住骂出了声。

神推换完衣服进了门。她脱了牛仔裤，现在穿着的是一件像是工作服的宽松运动短裤。

"胭脂，是谁?"

神推听见了我的自言自语，眉毛略微往上挑了一挑。在这样一张迷你脸蛋上，这样的表情已经算是夸张。

"我的一个熟人。他妈的想着就来气。"我咕囔了一声。

她没有再追问，只是脱下鞋子，上床，然后骑在了我的身体上，继续下毒手。

"床垫太矮，我没法使力。"她解释着这个新换的姿势。

在我发觉胭脂把毛巾拉在传达室的那一天，我喝了一瓶酒牛栏山二锅头。不全是负气，我也是趁机做了一个决断——我需要借酒来说出那些听起来牛逼哄哄的话。

那天晚上，我喝够了酒，在看起来已经醉了其实还清醒的时候，我去了胭脂家里。房东院子里守门的狗看了我一眼，大概被我的样子吓住了，都没敢过来舔我，只是轻轻哼了一声就放我进了门。我敲门，但不是用手。我没想到这么晚了她还没锁门，我的脚用力太猛，门哗的一下洞开，我像只落水狗一样跌进屋里。

胭脂吃了一大惊。但我没容她把惊讶发展成惊叫，我扑上去，捂住她的嘴，把她压倒在床上。

她丝毫没有准备，可是我有，我已经准备了一整个晚上。我把我硬实得要爆裂的身体生生地捅进她纤小的身子里，我知道那一刻的疼痛是尖利的，我毫无怜悯之心。

我就是要她记住。

事完得很快，大概没超过三五分钟。完事时，她已经被我碾成齑粉，她甚至没有力气去整一整撕碎了的内裤。她怔怔地盯着天花板，眼神干涩而空洞。她还没有来得及从震惊中醒过来。她打死也没想到，向来在床上小心翼翼的我，会突然间变成这样一匹野兽。"你放开点，我又不是瓷瓶。"从前，她曾经这么说过我，因为每次和她做那样的事，我总有负罪感，我总觉得在欺负一个儿童。她的纤细让我于心不忍。

可是那天，我没有任何愧疚，因为她对我来说不再是瓷瓶，而是一只被千人万人用过的痰盂。从君子到野兽的距离，不过是一瓶酒。

我把她拎起来，按在椅子上，自己蹲在了她对面。

"你做的事，我都知道，想都不要想，骗我。"我扭过她的脸，逼着她看我。

她看了我一眼，就使劲地扭过脸去，眼神里充满恐惧。当然，还有羞愧。

"一部戏，我只想，演一部戏，就，再也……"她嚅嚅地说。

"住嘴!"我呵斥道。

"胭脂，我告诉你，这一辈子，你永远也不可能演上一部戏，哪怕是第九号配角。"我厉声说。

她这才开始哭，抽抽噎噎的，全身都在颤抖，仿佛前面发生的都是梦，这会儿，梦才醒了。她哭，不是因为梦靠不住，而是因为梦醒得太早。

"除非，在我的戏里。"我扔给她一条毛巾——就是那条在片场的传达室里发现的毛巾。

"我去挣钱。等我拿了投资回来，拍戏。"

"在我回来之前，看紧你的裤腰带，别脱裤子给那些下三滥，没用。"

她说了句什么，可是我没听，我已经甩门而去。

投资拍戏的事，其实是一句酒话，还没出门我就已经知道了愚蠢。我没指望我能挣大钱，就像我没指望她能等一样。那天本是告别，我只想留个姿势，如此而已。

没想到，我真赚到了大钱，在八年之后。

几经辗转，我打听到她去了法国。

　　去找胭脂的那个早上，我换了一身衣服，很内敛的品牌，商标用原色的丝线绣在衣兜上，毫不起眼，只是你再粗心也不可能不注意到衣服的做工。这是英国绅士的着衣之道，可我套在那身衣服里像坐牢。我可以是绅士，也可以是土豪，我选择做土豪仅仅是因为舒服。见胭脂不是一件舒服的事，所以我得用另一件不舒服的事来抵消。负负得正，小学算术课教过的。

　　一路上我把台词都想好了。我会问胭脂你还好吧？但我不会等待她的回答，趁她还没回过神来，我会递上一张名片："你要是还想拍戏，可以找我的助理。"我没有助理，我的助理就是我自己。那张名片上印的，其实是我的手机。然后，我会转身就走。和当年我一脚踢开她的房门一样，我只是想留一个姿势。我只是想看一看，十几年后的胭脂，是不是依旧还那么贱。

　　和胭脂在一起，我也快变成了演员，总想着亮相和退场的姿势。

　　我自以为已经把十三区的中国饭馆都吃遍了，但我竟从没注意到她这家小铺。这家店离其他的中国店有几步路，孤零零地缩在一条小巷子里，招牌上写的是"阿珊烧腊"，上下两层，上住下铺，卖的是烧鹅熏鸡腊肉。

　　看到这个店名，我才想起她的真名叫王素珊。

　　她现在不再叫胭脂。

　　天还早，店铺没开门，我在她家对面的一家越南小店里，买了杯咖啡和一个面包，坐下来，等着她下楼开门。

　　"我认识一个人，也叫胭脂。"

　　我听见有人在跟我说话，过了一会儿才回过神来，是神推。

　　神推这会儿正坐在我的后腰上，折腾我的肩膀。这个姿势把她从跪着的奴婢，一下子变成了骑着的主子。她一定感觉惬意，否则她绝不会主动开口搭讪。

我的脸埋在床单里，在她动作的间隙里挣扎着喘气，我闻到了自己的口水，酸上加臭。我没法回她的话，我只能哼哼哈哈地应付。

不知是我习惯了她铁掌的歹毒，还是她终于对我生出些怜悯之心，不再那么使狠劲，总之，我的筋骨不知何时停止了哭泣。

胭脂，这是个他妈的什么名字？除了《聊斋》里的狐狸精，还有那个看《胭脂扣》看得入了魔的疯子，还有哪个脑袋瓜子正常的女人，会给自己取名叫胭脂？

我很奇怪这世上竟会有第二个胭脂。

"那个胭脂，是你什么人？"

我扭过半张脸来，问神推。

她的手停了一停，像是在想事，半晌，才听她吐出两个空前绝后的字："熟人。"

这女人就这点招人烦，想从她嘴里掏句话得用大刑。待你真不搭理她，她又给你张一小口，叫你犯贱伸手进去，她又猛一闭嘴，差点咬掉你的指头。

胭脂可不是这个样子。胭脂的嘴巴像个口子很大的漏斗，胭脂片刻不停地往外漏着自己。有时候我觉得她之所以长不高，是因为她话太多了，她把自己漏成了半空的米箩。

那天我最终也没见到胭脂。

我在越南人的小铺里坐了大约二十分钟，才看见对面烧腊铺的楼下终于有人推开了窗户。

开窗的是个男人。男人正往外拿鸭子，一只一只地挂在橱窗的铁钩上。鸭子大概是新烤出来的，焦黄焦黄的，直愣愣地伸着脖子往下滴油。

男人终于把鸭子挂完了，就开门出来，嘴里叼着一根牙签，靠在门外的墙上剔牙花。男人穿了一件满是油迹的圆领衫和一件七分布裤，上衣的一角掖在裤腰里，露出一个乱得像麻绳的裤腰带结子。

男人剔完牙花，呸呸地往地上吐了一口带着牙花的痰，我这才看清了他的门牙。这牙在钻出牙床的时候大概营养太好，长得不知节制，一路长到了下巴。一合嘴，那牙齿就裸露在外，像两只把门的狗。

"阿珊你起身啊，阿仔打波要迟到啰。"

他抬头冲着楼上的窗口大声喊叫着，满脸都是牙齿。

他说的是广东话，我大致听得懂。他在喊他的女人起床，带孩子去打球。

男人喊完话，转过脸来，我的心咚地跳了起来，我觉得男人发现了我。我扔下喝了一半的咖啡，拔腿就走，我突然无法忍受和楼上下来的女人面对面撞上的情景。我宁愿看见胭脂对九十九个下三滥叉开双腿，也不愿看见胭脂和这头蠢猪生下孩子。胭脂把裤腰带松给全世界的时候，她是为了一部戏，一个念想。她和这头蠢猪上床，又是为了什么？

是为了到一个花一样时髦的城市里过一种草一样的日子？

我恍恍惚惚地走出十三区的那条小巷，站在十字街头，望着街上渐渐热闹起来的车流和行人，竟不知道往哪个方向走。

真奇怪，这些年里我多次回过北京，却从没去找过胭脂。我不是为胭脂到北京的，那时我还不知道世上有胭脂这么个人。但我是为胭脂离开北京的，她逼着我走出了那一步路。可我上路之后，好像就忘了我是为什么走的。等到我终于想起来时，我又情愿我已经彻底忘记。

神推的手慢慢地从我的肩膀移到了我的背。我背上的肌肉和肩膀一样，也是两侧都打满了结子，只是一侧比另一边更紧——是那一跤摔的，那一跤把活扣扯成了死结。

可是神推不怕结子，神推的手仿佛生来就是为了解扣用的。她的指尖在我的背上耐心地来回游走着，慢慢地寻找着结子中心的那个小孔——再紧的结子也有孔，然后挑松，理顺，抚平。自从她骑上了我，她的手仿佛就气顺了，从凌厉的少年进入了温和的中年，几乎接近慈祥。她的呼吸在我的脖子上吹着小风，有点热也有点酥痒。我的脑子想睡，身子却警醒着，汗毛在她的风中轻轻扬起来，又轻轻倒下去，像河滩上的苇草。

后来，她的身子往后挪了一挪，坐到了我屁股上，那是板油堆成的两座山。她的手指开始进入腰部。和肩背相比，腰是轻灾区。脑子是个劳碌的贱货，一刻也闲不住，一种感觉腾出空来，另一种感觉立马占据。不疼的时候，我就开始注意到别的事情，比如她左腿内侧有一颗凸出来的痣。随着她身体的动作，我倒搁着的胳膊时不时地碰触到她裸露在短裤之外的大腿，我发觉她的皮肤像鳗鱼一样冰凉而滑腻，她全身都在流汗。

什么个人啊，长着这样一层皮，流汗的时候，居然还是冰凉的。

她的身子俯得很低，她的呼吸现在蠕爬到了我的脊椎，像一条细小的蛇，或者说，肥大的蚯蚓。我感觉到有两团肉，在轻轻地蹭着我的皮肤。我知道那不是她的手，因为那肉完全没有力气，是随意的、懒散的、吊儿郎当的自由落体，坠得最低的时候，我能隐约觉出那肉中间嵌着两粒石子。

那两粒石子在我的背上来回摩擦着，我的身体嘭的一声烧了起来。我说的"烧"，是瞬间发生的动作，只有起因和结果，却没有过程，就像是一根火柴扔进了一个汽油桶。当我感觉到热量的时候，我已经是一团任天底下最有本事的消防队也无法扑灭的大火。我肌肉上打着的那一千零一个结子倏地自动松开，筋骨抹去几十年的劳损，一下回到了二十三岁时的弹性和力度。

我的脑子突然短路。

我反过身来，一下子把她推倒在床垫上，我的嘴飞快地压住了她的嘴。她被我吓了一大跳，身子不知所措地僵成了一团冻肉。

我的舌头刀似的撬开了她的嘴唇，瞬间找到了她的舌头。我发现在那一刻里，她的全身只有舌头是活的，舌头在说着身子听不懂的话。我也听不懂，但我的舌头听懂了。

我不害怕。

我是说，我还不知道害怕。害怕还是后来的事。

她想支起身子推我，几个来回之后就停住了，因为她知道没有用。她虽然有铁掌，但她的铁掌只能解决局部的犯难，却无法应对整体的作乱。在一个起了性情的男人面前，她，就像那一晚的胭脂，是无能为力的。

我脱下了她的衣服。

"胭脂，你真够可以……"

我听见自己喃喃地说。

那个下午发生的事，像一卷部分漏光的胶卷，有的地方清晰，有的地方模糊。

我只隐隐记得我很勇猛。

她虽然和胭脂一样瘦小，但我丝毫也没把她当成瓷瓶，因为她是神推。她的铁掌为她铺过了路，她打碎了当年让我在胭脂面前感受到的一切拘束。

我恣意横行。

那是一种多年没有过的陌生感觉。

她呢？

我不知道。

我的火在燃着的时候，我是不可能看见她的。我也看不见自己。我啥也看不见。我丢失了眼睛，也丢失了耳朵。我整个丢了脑子。等到我终于看见她的时候，我的火已经灭了，我已是一堆炭木。

她赤裸着身子，背对着我，蜷缩在床垫的那头。我发现她的头顶上有一个旋涡。

头顶有旋的女人，是倔种。

我想起了小时候听过的一个传说。

我爬过去，想和她说话，却不知道说什么。

屋里的光线很暗，我隐隐看见她的脸上泛着光。可能是汗水，也可能是眼泪。这两种解释都有道理。

我的眼睛耳朵和脑子都回来了。一起回来的，还有疼痛。原来疼痛没死，只是被欲望暂时压住了。欲望一走，疼痛立刻反扑。

我醒是醒了，却依旧惶乱。

我转过脸去，坐到她身边，给她讲了胭脂的事。

　　在这个角度我用不着看她的眼睛，那一刻我无法看着她的眼睛。我讲得结结巴巴，毫无章法，在某些无关紧要的细节上啰啰嗦嗦，却跳过了一些至关紧要的地方。

　　后来我终于讲不下去了。用这样一个故事来解释自己的行为，就像是用一把卷了刃的刀，来解释一场失控的战争，狗屁不通，理屈词穷。

　　我到底还是读过几天书的人，我知道自己的下作。

　　我住了嘴，用拳头砸了一下脑门。

　　这不是姿势，我真的用了力气。我的耳朵嗡的一声炸了，我看见茶几飞上了天花板，屋子里到处飘着星星，闪闪烁烁，落下，飞起。飞起，又落下。

　　她一言不发，坐起来，低着头，慢慢地穿着衣服。先是衬衫（我发现她没戴胸罩），再是内裤，再是先前换下来的牛仔裤和袜子。自上而下，从里到外，从左到右。她看上去镇静，有条不紊，仿佛她的脑子里安着一整套应急程序。

　　疯狂的女人至多咬你几口，叫你体无完肤，而镇静的女人不用开口，就能让你死无葬身之地。

　　我突然想到了她从这里走出去之后可能发生的事。我终于，知道了害怕。

　　"我也，不知道，怎么，怎么，会，这样。"我语无伦次地说。

　　她终于穿完了右脚的那只袜子，把袜筒抻平整了，然后用手指梳理凌乱的头发。头顶的那个旋涡对她阳奉阴违，在她的手指经过时俯首帖耳，可手指一走开，就立刻卷土重来。

　　我从床垫底下抽出一个信封，数出十张五百欧元的票子，塞到她放在地上的那个包里。我脑子里的那个计算器，已经飞快地算过了。她需要跑六十七趟今天这样的路程，她的手要经过六十七个我这样的身体，才能挣到这个钱数。

在这六十七趟路程里，她会遇到几次像今天这样的事？

我打了一个寒噤。

她听见了我的响动，却没有转过脸来，我依旧找不到她情绪的缺口。

她开始收拾那些沿着墙根摆放着的瓶瓶罐罐和盒子，把它们一样一样地收进包里。红外线治疗仪，酒精棉，拔罐工具，按摩油，洗手液……那是她的兵马，被她召集过来，却没有派上全副用场。

"这屋子里的东西，你可以挑一样走。"我说。

那天我对她说的每一句话，都像是一个事先没有谈好价码、事后不知所措的嫖客，我深陷羞耻的泥潭。可是在恐惧面前，我顾不上羞耻。假如她还不开口，我不知道还会给出去什么。

"随便哪一件？"她问。

她终于开口了。我如释重负，松了一口气。她只要开一个小口，我就能把自己缩成一条虫子，一只蚂蚁，爬进那个缺口，慢慢地在她的情绪里咬出一条窄路。

"随便哪一件。"我说，语气低三下四。

她走到那个四层的铁架子跟前，犹豫了一会儿，才拿起了那个裹着豆绿色万寿花纹缎布的画盒子。

"你真会挑。其实，这一屋子都是假货，只有这一件是真的。我请人做过元素测定，是清朝的绢。"

我说的是真话。只是先前说过了太多假话，这一句真话藏在那一堆假话里，像一小片云母混在一大堆沙子里，没人看得清楚。

"只是可惜，已经破了相。"我想起了画上的那块斑渍。

她背起那个饱实得几乎要爆裂的布包，看上去像扛着一爿石磨。走到门口，弯腰穿鞋子的时候，她的身子晃了一晃。她想卸下包再穿，我阻止了她。我跪下来，替她穿上鞋子，系好鞋带。我的筋骨不喜欢这个姿势，泼妇一样地叫嚷起来。我觉得还不够疼。那一刻，什么都不管用，只有疼痛让我舒服。

我发现她的脚很小，三十四码，她的鞋子摆在我的鞋子边上，是万吨海轮旁边的一条舢板。

"我去叫一辆出租。"我说。

她拦住了我。她拦我的时候没用手，而是用那个装着郎世宁花鸟画轴的木盒子。

她背着那个磨盘一样沉重的布包，走出了我的门。她走起路来有点歪斜，右侧的身子略略高过左侧，也许是包的缘故——包是从左到右斜挎着的。

我跟在她身后，我不能让她一个人，横穿过这样长的一条走廊。

在电梯门口，她停住了。我也停住了。空气中有一些咝咝的声响，那是我的呼吸，也是她的呼吸。我们的呼吸在半空相撞，眼睛却没有。

"求求你，骂我……"

我抓住了她的手。

她没有挣扎，也没有说话，眼睛低垂着，定定地看着鞋子。鞋带没系好，结子歪向一边。

我真想跪下来，替她再系一遍，可是来不及了。

电梯来了，她钻进去，转过身，背对着我。

就在电梯门即将关上的那一瞬间，她说了一句话。

这句话被电梯截断了，我只听清了两个字。

是"胭脂"。

它摆在那个四层铁架的最下层，混杂在一堆旧首饰盒中间，但我一眼就认出了它。

最先勾住我眼睛的，是盒子上裹着的那层豆绿色的织着万寿花纹的缎子包布，尽管那层绿离我上一次见到它的时候，又颓丧了许多。上一次我跟它分手的时候，那个绿就已经不是它当年从机子上织出来时的样子了。而现在的绿，离那个时候的绿，又多走了几十年的路。

可是我并没敢在第一眼之后确认是它，因为盒子上拿来当锁栓用的那根签子，已经换了一个样子。从前的时候，那根签子是象牙——一根细细长长、头上磨成一个芽尖的象牙。而现在的也还是象牙，只是我无法认定它是不是当初的那根象牙，因为这根象牙在三分之二的地方断了，断口上沾着一颗小小的粉红色的珍珠。珍珠有象牙没有的色彩和热闹，象牙有珍珠没有的阅历和沧桑，两个挨在一起，却是一种狗尾续貂。

四十八年前，外婆把这个盒子裹上一张防水油布，藏到两块山石之间的一条缝隙里的时候，象牙还是完好的。在那之后，每隔一小阵子，外婆都会找一个月黑风高的夜晚，爬上那座山，把石头缝里的东西拿出来看一眼，再放回去。山安好。石头安好。石头缝里的东西也安好。它们安好了很久，直到五年后的一个秋天。

那次外婆病了，发了一个星期的烧，烧得迷迷糊糊的，突然做了一个梦，梦见那个盒子在喊救命。外婆心神不宁，躺不住了，无论如何要去山上看一眼。那阵子外边局势安稳了一些，外婆其实是想好了要把盒子拿回家来的。那天外婆是带着我去的。外婆走了一半的路，身子太弱，实在走不动了，只好支使我爬到山顶。那天我来来去去找了好多遍，我还以为走错了地方。我没有找到那两块石头，我只看见了坡面上一道道白森森的疤痕——那是采石人的铁钎留下的凿印。

外婆和我一起多次上过山，但只有这一次，是我独自上去的。而恰恰就是这一次，东西丢了。东西是在我手里丢的。

从那天以后，我们，我是说我和外婆，就开始了多年的寻找。

假如这根象牙就是那根象牙，那它是在后来哪一任主人手里折断了的？从温州到巴黎的遥遥路途中，它曾经换过了几次手？它是在哪个箱包、哪节车厢、哪个船舱，或者哪次航班上，遭受了如此重创的？

最后让我确定眼前这个盒子就是当年那个盒子的，是豆绿色缎子布面上的一块斑渍。那块斑渍看上去是一团干涸之后变了颜色的水迹，它的真实成分只有我知道，因为那是我的DNA——我五岁时留下的眼泪，还有尿迹。

那一刻，当五十三岁的我站在五岁的我面前时，我的胃突然抽搐起来，我很想吐。当然，站在我身后的那个巨婴并不知道我的真实岁数，他一定会根据我瘦小得接近于女孩的身材，得出误差很大的判断，正如巴黎所有认识我的人一样。而我，也从未刻意纠正过他们的偏差。

从小到大，我一紧张就想吐，仿佛我的肠胃和脑子之间，有一个短得可以用厘米和秒为计算单位的快捷通道。我知道，我离真相只有一步之遥了。而那一步，就藏在这个盒子里。一个沾着我DNA印记的木盒子，假若没有一张沾有同样DNA印记的画作为支撑，就失去了存在的意义。盒子只是通往真相的第一步路，而盒子里的内容，才是真相本身。

当土豪把那张画从盒子里小心翼翼地拿出来时，我最先看到的是树枝和鸟。可是我找的不是树，也不是鸟。说实话，我已经记不清原画上树和鸟的细节了。这年头有太多自诩是未来张大千和毕加索的人，他们坐在昏暗的陋室里，复印机一样地复制着这样的树和这样的鸟。在寻找丢失之物的路程中，我见过了太多类似的树类似的鸟，我无法分辨这一个和那一个、这一张和那一张之间的差别，我的记忆经过了太多的诱惑和污染。我唯一能指认这幅画是那幅画的依据，和我唯一能指认这个盒子是那个盒子的依据，都来自同一样东西。

我需要一块干涸了的水迹，一块由盒子渗入到画上的水迹。

可是我没有找到。

巨大的失望像一枚粗针，在我被期望充盈得几乎要爆裂的身体上扎了一个窟窿，我几乎听得见能量泄漏时发出的嘶嘶声，我想起了切尔诺贝利。其实这两年我已经放弃了寻找，而就在我不再指望的时候，一直躲避着我的真相突然回过头找到了我。在我离真相只有一步之遥、几乎看得见真相身上的毛孔时，真相却又弃我而去。这样近的距离让我知道真相还在，这样近的距离又让我知道真相不靠谱。

我的膝盖软了下来，几乎无法站立。我颤颤地扶住了墙壁，不知道还有没有力气撑过一个半小时的苦力活。我正在暗自盘算着如何跟土豪开口告假，他突然把画举起来，挪到了一个光线更好的位置。

就在这时，我发现了一样先前被土豪手掌的阴影遮盖住了的东西。

一块形状像枯花也像落叶的水渍。

我的心高高地提到了喉咙口，又咚的一声落了下去，在我的胸腔里砸出了一个大坑。尘土飞扬，遮天蔽日，我突然什么也看不见了。我肠胃和脑子之间的快捷通道被堵死了，我不再想吐，可是我却突然失明。这是一种古怪的失明，我的视野里不是黑夜，却是白天，是那种没有光线变化、找不到一条皱褶、一丝杂质、像刚从机器里滚出来的白纸那样一无所有的白天。和这样的白天相比，黑夜是温柔的地狱。

我的失明持续了多久？也许是几秒？也许是几分？我毫无记忆。我已经失却了对时间的判断能力。

但我听得见土豪在说话。似乎是关于鸟的话。鸟的毛羽。鸟的姿势。鸟的性情。鸟……鸟……鸟……我听是听见了，却听不清。耳朵没有了眼睛把门，什么声音都往里进，一片乱哄哄。我的脑子顾不上耳朵，在忙着别的事情。我的脑子撒出七七四十九根神经，铁爪似的抓住我的表情肌。我不能，一定不能，显露出对这幅画的兴趣。我是指超出对这屋里其他物件的兴趣。

冥冥之中一定有一个神灵，一个被有些人叫作上帝，另一些人叫作真主，还有另一些人叫作佛祖的神灵，在这几十年里给我设置着一盘到今天我才看清楚的棋局，叫我在丢失那幅画又万寻不得的时候，遇见一个碰巧是中医师的男人。又在毫不知情的情况下，借着他金玉在外败絮其中的基因，生下一个有先天性疾病的孩子。而在这孩子百医无治的时候，得知了法国的特种医学技术，让我带着这孩子来到了巴黎。然后借着我在那个男人身边学来的几招蒙古医术，让我在巴黎混得了一个神推的口碑。一步一步地，这位叫上帝也叫真主也叫佛祖的神灵，把我引到了土豪的家中。

棋子一步一步地走过来，只有在接近终点的地方，回头望去，我才洗去眼里的沙子，看清了布局。

不，也许这局棋的设计，远早于丢失那幅画的时候。也许，丢失本身也是棋局的一部分，寻找的步骤远在丢失之前就已埋下了伏笔。从我记事的时候起，外婆就告诉过我，长大了千万不要嫁给太爱的人，爱太辛苦。在丢失那幅画之前，在我还没有学会用文字写作文的时候，在我远还未真正懂得什么是爱情的时候，我就已经懂了，外婆说的辛苦，不是糊火柴盒的那种辛苦，也不是点灯熬油织毛衣的辛苦，而是心里牵挂一个人的辛苦。

所以，从小到大，我都害怕那些吸引我的人，我怕他们成为我的牵挂。后来我慢慢长大，知道了我的身世，我意识到外婆一生都在收拾爱情的残局，她自己的，还有我母亲的，所以外婆不想再来收拾我的残局。外婆说她和母亲都是属于第十三个生肖的——那是扑火的蛾子。外婆只想让我待在十二生肖限定的那个安全地盘里，外婆不想让我也成为蛾子。

所以，我才会在三十四岁那年，嫁给了那位中医师。我嫁给他的最主要原因，是因为他生性缄默。在他的缄默面前我可以放肆地、理直气壮地持守着我的沉默。我不用挖空心思引他说话，他也不用挖空心思引我说话。我们不知心，我们用不着知心，不知心的人才可以相安无事。

自从丢失了那幅画之后，外婆就变成了另外一个人。外婆糊火柴盒的时候，眼睛明明盯在纸上，却常常会把有磷片的那一面贴反了。外婆数糊好的火柴盒时，每一次都会数出不同的数目字。外婆隔好几天才会想起来撕一张日历纸，撕完了，又问我今天到底是几号？

有一天夜里，我被尿憋醒，发现外婆坐在床上，没有开灯，定定地看着天花板。那是个满月的夜晚，月光透过捂得并不严实的窗帘，涂在外婆脸上，外婆的眸子像是两颗透明的玻璃珠子。那一刻外婆看上去像鬼，我吓得大哭。

外婆伸手搂过我，却没有哄我。外婆不仅没有哄我，外婆也跟着我哭了。外婆声音不大，但动作很大，身子抽得像推扯到头的风箱。我从来没见外婆这样哭过，我愣住。

"那是他留给我的最后一样东西啊，我把它弄丢了。"外婆抽噎着说。

就在那天夜里，外婆给我讲了她的故事。当然，还有我的故事。我的故事是她的故事的枝蔓，而她的故事，则是我的故事的根。

现在回想起来，外婆的情绪已经憋到了极限。外婆那天夜里的状况让我想起我当时的膀胱，容量已经满到要爆裂，绝不可能只排出几滴，而留住其余。要么是零，要么是全部，外婆倾泻了全部。那天外婆跟我讲了一夜的话。一个十岁的孩子能听懂多少？能记住多少？又能守住多少？外婆已经顾不上。

外婆救过我很多次，而我也救了外婆一次，就在那天夜里，用我的耳朵。

后来我识了更多的字，开始阅读各种各样的书。每当我读到《红楼梦》和《西游记》这样的小说，我就知道满纸都是谎言。贾宝玉不可能是石头，孙悟空也不是。世上每一个人都有根，每一个拿石头来说事的人，其实都在掩藏一个有关身世的可怕秘密。

土豪也有秘密。土豪的秘密是胭脂。

就在土豪跟我讲胭脂的事时，我脑袋瓜子一热，差点告诉他我外婆的小名也叫胭脂。可是我最终还是忍住了。他有他的秘密，我有我的。我不想知道他的，他也不用知道我的。秘密有体重，秘密重过背包里的那台红外线治疗仪。我不想在自己的重量上，再加上别人的一份。

土豪关于那张画的真伪的判断，对了一半，也错了一半。对的那一半是关于材质的。那一块绢是很多年前那个作画的人通过一个朋友在黑市上买到的——那是一个老太监从宫廷里偷出来的货，背面有宫廷织坊的印戳。一双有经验的眼睛，再加上一屋不错的光线，基本就可以鉴定。碳十四、同位素、数码激光技术在这里不仅不适用，而且也是浪费。

土豪错的那一半，在作画人的身份上。作画的人仿过郎世宁无数张画，闭着眼睛都能默出郎世宁的布局线条色彩和光影转换。也许他比郎世宁还熟知郎世宁，可是他依旧不是郎世宁。土豪知道假绢上不可能产生真画，土豪却没想到真绢上也可以是假画。作画的人预见到了世人的浅见，他特意叮嘱过他的女人：这幅画藏得越久越值钱，不到万不得已，千万不可轻易出手。女人熬了很久，熬到卖光了所有的首饰和别的仿画，却没有熬到最后，她还是把它弄丢了。

我发现墙和天花板之间有了分界线，分界线上开始浮现出隐约模糊的花纹。我眼中那个一无所有的白天被线条和阴影打碎了，我就知道我短暂地丢失了的视力回来了。最初的激动所扬起来的尘埃终于落定，我渐渐冷静了下来。真相已经触手可及，但我依旧还没有把它捏在手中。不在我手中的真相都不能叫作真相，它至多只是挨得很近的幻影。在幻影变为实物之前，我还要消耗亿万个脑细胞。我无法预见上天给我设的下一步棋路，但我却知道：此刻我若离开土豪的家，这幅丢失了四十三年的画，极有可能还要丢失另外一个四十三年。

可是我再也没有那样的四十三年了。

我决定出手。

我从背包里拿出我的瓶瓶罐罐，不断地调整它们的排列顺序，规整，清理，消毒。这是我每天都要做的事，只不过今天我放慢了速度。我在拖延时间。我的脑子在飞快地旋转着，寻找着最稳妥的方法。我说的是稳妥，而不是安全。稳妥是指获取那张画的把握，而安全则偏向于如何脱身。稳妥需要安全，但单靠安全却不一定能抵达稳妥。我把稳妥放在了第一位。四十三年的等待，值得我去冒一次险。

那个行动方案，是在我借口去洗手间的路上定下的。那是瞬间碰擦出来的灵感，电闪雷鸣，几乎没有过程。

不，也许这并不是实情，那个想法说不定在我第一眼看见那幅画时就已经产生。我可以不避讳结果，却不能直面过程，正如一个在铁证面前无可推诿的杀人犯，总还要在法庭上声嘶力竭地宣称：他仅仅是一时冲动犯了错，而不是蓄谋杀人。因为蓄谋和冲动之间，隔的是一副绞刑架。

在土豪金碧辉煌的洗手间里，我除去胸罩，脱下牛仔裤和袜子，换上短裤。我知道那几个穴位和指法，那是每一个按摩师心照不宣的秘密。当我在池子里洗手时，我一抬头在镜子中看到自己的样子，我注意到了颧上的潮红。我发觉自己在瑟瑟发抖。是害怕，但又不全是。害怕里面还裹着些别的情绪，比如说，兴奋。我害怕的不是害怕本身，我害怕的是兴奋。害怕是一种可以承认的弱点，兴奋不是。至少在那个时候不是。认领了兴奋，也就认领了无耻，所以我只能拼死抵赖兴奋。

我不仅想好了怎么做，我也想好了可能遇见的结果。结果是一条歧路，可以通往好几个出口。我告诫自己：从那张床垫上起来，我一定不能去厕所，我不能冲去他留在我身体内的铁证。离开他家之后，我可以直接去医院，最好去那家妇女儿童医疗中心。在给儿子求医的过程中，我已经熟悉了巴黎错综复杂的医疗系统。这里所有的医院都设有暴力受害者紧急救助中心，有全套完善的取证设施。

从医院出来，我可以去警察局。接下来的一切只是程序。

当然，那是万不得已。

也许我永远不需要走到那一步。但愿我的计划只是一把悬在头顶的剑，它起的作用仅仅是威慑。假如那把剑真的落下来，刺中的将不仅是他，也有我自己。我将要搭上我搭不起的时间，在"自愿"和"强迫"之间那个狭窄过道里，声嘶力竭地撕扯着他的，还有我自己的脸皮。

我将体无完肤。

我听见自己的牙齿在格格相撞。皇天，但愿我儿子永远不会知道我的龌龊。

从洗手间出来，走回土豪的卧室时，我决心已定。

我做的第一件事是改变推拿姿势，由跪在地板上，变为骑在他身上。这个姿势我在别人身上也用过，尤其是当床的位置比较低而病人身架比较厚实的时候，这样可以让我省些力气。但这一回我采用这个姿势，却无法理直气壮。我别有用心。

我看见我的计划在我眼前一寸一寸地延展开来，就像土豪把那张画一点一点地展开来给我看时那样。我的脑子是清醒的，每一个步骤都在掌控之中。但我的身子却有些惶乱，我的皮肤在汹涌地流着冷汗。我把身子俯得很低，我的肌肤我的手指我的呼吸都是沆瀣一气的合谋者。那天我是一个实习生，战战兢兢地行走在把理论搬到实践的第一趟途程中。我发现他的呼吸节奏乱了，皮肤温度正在升高，身体某些部位的肌肉开始由松弛转向紧张。

一切都如预想的那样，每一个细节都对头。但是意外却发生了。横空插出一刀、让我猝不及防的，竟然是一根舌头。

我的身体遭遇过男人的身体，我的嘴唇也遭遇过男人的嘴唇，都是风平浪静的路过。可是我从未遭遇过男人的舌头——那是推拿和医学书籍上没有记载的内容。我不知道舌头上沾着罂粟，舌尖之下埋藏着可以炸毁三个广岛五个长崎的原子能。当土豪转过身来，把我压倒在那张床垫上，用他的舌头缠住我的舌头时，我的抵抗仅仅维持了几秒钟，我就被炸成了一片废墟。

我走出土豪所在的那座大楼，天很阴郁，刚走几步，就下起了小雨。我其实很想在雨中走一走，我渴望雨滴扑打在脸颊上的那种凉爽，可是我不能。我手里捏着那个裹着豆绿锦缎布面的画盒子，它不能招惹雨。我只好站到一家咖啡店的屋檐下躲雨。

我发现雨有颜色。雨是蓝的，是天空还没被阳光污染时的蓝，淡淡的，刚从白中脱胎。路上的行人撑开了雨伞。伞也有颜色，明黄、粉红、橙红、天蓝、黛绿……有的伞面上印着蝴蝶和花卉。巴黎人绝不会放过任何一个时髦的机会。其实，灰和黑才是街景的主色调，只是那一刻我的眼睛带着过滤器，我把灰分解成了黑和白，我在黑中间看到了红和绿。那一天所有的东西都有颜色。我也有。我虽然没带镜子，但我知道我脸颊上的颜色。那是一种我外公情有独钟的颜色。

那种颜色的名字叫胭脂。

我明白让我在万物中看到颜色的是什么东西。是那个叫土豪的、比我年轻许多的男人留在我身体里的热量和体温。

我那个一生没换过职业、单位和配偶的丈夫，曾经给我讲过一件事。那天他和单位的同事在分到一笔还算丰厚的年终奖金之后，一起出去喝了几杯酒，回家时已经微醺，非常难得地开口和我聊天。他说在二三十年代，有人在癫痫病人身上施行过一个医学实验。那些病人都做过了抑制发病的脑手术，切除了左脑右脑之间的连接带。术后，有人把裸体女人的淫秽照片拿给这些病人观看，结果出现了一些极为有趣的现象：一个左右脑失联的病人，一只手伸出去要迫不及待地搂抱照片上的女人，另一只手却极力制止那只伸出去的手。

此刻站在路边躲雨的我，就是那个病人。左边的一半身体感到快活，右边的一半身体感到羞耻。左边的一半在拥抱肉欲的欢欣，右边的一半在恼怒地捆着左边的脸。我的左脑和右脑失联，它们谁也管不了谁，它们任由我的身体为所欲为。

其实，现在得到这幅画，已经失去了当年的意义，因为作这幅画的人，已经在十多年前离世。那时我早已从师范学院毕业，在温州一家中学教书。外婆是在报纸上读到他离世的消息的。在一个还算起眼的版面上，外婆看到了一则关于一位著名台湾艺术家的报道。这位艺术家在上海办画展期间，因心脏病发作，猝死在宾馆的床上。报道回顾了艺术家一生的经历和取得的成就，在结尾处，随意提到了一件事：艺术家来过大陆三次，除了艺术交流之外，也是为了寻亲。这些年里，那位艺术家一直在寻找一个大名叫吴若雅小名叫胭脂的女人，她是他失散多年的亲人。

在他辞世之后，我还持续了好些年寻找这幅画的下落，是出于惯性，也是想给外婆留一个念想。做了一辈子扑火的蛾子，她理当在死之前，亲眼看见一片火留下的灰烬。

现在想起来，在上天为我设下的这盘错综迷离的棋局里，那幅失而复得的画或许压根不是目的。我走过了更远的路，我现在回头，能看见棋局更远的一步。当然，我永远也不可能看见开局的那一步，那个答案只在上天手中。也许，这盘棋的开局，甚至早于这幅画的诞生。也许，这幅画也只是这盘棋局中的一个棋子。或许，上天想借着这幅画的生成、丢失、复得，叫我知晓，在我金木水土俱全的生命中，我唯独缺失了一样叫火的东西。

一切都是假的。土豪不是土豪，神推不是神推。我不真出自名医世家，就像他不真是古董收藏高手。郎世宁不过是一张古绢上的假画，鸭嘴兽也只是一块普通的踩脚石头。他编造了一套神话来忽悠巴黎，我炮制了一串谎言来哄骗他，还有他手里的那张画。

可是，那么多的假轰然相撞时，会不会撞出一星半点的真呢？

比如，他跪在地板上，为我系鞋带的那个瞬间。

一稿 2017. 6. 20. —2018. 4. 18. 于多伦多—三亚—多伦多

二稿 2018. 4. 20. —4. 25. 于多伦多

图书在版编目（CIP）数据

海外华语小说年展. 2019/夏商主编. —上海：
华东师范大学出版社,2019
ISBN 978 - 7 - 5675 - 9298 - 8

Ⅰ.①海… Ⅱ.①夏… Ⅲ.①中篇小说-小说集-世
界-现代②短篇小说-小说集-世界-现代 Ⅳ.①I14

中国版本图书馆 CIP 数据核字(2019)第 116461 号

海外华语小说年展 （2019）

主　　编　夏　商
策划编辑　王　焰
责任编辑　朱妙津
责任校对　王丽平
装帧设计　夏艺堂艺术设计

出版发行　华东师范大学出版社
社　　址　上海市中山北路 3663 号　邮编 200062
网　　址　www.ecnupress.com.cn
电　　话　021 - 60821666　行政传真 021 - 62572105
客服电话　021 - 62865537　门市(邮购)电话 021 - 62869887
地　　址　上海市中山北路 3663 号华东师范大学校内先锋路口
网　　店　http://hdsdcbs.tmall.com/

印　刷　者　上海盛隆印务有限公司
开　　本　890×1240　32 开
印　　张　19
字　　数　408 千字
版　　次　2019 年 6 月第 1 版
印　　次　2019 年 6 月第 1 次
书　　号　ISBN 978 - 7 - 5675 - 9298 - 8
定　　价　78.00 元

出版人　王　焰

(如发现本版图书有印订质量问题,请寄回本社客服中心调换或电话 021 - 62865537 联系)